KB071962

명
고
전
집

이 책은 2015~2017년도 정부(교육부)의 재원으로 한국고전번역원의 지원을 받아
수행된 '권역별거점연구소협동번역사업'의 결과물임.

This work was supported by Institute for the Translation of Korean Classics - Grant funded by
the Korean Government.

한국고전번역원 한국문집번역총서 / 성균관대학교 대동문화연구원

명고전집 1

明皐全集

서형수 지음
徐瀅修

이규필 옮김
강민정
이승현

일러두기

1. 이 책의 번역 대본은 한국고전번역원에서 간행한 한국문집총간 261집 소재 《명고전집(明皐全集)》으로 하였다. 번역 대본의 원문 텍스트와 원문 이미지는 한국고전종합DB(http://db.itkc.or.kr)에서 확인할 수 있다.
2. 내용이 간단한 역주는 간주(間註)로, 긴 역주는 각주(脚註)로 처리하였다.
3. 한자는 필요한 경우 이해를 돕기 위하여 넣었으며, 운문(韻文)은 원문을 병기하였다.
4. 맞춤법과 띄어쓰기는 한글 맞춤법과 표준어 규정을 따랐다.
5. 이 책에서 사용한 부호는 다음과 같다.
   ( ) : 번역문과 음이 같은 한자를 묶는다.
   〔 〕: 번역문과 뜻은 같으나 음이 다른 한자를 묶는다.
   " " : 대화 등의 인용문을 묶는다.
   ' ' : " " 안의 재인용 또는 강조 문구를 묶는다.
   「 」: ' ' 안의 재인용 또는 강조 문구를 묶는다.
   《 》: 책명 및 각주의 전거(典據)를 묶는다.
   〈 〉: 책의 편명 및 운문·산문의 제목을 묶는다.
   【校】: 교감 및 원고·교정고의 대조와 관련한 내용의 각주를 표시한다.
   【작품해제】: 창작 시기, 개요, 주요 소재, 운(韻) 등을 개괄한 작품별 해제를 표시한다.
   字 : 각주의 인용문 중에 중요한 자구(字句)를 표시한다.
   ▨ : 저본의 판독 불가능 글자를 표시한다.
   ■ : 교정고 작성자에 의해 먹으로 지워진 글자를 표시한다.
6. 이 책의 번역 대본은 원고(原稿) 위에 최대 3차에 걸쳐 수정이 가해진 교정고(校正稿)인데, 일반적인 교정고와 달리 수정 후가 수정 전보다 반드시 완정(完整)해졌다고 할 수 없다. 이에 따라 이 책은 우선 교정 후의 글자를 기반(基盤)으로 번역하되 교정 전의 모습도 다음과 같은 형식으로 함께 보였다.
   6-1. 교정고에서 한 수(首) 전체를 삭제하도록 표시한 경우 : 해당 작품의 첫머리에 〔교정고 삭제 표시작〕'을 표시하고 해당 수 전체를 흐린 글자로 처리하였다.
   6-2. 교정고에서 원글자를 수정한 경우 : 교감기에 '교정고 수정사항'이라고 표시하고 그 내용을 밝혔다.
   6-3. 교정고에서 원고에 없는 글자를 추가한 경우 : 교감기에 '교정고 가필사항'이라고 표시하고 그 내용을 밝혔다.

명고전집 제2권

그림 차례

《명고전집》 해제

이영호 | 성균관대 동아시아학술원 부교수
이승현 | 성균관대 대동문화연구원 연구원

1.

국역본 《명고전집(明皐全集)》은 한국문집총간본 《명고전집》과 《시고변(詩故辨)》을 합쳐서 번역한 것이다. 이 책의 저자는 서형수(徐瀅修, 1749~1824)이다. 서형수는 정조의 전폭적인 신뢰 아래 성세를 누린 소론 달성서씨 가문으로 서명응(徐命膺)의 차남이며 후사가 없는 계부(季父) 서명성(徐命誠)에게로 출계(出系)하였다. 자는 유청(幼淸), 여림(汝琳), 호는 명고(明皐), 오여헌(五如軒)이다. 서형수의 생애는 크게 두 시기로 대별할 수 있다. 35세에서 57세까지의 관직에 있던 시기와 58세에 유배간 뒤 적소에서 생을 마칠 때까지 시기이다. 이에 관력을 중심으로 그의 생애를 약술하면 다음과 같다.[1]

1783년(정조7, 35세) 4월, 증광 문과에 을과로 급제하다.

- 가감역이 되다.
- 12월, 사관(史官)으로 연사례(燕射禮)에 참석하다.

---

1 서형수의 관력은 한국고전종합DB의 《명고전집》 해제(김은정)를 요약한 것임.

1784년(정조8, 36세) 1월, 홍문록에 들다. 부수찬이 되다.

- 4월, 정언이 되다.
- 6월, 교리가 되다.
- 7월, 문학이 되다.
- 11월, 수찬이 되다.
- 12월, 초계문신이 되다.

1785년(정조9, 37세) 9월, 강동 현감이 되다.

1786년(정조10, 38세) 7월, 승지가 되다.

1790년(정조14, 42세) 10월, 대사간이 되다.

1791년(정조15, 43세) 6월, 성천 부사가 되다. 사적인 혐의 때문에
좌의정 채제공에게 부임 인사를 하지 않아 파직되다.

1796년(정조20, 48세) 7월, 광주 목사가 되다.

1799년(정조23, 51세) 6월, 영변 부사가 되다.

- 7월, 진하겸사은부사(進賀兼謝恩副使)가 되어 중국에 가다.
- 11월, 승지가 되다.
- 12월, 부총관이 되다.

1800년(정조24, 52세) 4월, 호조 참판이 되다.

- 11월, 우윤이 되다.
- 12월, 병조참판이 되다.

1801년(순조1, 53세) 1월, 부총관이 되다.

- 2월, 승지가 되다.

1803년(순조3, 55세) 9월, 형조 참판이 되다.

1804년(순조4, 56세) 6월, 예조 참판이 되다.

- 9월, 비변사 제조가 되다.

- 11월, 이조 참판이 되다.

1805년(순조5, 57세) 3월, 형조 참판이 되다. 동지경연사가 되다.

- 5월, 이조 참판이 되다.
- 6월, 공조 참판, 예조 참판이 되다.
- 윤6월, 경기 관찰사가 되다.

경기관찰사가 서형수의 마지막 관직이었다. 이후 서형수는 세상을 뜰 때까지 20년 가까운 시간을 유배지에서 보내게 된다. 실상 서형수는 당쟁에 희생되어 인생 후반을 유배로 보냈다고 할 수 있다. 당시 서형수는 사도세자, 정조, 노론 시파와 벽파 등 당대 당쟁의 첨예한 요소들에 얽혀서 피할 수 없는 구렁텅이에 빠졌기 때문이다. 순조 5년(1805) 12월 27일에 노론 벽파로서 우의정이었던 김달순(金達淳)은, 상소를 올리면서 그 말미에 "고(故) 지사(知事) 신 박치원(朴致遠), 고(故) 사간(司諫) 신 윤재겸(尹在謙)에게는 특별히 시호와 벼슬을 추증하여 표창함으로써 선조(先朝)의 뜻을 계술(繼述)하고 아름다운 덕을 천발(闡發)하는 뜻을 보이신다면 실로 성효(聖孝)에 빛이 있게 될 것입니다."라고 하였다. 박치원과 윤재겸은 사도세자 사건에 연루되어 해를 끼쳤다고 지목된 인물이었는데, 이를 표창하라는 김달순의 상소는 시파에 의해 집중 공격을 받았고 결국 그를 죽음에 이르게 한다. 여기서 서형수는 김달순의 배후조정자로 지목되어[2] 57세에 경기관찰사를 마

---

2 여기서……지목되어 : 《국역 순조실록》 8권, 순조 6년 2월 6일 갑신 4번째 기사 참조. "김달순을 지금의 김달순으로 만든 것은 첫째도 서형수이고 두 번째도 서형수 때문인 것입니다. 김달순이 도성(都城)을 나갔을 적에 마중 나가 기영(畿營)의 문전(門

지막으로 파직되었고, 이듬해인 1806년(58세) 1월에 흥양현(興陽縣)에 정배되었다가 추자도(楸子島)로 이배되었다. 그리고 1823년(75세) 7월, 임피현(臨陂縣)에 이배되었다가, 1824년(76세) 11월 2일, 임피적사(臨陂謫舍)에서 졸하였다. 이리저리 이배하는 와중에 부인 조씨도 1813년(65세) 6월에 세상을 떴다.

서형수의 후반생인 적소에서의 20여년의 생활은 잘 알려져 있지 않지만, 그의 전반생인 관직에서의 삶은 문집을 통해 어느 정도 그려볼 수 있다. 서형수는 젊은 시절부터 생부 서명응, 형 서호수(徐浩修) 등과 함께 정조의 다양한 편찬 사업에 직간접적으로 참여하였으며, 정조의 명을 받고《대학유의(大學類義)》등의 교열 작업을 주도하기도 하였다. 또한 중국 사행 길에 주자의 저술을 널리 수집해 오는 임무를 부여받고 당대 중국 명사들을 방문하여 자문을 구하고 학문을 토론하였다. 이러한 폭넓은 경험은《명고전집》전반에 그 흔적을 남겼는데, 그의 시문과 논설에서 명청(明淸) 학자들의 최신 학설에서부터 불교 지식에 이르기까지 당대 일반 지식인들의 면모와는 다른 점이 곳곳에 보여 주목된다. 이 부분에 대해서는《명고전집》의 내용을 설명하면서 좀 더 자세하게 살펴보기로 하겠다.

前)에서 주접(住接)케 한 다음 몸소 배알하고 악수하며 사업(事業)이라고 핑계대고 밤에 모여 술잔을 나누면서 머리를 맞대고 주밀하게 논의하여 이런 음흉한 계교를 꾸미고 나서는 강제로 소본(疏本)을 고치게 했다는 것은 귀가 있는 사람은 모두 들었고 입이 있는 사람은 모두 전하고 있습니다. 이런 일을 차마 했는데 무슨 일을 차마 못하겠습니까? 그가 마음먹고 계획을 세운 것이 아! 또한 요망스럽고도 흉악스럽습니다. 이런데도 엄중히 조처하지 않는다면 국법과 세도(世道)가 다시 하나도 남아 있지 못하게 될 것입니다."

국역본《명고전집》의 저본이 된 한국문집총간본《명고전집》과 일본에 전해진《시고변》은 모두 유일본이다. 먼저 그 내용을 살펴보기 전에 서지정보에 대하여 간략하게 살펴보기로 하겠다.[3] 먼저《명고전집》의 서지 및 권차는 다음과 같다.

〈표 1〉《명고전집》서지

표제(表題)·권수제(卷首題)	明皐全集
편저자(編著者)	徐瀅修
어미(魚尾)	상백어미(上白魚尾)
판종(板種)	괘인사본(罫印寫本)
간행년(刊行年)	미상
권책(卷册)	20권 10책
행자(行字)	10행 19자
서발(序跋)	서문 : 기윤(紀昀, 1799년 9월 25일), 진숭본(陳崇本, 1783년), 서대용(徐大榕, 1783년), 서유구(徐有榘, 1787년 11월)
소장처	서울대학교 규장각
소장번호	古3428-278

〈표 2〉《명고전집》권차

권1~2	詩(134)
권3~4	疏箚(37)
권5~6	書(26)

3 이하《명고전집》과《시고변(詩故辨)》의 판본에 관한 사항은 이승현,「서형수의 명고전집 시고(詩稿)를 통해 본 원텍스트 훼손〉,《고전번역연구》7집, 한국고전번역학회, 2016을 요약한 것임.

권7	序(22)
권8	記(23)
권9	敍例(10)
권10	題跋(18)
권11	雜著(26)
권12	策文(10)
권13	祭文(20)
권14	傳(10)
권15	行狀(5)
권16	碑誌表(17)
권17~18	講義(31)
권19	學道關
권20	洪範直指

《명고전집》의 편찬 간행과 관련하여 다음의 언급들이 있다.

……선생께서 40세를 바라보게 되자 책상자를 수습하여 평소 지은 시문을 모두 꺼내어 손수 열에 셋은 버리시고 유구에게 명하여 시문집 하나를 편찬하게 하였다. …… 시문집을 들고 가 선생에게 이름을 지어 달라고 청하자 선생이 말씀하였다. "《시유집(始有集)》으로 하거라. 옛날에 공자 형(荊)이 집안 살림을 잘 꾸렸는데, 처음 살림을 소유하자 [始有] '그런대로 모였다.'라고 하였고, 조금 더 모으자[少有] '이만하면 상당히 갖추어졌다.'라고 하였고, 부유하게 되자[富有] '썩 훌륭하다.'라고 하였다. 지금 《시유집》이라고 이름을 붙인 것은 처음으로 만든 문집임을 나타낸 것이다. 이후로 글을 모아 만든 시문집은 《소유집

《少有集》》,《부유집(富有集)》이 될 것이니, 앞으로 문집을 만드는 것이 세 번이 될 것이다." …… 정미년(1787, 정조11) 동지에 종자(從子) 유구(有榘)는 삼가 쓴다.[4]

……39세 이전의 작품을 문집 하나로 만들고서 이를 먼저 정리하고 깨끗이 필사하여《시유집》이라는 제목을 달고자 한다. 이는 옛날 위(衛)나라 공자 형(荊)이 집안 살림을 잘 꾸린 것을 형용한 말을 취한 것이니, 앞으로 두 번째, 세 번째 문집이 나오면《소유집》,《부유집》으로 칭할 것이다. 서대용(徐大榕)이 써 준 것은 내 문집 전체에 대한 서문이고, 매 집마다 그 분류 의의를 밝힌 서문이 없어서는 안 되니, 너는 반드시 나를 위해 제1집의 서문 한 편을 지어 보내거라.……[5]

……유명(遺命)에 따라 시문집 30권을 22권으로 산정하고《학도관(學道關)》,《홍범직지(洪範直指)》,《시고변》 등을 부록하고서 선사(善寫)하여 권질을 완성하였다. 그리고서 간행을 통해 장구히 전하게 되기를 기다린다. …… 임인년(1842, 헌종8) 입동에 종자 유구는 눈물을 훔치며 추기한다.[6]

이상의 언급을 보면, 서형수의 글은 저자 생전에 이미《시유집》이라는 제명으로 한 차례 정리되었음을 알 수 있다. 이에 근거하면 현재

---

4 《명고전집》,〈명고시유집서(明皐始有集序)〉.

5 《명고전집》권5,〈유구에게 주다〔與有榘〕〉.

6 《풍석전집(楓石全集)》권8,〈중부 명고선생 자지 추기(仲父明皐先生自誌追記)〉.

《명고전집》에 수록된 작품들 중 그 저작시기를 서형수의 나이 39세 이전으로 비정할 수 있는 것들은 저자의 정리를 한차례 거친 작품으로 볼 수 있다. 다만 서형수의 바람과 달리 저자 생전에 다시 원고를 권질의 형태로 정리한 흔적은 보이지 않는다.

그리고 저자 사후에는 조카 서유구가 유명에 따라 문집 편차 작업을 한 것도 알 수 있는데, 이는 서유구의 사제 관계 및 학문적 능력 외에도 저자의 정실 소생 아들 서유경(徐有檠, 1771~1835), 서유영(徐有榮, 1772~1843), 서유반(徐有槃, 1773~1838)이 모두 일찍 세상을 떠난 것과도 관련이 있어 보인다. 그런데 서유구의 언급과 달리 현전하는 《명고전집》은 20권 분량이며 《시고변》도 포함되어 있지 않다. 《시고변》은 현재 서유구의 자연경실장(自然經室藏) 판심제 원고지에 선사된 판본이 일본 오사카부립 나카노시마도서관(韓4-50)에 소장되어 있는데, 현전하는 《명고전집》의 판종과 《시고변》의 판종은 상이하다. (그림1, 2 참조) 따라서 양자는 서로 다른 본으로 보인다. 현재로서는 현전하는 《명고전집》에 본래 《시고변》이 있었다가 소실된 것인지, 아니면 애초에 수록하지 않은 것인지 알 수 없다. 또한 현전하는 《명고전집》이 서유구의 손을 거친 것인지에 대한 직접적인 정보도 없다. 다만 현전 《명고전집》에 서유구가 자신의 저작 및 주변 인물들의 저작을 정리할 때 사용했던 풍석암서옥(楓石庵書屋)이나 자연경실장(自然經室藏) 판심제가 없고, 교정 내용 역시 서유구가 했다고 보기에는 의심이 갈 만한 수준의 내용이 많아 서유구의 손을 거치지 않은 쪽에 무게가 실린다.

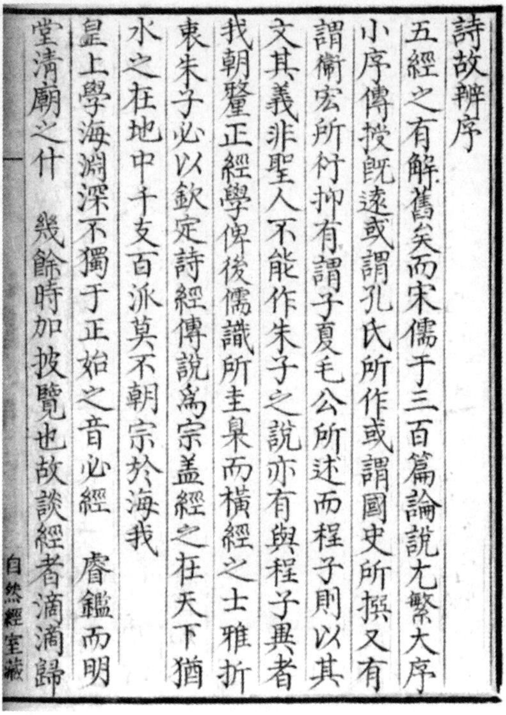
詩故辨序
五經之有解舊矣而宋儒于三百篇論說尤繁大序
小序傳授既遠或謂孔氏所作或謂國史所撰又有
謂衛宏所附抑有謂子夏毛公所述而程子則以其
文其義非聖人不能作朱子之說亦有與程子異者
我朝釐正經學俾後儒識所圭臬而橫經之士雅折
東朱子必以欽定詩經傳說爲宗盖經之在天下猶
水之在地中千支百派莫不朝宗於海我
皇上學海淵深不獨于正始之音必經　睿鑑而明
堂清廟之什　幾餘時加披覽也故談經者滴滴歸
自然經室藏

〈그림 1〉〈자연경실장(自然經室藏) 판심제 원고지의 《시고변(詩故辨)》〉

현전하는 《명고전집》의 판본은 간행본이 아닌 괘인사본(罫印寫本)으로, 원문에 교정자가 각종 주석과 수정을 가하였다. 간행 이전 수교(讎校) 단계의 교정고로 판단된다. 또한 이러한 교정의 흔적은 문고에서는 드물고 시고(詩稿)에서 광범위하게 나타나는 것이 특징이다. 아래의 사진은 《명고전집》 권1의 일부이다. 《명고전집》은 크게 원문 선사(善寫) 단계에서 작성된 원문과 자주(自註), 그리고 교정 증산(增删) 단계에서 작성된 원문 및 자주에 대한 수정과 원문 내용에 자주의 형식처럼 주석을 더한 교정주(校正註)로 나뉜다.

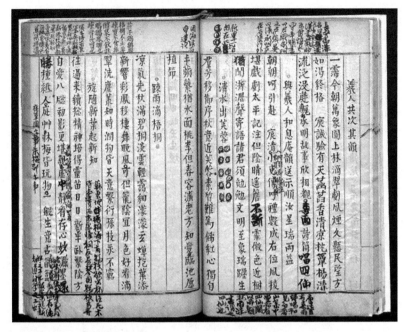

〈그림 2〉〈《명고전집》 권1 일부〉

위에서 보듯 원문과 관련하여 여백에 교정자의 주석이 들어가기도 하고, 원문 자체가 수정되기도 하며, 본래의 자주(自註)를 삭제하거나 교정 주석을 재차 수정하기도 하는 등 완정된 형태로 간행된 문집에서는 보기 어려운 교정의 흔적들이 그대로 드러나 있다. 또한 여타 다른 문집의 필사본이나 교정본들과 비교해보아도 교정의 흔적이 거의 매 편마다 광범위하게 나타나고 있다. 교정의 경우를 모아 분류해보면 다음과 같다.

1) 작품 삭제

삭제표시1	삭제표시2

2) 제목 권점[7]

상(上)권점	상하(上下)권점	하(下)권점

7 권점과 삭제표시를 함께 보면, 하권점만 나오는 때이든 상하권점이 같이 나오는 때이든 삭제표시는 반드시 하권점을 동반하거나 권점이 없을 때만 표기되어 있다. 이를 미루어 볼 때, 교정자가 1차로 작품을 보면서 삭제 판단이 드는 작품에는 삭제표시를, 재고의 여지가 있는 작품에는 하권점을, 수록 판단이 드는 작품에는 상권점을 치고, 다시 2차로 작품을 보면서 하권점을 친 재고 작품 가운데 삭제로 확정 판결된 작품에는 삭제표시를, 수록으로 확정 판결된 작품에는 상권점을 쳤으리라 추측된다.

3) 원문 수정

주필(朱筆) 원문 수정	묵필(黑筆) 원문 수정

4) 주석 가필

정자체 교정주석	흘림체 교정주석

이상을 살펴보면, 묵색(墨色) 및 글자체 등에서 교정 내용간 구분이 있음을 알 수 있다. 이를 통해 교정의 선후관계나 교정자의 수 등을

구분해 낼 수 있으면 좋을 것이다. 그러나 현재 드러난 점만으로는 명확하게 판단하기 어렵다. 또한 형태 차이 외에 내용상의 유의미한 차이는 없는 듯하다.

그런데 교정의 양상을 보면, 출처의 오류, 불필요하거나 부정확한 주석, 잘못된 원문 수정, 삭제근거가 의심되는 임의적 작품 산삭 등 상당한 문제가 있다. 이 가운데《명고전집》시고에서 자주 보이는 교정 오류로 출처의 오류를 예를 들어 보기로 하자. 원문에 대한 주석을 달면서 가장 기초적인 출처에서 오류를 보이는 것은 교정자에 대한 신뢰를 반감시킨다. 문제는 이런 오류가 빈번하다는 것이다.

다음은《명고전집》권2의 〈소청문의 〈전원생활[田居]〉에 화운하여 (和邵靑門田居) 8수〉 가운데 마지막 여덟째 수의 한 부분이다.

| 만과 촉이 달팽이 뿔 차지하려 다투고 | 蠻觸鬪蝸角 |
| 초명이 떼 지어 모기 속눈썹에 깃들듯 | 焦明棲蚊目 |

만(蠻)·촉(觸)과 초명(焦螟)은 모두《열자(列子)》에 보인다.〔蠻觸焦明, 立見列子.〕

| 좁디좁은 것이 인간 세상이건만 | 窄窄人間世 |
| 내 생에 몇 번이나 눈썹을 찌푸렸나 | 吾生眉幾蹙 |

위에서 시구 사이에 들어간 주석은 원문 자주(自註)가 아니라 교정 자가 단 주석이다. 그런데 만촉과 초명이 나오는 전거를 모두《열자》에 나오는 것이라고 주석을 달았다. 만촉은 달팽이의 좌우 뿔에 있으면서 그 좁은 곳에서 끝없는 전쟁을 벌이는 두 작은 나라인 '만'과 '촉'이며, 초명은 너무나 작아서 모기 눈썹에 내려앉아도 모기가 전혀 의식하지

못할 정도의 크기인 벌레로 모두 인간 세상의 부질없음을 비유하는 말이다. 그런데 초명은 《열자》〈탕문(湯問)〉에 나오는 것이 맞지만, 만촉은 《장자(莊子)》〈칙양(則陽)〉에 나온다. 더구나 만촉이나 초명은 드물게 인용되는 고사가 아니라 자주 인용되는 고사이다. 교정자는 이렇듯 자주 인용되는 고사에서조차 출처를 잘못 표기하는 오류를 보여준다. 교정자가 정작 교정해야 할 것은 잘못된 출처를 다는 것이 아니라, 원문 '초명(焦明)'의 '명(明)'을 '명(螟)'으로 바로잡는 것이다. 정작 이 오류는 그대로 두고 주석에서도 오자를 그대로 답습한 채 쉬운 출처는 잘못 기재하는 오류를 범하고 있다. 이 외에도 《예기》의 내용을 《사기》라고 하거나[8] 《한서》의 내용을 《국어》라고 하는 등[9] 기초적인 출처의 오류가 빈번하다.

이상의 오류의 사례를 통해 추측해보면, 교정자가 서유구일 가능성은 희박하다. 당대의 석학인 서유구가 이처럼 상식에 가까운 내용을 틀릴 수도 없거니와, 이처럼 불철저하게 교정을 달았을 것으로는 보이지 않기 때문이다. 그리고 만약 직계자손이 교정했거나 타인에게 의뢰하였다면, 서형수의 정실 아들들 모두 1840년을 전후하여 일찍 사망하였으므로, 빨라도 손자들이 장성한 고종 재위(1864~1895) 초년 이후의 교정이라 추측할 수 있다.[10]

---

8 《명고전집》권2, 〈경박이 유본·유구와 함께 고문회를 만들어 닷새마다 한 편씩을 짓는다는 말을 듣고 기뻐서 잠 못 이루다(聞景博與有本有榘作古文會 每五日必得一篇 喜而不寐)〉.

9 《명고전집》권1, 〈생각나는대로 읊어(漫吟)〉.

10 《대구서씨세보(大丘徐氏世譜)》에 의하면, 서형수의 정실 소생 중 아들을 둔 사람은 장자 유경(有榘)이 유일한데, 1822년(순조22)생인 유경의 아들 내보(來輔)는 요절

《명고전집》의 교정사항이 이와 같기에, 번역을 함에 정치한 교감은 필수적이라 할 것이다. 국역 《명고전집》은 바로 이러한 면을 감안하여 교감에 공을 들인 다음에 번역을 하였다. 한편 국역 《명고전집》의 내용을 살펴보면, 권1~2는 시, 권3~16은 산문, 권17~20은 경학저술, 그리고 《시고변》으로 구성되어 있다. 즉 국역 《명고전집》은 서형수의 한시, 산문, 경학논저 등 세 부분이 주축을 이루고 있는 셈이다. 이에 다음으로 서형수의 시문과 경학에 들어있는 사유에 대하여 차례대로 살펴보기로 하겠다.

2.

《명고전집》 권1~2에는 시 134제(題)가 실려 있다. 서경시(敍景詩), 송시(送詩), 회고시(懷古詩), 애민시(愛民詩) 등등이 고루 있는데, 창작순서대로 실어놓았다. 시문의 창작연대를 살펴본바, 권1의 앞에 실려 있는 〈북벽(北壁)〉, 〈도담(島潭)〉, 〈성천의 시기 일지홍에게(贈成川詩妓一枝紅)〉 등 세 수의 시는 서형수의 10대 시기의 작품이다. 충청도의 북벽과 도담을 읊은 시도 뛰어나지만, 명기인 일지홍의 아름다움을 "봄바람이 너를 빌어 꽃소식 전해와(東風假爾傳消息), 온 천지 가지마다 붉은 망울 틔웠다(散作枝頭萬點紅)"라고 묘사한 데서 서형수의 조숙한 시재를 엿볼 수 있다. 20대 이후 지어진 한시는 매

한 것으로 보이고 1828년(순조28)생인 유위(有偉)의 아들 규보(揆輔)가 출계(出系)하여 유경의 뒤를 이은 것으로 되어 있다.

우 다양한데, 특히 저자가 거처하던 장단(長湍) 명고(明皐) 주변의 생활 모습을 읊은 시 〈명고팔영(明皐八詠)〉, 중국의 축덕린(祝德麟), 반정균(潘庭筠), 이조원(李調元)을 그리는 〈중국의 세 군자를 생각하며(憶中州三君子)〉, 서형수의 사상적 지향을 엿볼 수 있는 〈산속 집에서 향불을 피우고 현 스님과 함께 불경을 강론하며(山齋燒香 與 絢上人演佛乘)〉 등은 눈여겨 볼만하다.

30대에 들어선 서형수는 경기도 장단부(長湍府) 광명동(廣明洞)에 독서 산장으로 명고정사를 지어서 기숙하곤 하였다. 〈명고팔영〉은 명고정사 주변의 아름다운 풍경을 그려낸 칠언절구인데, 팔경시(八景詩)의 전통을 따라 8수로 이루어져 있다. '가을밤 석량에서 참게를 잡는 고기잡이불', '명고의 남쪽에 자리한 마을 대리의 밥 짓는 연기', '명고정사 앞 방당의 연꽃 향기', '긴 둑에 늘어선 버드나무 그늘', '곡우 뒤의 토란 심는 모습', '가을 무논의 벼수확과 새참 먹는 모습', '도토리 줍기', '정원 옻나무 숲의 단풍' 8장면의 풍경이다. 특히 명고정사 골짝으로 이어진 둑방길 양편에 늘어선 버드나무를 읊은 시, 〈긴 둑방길에 버드나무 그늘(長堤柳陰)〉은 회화적 요소가 매우 두드러진 서경시로써 서형수의 문예적 감각을 잘 드러내어 주고 있다.

무성히 늘어진 가지가 작은 촌락을 가렸는데	羃歷垂絲掩小村
호미 멘 사람이 녹음 우거진 들판에 있네	荷鋤人在綠陰原
청명 무렵 여우비가 막 지나간 뒤	淸明暈雨初過後
버들솜이 동쪽 도랑에 더욱 많이 떨어지네	飛絮東溝落更繁

기승(起承) 양구에서는 무수히 늘어진 버들가지 아래 선 호미 멘

농부의 모습을 읊어 전원에서 은자의 모습으로 한가로이 지내고 있는 자신의 모습을 은근히 담아냈다. 전결(轉結) 양구에서는 비가 내린 뒤 도랑에 날려 떨어진 버들솜을 그려 상쾌하면서도 나른한 늦봄의 시골풍경을 그렸다. 들판에 서 있는 호미 멘 농부, 버들솜이 흘러가는 도랑은 흡사 그림을 보는 듯하다. 풍광을 그림처럼 그리는 서형수의 시는 이 시외에도 그의 시문에 자주 보인다. 한편 서형수의 한시는 이처럼 미감을 드러낸 시 외에도 그의 사상적 지향을 살필 수 있는 시들도 있다.

특히 앞서 거론한 〈중국의 세 군자를 생각하며〉, 〈산속 집에서 향불을 피우고 현 스님과 함께 불경을 강론하며〉는 이 점을 잘 보여주고 있다. 〈중국의 세 군자를 생각하며〉에서 서형수는 중국의 세 문인, 축덕린, 반정균, 이조원을 그리는 칠언절구를 세 수 지었다. 더하여 《명고전집》 전반에 걸쳐 원굉도(袁宏道), 조환광(趙宦光), 전겸익(錢謙益), 모기령(毛奇齡), 고염무(顧炎武), 이광지(李光地) 등 명청 학자들의 저술이 자주 인용되고 있다. 이는 서형수의 문예적 기반의 한축이 명청시대 학자들에 있음을 보여주고 있다. 서형수는 조선의 대부분 학자들의 보편적 지향이라 할 수 있는 주자학(朱子學)에 침잠하기도 하였다. 그러나 여타 주자학자들과 대별되는 지점 중의 하나가 바로 명청 학자들에 대한 경사였다. 《명고전집》 서문의 두 편이 당대 중국학자임은 이를 역력하게 보여주는 것이다.

한편 특이하게도 서형수의 또 다른 사상적 지향은 불교였다. 서형수는 유학에서 친불교적인 양명학(陽明學)은 극력 배척하는 반면, 불교에는 매우 호의적이었다. 실제 승려 최현(璀絢)을 만나 우호를 맺기도 하였지만, 불교의 이론에 대해서도 탐구하였으며[11] 이를 자기 인생의 한 축으로 수용하였다. 이를 잘 보여주는 시가 바로 〈산속 집에서 향불을 피우고 현 스님과 함께 불경을 강론하며〉이다.

나는 들었네 유·불·도 3교가 모두 내 스승으로	我聞三教皆吾師
심성과 정신을 다스림은 같다는 것을	心性精神同所治
말세엔 종종 참뜻을 잃고	往往末流失其眞
제 논리만 고집하며 서로 비웃네	入主出奴紛相嗤

불가는 그나마 유가에 가깝고 도가는 머니	佛猶近儒道則遠
도가는 일신만을 생각하고 불가는 자비를 숭상하기 때문이네	
	道蓋自私佛慈悲
이 때문에 유자들은 불설(佛說) 담론 좋아하여	是以儒者喜談佛
파옹과 목로가 부분 부분 엿보았네	坡翁牧老一斑窺
나 역시 어쭙잖게 불가의 설 엿보아	我亦粗窺佛家說
미증유의 일을 듣고 기이함에 자꾸 빠져드네	得未曾有頻耽奇

위에서 보듯이 서형수는 유학과 불교의 상호 소통의 가능성을 긍정하고, 그 이론적 기반을 불가의 자비에서 찾고 있다. 그리고 소식(蘇軾)과 전겸익 같은 당대의 대유(大儒)들도 불설에 혹호(酷好)하였음을 적시하면서, 자신 또한 불가의 설에 빠져듦을 고백하고 있다. 그런

---

11 《명고전집》 권5, 〈최현 스님에게 보낸 편지(與璀絢上人)〉. "지금은 마침 세속의 인연이 다소 끊겨서 《법화경(法華經)》 한 상자를 들고 여막에 와서 지내며 10여 일 동안 강구해 보려고 계획하고 있습니다."

데 서형수의 불교에 대한 경사(傾斜)는 불교 밖에서 불교를 비판하는 유학자들의 일반적 행태와는 매우 다르다. 서형수는 불교 안으로 들어가 불교의 이론을 유학의 내부로 포용해 내고 있다.

불가의 '불이문'은 유가의 '일이관지(一以貫之)'[12] 요결이요

不二門是一貫訣

불가의 '무엇인지 관찰함'은 유가의 '늘상 주목함'[13]이로다

視甚麼爲常目之

서형수는 불가의 '불이중도(不二中道)'를 유학의 '일이관지'로, 선종의 '이 뭣고?〔是甚麼〕' 화두를 유가의 '늘상 주목하는 공부'로 등치시켰다. 즉 불교의 핵심 이론인 불이중도론과 '이뭣고?' 화두는 바로 유학의 일이관지와 늘상 주목하는 공부의 다른 표현이지, 그 본질은 똑 같다는 것이다. 실상 서형수의 이러한 논리는 일찍이 중국의 양명좌파(陽明左派), 특히 이탁오(李卓吾)와 장대(張岱) 등에 의하여 유불회통(儒佛會通)의 사유로 제시된 것이었다. 서형수는 양명좌파의 유불회통의 사유와 유사한 논리를 자신의 글에서 제시하고 삶에서 구현하였던 것이다. 유학자와 승려가 교유를 하는 것은 중국과 조선에서 왕왕 있었다. 그러나 그 사유의 핵심으로 들어가 유불을 회통시키는 사유를 견지한 유학

---

12 일이관지(一以貫之) : 공자(孔子)가 자신의 철학 체계를 일컬어 "나의 도는 하나의 원리가 모든 이치를 관통한다.〔吾道一以貫之〕"라고 한 것을 말한다. 《論語 里仁》
13 늘상 주목함 : 《대학》 전(傳) 1장의 "하늘의 밝은 명을 돌아본다.〔顧諟天之明命〕"에 대해 주희(朱熹)가 "돌아본다(顧)는 것은 '늘상 눈길이 거기에 있다(常目在之)'는 말이다."라고 한 것을 가리킨다.

자는 중국이나 조선을 막론하고 드물었다. 특히 서형수는 이 시의 마지막에서 "그대여, 유자가 불경을 강론한다고 비웃지 마소(儒演佛乘君休笑), 일체의 가르침이 지극한 경지에선 터럭만한 차이도 없거니(萬法到處差不髦)"라고 하여 자신이 견지한 유불회통적 사유에 대하여 당당하게 공표하였다. 불교에 이렇게 적극적으로 다가가서 이를 유학의 내부로 끌어들여 그 동일성을 추구한 것은 동아시아에서 매우 귀중한 자산의 하나이다. 이는 유불의 상호소통이자, 어찌 보면 문명의 상호 회통의 현장이기 때문이다. 서형수의 이 시가 가지는 의미는 그래서 더욱 소중한 것이다.

3.

《명고전집》 3권에서 16권 사이에 들어 있는 서형수의 산문은 약 200여 편을 상회한다. 소차(疏箚), 서발(序跋), 서(書), 제문(祭文), 전(傳) 등 양식도 다양하다. 이 산문내에도 서형수 사유의 중요지향인 유불회통을 드러낸 글들이 종종 보인다. 특히 〈최현 스님에게 보낸 편지(與璀絢上人)〉(《명고전집》 제5권)에서 서형수는 "중간에는 생각을 추스르고 깨어 있는 정신을 지키려고 마음속에 맹세하며 밀고 나아가 이른바 '생소하던 곳에서 별안간 직접 (불성을) 보게 되는(向冷地驀然親見)' 참된 경지를 추구해 보기도 했으나, 안에서는 부근(浮根 눈, 귀, 코, 혀, 피부 등 오관(五官))에 가두어지고, 밖에서는 기계(器界 세상)에 국한되고, 중간에서는 업식(業識 망령된 분별심)에 붙잡히는 바람에 높은 깨달음을 구하는 힘이 날로 약해지고 인연을 끊어내는 칼끝이 날로 둔해졌습니다."라고 하였듯이, 단순하게 학문적 영역에서 유불을 회통시키려 했을 뿐 아니라, 그 자신이 실제 불도를 수행하고 있었음을 알 수 있다. 불교와 유학을 상호 소통시키려는 학문적 지향은 서형수로 하여금 유학의 정체성을 견지하면서도 불교 수행의 길로 접어들게 한 것이다.

한편 서형수의 시론(詩論)을 살펴볼 수 있는 산문으로는 〈《가상루시집》 서문(歌商樓詩集序)〉을 들 수 있다. 가상루(歌商樓)는 유득공(柳得恭)의 별호이다. 《가상루시집》은 젊은 날 유득공이 자신의 작품을 묶어 편집한 것으로 추정되는데, 현재 발견되지 않고 있다. 서형수는 유득공에게 준 이 글에서 다음과 같이 말하였다.

시는 역사서의 한 갈래이다. 옛날 주나라가 전성을 구가할 때 여러 제후국에서 시를 바치면 태사가 그를 통해 풍속의 성쇠를 살폈으며, 시를 후세에 전해 앞 시대 정치의 득실을 살피게 했다. …… 하지만 이는 고시의 경우에 해당한다. 한당 시대에 시가 성행하였지만, 시를 잘 해석하는 자들은 유독 두공부(杜工部 두보)의 시만 시사(詩史)라고 하였으니, 나머지는 알 만하다. 가령 오늘날 여러 나라의 시를 태사에게 올려 후세에 전한다면 풍속을 살피고 정치의 득실을 살펴볼 수 있겠는가? 그렇다면 역사서는 역사서이고 시는 시일 뿐이다. 아, 이런 것도 시라고 할 수 있겠는가? 산시(刪詩)한 뒤에 시다운 시가 없어졌다는 말이 비분에 차서 꺼낸 말이 아니다. 유상사(柳上舍) 혜풍(惠風)이 자신이 지은 《가상루시집》을 손수 들고와 나에게 서문을 청했다. 내가 읽고서 탄복하며 다음과 같이 말했다. "시사(詩史)의 유풍이라고 할 만하다."

서형수가 유득공에게 준 〈《가상루시집》 서문〉에서 시의 본의를 정치의 득실과 결부하여 이야기하고 있다. 문학사적으로 인간의 삶과 정치의 득실을 시로 가장 잘 표현한 이로 두보(杜甫)를 거론하는 것도 그 때문이다. 즉 서형수에 의하면 훌륭한 시는 문예미를 물론 함유하여야 하지만, 이것만으로는 부족하다. 그 담고 있는 내용이 인간의 현실적 삶과 맞닿아 있어야만 한다. 시로 그려내는 인간의 역사가 바로 시의 본원인 것이다. 그리고 그 본원에 《시경(試經)》이 있는 것이다. 서형수는 이렇게 《시경》에서 두보로 이어진 시사(詩史)로서의 시를 진시(眞詩)로 파악하며, 한시사(漢詩史)에서 이런 시는 어느 틈엔가 자취를 감추었다고 하였다. 즉 동아시아의 수많은 시인들의 시는 비록 그 문예적 측면에서는 어느 정도 평가할 여지가 있지만, 시사적(詩史的) 측면에서 보자면 적막하다는 것이다. 그런데 이 적막을 깨고 시의 본래적 의미를 부활시킨 것이 바로 유득공의 시라는 것이다.

실상 서형수의 이같은 시관(詩觀)은 그의 시작(詩作)에 그대로 투영된 것은 아니다. 앞서 언급하였듯이, 서형수의 시의 주류는 서경시에 기울어 있기 때문이다. 그럼에도 불구하고 시사적(詩史的) 의미의 시가 《명고전집》에 전무한 것은 아니다. 예컨대 〈소청문의 시 〈전원 생활[田居]〉에 화운하여〉 8수 중 셋째 수에서 서형수는 전원생활 중에 목도한 농민과 상인의 고충을 고발하고 있다. 무거운 전세·부역·공물에다 환곡의 부담까지 더해져 부지런히 노동해도 궁핍을 벗어날 수 없지만 그렇다고 생업을 포기할 수도 없는 민초들의 고충을 생생하게 그려내고 있다. 이는 서형수의 시관에 어느 정도 부합하는 시라고 할 것이다.

한편 〈이 검서에게 답한 편지(答李檢書)〉에서 서형수는 조선의 학술에 대하여 다음과 같은 관점을 피력하였다.

　삼가 생각건대, 우리나라 4백년 역사에서 문치(文治)의 융성함과 인재의 번성함은 기록으로 전할 만큼 충분히 성대하나, 유자(儒者)는 한 사람도 없었습니다. 이렇게 말하는 까닭은 다음과 같습니다.

　우뚝이 절조를 지키는 사람을 유자라 이르고, 문장이 뛰어난 사람을 유자라 이르고, 도덕으로 백성을 얻는 사람을 유자라 이르고, 고금(古今)을 구별하는 사람을 유자라 이르고, 천·지·인의 이치에 통달한 사람을 유자라 이르는데, 이는 주죽타(朱竹垞, 朱彝尊, 1629~1709)가 유자를 논한 말입니다. 이 다섯 가지를 가지고 우리나라 사람을 낱낱이 헤아려 볼 때, 성취의 수준이 만에 하나라도 이에 비견되는 사람이 있습니까.

　우리나라 사람들이 유자라고 일컫는 부류를 알 만하니, 고집스럽게 언행을 일치시키고 부지런히 경서(經書)를 연구하되, 논쟁하는 것이라곤 주자(朱子)의 초년설(初年說), 만년설(晚年說)의 동이(同異)에 불과하고 저술하는 것이라곤 여러 가지 복식(服式)과 절하고 읍하는 예법의 선후에 불과합니다. 게다가 먼저 주입된 견해가 주견이 되면 그 밖의 학설들을 배척하여 함께 논의도 하지 않고, 논쟁이 격화되면 학문적 견해가 다른 사람을 원수처럼 봅니다. 다른 학설에 대해서는 너무도 각박하게 비판하고 스스로는 더욱 심하게 속박되니, 유자가 나오기 어려울 뿐만 아니라 바른 기풍이 감히 나오기도 어렵게 합니다.

　말은 '스스로 터득한 것(自得)'만을 중시하고 학문하는 방법은 암기와 문답을 천시하여, 천명(天命)과 인성(人性)의 이치가 향촌 학당의 강석(講席)에서도 늘 거론되지만 《시경》, 《서경》, 《춘추》의 내용은 학식과 덕망이 높은 학자들조차 언급하지 않습니다. 족하께서는 그 까닭을 아십니까?

이는 바로 주자(朱子)가 《시경》, 《서경》, 《춘추》에 대해서는 사서 (四書)처럼 상세하게 정리하고 증명하지 않아서 모방할 만한 선학(先學)이 없기 때문입니다. 모방하는 사람을 유자라 한다면 누구인들 유자라 부르지 못하겠으며, 〈유림전(儒林傳)〉을 이루 다 쓸 수 있겠습니까.……

그래서 저는 다음과 같이 말합니다.

"우리나라 역사에서 〈도학전(道學傳)〉, 〈문원전(文苑傳)〉, 〈순리전(循吏傳)〉, 〈충의전(忠義傳)〉, 〈효열전(孝烈傳)〉, 〈방기전(方技傳)〉 등은 모두 해당자를 찾아 쓸 수 있지만 〈유림전〉은 쓸 수 없다. 굳이 유림전을 쓰려 한다면 비록 과분하기는 하나 조성경(趙成卿, 趙聖期, 1638~1689) 등 몇몇 사람은 그나마 가능할 것이다." 아, 너무도 드뭅니다.

30대 중반의 서형수에게 이덕무(李德懋)가 〈유림전(儒林傳)〉 서문을 써 달라고 요청하였다. 이에 서형수는 조선에는 유학자라고 불린 만한 인물이 없기에 이것은 불가능하다고 하면서 그 이유를 피력하였다. 서형수의 이런 주장은 매우 파격적이다. 퇴계(退溪)에서 시작된 조선의 주자학, 정제두(鄭齊斗)에서 연원한 조선의 양명학, 이익(李瀷)이 중흥조라 할 수 있는 조선의 실학에서 수많은 유학자들이 빽빽하게 들어서 있다. 그런데 서형수는 이 많은 유학자들이 있음에도 불구하고 유림전에 들어갈 기준에 의거하면 조선에는 유학자가 없다고 단언하였다. 겨우 찾자면 조성기 정도가 가능하다는 것이다. 서형수는 조선의 학술(유학)에 대하여 왜 이렇게 혹평하였는가? 위의 서간을 분석해 보면, 그 이유를 크게 두 가지로 추정할 수 있다. 첫째는 주이존이 유학자의 조건으로서 제시한 절조, 문장, 도덕, 박학, 이치를 만족할 만한 학자가 조선에 없다는 것이다. 그런데 이 서간을 자세하게 읽어보면, 이보다 더 중요한 이유를 바로 주자학 일변의 조선유학에 대한 비판에서 찾을 수 있다. 조선주자학의 학문적 성취는 당대나 오늘날 고평(高評)을 받고 있다. 조선주자학자들의 주자 이론에 대한 정밀한 탐색은 주자학의 등불이 중국이 아닌 조선에서 다시 살아나게 하였기 때문이다. 그러나 그 이면에는 주자학에 대한 지나친 경사(傾斜)로 인하여 학술의 단조로움, 다른 학문에 대한 지나친 배격 등의 부작용이 있다. 서형수는 주자학 일변의 조선의 학술이 가진 전자의 긍정적 면모 보다 후자의 부정적 측면에 초점을 맞추었다. 서형수에 의하면 조선의 학술은 주자학에 지나치게 경사함으로 인하여 주자학 이외의 학문을 이단으로 배척하고 이 때문에 다른 학문에 대한 수용과 발전이 불가능하다는 데 문제가 있는 것이다. 이는 조선의 학술을 협애하게 만들었을 뿐 아니라, 주자가 언급하지 않거나 정밀하게 분석하지 않은 분야에 대해서는 무지하다는 점에서도 문제가 있는 것이다. 그 예로 주자는 사서(四書)에 비해 삼경(三經)에 공력을 덜 들였는데, 이로 인하여 조선의 사서학은 주자를 모방하는데 그치고 삼경학은 걸음마 수준에 머물고 있다고 진단하였다. 실상 조선의 사서삼경학이 서형수의 주장 대로 그렇게 수준이 낮은가 하는 점에서는 이론의 여지가 있을 수 있다. 그러나 중요한 것은 서형수가 조선의 학술을 이렇게 보았다는 점이다. 주자학자를 중심으로 하는 도학전(道學傳)은 가능해도 유학 전체를 아우르는 유림전은 불가능한 것은 바로 이 때문이다.

앞서 언급한 서형수의 불교로의 경사는 어쩌면 조선의 유학에 대한 이 같은 평가와 연관이 있을 수도 있다. 애초 서형수에게는 존숭하고 추종할 만한 사상체계로서의 조선의 학술이 없거나 아주 희박했던 것이다. 때문에 이단 중의 이단이라 할 수 있는 부처의 가르침을 그렇게 깊이 수용하고 삶의 한 축으로 삼았다고 보여진다. 한편 유학자로서 서형수의 이 같은 불교적 경사도 매우 이례적이지만, 그가 조선사회를 바라보는 관점 중에서 또 하나 특기할 만한 것이 있다. 사농공상(士農工商)의 차별을 없애는 파격적인 인재등용관이다. 서형수는 자신의 이러한 생각을 〈부수찬을 사직하면서 겸하여 소회(所懷)를 아뢴 상소(辭副修撰兼陳所懷疏)〉에서 다음과 같이 피력하였다.

장삼과 넓은 소매는 실제로 재화를 낭비하는 중요한 요인인데, 장삼과 넓은 소매의 폐단은 또 대대로 벼슬하는 것을 중시하고 대대로 하는 직역(職役)을 천시하는 데에서 나온 것입니다. 옛날에는 덕(德)에 따라 벼슬을 주고 공로에 따라 작위를 내려 세록(世祿)은 있었으나 세관(世官)은 없었으니, 어찌 태어나면서부터 귀천이 정해져 있겠습니까. …… 우리나라는 그렇지 못하여 그 사람의 현(賢)·불초(不肖)에 대해서는 내버려 둔 채 문제 삼지 않고 오로지 문벌로써 우열을 가립니다. 부유하고 이름난 가문은 전혀 재주가 없는데도 청요직의 반열에 드나들고 가난하고 한미한 집안은 훌륭한 재능을 품고서 부질없이 말직을 전전합니다.

그리하여 마침내 온 나라의 풍조가 되어 너도나도 농부(農夫)를 말하는 것을 부끄러워하고, 조금이라도 재산이 있는 자는 모두가 자손들이 입신할 계책을 세웁니다. 이에 실리(實利)에 힘쓰지 않고 나쁜 풍조를 다투어 조장하여 논밭에는 직접 쟁기질하고 보습을 잡는 이가 매우 드물고 인가가 즐비한 읍(邑)에는 모두가 품 넓은 옷과 폭 넓은 띠를 걸친 이들입니다. 수놓은 듯한 농토에 땅을 일굴 인력이 없으니 가을의 수확량이 어찌 그 해 날씨의 좋고 나쁨에 달려있겠습니까.

생산하는 자는 점점 적어지고 먹는 자는 점점 많아지지 않을 수 없는 형세이니, 만드는 자가 빨리 만들지 않고 쓰는 자가 천천히 쓰지 않게 되는 것은 차례대로 닥치는 문제일 뿐입니다. 아무리 해마다 세금을 줄이고 창고의 곡식을 푼다 하더라도 전하께서 어찌 사람마다 모두 구제할 수 있겠습니까. 그 근본을 바로잡아 그 말단을 제어하는 것만 못합니다.

한 번 이조의 신하더러 농부 중에 훌륭한 인재 한 명을 발탁하여 청요직에 두고 벌열 가문의 재주 없는 자 한 명을 눌러서 관로에서 물리치게 하여 조짐을 보이소서. 이어서 이것을 시행하는 명령을 사계절의 운행처럼 미덥게 하고 이것을 집행하는 정책을 금석(金石)처럼 굳게 하시어, 모든 사람들을 서로 이끌고 경작하는 본업으로 즐겁게 달려가게 하고 더 이상 놀고먹는 것을 고상한 운치로 여기지 않게 하십시오. 그렇게 하신다면 설령 십 년 가뭄과 구 년 홍수가 들더라도 인화(人和)가 지극하여 풍년을 이루기에 충분할 것입니다. 이것이 평천하의 핵심 방도인데 인재 등용이 재용을 관리하는 근본이 됩니다.

위의 글은 1784년(정조8) 3월, 서형수의 나이 36세에 정조에게 올린 상소문이다. 서형수는 정조에게 '강학을 부지런히 할 것[勤講學]', '존심양성에 힘쓸 것[懋存養]', '세자를 보양할 것[輔儲嗣]', '언로를 넓힐 것[廣聽納]', '재용을 다스릴 것[理財用]', '과거제도를 개혁할 것[變貢

擧]' 등 6조항을 건의하였는데, 위의 인용문은 '재용을 다스릴 것[理財用]'의 일부이다. 서형수는 이 상소문에서 조선에서의 사농공상의 지위로 인해 빚어진 당대 상황에 대하여 근본적 회의를 하고 있다. 서형수가 파악한 당금의 조선은 장삼과 넓은 소매로 대표되는 관리에 대한 압도적 지위로 인해 이것에만 가치를 두고, 재용을 창출하는 농상공에 대해서는 천시하고 있다. 그 결과 재용을 창출하는 것을 등한시하고, 오로지 관리가 되는 데 목을 메고 있다. 이로 인해 당금의 조선은 실리(實利)에 힘쓰지 않고 논밭에는 직접 쟁기질하고 보습을 잡는 이가 매우 드물고, 인가가 즐비한 읍(邑)에는 모두가 품 넓은 옷과 폭 넓은 띠를 걸친 관직구직자들로 넘쳐나게 되었다. 비옥한 농토에 땅을 일굴 인력이 없으니 가을의 수확량이 어찌 그 해 날씨의 좋고 나쁨에 달려있는 것이겠는가! 바로 조선의 농공상에 대한 비하에서 비롯된 것이다. 서형수는 이러한 병폐는 국가에서 세금을 감면한다거나 곡식을 푸는 것으로는 해결되지 않는다고 하면서, 매우 과격한 주장을 세웠다. 바로 "농부 중에 훌륭한 인재 한 명을 발탁하여 청요직에 두고 벌열 가문의 재주 없는 자 한 명을 눌러서 관로에서 물리치게 하여 조짐을 보이소서. 이어서 이것을 시행하는 명령을 사계절의 운행처럼 미덥게 하고 이것을 집행하는 정책을 금석(金石)처럼 굳게 하시어, 모든 사람들을 서로 이끌고 경작하는 본업으로 즐겁게 달려가게 하고 더 이상 놀고먹는 것을 고상한 운치로 여기지 않게 하십시오."라는 진언이다. 농부를 청요직에 앉히고 이것을 일회성이 아닌 지속적으로 굳게 지속하는 것만이 농업을 진흥시킬 수 있고, 이것만이 국가의 재용을 늘이는 근본적인 해결책이라고 하였다. 서형수의 이러한 주장은 조선의 실상에서 거의 불가능하다. 그러나 이런 주장을 개인적인 글이 아닌 조정에 올리는 상소문에 엄연하게 기술하였다는 점에서, 서형수의 국가관에 대하여 고찰할 필요가 있다. 서형수는 이처럼 사상의 측면에서는 유자로서 불도를 수용하여 닦았고, 지배계층으로서 농민을 동등한 지위로 격상시키는 주장을 하였다. 조선후기 주자학자 뿐 아니라, 실학자라 하더라도 자기 개인과 국가에 대하여 이처럼 주장하는 것은 매우 드물다는 점에서 더욱 주목할 만하다.

4.

서형수의 경학저술은 크게 《명고전집》에 실려 있는 부분과 일본에 전해지는 《시고변》이 있다. 이를 차례로 살펴보면서 서형수 경학의 면모가 어떠한지 알아보기로 하겠다.

먼저 《명고전집》 17, 18권에는 정조 앞에서 강론한 《사서강의(四書講義)》가, 19권에는 《학도관》, 20권에는 《홍범직지》가 실려 있다. 일찍이 서형수는 정조의 사서에 관한 질문에 답변한 내용을 《사서강의》로 정리하였다. 이 중 《대학강의(大學講義)》는 《대학》 전편을 대상으로 주석을 단 것이고, 《논어강의(論語講義)》, 《맹자강의(孟子講義)》, 《중용강의(中庸講義)》는 주석을 단 경문(經文)이 적다. 이에 《대학강의》를 중심으로 서형수의 경설을 살펴보고, 이어서 《홍범직지》, 《시고변》에 대하여 차례대로 고찰하면서 그의 서경학과 시경학의 특징을 탐색해 보기로 하겠다.

1) 《대학강의》

서형수는 기왕의 주자의 《대학장구(大學章句)》를 준수하고 있다. 정조의 물음 자체가 주자의 《사서집주(四書集註)》의 바탕위에서 여러 의문점을 질문하였기에 그러하기도 하지만, 격물론(格物論)에서 주자의 격물설을 확고하게 지지하고 있다. 동아시아 《대학》 해주사(解注史)에서 주자와 다른 《대학》 해석을 하는 경학자들의 경우, 크게 두 가지 지점에서 견해를 달리하고 있다. 바로 《대학》을 경(經)1장, 전(傳)10장으로 주자가 분류한 것에 반대하거나, 격물설에서 주자의 격물치지보망장(格物致知補亡章)의 존재를 부정하거나 혹은 격물을 다르게 해석하는 것이다. 서형수는 《대학강의》에서 주자의 경1장, 전10장의 분류에 따라 《대학》을 해설하고 있다. 그리고 격물설에 대하여 정조가, "'일조(一朝)에 활연관통한다(一朝豁然貫通)'는 설은 불씨(佛氏)의 돈오(頓悟)의 뜻과 유사하다. …… 저 돌과 대나무의 소리에서 별안간 본래의 면목을 알아내는 것으로 말하면 바로 불교의 종지(宗旨)인데, 강서학파가 이런 기미(氣味)를 지니고 매번 '오(悟)'자를 들어 화두로 삼자 주자가 깊이 미워하고 통렬히 배척하였다. 그런데 학문의 가장 절실하고 긴요한 이곳에서 도리어 이처럼 말한 것은 어째서인가?"라고 질문하자, 서형수는 "강서학파의 돈오(頓悟)는 박문(博文)을 거치지 않고 지레 약례(約禮)에 나아간 것이고 주문(朱門)의 관통(貫通)은 박문(博文)을 먼저 한 뒤에 돌이켜 요약한 것입니다. 이른바 일조(一朝)에 시원하게 관통한다는 것은 바로 사사건건 생각을 다하고 힘을 들여 마침내 이룬 효과가 드러나 이 원만히 통하는 오묘함이 있는 것을 가리킵니다. 어찌 사물을 버리고 공허와 적멸을 담론하여 처음 배울 때부터 현묘함을 찾는 이단과 같겠습니까?"[14]라고 하면서, 주자의 격물설은 비록 '활연관통'이라는 단어를 사용하였지만, 불교는 물론 강서학파와도 다르며 유가의 점진적 공부법에 부합하는 격물설의 정론이라고 지지하였다. 이처럼 주자의 《대학》 해석을 근간으로 하지만, 세밀하게 살펴보면 《대학》의 명덕(明德)과 정심(正心) 해석에서 그만의 대학론의 특징을 간취할 수 있다.

(1) 명덕론

김희가 말하였다. "명덕(明德)과 인의예지(仁義禮智)의 성(性)은 같은 것입니까 다른 것입니까?"

내가 대답하였다. "명덕(明德)은 심(心)이고 네 가지는 성(性)이니, 심과 성은 같지 않습니다."

김희가 말하였다. "《대학장구》에서 명덕(明德)을 풀이하기를 '뭇 이치를 갖추어서 만사에 응한다'고 하였습니다. 이는 이(理) 쪽에 소속시켜 말한 것입니까 기(氣) 쪽에 소속시켜 말한 것입니까?"

내가 대답하였다. "뭇 이치를 이(理)로써 갖춘 것이 명덕(明德)이고, 만사(萬事)에 기(氣)로써 대응하는 것이 명덕입니다. 명덕을 이(理)에만 소속시켜서도 안 되고 기(氣)에만 소속시켜서도 안 됩니다."

김희가 말하였다. "그렇다면 천하의 물건이 이(理)와 기(氣) 두 가지에서 벗어나지 않거늘, 명덕(明德)이 과연 무슨 물건이기에 이(理)에도 속하지 않고 기(氣)에도 속하지 않는단 말입니까?"

내가 대답하였다. "주자도 이(理)에 비하면 조금 드러나고 기(氣)에

---

14 《명고전집》 권17, 〈대학강의-전5장〉.

비하면 조금 은미하다고 하였으니, 일찍이 이(理)와 기(氣) 어느 한쪽에만 소속시키지 않았습니다."[15]

(2) 정심론

임금께서 말씀하였다. "《대학》 속에도 미발(未發)의 공부가 있는가?"

　내가 대답하였다. "정심장(正心章)이 바로 본체 상의 공부이니, 이로써 미발(未發)의 공부에 소속시켜야 합니다."

　김희가 말하였다. "그렇지 않습니다. 마음을 바로잡는 마음 또한 이발(已發)에 속하니, 이것을 미발(未發)로 말해서는 안 됩니다."

　내가 말하였다. "특정 감정에 마음을 두는 병통과 어떤 행동을 마음이 없이 하는 병통을 이미 말했으니, 이른바 정심은 다만 본체(本體) 상에서 가다듬어 각성하는 것일 따름이지 정심(正心)의 '정(正)'이 본래 힘을 쓰는 의미가 아닙니다."[16]

　조선시대 《대학》 해석사에서 '명덕(明德)'이 '심(心)'인지, '이(理)'인지, 혹은 '기(氣)'인지에 대한 논의는 매우 분분하다. 이는 마음의 본체를 어떻게 파악하는가 하는 문제와 연계되었기에 주자학을 심성론 중심으로 발전시킨 조선주자학자들에게 초미의 관심사였기 때문이다. 그런데 (1)에서 보듯이 서형수는 '명덕'을 '심'이라 규정하면서 이를 이와 기, 어느 한쪽에 분속시키지 않고 이기(理氣)를 아우르는 개념이라고 규정하였다. 서형수의 명덕에 관한 이러한 개념규정이 특출난

---

15 《명고전집》 권17, 〈대학강의-서〉.

16 《명고전집》 권17, 〈대학강의-서〉.

것은 아니지만, 자신의 명덕설을 명료하게 제시하였다는 점에서 일단
의미가 있다.

한편 서형수는 《대학》에도 미발(未發) 심체(心體)를 궁구하는 공부
가 있는가라는 정조의 물음에 대하여 '있습니다'라고 답하면서, 그것은
바로 《대학》의 정심이라고 하였다. 김희가 '정심'을 이발(已發) 공부라
고 반박함에 서형수는 정심을 본체상의 미발 공부로 보아야 한다고
확언하였다. 주지하다시피 미발 심체를 탐구하는 공부는 《중용》에 나
온다.[17] 때문에 서형수의 이러한 관점은 일단 경의 의미를 상호 소통시
키는 '이경통경(以經通經)'의 경전해석자세를 견지하는 것이라고 할 수
있다. 통상적으로 조선경학사에서 '이경통경'의 경전해석은 주자학파
에서는 잘 보이지 않고 실학파 주석에 자주 보이는 주석 기법이다.

2) 《홍범직지》

서형수의 서경학은 《홍범직지》에 구현되어 있는데, 그는 〈홍범직지
서문〉에서 다음과 같이 말하고 있다.

내가 무자년(1768, 영조44) 겨울, 《서경집전(書經集傳)》을 읽다가
〈홍범(洪範)〉에 이르러 집전의 해석에 의심이 들었다. 이 때문에 깊이
연구하고 이리저리 고증하여, 5개월이 지난 뒤에야 어렴풋이나마 요지
를 깨달은 듯하였다. 채중묵(蔡仲默)과 같은 박학한 대유로서도 이처
럼 후세의 이견을 막지 못했는데, 식견이 일천한 나로서 감히 이 책을
두고 '〈홍범〉의 종지를 정확히 말했다.' 할 수 있겠는가? …… 못내

---

17 《중용장구(中庸章句)》, 제1장. "喜怒哀樂之未發, 謂之中."

의문이 들던 부분과 《서경집전》에서 미처 밝히지 못한 의미를 써서 한편의 책으로 정리하였다. 우선 《홍범직지》라고 이름을 붙여 식견 있는 군자의 질정을 기다린다.

서형수의 《홍범직지》는 《서경》〈홍범〉편에 관한 주석서이다. 〈홍범〉의 저자는 은(殷)나라 말엽의 현인이었던 기자(箕子)라고 전해진다. 기자는 은나라가 망할 때, 우(禹)임금이 하늘에서 받은 홍범의 도를 주(周)나라를 세운 무왕(武王)에게 전해주었다고 한다. 이때 전수의 핵심내용이 바로 〈홍범〉에 담겨 있는 '홍범구주(洪範九疇)'이다. 그런데 조선에서는 특히 이 《서경》의 홍범에 관한 주석이 많았다. 그 이유는 〈홍범〉이 바로 조선의 시조인 기자의 말이며, 더욱이 그 내용이 경세학(經世學)의 보전(寶典)이었기 때문이다. 주지하다시피 주자는 사서삼경에 주석을 달면서 유독 이 《서경》에만 주석을 가하지 않고, 제자인 채침(蔡沉)에게 맡겼다. 여러 이유가 있겠지만, 《서경》의 진위(眞僞)논쟁이 영향을 미친 것이다. 이로 인해 채침이 저술한 《서경집전》은 주자의 주석에 비해 종종 비판을 받곤 한다. 위의 서문을 보면, 서형수 또한 《서경》을 읽다가 채침의 집전에 의심을 가졌다고 한다. 그리하여 《서경집전》에서 의문이 든 사항을 중심으로 이 책을 저술하였다고 한다. 즉 서형수의 《홍범직지》는 주자학파인 채침의 홍범학에 대한 비판적 읽기의 산물인 것이다.

한편 주자는 《서경》을 주석하지 않았지만, 주자의 여타 글들 문집, 어류 에서 단편적으로 주자 서경학의 면모를 찾아볼 수 있다. 서형수는 채침에 서설에 대해서, '비루하다', '맞지 않다' 등의 비판을 가하고, 왕왕 주자의 서경설(書經說)에 대해서도 '그렇지 않을 듯하다', '틀렸다'

고 비판하였다. 조선후기 홍범학의 특징은 주로 주자의 홍범학을 부연하거나, 혹은 그 경세론에 골몰하는 것이었다. 이 와중에 채침의 서경학에 대한 비판을 하더라도 이것이 주자에게까지 연결되는 경우는 드물었다. 그런데 서형수의 《홍범직지》는 주자(학파)의 서경학에 대한 비판적 글읽기로써 집필되었다는 점에서 특기할 만하다. 이는 조선후기 홍범학의 일반적 특징과 결을 약간 달리하는 것이기 때문이다.

3) 《시고변》

이 책은 서형수가 1783년(정조7, 35세)에 저술한 《시경》 주석서이다. 《시경》 모서(毛序)의 대서(大序)를 강령으로 삼고, 소서(小序)와 주희의 설명을 각 편에 분속시키고, 여러 학자들의 설을 각 편에 부기하고, 시비(是非)가 모호한 점에 대해서는 자신의 해설을 덧붙이는 등의 체제를 갖추어 3권 3책으로 편찬한 《시경》 해설서이다. 1783년 청나라 조설범(趙雪飇)이 쓴 서문이 붙은 6권 3책 본(本)이 일본 오사카(大阪) 부립(府立) 나카노시마(中之島圖書館) 도서관(韓4-50)에 소장되어 있고, 고려대 해외한국학자료센터에서 그 이미지를 제공하고 있다. 앞서 언급하였듯이 이 주석서는 서유구(徐有榘)가 《명고전집》 간행을 위해 서형수의 시문을 산정할 때 포함시켰으나, 본 번역서의 저본인 한국문집총간 《명고전집》에는 포함되어 있지 않았다. 이에 일본에서 전해지는 판본을 저본으로 번역하여 국역 《명고전집》권20의 뒤에 붙여 놓았다.

　《시고변》의 6권 구성 내용을 간략하게 살펴보면,[18] 권1은 주남(周

18　이하의 내용은 윤선영, 〈명고 서형수의 시고변 연구〉, 고려대 석사논문, 2011에서

南)~소남(召南)(25편), 권2는 패풍(邶風)~왕풍(王風)(49편), 권3은
정풍(鄭風)~위풍(衛風)(39편), 권4는 당풍(唐風)~빈풍(豳風)(47편),
권5는 소아(小雅)~대아(大雅)(111편), 권6은 주송(周頌)~상송(商
頌)(40편)으로 되어 있다. 시고변에는 총론을 포함하여 총 62조의
안설(按說)이 있는데, 그 중 45조가 풍(風)에 집중되어 있다. 아(雅)에
는 총 10조, 송(頌)에는 6조의 안설이 있다.

서형수는 《시고변》에서 서한(西漢)의 가의(賈誼), 공안국(孔安國)
으로부터 명청에 이르기까지 약 80여 명의 학자들의 시설(詩說)을 인
용하고 있다. 그런데 이 인용된 학자들의 시설 대부분은 《흠정시경전
설휘찬(欽定詩經傳說彙纂)》에서 거론된 것이다. 1727년에 편찬된 《흠
정시경전설휘찬》은 한대(漢代)부터 청대(淸代)까지 200여 명이 넘는
학자들의 설을 충실히 열거해놓은 '시경백과사전'과 같은 책인데, 대략
1729년(영조5)에 조선으로 유입되었다. 서형수의 집안에서는 일찍이
이 책을 얻어서 보았는데, 그가 《시고변》을 저술할 때 여기에 상당
부분 의존하였다. 《시고변》에 들어 있는 서형수 시경학의 특징은 주자
의 음시설(淫詩說)을 비판하고 소서(小序) 중심의 시설(詩說)로 회귀
하는 것이다. 주지하다시피 주자의 음시설이 정감 위주의 시해석이라
면, 모시의 소서에 담긴 시해석은 역사로 시를 이해하는 것이다. 앞서
보았듯이 서형수의 시론의 핵심은 시사적(詩史的) 시관이었다. 역사시
가 서형수 시론의 핵심이라면 주자의 정감시설 보다는 소서의 역사시
설이 더욱 친연성이 있을 것이다. 때문에 서형수의 소서 중심의 시설로
의 회귀는 그의 시론에 비추어보면 당연하다고 할 수 있다. 한편 서형

요약한 것임.

수의 이러한 시경학은 그의 조카인 서유구(徐有榘)가 저술한 《모시강의(毛詩講義)》, 사위인 김노겸(金魯謙)의 《시례문-시전(詩禮問-詩傳)》[19]에 많은 부분 영향을 끼쳤다.

이외에도 서형수의 성리학 분야 저술로 《학도관》이 있다. 《명고전집》 권19에 실려 있는 이 책은 서형수가 주돈이(周敦頤)의 《통서(通書)》를 읽고 생각을 정리한 저술로, 〈천지(天地)〉 54장, 〈오행(五行)〉 51장, 〈만물(萬物)〉 39장으로 총 3편 144장 112면으로 이루어져 있다. 1778년(정조2) 쓰여진 글로, 당시 저자의 나이는 30세였다.

이상으로 서형수 경학의 주요 저술들을 일별하여 보았다. 서형수는 주자학을 존숭하였음에도 불구하고 주자 경학에서 벗어나 경을 바라보고자 하는 의식이 깊었다. 그리고 그는 이러한 생각을 경전 주석에 구현해 놓았다. 《대학》에서 《시경》, 《서경》으로 이어진 서형수의 경설에 이것이 잘 드러나 있었다.

《명고전집》에 구현된 서형수의 사상과 경학을 살펴보면, 그를 조선 후기 일반적인 주자학자 혹은 실학자로 규정하기 어려운 면이 있다. 그의 저술에는 주자학적 요소가 다분하지만 주자학에서 이탈한 측면도 많다. 한편 탈주자학적 측면에서 서형수를 실학자의 범주에 넣을 수도 있겠지만 그의 사상의 중요한 한 축은 불교였다. 조선의 실학자들 대부분은 친불교적이지 않았기에 실학자의 범주에 넣기도 어렵다. 즉 서형수는 오늘날 구축된 조선후기 학자들의 범주에 쉽사리 소속시킬 수 없는 성향을 가지고 있다. 현재 서형수의 삶과 문학, 사상에 관한 연구는 거의 이루어져 있지 않다. 때문에 《명고전집》의 번역은 서형수 연구

---

19 규장각 소장 《성암집(性菴集)》 권6 〈용원잡지(龍園雜識)〉에 실려 있다.

에 단초를 제공할 것이며, 이 연구로 인해 어쩌면 우리는 조선후기 새로운 인간형상을 마주하게 될 가능성도 있는 것이다.

《명고문집(明皐文集)》의 서문[1]
明皐文集序

'문장으로 도를 싣는다[文以載道]'는 것은 염계(濂溪)가 창도한 논의
가 아니다.[2] "이치는 바탕을 부지하여 줄기를 세우고, 문장은 가지를
드리워 무성한 잎을 맺는다.[理扶質以立幹 文垂條而結繁]"라고 육평
원(陸平原)이 실로 먼저 말했다.[3] 요컨대 모두 공자가 '말에 진실이

1 【작품해제】 이 글은 1799년(정조23)에 지어진 것이다. 이 글을 쓴 기윤(紀昀,
1724~1805)은 당시 예부 상서(禮部尙書)요 《사고전서(四庫全書)》 편찬관으로서 청
대 중국의 학술과 문풍을 좌우하고 있던 인물이었다. 그는 조선 문인들에게 관심이
많아 이광려(李匡呂, 1720~1783), 홍양호(洪良浩, 1724~1802)의 문집에 서문을 써
주었으며, 명고를 비롯한 유득공(柳得恭, 1748~1807)과 박제가(朴齊家, 1750~1805)
등 다수의 조선 신진 문인들과 교유하며 시와 편지를 주고받았다. 명고는 이해 영변
부사로 있다가 7월에 진하겸사은부사(進賀兼謝恩副使)가 되어 중국으로 갔다. 그 길에
그때까지 쓴 자신의 시문을 간추려 문집 형태로 묶어 기윤에게 보였다. 기윤은 명고의
글을 두고 주자학의 정종을 잃지 않으면서도 문채를 갖추고 있어 어록체의 비속한 기운
이 없다고 칭찬하며, 이치와 사실을 모두 갖추고 있는 문장으로 평가하였다. 이 글을
받을 때 기윤은 76세의 노대가였고, 명고는 51세였다. 이 글은 《기효람문집(紀曉嵐文
集)》 1책 권9에 실려 있다.
2 문장으로……아니다 : 문장과 도에 관한 논의는 당나라 한유(韓愈)가 〈쟁신론(爭臣
論)〉에서 "문장을 지어 도를 밝힌다.[修其辭以明其道]"라고 하고, 유종원(柳宗元)이
〈답위중립서(答韋中立序)〉에서 "문장이란 도를 밝히는 것이다.[文者以明道]"라고 하
여 명도론을 제창하고, 이어 한유의 제자 이한(李漢)이 〈창려문집서(昌黎文集序)〉에
서 "문장은 도를 꿰는 도구이다.[文者貫道之器]"라고 한 것에서 비롯되었다. 이 논의는
육기(陸機)의 말에 근거를 둔 것이다. 이후 송나라에 들어와 염계 주돈이(周敦頤)가
이 논의를 계승 발전시켜 "문장은 도를 싣는 것이다.[文所以載道]"라고 하였다.

있다[言有物]'라고 한 의미이다.⁴ 그러나 진서산(眞西山)이 《문장정
종(文章正宗)》에서 〈축객서(逐客書)〉를 빼버리고 〈횡분사(橫汾詞)〉
를 제외시키자⁵ 유후촌(劉後村)이 심의(深衣)와 아악(雅樂)으로 비
유하였으니,⁶ 이는 비단과 쟁적(箏笛)이 비할 수 있는 것이 아니라는

---

3 이치는……말했다 : 육평원은 서진(西晉)의 문학가 육기(陸機, 261~303)이다. 이
말은 《문선(文選)》의 〈문부〉 속에 들어 있다. 이 말에 대해 여연제(呂延濟)는 "질(質)
은 근본과 같다. 문장을 짓는 이치는 반드시 먼저 근본을 부지해야 그 줄기를 세울
수 있다.[質猶本根也 爲文之理 必先扶持本根 乃立其榦.]"라고 해석하였다. 근본은 내
용을 의미하고, 가지는 수사적 기교와 성률을 의미한다.

4 요컨대……의미이다 : 《주역(周易)》〈가인괘(家人卦) 상전(象傳)〉에서 "바람이
불에서 나오는 형상이 가인이다. 군자가 이를 본받아 말에 진실이 있고 행실에 떳떳함이
있도록 한다.[風自火出家人 君子以 言有物而行有恒.]" 하였다. 기윤은 공자의 이 말이
도문론(道文論) 정신의 시원이라고 본 것이다. 참고로 동성파(桐城派)의 방포(方苞)
는 귀유광(歸有光)의 고문 전통을 계승하여 의(義)와 법(法)을 주장했는데, "의는 〈가
인괘〉에서 '말에 진실이 있다[言有物]'라고 한 의미이고, 법은 〈간괘(艮卦)〉에서 '말에
질서가 있다[言有序]'라고 한 의미이다."라고 하였다.

5 진서산(眞西山)이……제외시키자 : 진서산은 송나라 경학자 진덕수(眞德秀, 1178~
1235)이다. 진덕수의 자는 경원(景元) 또는 희원(希元)이며, 포성(浦城) 사람으로 경
원(慶元) 연간에 진사가 되어 남검주 판관(南劍州判官)에 제수되었다. 뒤에 박학굉사
과(博學宏詞科)에 합격하여 태학사(太學士)가 되었으며 참지정사(參知政事)에 올랐
다. 《문장정종》은 진덕수가 《춘추좌씨전(春秋左氏傳)》과 《국어(國語)》 이래 당송 문
인들에 이르기까지 명문장을 골라 20권으로 묶은 시문선집이다. 〈축객서〉는 〈상진황축
객서(上秦皇逐客書)〉이고, 〈횡분사〉는 〈추풍사(秋風詞)〉의 다른 이름이다. 《문장정
종》을 편찬하면서 진덕수는 〈상진황축객서〉를 빼버렸다. 또 시부의 선집은 시에 조예
가 깊었던 유극장에게 맡겼는데, 유극장이 뽑아놓은 〈추풍사〉를 진덕수가 또 산삭해버
렸다. 사행길에 가지고 묶어 간 《명고문집》 내의 글이 극도로 정선(精選)된 것임을
비유한 문장이다.

6 유후촌(劉後村)이……비유하였으니 : 유후촌은 진덕수의 제자 유극장(劉克莊,

의미이다. 하지만 끝내 소명태자(昭明太子)의 《문선(文選)》[7]과는 우열을 다툴 수 없다.

당형천(唐荊川)[8]은 한유(韓愈)와 구양수(歐陽脩)를 법으로 삼아 왼쪽으로는 준암(遵巖)[9]에 필적하고 오른쪽으로는 희보(熙甫)[10]에 육박

1187~1269)이다. 처음 이름은 작(灼), 자는 잠부(潛夫)이다. 강호시파(江湖詩派)를 주도했으며, 건양령(建陽令)으로 재직하던 중 시화(詩禍)로 파면을 당하였다. 유극장은 《문장정종》 편찬에 참여하였는데, 그의 글 〈증정녕문(贈鄭寧文)〉에 "옛날 서산 선생을 모시고 강독할 때 자못 함장에게 정미한 뜻을 얻었으니, 〈축객서〉와 같은 것은 삭제되었고 〈횡분사〉를 취한 것도 잘못되었다 의심받았다. 아쟁과 피리가 어찌 아악과 어울릴 수 있겠으며, 비단은 본래 심의가 어떤 옷인지도 알지 못한다. 아, 나는 늙었고 그대는 한창 젊으니 부디 사문에 대해 지귀를 잘 알도록 하게나.〔昔侍西山講讀時 頗於函丈得精微 書如逐客猶遭黜 辭取橫汾亦恐非 箏笛焉能諧雅樂 綺羅原未識深衣 嗟予老矣君方少 好向師門識指歸.〕"라고 하였다.

7 소명태자(昭明太子)의 《문선(文選)》: 소명태자는 양(梁)나라 소통(蕭統, 501~531)이다. 자는 덕시(德施)이고 소명은 그의 시호이다. 양 무제(梁武帝) 소연(蕭衍)의 장남으로 황태자가 되었으나, 즉위하기 전에 죽었다. 진·한 이후 양나라까지 이름난 시문을 모아 《문선》을 엮었다.

8 당형천(唐荊川): 명나라 문학가 당순지(唐順之, 1507~1560)이다. 상소성 무진(武進) 사람으로, 자는 응덕(應德), 시호는 문양(文襄)이다. 23세에 회시에 수석으로 합격하여 관직에 진출하였다. 하지만 학문이 미처 성취되지도 않았는데 녹록하게 관직 생활이나 할 수 없다는 생각에 병을 핑계로 고향으로 돌아와, 양선(陽羨)의 산중에서 10년 동안 독서하였다. 한(漢)나라에서 원(元)나라에 이르기까지 주의(奏議)·논의(論議) 등의 명문을 모아 부문별로 분류하여 《우편(右編)》 40권을 엮었다. 본래 전칠자를 본받아 의고문에 심취했으나, 뒤에 벗 왕신중의 영향을 받아 당송고문을 계승하였다.

9 준암(遵巖): 명나라의 왕신중(王愼中, 1509~1559)이다. 자는 도사(道思), 호는 남강(南江)이며, 준암은 별호이다. 처음에는 전칠자의 문장론에 따라 "문장은 반드시 진·한을 본받아야 한다.〔文必秦漢〕"라고 하였으나, 나중에는 그 결점을 깨닫고 구양수(歐陽修)와 증공(曾鞏)을 높이 평가하였다. 특히 증공의 산문에 심취하였고, 자연스러

한다.[11] 하지만 논자들은 끝내 만년의 저작에 어록체(語錄體)가 삽입되어 있다는 의심을 하였다. 이것이 어찌 이치가 부족한 것을 문제 삼은 것이겠는가? 또 공자가 말씀하신 것처럼 말에 문채가 없으면 멀리까지 전해질 수 없기 때문에[12] 그런 것이 아니겠는가?

사물에는 반드시 이치가 있다. 그 이치를 미루어 밝히되, 완전히 꿰뚫어 이해하고 명백하게 분석하여 시비와 득실에 대해 조리 정연하게 단서를 모두 드러나게 하는 것을 두고 문(文)이라고 한다. 문이 있으되 이치에 뿌리를 두고 있지 않으면 아무리 웅장하고 화려할지라

운 문맥과 적절한 용어를 구사하여 전칠자의 병폐에서 벗어나고자 하였다. 당순지와 명성을 나란히 하여 당시에 왕당(王唐)으로 불렸다. 산문의 필세가 유창하고 기세가 운건하며 자유로운 것으로 평가된다. 저서에 《준암집(遵巖集)》 25권이 있고, 산문 작품으로 《해상평구기(海上平寇記)》 등이 있다.

10 희보(熙甫) : 희보는 명나라 때의 문장가인 귀유광(歸有光, 1506~1571)의 자이다. 강소성(江蘇省) 곤산(崑山) 사람으로 진택(震澤) 가에 오래 살았으므로 호를 진천(震川)이라고 하였다. 명나라 문단에 만연한 전후칠자의 복고주의(復古主義)에 반대하고 왕세정(王世貞)을 비판하였으며, 한유와 구양수를 존숭하고 당송 고문을 창도하였다. 《세종실록》을 편수하였으며, 《진천선생집(震川先生集)》을 남겼다. 황종희(黃宗羲)는 《명문서안(明文書案)》에서 귀유광의 문장을 명대의 최고라고 평하였다.

11 왼쪽으로는……육박한다 : 이 부분의 표현은 곽박(郭璞)의 시 〈유선(游仙)〉에, "왼손으로는 부구의 소매를 당기고, 오른손으로는 홍애의 어깨를 친다.〔左挹浮丘袖 右拍洪崖肩〕"라고 한 것을 인용한 표현이다. 문맥에 맞게 의역하였다.

12 공자가……때문에 : 《춘추좌씨전(春秋左氏傳)》 양공(襄公) 25년에 공자가 "옛 기록에 '말로 뜻을 성취하고 문채로 말을 수식한다.' 하였다. 말을 하지 않으면 누가 그 뜻을 알 수 있겠는가? 말에 문채가 없으면 멀리까지 전해질 수 없다.〔志有之 言以足志 文以足言 不言誰知其志 言之不文 行而不遠〕"라고 하였다. '멀리까지 전해진다'는 것은 《춘추좌씨전》에서는 본래 공간적인 의미 즉 '먼 오랑캐 지역까지'의 의미로 사용한 것이지만, 여기서는 역사적인 시간의 의미 곧 '먼 훗날까지'란 의미를 아울러 포함한다.

도 끝내 실질 없는 말이 되고 만다. 이치를 담고 있으되 문으로 펼쳐내지 않으면 아무리 표현이 엄정하고 의리가 바르다 하더라도 또한 끝내 전아하고 순정하지 못한 병폐가 생기고 만다.

예(禮)와 악(樂)에 비유하자면 이렇다. 예가 공경을 위주로 하는 것이 이치이지만 그러나 웃옷을 벗고 군부(君父)에게 절을 한다면 공경이 될 수 없고, 악이 화합을 위주로 하는 것이 이치이지만 그러나 요란하게 노래하고 춤을 추어 멋대로 방자하게 군다면 화합이 될 수 없다.

당나라 이전의 문장에 사실을 논한 것이 많고 이치를 논한 것이 적은 것은 본래 그러하거니와 송나라 이후로는 강학가(講學家)들이 성인의 도를 발명하였으니 그 이치가 정밀하지 않다고 할 수 없다. 그러나 문원(文苑)에 놓으면 구경에 왕씨(王氏)의 《중설(中說)》[13]과 태공(太公)의 《가훈(家訓)》[14]이 이습지(李習之)에게 불만스럽게 여겨졌던 것

13 왕씨(王氏)의 《중설(中說)》: 왕씨는 수(隋)나라 말엽의 경학가 왕통(王通, 584~617)이다. 자는 중엄(仲淹), 사시(私諡)는 문중자(文中子)이며, 강주(絳州) 용문(龍門) 사람이다. 수나라 때 촉군 사호서좌(蜀郡司戶書佐), 촉왕 시독(蜀王侍讀) 등을 역임하였다. 육경(六經)의 효용을 중시하였으며 그 체제를 본떠 여러 저술을 남겼으나 모두 전해지지 않고, 《논어》를 모방하여 지은 《중설(中說)》만 남아 있는데 《문중자》라고도 한다. 이 글에서는 이치를 담아 후세에 전할 목적으로 집필되었지만 문장이 좋지 않아 문원의 외면을 받은 대표적인 사례로 인용하였다.

14 태공(太公)의 《가훈(家訓)》: 《가훈》은 돈황(敦煌)의 벽실에서 나온 책으로, 《태공가교(太公家敎)》라고도 한다. 4언의 운문으로 지어진 문장인데, 내용이 비속하고 표현이 저속하다. 태공은 주(周)나라 문왕(文王)의 증조부이다. 유가의 윤리와 사상에 불교와 속된 사상이 혼합된 위서(僞書)로, 이 역시 이치를 담으려는 목적으로 만든 것이지만 저속한 문장 때문에 문원의 외면을 받은 사례로 인용된 것이다.

과 같이 될 것이다.[15] 그 까닭을 깊이 생각하지 않아서야 되겠는가?

조선의 판서(判書) 서명고(徐明皐)가 사신의 명을 받들고 조회하러 왔다. 내가 마침 예부 상서(禮部尙書)가 되어 속국(屬國)과의 외교 직무를 맡고 있었다. 이에 그의 언론을 접해보고, 이어 그가 지은 《학도관(學道關)》 및 《명고시문집(明皐詩文集)》을 읽어보았다.

그의 《학도관》은 《정몽(正蒙)》[16]의 정밀한 사유(思惟)에다 《황극경세서(皇極經世書)》의 〈관물편(觀物篇)〉[17]을 참조하여 수(數)에 나아가 이치를 밝히고, 이치에 나아가 수를 밝혀 성대하게 일가(一家)의 문장을 이루었다.

그의 시는 김인산(金仁山)의 《염락풍아(濂洛風雅)》[18]를 본받아 스

---

15 이습지(李習之)에게……것이다 : 이습지는 당나라의 문장가 이고(李翱, 772~841)이다. 농서(隴西) 성기(成紀 지금의 감숙성 태안(秦安)) 사람으로 시호는 문공(文公)이고, 습지는 그의 자이다. 한유에게 고문을 배웠고, 진사에 급제하여 검교호부상서(檢校戶部尙書), 산남동도절도사(山南東道節度使)를 역임했다. 한유가 《중설》을 비판하자 이고 역시 《중설》을 비판하여 태공의 《가훈》에 견주었다. 또 태공의 《가훈》에 대해서는 "문채가 없고 거칠며, 이치가 있으나 가볍다.〔無辭而粗 有理亦輕之矣.〕"라고 혹평하였다. 《四庫全書總目提要》《歸潛志》

16 정몽(正蒙) : 북송의 학자 장재(張載, 1020~1077)가 지은 철학서이다. 몽(蒙)은 《주역》의 괘명으로 '몽매함'을 상징하고, 정(正)은 정정(訂正)의 의미이다. 총 17편에 걸쳐 유가 정신을 확립하고 도가와 불가 철학을 배격하였으며, 그 과정에 일원론적 우주론과 세계관을 담아 논의를 전개하였다. 이 책은 송대 성리학의 탄생에 지대한 역할을 했다.

17 황극경세서(皇極經世書)의 관물편(觀物篇) : 《황극경세서》는 북송의 철학자 소옹(邵雍, 1011~1077)이 지은 철학서이고, 〈관물편〉은 그 편명이다. 상수학의 원리를 바탕으로 하여 음양철학과 그 운행 원리를 논하였다.

18 김인산(金仁山)의 《염락풍아(濂洛風雅)》 : 김인산은 송나라 말기, 원나라 초기의 학자인 김이상(金履祥, 1232~1303)이다. 주자(朱子)와 황간(黃榦)의 학통을 이어받아

스로 하나의 시격(詩格)을 이루었다. 그의 산문은 법도와 구사에 구양수(歐陽脩)의 풍도가 있으면서도 대지(大旨)는 이치에 뿌리를 두었다. 요컨대 정주(程朱)의 정종(正宗)을 잃지 않아 이치와 문채를 빈빈하게 갖추었다. 이는 문장의 자구나 조탁하는 자가 다다를 수 있는 경지도 아니요, 또한 남송 이래 방언과 어록을 모두 문장 속에 넣는 자가 미칠 수 있는 경지도 아니다.

동국에서 시로 이름을 떨쳐 명성이 중국에까지 전파된 자가 많거니와 문필이 중국에 전파된 자는 내가 오직 서경덕(徐敬德)의 《화담집(花潭集)》[19] 하나를 보았다. 그러나 당형천의 만년 기풍이 매우 많았다.[20] 이어서 홍양호(洪良浩)의 《이계집(耳溪集)》[21]을 보고 고금에 드

절학(浙學)을 중흥시켰다. 주자의 집주를 고증한 《논맹집주고증(論孟集注考證)》이 있고, 문집으로 《인산집(仁山集)》을 남겼다.

《염락풍아》는 북송의 주돈이(周敦頤), 장재(張載), 정호(程顥)·정이(程頤) 형제로부터 남송의 주자, 왕백(王柏)·왕간(王偘) 등에 이르기까지 도학파(道學派) 문인 학자 48인의 운문을 모은 책이다. 첫머리에 〈염락시파도(濂洛詩派圖)〉를 실어 도학의 연원을 함께 살필 수 있도록 편찬되었다. 1296년 당양서(唐良瑞)가 문체에 따라 재편집하여 출간하였다. 시(詩)·명(銘)·잠(箴)·찬(贊) 등 4언으로 된 것은 풍아(風雅)의 정(正), 초사(楚辭)·가조(歌操)·악부(樂府) 등은 풍아의 변체, 오언고풍(五言古風)·칠언고풍(七言古風)은 풍아의 재변(再變), 절구와 율시는 풍아의 3변(三變)으로 분류하여 편찬하였다.

19 서경덕(徐敬德)의 《화담집(花潭集)》: 《사고전서총목》, 《속통지(續通志)》, 《속문헌통고(續文獻通考)》, 《천경당서목(千頃堂書目)》 등에 두루 이름이 보이고 있어 중국 문인들에게 꽤 알려졌던 것으로 보인다. 또한 《명시종(明詩綜)》에도 시가 올라 있다.

20 당형천의……많았다: 《화담집》의 문장에 어록체의 습기(習氣)가 적지 않게 배어 있음을 지적한 말이다.

21 홍양호(洪良浩)의 《이계집(耳溪集)》: 여기서 말하는 《이계집》은 1843년에 전사

물다고 탄식하였다. 그런데 오늘 뜻밖에 다시 그대의 대작(大作)을 보고는 조선이 대대로 시례(詩禮)의 문화를 전승하여 고풍(古風)을 갖추고 있다는 것을 믿게 되었으니, 이는 비단 시문이 뛰어나서 그런 것만은 아니다.

서 판서가 나에게 서문을 청하러 와서 글을 짓고 문장에 대해 토론하는 가운데 '약액(藥液)을 달여 정핵(精核)을 만든다〔煉液成核〕'는 말을 했다. 이는 오묘한 이치를 연구하여 그 정화(精華)를 뽑고, 정밀한 의리를 응결시켜 근본을 만든다는 것이다. 비유하자면 도가(道家)에서 신비한 기운을 정련하여 단약을 만들어야 비로소 함양되어 성태(聖胎)가 되고 신통(神通)이 자재하게 되는 것과 같다.

유사인(劉舍人)이 "경전의 의리를 용해하여 스스로 웅위한 문사를 주조한다.〔取鎔經義 自鑄偉詞〕"라고 하였고,[22] 한이부(韓吏部)가 "육경의 지취를 요약하여 문장을 만든다.〔約六經之旨以成文〕"라고 하였다.[23]

자(全史字)로 간행한 50권 22책을 말하는 것이 아니다. 홍양호는 71세 되던 1794년에 동지겸사은정사(冬至兼謝恩正使)로 연경에 갈 때 자신이 손수 묶은 《이계시집(耳溪詩集)》과 《이계문집(耳溪文集)》을 가지고 갔는데, 이것을 가리킨다. 홍양호는 당시 예부상서로 있던 기윤에게 자신의 글을 보여주고 각각 서문을 받아왔다. 이 2편의 서문은 지금 《이계집》의 앞에 실려 있고, 《기효람문집(紀曉嵐文集)》제1책 9권에 실려 있다. 기윤은 시에 대해서는 "중당(中唐)의 기풍이 있으며, 시인의 시요 사인(詞人)의 시가 아니다.", 문에 대해서는 "명나라 칠자(七子)들처럼 진한(秦漢)의 문장을 모방하는 짓을 하지 않았고, 팔가(八家)를 모방한 모곤(茅坤)의 말류와도 다르다. 기이함은 원결(元結)에 가깝고 도도함은 소동파에 버금가며 소품문은 공안파와 경릉파의 속투를 털어버렸다."는 요지의 칭찬을 하였다.

22 유사인(劉舍人)이……하였고 : 유사인은 위진남북조의 문장가 유협(劉勰)이다. 이 말은 《문심조룡(文心雕龍)》〈변소(辨騷)〉에 실려 있으며, 《호광통지(湖廣通志)》 권101에는 〈초사서(楚詞序)〉라는 제목으로 실려 있다.

그렇다면 경전은 이굴(理窟)이고, 용해한다느니 주조한다느니 요약한다느니 만든다느니 하는 것은 서 판서가 말한바 '약액을 달여 정책을 만든다'라는 것이다. 서 판서가 도학을 깊이 강마하였음에도 문장은 강학 선비들의 졸렬하고 거친 문장과 다르다. 거기에는 까닭이 있을 것이다. 이에 써서 서문을 삼고, 서 판서를 통해 이계에게 질정하고자 한다.

　가경(嘉慶) 기미년(정조 23년, 1799) 9월 25일, 하간(河間) 기윤(紀昀)[24]은 짓다.

23　한이부(韓吏部)가……하였다 : 한이부는 한유(韓愈, 768~824)이다. 이 말은《당송팔가문초(唐宋八家文抄)》권2〈상재상서(上宰相書)〉에 실려 있다.

24　기윤(紀昀) : 1724~1805. 자가 효람(曉嵐), 또 다른 자가 춘범(春帆)이다. 호는 석운(石雲)이며 이외에도 관혁도인(觀弈道人), 고석노인(孤石老人) 등의 호를 썼다. 시호는 문달(文達)이다. 젊었을 때에 하수(何琇)에게 배워 훈고학에 정통하였으며, 전대흔(錢大昕), 노문초(盧文弨) 등과 문사(文社)를 결성하여 학문과 예술을 토론하였다. 중년에 혜동(惠棟)에게 배우고 대진(戴震)과 깊이 교유하며 경술과 문장을 토론하여 자신의 학문을 완성했다. 이 힘을 바탕으로 1773년 청 고종(건륭제)의 명을 받아《사고전서》편수를 총괄하여 청나라 학술과 문풍을 주도하였다. 당대 학자들과《사고전서총목제요(四庫全書總目提要)》200권을 완성하였고, 《열미초당필기(閱薇草堂筆記)》와《기문달공유집(紀文達公遺集)》16권을 남겼다.

《학도관(學道關)》에 붙이는 서문[25]

學道關序

하늘이 사람을 낼 때 성(性)을 부여하지 않을 수 없고 사람은 스스로 학문을 버릴 수 없으니, 세상에 어찌 절세(絶世)의 선비 한두 사람이 없겠는가? 그러나 혹 변방 국가의 한계에 구애되거나 혹 잡스러운 견문에 미혹되어 스스로 돌이켜 도(道)에 나아가지 못하는 것은 군사(君師 천자)의 교화를 입음이 심원(深遠)하지 못해서이다.

이생(李生) 윤암(綸庵)[26]은 조선 사람이다. 계묘년(1783, 정조7) 공

---

25 【작품해제】이 글은 1783년(정조7)에 청조(清朝) 국자좨주(國子祭酒) 진숭본(陳崇本)이 지은 것이다. 《학도관(學道關)》은 북송의 주돈이(周敦頤)가 지은 《통서(通書)》를 본받아 지은 성리학 분야의 저술이다. 천지(天地), 오행(五行), 만물(萬物)의 세 부분으로 구성되어 있다.

이희경(李喜經)은 5차에 걸쳐 중국을 다녀왔는데, 첫 연행이 동지사(冬至使) 일행을 따라간 1782년 10월이었다. 당시 동지사 정사는 정존겸(鄭存謙, 1722~1794), 부사는 홍양호(洪良浩, 1724~1802), 서장관은 홍문영(洪文泳, 1732~?)이었다. 이희경은 벗 남덕신(南德新)과 함께 사행단을 따라갔는데, 이 연행의 길에 명고의 저술 《학도관》을 가져가 중조 인사들에게 보였고, 그로 인해 진숭본에게 극찬과 함께 서문을 받아왔다. 뒤에 1799년 7월, 명고가 사은부사로 연경에 갔을 때 유대관(劉大觀)에게 보여주고 극찬을 받기도 한다.

진숭본은 하남(河南) 상구인(商邱人)으로, 자는 백공(伯恭)이다. 건륭(乾隆) 40년(1775) 진사에 급제하여 《사고전서(四庫全書)》 찬수관이 되었다. 글씨에도 뛰어나 옹방강(翁方綱)과 친하게 지냈으며, 금석학에도 조예가 있었다.

26 이생(李生) 윤암(綸庵): 이희경(李喜經, 1745~1805)이다. 본관은 양성(陽城), 자는 성위(聖緯)이고 윤암은 호이다. 별호로 설수(雪岫), 광명거사(廣名居士), 십삼재(十三齋), 사천(麝泉) 등이 있다.

사(貢使)를 따라 북경에 왔다. 시문에 능하고 풍아(風雅)를 좋아하니 훌륭한 동국(東國)의 수재이다. 벗 서자(徐子) 형수(澄修)가 지은《학도관(學道關)》을 꺼내더니 나에게 서문 한 편을 지어달라고 청하였다.

《학도관》은 3권으로 구성되어 있다. 1권은 〈천지(天地)〉, 2권은 〈오행(五行)〉, 3권은 〈만물(萬物)〉이다. 스스로 평생토록 도(道)를 공부하여 터득한 것을 한 편의 책으로 엮었다고 하였다.

내가 생각하기에 도는 솔성(率性)을 뜻하는 개념[27]이다. 한 번 정(靜)이 되고 한 번 동(動)이 되는 것이 몸의 경계이기는 하되 정(情)을 아우르지는 못하고, 지(知)가 되고 각(覺)이 되는 것이 사람의 정(情)이기는 하되 성(性)이라고까지 말할 수는 없다. 동·정이 순환하기 전과 지·각이 일어나기 전으로 말하면, 심원하고 고요하여 이때에 성(性)이 있어 도가 되는 것이니, 그 본체는 광대하고 이치는 정미하다. 어떤 이는 좁은 소견으로 헤아리다가 놓치기도 하고 어떤 이는 얕은 식견으로 판단하다가 천착하기도 한다. 어떻게 도의 경지에 나아갈 수 있겠는가?

동중서(董仲舒)가 처음으로 성격을 규명하여 "도의 큰 근원은 하늘에서 나온다."[28]라고 하였고, 또 "천지의 성은 사람의 성을 가장 귀하게

---

27 도는 솔성(率性)을 뜻하는 개념 :《중용장구》제1장에 "하늘이 사람에게 명하여 부여한 것을 성이라 하고, 그 본성대로 따라서 살아가는 것을 도라고 하고, 도를 품수(品修)하는 것을 교라고 한다.〔天命之謂性, 率性之謂道, 修道之謂敎.〕"라고 한 것에 근거하여 한 말이다.

28 동중서(董仲舒)가……나온다 : 동중서는 "도의 큰 근원은 하늘에서 나온다. 하늘은 변하지 않으니, 도 역시 변하지 않는다.〔道之大原出於天, 天不變道亦不變.〕"라고 하였다.《漢書 卷56 董仲舒傳》

여긴다.〔天地之性人爲貴〕"[29]라고 하였다. 한창려(韓昌黎 한유)는 〈원도(原道)〉와 〈원성(原性)〉을 지었으며, 이고(李翱)는 〈복성서(復性書)〉를 지었다. 따라서 성(性)과 도(道)는 본래 둘이면서 하나인 개념이다.

송나라 때에 염락관민(濂洛關閩)[30]의 여러 학자들이 저술한 서적들이 나오기에 미쳐 더욱 심(心)과 성(性)에 근본을 미루었는데, 고정씨(考亭氏 주자)는 치지(致知)와 격물(格物)을 말하면서 거경(居敬) 위주의 공부를 요구하였고, 상산 선생(象山先生)은 "배워서 진실로 도를 안다면, 육경(六經)은 모두 내 마음의 주각이다.〔六經皆我註脚〕"라고 하였다.[31]

그렇다면 천지와 오행과 만물을 두고 성(性)의 범주에 드는 일이 아니라 해서도 안 되고, 성(性)을 극진히 하면 될 뿐 학문에 종사할

---

29 천지의……여긴다 : 이는 본래 《효경(孝經)》〈성치(聖治)〉에 나오는 말로, 증자의 물음에 대한 공자의 대답이다. 동중서가 한 무제에게 대책을 올릴 때 이 말을 인용하여 썼다. 《효경주소(孝經注疏)》에 "성은 생이다.〔性, 生也.〕"라는 주석이 있으므로, 이를 따라 해석하면 '천지지성(天地之性)'을 '천지간의 생물'로 해석할 수도 있다. 그러나 바로 아래 '성의 범주 안〔性內〕'이라는 표현과 《학도관》 제11절의 '천지에 성이 있는가?〔天地有性乎〕'라는 문장에 근거하여 여기서는 '천지의 성'이라고 풀었다. 《漢書 卷 56 董仲舒傳》

30 염락관민(濂洛關閩) : 송나라 신유학을 주도한 다섯 학자가 활동한 지역으로, 곧 성리학의 발흥지를 뜻한다. 주돈이(周敦頤)가 활동한 염계(濂溪), 정호(程顥)와 정이(程頤) 형제가 활동한 낙양(洛陽), 장재(張載)가 활동한 관중(關中), 주자가 활동한 민중(閩中)을 아우른 말이다.

31 상산 선생(象山先生)은……하였다 : 상산 선생은 주자와 동시대의 학자 육구연(陸九淵, 1139~1191)이다. 이 말은 《상산집(象山集)》 외집(外集) 〈상산어록(象山語錄)〉 권1에 실려 있다.

필요는 없다고 해서도 안 되며, 도를 배우다가 소견 좁은 사람[32]이 되어 가장 중요한 것을 놓쳐서는 더더욱 안 된다. 도를 제대로 배우기란 참으로 어렵구나.

우리 중국이 정학(正學)을 숭상하고 성과 도를 치법(治法)의 근원으로 삼아, 온 천하가 성인의 학문에 침잠하고 도(道)의 오묘함을 깊이 음미한 지가 오래되었다. 이 때문에 참된 선비가 배출되었으니, 탕문정(湯文正)[33]과 육청헌(陸淸獻)[34]과 같은 제현들은 체용을 명쾌히 통달하여 우뚝이 완인(完人)이 되었다. 그들이 찬술한 《잠암집(潛庵集)》과 《삼어당집(三魚堂集)》은 모두 문장으로 도를 꿰어 유선(儒先)의 유지

---

32 소견 좁은 사람 : 원문의 구허(拘虛)는 본래 우물 안 개구리를 뜻하는 말인데, 전하여 소견이 좁은 사람을 의미한다. 《장자(莊子)》〈추수(秋水)〉에 "우물 안에 사는 개구리에게는 바다에 대해서 말할 수 없다. 그것은 큰 세상을 본 일이 없어 자기가 살고 있는 세상에 구속되어 있기 때문이다.〔井蛙不可以語於海者, 拘於虛也.〕" 하였다.

33 탕문정(湯文正) : 청나라 초기의 성리학자 탕빈(湯斌, 1627~1687)이다. 자는 공백(孔伯), 호는 형현(荊峴)이고, 만년에는 잠암(潛庵)이라는 호를 썼다. 하남 휴현(睢縣) 사람이다. 청나라 순치 9년(1652) 진사시에 합격하여 관직에 진출했으며, 예부 상서와 공부 상서를 역임하였다. 문정은 그의 시호이다. 손기봉(孫奇逢)을 스승으로 모시고 정주학을 배웠으며, 고염무(顧炎武)와 황종희(黃宗羲) 등과 송명(宋明) 이학(理學)에 대해 연구하고 토론하였다. 이로 인해 청나라 때에 이학명신(理學名臣)으로 존숭받았다. 저서에 《잠암선생문집(潛庵先生文集)》 5권을 비롯하여 《낙서편(洛書編)》, 《잠암어록(潛庵語錄)》 등이 있고, 후인들이 편집한 《탕자유서(湯子遺書)》가 있다.

34 육청헌(陸淸獻) : 청나라 초기의 성리학자 육롱기(陸隴其, 1630~1692)이다. 본래 이름은 용기(龍其), 자는 가서(稼書)로 절강성 평호(平湖) 사람이다. 강희 9년(1670) 진사시에 합격하여 관직에 진출하였으며, 청렴함과 담박함으로 이름이 높았다. 벼슬은 높지 않았으나 주자학 등 학문에 조예가 깊어 강희제로부터 '청나라 이학의 제일 유신〔本朝理學儒臣第一〕'이라는 칭찬을 받았다. 《학술변(學術辨)》, 《송양강의(松陽講義)》 등을 찬술하였으며, 문집에 《삼어당집(三魚堂集)》이 있다.

(遺旨)를 발명하였으니, 성학(聖學)의 근원을 탐색하고 성(性)과 도(道)의 핵심을 게양한 것이 아니겠는가?

조선의 학문 풍토는 문장을 짓는 것에 뛰어나고 이치를 담론하기 좋아하니, 본래부터 예의와 교화를 중시한 나라로 일컬어져왔다. 지금 서자(徐子 서형수)의 글을 읽어보건대 문장이 전아하고 뜻이 심오하며 견문이 해박하고 논리가 웅위하여, 정밀한 사유와 오묘한 견해에 종종 선철(先哲)들이 미처 도달하지 못한 것이 있으니, 참으로 성인의 가르침이 양양하게 흘러넘쳐 먼 곳까지 이르지 않음이 없고, 왕의 길을 따르고 왕도를 준수하였다. 그리하여 즐거이 함께 이 마음[此心]과 이 이치[此理]가 크게 같다는 것을 체험하였다.

옛말에 "소화(璑華)의 진가를 알고자 한다면[35] 보이는 것에서 징험하고, 도인(道人)의 조예를 알고자 한다면 미첩(眉睫 눈썹과 속눈썹)에서 찾아야 한다."라고 하였다. 나는 이 시권을 서자(徐子)의 미첩으로 삼는다.

사 진사(賜進士) 출신(出身) 한림원 편수(翰林院編修) 충 문연각 교

---

35 소화(璑華)의 진가를 알고자 한다면 : 소화는 귀한 옥의 이름으로, 요임금이 순임금에게 천하를 양위할 때 준 옥이라고 한다. 원문의 부윤(孚尹)은 옥의 특색 가운데 하나로 신(信)의 가치를 상징적으로 표현한 말이다. 자공이 옥의 특징을 묻자 공자가 "옛날 군자들은 덕을 옥에 견주었으니, 따뜻하고 윤택함은 인(仁)이고, 치밀하면서 단단함은 지(智)이다. 청렴하나 상하지 않음은 의(義)이고, 드리움에 떨어질 듯함은 예(禮)이다. 두드림에 소리가 맑고 길며 끝날 적에 소리가 딱 멈춤은 악(樂)이고, 하자가 아름다운 부분을 가리지 않고 아름다운 부분이 하자를 가리지 않음은 충(忠)이고, 믿음이 신뢰를 받아 사방으로 통달함은 신(信)이다.[君子比德於玉焉. 溫潤而澤, 仁也; 縝密以栗, 知也; 廉而不劌, 義也; 垂之如隊, 禮也; 叩之其聲淸越以長, 其終詘然, 樂也; 瑕不揜瑜, 瑜不揜瑕, 忠也; 孚尹旁達, 信也.]"라고 하였다. 《禮記 聘義》

리(充文淵閣校理) 사고관 제조(四庫館提調) 방략관 찬수(方略館纂修)
진숭본(陳崇本)은 찬한다.

서오여헌주인(徐五如軒主人)의 시문에 붙이는 서문[36]

徐五如軒主人詩文序

그대는 저 남쪽 고을 화벌(華閥)의 후예[37]요, 곧 동국의 뛰어난 인재
로다. 아득히 종계(宗系)를 거슬러 올라가보면 봉도(蓬島)에서 뿌리
를 분변하기 어렵고,[38] 멀리 동방에서 서책을 보내오니 요대(瑤臺 중

---

36 【작품해제】이 글은 1783년(정조7)에 청조의 문인 서대용(徐大榕)이 지은 것이다.
역시 이희경이 연행길에 명고의 시문을 가지고 가서 서대용에게 보여주고 서문을 받아
온 것이다. 시문집을 읽은 서대용은 명고를 당나라 유종원(柳宗元)의 문장에 비기며
칠언절구 2수와 함께 서문을 지어주었다.

　서대용(1747~1803)의 자는 향지(向之), 호는 척암(惕庵)으로 무진(武進) 곧 지금
의 강남 곤릉(昆陵) 사람이다. 건륭 37년(1772) 진사시에 합격하여 호부 주사(戶部主
事)를 거쳐 제남 지부(濟南知府)에 올랐다. 서서수(徐書受)의 종형으로, 글씨와 서화
에 조예가 깊어 뛰어났다. 우저(虞褚)에게 글씨를 배웠고, 1794년 완원(阮元)이 제남에
있을 때 제남 지부로서 완원을 모시고 우등산(禹登山) 백운봉(白雲峯)에 오르기도 했
으며, 북경에서 연여(淵如) 손성연(孫星衍)이 강학하던 문자당(問字堂)에도 출입하였
다. 서대용은 조선의 지식인들과도 교류가 있던 인물이다. 연암(燕巖) 박지원(朴趾源)
이〈수씨이공인묘지명(嫂氏李恭人墓誌銘)〉을 지어 중국 문인들에게 글씨를 받으려고
했을 때, 서대용이 그의 외종제 양정계(楊廷桂)의 글씨를 받아 연암에게 보낸 사연이
《열하일기(熱河日記)》〈피서록(避暑錄) 주곤전소지(朱昆田小識)〉에 실려 있다.

37 남쪽 고을 화벌(華閥)의 후예 : 서형수의 본관이 영남의 대구이고, 집안이 당시
조선의 화문갑족이었기 때문에 이렇게 표현한 것이다.

38 아득히……어렵고 : 봉도는 봉래도(蓬萊島)의 약칭으로 삼신산(三神山)의 하나
인데, 흔히 조선을 가리킨다. 고려 군기소윤(軍器少尹) 서한(徐閈)을 시조로 하고 있는
대구 서씨와 고려 판도판서(版圖判書) 서진(徐晉)을 시조로 하고 있는 달성 서씨는
모두 이천 서씨(利川徐氏)에서 나왔다고 하는데, 그 분파 시기와 계대를 확실히 고증하
기 어려운 점이 있기 때문에 이렇게 표현한 것이다.

국)에서 마주 앉아 친히 이야기를 나누는 듯하도다.

흉금은 빙설(氷雪)같아 세속의 번열(煩熱)에 물들지 않았고, 성품은 지란(芝蘭)같아 외진 골짝에 심어져 있었네. 안개와 구름을 토하고 삼키니 본래부터 신선의 풍골이요, 허무(虛無)를 자르고 오려 곧 아름다운 비단옷을 완성하였도다.³⁹ 귀한 책상자 활짝 열어 일찍이 기이한 문장 탐구했고, 바닷가 산에 땅이 접해 있어 일체 세상 티끌을 단절했어라.⁴⁰ 오두막집 한 칸 지어 오랫동안 시 읊으며 무릎 안고 지냈으며,⁴¹ 서리 내린 바위에서 세 벗과 결교하여 달빛 아래 술잔 기울였도다.⁴²

그런데 하늘이 인연을 빌려주어 꿈결에 학이 전해주어, 취향과 기미가 특별한 줄을 내 알았으며, 훈지(塤箎 형제)의 고아한 시문을 내 들었노라.⁴³

---

39 허무(虛無)를……완성하였도다 : 허무를 자르고 오린다는 것은 천의무봉(天衣無縫)과 같은 명고의 문장 솜씨를 비유한 말이고, 아름다운 비단옷은 명고의 세련된 시문을 칭송한 말이다.

40 바닷가……단절했어라 : 명고가 태어나고 은거한 곳이 경기도 장단으로, 그 지역이 서해에 가깝기 때문에 이렇게 말한 것이다.

41 오두막집……지냈으며 : 명고가 오여헌(五如軒)에서 은거하며 독서했음을 나타낸 표현이다. 무릎을 안고 지냈다는 것은 좁은 방에서 독서하며 지냈다는 뜻인데, 제갈량(諸葛亮)이 출사하기 전 남양(南陽)의 와룡강(臥龍岡)에서 몸소 농사지으며 매일 새벽과 저녁에 무릎을 감싸 안은 채 길게 불렀다는 고사에서 유래한다. 주자가 제갈량을 흠모하는 뜻을 담아 〈와룡암무후사(臥龍菴武侯祠)〉라는 시를 지어 "포슬음(抱膝吟)을 한번 길게 부르노니, 정신으로 사귐을 아득한 고인에게 부치노라.〔抱膝一長吟, 神交付冥漠.〕" 하였다.

42 서리……기울였도다 : 산야에서 자연을 벗하며 은거하며 지냈다는 말이다. 세 벗은 은자의 벗으로 상징되는 송(松), 죽(竹), 매(梅) 곧 세한삼우(歲寒三友)이다.

43 하늘이……들었노라 : 학은 신선의 사자로, 여기서는 사행단에 참여한 이희경을

팔뚝을 일찍이 세 번 부러뜨렸으니[44] 벼루 북쪽에서 저술하느라 자주 자리에 구멍을 내었고,[45] 표범이 그저 한 점의 무늬만 드러내고 그쳤으니 남산을 향해 스스로 숨은 것일세.[46] 그럼에도 불구하고 마음을 비우고 지극한 도를 받아들였으니 이는 〈겸괘(謙卦)〉〈상전(象傳)〉의 교훈을 취한 것이고, 다방면으로 익우(益友)를 모았으니 이는 절차탁마의 의리를 따른 것일세.[47] 스승 되기는 한 글자에 부끄럽거늘, 문득

가리킨다. 사행단 편에 명고의 시문을 받아 보고 취향과 기미가 남다른 줄을 알았으며, 또 서호수(徐浩修, 1736~1799) 등 명고 형제의 시문을 역시 받아 보았다는 뜻이다. 서호수는 1776년(정조 즉위년) 사은부사로 청나라를 다녀온 적이 있다.

44 팔뚝을……부러뜨렸으니 : 세상을 살아오는 동안 뼈아픈 좌절을 자주 당하고 물러나 은거하여 큰 학자가 되었다는 뜻이다. 《춘추좌씨전(春秋左氏傳)》정공(定公) 13년에 범씨(范氏)와 중항씨(中行氏)가 군주를 치려 하자, 제(齊)나라의 고강(高彊)이 "세 차례 팔뚝이 부러지는 부상을 당하고 나서야 좋은 의사가 된다는 것을 알 수 있다.〔三折肱, 知爲良醫.〕"라고 한 고사에 전거를 둔 표현이다.

45 벼루……내었고 : 벼루 북쪽이란 저술가가 늘 앉아 있는 자리를 말하는데, 책상과 벼루를 남쪽을 향하여 놓았을 때 사람의 몸이 벼루의 북쪽에 위치하기 때문에 이렇게 표현한 것이다. 자주 구멍을 내었다는 것은 위(魏)나라 사람 관녕(管寧)의 고사를 인용한 것이다. 관녕이 나무 걸상에 50년 동안 꿇어앉아 공부할 때 워낙 부지런히 매진하여 걸상에 무릎이 닿은 곳이 모두 뚫어졌다고 한다. 《三國志 卷11 魏書 管寧傳》

46 표범이……것일세 : 자신의 문장 재주를 숨겨 은거하였다는 뜻으로 쓴 말인데, 두 개의 고사를 함께 인용한 표현이다. 진(晉)나라 왕헌지(王獻之)가 소년 시절에 도박놀음을 옆에서 지켜보다가 훈수를 하자, 그 어른들이 "대롱으로 표범을 보고는 그 반점 하나만을 보는 식이다.〔管中窺豹, 時見一斑.〕"라고 비웃었던 고사가 있다. 《世說新語 方正》. 또 남산의 검은 표범〔南山有玄豹〕은 이레 동안 안개가 끼어 먹을 것이 없어도 가만히 머물러 있을 뿐, 산 아래로 내려가서 먹을 것을 구하려 하지 않았는데, 이는 자신의 털 무늬를 윤택하게 보전하여 문채가 나게 하기 위해서였다〔澤其毛而成文章〕는 남산현표(南山玄豹)의 고사가 있다. 《列女傳 卷2 賢明傳 陶答子妻》

47 다방면으로……것일세 : 좋은 벗을 많이 사귄 것은 그들을 거울삼아 자신의 성장을

오만하게 남의 문장을 마구 품평하겠는가?[48] 부유함은 백성(百城)을 소유하고 있거늘, 일찍 휘장 안을 들여다보았을 뿐이라고 부질없이 말하네.[49]

그러나 천 리의 눈길을 극진히 하려는 자는 한 층의 누대를 다시 오르고,[50] 오도(五都)의 저잣거리에 들어가는 자는 반드시 잘 벼려진 칼을 구하기 마련이지.[51] 시간을 아껴 밤을 지새면서 오랫동안 서재에

도모하려는 의도였다는 말이다. 《시경》〈소아 학명(鶴鳴)〉에 "타산의 돌이 숫돌이 될 수 있다.〔他山之石, 可以爲錯.〕"라는 구절과 "타산의 돌이 옥을 갈 수 있다.〔他山之石, 可以攻玉.〕"라는 구절을 축약하여 만든 말이다.

48 스승……품평하겠는가 : 자신은 남의 문장을 품평할 자격이 되지 않으므로, 서형수의 문장에 섣불리 평가를 가하기 어렵다는 겸사이다. 스승이 되기에는 한 글자에 부끄럽다는 말은 일자사(一字師)를 원용한 표현이다. 일자사는 시문에서 한 글자를 고쳐 작품의 생명을 살려주는 사람을 말하는데, 한유의 퇴고(推敲) 고사가 그 대표적인 예이다. 단사(丹砂)와 연분(鉛粉)은 모두 문장의 교정(校訂)에 쓰이는 도구로, 흔히 문장 비평을 뜻하는 말로 쓰인다.

49 부유함은……말하네 : 부유함이 백성을 소유한 정도라는 것은 명고에게 천하의 책을 섭렵했다고 칭찬하는 말이며, 일찍 휘장 안을 들여다보았다는 것은 자신이 우연히 명고의 문장을 보아 그 수준을 짐작할 수 있는 것일 뿐이라고 겸손해하는 의미이다. 백성(百城)은 100개의 성이란 말로, 거대한 규모의 장서(藏書)를 의미한다. 북위(北魏) 때 처사(處士) 이밀(李謐)이 군서(群書)를 박람(博覽)하여 학식이 높았으나 벼슬할 뜻이 전혀 없었고, 온 재산을 기울여 많은 서적을 구입했던 바, 세심히 읽은 책만도 무려 4,000여 권에 달했다고 하는데, 그가 일찍이 "장부가 만 권의 서책 가지는 것이 중요하거니, 어찌 백성 나라의 임금이 될 필요가 있겠는가.〔丈夫擁書萬卷, 何假南面百城?〕"라는 명언을 남긴 데서 온 말이다. 《魏書 卷90 逸士列傳 李謐》. 염막(簾幕)은 귀인의 내실에 치는 휘장으로, 여기서는 곧 문장의 정수 또는 귀한 장서를 뜻한다.

50 천 리의……오르고 : 당(唐)나라 왕지환(王之渙, 688~742)의 시 〈등관작루(登鸛雀樓)〉에, "천 리의 눈길을 극진히 하고자, 다시 한 층을 더 오른다.〔欲窮千里目, 更上一層樓.〕"라고 한 것을 인용한 표현이다.

들어가 글을 읽었으며, 옛 우물물을 긷고 샘을 치면서 종신토록 임학(林壑)에서 살기를 기약했도다.

나는 부질없이 운수(雲樹)를 바라만 볼 뿐 태백의 술잔에는 수작하기가 어렵고,[52] 삼가 부서(簿書)를 관장하고 있지만 아직 연려(燃藜)의 누각[53]은 섭렵하지 못했네. 학문은 비근한 것을 바탕으로 하였으니 편찬(編纂)과 모사(摹寫)가 소년보다 곱절이나 절실하고,[54] 덕이 있는 이는 본디 이웃이 있으니 성교(聲敎)가 공자의 목탁(木鐸)과 어찌 다르리오?[55] 진심을 다해 고해주는 것이니, 두실(斗室 작은 방)의 웅대한

---

51 오도(五都)의……마련이지 : 오도는 오방(五方)에서 모여드는 번성한 도시이다. 번성한 도시의 푸주에 가려는 자는 칼을 날카롭게 벼려서 가고자 하듯이 연경으로 가려고 하는 자는 학문을 갈고닦고자 한다는 뜻이다. 명고의 학문이 높지만, 중조 인사에게 자신의 시문을 보이고 서평을 얻기 위해 더더욱 노력하여 실력을 연마하였다는 칭찬으로 쓴 말이다.

52 부질없이……어렵고 : 멀리서 벗을 그리워하기만 할 뿐, 솜씨가 미치지 못해 벗의 시문에 화답하기에는 부끄럽다는 뜻이다. 운수(雲樹)는 두보(杜甫)가 이백(李白)을 그리워하며 지은 시 〈춘일억이백(春日憶李白)〉 시에 "위수 북쪽엔 봄 하늘에 우뚝 선 나무, 강 동쪽엔 저문 날의 구름이여.〔渭北春天樹, 江東日暮雲.〕"라고 노래한 것에서 유래한 말이다. 태백의 술잔에 수작하기 어렵다는 것은 주량이 이백에게 미치지 못한다는 말로, 곧 자신의 글솜씨가 벗보다 못하다는 겸사이다.

53 연려(燃藜)의 누각 : 한 성제(漢成帝) 때 유향(劉向)이 천록각(天祿閣)에서 서책을 교정하고 있을 적에 한번은 밤에 황의(黃衣)를 입은 노인이 청려장(靑藜杖)을 짚고 찾아와서는 청려장 끝에 불을 일으켜 유향을 비춰주고, 또한 홍범오행(洪範五行), 천문지도(天文地圖) 등의 글을 유향에게 전해주었는데, 이때 유향이 그 노인의 성명을 묻자 그 노인이 "나는 태을(太乙)의 정기인데, 천제께서 유씨의 자식 중에 박학한 자가 있다는 말을 듣고 내려가서 살펴보게 하였다."라고 했다는 데서 온 말이다. 《三輔黃圖》

54 학문은……절실하고 : 명고의 학문 정신이 허원한 것을 추구하지 않고 실질적인 것을 지향하였으며, 집필 태도가 성실하다는 칭찬이다.

담론이 무어 필요 있겠는가? 이역(異域)의 벗과 사귐을 논하는 것은 어전(魚箋 서신)의 친밀한 부합에 있지 않다네.

그대는 아마 천고(千古)의 현인을 벗하더라도 장차 고인에 부끄럽지 않을 사람이라, 지금 세상에 참된 선비 있으니 마땅히 함께 호탕한 사귐을 깊이 맺어보세.[56]

진릉(晉陵) 척암(惕庵) 서대용(徐大榕)은 쓰다.

55 덕이……다르리오 : 명고가 벼슬에서 물러나 문장을 짓는 것은 세상을 깨우치기 위한 것이니, 반드시 이것을 알아줄 사람이 있을 것이라는 위로이다. 《논어》〈이인(里仁)〉에 "덕이 있는 사람은 외롭지 않다. 반드시 이웃이 있다.〔德不孤, 必有隣.〕"라고 한 말을 인용하여, 좋은 문장을 지으면 반드시 알아주는 이가 있음을 말하였다. 목탁은 공자가 천하를 주유하며 위(衛)나라를 지나갈 때에 의읍(儀邑)의 봉인(封人)이 공자를 뵙고 나와서 말하기를 "그대들은 어찌 부자(夫子)가 벼슬 잃은 것을 걱정할 것이 있겠는가. 천하에 도가 없어진 지 오래라 하늘이 장차 부자를 목탁으로 삼으실 것이다.〔天下之無道也久矣, 天將以夫子爲木鐸.〕" 한 것을 가리킨다. 이 말에 대해 주자는 "하늘이 공자로 하여금 지위를 얻어 교화를 베풀게 하려는 것이다."라고 해석하였고, 혹자는 "목탁이란 도로를 돌며 쳐서 대중을 경각시키는 물건이니, 하늘이 부자로 하여금 지위를 잃고 사방을 두루 다니며 그 가르침을 행하게 할 것이다."라고 하였다. 지위를 얻고 잃음에 대한 시각차는 있지만, 두 해석 모두 세상에 가르침을 행한다는 것에는 동일한 입장을 취하고 있다. 《論語 八佾》

56 천고(千古)의……맺어보세 : 명고에게 '그대는 시대를 거슬러 옛 현인을 벗하더라도 전혀 손색이 없을 훌륭한 사람이지만, 오늘날에도 벗할 만한 사람이 있는 법이니 나와 우정을 나누어보자.'는 제안이다. 《맹자》〈만장 하(萬章下)〉에 "이 세상의 훌륭한 선비와 벗하는 것으로 충분하지 못하면 다시 옛 시대로 올라가서 옛사람을 논한다. 그의 시를 낭송하고 그의 글을 읽으면서도 그가 어떤 사람인지 모른대서야 말이 되겠는가. 그렇기 때문에 당시의 그의 삶을 논하게 되는 것이니, 이것이 바로 옛 시대로 거슬러 올라가서 벗하는 것이다.〔以友天下之善士爲未足, 又尙論古之人. 讀其書誦其詩, 不知其人可乎? 是以論其世也, 是尙友也.〕"라고 하였다.

《명고시유집(明皐始有集)》에 붙이는 서문[57]

明皐始有集序

《주역》에 "강유가 교착하니 천문이고, 문명에 그치니 인문이다.〔剛柔
交錯 天文也 文明以止 人文也〕"라고 하였고, 또 "천지의 문을 이룬다.
〔成天地之文〕"라고 하였다.[58] 이것이 삼재(三才 천·지·인)의 문(文)

---

57 【작품해제】 이 글은 1787년(정조11)에 명고의 조카 서유구(徐有榘)가 지은 것이
다. 이 글을 지을 당시 서유구는 24세이고, 명고는 39세였다. 명고가 서유구를 시켜
자신의 글을 정리하여 시문집을 만들고 《명고시유집》이라는 제목을 붙였다. 이 시문집
의 앞에 붙인 서문인데, 명고에서 서유구를 관통하는 문학론을 볼 수 있는 중요한 글이
다. 명고는 문학이 하나의 작은 기예에 불과하지만 여기에 천(天), 지(地), 인(人)의
도가 모두 담겨 있다고 보았으며, 그러한 사유는 조카 서유구에게 이어졌다. 《명고전
집》은 《명고시유집》과 《명고소유집(明皐少有集)》을 정리하여 만든 것으로 짐작되는
데, 현재 《명고시유집》과 《명고소유집》은 전하지 않는다.

58 《주역》에……하였다 : 〈비괘(賁卦)〉의 단전(彖傳)에 "유가 와서 강을 문식하니,
이 때문에 형통하다. 강을 나누어 올라가 유를 문식하니, 이 때문에 가는 일이 조금
이롭다. 강과 유가 서로 사귀니 이것이 천문이고, 문명에 그치니 이것이 인문이다.
천문을 관찰하여 사계절의 변화를 살피며, 인문을 관찰하여 천하를 교화하여 완성한
다.〔柔來而文剛, 故亨. 分剛上而文柔, 故小利有攸往. 剛柔交錯, 天文也, 文明以止, 人
文也. 觀乎天文, 以察時變, 觀乎人文, 以化成天下.〕" 하였다. 본래 '강유교착(剛柔交
錯)' 네 글자는 단전 원문에는 없다. 그런데 '유가 오고 강이 올라간다〔柔來剛上〕'라고
한 문맥을 고려할 때 이 네 글자가 있어야 말이 된다는 견해를 당나라 경학자 곽경(郭京)
이 그의 저술 《역거정(易擧正)》에서 제출하였는데, 주자가 본의에서 이 설을 타당하다
고 인정하여 채택하였다. 또 〈계사전 상(繫辭傳上)〉 10장에 "삼으로 세고 오로 세어
변하며, 수를 교착하고 종합한다. 그래서 변화를 통달하여 마침내 천지의 문을 이루며,
수를 지극히 하여 마침내 천하의 상을 정한다.〔參伍以變, 錯綜其數. 通其變, 遂成天地
之文, 極其數, 遂定天下之象.〕" 하였다.

이니, 문 가운데 지극한 것이다. 대개 문장을 짓는 도(道)가 셋이니, 기운은 하늘에서 도움 받고, 법은 땅에서 본받으며, 솜씨는 인간에게서 생긴다. 문장은 일개 기예인데 삼극(三極)[59]의 도가 여기에 모였다.

성대하고[60] 양양하게[61] 근원을 틔우고 말류를 소통시켜, 쏟아지는 물길을 인도하여 발해(渤海)로 내보낸 것은 기운이 왕성하기 때문이니 이것이 없으면 위축된다. 엄정하고 반듯하게 법칙을 지키고 법규를 준수하여, 장영(匠郢)의 도끼[62]를 잡고서 승척(繩尺)[63]을 베푼 것은 법

59 삼극(三極) : 천(天), 지(地), 인(人) 즉 삼재(三才)이다. 《주역》 〈계사전 상〉 2장에 "육효가 동하는 것은 삼극의 도이다.〔六爻之動, 三極之道也.〕"라고 하였는데, 이에 대해 왕필(王弼)은 "삼극은 삼재이다.〔三極, 三才也.〕"라고 하였고, 공영달(孔穎達)은 "육효가 서로 추동하여 변화가 생기니, 이것이 천・지・인 삼재의 지극한 도이다.〔六爻遞相推動而生變化, 是天地人三才至極之道.〕"라고 하였다.

60 성대하고 : 원문은 '혼포(渾泡)'인데, 이는 《산해경》 〈서산경(西山經)〉에서 불주산(不周山)의 유택(泑澤)에 대해 설명하면서 "그 근원은 세차고 분출한다.〔其原渾渾泡泡〕"라고 한 것을 줄인 말이다. 이 구절에 대해 곽박(郭璞)은 "혼혼포포는 물이 세차게 분출되는 소리이다.〔渾渾泡泡, 水濆涌之聲也.〕"라고 하였다. 여기서는 문맥에 맞추어 의역하였다.

61 양양하게 : 원문은 '왕예(汪穢)'인데, 덕이 깊고 넓은 모양을 나타내는 말이다. 조식(曹植)의 〈위덕론(魏德論)〉에 "이때 성상께서 나이는 젊었으나 덕망은 깊고 넓었다.〔於時上富於春秋, 望德汪穢.〕"라고 하였다. 역시 문맥에 맞추어 의역하였다.

62 장영(匠郢)의 도끼 : 법도를 지키면서도 능수능란하여 조금의 실수나 흠도 없는 문장 솜씨를 뜻한다. 《장자》 〈서무귀(徐无鬼)〉에 "영(郢) 지방 사람이 코끝에 백토를 파리 날개처럼 묻혀놓고 선 다음, 당대의 제일가는 목수 장석(匠石)을 시켜 그것을 깎아내게 하였다. 그러자 장석이 바람을 일으키며 도끼를 휘둘러 거침없이 깎아내었다. 백토를 다 깎도록 영 지방 사람의 코를 다치게 하지 않았고, 영 지방 사람도 조금도 동요하지 않고 그대로 서 있었다." 하였다.

63 승척(繩尺) : 목수가 사용하는 먹줄과 자귀 등의 도구를 말한다. 전하여 규격과

도가 수승하기 때문이니 이것이 없으면 산만하다. 말끔하게 씻어내고 단단하게 단련하며, 정교하게 오려 붙이고 화려하게 조탁하며, 성정을 계도함은 완곡하면서도 은미하고, 모습을 그려냄은 간결하면서도 핍진하며, 정미한 뜻을 연찬하고 깊은 의미를 찾아내어 신묘하게 밝혀낸 것은 기교가 뛰어나기 때문이니 이것이 없으면 밋밋하다. 이 셋을 완전히 갖춘 작가를 대종(大宗)이라 하고, 이 중 어느 하나를 갖춘 작가를 소종(小宗)이라 한다.[64]

저 기운을 검속하지 않는 자는 방탕함이 병통이고, 법도를 준수하기만 하는 자는 속박됨이 병통이고, 사사로운 감정을 드러내는 자는 화려함이 병통이다. 이 셋 가운데 어느 한 가지도 전혀 없는 자를 무문(無文)이라고 한다.

이 뜻을 일찍이 중부(仲父) 명고 선생(明皐先生)에게 배웠다. 그러나 징험할 기회가 없었다. 선생께서 강사(强仕)의 나이(40세)가 되기에 미쳐 책상자를 수습하여 평소 지은 시문(詩文)을 모두 꺼내어 손수 열에 셋은 버리시고, 유구에게 명하여 시문집 하나를 편찬하게 하였다.

작업을 마치고 나서 하늘을 우러러 탄식하며 말하였다. "웅장하게 성대한 것은 그 기운이로다. 정연하게 법에 맞는 것은 그 법도로다.

법도, 표준 따위를 비유하는 말로 사용되는데, 여기서는 문장의 법도를 비유한다. 원(元)나라 유훈(劉壎)의 《은거통의(隱居通議)》〈변려(騈儷)〉에 "문장의 법도에는 본래 정론이 있다.〔文章繩尺, 自有定論.〕" 하였다.

64 이 셋을……한다 : 춘추시대 종법(宗法) 규정에서 적장자로 이어져 내려온 일계(一系)를 대종(大宗)이라 하고, 나머지 지파의 종가를 소종(小宗)이라 한다. 본국의 왕실을 대종, 제후국에 본봉된 공실을 소종이라고도 한다. 여기서는 대가와 소가 정도의 의미로 쓰였다.

유려하게 문장을 구사한 것은 그 기교로다. 기운이 펼쳐져 있으면서도 방탕하지 않고, 법도에 꼭 맞으면서도 속박되지 않고, 사사로운 감정이 드러나면서도 화려하지 않으니, 선생의 시문을 읽고서 선생의 말을 징험하게 되었구나."

이윽고 시문집을 들고 가 선생에게 이름을 지어달라고 청하였다. 선생이 말씀하였다. "《시유집(始有集)》이 좋겠구나. 옛날에 공자 형(荊)이 집안 살림을 잘 꾸렸는데, 처음 살림을 소유하자〔始有〕 '그런대로 모였다.〔苟合〕' 하였고, 조금 더 모으자 '이만하면 상당히 갖추어졌다.〔苟完〕' 하였고, 부유하게 되자 '썩 훌륭하다.〔苟美〕'라고 하였다.[65] 지금 《시유집(始有集)》이라고 이름을 붙인 것은 처음으로 만든 문집임을 나타낸 것이다. 이후로 글을 모아 만든 시문집은 《소유집(少有集)》, 《부유집(富有集)》이 될 것이니, 대개 장차 문집을 만드는 것이 세 번이 될 게야."

유구가 시원히 깨닫고 기쁘게 이해하여 자리에서 일어났다가 꿇어앉아 말하였다. "시유(始有)는 하늘에서 뜻을 취한 것이고, 소유(少有)는 땅에서 뜻을 취한 것이고, 부유(富有)는 사람에게서 뜻을 취한 것이로군요. 《주역》에 '건원은 만물의 시초이다.〔乾元資始〕'라고 하였고, 또 '곤은 간이함으로써 능히 한다.〔坤以簡能〕'라고 하였고, 또 '풍부히 소유함을 대업이라고 한다.〔富有之謂大業〕'라고 하였습니다."[66]

---

65 옛날에……하였다 : 공자 형(荊)의 말은 《논어》〈자로(子路)〉에 나온다. 형은 위(衛)나라 공자(公子)이다. 거실(居室)은 소주(小注)나 《어류(語類)》의 해석을 볼 때 집 곧 궁실(宮室)을 가리킨다. 하지만 《논어》 문맥의 정황과 '유(有)'의 쓰임과 의미로 보아 집안의 살림살이 전반을 아우르는 것으로 보는 것이 자연스러우므로, 참작하여 번역하였다.

정미년(1787) 동지에 종자(從者) 유구는 삼가 쓴다.

66 주역에……하였습니다 : 《주역》〈건괘(乾卦) 단(彖)〉에 "위대하도다 건원이여,
만물이 여기에서 비로소 나오나니, 이에 하늘의 일을 총괄하게 되었도다.〔大哉乾元,
萬物資始, 乃統天.〕" 하였고, 〈계사전 상(繫辭傳上)에〉 "건(乾)은 시작함을 맡고, 곤
(坤)은 물건을 이룬다. 건은 쉬움으로써 시작함을 맡고, 곤은 간이함으로써 능히 한다.
〔乾知大始, 坤作成物, 乾以易知, 坤以簡能.〕" 하였고, 또 "풍부하게 소유하는 것을 대업
이라고 이름한다.〔富有之謂大業〕" 하였다.

명고전집

제1권

詩시

시詩

북벽(北壁)¹ 충청도 영춘현(永春縣) 경계에 있다.²

北壁 在湖西永春縣界

1 【작품해제】 이 시를 지은 정확한 시기는 고증할 수 없다. 다만 저본의 작품이 연대순
으로 편차되었고, 이 시집에 세 번째 실린 시 〈성천의 시기 일지홍에게[贈成川詩妓一枝
紅]〉가 10대에 지어진 작품임을 고려할 때, 이 시 역시 10대의 어느 시기에 영춘현(지금
의 단양군 영춘면) 일대를 유람할 때 지은 작품이라 생각된다. 총 40자 중 21자를 붉은
글씨로 수정하였다. 본문에 가필한 원주(原註) 2건이 모두 최초의 원문과는 관련 없는
내용이고 붉은 글씨로 교정한 원고에 나오는 시어를 해설한 내용인 것으로 보아, 가필
원주 역시 붉은 글씨로 원문을 수정하고 난 뒤에 작성한 것으로 판단된다. 제목 아래
가필된 제목 원주와 본문 아래 가필된 본문 원주의 서체가 다른 것으로 보아, 제목
원주와 본문 원주의 가필자와 가필 시기가 다를 수 있다고 판단된다.

　영춘현은 고구려 시대에는 을아단현(乙阿旦縣), 신라 시대에는 자춘현(子春縣)으
로 불리다가 고려 시대 때부터 지금의 이름으로 불렸다. 조선 정종(定宗) 원년(1398)에
강원도 원주에서 충청도로 편입시켰으며, 조선 태종 때부터 현감을 두었다. 1914년
행정구역 개편 때 영춘면이 되어 단양군으로 편입되었다. 북벽은 영춘현의 남한강변(지
금의 영춘면사무소 북쪽)에 솟아 길게 이어져 있는 절벽으로 경치가 좋아 갈암(葛庵)
이현일(李玄逸), 하당(荷塘) 권두인(權斗寅) 등이 극찬한 바 있다. 수련의 남호(南湖)
는 남한강을 가리킨다. 함련은 북벽의 전체적인 모습이다. 경련은 북벽의 장관을 만난
감회를 적고 있다. 미련은 북벽 주변에 있는 불적암(佛迹巖)이란 바위의 지명과 모습을
그리고 있다. 평성 '선(先)' 운의 측기식(仄起式) 오언율시이다.

2 【校】 충청도……있다 : 교정고 가필사항이다.

-원문 일자 결락- 남호에 배를 띄워	▨棹南湖放[3]
북벽 앞으로 거슬러 올라갔네	溯洄[4]北壁前
점차 열리더니 가운데 굽이가 있어	漸開中有曲
우뚝이 솟아 위로 하늘에 닿았어라	尖出上連天
우연한 만남이 이렇게 이루어졌으니	邂逅成如此
-원문 일자 결락- 누가 그렇게 시킨 것인가	人▨孰使然[5]
이름을 새긴 것이 불적이 있는 것과 같으니	題名同佛迹[6]

　나부산(羅浮山) 동쪽 기슭에 부처의 발자국이 몇십 군데 있다. 이 때문에
불적암(佛迹巖)이라고 부른다.[7]

이끼 덮이고 연꽃이 피려 하네	苔沒欲生蓮[8]

　걸음마다 연꽃이 핀다는 것은 불가(佛家)의 말에서 나온 표현이다.[9]

---

3 【校】▨棹南湖放 : 첫 글자는 판독 불가. 교정고 수정사항으로, 원래는 "아침 해
비칠 때 뱃노래 부르며〔朝日棹歌發〕"였다.

4 【校】溯洄 : 교정고 수정사항으로, 원래는 "아스라하다〔蒼茫〕"였다.

5 【校】人▨孰使然 : 교정고 수정사항으로, 원래는 "안배가 정히 그러한 것은 아니리
〔安排定不然〕"였다.

6 【校】題名同佛迹 : 교정고 수정사항으로, 원래는 "유인이 모두 떠나가버려〔遊人皆舍
去〕"였다.

7 【校】나부산(羅浮山)……부른다 : 교정고 가필사항이다.

8 【校】苔沒欲生蓮 : 교정고 수정사항으로, 원래는 "내 참 신선을 보지 못하였네〔吾未
見眞仙〕"였다.

9 【校】걸음마다……표현이다 : 교정고 가필사항이다. "걸음마다 연꽃이 피어나네〔步
步生蓮花〕"라는 말은 《잡보장경(雜寶藏經)》〈녹녀부인연(鹿女夫人緣)〉의 고사에 "녹
녀의 걸음걸음마다 연꽃이 피어났다.〔鹿女每步迹有蓮花〕"라고 한 데서 유래하였다.

도담(島潭)[10] 충청도 단양군(丹陽郡) 경계에 있다.[11]

島潭 在湖西丹陽郡界

세 봉우리가 사이좋게 나란히 솟았는데　　　　　三峯亭峙雁行開[12]

10 【작품해제】이 시를 지은 정확한 시기는 고증할 수 없다. 다만 저본의 작품이 연대순으로 편차되었고, 이 시집에 세 번째 실린 시 〈성천의 시기 일지홍에게〔贈成川詩妓一枝紅〕〉가 10대에 지어진 작품임을 고려할 때, 이 시 역시 10대의 어느 시기에 영춘현(지금의 단양군 영춘면) 일대를 유람할 때 지은 작품이라 생각된다. 총 56자 가운데 7자가 붉은 글씨로 수정되어 있다. 세 곳의 본문 원주는 모두 교정고에서 가필한 것이다. 역시 제목 원주를 가필한 글씨와 서체가 다르다.

　　단양군은 영춘현 남쪽에 있어, 북벽 앞을 흐르는 남한강을 따라 하류로 10여 리를 내려오다 보면 도담삼봉(嶋潭三峯 지금의 매포읍 하괴리 소재)을 만나게 된다. 단양팔경 중 제1경으로 현재 단양군 명승 44호로 지정되어 있다. 1766년(영조42) 단양군수로 부임했던 조정세(趙靖世)가 처음으로 이곳에 정자를 짓고 능영정(凌瀛亭)이라 이름했다. 이 시를 지을 당시에는 영춘이 단양군과 별개의 고을이었기에, 제목 아래 원주에서 도담삼봉이 단양과 영춘현 경계에 있다는 뜻으로 말하였다.

　　수련은 도담삼봉의 전체적인 모습이며, 그중 2구는 도담삼봉 중 가장 높고 큰 가운데 봉우리에 정자를 지어놓은 모습을 읊었다. 함련은 갑자기 물속에서 솟아 육지와 연결된 지맥이 없는 광경에 대해《열자》의 문장을 인용하여 읊었으며, 그 모습이 마치 언젠가 삼봉을 찾아줄 군자를 기다리고 있는 듯하다고《시경》을 인용하여 읊었다. 경련은 봄꽃이 진 뒤 신록이 드는 모습을 읊었다. 미련은 도담 가운데 솟은 삼봉을 바다 가운데 솟은 삼신산에 비겨 마무리하였다. 평성 '회(灰)' 운을 쓴 평기식(平起式) 수구용운체(首句用韻體) 칠언율시이다.

11 【校】충청도……있다 : 교정고 가필사항이다.

12 【校】三峯亭峙雁行開 : 교정고 수정사항으로, 원래는 "셋으로 나누어진 괴석이 한 동이 안에 만들어져〔三分怪石一盆開〕"였다. 괴석(怪石)은 삼봉(三峯)의 섬을, 일분(一盆)은 삼봉을 담고 있는 연못 곧 남한강을 가리킨다.

아름다운 정자가 제이대에 높이 앉았네   飛閣高臨第二臺

완연히 물속에서 누군가를 기다리는 듯   宛在水中如有待

《시경》에 "완연히 물 가운데 모래섬에 있다.〔宛在水中坻〕"라고 한 것을 인
용한 표현이다.[13]

뿌리 없는 산발치는 어디에서 왔는가   無根[14]山脚自何來

《열자(列子)》에 "바닷속에 다섯 산이 있는데, 다섯 산의 뿌리는 연결된
곳이 없다.〔海中五山之根無所連著〕"라고 한 것을 인용한 표현이다.[15]

봄 지나도록 복사꽃을 따라 흘러가지 않고   春歸不逐桃花去

비 온 뒤 푸른 안개 쌓인 것 유독 바라보네   雨後偏看翠靄堆[16]

여기에다 조화옹이 솜씨를 부려   到此天工逞巧手

영주와 방장에다 봉래[17]를 만들었구나   瀛洲方丈又蓬萊

---

13 시경에……표현이다 : 《시경》〈진풍(秦風) 겸가(蒹葭)〉에 "갈대가 창창하니, 흰
이슬이 마르지 않았도다. 이른바 저 사람이, 물가의 한쪽에 있도다. 물결 거슬러 올라가
따르려 하나, 길이 막히고 또 높으며, 물결 따라 내려가 따르려 하나, 완연히 물 가운데
모래섬에 있도다.〔蒹葭凄凄, 白露未晞. 所謂伊人, 在水之湄. 遡洄從之, 道阻且躋. 遡游
從之, 宛在水中坻.〕"라고 한 것을 가리킨다.

　【校】이 원주는 교정고 가필사항이다.

14 【校】無根 : 교정고 수정사항으로, 원래는 "단서 없는〔無端〕"이었다.

15 열자(列子)에……표현이다 : 《열자》〈탕문(湯間)〉의 내용을 축약하여 인용한 문
장이다. 해당 부분의 내용을 개략적으로 소개하면 다음과 같다. "발해 동쪽에 귀허라고
하는 큰 골짝이 있고, 그 가운데에는 대여(岱興), 원교(員嶠), 방호(方壺), 영주(瀛
洲), 봉래(蓬萊)라고 하는 다섯 산이 있다. 다섯 산의 뿌리는 서로 연결되어 있는 바가
없다.〔渤海之東, …… 有大壑焉, …… 名曰歸墟. …… 一曰岱興, 二曰員嶠, 三曰方壺,
四曰瀛洲, 五曰蓬萊, …… 五山之根, 無所連著.〕"

　【校】이 원주는 교정고 가필사항이다.

16 【校】靄堆 : 교정고 수정사항으로, 원래는 "기운 서린 것〔氣廻〕"이었다.

17 영주와 방장에다 봉래 : 도담의 봉우리가 세 봉우리이기 때문에 삼신산(三神山)에

《사기(史記)》에 "바다 가운데 삼신산(三神山)이 있어 봉래(蓬萊), 방장(方丈), 영주(瀛洲)이니, 신선이 산다."라고 한 것을 인용한 표현이다.[18]

〈그림 1〉 도담삼봉

견준 것이다.

18   사기(史記)에……표현이다 : 《사기》권6 〈진시황본기(秦始皇本紀)〉에 제(齊)나라 사람 서불(徐市) 등이 글을 올려 "바다 가운데 삼신산이 있어, 봉래와 방장과 영주라고 하는데 신선들이 살고 있습니다. 재계하고 동남동녀들과 함께 구해오고자 합니다.〔海中有三神山, 名曰蓬萊方丈瀛洲, 僊人居之. 請得齋戒. 與童男女求之.〕"라고 한 것을 가리킨다.

【校】 이 원주는 교정고 가필사항이다.

〔교정고 삭제 표시작〕

성천(成川)의 시기(詩妓) 일지홍(一枝紅)에게[19]

贈成川詩妓一枝紅

19 【작품해제】이 시는 지은 시기를 정확히 고증할 수 없다. 다만 명고는 부친 서명응이 1757년(영조33)에 성천 부사로 부임할 때 아홉 살의 어린 나이로 따라와 부아(府衙)에서 함께 생활한 일이 있다. 따라서 작품을 창작 순서대로 편차한 이 시집의 성격을 감안할 때, 이 시는 9세에서 10세 되던 해에 지은 작품으로 추정된다. 시의 제목 위에 삭제하라는 표시가 되어 있다. 작품 전편에 걸쳐 교정되거나 가필된 부분은 없다. 특별한 주제 의식 없이 기녀에게 주는 희작(戱作)이므로 삭제된 것으로 보인다.

일지홍은 당시 전국적으로 시명(詩名)을 날린 이름난 기녀였다. 신광수(申光洙, 1712~1775)의 〈관서악부(關西樂府)〉에 일지홍의 고사가 노래되고, 이충익(李忠翊, 1744~1816)이 일지홍에게 준 시가 《초원유고(椒園遺藁)》에 〈성천에서 기녀 일지홍에게〔成川贈妓一枝紅〕〉라는 제목으로 남아 있는 것을 비롯하여, 김재찬(金載瓚, 1746~1827), 심염조(沈念祖, 1734~1783) 등 당대 문인들이 두루 그녀에게 주거나 그녀에 대해 읊은 시를 남기고 있다. 또 이덕무(李德懋, 1741~1793)의 《청비록(淸脾錄)》과 성해응(成海應, 1760~1839)의 《연경재전집(硏經齋全集)》 시화 부분에서 그녀의 시를 특필하였으며, 한편 그녀가 태천(泰川) 홍명한(洪鳴漢, 1736~1819)에게 준 시가 전하기도 한다. 그런데 신광수가 관서 지방을 유람하던 때는 그의 나이 49~50세가 되던 1760~1761년으로 명고가 성천에 간 시점보다 2~3년 뒤인데, 신광수는 〈관서악부〉 제43수에서 '성도의 어린 기녀 일지홍〔成都少妓一枝紅〕'이라고 읊었으니, 아마 당시 일지홍의 나이는 10대 후반이었을 것으로 보인다. 이로 미루어보건대 명고가 만난 일지홍은 대략 10대 중반의 앳된 나이로 막 시명을 날리기 시작하던 무렵의 소녀 기생이었을 가능성이 크다. 부친 서명응이 성천 부사로서 참석한 연회에 시명을 날리기 시작한 어린 시기(詩妓)가 나왔고, 그를 본 10세 무렵의 어린 명고가 그녀와의 만남에 기념이 될 만한 행위로서 이 시를 지은 것으로 추측한다.

기구와 승구에서 일지홍을 은근히 선녀에 비겼고, 전구와 결구에서는 일지홍을 천지의 꽃나무에 붉은 꽃을 틔우게 하는 봄의 전령사에 비겨 읊었다. 평성 '동(東)' 운을 쓴 측기식 칠언절구이다.

누가 아름다운 누각에서 신선과 노니는가 　　誰伴仙人畫閣中
　성천(成川)에 반선각(伴仙閣)이 있다.

아침 구름[20]에 봉우리 색이 오랫동안 몽롱쿠나 　　朝雲峰色久朦朧

봄바람이 너를 빌려 꽃 소식 전해와 　　　　　東風假爾傳消息

온 천지 가지마다 붉은 망울 틔웠다 　　　　　散作枝頭萬點紅

〈그림 2〉 조선시대 기녀도

20　아침 구름 : 전국 시대 초나라 시인 송옥(宋玉)의 〈고당부(高唐賦)〉에 초왕과 무
산(巫山) 신녀(神女)의 사랑 이야기를 읊었는데, 서로 작별할 적에 무산의 신녀가 "아
침에는 구름이 되고 저녁에는 비를 내리면서 언제까지나 양대 아래에 있겠다.〔旦爲朝
雲, 暮爲行雨, 朝朝暮暮, 陽臺之下.〕"라고 말한 것을 인용한 표현이다.

〔교정고 삭제 표시작〕

염파정(恬波亭)²¹ 유본(有本)²²이 보내온 시에 차운하다.

恬波亭 次有本寄示韻

며칠을 별러 초당으로 돌아왔나?　　　　　　　經營幾日返茅茨

풍우를 피하려다²³ 조금 늦었네　　　　　　　　風雨攸除故少遲

21　【작품해제】이 시를 지은 시기는 정확히 알 수 없으나, 다만 작품이 연대순으로
편찬되었다는 점 그리고 1762년생인 조카 서유본이 보내온 시에 차운하였다는 점 등을
감안할 때 1775~1776년 무렵 지은 작품으로 추정된다. 곧 명고의 나이 27, 28세에
해당하는 때이다. 염파정은 명고가 한강 가에 경영한 누정인 것으로 보이는데 연원과
위치를 확인할 수 없다. 시의 제목 위에 삭제하라는 표시가 되어 있다. 이 시를 지을
무렵을 전후로 하여 명고를 중심으로 유금(柳琴), 서유본(徐有本)과 서유구(徐有榘)
형제, 서유용(徐有容) 등이 자주 이 정자에 모여 시회를 열었다.

　　수련에서는 자신이 염파정으로 늦게 돌아온 이유를 읊었는데, 2구의 '풍우(風雨)'는
환로(宦路)에서의 정치적 핍박을 은근히 암시하는 듯하다. 명고는 어려서 홍계능(洪啓
能)에게 글을 배웠는데, 이 사실 때문에 홍계능의 역옥 사건 이후·명고는 줄곧 탄핵을
받았고, 평생에 걸쳐 큰 걸림돌이 되었다. 함련에 드러난 좌절 의식과 신세 한탄도
모두 이와 관련지어 이해해야 할 듯하다. 경련과 미련은 염파정이 있는 강촌에서의
한정(閑情)을 읊어 관조로서 극복하려는 의식을 드러내고 있다. 서유본의 원시는 찾을
수 없다. 평성 '지(支)'운을 쓴 평기식 수구용운체 칠언율시이다.

22　유본(有本) : 명고의 조카이자 제자인 서유본(徐有本, 1762~1822)이다. 자는 혼원
(混原), 호는 좌소산인(左蘇山人)이다. 서호수(徐浩修)의 장남이요, 서유구(徐有榘,
1764~1845)의 친형이며, 《규합총서(閨閤叢書)》를 지은 빙허각 이씨(憑虛閣李氏,
1759~1824)의 남편이다. 어려서 아우 서유구와 함께 기하실(幾何室) 유금(柳琴,
1741~1788)에게 배웠고, 또 숙부 명고에게 고문을 배웠다.

23　풍우를 피하려다 : 《시경》〈소아(小雅) 사간(斯干)〉에 "비바람 들이치지 않고,
새나 쥐가 없는 집, 바로 군자의 거처로다.〔風雨攸除, 鳥鼠攸去, 君子攸芋.〕"라고 한

천하엔 본디 뜻대로 되는 일 없으니　　　　　　　　天下已無如意事
세상에서 날 알아주지 않음을 한탄해 무엇하랴　　　人間何恨不吾知
매미 소리 나무에서 들려오니 가을 가깝고[24]　　　　清蟬在樹秋聲近
저녁 조수에 배 띄우니 달빛이 좋구나　　　　　　　晚棹乘潮月色宜
홀로 누워 모래밭에서 들려오는 애기 소리 가만히 듣노라니

　　　　　　　　　　　　　　　　　　　　　　　　獨臥靜聽沙際語
어부의 살림살이가 이때에 가장 좋구나　　　　　　漁翁生理最於斯

것을 인용한 표현이다. 여기서는 비바람을 막아주는 집을 읊은 것이 아니라 단지 시구만
인용하여 비바람을 피하려다가 늦게 염파정에 돌아왔다는 뜻으로 말하였다.

24　매미……가깝고 : 주자가 여백공(呂伯恭)에게 보낸 편지에서 "요 며칠 매미 소리
가 점점 맑아지니, 들을 때마다 선생의 고상한 풍모를 떠올리곤 합니다.〔數日來, 蟬聲益
淸. 每聽之, 未嘗不懷高風也.〕"라고 한 말에 전거를 두고 읊은 구절이다. 《朱子大全
卷33 答呂伯恭》

족질 휴백(休伯) 유용(有容)이 광호(廣湖)에서 배를 놓아 염파정으로 찾아왔다[25]

族侄休伯有容自廣湖舟訪恬波亭

만년에 강호에 살려는 뜻 변치 않으리라 다짐하여 　晩計江湖矢不遷

목영의 도롱이와 삿갓 차림으로 여생을 보내리라 하였네

木纓簑笠送殘年

푸른 물에 하늘 비쳐 출렁이는 그림이요 　　　　天光綠水溶溶畵

25 【작품해제】이 시를 지은 시기 역시 정확히 알 수 없으나, 작품이 연대순으로 편찬되었다는 점을 감안할 때 28세 전후에 지어진 작품으로 추정한다. 유용(有容)은 명고보다 나이가 많은 먼 족질 서유용(徐有容, 1726~?)이다. 서종해(徐宗海, 1704~1762)의 증손이자 서학수(徐學修)의 아들로 1765년(영조41) 생원시에 합격했다. 자세한 행적은 미상이다. 광호(廣湖)는 압구정을 기준으로 그 상류 일대를 가리킨다. 따라서 염파정도 그곳에서 그리 먼 곳에 있지는 않았으리라고 짐작된다.

환로에서 잠시 물러나 한강 가 염파정에 은거할 때 지은 시로 보인다. 수련에서는 더 이상 환로에 진출하지 않겠다는 다짐을 내비치고 있다. 2구의 목영(木纓)은 옥이 아니라 나무를 깎아서 꿴 갓끈으로, 은자의 청빈한 옷차림을 상징하는 시어이다. 도롱이〔簑〕와 삿갓〔笠〕은 어부의 옷차림으로, 역시 은자의 상징이다. 함련은 염파정에서 바라보이는 한강의 전경과 저녁 풍경이다. 경련은 바깥 세상과 일절 발을 끊고 칩거하는 자신의 삶을 읊었다. 명고의 시문에는 불가 서적을 탐독하고 불교적 사유에 깊이 침잠한 흔적이 엿보이는데, 정치적 좌절로 인해 환로에서 물러나 은거하면서 자신의 마음을 다스리기 위해 젊은 시절부터 불교 서적을 읽은 것으로 보인다. 미련은 서유용과 함께 밤을 지새며 했던 약속, 즉 자신의 누정에 노닐러 가자는 서유용의 제안을 에둘러 거절하는 뜻을 읊은 내용이다. 아직은 세상에 나가고 싶지 않다는 명고의 의지가 표명된 부분으로 이 시의 주제가 담긴 구절이다. 평성 '선(先)' 운을 쓴 측기식 수구용운체 칠언율시이다.

저물녘에 불 밝힌 건 점점이 고깃배로다　　漁火黃昏點點船

기심이 오래전에 식어 문을 늘 닫으려 하였고[26]　　久息機心門欲掩

부처의 눈을 떠보니 세계는 가이 없도다[27]　　夫開佛眼界無邊

　불가의 용어이다. 무변찰해(無邊刹海)가 나 자신과 터럭만큼도 간격이 없
　으니, 이 세계는 과보(果報)가 무르익고 원인(原因)이 원만해져 자연스레
　발현하는 것이다.[28]

정녕 지난밤의 약속을 지키면 좋으련만　　丁寧惠好前宵約

동강의 몇 이랑 밭을 아직 매지 못했네[29]　　未了東岡數畝田

26　기심이……하였고 : 세상과 환로에 대한 미련이 식어 오래전부터 두문불출하려
하였다는 뜻이다. 기심(機心)은 기회를 노리는 마음이다. 《열자(列子)》〈황제(黃帝)〉
에 "옛날 어떤 사람이 바닷가에 가서 무심히 있었더니 갈매기들이 가까이 와서 앉았다.
이 말을 들은 그의 아버지가 다음 날 다시 가서 잡아오라 하였다. 다음 날 바닷가에
가서 기다렸으나 갈매기가 모두 피하여 멀리 날아갔다."라고 한 데서 나온 말이다. 여기
서는 환로로 진출하기를 바라 기회를 엿보는 마음을 뜻한다.

27　부처의……없도다 : 욕심이 사라졌다는 뜻이다. 무변(無邊)은 《대반야경(大般若
經)》에 나오는 말로 무한(無限)이나 무량(無量)과 같은 의미이다. 불교 세계관으로
세상을 바라보니 광대한 천지 속에서 염파정의 공간과 명고 자신이 혼연히 일체가 되어
경계가 없다는 뜻으로 읊은 구절이다. 곧 자연과 하나 된 물아일체의 마음을 읊기 위해
서 불교 문자를 인용한 것이다.

28　불가의……것이다 : 무변찰해(無邊刹海)의 찰(刹)은 땅이란 뜻이다. 찰해는 찰토
대해(刹土大海)의 준말로 곧 온 세상이다. 따라서 무변찰해는 광대무변한 천지를 뜻한
다. 이 원주의 문장은 전체적으로 《대방광불 신화엄경 합론(大方廣佛新華嚴經合論)》
에 "광대무변한 세계에서 보자면 자아와 외물이 털끝만큼도 떨어져 있지 않다.〔無邊刹
境, 自他不隔於毫端.〕"라고 한 것에 전거를 두고 있다.

　【校】이 원주는 교정고 가필사항이다.

29　동강의……못했네 : 세상에 나가지 못하는 자신의 처지와 심정을 우회적으로 표현
한 구절이다. 동강(東岡)은 염파정 동쪽에 있는 비탈밭이라는 뜻도 되겠지만, 은자의
거처를 비유하는 일반적인 표현이기도 하다. 후한(後漢)의 주섭(周燮)이 벼슬길에 나

〈그림 3〉 광나루

아가지 않자 그의 문족 중 한 사람이 "그대의 선대로부터 훈신(勳臣)과 총신(寵臣)이
줄을 이어왔소. 그런데 그대만 유독 어이하여 동쪽 산비탈〔東岡〕을 지키려 한단 말인
오?〔自先代以來, 勳寵相承, 君獨何爲守東岡之陂乎?〕"라고 한 것에 전거를 둔 말이다.
《後漢書 卷53 周燮列傳》

한천정(寒泉亭)에 밤에 앉아 김생(金生) 안기(安基)와 《창명집(滄溟集)》의 운을 따서 읊다[30]

寒泉夜坐與[31]金生安基拈滄溟集[32]韻

도성에 가까이 와 이틀을 묵노라니　　　　　　　薄入城闉信宿遲

　《춘추좌씨전》에 "하루를 묵는 것이 사(舍)이고, 이틀을 묵는 것이 신(信)

---

30 【작품해제】 이 시를 지은 시기 역시 앞의 시를 지은 시기와 비슷한 28세 전후라고 짐작된다. 한천(寒泉)은 정자의 이름으로 보이나 위치를 알 수 없다. 김안기(金安基)의 자는 사안(士安), 호는 만오(晩悟)이다. 명고와 교유한 인물로 보이나, 인물에 관한 기초 정보나 행적은 미상이다. 유득공(柳得恭), 성대중·성해응 부자, 명고의 조카 서유본(徐有本), 김귀주(金龜柱) 등과의 교유가 확인된다. 서유본이 〈감구시(感舊詩)〉에서 읊은 그의 모습은 늙도록 환로에 진출하지 못한 상재생(上齋生)이지만 시재가 있어 문단의 주요 인물들이 여는 시사에 자주 참여했던 인물로 묘사되어 있다. 《김영진, 〈유득공의 생애와 교유〉, 대동한문학27, 대동한문학회, 2007》

　창명(滄溟)은 명나라 문학가 이반룡(李攀龍, 1514~1570)의 호이다. 《창명집》은 일찍부터 조선에 들어와 허균(許筠)이 이미 읽고서 평을 남겼으며, 이후로도 이정구(李廷龜), 이덕무(李德懋), 조긍섭(曺兢燮) 등 조선조의 문인지식인들이 두루 읽었다. 이반룡의 시는 《창명집》 권7에 실린 〈서중유억강남매화자인이위부(署中有憶江南梅花者因以爲賦)〉이다. 명고의 시와 이반룡의 시는 내용상 관련이 없지만 운자를 위해 원문을 소개한다. "欲問梅花上苑遲, 座中南客重相思. 開簾署有青山色, 對酒人如白雪枝. 驛使書來春不見, 仙郎夢斷月應知. 偏驚直北多烽火, 昨夜關山笛裏吹."

　수련은 공간적 배경으로서 두 사람이 만난 장소를 읊었고, 함련은 시간적 배경으로서 계절과 시간을 읊었다. 경련은 시속의 추이나 유행과 상관없이 각자 좋아하는 것을 주제로 삼아 담소를 나누는 그날 밤의 정경을 읊었다. 미련은 이튿날 아침의 이별을 예상하며 섭섭한 마음을 담았다. 평성 '지(支)' 운을 쓴 측기식 수구용운체 칠언율시이다.

31 【校】與 : 교정고 수정사항으로, '與' 뒤에 두 글자가 '■■'의 형태로 지워져 있다.

32 【校】集 : 교정고 가필사항이다.

이고, 이틀 이상을 묵는 것은 차(次)이다."라고 하였다.[33]

| 처마 끝 남은 더위에 돌아가고픈 마음 생기네 | 小簷殘暑惹歸思 |
| 때는 이제 칠월이라 화성이 기울었고[34] | 時將七夕星流火 |

《시경》에 "칠월에 대화심성이 서쪽으로 기울었다.〔七月流火〕" 하였다.[35]

밤은 삼경이라 달이 가지 끝에 걸렸네	夜到三更月上枝
각자 제가 좋아하는 것을 말할 뿐이니[36]	言論各從吾所好
의기투합에 오랜 사귐이 필요 있으랴	心期何必舊相知
내일 아침 현강으로 가는 길 걷노라면	明朝踏向玄江路
서풍에 늙은 버들이 얼굴에 스칠 테지[37]	老柳西風拂面吹

---

33 춘추좌씨전에……하였다 : 이 원문 주석의 문장은 《춘추좌씨전》 장공(莊公) 3년 겨울의 기사에 "일반적으로 군대가 하룻밤 묵는 것이 사(舍)이고, 이틀 묵는 것이 신(信)이고, 그 이상 묵는 것이 차(次)이다.〔凡師一宿爲舍, 再宿爲信, 過信爲次.〕"라고 한 것을 인용한 것인데, 인용 과정에서 한 글자가 달라졌다. 기억상의 착오로 판단된다.

【校】 이 원주는 교정고 가필사항이다.

34 칠월이라 화성이 기울었고 : 더운 여름이 가고 시원한 가을이 왔다는 뜻이다. 《시경》〈빈풍 칠월(七月)〉에 "칠월에 대화심성(大火心星)이 서쪽으로 이동해 들어가고, 구월에는 추우니 새 옷을 입혀주어야 한다.〔七月流火, 九月授衣.〕"라고 한 것에 전거를 둔 표현이다.

35 【校】 시경에……하였다 : 교정고 가필사항이다.

36 각자……뿐이니 : 《논어》〈술이(述而)〉에 "부를 만약 노력하여 얻을 수 있는 것이라면 말채찍을 잡는 천한 일이라도 내가 또한 하겠다마는, 만약 노력하여 얻을 수 없는 것이라면 나는 내가 좋아하는 일에 종사하겠다.〔富而可求也, 雖執鞭之士, 吾亦爲之. 如不可求, 從吾所好.〕"라는 공자의 말을 인용한 표현이다. 시문을 지을 때 시속에서 추구하는 것에 영합하려하기보다 각자 자신이 좋아하는 것을 말할 뿐이라는 뜻이다.

37 내일……테지 : 현강(玄江)은 현호(玄湖)로, 마포와 서강 사이의 한강을 일컫는 말이다. 서풍은 가을바람이다.

고양으로 가는 길에 김생이 지어준 증별시(贈別詩)에 차운하여[38]

高陽道中次金生贈別韻

사흘을 묵어 오늘부터 가을이거늘	三宿自今喚是秋
여전히 더위가 쇠를 녹일 듯하네	猶然暑氣欲金流
원근에 매미 소리는 모두 맑은데	蟬聲遠近皆淸韻
동남쪽 먹구름에 객수가 더해지네	雨意東南[39]更旅愁
갈매기와 친하지 못해 물가를 떠나니	未狎白鷗離水渚

　　《열자》에 "바닷가에 사는 사람이 갈매기와 친했다."라고 하였다.[40]

맑은 달만 홀로 남아 강루를 비추리	獨留淸月在江樓
해마다 서관으로 오가는 길 늘 걸으며	頻年慣踏西關路
작은 주막 어귀에서 청산을 마주하리	對面靑峯小店頭

---

38 【작품해제】 이 시를 지은 시기 역시 정확히 알 수 없으나, 작시의 계절적 배경을 비롯하여 여러 정황으로 볼 때 앞의 시를 지은 직후에 지은 것으로 보인다. 김생은 앞의 시에서 《창명집》의 운을 따서 함께 시를 읊었던 김안기란 인물로 보인다. 김안기는 도성에 남고 자신은 고양으로 가면서 이 시를 주어 이별했던 것이다.

　　수련은 계절적 배경을 읊었고, 함련에서는 그날의 풍경과 날씨를 읊었다. 경련에서는 한강 가 한천정을 떠나는 심정을 읊었고, 미련에서는 앞으로의 상황을 읊어 자신과 김안기를 위로했다. 평성 '우(尤)' 운을 사용한 측기식 수구용운체 칠언율시이다.

39 【校】 南 : 교정고 수정사항으로, 원글자는 '서(西)'이다.

40 【校】 열자에⋯⋯하였다 : 교정고 가필사항이다. 관련 고사는 91쪽 주26 참조.

〔교정고 삭제 표시작〕

화석정[41]
花石亭

어젯밤에 임진강 객점에 묵고	夜宿臨津店
오늘 아침 율곡의 정자 찾아왔네	朝過栗老門
강산은 여전히 옛 주인의 것이요	江山猶故主
풍월은 또 넋이 살아나신 듯하네	風月又還魂
나무는 천 년의 색으로 우람하고	樹拱千年色
구름은 십 리의 마을에 짙어라	雲重十里邨
선생을 이제 뵈올 수 없으니	先生今不見

---

41 【작품해제】이 시를 지은 시기 역시 정확히 알 수 없으나, 작품이 연대순으로 편찬 되었다는 점을 감안할 때 20대 후반 무렵 고양으로 가는 길에 화석정에 들러 지은 작품으 로 추정된다. 화석정은 율곡(栗谷) 이이(李珥)의 5대조 이명신(李明晨)이 1443년(세 종25)에 짓고, 성종조의 문신 이숙함(李淑瑊)이 1478년에 당나라 이덕유(李德裕)의 별서(別墅)인 평천장(平泉莊)의 기문(記文)에 보이는 '화석(花石)' 두 글자를 따서 정 자 이름으로 삼았다. 지금 파주시 파평면 율곡리에 정자가 남아 있다. 이이가 8세에 이곳에 올라 지었다는 오언율시 〈화석정(花石亭)〉이 《율곡전서(栗谷全書)》 권1 맨 앞에 실려 있는데, 그 시의 운을 따서 지은 것은 아니다. 시의 제목 위에 삭제 표시가 되어 있는데, 아마 이이의 〈화석정〉 운을 써서 지은 작품이 아니라서 그런 듯하다. 수련은 화석정을 찾아온 경위를 읊었고, 함련은 화석정에 녹아 있는 율곡의 정신을 읊었다. 경련은 율곡이 세상을 떠난 뒤 거대해진 나무와 변함없는 구름을 읊었고, 마지 막으로 미련에서는 율곡을 뵈올 수 없으므로 다만 〈화석정〉 시만 읊어본다고 하여 율곡 의 자취를 그리는 마음을 담아 마무리하였다. 평성 '원(元)' 운을 사용한 측기식 오언율 시이다.

한가로이 앉아 남기신 시만 외노라　　　　閒坐誦遺言

〈그림 4〉 화석정

총수산의 석천[42]
蔥秀石泉

배태한 것은 분명코 숙기일 것이요	胚胎應淑氣
흐르는 물줄기는 선원에서 나왔으리	流派自仙源
불어오는 솔바람에 운치가 엉기고	韻合松風轉[43]
떨어지는 이슬방울에 한기가 더하네	寒添玉露翻
앞길은 몇 리나 남았으려나	前途餘幾里

42 【작품해제】이 시를 지은 시기 역시 정확히 알 수 없으나, 20대 후반 황해도를 유람하면서 지은 작품으로 추정된다. 홍계능은 세손이었던 정조의 즉위를 반대하였는데, 1776년 정조가 즉위하자 정치적으로 수세에 몰렸다. 정세의 대전환의 국면에서 명고는 잠시 몸을 빼어 황해도 일대를 유람한 것으로 보인다. 이때 명고의 나이는 28세였다. 총수산(蔥秀山)은 황해도 평산(平山) 북쪽 30리에 있는 산 이름이다. 파〔蔥〕를 깎아 세운 듯 가파른 바위 봉우리가 빽빽이 서 있어 총수산이라 하였다. 산의 허리에 흐르는 샘물이 바위 구멍으로 들어가 숨어 아래로 맑게 흐르다가 바위 아래 구멍으로 도로 나오는데 중국 사신 주지번(朱之蕃)이 이곳에 왔다가 이 석천(石泉)을 매우 좋아하여 '옥류천(玉溜泉)'이라 이름을 붙이고 바위에 새겨놓았다. 또《계산기정(薊山紀程)》에 의하면 '진주천(珍珠泉)'·'청천(聽泉)' 등의 글자도 새겨져 있다고 한다.

　수련의 1구는 맑은 기운이 총수산을 배태하였음을 읊었고, 2구는 옥류천의 물길이 선계(仙界)의 원천(源泉)에서 솟아 흘러왔음을 읊었다. 함련은 총수산의 솔바람과 옥류천의 물방울이 빚어내는 운치와 분위기를 읊었다. 경련은 총수산의 험한 돌길에 자신의 인생 행로를 은근히 비겼다. 미련은 자신의 인생에서 길을 잃은 것이 멀지 않으니, 더 이상 환로에 미련을 갖지 않고 자신의 본분인 선비로서의 삶을 살겠다는 의지를 담아 읊었다. 평성 '원(元)'운을 쓴 평기식 오언율시이다.

43 【校】轉 : 다른 글자로 수정하려 하다가 다시 되돌린 듯하다. 정확히 판독할 수 없어 원글자대로 둔다.

산의 해는 황혼이 되건 말건   山日任黃昏

아직까지는 돌아갈 기약 있으니[44]   無遠歸期在

암석의 덩굴을 다시 잡노라[45]   石蘿會更捫

44 아직까지는……있으니 : 길을 잘못 들어서기는 했지만 아직 그리 멀리까지 온 것은
아니라서 다시 옳은 길로 돌아갈 희망이 있다는 뜻이다. 도잠(陶潛 도연명)의 〈귀거래
사(歸去來辭)〉에 "길을 잘못 들긴 했어도 아직 멀리 벗어나지는 않았나니, 지금이 옳고
지난날은 잘못된 것을 깨달았네.〔寔迷途其未遠, 覺今是而昨非.〕"라고 한 것에 전거를
둔 표현이다.

45 암석의……잡노라 : 환로에 미련을 끊고 자연에 은거하리라는 마음을 담은 구절이
다. 석라(石蘿)는 암석이나 나무에 붙어 자라는 덩굴식물인 여라(女蘿)인데, 넝쿨을
잡는다는 것은 인간 세상을 피해 깊은 산중에서 생활한다는 의미이다. 또 여라는 산중
은사의 복장이기도 하다. 《초사》〈구가(九歌) 산귀(山鬼)〉에 "벽려로 옷을 해 입고
여라의 띠를 둘렀도다.〔被薜荔兮帶女蘿〕"라고 하였다.

서흥(瑞興) 임소로 종숙(從叔)을 찾아뵙고 인사를 올렸다.
사형(士泂)이 마침 패영(浿營 평양 감영)에서 왔기에 반나절
동안 이야기를 나누다가, 길을 출발하여 검수(劍水)에
이르렀다[46]

過拜從叔瑞興任所 士泂適自浿營至 半日打話 行發到劍水

청라대 같은 강과 칼날 같은 봉우리　　　　　　　靑羅帶水劍鋩峰

　한유(韓愈)의 시에 "강은 푸른 비단 띠가 되었네.〔江作靑羅帶〕"라고 하였
고, 유종원(柳宗元)의 시에 "바닷가의 여러 산들이 칼날과 같네.〔海上群山
似劍鋩〕"라고 하였다.[47]

46 【작품해제】이 시는 명고의 나이 28세 되던 1776~1777년 무렵에 지어진 것으로
추정된다. 종숙은 서명민(徐命敏, 1733~1781)이다. 서명민은 1776년 11월 20일 정사
에서 서흥 부사로 보임되었다. 이 무렵 명고가 황해도 일대를 유람하다가 서흥도호부의
임소로 찾아가 종숙 서명민을 만나 이 시를 지었던 것이다.

　서명민의 자는 덕중(德仲)이다. 서정리(徐貞履)의 증손이요 서문유(徐文裕)의 손
자로, 명고의 부친인 서명응과는 사촌이다. 황주 목사와 평양 서윤을 역임하였다.

　수련에서는 서흥의 산천 풍광과 백성들의 모습을 읊었다. 함련은 봉산군(鳳山郡)의
속역인 검수역(劍水驛)의 지리적 위치와 군사적 요충지로서의 면모를 읊었다. 경련에
서는 고장의 토질이 비옥해 풍년이 들었음에도 백성들은 여전히 굶주림을 면치 못하고
있음을 읊어, 검수역의 백성들이 지리적 위치로 인해 사행단을 접대하느라 허리가 휘는
현실을 은근히 비판하였다. 미련은 먼 타지인 검수역의 객점에서 갑자기 집안사람 셋이
모여 친척회가 열린 기쁨을 담았다. 평성 '동(冬)' 운을 쓴 평기식 수구용운체 칠언율시
이다.

47　한유(韓愈)의……하였다 : 한유의 시 〈계주의 엄 대부를 보내며〔送桂州嚴大夫〕〉
에 "강은 청라의 띠처럼 둘렀고, 산은 벽옥 비녀처럼 솟았구나.〔江作靑羅帶, 山如碧玉
簪.〕"라고 하고 유종원의 시 〈호초상인에게 주다〔與胡初上人〕〉에 "바닷가의 여러 산들

초가집 소나무 울타리가 온 골짝에 빼곡하네[48]　　茅屋松籬一[49]壑封

　소식(蘇軾)의 시에 "대나무 울타리 두른 초가집이 개울 따라 비껴 늘어서 있네.〔竹籬茅屋趁溪斜〕"라고 하였다.[50]

행로가 두 고을에 멀어 사객을 접대하고　　　　行遠兩州留使客

　검수(劍水)는 서흥과 봉산 두 고을 사이에 있다. 장정(長亭) 하나를 설치하여 사객(使客)을 접대한다.[51]

지역이 삼도에 접해 요충이라 불리네[52]　　　地中三路號要衝

이 칼처럼 솟아, 가을 이래 곳곳에서 시름겨운 애를 에네.〔海上群山似劍鋩, 秋來處處割愁腸.〕"라고 하였는데, 소식(蘇軾 소동파)이 두 시인의 시구를 함께 인용하여 "근심을 묶으려 함에 어찌 청라대 같은 물이 없겠으며, 시름을 잘라내려 함에 도리어 칼날 같은 봉우리 있네.〔繫悶豈無羅帶水, 割愁還有劍鋩山.〕"라고 읊었다. 참고로 유종원의 시구는 문헌에 따라 "바닷가의 뾰족한 산들이 칼날과 같네.〔海畔尖山似劍鋩〕"라고 된 곳도 많다.《全唐詩》《宋稗類鈔》

　명고는 소식의 대구를 다시 하나의 구(句)에 모아 시를 이루었다.

　【校】이 원주는 교정고 가필사항이다.

48 청라대……빼곡하네 : 서흥이 자비령(慈悲嶺)과 부연(釜淵) 등 높은 산과 아름다운 내로 이루어진 산촌 고을이고, 그 속에 많은 백성들이 살고 있기 때문에 이렇게 읊은 것이다.

49 【校】靑……一 : 교정고 수정사항이다. 종이를 새로 덧대어 썼기 때문에 원글자는 알 수 없다.

50 소식(蘇軾)의……하였다 : 소식의 시〈산촌(山村) 5절〉가운데 첫 수에 "대나무 울타리 두른 초가집이 개울 따라 늘어서 있는데, 봄날 산촌에 들어서니 곳곳이 꽃이로세.〔竹籬茅屋趁溪斜, 春入山村處處花.〕"라고 한 것을 가리킨다.

　【校】이 원주는 교정고 가필사항이다.

51 【校】검수(劍水)는……접대한다 : 교정고 가필사항이다.

52 행로가……불리네 : 검수역의 위치가 서쪽으로는 해주로 이어지고, 남쪽으로는 경기도로 이어지고, 북쪽으로는 평양과 의주로 이어져 교통과 군사의 요충지인 데다 연경으로 가는 사신들이 서울을 출발하여 경기도의 파주(坡州) → 장단(長湍)을 경유하여

농가에선 이미 풍년의 조짐 점치거만[53]　　　　農歌已占祁祁祝

풍속은 여전히 굶주린 기색 많아라[54]　　　　風俗猶多貿貿容

아침 객점에 갑자기 친척 모임 열리어　　　　朝店忽成親戚會

작은 잔의 남은 취기가 지금까지 얼근하네　　　　小盃餘醉至今濃

평산(平山) → 총수(蔥秀) → 서흥(瑞興) → 검수(劍水) → 봉산(鳳山)으로 이어지는 길을 따라 평양과 의주로 올라가기 때문에 이렇게 읊은 것이다.

53 농가에선……점치건만 : 《시경(詩經)》 소아(小雅) 〈대전(大田)〉에 "뭉게뭉게 비구름이 일어, 촉촉히 단비를 뿌려, 우리 공전에 흠뻑 내리고, 마침내 사전에도 미치었네.〔有渰萋萋, 興雨祁祁. 雨我公田, 遂及我私.〕"라고 노래한 것에 전거를 둔 표현이다.

54 풍속은……많아라 : 농사는 풍년이 들었지만 백성들의 형편은 곤궁하고 굶주린 기색이 여전하다는 뜻이다. 옛날 제(齊)나라에 크게 기근이 들어서 금오(黔敖)라는 사람이 길가에 밥을 지어놓고 주린 사람들에게 먹인 일이 있었는데, 그때 "어떤 굶주린 사람이 소매로 얼굴을 가리고 다리를 절뚝거리며 현기증이 난 듯 비틀비틀 다가왔다.〔有餓者, 蒙袂輯屨, 貿貿然來.〕"라고 한 것에 전거를 둔 표현이다. 《禮記 檀弓下》

〔교정고 삭제 표시작〕

칠분실에서 김생과 운을 나누어 함께 읊다[55]
七分室與金生分韻共賦

현호의 자리 데워지기도 전에	未暖玄湖席
다시 죽리로 이거하였네	還移竹裡居
매화는 추위 속에 다시 피고	梅花寒更坼
나무는 밤에 모두 잎이 졌네	落木夜俱虛
시름 달래느라 자주 시를 읊고	排愁頻呼韻
마음 나누노라니 독서보다 좋아라	論心勝讀書
새봄 들어 소식이 많을 것이니	來春多信息
묻노라 살림살이 어떠한가?[56]	活計問何如

---

55 【작품해제】 이 시는 서흥과 봉산 일대를 유람하고 돌아온 뒤에 지은 작품이다. 명고의 나이 28, 29세 되던 1776~1777년 무렵이다. 칠분실(七分室)은 죽리(竹裏)에 있던 명고의 서재로 보인다. 칠분실과 죽리의 위치는 정확히 알 수 없다. 현호(玄湖)는 한천정이 있던 현강을 가리키는 것으로 보인다. 김생은 명고와 한천정에서 시를 함께 읊었던 상재생 김안기를 가리키는 것으로 보인다.

수련에서는 현호에서 오래 머물지 않고 이내 죽리로 옮겨온 정황을 읊었다. 함련에서는 초봄의 계절적 배경을 읊었다. 경련에서는 김안기와 만나 마음을 털어놓고 문장을 토론하며 시를 읊는 근황을 읊었다. 미련에서는 김안기에게 새봄 들어 새로 지은 작품이 많을 것이니, 그것을 보여달라고 보채는 말로 은근한 정을 담아 마무리하였다. 평성 '어(魚)' 운을 쓴 평기식 오언율시이다.

56 새봄……어떠한가 : 소식(消息)은 '새로 깨달은 사실'을 뜻하는 말인데, 여기서는 '봄 풍경으로 인해 새로 얻은 시상(詩想)'을 말한다. 살림살이는 원문의 활계(活計)를 번역한 말이다. 흔히 생업을 뜻하는 말로 쓰이기도 하지만, 불교의 영향으로 점차 '학자

의 공부 상황이나 수준'을 뜻하는 말로 쓰이는 경우도 많다. 여기서는 근래 지은 시작(詩作)의 다과(多寡)를 뜻하는 말로 쓰였다.

[교정고 삭제 표시작]

유금 탄소와 염파정에서 만났다. 유본(有本)과 유구(有榘)는 약속하였지만 오지 못했다[57]

與柳琴彈素會恬波亭 有本有榘期不至

57 【작품해제】이 시는 명고의 나이 30세 되던 1778년 무렵 지어진 것으로 추정된다. 유금(柳琴, 1741~1788)은 본명이 유련(柳璉)이었으나, 31세 되던 1771년 북경에 갔을 때 이름을 금(琴)으로 바꾸고 자를 탄소(彈素)로 바꾸었다. 유득공(柳得恭)의 둘째 숙부로, 호는 기하실(幾何室)이며, 장진로(張津老) 또는 착암(窄菴)이라는 호를 쓰기도 한다. 달성 서씨 집안과는 인연이 깊어 그의 세 번째 연행은 1776~1777년 사은부사로 가는 서호수(徐浩修)를 따라 다녀온 것으로, 이때 서호수가 구입해온 《기하원본(幾何原本)》을 함께 연구했으며, 또 이때부터 자신의 호를 '기하실'이라고 했다. 이런 인연으로 인해 명고는 1778년 무렵 그의 서재인 기하실에 기문을 써주기도 했다. 이 기문은 본집 권8에 실려 있다. 또 유금은 좌소산인(左蘇山人) 서유본(徐有本, 1762~1822)과 풍석(楓石) 서유구(徐有榘, 1764~1845) 형제의 어릴 적 스승이기도 하다. 이날의 모임은 3개월 전부터 단단히 약속된 것인 듯하다. 안타깝게도 서유본과 서유구는 참석하지 못했다.

이 시를 지은 시기는 정확히 알 수 없지만, 정황으로 보아 유금이 서호수를 따라 세 번째 연행을 다녀온 뒤 얼마 지나지 않은 시점인 듯하다. 이때는 홍계능의 옥사 직후로 명고가 근신하던 때였으며, 서유본 형제가 유금과 명고에게 글을 배우던 시기이기도 하다.

수련은 염파정에서의 만남이 우연히 이루어진 것이 아니라 두 사람이 오래전부터 약속해오던 것이었음을 읊었다. 따라서 이전에는 오랫동안 두 사람이 만나지 못했다는 것을 짐작할 수 있다. 함련에서는 주변의 분위기와 계절적 배경을 읊었다. 경련에서는 두 사람 사이의 돈독한 정의(情誼)와 가슴속에 담긴 웅대한 포부를 읊었다. 미련에서는 세상에 뜻을 펼칠 수 없는 가련한 신세로 말하면 둘 중 누가 더 심한지 논하기 어렵다고 말함으로써 자신과 유금을 함께 위로하였다. 유금은 서얼이라는 신분이 걸림돌이 되고, 명고 자신은 홍계능 옥사라는 정치적 문제가 걸림돌이 되었다. 평성 '경(庚)' 운을 쓴 측기식 오언율시이다.

석 달 동안을 벼르고 별러	三月經營久
하룻밤의 만남을 이루었네	一宵聚會成
강심에선 사람들 말소리 들려오고	江心人有語
창밖에는 눈이 소리 없이 내리네	窓外雪無聲
백발까지 변치 않을 것 기약하고	白髮期如舊
청하⁵⁸는 불평한 기운을 토하네	靑霞吐不平
아득히 세상의 꿈이 가련하기론	遙憐塵世夢
난형난제의 처지로다	難弟又難兄

58　청하(靑霞) : 남조 시대 제(齊)나라 시인 강엄(江淹)의 〈한부(恨賦)〉에 "성대한 푸른 노을의 기이한 뜻이, 긴 밤의 어둠 속으로 들어가버렸네.〔鬱靑霞之奇意, 入脩夜之不暘.〕"라고 하였는데, 이선(李善)은 "푸른 노을의 기이한 뜻은 의지가 높은 것이다.〔靑霞奇意, 志意高也.〕"라고 해석하였다. 여기에서는 현실에 뜻을 펴고 싶은 의지나 포부를 뜻하는 말로 쓰였다.

우연히 포암(圃巖)의 시에 화운하여[59]

偶和圃巖韻

저녁에 바람 불어 강물 막 얼어붙어	氷江初合夜來風
차가운 달이 거울 위[60]를 배회하네	寒月徘徊鏡面中
상황 따라 변하는 건 실로 인정이거니와	直是人情隨境幻[61]
속진 쓸어 없앨 맑은 시는 매우 많아라	已多淸韻掃塵空
농가의 낟가리는 가을 농사 거둔 것이고	農家峙積秋光斂
어가의 살림살이는 눈 속으로 길 내었네	漁戶生涯雪路通
모든 일은 먹고살기 위해 하는 것	百事由來爲口腹
몇 줄의 기러기 떼 부질없이 날아가네	漫飛獨有數群鴻

---

59 【작품해제】 이 시를 지은 시기 역시 정확히 알 수 없으나, 작품이 연대순으로 편찬되었다는 점을 감안할 때 30세 무렵에 지어진 것으로 추정된다. 함련 첫구 말미의 두 글자가 붉은 글씨로 수정되어 있다. 포암(圃巖)은 숙종조에 대제학을 지냈던 윤봉조(尹鳳朝, 1680~1761)를 말하는 듯하나 단언할 수 없다. 《포암집(圃巖集)》에는 동(東)운을 쓴 시는 있지만, 이 시에 쓰여진 운자와 똑같은 운자로 쓰여진 율시는 없다.

수련에서는 첫 추위가 몰려오는 날씨와 늦가을의 시간적 배경을 읊었다. 함련에서는 덧없는 인정세태와 그를 달랠 수 있는 자신의 시를 대비하여 스스로 위로하고 있다. 경련은 강촌의 늦가을 풍경을 담았다. 미련은 떼를 지어 날아가는 기러기 행렬에 인정을 비겨 읊었다. 평성 '동(東)'운을 쓴 평기식 수구용운체 칠언율시이다.

60 거울 위 : 얼음을 비유한 시어이다.

61 【校】 境幻 : 교정고 수정사항으로, 원글자는 '處變'이다. 의미와 번역상의 차이는 없다.

중국의 세 군자를 생각하며[62] 3수

憶中州三君子 三首

지당(芷塘) 축덕린(祝德麟)[63]

62 【작품해제】유금은 1776년 11월부터 1777년 4월까지 명고의 가형 서호수를 수행하여 연경에 다녀오는 길에 사검서(四檢書)로 불리는 이덕무(李德懋, 1741~1793)·유득공(柳得恭, 1748~1807)·박제가(朴齊家, 1750~1805) 및 이서구(李書九, 1754~1825)의 시를 선집하여 《한객건연집(韓客巾衍集)》이란 이름으로 묶어 청조 문인 반정균(潘庭筠)과 이조원(李調元)으로부터 평어(評語)와 서문(序文)까지 받아 돌아왔다. 그때 축덕린과의 교유도 이루어진 듯하다. 명고는 유금을 통해 이들 청조 문사들의 이야기를 전해 듣고 감발을 받아 그들의 모습을 상상하며 이 시를 지었다. 따라서 이 시를 지은 시기는, 확언하기 어렵지만 대략 1778년 전후 곧 명고의 나이 30세 전후일 것으로 추정된다. 축덕린, 반정균, 이조원에 대해 각각 칠언절구 한 수씩으로 읊었다.

【校】제목 원주의 '3수'는 교정고 가필사항이다.

63 축덕린(祝德麟, 1742~1798)의 자는 지당(趾堂), 호는 지당(芷塘)이다. 절강(浙江) 해령(海寧) 원화(袁花) 사람이다. 1763년 진사시에 합격하여 한림원 서길사(翰林院庶吉士)가 되었으며, 유금을 만난 1778년 무렵에는 《사고전서(四庫全書)》 편교관(編校官)으로 있었다. 뒤에 어사(御史)가 되었을 때 조정의 권귀(權貴)의 뜻을 거슬러, 이후로 낙향하여 운간서원(雲間書院)에서 강학하였으며 서재 열친루(悅親樓)를 짓고 학문과 시문 창작에 매진하였다. 장서가(藏書家)로도 유명하다. 저서에 《열친루시집(悅親樓詩集)》 30권을 비롯하여 《사고대사전(四庫大辭典)》 등이 전한다. 조선의 지식인들과 많은 교유를 나누어 박지원(朴趾源), 이덕무(李德懋), 박제가(朴齊家) 등과의 접촉과 교류가 확인된다.

첫구의 지당(芷塘)은 축덕린의 서재 앞에 있는 연못이다. 기구는 가을이 온 지당의 모습을 상상하여 읊은 것이고, 승구는 축덕린의 풍모를 상상하여 읊은 것이고, 전결구는 축덕린의 생활을 상상하여 읊은 것이다. 평성 '가(歌)' 운을 쓴 평기식 수구용운체 칠언절구이다.

【校】저본의 상단에 위치를 확정할 수 없는 8자의 두주가 가필되어 있으나, 수정자가

지당엔 가을 들어 이끼가 많이 끼었고　　　　　　芝塘秋色綠錢多

비단 같은 흉금은 살쩍과 함께 희겠지　　　　　匹練襟期鬢共皤

사고전서와 삼통(三通)[64]을 대교한 뒤　　　　四庫三通讐對後

　지당(芝塘)이 《사고전서(四庫全書)》와 삼통(三通)의 편교관(編校官)이
　었기 때문에 이렇게 읊은 것이다.

단연[65]을 여가에 가볍게 갈기 좋아하겠지　　　　丹鉛暇日好輕磨

삭제하여 글자를 판독할 수 없다.

64　사고전서와 삼통(三通) : 《사고전서(四庫全書)》는 중국 역사상 최대 규모로 이루
어진 총서이다. 건륭(乾隆) 38년인 1773년에 편수 사업을 시작하여 9년의 작업 기간을
거쳐 1781년 무렵 완성했다. 총 3,503종의 79,337권 36,304책의 서적을 수집하여 정리
하였다. 기윤(紀昀)이 총편찬관(總編纂官)을 맡아 전 과정을 주도하였는데, 작업에
참여한 인원만 3,600명을 상회하고 초사(抄寫)한 인원만 3,800명을 상회하는 실로 대사
업이었다. '삼통(三通)'은 당나라 두우(杜佑, 735~812)의 《통전(通典)》, 남송(南宋) 정초
(鄭樵, 1104~1162)의 《통지(通志)》, 송말원초(宋末元初) 마단림(馬端臨, 1254~1323)
의 《문헌통고(文獻通考)》를 가리킨다. 《통전》은 중국 최초로 역대 전장(典章)과 제도
의 연혁을 집성하여 만든 유서(類書)로, 총 200권으로 구성되어 있다. 당나라 덕종
정원(貞元) 17년인 801년에 완성되었다. 《통지》는 《통전》의 작업을 계승한 것으로,
1157년에 초고를 완성하여 송나라 고종 소흥(紹興) 31년인 1161년에 조정에 바쳤다.
역시 200권으로 구성되어 있다. 《문헌통고》는 총 348권으로 이루어졌으며, 《통전》의
속편 성격을 지니고 있다. 마단림이 20여 년간 노력한 끝에 원나라 무종(武宗) 즉위년인
1307년에 완성하였다. 구성은 모두 24고(考)로 대부분이 《통전》의 항목을 세분한 것인
데, 이 위에 경적고(經籍考)·제계고(帝系考)·봉건고(封建考)·상위고(象緯考)·
물이고(物異考)의 5고(考)를 새로 추가하였다. 시가 지어진 시점으로 보아 《사고전서》
작업이 마무리되어가던 때로 여겨진다.

65　단연(丹鉛) : 단사(丹砂)와 연분(鉛粉)으로, 모두 문자의 교정(校訂)에 쓰이는
붉은색과 푸른색의 먹들이다.

둘 추루(秋庫) 반정균(潘庭筠)[66] 其二

추루(秋庫)가 불교를 탐닉한다 하니 율법인가 선인가

秋庫耽佛律耶禪

법현(法顯)의《불국기(佛國記)》에 "율(律)은 부처가 사람을 가르친 본지 (本旨)이다. 선(禪)에 관한 설은 달마(達磨)에게서 시작되었으니, 자칭 교외별전(敎外別傳)이라고 한다."라고 하였다.[67]

66 반정균(潘庭均, 1742~?)은 청나라 항주 전당(錢塘) 지방의 문인으로 자는 난공 (蘭公)이고, 추루는 그의 호이다. 별호로 덕원(德園)이 있다. 건륭 연간에 거인(擧人) 으로 내각중서(內閣中書)에 제수되었고, 건륭 43년(1778)에 진사가 되어 한림(翰林) 에 들었다가 섬서도감찰어사(陝西道監察御使)가 되었다. 저서에 《가서당집(稼書堂 集)》이 있다.

홍대용(洪大容, 1731~1783)이 35세 되던 1765년에 숙부 홍억(洪檍)을 따라 연경에 갔을 때 반정균을 만났는데, 《항전척독(杭傳尺牘)》〈건정록 후어(乾淨錄後語)〉에 의 하면 당시 반정균의 나이가 25세요 임술생이라고 하였다. 이로 미루어보자면 25세는 24세의 잘못인 것으로 짐작되고, 임술년인 1742년이 정확한 그의 생년일 것으로 추정된 다. 명고보다 7세 연상이다. 명고가 유금을 통해 반정균의 소식을 들은 1777년 무렵은 반정균의 나이 36세가 된다.

유금을 통해 근년에 반정균이 불교에 심취해 있다는 말을 듣고 장난기 섞인 시어에 친근한 마음을 담아 쓴 작품이다. 결구에서 언급한 '새로운 책'은 유금이 중국에서 가져 온 몇 종의 책을 가리키는 듯하고, 그 책은 반정균 등이 유금에게 선물한 책일 가능성이 높다. 그렇다면 양구의 의미는 불교를 배척하고 반정균을 나무라려는 것이 아니라 '그대 들이 보내온 몇 종의 책을 보니 이것만으로도 선비의 여생을 충분히 행복하게 보낼 만한 것들이다. 중국에는 이런 참신한 책이 필시 적지 않을 터인데, 그대는 굳이 무엇하 러 불교에 관심을 가지느냐?'는 너스레 섞인 해학으로 볼 수도 있다. 반정균이란 인물에 대한 궁금함과 그를 만나 대화를 나누고 싶다는 마음이 이 말 속에 은근히 깔려 있다 하겠다. 평성 '선(先)' 운을 쓴 평기식 수구용운체 칠언절구이다.

67 법현(法顯)의……하였다 : 법현(法顯, 342~423)은 동진(東晉) 때의 고승(高僧) 으로, 최초로 인도를 다녀온 인물이다. 산서 임분(臨汾) 출신으로 3세에 출가하여 20세 에 비구 대계(大戒)를 수계하였다. 율장(律藏)이 결여되어 수행에 어려움을 절감하다

북쪽의 신수, 남쪽의 혜능이 모두 허황한 전제(筌蹄)로다[68]

北秀南能摠幻筌[69]

신수(神秀)는 북종(北宗)이고, 혜능(慧能)은 남종(南宗)이다. 이것이 이른바 남북양종(南北兩宗)이라는 것이다.[70]

가 58세 되던 399년에 혜경(慧景)·도정(道整) 등과 함께 장안을 출발하여, 누란국 → 돈황 → 타클라마칸 → 파미르 → 파키스탄 → 아프가니스탄 → 인도 북부 → 석가 탄생지 → 갠지스강 → 인도 남부 등을 순력하고 72세 되던 413년에 남경으로 돌아왔다. 귀국 후 건강(建康)에서 불타발타라 선사와 불경 번역에 착수하여 《마하승기율(摩訶僧祇律)》40권을 비롯하여 다수의 불경을 번역하였다. 《불국기》는 14년간의 구법순례(求法巡禮) 기간 동안 순력한 인도와 중앙아시아·남아시아 등지에서 보고 들은 자연환경과 지리, 문화와 종교, 풍속과 물산 등을 기록한 기행문의 일종으로, 《법현전(法顯傳)》 또는 《역유천축기전(歷遊天竺記傳)》, 《불유천축기(佛遊天竺記)》라고도 한다.

【校】 교정고 가필사항이다.

68 북쪽의……전제(筌蹄)로다 : 반정균이 탐닉한 불교가 어떠한 것인지 알 수 없지만 교종이든 선종이든 또는 남종선이든 북종선이든 모두 도(道)를 얻기 위한 수단일 뿐 그 자체가 진실일 수 없으며, 게다가 그것이 허원한 환상에 가까운 것이므로 굳이 깊이 탐닉할 것 없다는 뜻의 고상한 농담이다.

69 【校】北……筌 : 저본의 상단에 위치를 확정할 수 없는 37자의 두주와 '전(筌)'에 대한 주석이 가필되어 있으나, 수정 과정에서 삭제하였다. 전문은 "摩訶摩耶經, 正法衰微, 六百歲有一比邱曰馬鳴, 善說法. 又七百歲有一比邱曰龍樹, 善說法."과 "莊子得魚而忘筌."이다. 《마하마야경(摩訶摩耶經)》에 나오는 내용은 "석가여래가 세상을 떠난 뒤 정법이 쇠미해져 각종 외도(外道)가 성행하자 600년 뒤에 마명 대사가 나와 불법을 설파하였고, 또 700년이 지나 용수 대사가 나와 불법을 설파하여 사견(邪見)을 물리쳤다."라는 것과 관련된 것인데, 문장의 표현은 《마하마야경》이 아니라 《문선(文選)》 권59 〈두타사비문(頭陀寺碑文)〉의 "於是馬鳴幽讚龍樹虛求" 구절 아래 실린 소주(小註)에서 인용하여 편집한 것이다. 마명과 용수는 모두 인도의 고승이다. 《장자》의 '망전(忘筌)'과 관련한 주석은 상식적인 정보라고 생각하여 삭제한 듯하다.

70 신수(神秀)는……것이다 : 신수(神秀, 606~706)는 당나라의 고승으로, 점오(漸悟)로 일컬어지는 북종선(北宗禪)의 창시자이다. 하남 개봉(開封) 사람으로, 처음에

어찌 정결한 우리 유가가 　　　　　　　何似吾儒潔淨地

새로운 책 몇 종이면 여생 보내기 충분한 것만 하랴

　　　　　　　　　　　　　　　　新書幾種足窮年

　근래에 들건대 추루가 선정(禪定)에 들었다고 하기 때문에 이렇게 읊은
것이다.[71]

셋 우촌(雨村) 이조원(李調元)[72] 其三

유학을 배우다가 5조 홍인(弘忍)에게 출가하여 배웠다고 전해진다. 혜능(慧能,
638~713)은 당나라 고승으로, 돈오(頓悟)로 일컬어지는 남종선(南宗禪)의 창시자이
다. 남해 신흥(新興) 사람으로 역시 5조 홍인의 의발을 전수받았다고 전해진다.

　【校】교정고 붉은 글씨 가필사항이다.

71 【校】근래에……것이다 : 이 원주는 교정고 수정 과정에서 삭제되었다. 문맥으로
유추가 가능한 내용이기 때문에 삭제한 것으로 보인다.

72　이조원(李調元, 1734~1803)은 자가 갱당(羹堂)이고 우촌은 그의 호이다. 사천
금주(錦州) 사람으로 부강서원(涪江書院)에서 수업할 때 문장으로 이름을 날렸다. 부
친 이화남(李化楠)과 종형제 이정원(李鼎元)·이기원(李驥元)이 모두 진사시에 합격
하여 당시에 "한 집안에 네 진사가 나왔고, 형제간에 세 한림이 나왔네.〔一門四進士
弟兄三翰林〕"라는 칭송이 있었다고 한다. 축덕린과 동향으로 몹시 친했다. 두 사람
모두 박지원과 교유한 이래 이덕무, 유득공과 지속적인 교유를 이어왔으며, 이조원은
박제가의 《정유각집(貞蕤閣集)》에 서문을 써주기도 했다. 한편 유금은 이조원에게 《월
동황화집(粤東皇華集)》과 《송하간서소조(松下看書小照)》 등을 선물로 받아 가지고
돌아왔다.

　전문에 여섯 글자가 붉은색 글씨로 수정되었다. 기승(起承) 양구는 이조원의 기국
(器局)과 문장을 칭송하였다. 전결 양구는 이조원이 귀양 갔다는 소문을 듣고 그것이
진실이 아니기를 바라는 마음을 담았다. 이조원은 성격이 강직하여 권세가에 아부하거
나 굽히지 않아서 이부 원외랑으로 있을 때 이부 상서 아계당(阿桂堂)에게 미움을 받아
버릇없고 경망하다는 평가를 받은 일이 있다. 그러나 황제가 그의 정당함을 알고 일소에
붙였다고 한다. 1777년 초까지 이조원은 여전히 이부 원외랑에 재직하였으며 황제의

우촌의 기국은 당시 사람들 압도했고   雨村器度壓時人

여사인 문장은 조선까지 전해졌네   餘事[73]文章落海濱

삼천 리 역마길에 소식이 끊기었으니   驛路三千消息斷

불가에 귀의했다는 소문은 모두 사실 아니리[74]   聲聞空界[75]摠非眞

> 불교의 10계 가운데 제4계가 성문계(聲聞界)이다.[76]

> 사신(使臣)이 돌아왔을 때 어떤 이가 우촌이 죄를 얻어 귀양을 갔노라고 하였다.

총애를 받았다. 이조원이 귀양 간 전말은 상세히 고찰할 수 없지만 아무래도 아계당과 연관된 듯한데, 유금이 만나고 돌아온 직후 광동학정(廣東學政)으로 좌천되었다. 전결 양구의 말은 아마 이것을 가리키는 듯하다. 8년 뒤인 1785년 벼슬에서 물러나 고향 사천으로 돌아가 만권루(萬卷樓)라는 대규모 장서각을 세웠다. 이조원이 파직되어 집에서 지냈다는 기록은 성해응의 〈난실담총(蘭室譚叢)〉에서도 확인된다. 평성 '진(眞)' 운을 쓴 평기식 수구용운체 칠언절구이다.

73 【校】餘事 : 교정고 수정사항으로, 원글자는 '황유(況有)'이다. 원래대로 번역하면 "더구나 문장이 조선까지 전해졌음에랴?〔況有文章落海濱〕"가 된다.

74 불가에……아니리 : 당시에 이조원이 불문(佛門)에 귀의하여 승려가 되었다는 소문이 있었기 때문에 이렇게 표현한 듯하다.

75 【校】聲聞空界 : 교정고 수정사항으로, 원래는 "이런저런 이상한 소문이〔紛紛異聞〕"였다. 번역에서 약간의 차이가 있을 수 있으나, 문맥상의 의미는 변화가 없다.

76 【校】불교의……성문계(聲聞界)이다 : 교정고 가필사항이다. 성문계는 본디 불교의 용어로, 소승(小乘)의 경계 또는 지혜가 사라진 무여열반(無餘涅槃)의 지극히 드높은 불세계를 뜻한다. 따라서 이 원주는 시의 본문과 관련성이 없다. 이 원주는 가필자가 명고가 아니라는 것을 보여주는 사례 중 하나이다.

유탄소의 시 〈금석시하석가(今夕是何夕歌)〉에 차운하여 멀리 이우촌을 송축하다[77]

次柳彈素今夕是何夕歌遙頌李雨村

현포(玄浦)에서의 물고기 구경[78]

玄浦觀魚

---

77 【校】이 시는 목차에 제목만 남아 있고 해당 작품 부분은 절취되어 없다. 고의적으로 삭제한 것인지, 우연히 떨어져 나간 것인지 자세히 알 수 없다. 제목은 두보(杜甫)의 시 〈증위팔처사(贈衛八處士)〉에 "오늘 밤은 또 무슨 밤인가? 이 등불 빛을 함께하였네.〔今夕復何夕, 共此燈燭光.〕"라고 읊은 것에서 따온 것이다.

78 【校】이 시는 목차에 제목만 남아 있고 해당 작품 부분은 절취되어 없다. 고의적으로 삭제한 것인지, 우연히 떨어져 나간 것인지 자세히 알 수 없다.

심양(瀋陽)으로 가는 유득공(柳得恭) 혜풍(惠風)을 보내며[79] 3수

送柳得恭惠風之瀋陽 三首

-원문 결락- 숙부 의정공(議政公 서명선(徐命善))이 문안사(問安使)에 차임

[79] 【작품해제】이 시는 명고의 나이 30세 되던 1778년 6월 무렵, 그해 가을에 심양(瀋陽)으로 가는 유득공(柳得恭, 1748~1807)에게 준 송시(送詩)이다. '혜풍'은 유득공의 자(字)이다. 명고의 숙부인 서명선(徐命善, 1728~1791)이 심양 문안 정사(瀋陽問安正使)에 차임되었고 명고가 자제군관의 자격으로 수행하게 되어 유득공에게 송시를 청하였다. 잠시 뒤 서명선이 체직되고 6월 11일에 이은(李溵, 1722~1781)으로 바뀌는 바람에 명고의 중국행은 좌절되고 말았다. 그런데 뜻밖에 유득공이 서장관으로 가는 학사(學士) 남학문(南鶴聞, 1736~?)을 따라 중국에 가게 되어 도리어 명고에게 송시를 써달라고 청하였다. 유득공은 당시 31세로, 그로서도 첫 중국행이었다. 명고는 이때 유득공의 부탁을 받고 송서(送序) 1편과 송시 3수를 지어주었다. 송서는 본집 권7에 실려 있다.

남학문은 본관은 의령(宜寧), 자는 여성(汝聲)이다. 1771년(영조47) 식년시에 합격하고, 이듬해 1772년 탕평정시 을과에 합격하였다. 정언 등을 역임하고 수찬으로 있다가 1778년 6월 10일 정사에서 서장관에 제수되었다.

결락되고 남은 원주의 내용으로 보아 첫 수는 자신의 중국행이 좌절되고 도리어 유득공에게 송시를 써주게 된 전말을 읊은 것으로 짐작된다. 둘째 수는 심양으로 가는 길의 정경을 상상하여 서술하고, 말미에 장도에 오른 유득공을 응원하였다. 셋째 수는 유득공에게 중조 인사들과 사귀며 학문을 토론하기를 응원하는 한편 또 그의 문장이 중국에 전해지기를 축원하였다.

【校】이 시는 총 3수인데, 제목과 첫 수 전체 및 첫 수 아래에 부기된 원주의 일부분이 절취되어 결락되었다. 둘째 수와 셋째 수에도 모두 교정고 삭제 표시가 되어 있다. 이것으로 미루어보아 제목과 첫째 수에도 교정고 삭제 표시가 되어 있었을 가능성이 짙다. 다만 제목과 첫 수가 절취된 것이 의도적인 것인지는 단언하기 어렵다.

되었다. 나는 자제군관(子弟軍官)으로 따라가게 되어 또 혜풍에게 증시를 써달라고 부탁했다. 그런데 얼마 지나지 않아 의정공이 일로 인해 체직되었고, 혜풍이 또 서장관 남학문(南鶴聞)을 따라가며 나에게 증시를 청했다. 이 때문에 말구에 언급한 것이다.

〔교정고 삭제 표시작〕

둘[80] 其二

변방의 달 막 둥글어지고 북방 기운 거두어질 때	塞月初圓朔氣收
요양성 아래에 길은 멀고도 멀겠지	遼陽城下路悠悠
삼천의 세계엔 들빛만 아득할 터이고	蒼茫野色三千界
한 점 중주는 인가의 연기에 묻혀 있으리	滅沒人烟一點州
눈길 다하도록 단지 지평선만 보이고	極目但知天上際
말 멈추고서 아스라이 동쪽으로 흐르는 물소리 듣겠지	
	停驂遙聽水東流
훌륭하다 그대여 평생의 뜻 저버리지 않더니	多君不負平生志
수십 년 이래에 비로소 장도에 올랐구나	數十年來始壯遊

〔교정고 삭제 표시작〕

셋[81] 其三

80 수련, 함련에서는 문안사 사행단이 심양에 도착할 무렵의 사행로 정경을 상상해 읊었고, 경련에서는 심양에 도착한 유득공의 시점에서 읊었다. 미련에서는 평생의 숙원이었던 중국행의 꿈을 이룬 유득공을 응원하였다. 평성 '우(尤)' 운을 쓴 측기식의 수구용운체 칠언율시이다.

81 수련에서는 문안사가 심양으로 간 정황을 읊었고, 함련에서는 심양의 가을 풍경을 상상해 읊었다. 경련에서는 유득공에게 중조 인사와 교유하며 맘껏 학문을 토론하고

천자의 행차는 심양으로 나가고   天子旌旗出瀋陽

사신의 옥백은 동방에서 나오네[82]   行人玉帛自東方

가을이 온 고국에 누대가 희고   秋風故國樓臺白

팔월의 관하엔 서숙이 여물었으리   八月關河黍粟黃

문장 담론은 부디 우학사께 여쭈려니와   文話須憑于學士

     우민중(于敏中)[83] 공이 당시에 내각 학사(內閣學士)였다.

지구(知舊)로는 본래 이전랑이 계시지[84]   舊知元有李銓郎

문장을 주고받기를 바라는 마음을 담아 읊었다. 미련에서는 유득공의 문장이 중국에 널리 전파되기를 축원하는 마음을 읊었다. 평성 '양(陽)' 운을 쓴 측기식의 수구용운체 칠언율시이다.

82 천자의……나오네 : 건륭 황제는 자신의 생일이 있는 여름을 주로 심양으로 나가 지냈는데 1778년도 마찬가지였다. 이 때문에 조선에서는 문안사를 심양으로 보냈기에 이렇게 읊은 것이다. 옥백(玉帛)은 사신이 가지고 가는 폐백이다.

83 우민중(于敏中) : 1714~1779. 자는 숙자(叔子) 또는 중당(重棠), 호는 내포(耐圃)이다. 강소성(江蘇省) 금단현(金壇縣) 사람으로, 건륭 2년(1737)에 장원 급제하여 관직이 문화전 대학사(文華殿大學士)와 호부 상서(戶部尙書)에 올랐으며 평생토록 황제의 신임을 받았다. 이 시를 읊을 때에는 65세의 원로 학자요 고관이었다. 1776년 건륭 황제의 심양 행차에 우민중이 수행했는데, 그때 성절사를 따라 심양으로 간 박지원이 그를 만났다. 이후 이덕무 등 조선 지식인들에게 널리 알려졌고, 남공철(南公轍)은 그의 글씨를 묵각한 묵각첩(墨刻帖)을 소장하기도 했다.

84 지구(知舊)로는……계시지 : 1778년 여름 심양행이 유득공으로서도 첫 중국행이었는데, 이조원을 두고 지구(知舊)라고 표현한 것은 1776년에 유득공의 숙부 유금이 이덕무, 박제가, 이서구 및 유득공의 시문 400수를 엮은 《한객건연집》을 연경(燕京)에 가지고 가서 이조원을 비롯한 청의 문인들에게 보이고 서문 및 시평을 받아왔고, 1778년 봄에는 북경에 가는 이덕무와 박제가의 편에 유득공이 〈이십일도회고시(二十一都懷古詩)〉 43수를 보내어 반정균과 이조원 등에게 평을 받아와서 서로의 이름과 문장을 익히 알고 있었기 때문에 이 점을 바탕하여 친근하게 일컬은 것이다.

이조원(李調元) 공이 당시에 이부 원외랑(吏部員外郎)이었다.

남아의 호쾌한 일로 이만한 것이 없으니   男兒快事無如此

사해에 응당 비단 같은 문장이 전해지리라   四海應傳錦繡章

시월 십육일에 염파정에서 작은 모임을 열고[85]
十月旣望恬波亭小集

나는 한강 기슭의 내 집을 사랑하노니[86]　　　　　　吾愛吾廬岸大江

한밤중 서창 닫으면 밝은 기운 생기네[87]　　　　　中宵虛白掩[88]書窓

"허실생백(虛室生白)"은 《장자》에 나온다.[89]

대화에는 범속함이 없어 거문고 세 곡조 타고　　　話除[90]凡俗琴三疊

---

85 【작품해제】 이 시를 지은 시기를 정확히 알 수는 없지만, 작품이 편차된 순서로 보아 1779~1780년 사이 어느 해 10월 16일에 염파정에서 작은 시회를 열고 지은 작품으로 추정된다. 20대 후반과 30대 초반 사이 명고는 염파정에서 독서하며 종종 사람들과 시회를 가졌던 듯하다. 수련은 한강 가 염파정의 모습을 읊었고, 함련은 염파정에서의 일상을 읊었다. 경련은 염파정에서 작은 시회를 열던 날 밤의 정경을 읊었고, 미련은 첫새벽에 들려오는 닭소리와 삽사리(삽살개) 짖는 소리를 듣고 상상하여 읊었다. 평성 '강(江)' 운을 쓴 측기식의 수구용운체 칠언율시이다.

　【校】 小 : 교정고 수정사항으로, 원글자는 '少'이다.

86 내 집을 사랑하노니 : 도잠(陶潛)의 시 《《산해경》을 읽다〔讀山海經〕》에 "새들은 깃들 곳 있어서 즐겁고, 나도 내 오두막을 사랑한다오.〔衆鳥欣有托, 吾亦愛吾廬.〕"라고 노래한 것을 인용한 표현이다. 《陶淵明集 卷4 讀山海經》

87 밝은 기운 생기네 : 《장자》〈인간세(人間世)〉에 "저 뚫린 벽을 보면 빈방 안에 흰빛이 있고, 거기에는 길한 징조가 깃들어 있다.〔瞻彼闋者, 虛室生白, 吉祥止止.〕"라고 한 것을 인용한 표현이다.

88 【校】 掩 : 교정고 수정사항으로, 원글자는 '點'이다. 이에 따라 번역하면 "한밤중 책 읽는 창에 밝은 기운 생기네."가 된다.

89 【校】 허실생백(虛室生白)은……나온다 : 교정고 가필사항이다.

90 【校】 除 : 교정고 수정사항으로, 원글자는 '際'이다. 이에 따라 번역하면 "대화가 범속해지면 거문고 삼첩을 어루고"가 된다.

서안엔 세상 티끌[91] 없이 촛불 한 쌍이 밝아라 　　几淨緇塵燭一雙
출렁이는 그림자는 여울에 비친 달빛에 흐르고 　　晶鷢影流臨渚月
어영차 소리는 고기를 낚는 배에서 들려오누나 　　咿啞聲在釣魚艭
이웃집 아이가 벌써 순무 팔러 가는지 　　隣童早販蔓菁去
새벽닭 울고 난 뒤 삽사리가 짖는구나 　　唱罷晨雞又吠厖

91 　세상 티끌 : 원문의 치진(緇塵)을 번역한 말이다. 진(晉)나라 육기(陸機)의 시에
"도성엔 먼지가 어찌 그리 많은지, 흰옷이 새까맣게 물들었구려.〔京洛多風塵, 素衣化爲
緇.〕"라고 한 데서 온 말이다. 《文選 卷24 爲顧彦先贈婦》

국화행[92] 5수

菊花行 五首

국화에는 네 가지 아름다움이 있다. 일찍 심어 늦게 피니 군자의 덕이다. 술잔에 가벼이 뜨니 신선의 음식이다. 둥근 꽃송이가 높이 달려 있으니 천극(天極)을 본받음이다. 맑은 서리에도 꺾이지 않으니 굳센 지조이다. 이러한 까닭에 군자가 많이들 취한다. 내가 여가에 5종의 국화를 얻어 세한(歲寒)의 기약을 의탁하고자 하였다. 드디어 5수를 지어 뜻을 적고, 또한 스스로 옛 군자가 취한 은미한 뜻에 붙인다.

---

92 【작품해제】 이 시를 지은 시기를 정확히 알 수는 없지만, 작품이 편차된 순서로 보아 명고의 나이 30~31세 되던 1779~1780년 사이에 지은 작품으로 추정된다. 5종의 국화 황학령(黃鶴翎) · 홍학령(紅鶴翎) · 백학령(白鶴翎) · 금원황(禁苑黃) · 취양비(醉楊妃)에 대해 각각 16구의 오언고시 한 수씩으로 그 색깔과 자태 및 덕을 읊었다. 금원황은 자원황(紫苑黃)이라고도 한다. 조선 후기 경화사족들 사이에 국화 분재 가꾸기가 유행하여 유득공의 아들 유본학(柳本學)은 〈양국설(養菊說)〉에서 "서울의 풍속은 국화 기르기를 좋아한다. 국화 중에 품종이 좋은 것은 모두 화분에 심는다."라고 했다. 앞에 열거한 5종의 국화들은 당시 서울의 사족들에게 특히 인기 있는 품종이었던 듯 무명자(無名子) 윤기(尹愭)는 "만약 삼령에다 금취를 얻는다면, 적막하던 내 집이 화려하게 변하리라.〔若得三翎兼禁醉, 會看寂寞變繁華.〕"라고 읊기도 하였다. 참고로 명고의 부친 서명응(徐命膺, 1716~1787)이 황학령 · 홍학령 · 금원황과 취양비에 화운한 시가 《보만재집(保晩齋集)》 권1 맨 마지막에 실려 있다.

　　【校】 제목 원주의 '5수'는 교정고 가필사항이다.

황학령 黃鶴翎[93]

내게 황학령이 있어	我有黃鶴翎
화분에 몇 포기 심었네	數枝一盆栽
봉오리 맺히니 꽃술이 겹겹이요	藥合暈猶重
향이 터지니 빛깔 정히 고와라	香綻色方回
앵무새 깃인 양도 하지만	縱似谷鸎羽
맑은 자태는 더욱 빼어나고	淸姿更崔嵬
수유꽃 떨기인 양도 하지만	縱似茱萸叢
금빛 이슬은 구슬처럼 찬란하다	金露爛瓊瓌
듣건대 국화꽃은	我聞菊花色
황색이 정태라지	以黃爲正胎
백화는 모두 봄에 피거늘	衆皆春陽發
너는 홀로 가을에 피는구나	汝獨秋陰開
황색은 음 중에 정색이니	黃是陰中正
왕후의 의상을 지은 까닭이로다[94]	后裳所由裁

93 황학령은 꽃잎의 색이 노랗고 모양이 학의 날개를 닮은 국화의 품종 이름이다. 위백규(魏伯珪)는 "국화의 품종으로는 금문황(錦紋黃)과 황학령(黃鶴翎)이 가장 귀하다."라고 하였다. 8구에 걸쳐 황학령의 모습과 향기를 찬송하여 읊고, 이어 2구에 걸쳐 국화의 색을 노래하고, 다음 2구에 걸쳐 국화의 절개를 노래하고, 마지막 4구에서 국화의 색인 황색의 의미와 중정(中正)의 덕을 읊었다. 평성 '회(灰)' 운을 쓴 16구 8운의 일운도저격 오언고시이다.

94 황색은……까닭이로다 : 《주역》〈곤괘(坤卦) 육오(六五)〉에 "누런 치마이니 크게 길하리라.〔黃裳元吉〕"라고 하였다. 곤괘는 순음의 괘인데, 음은 여자 또는 신하를 상징한다. 육오는 높은 신분에 있으면서도 중도를 지켜 아래에 있는 형상이다. 정자(程子)의 전(傳)에 "황색은 중색(中色)이고, 치마는 아래에 있는 옷이다. 중도를 지키면서

《예기》의 국의(鞠衣)는 곧 《주역》의 황상(黃裳)이다. 이는 왕후가 입는 복장 이름인데, 순음(純陰) 중의 정색(正色)을 취한 것이다.[95]

군자가 그 덕을 취하는 것은	君子取其德
치우치지도 기울지도 않기 때문이지	不偏又不隤

홍학령 紅鶴翎[96]

내게 홍학령이 있어	我有紅鶴翎
앞뜰에서 한들거리네	嫋嫋近前除
능히 유약한 자질 변화시켜	能化桃李質
눈 내린 뒤에 꽃을 피우네[97]	燁敷雪霜餘

아래 지위에 거하면 크게 길할 것이니, 분수를 지키라는 의미이다."라고 하였다. 이는 여자로서 높은 지위에 있으면서 중도를 지키는 것을 상징한 것이므로, 곧 황후를 의미한다. 또 《예기》〈월령(月令)〉 3월의 행사를 기록한 부분에 "이달에 천자가 선제에게 국의를 바친다.〔天子乃薦鞠衣于先帝〕" 하였는데, 이때 국의(鞠衣)는 왕후가 입는 국화색의 옷이다. 말하자면 황학령은 왕후가 입는 옷의 색깔인 중정한 황색의 국화라는 것이다.

95 【校】예기의……것이다 : 교정고에서 가필한 것을 재수정한 것이다. 원글자는 지워져 판독할 수 없다. 앞의 주94 참조.

96 홍학령은 색이 붉고 모양은 역시 학의 날개를 닮은 국화의 품종 이름이다. 앞의 4구는 유약한 자태와 서리를 견디는 매운 절개를 대비시켜 읊었고, 다음 4구는 보슬비를 머금고 핀 꽃이 단풍과 어울려 그림 같은 풍경을 연출하고 있음을 읊었다. 다음 4구는 붉은 국화가 가장 귀하므로 사람들이 홍학령을 애지중지한다는 것을 읊었고, 마지막 4구는 황색이 많이 섞인 홍학령이라 하더라도 그것은 군자의 문채와 닮은 것이므로 싫어할 이유가 없다고 하여 홍학령에 대한 애착을 드러냈다. 평성 '어(魚)' 운을 쓴 16구 8운의 일운도저격 오언고시이다.

97 꽃을 피우네 : 주자가 젊은 시절 병산(屛山) 유자휘(劉子翬)에게 나아가 배울 때, 유자휘가 주자에게 자를 지어주며 "나무는 뿌리를 감추어야 봄에 꽃잎이 무성하게 피고,

보슬비가 한 번 맑게 씻은 뒤	微雨清一洗
향기 짙은 비단 꽃잎 막 피어나네	濃郁錦初舒
단풍에 얼비친 몇 가지	丹楓映數枝
그림보다 아름다워라	佳麗畫不如
듣건대 국화의 색은	我聞菊花色
고운 진홍색이 가장 드물다지	紅艷最稀疏
드문 것은 모두가 귀하게 여기고	疏則物所貴
고운 것은 사람이 가꾸는 법이지	艷則人所畬
어찌 황색이 너무 많음을 혐의하랴	豈嫌黃太多
사화가 특별히 추천한 것이라네[98]	司花別吹噓
군자가 그 문채를 취하였으니	君子取其文
아름다운 명성이 널리 퍼지리	令聞又廣譽

《맹자》에 "높은 명성과 자자한 칭예가 내 몸에 있다. 이 때문에 남의 비단옷을 부러워하지 않는 것이다.〔令聞廣譽施於身 不願人之文繡也〕"라고 하였다.[99]

사람은 몸을 감추어야 정신이 내면에서 살찐다.〔木晦於根, 春容燁敷; 人晦於身, 神明內腴.〕"라고 축원한 말에 전거를 둔 표현이다. 《屛山集 卷6 字朱熹祝詞》

98 어찌……것이라네 : 국화는 노란색을 정색으로 삼는 꽃이다. 그런데 홍학령이 노랗다 못해 붉은색을 띠어도 흠이 될 것이 없으니, 이는 사화가 특별히 추천하였기 때문이라는 의미이다. 사화(司花)는 꽃을 관장하는 신이다.

99 맹자에……하였다 : 《맹자》〈고자 상(告子上)〉에 "《시(詩)》에 이르기를 '술로 이미 취하고 덕으로 이미 배부르네.' 하였으니, 인의(仁義)에 충족함을 말한 것이다. 이 때문에 남의 고량진미를 원하지 않는 것이며, 좋은 명성과 넓은 명예가 몸에 베풀어져 있다. 이 때문에 남의 비단옷을 원하지 않는 것이다.〔詩云, 旣醉以酒, 旣飽以德, 言飽乎仁義也, 所以不願人之膏粱之味也. 令聞廣譽施於身, 所以不願人之文繡也.〕"라고 한 것을 가리킨다.

백학령 白鶴翎[100]

내게 백학령이 있어	我有白鶴翎
성근 그림자 절로 그늘 이루네	疏影自成陰
옥매는 붉은 화장 싫어하고	玉梅嫌紅粧
선녀는 흰옷을 입는 법	仙人披素襟
달빛과 광채가 혼연히 같으니	皓月渾光華
자칫하면 뜰에서 달을 찾겠네	錯向庭畔尋
맑은 서리가 자취를 잃었으니[101]	清霜迷蹤跡
이 꽃과 세한의 마음 같이 하리	同此歲寒心
듣건대 국화의 색깔은	我聞菊花色
흰색이 숲에 가득한 것이 최고라지	無如白滿林
가을은 계절상 금에 속하고	秋於時爲金
백색은 색깔로 금에 속하니[102]	白於色爲金

【校】이 원주는 교정고 가필사항이다.

100 백학령은 색이 희고 모양은 역시 학의 날개를 닮은 국화의 품종 이름이다. 앞의 4구는 흰색의 깨끗한 백학령을 화장하지 않은 매화나 흰옷 입은 선녀에 비겼다. 다음 4구는 달빛처럼 희고 서리보다 흰 백학령의 순백색을 노래했다. 이어 8구에 걸쳐 국화가 피는 계절인 가을과 백학령의 색인 백색을 오행과 결부시켜 읊고 군자가 고결한 백옥처럼 귀하게 여기는 이유를 노래했다. 평성 '침(侵)'운을 쓴 16구 8운의 일운도저격 오언 고시이다.

101 맑은……잃었으니 : 화초들은 서리를 맞으면 죽기 마련인데 국화는 서리를 맞아도 아무렇지도 않다. 더구나 백학령은 꽃잎이 희기 때문에 다른 국화와 달리 흰 서리가 내려도 내린 흔적조차 없다. 이 때문에 이렇게 읊은 것이다.

102 가을은……속하니 : 계절을 오행에 분속시키면 봄은 목(木), 여름은 화(火), 가을은 금(金), 겨울은 수(水)이다. 색깔을 오행에 분속시키면 청색은 목(木), 적색은

《한서(漢書)》〈율력지〉에 "태양의 운행이 서륙(西陸)으로 가는 것을 가을이라고 한다.〔日行西陸謂之秋〕"라고 하였다. 《백호통(白虎通)》에 "금은 서방에 있다. 서방은 음이 처음 일어나는 곳이다.〔金在西方 西方者陰始起〕"라고 하였다. 《주례(周禮)》에 "백호(白琥 흰 호박)를 가지고 서방에 예를 표한다.〔以白琥禮西方〕"라고 하였다.[103]

가을에 흰색 꽃은	秋以白爲花
이치로 보아 참으로 어울리네	物理斯可諶
군자가 그 고결함 취하여	君子取其潔
옥처럼 구슬처럼 여기네	琅玕又球琳

화(火), 백색은 금(金), 흑색은 수(水)이다. 따라서 계절과 색깔을 연결하면 봄은 청색, 여름은 적색, 가을은 백색, 겨울은 흑색이 된다.

103 한서(漢書)……하였다 : 《천중기(天中記)》에 "태양이 서륙으로 가는 것을 가을이라 한다.〔日行西陸謂之秋〕" 하였고, 《기찬연해(記纂淵海)》에 "태양이 백도를 따라가는 곳이 '서륙'이니, 가을이라 한다.〔日行白道曰西陸謂之秋〕" 하였으며, 해당 구절의 아래에 첨기된 소주에 출전을 모두 〈율력지(律歷志)〉라고 하였다. 그러나 《한서》〈율력지〉에는 해당 구절과 일치하는 문장이 없다. 가필자가 《천중기》나 《기찬연해》를 보고 쓴 것으로 짐작된다. 《백호통》의 말은 오행과 방향을 연관시켜 말하면서 "금은 서방에 있다. 서방은 음이 처음 일어나는 곳이요 만물이 금지되는 곳이다. 때문에 금은 금함의 뜻이 된다.〔金在西方, 西方者陰始起, 萬物禁止, 金之爲言禁也.〕"라고 한 것을 가리킨다. 《주례》의 말은 〈춘관(春官) 대종백(大宗伯)〉에 옥의 색깔과 방위를 연결시켜 "창벽으로 하늘에 예를 표하고, 황종으로 땅에 예를 표하고, 청규로 동방에 예를 표하고, 적장으로 남방에 예를 표하고, 백호로 서방에 예를 표하고, 현황으로 북방에 예를 표한다.〔以蒼璧禮天, 以黃琮禮地, 以靑圭禮東方, 以赤璋禮南方, 以白琥禮西方, 以玄璜禮北方.〕"라고 한 것을 가리킨다.

【校】 이 원주는 교정고 가필사항이다. 〈율력지〉의 '일행서륙(日行西陸)'은 저본에 '일행서강(日行西降)'으로 되어 있는데, 《천중기》와 《기찬연해》에 의거하여 바로잡아 번역하였다.

금원황[104] 禁苑黃

내게 한 종의 국화가 있어	我有一種菊
금원황이라 하네	名曰禁苑黃
상빈에서 먹는 것을 허락지 않았거늘[105]	不許湘濱餐

　《초사(楚辭)》에 "저녁에 가을 국화의 떨어진 꽃을 먹는다.〔夕餐秋菊之落英〕" 하였다.[106]

도잠의 울타리에서 향을 뿜으랴[107]	肯向陶籬香

104　금원황은 꽃송이가 크지 않고 색깔이 노란 품종이다. 조정만(趙正萬)의 시 〈국송(菊頌)〉에 "잎은 작고 줄기는 가늘며, 성근 가지에 다닥다닥 붙은 꽃송이여. 색은 노란색이니 곤덕의 형통함이로다.〔葉亞莖脩, 疏枝疊英. 色稟中央, 坤德之亨.〕"라고 한 데서 짐작할 수 있다. 이름과 시의 내용으로 보건대 중국 황실에서 재배하던 것이 조선에 넘어온 것으로 짐작된다. 앞의 4구에서 금원황은 축객이나 은사가 함부로 기를 수 없는 고귀하고 도도한 품종임을 읊었다. 이어 2구에 걸쳐 금원황이 중국에서 조선에 전래된 품종임을 읊었다. 다음 4구에 걸쳐 궁중에서 재배하던 품종다운 귀한 자태를 읊었다. 또 2구에 걸쳐 삼학령보다 늦게 피는 사실을 읊어 금원황의 고귀함과 절개가 삼학령을 능가함을 은근히 암시하였다. 마지막 4구에 걸쳐 다른 어떤 품종보다 애지중지하는 자신의 마음을 읊었다. 평성 '양(陽)' 운을 쓴 16구 8운의 일운도격 오언고시이다.

105　상빈에서……않았거늘 : 초(楚)나라의 직신(直臣) 굴원(屈原)이 조정에서 쫓겨난 뒤 나라를 걱정하며 배회하던 곳이 상강(湘江)의 물가이다. 따라서 상빈(湘濱)은 굴원과 같은 우국의 축객(逐客)을 말한다. 굴원이 추방당해 상강에 살 때 《초사(楚辭)》를 지어 국화 꽃잎을 먹으며 연명했노라고 노래하기는 했지만, 금원황은 본래 궁중에 심는 국화의 일종이기 때문에 아무리 고절(孤節)을 자랑하는 직신이라 할지라도 금원황을 뜨락에 키우지는 못했을 것이라는 뜻으로 읊은 구절이다.

106　초사(楚辭)에……하였다 : 굴원이 지은 《초사》 권1 〈이소(離騷)〉에 "아침에는 모란에 맺힌 이슬방을 받아 마시고, 저녁에는 가을 국화에서 떨어진 꽃잎을 먹네.〔朝飲木蘭之墜露兮, 夕餐秋菊之落英.〕"라고 한 것을 가리킨다.

　【校】이 원주는 교정고 가필사항이다.

107　도잠의……뿜으랴 : 궁중에서 자라는 귀한 금원황은 임금을 위해 향을 뿜을지언

도잠(陶潛)이 자칭 송국주인(松菊主人)이라고 하였다.[108]

꽃다운 뿌리가 대궐에서 나와	芳根自瑤陛
만절이 바닷가 고을에 전해졌네[109]	晚節傳海鄕
고운 자태 몸을 가누지 못하는 듯	姸姸如不勝
미풍에도 이리저리 한들거리네	微風與翶翔
아무도 몰래 임을 여읜 듯	暗暗如有送
아침 이슬이 흠뻑 맺혔네[110]	朝露猶滑瀁

정, 세상을 떠난 은자는 그가 아무리 고상한 풍류를 지니고 있다 하더라도 그 울타리 아래서 향을 뿜지는 않을 것이라는 뜻으로 읊은 구절이다. 도잠(陶潛)은 동진(東晉)의 은사로, 41세 무렵 팽택(彭澤)의 수령을 사직하고 전리(田里)에 은거했다. 국화를 좋아하여 집에 심어두고 "동쪽 울타리 아래에서 국화 꽃잎 따가다, 물끄러미 남산을 바라보노라.〔采菊東籬下, 悠然見南山.〕", "곱게 핀 가을 국화, 이슬 머금은 그 꽃잎 따다, 시름 잊게 해주는 술에 띄우고서, 세상 잊은 나의 맘을 더욱 멀리하노라.〔秋菊有佳色, 裛露掇其英. 汎此忘憂物, 遠我遺世情.〕"라는 시를 읊었다. 《陶淵明集 卷3 飮酒》

108 도잠(陶潛)이……하였다 : 도잠이 소나무와 국화를 유난히 좋아하여 집에 심어두었는데, 〈귀거래사(歸去來辭)〉에서 "세 줄기 오솔길은 황폐해졌으나, 소나무와 국화는 그대로 남아 있구나.〔三徑就荒, 松菊猶存.〕"라고 노래한 이래 송국주인이 도잠의 별칭이 되었다. 참고로 당나라 때 한림학사(翰林學士) 위표미(韋表微)가 '내 장차 송국주인이 되어, 도잠에게 부끄럽지 않게 되리라.〔將爲松菊主人, 不愧陶淵明.〕"라고 노래하기도 했다. 도잠이 자신을 '송국주인'이라는 말로 칭한 일은 없고 후대에 붙여준 일종의 별칭이므로, 원주에서 자칭이라 한 것은 자처의 의미로 보는 것이 좋을 듯하다.

【校】이 원주는 교정고 가필사항이다.

109 만절이……전해졌네 : 만절(晚節)은 다른 꽃이 다 지고 난 뒤 이슬이 내릴 때 피는 오상고절(傲霜孤節)과 같은 말로 흔히 국화를 가리키는데, 특히 금원황이 황학령·홍학령·백학령보다 뒤에 피기 때문에 이렇게 말한 것이다. 바닷가 고을은 조선을 가리킨다. 이 구절에서 명고가 가꾸던 금원황은 중국 황실에서 재배하던 품종이 조선에 건너온 것임을 알 수 있다.

삼령[111]이 진 뒤 뒤늦게 피어	開遲三翎後
천산이 황량할 때에 지는구나	萎趁千林荒
예로부터 사람들이 아끼는 것은	自古人愛惜
하늘이 필시 빨리 앗아가는 법	天必奪之忙
내 이제 알뜰살뜰 보살펴	吾且辛勤護
삼추의 광경을 길이 보존하리라	以永三秋光

취양비[112] 醉楊妃

내게 한 종의 국화가 있어	我有一種菊
취양비라고 하네	名曰醉楊妃
모를레라 이전의 양귀비가[113]	不知前楊妃

---

110 아침 이슬이 흠뻑 맺혔네 : 국화에 맺힌 아침 이슬을 이별의 눈물로 보아 상상하여 읊은 구절이다. 서양(湑瀼)은 아침에 이슬이 흠뻑 맺힌 모습을 나타내는 형용사이다. 《시경》〈소아(小雅) 육소(蓼蕭)〉 1장에 "무성한 쑥에 이슬 촉촉하도다.〔蓼彼蕭斯, 零露湑兮.〕"라고 하고, 2장에 "무성한 쑥대에 이슬 담뿍 맺혔네.〔蓼彼蕭斯, 零露瀼瀼.〕"라고 한 것에 전거를 둔 어휘이다.

111 삼령(三翎) : 앞에서 읊은 삼종의 국화 곧 황학령, 홍학령, 백학령을 가리킨다.

112 취양비는 진홍색의 국화로 보인다. 자태가 곱고 빛이 붉어 '술에 취한 양귀비'와 같다 하여 붙여진 이름이다. 고운 만큼 일찍부터 사랑받던 품종으로 이기진(李箕鎭)의 《목곡집(牧谷集)》에 "세상에서 제일 가품으로 친다.〔謂第一佳品〕"라는 말이 있다. 앞의 4구에 걸쳐 양귀비꽃이나 당 현종의 양귀비도 이 국화만큼은 아름답지 못하리라고 읊었다. 이어 6구에 걸쳐 양귀비꽃이나 양귀비는 절개가 없는 반면, 이 꽃은 아름다우면서도 절개가 있으므로 똑같이 논할 수 없음을 읊었다. 이어 2구에 걸쳐 이름을 '취처사'라 고친다고 천명하고, 마지막 4구에 걸쳐 도잠(도연명)과 연관시켜 자신이 취처사라고 개명한 이유를 말하였다. 평성 '미(微)' 운을 쓴 16구 8운의 일운도저격 오언고시이다.

113 이전의 양귀비가 : 당 현종의 양귀비와 양귀비꽃을 모두 가리킨다. 아래 구절의

어떻게 아름답다 이름났는지	何以名芳徽
또 말하건대 진짜 양귀비가	且道眞楊妃
오상고절의 향을 지켰으랴	能葆傲霜馡
사람 이름을 사물에 붙이는 것은	因人名諸物
덕기(德機)[114]가 같아서인데	爲其同德機

동덕기(同德機)는 《장자》에 전거를 둔 표현이다.[115]

구차히 색깔만 취할 뿐이라면	苟取色斯止
무언들 양귀비가 아니 되랴	楊妃又孰非
내 장차 취처사라고	我將醉處士
새로 이름 붙여[116] 광휘를 표하리라	肇錫表光輝

'진짜 양귀비'도 같다.

114 덕기(德機) : 덕(德)은 득(得), 곧 하늘로부터 받은 자질이나 품성을 말하는데 주로 심성이나 정취와 관련한 것이다. 기(機) 역시 천부적인 자질 곧 성령(性靈)을 말하는데 주로 생리 또는 생체 현상과 관련한 특징이다. 따라서 덕기는 어떤 사람이나 사물의 생래적인 특성이나 고유의 기질 등을 뜻하는 말이다.

115 동덕기(同德機)는……표현이다 : 《장자》에 '동덕기(同德機)'라는 말은 없다. 다만 〈응제왕(應帝王)〉에 실린 열자(列子)의 스승 호자(壺子)의 이야기에 '두덕기(杜德機)'라는 말이 있다. 정(鄭)나라 신무(神巫) 계함(季咸)이 호자의 관상을 보고 축축하게 젖은 재(濕灰)의 형상을 보았다고 하며 호자가 살아나지 못할 것이라고 단언하자 열자가 그 말을 스승 호자에게 아뢰니, 호자가 "아까는 내가 그에게 대지(大地)의 형상을 보여주었다. 멍한 상태로 움직이지도 않고 멈추지도 않았으니, 그는 아마도 덕기를 막고 있는 나의 모습을 보았을 것이다.〔鄕吾示之以地文, 萌乎不震不正, 是殆見吾杜德機也.〕"라고 대답했다.

【校】이 원주는 교정고 가필사항이다.

116 새로 이름 붙여 : 원문의 조석(肇錫)을 번역한 표현이다. 조석은 《초사》〈이소 (離騷)〉에 "황고께서 나의 초년 시절을 관찰하여 헤아리사, 비로소 내게 아름다운 이름

천고에 국화를 사랑하는 것은	千秋能愛菊
도연명이 처음 시작한 것이니	淵明始闡微
이렇게 붙인 뒤에야 이름과 말이 순조로워	然後名言順
겨울 정원에 나무람이 없으리로다[117]	寒圃庶無譏

한위공(韓魏公)의 시 〈국화(菊花)〉에 "늙은 농부의 가을 농사 담담하고, 국화는 늦가을에 향기로워라.〔老圃秋容淡 寒花晚節香〕"라고 하였다.[118]

을 내리셨으니, 나의 이름을 정칙이라 하시고, 나의 자를 영균이라 하시었네.〔皇覽揆余 于初度兮, 肇錫余以嘉名. 名余曰正則兮, 字余曰靈均.〕"라고 한 데 전거를 둔 말이다.

117 천고에……없으리로다 : 취양비는 꽃잎이 매우 붉은 종류의 국화로 보인다. 꽃잎이 붉어 양귀비꽃과 색깔이 비슷하다는 이유로 '취양비(醉楊妃)'라고 이름을 붙였던 것이다. 그런데 명고는 '취(醉)' 자에 착안하여, '외양이 비슷하다는 이유로 고상한 정신세계와는 거리가 먼 양귀비에 견주어「취양비」로 이름을 붙인다면 너무 천근한 견해로 국화의 정신을 훼손하는 것이다. 이 꽃이 붉은 것은 그 정신과 지향이 도잠(도연명)과 닮아 술에 취했기 때문이다. 따라서 술을 좋아하는 도잠에 견주어「취처사(醉處士)」라고 하여야 이 국화의 진면목을 제대로 평가해주는 것이다. 또한 그래야만「송국주인」이라는 도잠에게도 잘 어울리고, 또 그가 좋아했던 소나무와 국화의 세한고절(歲寒孤節)에 부끄럽지 않은 이름이 될 수 있다.'라고 생각하여 읊은 것이다. 원문의 한포(寒圃)는 소나무와 국화가 있는 은사의 겨울 정원을 뜻한다.

118 한위공(韓魏公)의……하였다 : 북송(北宋)의 재상 위국공(魏國公) 한기(韓琦, 1008~1075)의 시 〈구일수각(九日水閣)〉에 "늙은 농부의 가을 농사가 담박함은 부끄럽지 않으니, 우선 국화의 만절 향기를 보노라.〔不羞老圃秋容淡, 且看寒花晚節香.〕"라고 한 것을 가리킨다. 노포(老圃)는 한기 자신을 가리키는 겸사이다. 가을 농사가 담박하다는 것은 자신이 농사에 서툴러 추수한 것이 풍성하지 않다는 겸사이다. '나는 능숙한 농사꾼이 아니므로 추수 수확량이 적은 것은 서운할 것 없고, 그저 만절의 향을 뿜어내는 국화가 사랑스럽다.'는 의미이다. '한(寒)' 자와 '포(圃)' 자가 들어 있는 시이기는 하지만 원작과 아무런 관련이 없다. 잘못된 주석이나, 우선 번역해둔다.

【校】이 원주는 교정고 가필사항이다.

[교정고 삭제 표시작]

감회를 적다[119]

志感

말을 잊고 세상 잊고 또 나이마저 잊어	忘言忘世又忘年
애써 불가에서 선정에 드는 법 배웠네	强學西方入定禪
마음은 식은 재와 같아 불어도 살아나지 않고	心似冷灰嘘不起
몸은 마른나무와 같아 움직일 길이 없어라	形如槁木動無緣
언제 조금이라도 경전 읽은 적 있으랴만	何曾少被窮經力
오히려 이제 기쁘게 오도편을 보노라[120]	猶且欣看悟道篇
평생을 헤아려보니 무슨 일 이루었나?	商略平生成底事

---

119 【작품해제】 명고는 32세 되던 1780년에 홍계능의 제자라는 이유로 도배(島配)하라는 탄핵을 받았다. 이 시는 세상에 깊은 좌절을 느끼던 그 무렵, 곧 1780~1782년 사이에 지어진 것으로 보인다. 전편에 낙망과 체념의 정서가 그득하고, 그것을 극복하기 위해 불교에 침잠하여 불서를 탐독하는 모습이 감지된다. 이 시의 제목 위에 삭제하라는 표시가 되어 있는데, '선정에 드는 것을 배웠다'나 '불법의 바다' 등 짙은 불교적 색채 때문에 교정 과정에서 삭제하려 한 것이 아닌가 짐작한다.

　　수련에서는 말문이 막히는 현실을 당하여 세상에 미련을 버리고 불교에 의지하여 낙망의 정조를 극복하려는 심리를 담았다. 함련에서는 의욕도 꺾이고 몸도 지친 극도의 좌절감을 읊었다. '냉회(冷灰)'와 '무연(無緣)' 모두 불교적 색채가 짙은 시어이다. 경련은 불경을 읽으며 마음을 다스리려는 의지를 담았다. 미련에서는 다시 낙망과 좌절의 정서를 읊어 덧없는 자신의 삶을 자조하였다. 평성 '선(先)' 운을 쓴 평기식 수구용운체 칠언율시이다.

120 언제……보노라 : 경전은 불경을, 오도편은 불교 서적이나 선시(禪詩)를 가리킨다. 이 시절 명고가 불경 및 불교 관련 서적을 많이 읽었다는 것을 알게 해주는 구절이다.

드넓은 불법의 바다[121]에 풍연이 그득하네 　　　蒼茫佛海劇風煙

---

121 불법의 바다 : 이 세상을 뜻하는 말이다. 찰해(刹海)와 같은 말이다.

연경에 가는 윤암 이희경을 보내며[122] 7수

送李喜經綸庵之燕 七首

하나[123]

얇은 적삼 저문 북녘 구름[124]에 나부낄 때 　　　　輕衫婉晚薊雲飄

122 【작품해제】이 시는 명고의 나이 34세 되던 1782년 9~10월에 지은 작품이다. 이해 10월에 이희경(李喜經, 1745~1805)이 동지사 정존겸(鄭存謙) 일행을 따라 중국에 갈 때, 명고가 이희경에게 자신의 저술 《학도관》을 주어 중조 인사들에게 보여주기를 희망한 일이 있다. 아마 《학도관》을 건네줄 때 지어준 송시로 짐작된다. 이와 관련해서는 90쪽【작품해제】참조.

　　이희경은 양성 이씨(陽城李氏) 시중공파(侍中公派) 이소(李熽)의 장남인데 서계(庶系)이다. 부친 이소는 20대 초반 생원시에 합격했으나 변변한 벼슬살이를 하지 못하고 평생 불우하게 지냈으며, 이희경 역시 마찬가지였다. 30세 되던 1774년에 남산 아래 살았으며, 36세에 강원도 홍천의 반곡(盤谷 서릿골)에 이거하였다. 38세 되던 1782년에 벗 남덕신(南德新)과 함께 동지사를 따라 연경에 갔다. 그런데 46세 되던 1790년 진하사(進賀使)의 연행에 업유(業儒)로서 정사(正使)의 일행에 정원(定員) 외로 따라간 점을 미루어볼 때 1782년의 연행도 비슷했으리라 추측된다. 제1수의 결구와 제7수의 기구에서 저간의 사정을 짐작할 수 있다. 저서에 『설수외사(雪岫外史)』가 있다.

　　【校】七首 : 교정고 가필사항이다.

123 연경으로 가는 이희경을 보내며 준 시 가운데 첫 수이다. 승구에서 "다시 송별하네."라고 한 것으로 보아 이희경이 이전에 연경에 다녀온 일이 있었을 가능성을 배제하기 어렵다. 지금까지 이희경의 첫 연행은 동지사 사행단을 따라간 1782년 10월의 연행이라고 학계에 보고되었는데, 이때의 연행이 2차 연행일 가능성이 있다는 말이다. 뒷날의 고찰을 기다린다. 전결구는 관원으로 사행단을 수행하는 것이 아니라 정원(定員) 외로 따라가는 이희경을 위로한 것이다. 평생 글을 읽은 일국의 인재임에도 서출이라 아무도 알아주는 이 없이 가난한 오두막집에서 포부를 썩히고 있는 이희경을 안타까워하였다. 평성 '소(蕭)' 운을 쓴 평기식 수구용운체 칠언절구이다.

요수를 건너가는 윤암을 다시 송별하네 　　　　　復送綸庵去渡遼

오두막에서 홀로 독서하며 지냈으니 　　　　　蝸舍獨披黃卷坐

　초선(焦先)과 양패(楊沛)가 모두 동그란 집을 짓고 그 속에 살면서 '달팽이
　집[蝸牛廬]'이라고 하였다.[125]

일국의 인재인 줄을 그 누가 알아주랴 　　　　　有誰知是一邦翹

둘[126] 其二

융복 차림에 필마 타고 삼한을 벗어나 　　　　　戎裝匹馬出三韓

난하를 지나고 나면 마음 더욱 넓어지리 　　　　行盡灤河意更寬

　난하(灤河)는 심양(瀋陽) 지방에 있다.[127]

천하의 명사야 지금 몇이나 남았으랴만 　　　　　薄海名流今幾許

124　북녘 구름 : 원문의 '계운(薊雲)'을 번역한 말이다. 계주(薊州)는 옛 연(燕)나라
지역이다. 이희경이 연경으로 가기 때문에 이렇게 표현한 것이다.

125　초선(焦先)과……하였다 : 초선은 삼국시대 위(魏)나라 은사(隱士)의 이름이
다. 그는 달팽이처럼 조그맣고 동그란 오두막을 짓고, 풀옷을 입고 맨발로 다니며 살았
다. 외출할 때마다 부녀자가 있는지 몰래 살펴보고는 그들이 다 지나갈 때까지 몸을
숨기고 기다렸다가 나가곤 했다고 한다. 양패(楊沛)도 위나라 고사로 초선과 비슷한
인물로 보이나, 행적은 알 수 없다. 《삼국지(三國志)》해당 부분에는 "모두 과우려를
짓고 그 속에 살았다.[竝作瓜牛廬 止其中]"라고 되어 있다. 《三國志 卷11 魏書 管寧傳
宋裴松之注》
　【校】이 원주는 교정고 가필사항이다.

126　기승구에서 조선에서 포부를 펼치지 못하는 처지의 이희경에게 답답한 조선을
벗어나 맘껏 웅지를 키워보라는 격려를 담아 읊었다. 이어 전결구에서 천하의 명사를
만나지 못할지라도 문헌으로만 보아온 고적(古蹟)을 직접 본다면 그것도 훌륭한 경험
이 될 것이라 응원하였다. 평성 '한(寒)' 운을 쓴 평기식 수수용운체 칠언절구이다.

127　【校】난하(灤河)는……있다 : 교정고 가필사항이다.

먼 길의 고적만은 모두 볼만할 걸세 　　　　　　長程古蹟摠堪看

셋[128] 其三

오원의 사새[129]가 길게 앞에 펼쳐졌으니 　　　　五原四塞控襟長

예로부터 황도는 기주에 세워졌지[130] 　　　　　自古皇都奠冀方

상상컨대 노구교에 안개가 걷힌 후 　　　　　　想像蘆溝煙歇後

　노구(蘆溝)는 다리 이름이다.[131]

하늘 찌르는 누각에 단청이 찬란하리 　　　　　摩淸金碧爛文章

128　북경(연경)의 모습을 상상하여 읊은 시이다. 기승구는 천하 요새를 앞에 두어 외침을 막고 있는 북경의 지형을 상상하여 읊었고, 전결구는 마천루가 들어찬 북경의 거리를 상상하여 읊었다. 평성 '양(陽)' 운을 쓴 평기식 수구용운체 칠언절구이다.

129　오원의 사새 : 북방의 변새를 말한다. 오원군(五原郡)은 지금의 내몽골 지역에 있던 지명으로, 한나라 때부터 군을 설치하여 북방 이민족의 침입을 막았다. 사새(四塞)는 사방으로 방어할 수 있는 요새를 가리킨다. 오원군은 험고한 요새로 유명하여 흔히 오원새(五原塞)라고 불리며, 유림새(楡林塞) 또는 유류새(楡柳塞)라고도 불린다.

130　예로부터……세워졌지 : 북경이 옛 기주(冀州) 지역이기 때문에 이렇게 표현한 것이다. 연나라의 도읍이 이곳에 건설되었고, 요(遼)나라의 오경(五京) 중 하나였으며, 원나라, 명나라, 청나라가 계속 이곳을 도읍으로 삼았다.

131　노구(蘆溝)는 다리 이름이다 : 노구교(蘆溝橋)는 북경 광안문(廣安門) 밖 영정하(永定河)에 있는 장대하고 아름다운 다리이다. 이 다리에서 바라보는 새벽달은 북경팔경(北京八景)의 하나로 일컬어져 '노구효월(蘆溝曉月)'이라고 한다. 영정하는 물이 흐리다는 뜻으로 혼하(渾河)라고 일컫기도 하고, 물빛이 검다는 뜻으로 노구(蘆溝)라고 일컫기도 한다. 또 강줄기의 흐름이 고정되지 않고 이리저리 옮겨 다녀 무정하(無定河)라고도 일컫는다.

　【校】 이 원주는 교정고 가필사항이다.

넷[132] 其四

종횡으로 난 대로에 골목길[133] 연결되어　　　　九陌縱橫連狹斜

《삼보구사(三輔舊事)》에 "장안성 안에 팔가(八街)와 구맥(九陌)이 있다." 하였다.[134]

인가와 시장이 극도로 번화하리　　　　閭塵市坌劇繁華

한가로이 십이교[135]에 달구경 하다가　　　　浪尋十二橋頭月

한밤중 돌아와 다시 차를 마시겠지　　　　午夜歸來再點茶

132　역시 북경의 풍경을 상상하여 읊은 시이다. 기승구에서 화려한 건물 사이로 난 좁고 복잡한 북경의 골목길, 수많은 인파가 북적이는 북경의 시장을 상상하여 읊었다. 이어 전결구에서 북경 거리를 구경하다 돌아와 차를 마실 이희경의 모습을 상상하여 읊었다. 평성 '마(麻)' 운을 쓴 측기식 수구용운체 칠언절구이다.

133　골목길 : 원문의 협사(狹斜)는 좁고 꼬불꼬불한 골목길로, 협사(狹邪)와 같은 말이다. 참고로 남조 송(宋)나라 사혜련(謝惠連)이 지은 악부시에 〈장안에는 꼬불꼬불한 골목길이 있네(長安有狹邪行)〉가 있다.

134　삼보구사(三輔舊事)에……하였다 : 《삼보구사》는 한(漢)나라 때의 장안과 황궁의 모습을 기록한 책으로 보이는데, 현재 전하지 않는다. 원주의 내용은 《고금사문유취(古今事文類聚)》나 《옥해(玉海)》 등에 실려 전하는 것을 인용한 것이다.

【校】이 원주는 교정고 가필사항이다.

135　십이교 : 북경에 있는 12개의 다리로, 도성에 십이교(十二橋)를 만드는 전통은 한나라 때부터 시작되었다. 《계산기정(薊山紀程)》에 "십이교 어귀에 시끄러운 수레 소리, 한림들이 아침에 태화궁에 가는구나.〔十二橋頭喧繡轂, 翰林朝退太和宮.〕"라고 읊은 것으로 보아 우리나라 사행단 일행이 관행처럼 들르는 곳으로 보이는데, 위치와 이름은 상고할 수 없다. 우리나라 서울의 십이교도 이를 본떠 만든 것이다.

다섯[136] 其五

서호의 재자와는 꿈에서 아련히 만났을 테고   西湖才子夢如絲

반추루의 시에 "나의 집 서호 어귀의 나무에, 이월이면 연초록 버들과 진홍색이 흐드러지네. 이러한 저 강남으로 돌아가지 못하고, 먼지 자욱한 도성에서 아련히 꿈만 꾸노라.〔我家西子湖頭樹 嫩綠深紅二月時 如此江南歸不得 軟塵如粉夢如絲〕"라고 하였다.[137]

파협의 시인과는 낯설지 않겠지   巴峽詩人面不疏

이우촌은 파촉(巴蜀) 사람이다.

이번에 떠나면 새로운 소식 많이 얻을 터이니   此去也應多信息

봄바람 속에 부디 꾀꼬리 노래 부르시기를[138]   春風須唱谷鶯詞

---

136 기구에 이희경이 서호 출신의 재사인 반정균과 만나기를 바라는 마음을 담았고, 승구에 파촉 출신의 이조원과 만나기를 바라는 마음을 담았다. 반정균과 이조원 모두 홍대용·박지원 이래 유금과 유득공 등 조선의 여러 인사들과 교유를 이어온 인물들이므로 그들에 대해 이희경도 익히 듣고 있던 처지였다. 따라서 이제껏 꿈속에서만 만나던 반정균을 장차 만나 반갑게 이야기할 터이고, 이조원을 처음 만난 자리에서도 마치 오래전부터 알고 지내던 사이처럼 마음이 통할 것이라는 의미로 읊었다. 전결구에서 이번 연행길에 새로운 견문을 많이 얻을 것이므로 맘껏 시로 읊어 돌아와 보여달라는 말로 마무리하였다. 평성 '지(支)' 운을 쓴 측기식 수구용운체 칠언절구이다.

137 반추루의……하였다 : 이 시는 반정균이 홍대용에게 써서 준 시로, 박지원의《열하일기(熱河日記)》에 소개되어 있다. 다만 글자에 다소 상이한 곳이 있어 참고로 소개해둔다. "나의 집 서호 가의 나무에, 이월이면 연녹색과 진홍색이 흐드러지네. 이러한 저 강남으로 돌아가지 못하고, 먼지 자욱한 도성에서 꿈만 아련히 꾸노라.〔吾家西子湖邊樹, 淺碧深紅二月時. 如此江南歸不得, 軟塵如粉夢如絲.〕"

138 부디……부르시기를 : 꾀꼬리 노래는 '곡앵사(谷鶯詞)'를 번역한 것이다.《시경》〈소아(小雅) 벌목(伐木)〉에 "나무를 쩡쩡 베거늘, 새는 꾀꼴꾀꼴 우는도다. 깊은 골짜기에서 나와, 높은 나무로 올라가도다.〔伐木丁丁, 鳥鳴嚶嚶. 出自幽谷, 遷于喬木.〕"라고 한 것에 전거를 둔 표현이다.

여섯[139] 其六

범각과 포루가 각각 천하 장서루임을 자부하니　　范閣鮑樓各自誇

　범씨(范氏)는 천일각(天一閣)을 소유하였다.[140] 포정박(鮑廷博)은 책을
　많이 모으는 것으로 천하에 이름이 났다.[141]

근래에 운향[142]으로 또 누가 있는가　　　　　　芸香近日又誰家

조선에도 또한 서음(書淫)이 있어　　　　　　　偏方亦有書淫在

기이한 문장 모아 다섯 수레 채웠네[143]　　　　携取奇文滿五車

139 기구에서 청나라 장서가와 장서루를 들어 말하고, 승구에서 현재 저명한 장서가가 또 누구 있는지를 물어 전결구의 말을 열고 있다. 전결구에서는 자신이 서음임을 밝혀 청나라 장서가들에 대한 대결의식을 은근히 드러내고 있다. 평성 '마(麻)' 운을 쓴 측기식 수구용운체 칠언절구이다.

140 범씨(范氏)는⋯⋯소유하였다 : 범씨는 청나라의 목록학자이자 장서가인 범무주(范懋柱)이다. 자는 한형(漢衡), 호는 졸오(拙吾)로, 절강 사람이다. 팔대조 범흠(范欽, 1506~1585) 이래 지속적으로 서적을 수집하여 수만 권의 책을 모았고, 범무주 대에 이르러서는 이를 천일각(天一閣)이라는 장서각에 정리하였다고 한다. 청나라 건륭제 때《사고전서》편집 사업을 위해 서적들을 바치게 하자, 641종이나 되는 책을 올렸다고 한다. 당시 동절장서제일가(東浙藏書第一家)로 이름났다.

141 포정박(鮑廷博)은⋯⋯났다 : 포정박(1728~1814)의 자는 이문(以文), 호는 녹음(淥飮)으로, 안휘성 흡현(歙縣) 사람이다. 대대로 사업에 종사하여 축적한 부로 널리 책을 수집하였다. 아들 포사공(鮑士恭)에 이르러서는 서루 지부족재(知不足齋)에 10만 권의 장서를 수집하였으며,《사고전서》편찬 사업에 626종의 책을 올렸다. 포정박이 간행한《지부족재총서(知不足齋叢書)》가 규장각에 소장되어 있다.

142 운향(芸香) : 궁궁이라 불리는 향초의 일종으로, 좀벌레를 방지하는 효과가 있다. 이 때문에 왕실의 도서를 관장하는 비서각(秘書閣)의 별칭으로 사용되기도 하나, 여기서는 장서가의 의미로 쓰였다.

143 조선에도⋯⋯채웠네 : 서음(書淫)은 책에 빠진 사람, 곧 책벌레나 장서가를 뜻한다. 여기서는 명고 자신을 가리킨다. 명고는 병풍과 기물 등에 관심을 끊고 오직 서적 구입에 열을 올려, '틀림없이 학문하기를 좋아하는 자가 나의 자손 가운데 나올 것이다.'

혜시(惠施)의 오거(五車)의 고사는 《장자》에 나온다.[144]

일곱[145] 其七

사신의 일과는 무관한 일개 서생이니	使事無關一布衣
아마 이번 유람에 새 시를 많이 얻겠지	新篇料得富今遊
반곡으로 돌아와 다듬는 날에	東歸盤谷摩挲日

　반곡(盤谷)은 곧 윤암이 사는 곳의 지명이다.[146]

삼천 리 길의 객수를 되뇌시겠지	悔道三千客路愁

라는 의미를 담은 장서실 '필유당(必有堂)'을 경영하였다. 〈필유당기(必有堂記)〉에 따르면 필유당에 소장한 책이 경부류(經部類) 19종, 사부류(史部類) 30종, 자부류(子部類) 25종, 집부류(集部類) 34종으로 총 108종이라 하였으니, 정확한 수를 알 수는 없으나 소장된 책이 역시 상당한 정도였다는 것을 짐작할 수 있다.

144　혜시(惠施)의……나온다 : 장자(莊子)가 혜시를 두고 "그의 학술은 다방면에 걸쳐 있으며, 책이 다섯 수레나 된다.〔惠施多方, 其書五車.〕"라고 한 것을 가리킨다.《莊子 天下》

　【校】이 원주는 교정고 가필사항이다.

145　기구에서 이희경이 사행단의 정식 일원으로 따라간 것이 아니라 업유와 같은 서생으로 간 것임을 알 수 있다. 직책에 구속되어 있는 처지도 아니고 특별히 맡겨진 임무가 있는 것도 아니므로 맘 내키는 대로 유람하며 견문을 넓히기 좋은 조건이다. 따라서 승구는 정식 사신으로 연행을 가는 것이 아닌 이희경에게 보내는 위로와 격려이다. 전결구는 홍천 반곡으로 돌아와 연행길에 얻은 시를 퇴고하는 이희경의 모습을 상상하여 읊은 것이다. 평성 '우(尤)' 운을 쓴 측기식 칠언절구이다.

146　반곡(盤谷)은……지명이다 : 이희경은 경제적 궁핍 때문에 36세 되던 1780년부터 강원도 홍천의 반곡(盤谷 서릿골)으로 이거하였다. 지금의 서면 반곡리로 추정되는데, 홍천강이 북한강으로 연결되어 있어 서울을 오갈 때 뱃길을 이용했던 것으로 보인다.

　【校】이 원주는 교정고 가필사항이다.

당후(堂后)에 입직해 있던 중 심희인(沈義人) 진현(晉賢)과 대좌(對坐)하고 있노라니 이순여(李順汝) 조승(祖承)와 이성서(李星瑞) 곤수(崑秀)가 한원(翰苑)에서 〈희우시(喜雨詩)〉를 보내와 화답을 청했다. 드디어 희인과 함께 차운하였다[147]

堂后直中 與沈義人晉賢對坐 李順汝祖承李星瑞崑秀自翰苑送示喜雨詩要和 遂與義人 共次其韻

---

147 【작품해제】이 시는 1783년에 지어진 것으로 추정된다. 당후(堂后)는 승정원 주서의 근무지이다. 한원(翰苑)은 한림원(翰林院) 곧 예문관(藝文館)의 별칭이다. 명고는 1783년 4월에 증광 문과 을과에 급제하여 4월 22일에 정조가 구전으로 승정원 주서에 의망하여 들이라고 명하고, 당일로 주서에 명하였다.《日省錄 正祖 7年 4月 22日》

심진현(沈晉賢, 1747~?)의 본관은 청송(靑松), 자는 희인(義人)이다. 1771년(영조47) 식년시에 생원으로 합격하고 1782년 정시 병과로 급제하여 1783년에 승정원 주서가 되었다. 이조승(李祖承, 1754~1805)의 본관은 연안(延安), 자는 순여(順汝)이다. 1774년(영조50) 정시 병과에 합격하였다. 1781년(정조5) 권지부정자(權知副正字)로 재직하던 중 초계문신(抄啓文臣) 가운데서 강의가 뛰어나다는 이유로 어정경서(御定經書) 1건을 하사받았다. 1783년에 예문관 검열로 재직하였다. 이곤수(李崑秀, 1762~1788)의 본관은 연안, 자는 성서(星瑞), 호는 수재(壽齋)이다. 21세 되던 1782년 별시문과 병과에 급제하여 1783년에 성균관 검열로 재직하였다. 이조승은 정조 5년인 1781년에, 명고와 심진현과 이곤수는 1783년에 초계문신으로 함께 뽑힌 인연도 있는 것으로 보아, 이들은 평소 매우 친했던 사이로 보인다.

승정원에 근무하던 중 단비가 내렸고, 예문관에 근무하던 두 벗이 〈희우시〉를 보내와 화답을 청하기에 그에 따라 지은 시이다. 수련에서는 비가 온 궁궐의 전경을 읊었고 함련에서는 하늘을 감동시킨 임금의 정성을 읊었다. 경련에서는 비 온 뒤 궁궐에 퍼지는 연꽃 향기와 물이 넘치는 어구(御溝)의 모습을 읊었다. 미련에서는 옛 고사를 이어받아 〈희우시〉를 짓는 자신들을 읊어 마무리하였다. 평성 '선(先)' 운을 쓴 측기식 수구용운체 칠언율시이다.

오늘 아침 비가 내려 모든 형상 원만해져 　　　　一霑今朝萬象圓

상림의 푸른 숲에 풍연이 그득하네 　　　　　上林滴翠劇風煙

오랫동안 백성들 바람 저버려 마냥 가물더니 　久懸民望方如渴

끝내 상제의 마음 감격시켜 하늘에서 응험이 있네 終格宸誠驗有天

연꽃의 향기 맑아 베개와 자리에 서늘하고 　菡萏香清凉枕簟

양구의 물결 넘쳐 궁정의 벽돌 파묻혔네 　　楊溝流泛沒庭甎

　장안(長安)의 어구(御溝)를 양구(楊溝)라고 한다. 《장안지(長安志)》에
　나온다.[148]

승명려의 고사를 흔쾌히 목도하노니 　　　　承明故事欣相覩

　《한서》에 엄조(嚴助)가 회계 태수(會稽太守)가 되었을 때 황제가 조서를
　내려 "그대가 승명려(承明廬)에 있는 것에 염증을 느낀다."라고 한 구절에
　대한 장안(張晏)의 주에 "한나라 승명려는 석거문(石渠門) 밖에 있다."라고
　하였다.[149]

148　장안(長安)의……나온다 : 《장안지》는 지금 전하지 않아 상고할 수 없고, 관련
내용은 최표(崔豹)의 《고금주(古今注)》에 나온다. "장안의 어구를 양구(楊溝)라고 하
는데, 그 위에 큰 버드나무를 심어놓았다는 말이다. 한편 양구(羊溝)라고도 하는데,
양들이 궁궐 담장에 뿔 문지르기를 좋아하여 수구(水溝)를 둘러 띄워놓았기 때문에
양구라고 한다.〔長安御溝謂之楊溝, 謂植高楊於其上也. 一曰羊溝, 謂羊喜抵觸垣牆, 故
爲溝以隔之, 故曰羊溝也.〕"하였다.

　【校】이 원주는 교정고 가필사항이다.

149　《한서》에……하였다 : 엄조(嚴助)는 한(漢)나라 회계(會稽) 오현(吳縣) 사람으
로, 무제(武帝) 때 동방삭(東方朔)·사마상여(司馬相如)·오구수왕(吾丘壽王) 등과
함께 총애를 받았다. 승명려는 한나라 때 천자의 노침(路寢)인 승명전 옆에 있던 시신
(侍臣)들의 숙직소(宿直所)이다. 〈엄조전〉에 엄조가 외직을 받아 고향으로 돌아가고
싶어하자, 한 무제가 회계 태수(會稽太守)에 제수하고 난 뒤 조서를 내려 "그대가 승명
려에 있는 것에 염증을 느끼고 시종신의 일을 고단하게 여겨 고향을 그리워하기에 태수
로 내려보내노라.〔君厭承明之廬, 勞侍從之事, 懷古土, 出爲郡吏.〕"라고 한 구절이 있는

비를 기뻐하는 시통을 사선[150]이 창화하네　　喜雨[151]詩筒唱四仙[152]

당(唐)나라 근신 가운데 〈희우시〉에 창화한 이가 있다는 내용이 《백향산집
(白香山集)》 가운데에 보인다. 당후(堂后)에 사선각(四仙閣)이 있으니,
2인의 한림(翰林)과 2인의 주서(注書)를 사선(四仙)이라고 한다.[153]

데, 이 구절에 대한 장안(張晏)의 주에 "승명려는 석거문 밖에 있다. 숙직하면서 묵는
곳을 여라고 한다.〔承明廬在石渠閣外, 直宿所止曰廬.〕"라고 한 것을 가리킨다.《漢書
卷64上 嚴助傳》. 원주의 정보는 원시를 이해하는 데 도움을 주지 못한다.

　　【校】이 원주는 교정고 가필사항이다.

150　사선(四仙) : 승정원의 명고와 심진현, 한림원의 이조승, 이곤수를 말한다.

151　【校】喜雨 : 교정고 수정사항이다. 원글자는 판독할 수 없다.

152　【校】唱四仙 : 교정고 수정사항이다. 원글자는 판독할 수 없다.

153　당(唐)나라……한다 : 비가 내려 근신들에게 창화하게 한 것은 송나라 태종 순화
(淳化) 2년(991) 12월과 진종(眞宗) 상부(祥符) 5년(1012) 3월 20일, 7년(1014) 5월
등의 고사만 확인될 뿐 당나라 고사는 확인되지 않는다. 사선각은 승정원 주서가 근무하
는 당후의 별칭인데, 정약용(丁若鏞)의 《경세유표(經世遺表)》와 《승정원일기(承政院
日記)》 영조 35년 11월 14일 조 기록에는 승정원 주서 2명, 사변가주서 1명, 하변한림
1명이 근무하였다고 한다. 두 개의 원주는 각각 원문의 '희우(喜雨)', '창사선(唱四仙)'
에 대한 것이고, 글씨체와 먹의 색깔로 보아 원문을 수정하고 원주를 가필한 자가 동일
인물로 판단된다. 그러나 가필한 원주의 정보에 신뢰성이 낮으므로 고찰을 요한다.

　　【校】이 원주는 교정고 가필사항이다.

심희인과 함께 식암(息庵)의 시에 차운하여 순여와 성서 두 벗에게 보내어 보여주다[154]

與羲人和息庵韻 送示順汝星瑞兩益

아침마다 가인하여 대궐에 달려가지만	朝朝呵引赴宸淸

　　가인(呵引)은 곧 예문관의 한림과 승정원의 주서를 앞에서 인도하는 조정
　　의 전장(典章)이다.[155]

아전들이 전호하고 나면 의식이 끝나네	小吏傳呼禮數成
도승지의 풍모는 희극과 같고	右位風稜堪戲劇
태평시대 기주는 날씨만 적네	太平記注但陰晴
먼 처마엔 새벽어둠 걷히지 않았고	遙簷不斷[156]霏微色
가까운 나무엔 아직 바람 소리 들리네	近樹猶聞淅瀝聲
제군들이여 부디 힘쓰고 힘쓸지어다	寄語諸君須勉勉
문명의 지극한 기상이 상서로운 별자리에서 생긴다	文明至象瑞躔生

---

154 【작품해제】이 시 역시 앞의 작품과 마찬가지로 1783년에 지어진 것으로 추정된
다. 식암은 김석주(金錫胄)로 짐작되나 단정할 수 없다.《식암유고(息庵遺稿)》에는
이 시의 운자와 같은 시는 없다. 양익(兩益)은 두 익우(益友)이다. 국가가 태평하고
정치가 순조로워 사관(史官)과 한림이 특별히 하는 일이 없음을 노래한 시이다.

　　수련에서는 매일 새벽 대궐에 달려 나가지만 특별한 일 없이 조회가 끝남을 읊었다.
함련에서는 그저 자리만 갖추고 날씨만 쓰는 승정원 도승지와 기주관(記注官)의 일상
을 읊었다. 경련에서는 조회가 하도 빨리 끝나 새벽어둠이 가시기도 전에 파하는 모습을
읊었다. 미련에서는 규수에 문명 기상이 비치므로 다 같이 문장 연마에 힘쓰자고 벗들에
게 격려하여 마무리하였다. 평성 '경(庚)' 운을 쓴 평기식 칠언율시이다.

155 【校】가인(呵引)은……전장(典章)이다 : 교정고 가필사항이다.

156 【校】不斷 : 교정고 수정사항이다. 원래 글자는 판독할 수 없다.

맑은 물 위로 연꽃이 솟아오르다[157] 〈신풍(新豐)〉 1수를 이 위에 놓아야 한다.

清水出芙蓉 新豐一首納在此上

계절 따라 온갖 꽃들 바뀌더니	群芳移節序
연꽃 피는 가을이 가까웠구나	秋意近芙蓉
순결한 바탕은 꾸미기 어렵고	素質難爲餙
붉은 꽃은 저 홀로 아름다워라	紅心獨自丰

157 【작품해제】이 시 역시 앞의 작품과 마찬가지로 1783년에 지어진 것으로 추정된다. 명고가 초계문신으로 뽑힌 뒤 초계문신의 친시(親試)에서 응제작(應製作)으로 지은 작품이다. 시제는 이백(李白, 701~762)의 시 〈안록산의 난이 평정된 뒤 천은으로 야랑에 유배되어……[經亂離後天恩流夜郎憶舊遊書懷贈江夏韋太守良宰]〉에 "맑은 물에 연꽃이 솟아오르니, 천연하여 꾸밈이 없어라.[淸水出芙蓉, 天然去雕飾.]"라고 한 대구에서 뽑은 것이다. 이해 함께 초계문신에 뽑혔던 이곤수의 《수재유고(壽齋遺稿)》 권2 〈은과록(恩課錄)〉에도 같은 제목과 운자를 쓴 오언율시가 실려 있는데, 제목 아래 '친시비교(親試比較)'라는 4자의 원주가 첨기되어 있는 것으로 보아 명고의 이 시와 같은 시기에 지은 것으로 짐작된다.

수련은 이 시를 지은 시기가 7월 무렵임을 알려주고 있다. 함련은 이백의 시구 가운데 '꾸밈이 없다[去雕飾]'는 것을 환골탈태하여 지은 것이다. 경련의 1구는 연꽃이 진흙에 뿌리를 박고 수면 위로 맑게 핀 것을, 2구는 백화가 다투어 피는 봄이 아니라 가을에 핀 것을 노래했다. 미련은 염계 주돈이의 〈애련설〉과 연관시켜 마무리하였다. 평성 '동(冬)' 운을 쓴 평기식 오언율시이다.

【校】제목 원주의 '신풍(新豐)……한다'는 교정고 가필사항이다. 그러나 《명고전집》에는 〈신풍〉이라는 작품이 없다. 또 원래는 제목 아래 '이하 12수는 모두 초계문신 응제작이다.[以下十二首拉抄啓應製]'라는 원주가 있었는데, 이 중 '二' 자가 교정자에 의해 '八'로 수정되었다가, 다시 원주 전체를 지우는 것으로 최종 수정했다.

부평은 그저 수면에만 있고 　　　　　　　　蘋藻猶水面

복사꽃은 단지 봄에만 피지 　　　　　　　　桃李但春容

염계가 비로소 사랑할 줄 알아 　　　　　　　濂老方知愛

　주렴계(周濂溪)의 글에 〈애련설(愛蓮說)〉이 있다.[158]

연못 앞에서 누차 걸음 멈췄지 　　　　　　　臨池屢植笻

158　주렴계(周濂溪)의……있다 : 주돈이(周敦頤)가 만년에 여산(廬山) 염계(濂溪)
가에 은거하면서 연꽃을 사랑하여 '도잠의 국화가 은자의 꽃이라면, 진흙에서 나왔으면
서도 물들지 않고 맑은 물에 씻기면서도 요염하지 않은 연꽃은 군자의 꽃이다.'라는
주제로 〈애련설〉을 지었다.
　【校】 이 원주는 교정고 가필사항이다.

성근 비가 오동나무 잎에 떨어지다[159]

疏雨滴梧桐

서늘한 기운이 가을 앞서 벽오동에 그득터니 　　　　涼氣先秋滿碧桐

옅은 구름에 가랑비가 보슬보슬 내리네 　　　　淡雲輕靄細濛濛

매미는 잎에 숨어 새로운 노래 더하고 　　　　玄蟬抱葉添新響

봉황은 둥지 옮겨 가을바람에 춤추네 　　　　彩鳳移棲舞晚風

　《장자》에 "원추(鵷鶵)는 오동나무가 아니면 앉지를 않고, 연실(練實)이
　아니면 먹지를 않고, 예천(醴泉)이 아니면 마시지를 않는다." 하였다. 이
　구절에 대한 주석에 "원추는 봉황의 새끼이고, 연실은 대나무 열매이다."라
　고 하였다.[160]

어찌 그저 짙은 그늘이 달빛과 어울릴 뿐이랴 　　　可但籠陰宜月色

빗방울이 가지를 씻어내는 것도 보기 좋구나 　　　好看滴翠洗塵叢

때맞춰 만물 적셔줌은 모두 하늘 뜻이니 　　　知時潤物皆天意

---

159 【작품해제】이 시도 앞의 시와 함께 1783년 초계문신 친시에서 지은 응제작으로
추정된다. 시제는 성당(盛唐)의 맹호연(孟浩然, 689~740)이 40세에 경사(京師)에 노
닐며 지은 연구시에 "옅은 구름이 은하수에 맑게 끼고, 성근 비가 오동나무 잎에 떨어지
네.〔微雲淡河漢, 疏雨滴梧桐.〕"라고 한 대구에서 뽑은 것이다. 이곤수의 《수재유고》
권2 〈은과록〉에 역시 같은 제목과 운자를 쓴 칠언율시가 실려 있고, 제목 아래 '친시(親
試)'라는 2자의 원주가 첨기되어 있다.

　수련은 늦여름 오동나무에 보슬비가 내리는 모습을, 함련은 그로 인한 정취를 읊었
다. 경련은 오동나무의 멋이 달빛을 받아 드리우는 짙은 그늘에만 있는 것이 아니라
비를 맞아 싱그러움을 더하는 것도 보기 좋음을 읊었다. 미련에는 때에 맞추어 내려주는
단비를 찬송하였다. 평성 '동(東)' 운을 쓴 측기식 칠언율시이다.

160 【校】장자에……하였다 : 《장자》〈추수(秋水)〉에 나온다. 교정고 가필사항이다.

손자가지 무성하게 뻗어 영원히 번창하리 　　　　繁衍孫枝永不窮

　소동파(蘇東坡)의 시 〈오동(梧桐)〉에 "밑동에 손자가지가 있어 숲에서 돋
아나려 하네.〔下有孫枝欲出林〕"라고 하였다. 이 구절에 대한 주에 "일반
나무는 모두 뿌리가 실하고 지엽이 허한데, 오직 오동만은 이와 반대이다.
그래서 거문고를 만들 때 손자가지를 귀하게 친다." 하였다.[161]

161　소동파(蘇東坡)의……하였다 : 북송의 문인 소식(蘇軾, 1036~1101)의 시 〈차
운자유송천지질(次韻子由送千之姪)〉에 "근년 들어 늙은 가지에 온통 버섯이 피고, 밑
동에 손자가지 있어 숲에서 돋아나려 하네.〔年來老幹都生菌, 下有孫枝欲出林.〕"라고
한 것을 가리킨다. 시의 제목을 〈오동〉이라 한 것은 가필자가 임의적으로 쓴 것으로
보인다. 소식의 시와 주석은 남송 왕십붕(王十朋, 1112~1171)의 《집주분류 동파선생
시(集註分類東坡先生詩)》 21권 19면 전엽(前葉)에 실려 있다.
　【校】이 원주는 교정고 가필사항이다.

새로 돋는 새잎을 따라 새로운 앎을 일으키네[162]

旋隨新葉起新知

| 계속하여 돋아나오는 것이 모두 정신이니 | 往過來續摠精神 |
| 신령한 싹을 배양하여 나날이 새로 자라나네 | 培得靈苗日日新 |

장자(張子)의 시에 "파초의 속잎이 다 자라 새 가지를 펼치면, 새로 말려 올라오는 새잎이 이미 벌써 뒤따라 나오네. 원컨대 새로 올라오는 속잎을 배워 새로운 덕을 기르고, 새로 돋는 새잎을 따라 새로운 앎을 일으키려네." 라고 하였다.[163]

---

162 【작품해제】 이 시도 앞의 시와 함께 1783년 초계문신으로 있을 때 과시(課試)로 지은 응제작으로 추정된다. 시제는 북송의 횡거(橫渠) 장재(張載, 1020~1077)가 지은 시 〈파초(芭蕉)〉에 "파초의 속잎이 다 자라 새 가지를 펼치면, 새로 말려 올라오는 새잎이 이미 벌써 뒤따라 나오네. 원컨대 새로 올라오는 속잎을 배워 새로운 덕을 기르고, 새로 돋는 새잎을 따라 새로운 앎을 일으키려네.〔芭蕉心盡展新枝, 新卷新心暗已隨. 願學新心養新德, 旋隨新葉起新知.〕"라고 한 대구에서 뽑은 것이다. 웅강대(熊剛大)는 이 시의 3, 4구에 대해 "새로 올라오는 속잎을 배워 새로운 덕을 기른다는 것은 '덕성을 높이는 공부'이고, 새로 돋는 새잎을 따라 새로운 앎을 일으킨다는 것은 '학문을 말미암는 공부'이다.〔新心養新德, 尊德性工夫也. 新葉起新知, 道問學工夫也.〕"라고 하였다. 웅강대는 물헌 웅씨(物軒熊氏)이며, 건양(建陽) 사람이고 황간(黃幹)의 제자이다. 《성리군서구해(性理群書句解)》에 주(註)를 달았다. 장재의 시와 웅강대의 주도 《성리군서》에 나온다.

수련에서는 파초 잎이 새로이 돋아나는 것을 학문과 덕의 일신(日新)에 비겨 읊었다. 함련에서는 그늘이 넓고 짙으며 창문에 그림자가 비치는, 곧 파초의 외면적 정취를 읊었다. 경련에서는 속이 비어 있고 빗방울을 뿌리는 속성을 가지고 파초의 정신 경계와 문인적 풍취를 읊었다. 미련에서는 파초가 주돈이의 풀·소옹의 매화와 함께 생생의 뜻을 닮고 있음을 읊었다. 평성 '진(眞)'운을 쓴 평기식 수구용운체 칠언율시이다.

163 【校】 장자(張子)의……하였다 : 교정고 가필사항이다. 원문의 '장자'는 장재이다.

반 이랑 짙은 그늘이 한창 사랑스럽고[164]　　　　半畝繁陰方自愛

여덟 창의 첫 그림자가 더욱 친근해라[165]　　　　八窓初影更堪親

　반묘(半畝)와 팔창(八窓)은 모두 유가의 논의를 사용한 시어이다.[166]

속이 텅 비었으니 마음 보존함의 오묘함을 고요히 보겠고

　　　　　　　　　　　　　　　　　虛中[167]靜看存心妙

내용은 이 시의 【작품해제】 참조.

164　반 이랑……사랑스럽고 : 파초의 넓은 그늘이 시원해 좋다는 뜻이다. '반 이랑'은 본래 주자의 시 〈관서유감(觀書有感)〉에 "반 이랑 네모난 연못이 거울같이 펼쳐져 있으니, 하늘빛 구름 그림자가 함께 비치네. 묻거니 어이하여 그처럼 맑은가? 근원에서 활수가 솟아나기 때문일세.〔半畝方塘一鑑開, 天光雲影共徘徊. 問渠那得淸如許? 爲有源頭活水來.〕"라고 한 것에서 유래한 말이다. 그런데 뒤에 흔히 나무의 그늘을 묘사할 때도 관용어처럼 인용되었는데, 그늘이 제법 넓다는 뜻이다. 매천(梅泉) 황현(黃玹)의 시 〈화선오과운(和善吾課韻)〉에 "글 베낄 책상 놓을 곳 얻은 게 기쁘니, 오동의 반 이랑 맑은 그늘을 맘대로 쓰노라.〔鈔書喜得安床處, 取次淸陰半畝梧.〕" 하였고, 학봉(鶴峯) 김성일(金誠一)의 시 〈경차퇴계선생선몽대운(敬次退溪先生仙夢臺韻)〉에 "반 이랑의 솔 그늘이 푸른 허공에 드리웠으니, 술 마시는 오늘에 흥취가 그 어떠뇨?〔半畝松陰倒碧虛, 玉壺今日興何如?〕" 하였다.

165　여덟……친근해라 : 아침 첫 햇살을 받아 창문에 비친 파초의 그림자가 친근하다는 뜻이다. 팔창(八窓)은 당나라 노륜(盧綸)의 시 〈부득팽조루송양덕종귀서주막(賦得彭祖樓送楊德宗歸徐州幕)〉에 "네 방문과 여덟 창이 환하니, 영롱히 하늘에 가까워라.〔四戶八窓明, 玲瓏逼上淸.〕"라고 한 것을 인용한 표현이다. 이는 《서경》〈순전(舜典)〉에 "사방의 문을 여시고, 사방으로 눈을 밝히시고, 사방으로부터 잘 들리도록 하셨다.〔闢四門, 明四目, 達四聰.〕"라고 한 데서 온 말이다.

166　【校】반묘(半畝)와……시어이다 : 교정고 가필사항이다. 이 뒤에 '사오(四五)' 두 글자가 붙어 있는 것은 이 원주가 4구와 5구 사이에 들어가야 한다는 의미를 표시한 것이다.

167　【校】中 : 교정고 수정사항으로, 원글자는 '心'이다. 번역이나 의미상의 변화는 없다.

웅화(熊禾)가 장자(張子) 시의 의미를 해석하여 "새 속잎을 배워 새 덕을 기른다는 것은 덕성을 높이는 공부이고, 새잎을 따라 새로운 앎을 일으킨다는 것은 학문을 말미암는 공부이다.〔新心養新德 尊德性工夫也 新葉起新知 道問學工夫也〕"라고 하였다.[168]

글씨를 쓰는 솜씨는 도리어 종이를 심은 사람보다 낫구나[169]

灑墨還勝[170]種紙人

당나라 승려 회소(懷素)가 가난하여 종이가 없어 늘 파초를 심어 글씨를 쓰는 것에 제공하였다.[171]

뜨락의 풀 침상의 매화와 함께 모두 완물이지만[172]　庭艸牀梅皆玩物

---

168 【校】웅화(熊禾)가……하였다 : 교정고 가필사항이다. 내용은 이 시의【작품해제】참조. 원주에서 장재의 시를 해석한 사람을 두고 웅화(熊禾)라고 한 것은 웅강대를 웅화와 동일인으로 착각한 오류로 보인다. 시 원문의 존심(存心)을 웅강대의 주석에서 말한바 '존덕성공부(尊德性工夫)'로 설명하기 위해 인용하였다.

169 글씨를……낫구나 : 쇄묵(灑墨)은 파초 잎에 비가 떨어져 뿌려지는 것을 마치 파초가 글씨를 쓰는 것으로 보아 비유한 표현이다. 종이를 심은 사람은 당나라 회소(懷素, 725~785)이다. 자신이 기른 파초가 시원히 빗방울을 뿌리며 글씨를 쓰니, 글씨 쓸 종이를 얻기 위해 파초를 심었던 회소보다 자신의 파초가 도리어 낫다는 의미이다. 회소는 당나라의 승려로 초서(草書)에 뛰어났는데, 글씨를 연습하기 위해 암자 부근 몇 리에 걸쳐 1만 그루의 파초를 심어 그 잎을 따서 글씨 연습을 했다고 한다. 비슷한 이야기가 《고금사문유취》, 《옥해》, 《기찬연해》 등에 나온다. 여기서는 그림으로 바꾸어 말했다.

170 【校】還勝 : 교정고 수정사항이다. 원글자는 판독할 수 없다.

171 【校】당나라……제공하였다 : 교정고 가필사항이다. 내용은 앞의 주169 참조.

172 뜨락의……완물이지만 : 북송의 성리학자 주돈이(周敦頤)가 창 앞 뜨락에 풀이 무성히 자라도 베지 않기에 어떤 사람이 그 까닭을 물었더니, "나의 의사와 같다.〔與自家意思一般〕"라고 하였다. 이 말은 풀의 '살려는 뜻〔生意〕'이 자신의 살려는 뜻과 같기 때문에 베지 않는다는 뜻을 담고 있다. 주돈이는 풀에서 천지가 생생(生生)하는 뜻을 보았던 것이다. 《近思錄 卷14》

뜨락의 풀은 주자(周子 주돈이)의 고사이고, 침상의 매화는 소자(邵子 소옹)
의 고사이다.[173]

일반의 생의[174]를 그득히 차지하였네   一般生意占氤氳

〈그림 5〉 파초

매화는 북송의 소옹(邵雍)이 매화를 보고 미래를 점치는 법, 곧 매화역(梅花易)을
창안한 것을 가리킨다. 소옹은 침상의 분매에서 천지 생생의 이치를 보았던 것이다.
《邵康節 易數一撮金》

173 【校】뜨락의……고사이다 : 교정고 가필사항이다. 내용은 151쪽 주172 참조.

174 일반(一般)의 생의(生意) : 151쪽 주172 참조.

만년지[175]

萬年枝

궁궐 숲 우듬지에 아침노을 붉게 물들 때	絳霞初拂上林枝
연못 푸르고 울타리 누레 기이함을 뽐내네	池翠籬黃競妬奇
경사스런 날이 지금 또 이달에 더해지니	慶節於今添是月

양조(兩朝)의 경절(慶節)이 모두 구추(九秋)에 있고, 춘궁(春宮)의 탄신이 또 이달에 더해졌다.[176]

---

175 【작품해제】이 시는 1783년 9월 7일 혹은 이듬해 1784년 9월 23일에 치러진 초계문신 친시에서 응제작으로 지은 것으로 추정된다. 만년지(萬年枝)는 임금에 대한 축수의 의미로 대궐에 심던 만년청(萬年靑)이란 상록수이다. 겨울에도 늘 푸르기 때문에 동청(冬靑)이라고도 한다. 송 휘종(宋徽宗)이 〈만년지상태평작(萬年枝上太平雀)〉이란 제목으로 시제를 내어 제생(諸生)을 시험한 고사가 있다. 이로 보아 이 시의 제목은 임금의 경절을 기념하기 위한 자리에서 지어진 것이 분명한데, 영조와 정조의 생일이 모두 9월이므로 이를 경축하기 위해 초계문신 친시를 보인 것으로 추정된다. 정조는 재위 17년인 1793년 11월에도 '만년지'라는 시제로 초계문신들에게 오언십언율시를 짓게 한 일이 있지만, 작품이 편차된 순서로 보아 이때의 일은 아닌 것으로 보인다.

수련에서는 가을을 맞은 궁궐 숲을 읊었다. 함련에서는 양조의 경절과 세자의 탄일이 있는 가을이 돌아왔음을 노래했다. 경련에서는 군주의 축수를 위해 심어놓은 만년지의 모습을 묘사했다. 미련에서는 정조가 이날 읊은 시를 모아 만든 시첩을《만년부서지》라 이름 붙일 것이라고 하자, 참여한 문신들이 모두 축시를 지어 올리는 장면으로 마무리하였다. 평성 '지(枝)' 운을 쓴 평기식 수구용운체 칠언율시이다.

176 양조(兩朝)의……더해졌다 : 영조(英祖)의 생일이 1694년 음력 9월 13일이고, 정조(正祖)의 생일이 1752년 9월 22일이고, 문효세자(文孝世子)의 생일이 1782년 9월 7일이기 때문에 이렇게 말한 것이다. 9월 7일에 정조는 경모궁(景慕宮)에 전배하고 초계문신 친시를 거행하였는데, 선왕 영조의 경절을 기념하기 위한 것으로 생각된다.

【校】이 원주는 교정고 가필사항이다.

가을색은 예로부터 기약한 듯 돌아왔네 　　　秋容從古報如期

섬돌에 서린 뿌리는 비단을 오린 듯 곱고 　　　根蟠玉陛疑裁錦

부시에 걸린 잎새는 연지를 찍은 듯 붉네 　　　葉綴銅罳若染脂

　옛사람의 시에 "온 숲에 비단처럼 가을색이 서리어, 모든 잎이 발갛게 밤
　서리에 물들었네.〔一林蜀錦橫秋色 萬葉臙脂染夜霜〕"라고 하였다.[177]

이에 《만년부서지》라는 이름을 내리니[178] 　　肇錫萬年符瑞志

　심약(沈約)이 《송서(宋書)》를 지을 때 〈부서지(符瑞志)〉를 새로이 만들었
　다.[179]

사신들 화축[180] 올리려 또 새로운 시 짓네 　　詞臣華祝又新詩

---

177 【校】옛사람의……하였다 : 교정고 가필사항이다. 옛사람과 시는 미상이다.

178 이에……내리니 : 시의 흐름으로 보아 이날 초계문신을 비롯한 문신들이 〈만년
지〉라는 제목으로 지은 시들을 모아 《만년부서지(萬年符瑞志)》라는 시첩을 만든 것으
로 추정되나 확인되지 않는다. 뒷날의 고찰을 기다린다.

179 심약(沈約)이……만들었다 : 심약(441~513)은 남조 양(梁)나라의 문인관료이
다. 자가 휴문(休文)으로 오흥군(吳興郡) 무강현(武康縣) 사람이다. 《송서》를 편찬할
때 〈부서지(符瑞志)〉 3권을 만들었다. 〈부서지〉는 고대로부터 역대 성왕현주(聖王賢
主)나 개국조의 탄생설화를 소개하고 상서로운 징조를 기린·봉황·신조(神鳥)·황
룡·영귀(靈龜)에서 감로(甘露)에 이르기까지 25종으로 나누어 모아 담았다.

　【校】이 원주는 교정고 가필사항이다.

180 화축(華祝) : 화봉삼축(華封三祝)의 준말로, 송축(頌祝)을 나타내는 말로 쓰인
다. 화(華)라는 땅의 봉인(封人)이 수(壽), 부(富), 다남자(多男子)라는 세 가지 일로
요(堯)임금에게 축원했다 하여 생긴 말이다. 《莊子 天地》

[교정고 삭제 표시작]

만절향[181]
晚節香

곱게 핀 가을 국화	秋菊有佳色
동쪽 울 아래 한 묶음 향기롭네	東籬一束香
단지 만절을 자랑할 뿐	祗應誇晩節
봄꽃과 다투려 하지 않네	不肯競春芳
서리 속에서 고고하게 빼어나	霜下知爲傑

181 【작품해제】이 시를 지은 시기는 정확히 알 수 없다. 다만 정조 9년인 1785년 9월 26일에 초계문신의 친시와 선전관(宣傳官)의 시강(試講)을 행하였는데, 이날의 시제가 '우선 국화의 만절 향기를 보노라〔且看寒花晚節香〕'였다. 그런데 이날의 《일성록》 기사에 명고가 사정이 있어 초계문신 친시에 참석하지 않았다는 황경원의 말이 실려 있다. 따라서 명고가 이후 어느 시기에 친시에 내려진 시제를 가지고 이 작품을 지었을 가능성이 있다. 뒷날의 고찰을 기다린다. 그런데 만약 이 시가 1785년 작이라면, 지어진 순서대로 편차한 본서의 성격으로 볼 때 이 시는 조금 뒤로 옮겨져야 할 것으로 보인다. 뒷날의 고찰을 기다린다.

    시제의 구절은 송나라 한기가 중양절에 지은 〈구일수각〉에서 뽑은 것이다. 한기의 시는 131쪽 주118 참조. 국화가 문인의 사랑을 받은 것은 도잠이 "동쪽 울타리 아래에서 국화 꽃잎 따다가, 물끄러미 남산을 바라보노라.〔采菊東籬下, 悠然見南山.〕", "곱게 핀 가을 국화, 이슬 머금은 그 꽃잎 따다, 시름 잊게 해주는 술에 띄우고서, 세상 잊은 나의 맘을 더욱 멀리하노라.〔秋菊有佳色, 裛露掇其英. 汎此忘憂物, 遠我遺世情.〕"라고 읊은 데서 유래한 바, 이 작품도 전체적으로 도잠의 시가 지닌 정서에 기초하고 있다. 수련에서는 동쪽 울타리 아래 핀 국화를 읊었고, 함련과 경련에서는 서리에 꺾이지 않는 국화의 만절 향기를 읊었으며, 미련에서는 중양절의 풍류를 읊어 마무리하였다. 평성 '양(陽)' 운을 쓴 측기식 오언율시이다.

음기 속에서 홀로 양기 보존하네   陰中獨葆陽

군자의 사랑을 가장 많이 받아   最多君子愛

중양절이면 술잔에 노랗게 뜨지   令辰泛樽黃

〈그림 6〉 국화

남전에 햇볕 따사로울 때 옥에서 아지랑이 피어오르네[182]
藍田日暖玉生煙

천척의 낭간[183]을 남전에 심었더니　　　　　琅玕千尺種藍田

부윤[184]이 가만히 금슬과 통하네[185]　　　　孚尹潛通錦瑟邊

182 【작품해제】이 시를 지은 시기는 정확히 알 수 없으나, 작품이 편차된 순서로 보아 역시 1783~1784년 사이의 초계문신 친시에서 지어진 것으로 추정된다. 남전(藍田)은 장안의 동쪽에 있는 옥의 산지이다. 이 시의 제목은 당(唐)나라 시인 옥계생(玉谿生) 이상은(李商隱, 812~858)의 시 〈금슬(錦瑟)〉에 "비단 거문고 무슨 일로 쉰 개의 현이 되었나? 한 줄 한 발이 청춘을 그립게 하네. 장주는 새벽꿈에 호랑나비 되었고, 망제는 고향 그리는 마음을 소쩍새 되어 토했네. 창해에 달 밝을 제 교인들 눈물 흘리고, 남전에 햇볕 따사로울 제 옥돌에 아지랑이 피네. 이 마음 추억이 될 날 기다릴 수 있으랴. 지금 이미 아득해진 것을.〔錦瑟無端五十弦? 一弦一柱思華年. 莊生曉夢迷蝴蝶, 望帝春心託杜鵑. 滄海月明珠有淚, 藍田日暖玉生煙. 此情可待成追憶, 只是當時已惘然.〕"이라고 한 대구에서 뽑은 것이다. 남전은 오늘날 섬서성(陝西省) 남전현(藍田縣)으로 대표적인 중국의 옥 생산지이다.

　전체적으로 이상은의 시에 바탕하여 읊은 구절이 많다. 수련에서 남전옥을 제시하고, 함련에서 남전옥의 특성을 읊었다. 경련에서 남전옥의 정치적 효용을 말하고, 미련에서 남전옥의 음악적 효용을 말하였다. 평성 '선(先)' 운을 쓴 평기식 수구용운체 칠언율시이다.

183 낭간(琅玕) : 비취색 또는 청백색을 띠는 옥이다. 전하여 푸른 대나무라는 뜻으로 흔히 쓰이지만, 여기서는 대나무처럼 푸른 옥을 뜻한다.

184 부윤(孚尹) : 옥이 지닌 덕성을 뜻하는 말인데, 여기서는 옥피리의 음률이란 의미로 쓰였다. 공자가 "대저 옛날에 군자는 덕을 옥에 비겼으니, 온윤하되 윤택함은 인(仁)이요……부윤이 사방에 두루 이름은 신(信)이다.〔夫昔者君子比德於玉焉. 溫潤而澤仁也, ……孚尹旁達信也.〕"라고 하였는데, 정현(鄭玄)의 주(注)에서는 "옥의 채색을 말한다."

좋은 재질 온화하여 처음엔 돌을 윤택케 하더니[186]　　美質溫溫初潤石

아침 햇살 찬연할 제 다시 아지랑이 피워올리네　　朝暉燦燦更生煙

단지 율려를 가지고 화기를 조화롭게 할 뿐　　但將律呂調和氣

매괴로 거문고를 꾸미려는 것은 아니네[187]　　非是玫瑰餙雅絃

새벽 나비 봄 두견이의 무한한 뜻이　　曉蝶春鵑無限意

옥으로 마무리되어 음악이 완성되었네[188]　　終條玉振樂之全

라고 하였고, 육전(陸佃)은 "신정(信正)과 같다."라고 하였다. 《禮記 聘義》

185 금슬과 통하네 : 금슬(錦瑟)은 표면을 비단 무늬 모양으로 옻칠하여 장식한 거문고이다. 통한다는 것은 옥피리의 음률이 비단 거문고의 음률과 잘 어울린다는 뜻이다.

186 좋은……하더니 : 좋은 재질은 남전옥과 같은 좋은 홍을 뜻하고, 돌은 그 옥을 감싸고 있는 바위를 뜻한다.

187 단지……아니네 : 남전의 옥을 캐는 목적은 옥피리를 만들어 율려(律呂)를 정확히 측정하여 나라의 정치를 조화롭게 조율하려는 것에 있지 그 옥돌로 거문고를 장식하려는 데에 있는 것은 아니라는 의미이다.

188 새벽……완성되었네 : 이상은의 시 〈금슬〉의 함련에 바탕하여 읊은 구절이다. '새벽 나비'는 장자(莊子)의 호접몽(胡蝶夢) 고사에 전거를 둔 것으로 유유자적하게 살고 싶은 소망을 뜻하고, '봄 두견이'는 망제(望帝)의 두우(杜宇) 고사에 전거를 둔 것으로 고향에 돌아가고픈 간절한 그리움을 뜻하는 것으로 보인다. 곧 옥피리와 비단 거문고를 가지고 호접몽(蝴蝶夢)과 망제혼(望帝魂)의 무한한 뜻을 담은 악곡을 연주했다는 뜻으로 짐작된다. 옥으로 마무리되어 음악이 완성되었다는 것은 맹자의 말에 전거를 둔 표현이다. 맹자는 "집대성이란 바로 음악을 연주할 때 금속 악기인 징으로 시작하여 옥으로 만든 경쇠로 거두는 것과 같은 것이다. 징으로 소리를 낸다는 것은 시작의 조리요, 경쇠로 거둔다는 것은 마침의 조리이니, 시작의 조리는 지혜의 일이요, 마침의 조리는 성스러운 일이다.〔集大成也者, 金聲而玉振之也. 金聲也者, 始條理也；玉振之也者, 終條理也. 始條理者, 智之事也；終條理者, 聖之事也.〕"라고 하였다. 《孟子 萬章下》

〔교정고 삭제 표시작〕

귤로[189]

橘老

묘고의 빙설은 아득한 옛일이지만	藐姑氷雪隔先天
묘고빙설(藐姑氷雪)의 고사는《장자》에 보인다.[190]	
《귤보》엔 근래의 기이한 일들 전하네	橘譜年來異事傳
한 줄기 맑은 향[191]은 도사를 오게 하고	一瓣淸香歸道士

---

189 【작품해제】이 시를 지은 시기는 정확히 알 수 없으나, 작품이 편차된 순서로 보아 1783~1784년 사이에 지어진 것으로 짐작된다. 명고가 이 무렵《귤보(橘譜)》라는 책을 입수해 읽고 읊은 것이다. 명고가 읽은《귤보》가 어떤 책인지 알 수는 없으나 시의 내용으로 보아 명고 당대에 조선에서 지어진 것으로 보이는데, 신선 이야기가 등장하는 것으로 서술한 시의 내용으로 보건대 정운경(鄭運經, 1699~1753)의〈귤보 (橘譜)〉는 아닌 듯하다.

수련에서《귤보》가《장자》와 비슷한 성격의 책임을 말하였고, 함련에서《귤보》에 담긴 내용이 도사와 신선들을 다시 세상에 나타나게 할 만큼 흥미로운 이야기임을 읊었다. 경련과 미련에서《귤보》의 이야기가 모두 신빙하기 어려운 터무니없는 기담임을 말하였다. 평성 '선(先)' 운을 쓴 평기식 수구용운체 칠언율시이다.

190 묘고빙설(藐姑氷雪)의……보인다 :《장자》〈소요유(逍遙遊)〉에 "묘고야산에 신인이 산다. 살결은 얼음이나 눈처럼 희고, 얌전한 자태는 마치 처녀 같다. 오곡을 먹지 않고 바람과 이슬을 마시며, 구름을 타고 날아다니는 용을 몰아 사해의 밖에 노닌다.〔藐姑射之山, 有神人居焉. 肌膚若冰雪, 淖約若處子, 不食五穀, 吸風飮露, 乘雲氣, 御飛龍, 而遊乎四海之外.〕"라고 한 것을 가리킨다.

【校】이 원주는 교정고 가필사항이다.

191 한 줄기 맑은 향 : 일판향(一瓣香)은 본디 선가에서 사용하던 향의 일종인데, 여기서는 그냥 귤꽃의 향기를 가리키는 것으로 보인다.

사방의 진귀한 잎은 신선을 기다리네   四隣珍葉待神仙

끝내 제동야인의 황당한 이야기[192]로 하여금   終令齊野荒唐說

부질없이 파원의 기궤한 책에 실리게 하였네[193]   謾托巴園弔詭篇

응주나 옥진[194]이 도리어 있겠는가?   凝酒玉塵還有否

---

192 제동야인(齊東野人)의 황당한 이야기 : 함구몽(咸丘蒙)이 "순(舜)이 천자가 되자 옛 천자인 요(堯)도 순에게 조회를 하고, 순의 부친인 고수(瞽瞍)도 순에게 조회를 했다는 말이 있다. 사실인가?"라고 묻자, 맹자가 "이러한 말은 군자의 말이 아니라 제나라 동쪽 시골 사람들의 말이다.〔此非君子之言, 齊東野人之語也.〕"라는 요지로 대답한 데서 온 말이다. 곧 근거 없고 황당한 이야기란 뜻이다.《孟子 萬章上》

193 부질없이……하였네 : '파원(巴園)의 기궤한 책'은 귤과 관련한 기이한 이야기를 모아 묶은 《귤보》를 가리킨다. 파원은 《현괴록(玄怪錄)》 '파공인(巴邛人)'과 《태평광기(太平廣記)》 '파공인(巴邛人)' 등에 실린 전설에 전거를 둔 말이다. "파공(巴邛)이라는 사람은 누구인지 모른다. 귤 과수원을 가꾸었는데, 큰 눈이 내린 뒤 귤들을 수확하고 나니 서 말들이 옹기만한 두 개의 커다란 귤이 있었다. 파공이 이상하게 여겨 귤을 따서 갈라보니 각각의 귤마다 두 늙은이들이 앉아서 장기를 두었는데, 모습이 상산사호처럼 눈썹이 희고 피부가 붉고 윤택했다. 귤을 가른 뒤에도 놀라지 않고 다만 내기 장기만을 두었다.〔有巴邛人, 不知姓. 家有橘園, 因霜後, 諸桔盡收, 餘有二大桔, 如三四斗盎. 巴人異之, 卽令攀摘剖開, 每桔有二老叟, 鬚眉皤然, 肌體紅潤. 剖開後, 亦不驚怖, 但與決賭.〕"는 줄거리의 이야기이다. 적궤(弔詭)는 《장자》〈제물론(齊物論)〉에 "구(丘)와 너는 모두 꿈속에 있으며, 내가 너에게 이처럼 꿈이라고 말하는 것도 꿈이다. 이러한 말을 이름하여 '적궤'라 한다.〔丘也與女皆夢也, 予謂女夢, 亦夢也. 是其言也, 其名爲弔詭.〕"라고 한 데서 온 말이다. 적(弔)의 음은 '적(的)'으로 '지극하다〔至〕'는 의미이니, 적궤는 '지극히 궤이한 이야기'라는 뜻이다.

194 응주(凝酒)나 옥진(玉塵) : 신선들이 먹는 술이나 보배를 말한다. 앞에 소개한 《현괴록》과 《태평광기》에서 이어지는 이야기에 나온다. "내기가 끝나자 한 노인이 '자네가 내게 졌네. 해룡신의 제7녀의 머리털 10냥과 지경액황 12매, 자견피 1부, 강대산의 하보산 2유, 영주의 옥진 9곡, 아모의 요수와 응주 4종지, 아모의 딸 태영낭자의 제허용호말 8냥을 뒷날 왕선생의 청성초당에서 나에게 주게.〔賭訖. 叟曰君輸我海龍神第七女

십주의 외사[195]가 너무나 터무니없네　　　　　　　十洲外史太荒顚

髮十兩, 智瓊額黃十二枚, 紫絹帔一副, 絳臺山霞寶散二庚, 瀛洲玉塵九斛, 阿母療髓凝
酒四鍾, 阿母女態盈娘子躋虛龍縞襪八兩, 後日於王先生靑城草堂還我耳.]" 하였다.

195　십주의 외사 : 신선 세계의 이야기라는 뜻이다. 십주(十洲)는 신선들이 산다고
전해지는 전설상의 10개의 섬이다. 조주(祖洲), 영주(瀛洲), 현주(玄洲), 염주(炎洲),
장주(長洲), 원주(元洲), 유주(流洲), 생주(生洲), 봉린주(鳳麟洲), 취굴주(聚窟洲)
등이다. 외사(外史)는 정사에 실릴 이야기가 아닌 패사(稗史) 기담(奇談)을 말한다.

경침[196]
警枕

촛불 밝히고 꼿꼿이 앉아 세월 보내셨거늘	焚膏兀兀自窮年

한유의 〈진학해(進學解)〉에 "등잔불 밝혀 밤낮 쉬지 않고, 항상 꼿꼿이
앉아 세월을 보내곤 하였다.〔焚膏油以繼晷 恒兀兀以窮年〕"라고 하였다.[197]

무엇 때문에 선생의 베개는 둥글었던가?[198]	底事先生一枕圓
성공은 야기를 보존하는 게 가장 좋으니[199]	最妙聖功存夜氣

---

196 【작품해제】이 시를 지은 시기는 정확히 알 수 없으나, 작품이 편차된 순서로
보아 역시 1783~1784년 사이에 지어진 것으로 짐작된다. 젊어서 부지런히 학문에 정진
하여 만년에 사마광(司馬光, 1019~1086)을 능가하는 유능한 재상이 되어 왕정을 훌륭
히 보좌하리라는 포부를 은근히 담았다. 경침(警枕)은 나무를 공처럼 둥글게 깎아 만든
베개이다. 경침을 베고 설핏 잠이 들기만 하면 곧장 경침이 굴러 잠이 바로 깬다. 사마광
이 처음 사용한 이래 많은 유자들이 이 목침을 이용하였다.

수련에서는 굳이 경침을 만들지 않아도 될 만큼 학문에 정진했던 사마광을 읊었다.
함련에서는 유학의 공부는 무조건 잠을 참아가며 열심히 하는 것에 있지 않고, 마음을
함양하여 인의를 보존하는 것이 본령임을 말하였다. 경련에서는 사마광이 야기를 보존
한 채 첫새벽에 일어나 맑은 기운을 체험하는 장면을 상상하여 묘사하였다. 미련에서는
어느 정도 이룬 공부에 만족하지 않고 더욱 독실하게 노력하여, 마침내 경전 공부에
바탕하여 만년의 상업을 이룬 사마광을 읊었다. 사마광의 모습에 은근히 자신의 미래를
투영하였다. 평성 '선(先)' 운을 쓴 평기식 수구용운체 칠언율시이다.

197 【校】한유의……하였다 : 교정고 가필사항이다.

198 무엇……둥글었던가 : 애초에 베개를 베지 않으므로 베개를 굳이 둥글게 만들고
말고 할 필요가 없었다는 말이다. 선생은 사마광을 가리킨다.

199 성공은……좋으니 : 성공(聖功)은 성인이 되고자 하는 공부, 곧 유학의 공부를
말한다. 야기(夜氣)는 외물을 접하지 않는 밤중에 보존되는 생래 본연의 맑은 기운이

쓴 약 먹어가며 단잠을 흔들어 깨울 필요 없어라　不須苦劑攪酣眠

　당나라 유공작(柳公綽)이 "고삼(苦蔘), 황련(黃連), 웅담(熊膽)을 가루로 내었다. 이것을 반죽하여 환을 만들어 여러 아들들에게 나누어주었다. 매양 긴긴밤에 공부할 때 이것을 입에 머금어 근면한 노력을 도왔다.[200]

일어나 은하수에 새벽 별빛 반짝이는 걸 보고　　起看河曲寒星爛

깨어나 침상 맡에서 새벽 옥루 소리 들었어라　　驚聽床頭曉漏傳

이미 칠분에 이르렀으나 더욱 독실히 노력하였으니　已到七分猶慥慥

　선유(先儒)가 사마온공(司馬溫公)을 두고 칠분인이라고 하였다.[201]

다. 맹자는 사람이 타고난 인의와 양심을 자꾸 잃어버리는 것을 제나라 도성 앞의 민둥산에 비기면서 "나무가 밤낮 자라나는 것과 첫새벽의 맑은 기운은 그 살고 싶어하는 마음이 사람과 다름없는 공통의 본성인데, 낮에 소를 먹이고 땔감을 하여 옥죄고 죽여버리는 것이다. 옥죄고 죽여버리기를 반복하면 야기가 보존될 수 없다. 마찬가지로 야기가 보존되지 않으면 사람도 인의를 잃어 짐승과 다를 바 없게 된다. 야기가 없어져 짐승처럼 된 사람을 보고 '그에게는 본래 착한 본성이 없었다.'라고 하는데, 이것이 어찌 사람의 본성이겠는가?〔日夜之所息, 平旦之氣, 其好惡與人相近也者幾希, 則其旦晝之所爲, 有梏亡之矣. 梏之反覆, 則其夜氣不足以存. 夜氣不足以存, 則其違禽獸, 不遠矣. 人見其禽獸也, 而以爲未嘗有才焉者, 是豈人之情也哉?〕"라고 하였다. 《孟子 告子上》

200 【校】당나라……도왔다 : 교정고 가필사항이다. 유공작의 부인의 고사이다. 《소학》 제6 〈선행〉에 실려 있다.

201 선유(先儒)가……하였다 : 선유는 북송의 학자 소옹(邵雍, 1011~1077)이다. 사마온공은 북송의 학자요 관료인 사마광(司馬光, 1019~1086)이다. 칠분인(七分人)은 '70퍼센트의 공부를 이룬 사람' 곧 공부가 어지간히 된 사람이라는 뜻이다. 《송명신언행록(宋名臣言行錄)》과 《문견록(聞見錄)》에 소옹이 사마광을 두고 '실지에 발을 디디고 있는 사람〔脚踏實地人〕' 또는 '구분의 공부를 이룬 사람〔君實九分人〕'이라고 칭찬하였다는 기록이 실려 있지만, 사마광을 두고 '칠분인'이라고 한 기록은 없다. 《학림옥로(鶴林玉露)》에 "사대부가 청렴하면 칠분인은 된 것이다.〔士大夫淸廉, 便是七分人了.〕"라는 양장유(楊長孺)의 말이 실려 있는데 조선 시대 문인들이 타인을 칭찬할 때 쓴 칠분인은 모두 여기서 유래한 것이다. 가필자가 두 문헌의 기록을 혼동한 듯하다.

늘그막의 상업은 유편에 힘입은 것이라오[202]   晚來相業賴遺篇

【校】 이 원주는 교정고 가필사항이다.

202 늘그막의……것이라오 : 상업(相業)은 재상의 직임을 훌륭히 수행할 수 있는 능력으로, 구체적인 덕목은 정도전(鄭道傳)의 《경제문감(經濟文鑑)》을 참고할 수 있다. 사마광이 젊어서 상업(相業)은 있었으나 학술(學術)이 부족했던 까닭에 일을 처리하는 데 착오가 있었고 그의 저서(著書)에도 의리에 잘못이 없지 않다는 평을 받는다. 유편(遺篇)은 성인이 남기신 책, 즉 경서이다. 송(宋)나라 정승 조보(趙普)가 태종(太宗)에게 말하기를, "신이 《논어》 반부(半部)를 가지고 태조(太祖)를 보좌하여 천하를 평정하였으니, 반부를 가지고 폐하를 보좌하여 태평의 정치를 이룩하겠습니다." 하였다. 요약하자면 아무리 역량이 있는 이라 할지라도 만년에 상업을 온전히 이루려면 젊어서부터 부지런히 경서를 읽어 상업을 보완해야 하는데, 사마광은 이미 칠분의 공부를 이루고도 더욱 노력했으니 그가 만년에 이룬 큰 상업은 모두 경전을 공부한 힘이라는 뜻이다.

시월에 도성 사람들이 난선(暖扇)을 마련하네[203]
十月都人供暖箑

굴나무 푸르고 등자나무 누런 작은 봄이라   橘綠橙黃屬小春

《세시기(歲時記)》에 "동지를 작은 봄이라고 한다.〔冬至謂之小春〕"하였다.[204]

203 【작품해제】 이 시를 지은 시기는 정확히 알 수 없으나, 제목과 작품이 편차된 순서와 제목으로 보아 1783~1784년 사이 치러진 초계문신 친시에서 지은 것으로 짐작된다. 난선(暖扇)은 얼굴을 가리거나 찬 바람을 막기 위해 비단이나 모피를 대어 만든 방한용 겨울 부채이다. 시제는 원나라 구양현(歐陽玄, 1273~1357)의 시에 "시월에 도성 사람들이 난선을 마련하네.〔十月都人供暖箑〕"라고 한 데서 뽑았다. 이 시구는 《승암집(升菴集)》 권67 〈상상화롱(象床火籠)〉에 실려 있다. 참고로 구양현의 《어가오(漁家傲)》라는 사집(詞集)에는 구양현이 지은 사(詞)에 "11월에 도성 사람들이 난각에 거처하고, 12월에 도성 사람들이 난선을 마련하네.〔十一月都人居暖閣, 十二月都人供暖箑.〕"라고 노래하였다고 한다. 우리나라에는 한치윤(韓致奫, 1765~1814)의 《해동역사(海東繹史)》와 이규경(李圭景, 1788~?)의 《오주연문장전산고(五洲衍文長箋散稿)》에만 관련 기록이 있을 뿐 여타 문헌에는 확인되지 않아, 당시 이 시구를 어느 문헌에서 보고 뽑은 것인지는 확인할 수 없다.

수련은 날씨가 따뜻해져 굴나무와 등자나무가 물이 오른 10월의 모습과 난선을 만드는 10월의 서경 풍속을 읊었다. 함련은 계절에 따라 사람들이 대자리와 갖옷을 취하고 버리는 것을 읊었는데, 이 구절 속에 부채만은 사시사철 사람들의 사랑을 받고 있다는 뜻이 담겨 있다. 경련은 여름에는 시원한 바람을 일으키기 위해 부채를 사용하고 겨울에는 찬 바람을 막기 위해 부채를 사용하는 것을 읊었다. 미련은 시로 세시의 풍속과 부채를 읊은 소감을 말하여 전체 내용을 마무리하였다. 평성 '진(眞)' 운을 쓴 측기식 수구용운체 칠언율시이다.

204 세시기(歲時記)에……하였다 : 《형초세시기(荊楚歲時記)》에 "10월은 날씨가 따

서경에서 도성 사람들 또 난선을 만드네	西京暖扇又都人
우스워라 무늬 고운 대자린 가을이면 치워지고	笑他文簞三秋屛
매양 가벼운 갖옷과는 시월이면 친하게 지내네	每共輕裘十月親
부채질이 어찌 시원한 바람 맞이할 뿐이리요	翩反豈惟迎爽氣
둥근 그 모습은 싸늘한 티끌 막기 위해서라오	團圓爲是蔽涼塵
아름다운 시구로 시절 물건을 읊으니	好將佳句添時物
풍토기 중의 일이 더욱 새롭구나	風土記中事更新

스하여 흡사 봄과 같기 때문에 소춘이라 한다.〔十月天氣和暖似春故名曰小春〕하였으
며, 구양현의 《어가오》에 "시월이라 소춘에 매화꽃 터지네.〔十月小春梅蕊綻〕라고 하
였다는 기록이 《광세시기(廣歲時記)》 등에서 확인되나, 동지를 소춘이라고 한 세시
관련 문헌은 없다. 또 제목에서 10월을 말하였으므로 시 원문의 소춘은 동짓달인 11월과
는 무관하다. 동지는 흔히 '작은설'이라는 의미로 '아세(亞歲)'라고 한다. 가필자가 소춘
과 관련한 원주를 달면서 약간의 혼동을 일으킨 듯하다.

【校】 이 원주는 교정고 가필사항이다.

방야[205]

放夜

순라군의 야금은 사흘 동안 풀렸고	邏警弛三夜
보름이라 달빛은 다리에 그득하구나	佳辰月滿橋
집집마다 옥루 소리 들려올 제	千門遲[206]報漏
거리마다 아침 되어서야 돌아가네	九陌乍回朝

205 【작품해제】 이 시를 지은 시기는 정확히 알 수 없으나, 작품이 편차된 순서로 보아 1783~1784년 사이에 지어진 것으로 짐작된다. 방야(放夜)는 정월 대보름을 맞아 열나흘부터 열엿새까지 사흘 동안 금오위(金吾衛)에서 야간 통금을 해제하는 것을 말한다. 통금이 해제되면 도성의 사녀(士女)들이 밤새 광통교를 중심으로 한 서울의 열두 다리를 밟는다. 방야와 관련한 정조 때의 기록으로는 《정조실록》과 《일성록》의 1791년 (정조15) 1월 13일 자에 "3일간 야금을 풀고〔弛禁夜三日〕 숭례문(崇禮門)과 흥인문(興仁門)의 빗장을 잠그는 것을 중지하도록 명하여, 도성의 백성들이 성을 나가 답교(踏橋)하는 것을 허락하였다. 얼음을 타는 것은 허락하지 않았다."라고 한 것이 보이고, 다른 해에는 방야와 관련한 언급을 찾아볼 수 없다. 그러나 1791년의 방야에 대한 언급은 백성들이 배다리 구경 때 얼음물에 익사하는 일이 없도록 하라는 말을 하기 위해 특별히 언급된 것이고, 세시기류의 문헌이나 문집의 시문에 묘사된 여러 정황으로 보아 방야는 매해 관례적으로 이루어진 것으로 보인다.

　수련은 대보름을 맞아 사흘 동안 야금이 풀린 정황을 읊었고, 함련은 밤새 다리밟기를 하다가 동이 트고서야 집에 돌아가는 사람들의 모습을 읊었다. 경련은 소식(蘇軾)의 시어를 인용하여 새벽까지 도성 문이 잠기지 않은 대보름날 풍경과 새봄에 대한 기대를 읊었다. 미련은 흥성이는 대보름의 분위기를 태평성세의 모습으로 연결시켜 마무리하였다. 평성 '소(蕭)' 운을 쓴 측기식 오언율시이다.

206　遲 : 어조사 '내(乃)'의 용법으로 쓰였다. 어조사로 쓰일 때에는 거성(去聲)이며, 음가는 '치(置)'이다. 그런데 이 시는 측기식이므로 이 자리에 거성이 올 수 없다. 용법은 어조사로 쓰되, 평측과 음가는 본래의 평성 '지(脂)'를 그대로 쓴 것이다.

새벽빛은 어약에 통하고 曙色通魚鑰

소식의 시에 "물고기 모양의 자물쇠를 맑은 밤에 오래도록 잠그지 않네.〔魚
鑰未收淸夜永〕"라고 하였는데, 이 구절에 대한 주에 "자물쇠 모양을 반드시
물고기로 한 이유는 '눈을 감지 않고 밤을 지킨다.'라는 의미를 취한 것이
다." 하였다.[207]

봄바람은 봉소에서 나오네[208] 和風引鳳簫

207 소식의……하였다 : 소식의 시 〈술고와 함께 유미당에서 달빛을 밟으며 밤에 돌
아오다〔與述古自有美堂乘月夜歸〕〉에 "물고기 모양의 자물쇠는 맑은 밤을 오래도록 잠
그지 않고, 봉황 모양으로 만든 통소 소리는 아직까지 푸른 산중에서 들려오네.〔魚鑰未
收淸夜永, 鳳簫猶在翠微間.〕"라고 한 것을 가리킨다.

【校】이 원주는 교정고 가필사항이다.

208 봄바람은 봉소에서 나오네 : 봉소(鳳簫)는 봉황의 날개 모양을 본떠 만든 통소인
데, 여기서는 율관(律管)을 상징한다. 율관의 재가 봄의 절기가 되었음을 알리면 따스
한 봄바람이 불어온다는 뜻이다. 소식의 시에 어약(魚鑰)과 함께 봉소를 말했기 때문에
이렇게 읊은 것이다. 앞의 주207 참조. 봉소의 모양은 아래 그림 참조.

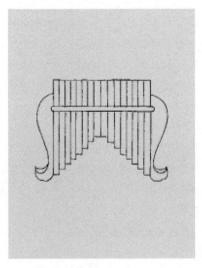

〈그림 7〉 봉소(鳳簫)

번화하기로는 오늘 밤이 제일이니   繁華今夕最

곳곳마다 태평을 노래하네   處處太平謠

취관과 은앵에 담겨 하늘에서 내려왔네[209]
翠管銀罌下九霄

가평절은 성대한 고사 전하니[210]　　　　　　　　嘉平傳盛事

209 【작품해제】이 시를 지은 시기는 정확히 알 수 없다. 다만 《일성록》의 1784년(정조8) 12월 13일에 "춘당대에 나아가 초계문신의 친시를 거행하고, 이어 선전관의 시사와 시강을 거행하였다."는 기록이 있는 것으로 보아 이때 지은 것으로 짐작된다. 이날 정조는 춘당대에 거둥하여 "매년 연말에 문신과 무신들에게 권면하고 시상하는 행사를 행하였는데, 오늘이 곧 납일이다. 이는 옛날의 성왕이 한 번 이완시키고 한 번 긴장시킨다는 뜻을 담은 것이다.〔諭以每年歲終, 輒作文武勸賞之擧, 而今日卽蠟日也, 寔寓古聖王一弛一張之意.〕"라고 유시(諭示)한 것을 하례하는 것으로 의작(擬作)하라고 명하고, 문신의 비교(比較)에 시제를 "취관과 은앵에 담겨 하늘에서 내려왔네.〔翠管銀罌下九霄〕"로 하여 오언사운율시(五言四韻律詩)를 지으라고 명하였다. 시제는 두보(杜甫, 712~770)의 시 〈납일(臘日)〉에 "구지와 면약이 은택 따라 하사되었고, 취관과 은앵이 하늘에서 내려왔네.〔口脂面藥隨恩澤, 翠管銀罌下九霄.〕"라고 한 대구에서 뽑은 것이다. 구지(口脂)는 입술이 트지 않게 바르는 약이고 면약(面藥)은 얼굴이 트지 않게 바르는 약이며, 취관(翠管)은 비췻빛 옥으로 만든 피리이고 은앵(銀罌)은 은으로 만든 병이다. 하늘은 궁궐을 말한다. 그러나 저본이 창작 순서에 따라 작품을 편차하였음을 고려해보면 앞의 시 〈만절향〉과 편차 순서가 맞지 않는다. 뒷날의 고찰을 기다린다.
　수련에서는 두보의 시를 전거로 삼아 자신을 비롯한 조신들이 성은을 입었음을 말하였고, 함련에서는 두보 시의 시어(詩語)를 인용하여 성은을 찬송하였다. 경련에서는 새봄을 맞는 즐거움과 납향제의 연회의 즐거움을 읊었으며, 미련에서는 융숭한 성은을 받은 기쁨을 동료 조신들과 함께 나누는 즐거움을 읊어 마무리하였다. 평성 '소(蕭)' 운을 쓴 평기식 오언율시이다.

210 가평절은……전하니 : 가평절(嘉平節)은 납일(臘日)의 다른 이름이다. 성대한 고사는 두보의 시에서 읊은 일을 가리킨다. 이 시의 【작품해제】에 실린 두보의 시 참조. 한편 본래 납(臘)의 의미에는 '저녁', '섣달', '그믐', '사냥', '모이다', '모으다', '조상에게 올리는 큰 제사' 등 다양한 의미가 있고, 심지어 불가에서는 석가모니가 성불한 날이라

융숭한 성은이 하늘에서 내려왔네[211]　　　殊錫自雲霄

병엔 성은의 물결이 채워져 드넓고　　　　罍酌恩波濶

피리엔 상서로운 구름 엉겨 나부끼네　　　管凝瑞靄飄

봄볕을 맞이하는 것도 이날이고　　　　　春光迎是日

납향제에 은택 받음도 또 오늘이라　　　蜡澤[212]又今朝

　　《예기(禮記)》에 공자가 "100일의 납향제에 하루의 은택을 받는 것이다.〔百
日之蜡 一日之澤〕"라고 하였다.[213]

고도 한다. 이 때문에 가평(嘉平), 청사(淸祀), 대사(大蜡), 납향(臘享), 납팔(臘八)
등 다양한 이름과 함께 많은 고사가 전하니, 이날 국가에서 대제를 올리고 임금은 신하
들에게 선물을 하사하며 조정의 백관들에게 큰 연회를 열어 즐겼다. 날짜 역시 "청제(靑
帝)는 미일(未日)로 납일을 삼고 적제(赤帝)는 술일(戌日)로 납일을 삼으며, 백제(白
帝)는 축일(丑日)로 납일을 삼고 흑제(黑帝)는 진일(辰日)로 납일을 삼는다."고 하여
왕조마다 다양하였다. 또 '교접(交接)'의 의미로, 묵은해와 새해가 만나 바뀐다는 뜻도
있어 납일 다음 날을 한 해의 시작으로 생각하는 전통이 있는데, 이 때문에 진나라와
한나라 이래로는 납일 다음 날에 마치 설날의 하정(賀正)과 똑같이 하례하였다고 한다.
《藝文類聚 卷5 歲時下》《風俗通》《禮記 郊特牲 禮運 注》
　　참고로 우리나라에서는 동지 이후 세 번째 맞는 미일을 납일로 삼았다.

211　융숭한……내려왔네 : 납일에 당나라 조신들이 하사품을 받은 고사가 있는데,
그와 같이 명고를 비롯한 여러 신하들이 이날 정조로부터 하사품을 받았기에 이렇게
읊은 것이다.

212　【校】蜡澤 : 교정고 수정사항으로, 원래는 "신년 송축의 노래〔椒頌〕"였다. 초송
(椒頌)은 정월 초하루가 되면 초주(椒酒)를 가장(家長)에게 올리며 헌수(獻壽)하던
풍속이 있어 진(晉)나라 유진(劉臻)의 처(妻) 진씨(陳氏)가 정월 초하룻날 〈초화송〉
을 지은 고사에서 유래한 말이다.

213　예기(禮記)에……하였다 : 자공이 납향일의 제사를 구경할 때 공자가 "사야! 즐
거우냐?〔賜也樂乎〕"라고 묻자, 자공이 "온 나라 사람들이 모두 미친 듯이 들떠 있습니다
만, 저는 즐거운 줄을 알지 못하겠습니다.〔一國之人皆若狂, 賜未知其樂也.〕"라고 대답
하였다. 그러자 공자가 "100일의 납향 제사에 하루의 은택을 받는 것이니, 네가 알

하사품 받들고 나가며 즐거이 고하노라   擎出相歡告
우리들이 성은을 우악하게 입었노라고   吾儕聖渥饒

수 있는 것이 아니다. 백성들에게 엄하게만 하고 풀어주지 않으면 문왕이나 무왕과
같은 성왕일지라도 다스리지 못한다. 백성들을 풀어주기만 하고 엄하게 하지 않는 것도
문왕이나 무왕과 같은 성왕은 하지 않는다. 한 번 엄하게 하고 한 번 풀어주는 것이
문왕과 무왕의 도이다.〔百日之蜡, 一日之澤, 非爾所知也. 張而不弛, 文武不能. 弛而不
張, 文武不爲. 一張一弛, 文武之道也.〕”라고 하였다. 《禮記 雜記下》

 【校】교정고 붉은 글씨 가필사항이다.

〔교정고 삭제 표시작〕

벼랑엔 섣달 기다려 버들가지 물올랐네[214]
岸容待臘將舒柳

절서가 가평절 가까워오니	節序嘉平近
긴 둑에 버들가지 물올랐네	長堤柳色舒
봄볕은 가만히 퍼지고	春光潛漏洩
땅기운 암연히 숨 쉬네	地氣暗吹噓
살랑살랑 바람 따라 날려	淡蕩隨風際
보송보송 눈처럼 쌓이네	輕盈挹雪餘
삼양이 태평한 기운 열치면[215]	三陽開泰運
푸른 잎이 참으로 무성하리	綠葉正紛如

---

214 【작품해제】이 시를 지은 시기는 정확히 알 수 없으나, 제목과 작품이 편차된 순서로 보아 1783~1784년 사이 초계문신 친시에서 지어진 것으로 짐작된다. 그런데 이 시의 제목은 1789년(정조13) 10월에 내린 초계문신의 과시 제목과 같다. 1789년 초계문신은 좌의정 이성원(李性源)에 의해 6차로 선발되었는데 서영보(徐榮輔), 심상규(沈象奎), 정약용(丁若鏞), 김희순(金羲淳) 등이 뽑혀 《다산시문집(茶山詩文集)》과 《산목헌집(山木軒集)》 등에 실린 동일 제목의 시들을 참고할 수 있다. 이날 과시에서 명해진 시체는 칠언율시였다. 명고가 1789년 10월의 과시에 참여했던 것은 아니고, 같은 제목으로 이전에 이미 여러 차례 초계문신 과시를 치른 듯하다. 시제는 두보의 시 〈소지(小至)〉에 "벼랑엔 섣달 기다려 버들가지 물오르고, 산에는 추위 맞아 매화가 피려 하네.〔岸容待臘將舒柳, 山意衝寒欲放梅.〕"라고 한 대구에서 뽑은 것이다.

215 삼양이……열치면 : '새해가 와서 봄볕이 따사로워지면'이라는 뜻이다. 삼양(三陽)은 음력 정월이다. 동지가 드는 11월이 일양(一陽), 섣달인 12월이 이양(二陽), 이어 정월이 삼양이 된다.

원자궁 보양관의 상견례 때에 입시한 승지와 사관들이 연구(聯句)를 지어 기쁨을 기록하다[216]

元子宮輔養官相見禮時 入侍承史 聯句識喜

청구가 복을 받아 요홍을 노래하고[217]　　　　青邱荷祿繞虹歌

　위는 겸도승지(兼都承旨) 윤숙(尹塾)[218]이 지었다.

동방에 서광 퍼져 만물이 화목하네　　　　　東陸祥暉萬品和

명민함은 옷 따라 자라는 것을 삼가 보겠으며[219]　岐嶷恭瞻衣尺長

---

216 【작품해제】이 시는 1784년(정조8) 1월 15일 원자와 보양관의 상견례를 할 때 지은 것이다. 원자 보양관은 이복원(李福源)과 김익(金熤)이었으며, 시임 대신·원임 대신과 각신(閣臣)·승지(承旨)·사관(史官)이 입참(入參)하였다. 연구는 8명의 승지와 사관이 각 2구씩을 지어 16구 8연으로 이루어져 있다. 평성 '가(歌)'운을 압운한 평기식 수구용운체 칠언배율이다.

217 청구(青邱)가……노래하고 : 원자가 태어난 것은 조선이 하늘로부터 복을 받았기 때문이라는 찬송이다. 요홍(繞虹)은 전요홍류(電繞虹流)의 줄임말로, 임금이 될 사람의 탄생을 비유할 때 쓰는 표현이다. 《사기(史記)》 오제본기(五帝本紀)에 황제(黃帝)의 모친인 부보(附寶)가 기(祁) 지방의 들판에 있을 때 번개가 크게 치며 북두칠성의 첫 번째 별을 휘감는 것[大電繞北斗樞星]을 보고 감응하여 잉태한 뒤 24개월이 지나서 황제를 낳았다는 전설이 실려 있고, 《제왕세기(帝王世紀)》에 소호씨(少昊氏)의 모친이 마치 무지개처럼 큰 별이 흘러내리는[大星如虹下流] 꿈을 꾸고서 소호씨를 낳았다는 기록이 있다. 여기에서 유래한 말이다.

218 윤숙(尹塾) : 1734~1797. 본관은 파평(坡平), 자는 여수(汝受)이다. 1761년 정시문과에 급제하여 사헌부 검열(司憲府檢閱)로 있을 때 영조가 정조의 생부인 사도세자(思悼世子)를 친국하자 필사적으로 막다가 영조의 노여움을 사 강진으로 유배당했다. 정조 즉위 후 다시 등용되었다. 이날 윤숙은 자헌대부(資憲大夫)에 가자(加資)되었다.

219 명민함은……보겠으며 : 세자가 조금 장성하여 제법 큰 옷을 입을 나이가 되자,

위는 행좌승지(行左承旨) 이형규(李亨逵)[220]가 지었다.

온윤 문아함은 큰 덕용을 일찍 성취하셨어라   溫文夙就德容多

대보름 달빛은 〈월중륜〉에 부합하고[221]   上元光協重輪月

위는 행우승지(行右承旨) 박우원(朴祐源)[222]이 지었다.

법주의 은혜는 소해의 물결에 더해지네[223]   法酒恩沾少海波

세자의 명민함도 그에 따라 숙성하였다는 뜻이다. 《예기(禮記)》〈곡례 하(曲禮下)〉에 "누가 천자(天子)의 나이를 물으면, 대답하기를 '제가 들으니 비로소 옷 약간 척(尺)을 입는다.〔聞之始服衣若干尺矣〕'라고 합니다."라고 한 것에서 유래한 표현이다.

220 이형규(李亨逵) : 1733~1789. 본관은 전주(全州), 자는 중우(仲羽)이다. 1755년 정시문과에 급제하여 1766년 서장관으로 청나라에 다녀왔으며, 경기도 관찰사, 대사헌 등을 역임하였다. 이해 좌승지로 있었으며, 1789년에 도승지가 되었다.

221 대보름……부합하고 : 보양관 상견례가 1월 15일 곧 정월 대보름에 행해졌으므로 이렇게 읊은 것이다. 〈월중륜(月重輪)〉은 옛날 악곡(樂)의 이름으로, 태자를 위한 악곡이다. 한(漢)나라 광무제(光武帝)가 그의 아들인 명제(明帝)가 일찍이 태자로 있을 적에 신하들로 하여금 4장(章)의 노래를 지어 올려 찬미하게 하였는데, 그 노래가 바로 〈일중광(日重光)〉·〈월중륜〉·〈성중휘(星重暉)〉·〈해중윤(海重潤)〉이었다. 악곡의 이름에 모두 중(重) 자를 붙인 것은 천자의 덕이 해처럼 빛나고 달처럼 둥글고 별처럼 찬란하고 바다처럼 윤택한데, 태자의 덕도 그와 같기 때문에 그 찬란한 덕이 중첩되었다는 의미이다. 《古今注》

222 박우원(朴祐源) : 1739~? 본관은 반남(潘南), 자는 군수(君受), 호는 겸와(謙窩)이다. 1774년 증광시에 급제, 호서 암행어사와 부수찬 등을 지냈다. 우승지와 직제학 등을 거쳐 경기도 관찰사, 이조 참판에 올랐다.

223 법주의……더해지네 : 임금이 세자에게 은혜롭게 축하의 술을 내렸다는 뜻이다. 법주(法酒)는 궁궐의 술, 곧 임금의 하사주를 이른다. 법(法)은 임금과 관계되는 어휘 앞에 관용적으로 붙는 말로 법궁(法宮)은 임금이 거처하는 궁궐이고, 법의(法衣)는 임금이 입는 곤룡포이고, 법강(法講)은 임금이나 왕세자가 참여한 강학의 자리이다. 소해(少海)는 세자의 별칭이다. 송(宋)나라 섭정규(葉廷珪)의 《해록쇄사(海錄碎事)》〈제왕(帝王)〉에 "천자는 대해에 비유하고, 태자는 소해에 비유한다.〔天子比大海, 太子

기쁨은 온통 봄날이라 우주에 그득하고 　　　　　　　喜氣同春盈宇宙

　위는 좌부승지(左副承旨) 이양정(李養鼎)[224]이 지었다.

큰 기업(基業)은 이날에 산하를 안정시켰네 　　　　　　洪基此日奠山河

빈사를 처음 인견하니 이연이 환하고[225] 　　　　　　　賓師初引离筵敞

　위는 우부승지(右副承旨) 오대익(吳大益)[226]이 지었다.

성주는 근심 없으니 보좌가 드높네 　　　　　　　　　聖主無憂寶座峨

상견례가 어린 보령에 시작되었으니 비창(匕鬯)[227]이 존귀하고

　　　　　　　　　　　　　　　　　　　　禮始沖齡尊匕鬯

　위는 동부승지(同副承旨) 이시수(李時秀)[228]가 지었다.

比少海.〕"라고 하였다.

224　이양정(李養鼎) : 1739~1784. 본관은 전주(全州), 자는 치공(稚功)이다. 1770
년 정시문과에 급제하여 이조 정랑, 좌부승지 등을 역임하고 사간원 대사간에 올랐다.
뒤에 이조 참판에 추증되었다.

225　빈사를……환하고 : 빈사(賓師)는 빈상(賓相)으로서 원자의 스승 역할을 하는
인물을 말하는데, 여기서는 원자 보양관 이복원과 김익을 가리킨다. 원자 보양관은
종2품 이상의 관원이 맡는 바 당시 이복원이 좌의정, 김익이 우의정이었다. 김익은
이해 7월 2일에 세자부(世子傅)가 된다. 이연(离筵)은 세자시강원(世子侍講院)의 서
연(書筵)을 말한다. 이(离)는 《주역》〈이괘(離卦) 상전(象傳)〉의 "밝음 두 개가 이괘
를 이루나니, 대인이 이를 보고서 밝음을 이어받아 사방을 비추느니라.〔明兩作离, 大人
以繼明, 照于四方.〕"에서 온 말로, 왕세자를 뜻한다. 첫 번째 밝음은 임금이고, 그와
나란한 밝음이 세자이기 때문이다.

226　오대익(吳大益) : 1729~1803. 본관은 동복(同福), 자는 경삼(景參)이다. 1753
년 식년시에 급제하여 부교리, 수찬 등을 거쳐 1780년 무렵부터 승지와 우부승지로
활동하였다. 뒤에 정주 목사와 대사간 등을 역임하였다.

227　비창(匕鬯) : 비는 종묘(宗廟) 제기(祭器)의 일종이고, 창은 종묘 제사에 쓰는
울창주(鬱鬯酒)이다. 전하여 세자의 자리를 가리킨다.

228　이시수(李時秀) : 1745~1821. 본관은 연안(延安), 자는 치가(稚可), 호는 급건

재주가 훌륭한 보양관 얻었으니 푸른 쑥이 길러지겠지[229]

才求良輔育菁莪

다투어 전열을 차지하여 먼저 보는 것을 기뻐하는데[230]

爭居前列欣先覩

위는 사관(史官)[231] 서형수가 지었다.

다행히 큰 하례의 반열에 참여하였으니 기쁨이 배가되네

幸忝周行喜倍他

이제부터 동위[232]에 강학의 자리 열릴 터이니　　從此銅闡開法講

위는 사관[233] 박능원(朴能源)이 지었다.

(及健)이다. 세자 보양관이 된 이복원의 아들이다. 1773년 증광 문과에 급제하여 교리
와 수찬 등을 거쳐 이때 동부승지로 있었다. 뒤에 이조와 병조의 판서를 역임하고,
영의정에 올랐다.

229 재주가……길러지겠지 : 세자의 자질에 맞는 훌륭한 보양관을 얻었으므로 세자
의 덕이 크게 성장할 것이라는 말이다. 《시경》〈소아(小雅) 청청자아(菁菁者莪)〉에
"싱그러운 푸른 쑥이 언덕 위에 자라네.〔菁菁者莪, 在彼中阿.〕"라고 노래하였다. 이
구절에 대한 그 모서(毛序)에 "〈청청자아〉는 인재 육성을 즐거워한 시이다. 군자가
인재를 잘 기르면 천하가 그것을 즐거워한다." 하였다.

230 다투어……기뻐하는데 : 다른 관료보다 먼저 원자를 보는 것이 영광이라 앞자리
를 차지하려고 서로 다투었다는 의미이다. 한유가 소실산(少室山)에 은거하면서 우습
유(右拾遺)에 제수받은 이발(李渤)에게 보낸 글 〈여소실이습유서(與少室李拾遺書)〉
에 "조정의 선비들이 목을 빼고 동쪽을 바라보면서, 마치 경성과 봉황이 처음 나타났을
때에 다투어 먼저 보는 것으로 흐뭇하게 여기는 듯이 하였다.〔朝廷之士引頸東望, 若景
星鳳凰之始見也, 爭先覩之爲快.〕"라고 한 것에 전거를 둔 표현이다.

231 【校】사관(史官) : 교정고 수정사항으로, 원글자는 '가주서(假注書)'이다.

232 동위(銅闡) : 세자를 가리킨다. 한대(漢代)에 태자의 궁문〔闡〕을 동룡문(銅龍
門)이라 한 데서 유래하였다.

233 【校】사관 : 교정고 수정사항으로, 원글자는 '가주서(假注書)'이다.

예의로 그물 만들어 널리 현사들 초빙하리라[234]   旁招賢士禮爲羅

위는 겸도승지 윤숙이 지었다.

---

234 예의로……초빙하리라 : 한유가 지은 〈송온조처사서(送溫造處士序)〉에 “대부 오공(烏公)이 하양(河陽)에 부임한 지 3개월 만에 석생(石生)을 인재라 여겨 예의로 그물을 만들어[以禮爲羅] 막하(幕下)로 데려갔다. 또 몇 달이 되지 않아 온생(溫生)을 인재라 여겨 석생을 중매로 삼고 예의로 그물을 만들어 또 그물질하여 막하로 데려갔다.” 하였다. 이후로 군주가 예의를 갖추어 인재를 초빙하는 것을 뜻하는 말로 사용하였다.

[교정고 삭제 표시작]

대전단오첩[235]

大殿端午帖

하나[236]

| 찬란한 해가 정수(井宿)의 동쪽에 있으니[237] | 晶晶日在井之東 |
| 여름 율관과 궁음의 거문고가 팔풍을 인도하네[238] | 暖律宮琴導八風 |

235 【작품해제】이 시가 지어진 시기는 정확히 확정할 수 없다. 다만 시가 편차된 순서로 보아 원자 보양관 상견례가 있었던 해인 1784년(정조8) 5월 5일에 지어진 것으로 추정된다. 칠언율시와 오언율시, 칠언절구와 오언절구 각 1수씩 총 4수로 이루어져 있었는데, 교정 과정에서 4수 모두 삭제 표시하였다.

236 수련과 함련에서는 절기가 여름이 되고 5월이 왔음을 노래하였다. 경련에서는 온 나라를 잘 다스리는 왕정을 칭송하였다. 미련에서는 도인부와 난탕으로 재액을 쫓을 것이 아니라 현신을 중용하여 재액을 쫓아야 된다고 말함으로써 인재 등용을 통한 국가의 중흥을 권면하였다. 평성 '동(東)'운을 쓴 평기식 칠언율시이다.

237 찬란한……있으니 : 5월 5일이 절기상 여름이고, 정수는 패자(霸者)의 상징이기 때문에 이렇게 말한 것이다. 정수(井宿)는 이십팔수 중 남방주작(南方朱雀)에 있는 별자리로 동정(東井)이라고도 한다. 한왕(漢王)인 유방이 진나라 관문에 들어갈 때에 오성이 동정에 모였다[漢元年五星聚東井]고 하였는데, 동정은 진나라의 분야(分野)이므로 먼저 이르는 자가 반드시 패자(霸者)가 되는 상징이라고 한다.《史記 卷89 張耳陳餘列傳》

238 여름……인도하네 : 절기가 여름이 되어간다는 의미이다. 율관은 육률과 육려에 맞추어 12개의 구멍을 뚫어 만든 피리이다. 여기에 갈대를 태운 재를 채워 넣으면 12개의 율관에서 각각 대응되는 달에 재가 날아오르는데, 이것을 관찰하여 계절의 변화를 탐지한다. 여기서는 여름이 되었음을 말하기 위해 인용한 것이다. 율관의 유래는 오래되어 전국시대 추연(鄒衍)의 전설이 전한다. 추연은 제(齊)나라 임치인(臨淄人)으로

지랍은 막 괴하에서 돌아왔고[239]   地臘初回槐夏半

천시는 정히 맥추[240]에 속하네   天時正屬麥秋中

고위에 자리하여 더욱 문명의 상을 펼치고   居高益闡文明象

만물을 길러 골고루 조화의 공덕 적셔주네   養物均沾造化功

도인부와 난탕[241]은 좋은 축원 아니니   桃印蘭湯非善祝

연 소왕(燕昭王)의 스승이다. 일찍이 북방에 땅이 있어 아름다우나 추워서 오곡(五穀)이 나지 않았는데, 추연이 율관을 불어 따뜻하게 하자〔吹律暖之〕벼와 서숙〔禾黍〕이 자라났다고 한다. 《列子 湯問》

　궁금(宮琴)은 거문고를 나타내는 관용적 표현이다. 《국어(國語)》〈주어 하(周語下)〉에 "거문고와 비파는 궁음(宮音)을 숭상하고, 종은 우음(羽音)을 숭상하고, 석경(石磬)은 각음(角音)을 숭상한다.〔琴瑟尙宮, 鍾尙羽, 石尙角.〕"라고 한 데서 유래하였다. 팔풍(八風)은 여덟 계절의 바람을 말한다. 《위략(緯略)》에 "입춘에는 조풍(條風), 춘분에는 명서풍(明庶風), 입하에는 청명풍(淸明風), 하지에는 경풍(景風), 입추에는 양풍(涼風), 추분에는 창합풍(閶闔風), 입동에는 부주풍(不周風), 동지에는 광막풍(廣莫風)이 이른다." 하였다.

239　지랍은……돌아왔고 : 지랍(地臘)은 도가(道家) 오랍(五臘)의 하나로, 《운급칠첨(雲笈七籤)》에 5월 5일을 지랍이라 한다고 하였다. 참고로 1월 1일을 천랍(天臘), 7월 7일을 도덕랍(道德臘), 10월 1일을 민세랍(民歲臘), 12월의 정랍(正臘)을 왕후랍(王后臘)이라고 한다. 괴하(槐夏)는 홰나무가 무성해지는 여름, 곧 음력 4월의 이칭이다.

240　맥추(麥秋) : 보리를 수확하는 계절이란 의미로, 음력 4월이나 5월을 가리킨다. 《예기》〈월령〉 4월 조에 "미초가 죽는다. 보리를 수확할 시기가 이른다.〔靡草死, 麥秋至.〕"라고 한 데서 유래한 말이다.

241　도인부와 난탕 : 도인부(桃印符)는 도인(桃印) 또는 도부(桃符)라고도 한다. 길이 6촌의 복숭아나무 부적에다 붉은 글씨 또는 오색 글씨로 재액을 물리치는 주문을 써서 문에 걸어놓는 것이다. 한(漢)나라 제도에 복숭아나무 인장을 가지고 악귀를 물리쳤으며, 단오가 되면 오색 비단에 전서를 수놓은 부적을 서로 주고받아 병풍과 휘장에 붙여두어 사악한 기운을 물리친다고 하였다. 붉은 글씨로 쓰기 때문에 적령부(赤靈符) 혹은 적자부(赤字符)라고도 하며, 신인(神印)이나 영부(靈符)라고도 한다. 호공이 만

몽당붓으로 규간한 구양수에 부끄러워라[242]　　　寸毫規諫愧歐公

둘[243]　其二

오늘 아침 궁궐의 처마를 보니　　　　　今朝瞻殿角
가랑비 내려 풍년의 조짐 기쁘네　　　　絲雨喜占農
선애[244]는 궁문에 드리워져 푸르고　　　仙艾垂門綠

들었다는 전설이 있어 호공부(壺公符)라고도 한다. 문헌에 따라 하지(夏至)의 풍습이
라 하기도 하는데, 도가서(道家書)를 비롯하여 한나라 풍습을 전하는 여러 문헌에는
대체로 단오 풍습이라 하였다. 《抱朴子》《古今事文類聚 卷9 桃印符, 赤靈符》. 우리나
라 궁중에서는 이날 관상감에서 붉은 부적을 찍어 올리면 이것을 문미에 붙인다고 한다.
공경대부나 근한들은 관례적으로 부적을 하사받았다고 한다. 《洌陽歲時記》

　　난탕(蘭湯)은 향기로운 난초를 넣어서 끓인 물을 말한다. 《대대례기(大戴禮記)》
〈하소정(夏小正)〉에 "단오일에 난탕으로 목욕을 한다.〔午日以蘭湯沐浴〕"라고 한 데서
온 말이다. 우옥(禹玉)의 〈부인각첩(夫人閣帖)〉에 "푸른 난초 싹이 가마에 끓네.〔蘭芽
翠釜湯〕"라고 하였다. 《古今事文類聚 卷9 浴蘭湯》

242　몽당붓으로……부끄러워라 : 미련의 두 구절은 재액을 쫓거나 씻으려고 도인부
와 난탕을 쓰는데, 그럴 필요 없이 훌륭한 인재를 등용하여 그에게 자문 받아 국정을
운영한다면 절로 온 나라에 재액이 없어질 것이라는 의미이다. 단오에 구양수(歐陽脩,
1007~1072)가 황제각(皇帝閣)에 간언을 올릴 때, "좋은 명절 난탕에 목욕하며 함께
즐거워하지만, 독한 냉기 없애려고 쑥을 캘 필요 있을까. 고요 같은 현신을 얻어 국정
운영한다면, 절로 재앙이 변해 경사가 될 것을.〔佳辰共喜沐蘭湯, 毒冷何須採艾禳. 但得
皐陶調鼎鼐, 自然災沴變休祥.〕"이라고 한 것에 전거를 둔 표현이다. 《古今事文類聚
卷9 帖子規諫》

243　수련에서는 아침에 내린 가랑비를 읊어 풍년 조짐을 노래했다. 함련에서는 쑥호
랑이를 만들어 드리우고 창포술을 담가 먹는 단오절의 풍속을 읊었다. 경련에서는 계절
이 흘러 별자리가 바뀌고 중오(重午)의 가절이 돌아왔음을 읊었다. 미련에서는 태평성
세를 만난 기쁨을 노래했다. 평성 '동(冬)' 운을 쓴 평기식 오언율시이다.

244　선애(仙艾) : 쑥호랑이를 말한다. 창포잎으로 만들기 때문에 푸르다고 한 것이

향포[245]는 옥잔에 띄워져 향기롭구나	香蒲泛翠濃
절서에 따라 규수의 광채 움직이고[246]	撫辰奎彩動
한낮이 되니 햇볕이 거듭 되었도다[247]	亭午日暉重
천일(千一)의 성명한 시대를[248]	千一聲明會
미천한 신이 다행히 만났네	微臣幸自逢

다. 이것을 단옷날 대문에 걸어 재액을 물리쳤다고 한다. 나무를 깎아 몸체를 만들고, 끝을 뾰족하게 하여 비녀처럼 꽂을 수 있게 한다. 몸체 윗부분에 창포잎을 양면으로 붙이되 몸체보다 약간 길게 하여 창포잎 끝부분이 마치 방금 돋아난 새싹 모양이 되게 한다. 가운데에 붉은 모시를 오려 꽃을 만들어 붙인다. 《洌陽歲時記》

245 향포(香蒲) : 창포를 말한다. 단오일이면 사기(邪氣)를 물리치는 뜻에서 창포로 작은 인형이나 호리병 모양을 만들어 차고, 또 창포로 담근 술을 마셨다고 한다. 송 신종(宋神宗) 때 태자소보(太子少保)를 지낸 원강(元絳)이 지은 〈단오첩자(端午帖子)〉에 "창포꽃을 술에 띄우니 요임금 술잔 푸르고, 갈댓잎을 실로 싸놓은 초나라 쫑즈 향긋해라.〔菖華泛酒堯樽綠, 菰葉縈絲楚粽香.〕"라고 하였다. 《古今事文類聚 卷9 菖蒲酒·帶蒲人》

246 절서에……움직이고 : 무(撫)는 순(順)이다. 무신(撫辰)은 '무우오신(撫于五辰)'의 준말로, 네 계절에 따라 제때에 모든 일이 원만하게 성취된다는 뜻이다. 《서경》〈고요모(皐陶謨)〉에 "사계절에 따라 할 일을 모두 제대로 함으로써 모든 일이 잘 이루어질 것이다.〔撫于五辰, 庶績其凝.〕"라고 하였다.

247 한낮이……거듭되었도다 : 단오의 다른 이름이 중오(重五) 또는 중오(重午), 단일(端日)이기 때문에 이렇게 말한 것이다.

248 천일(千一)의 성명한 시대를 : 천일은 천년에 한 번 만나는 태평성세를 말한다. 전설에 "황하(黃河)는 천년 만에 한 번씩 맑아지는데, 맑아지면 반드시 성인(聖人)이 난다." 하였다. 이백의 〈서악운대가송단구자(西嶽雲臺歌送丹丘子)〉에 "영광스런 휴기가 오색구름에 서리고, 황하가 천년에 한 번 맑아져 성인이 나셨네.〔榮光休氣紛五彩, 千年一淸聖人在.〕" 하였고, 유신(庾信)의 악부시에 "성인은 천년에 비로소 한 번 태어나고, 황하는 천년 만에 비로소 한 번 맑아진다.〔聖人千年始一生, 黃河千年始一淸.〕"라고 하였다.

셋²⁴⁹ 其三

명절이라 검패²⁵⁰를 쌍쌍으로 인견하니 　　　　佳辰劍佩引雙雙

아침 해가 희뿌옇게 궁궐 창을 비추네 　　　　朝日曈矓照瑣窓

시신들 함께 성상의 기뻐하는 낯빛 보노니 　　侍臣共識天顔喜

서맥²⁵¹이 구름처럼 온 나라에 두루 팼네 　　瑞麥如雲遍大邦

넷²⁵² 其四

순임금이 거문고 타시던 뜻을 　　　　　　帝舜琴中意

우리 임금께서 홀로 아시나니 　　　　　　吾王獨自知

한 번 타시자 백성들 서운함 풀리거늘 　　　一彈斯解慍

외려 백성들 교화 더딜까 염려하시네²⁵³ 　　猶恐化民遲

249　기구에서는 명절을 맞아 문무 조신을 인견하는 대궐의 모습을 읊었고, 승구에서는 궁궐 창에 아른아른 비치는 아침 해를 읊어 태평성세의 기상을 담았다. 전결 양구에서는 태평시대의 상서를 인용해 풍년을 기원하는 마음을 담아 읊었다. 평성 '강(江)' 운을 쓴 칠언절구이다.

250　검패(劍佩) : 칼과 패옥을 찬 조신(朝臣)들을 말한다. 당(唐)나라 백거이(白居易)의 시 〈야숙강포문원팔개관인기차십(野宿江浦聞元八改官因寄此什)〉에 "검패를 차고 새벽에 쌍 봉궐에 달려가고, 안개 낀 물가에서 밤에 한 어선에 묵노라.〔劍佩曉趨雙鳳闕, 烟波夜宿一漁船.〕"하였다.

251　서맥(瑞麥) : 태평성대와 풍년을 상징하는 보리이다. 줄기 하나에 이삭이 세 개 또는 다섯 개가 팬 보리이다.

　【校】교정고 수정사항이다. 원글자는 판독할 수 없다.

252　평성 '지(知)' 운을 쓴 오언절구이다.

253　순임금이……염려하시네 : 백성을 안락하고 풍요롭게 해준 순임금의 정치를 오직 정조가 재현하고 있는데, 그럼에도 오히려 백성의 교화가 더뎌질까 염려한다고 하여 정조의 지극한 백성 사랑을 노래했다. 순임금이 일찍이 오현금(五絃琴)을 손수 만들어

〈남풍가(南風歌)〉를 지어 노래하면서 탔다. 그 노랫말에 "남풍이 훈훈하니 우리 백성의
서운함을 풀어주리로다. 남풍이 제때에 불어오니 우리 백성의 재물을 풍부하게 해주리
로다.〔南風之薰兮, 可以解吾民之慍兮. 南風之時兮, 可以阜吾民之財兮.〕"하였다.《孔
子家語 辯樂解》

영릉(永陵)에 행행하셨다가 고양(高陽)으로 환차하시면서
칠언절구의 어제시를 지어 반사하셨다. 이어 승지, 사관,
각신, 시위에게 갱제시를 지어 올리라 명하셨다[254]

永陵幸行 還次高陽 頒御製七言絶句 仍命承史閣臣侍衛賡進

풍년의 화기가 온 들녘에 그득하니   和氣豐年滿井通

254 【작품해제】 이 시는 1784년(정조8) 8월 16~17일에 정조가 영릉(永陵)에 배알하
고 이어 공릉(恭陵)과 순릉(順陵)에 전배한 다음, 고양의 행궁에 머물렀을 때 지은
시이다. 이날의 《정조실록》 기록에 "임금이 장차 영릉을 배알하고자 하여, 인정전(仁政
殿)에 나아가 축문(祝文)에 친압(親押)하였다. 고양군(高陽郡)에서 주정(晝停)하시
고, 어제시(御製詩)를 내려주고 어가를 수행하는 여러 신하들에게 화답해서 올리도록
명하였다." 하였다. 영릉은 진종(眞宗, 1719~1728)과 효순왕후(孝純王后, 1715~1751)
조씨(趙氏 조문명(趙文命)의 따님)를 안장한 능묘이다. 정조는 즉위년인 1776년 3월
19일에 영조의 유지를 계승하여 효장세자(孝章世子)를 진종대왕으로, 효순현빈(孝純
賢嬪)을 효순왕후로 추숭하고 능호를 영릉이라고 하였다. 고양시 덕양구 서삼릉에 있
다. 진종은 영조의 맏아들로 10세에 세상을 떠났고, 정조가 진종의 양자가 되어 계를
이었다.
  이날의 영릉 행차에서 정조가 지은 시는 다음과 같다. "달빛과 등불빛이 100리 길에
흰하고, 새벽녘 바람 불 제 만 깃발 붉어라. 고양의 부로들을 아는 이가 많으니, 10년간
이 고을 세 번이나 들렀네.〔月色燈光百里通, 曉天風颭萬旗紅. 高陽父老多相識, 十載三
過此郡中.〕" 참고로 이날의 행차에 이계(耳溪) 홍양호(洪良浩, 1724~1802)도 도승지
로서 배종하여 갱제시를 남겼다. 《이계집》 권9 〈어가가 고양을 지날 때 읊은 어제시에
갱화하다〔賡和駕過高陽詩韻〕〉 참조.
  기구는 사방의 들녘에 풍년이 든 모습을 읊었고, 승구는 고양 지방의 백성들이 임금
의 행차를 보러 나온 모습을 읊었다. 전구는 정조가 고을의 부로들을 불러 위로하고
백성들에게 환자와 부역을 감해준 것을 칭송하였고, 결구에서는 백성들이 군주의 덕을
높이 송축하는 것을 노래했다. 평성 '동(東)' 운을 쓴 칠언절구이다.

《한서(漢書)》〈지리지(地理志)〉에 "사방 1리(里)가 정(井)이고, 10정(井)이 통(通)이다." 하였다.[255]

연도의 백성들 붉은 용기 기쁘게 보네[256]　　　　夾街欣覩九斿紅

구유(九斿)는 용기구유(龍斿九斿)이다. 《예기(禮記)》〈악기(樂記)〉에 보인다.[257]

능침에 효성 펴고 이어 은혜 베푸니[258]　　　　孝伸喬寢仍敷惠

북소리 가운데 화축[259] 소리 드높아라　　　　華祝聲騰建[260]鼓中

건고(建鼓)는 대고(大鼓)이다. 《이아(爾雅)》에 보인다.[261]

255　한서(漢書)……하였다 : 원주의 내용은 《한서》〈형법지3(刑法志三)〉에 나온다. 기억의 오류로 보인다. "땅이 사방 1리가 정이고, 10정이 통이고, 10통이 성이다. 성은 사방 10리이다. 10성이 종이고, 10종이 동이다. 동은 사방 100리이다. 10동이 봉이고, 10봉이 기이다. 기는 사방 1,000리이다.〔地方一里爲井, 井十爲通, 通十爲成, 成方十里, 成十爲終, 終十爲同, 同方百里, 同十爲封, 封十爲畿, 畿方千里.〕" 하였다.

256　연도의……보네 : 용기(龍斿)는 임금의 행차를 상징한다. 1784년 8월 16일 자 《일성록》의 기사에 파주 행궁에 이르러 "기백(畿伯)과 지방관은 본주(本州)의 부로(父老)들을 거느리고 입시하라."는 정조의 하유(下諭)가 있고, 그 아래 경기도 관찰사 심이지(沈頤之)와 파주 목사(坡州牧使) 이욱(李煜)이 부로 100여 인을 거느리고 뜰에 들어왔다고 기록되어 있다.

257　구유(九斿)는……보인다 : 《예기》〈악기〉에 "이른바 대로는 천자의 수레이고, 용기(龍斿 용을 그린 깃발)의 아홉 술은 천자의 깃발이다.〔所謂大輅者, 天子之車也. 龍斿九斿, 天子之旌也.〕"라고 한 것을 가리킨다. 구유는 고대 천자의 깃발에 실을 꼬아 아홉 가닥으로 드리운 장식이다.
【校】 이 원주는 교정고 가필사항이다.

258　능침에……베푸니 : 이날 정조는 영릉을 배알하고 난 뒤 파주와 고양의 환상(還上 환곡) 및 각영(各營), 각 아문 소관의 창향(倉餉)과 성향(城餉)을 특별히 정퇴해주었으며 부역을 탕감해주었다. 《日省錄 正祖8年 8月 16日》

259　화축(華祝) : 화봉삼축(華封三祝)의 줄임말이다. 154쪽 주180 참조.

260　【校】 建 : 교정고 수정사항이다. 원글자는 지워져 판독할 수 없다.

261 건고(建鼓)는……보인다 : 이 내용은《통례의찬(通禮義纂)》이라는 책에서 인용
한 것으로《태평어람(太平御覽)》에 실려 있다.《이아》에는 관련 내용이 없어서 기억의
오류로 보인다. 주(周)나라 시대에는 큰 북을 매달았기에 현고(懸鼓)라고 하였는데,
뒤에 기둥을 세워서 매단다는 뜻으로 건고라고 하였다.

　【校】이 원주는 교정고 가필사항이다.

〔교정고 삭제 표시작〕

대전춘첩자[262]

大殿春帖子

하나[263]

봄이 막 돌아오고 북두성 자루 동쪽을 가리키니	暖候初回斗柄東
태평성세 노래하는 민요 소리 거리마다 들려오네	康衢烟月巷謠同
갈대 재는 가만히 잠양이 퍼지는 것 증험하고[264]	葭灰細驗潛陽布
성은은 널리 눈 내리려는 날씨 따라 융숭하네	霈澤旁隨雪意融
양곡의 길한 빛은 상서로운 해를 맞이하고[265]	暘谷祥光賓瑞日

---

262 【작품해제】 이 시가 지어진 시기는 정확히 확정할 수 없다. 다만 시가 편차된 순서로 보아 원자 보양관 상견례가 있었던 해인 1784년(정조8) 12월 24일의 입춘에 지어진 것으로 추정된다. 이해에는 3월에 윤달이 들어 을사년 입춘이 12월에 든 것이다. 대전은 임금이 거처하는 궁전이고, 춘첩자는 입춘 날 대궐의 기둥에 써 붙이는 글귀이다. 입춘이 되기 전 승정원에서 당하 시종신(堂下侍從臣) 가운데 각 전궁의 춘첩자를 지을 사람을 뽑아 오언율시와 칠언율시, 오언절구와 칠언절구 각 한 수씩 지어 올리게 한다. 이해 명고는 대전의 춘첩자를 지을 제술관으로 뽑혀 이 4수를 지은 것이다.

263 수련에서는 별자리가 바뀌어 봄이 오고, 태평성세의 민요 소리가 온 나라에 가득함을 읊었다. 함련에서는 입춘이 된 천지에 성은이 그득함을 읊었다. 경련에서는 입춘을 맞아 궁궐의 햇살과 날씨가 따스해진 것을 읊었다. 미련에서는 군주의 공덕을 봄에 빗대어 노래했다. 평성 '동(東)' 운을 쓴 측기식 수구용운체 칠언율시이다.

264 갈대……증험하고 : 율관에 채운 갈대 재가 입춘의 절기에 맞추어 날리는 것을 말한다. 179쪽 주238 참조.

265 양곡의……맞이하고 : 입춘이 되어 새봄을 맞았다는 뜻이다. 《서경》〈요전(堯典)〉에 "희중에게 나누어 명하여 우이에 머물게 하시니, 양곡(陽谷)이라 한다. 떠오르

상림의 온화한 기운은 봄바람을 띠네[266]　　　　上林和氣帶條風

푸른 깃발 채색 의장은 오히려 여사이니　　　　青幡彩仗猶餘事

어진 하늘이 만물 발육하는 공덕을 보노라　　　　看取仁天發育功

둘[267]　其二

하늘의 때가 태평한 운세 열어　　　　天時開泰運

백성과 만물이 모두 함께 기쁘네　　　　民物正交歡

고사는 황감주에 전하고[268]　　　　故事傳柑酒

새 향기는 채반에 감도네[269]　　　　新香動菜盤

는 해를 공경히 맞이하여 봄 농사를 고르고 질서 있게 하니, 해는 중간이고 별자리는
조수(鳥宿)이다. 따스한 중춘이 되면 백성들은 흩어져 살고, 새와 짐승들은 새끼를
낳는다.〔分命義仲, 宅嵎夷, 曰暘谷. 寅賓出日, 平秩東作, 日中星鳥. 以殷仲春, 厥民析,
鳥獸孳尾.〕"라고 한 것에 전거를 둔 표현이다.

266　상림의……띠네 : 상림(上林)은 궁궐의 숲이다. 본문의 조풍(條風)은 팔풍 가운
데 하나로 입춘에 분다는 동풍이다. 《사기》 권25 〈율서(律書)〉에 "조(條)의 의미는
만물을 다스려 나게 하는 것이므로 조풍이라고 한다.〔條之言, 條治萬物而出之, 故曰條
風.〕" 하였다. 우리나라에서 높새바람〔高沙風〕이라고 부르는 바람이다.

267　수련에서는 입춘을 맞아 사람과 만물이 모두 기뻐함을 읊었다. 함련에서는 입춘
의 황감주와 채반 풍속을 고사에 담아 읊었다. 경련에서는 풍년을 기원하고 풍요로운
삶을 기원하는 마음을 담았다. 미련에서는 풍년의 조짐이 징험되었으니 굳이 송축의
시를 지을 것 없이 풍년이 들 것이라 하였다. 평성 '한(寒)' 운을 쓴 측기식 오언율시이다.

268　고사는……전하고 : 《척언(摭言)》에 안정군왕(安定郡王)이 입춘일에 오신반(五
辛盤)을 만들고 황감(黃柑)으로 술을 빚어 동정춘색(洞庭春色)이라 하였다는 고사가
전한다.

269　새……감도네 : 옛 풍속에 입춘일이 되면 새봄을 맞는 의미에서 다섯 가지 매운
맛이 나는 훈채(葷菜)로 나물을 만들어 먹었는데, 궁궐에서는 또 이 나물을 쟁반에
담아 근신에게 하사하고 민간에서는 이웃끼리 서로 나누곤 했다. 두보의 시 〈입춘(立

교화가 융성하니 풍년이 자주 점쳐졌고　　　　　　化隆豐占屢

재물이 풍족하니 풍속이 마냥 관후하네　　　　　　財阜俗仍寬

최고의 상서가 가절에 징험되니　　　　　　　　　　上瑞徵佳節

송축의 말을 볼 것도 없어라　　　　　　　　　　　　無煩祝語看

셋[270]　其三

농상이 새벽에 뜨는 진유의 처음이라[271]　　　　農祥晨見震維初

아침에 명당을 파하고 조서를 내리네　　　　　　　朝罷明堂下詔書

이날에 천관들 희색이 만면하니　　　　　　　　　　是日千官多喜色

어진 성상의 교화가 시절에 맞추어 퍼지네　　　　寬仁聖化對時舒

春)〉에 "입춘일 춘반 위엔 생채가 보드라우니, 장안과 낙양의 좋던 시절 갑자기 생각나
네. 쟁반은 부귀가에서 나와 백옥이 구르는 듯하고, 채소는 섬섬옥수로 푸른 실을 보내
왔었지.〔春日春盤細生菜, 忽憶兩京全盛時. 盤出高門行白玉, 菜傳纖手送靑絲.〕"라고
하였다.

270　기구에서는 방성(房星)이 새벽에 뜨는 새봄이 막 돌아왔음을 읊었고, 승구에서는
입춘을 맞아 일찍 조회를 파하고 조서를 내리는 모습을 읊었다. 전결 양구에서는 봄과
같은 군주의 교화에 온 조정의 관료들이 기뻐함을 읊었다. 평성 '어(魚)' 운을 쓴 칠언절
구이다.

271　농상이……처음이라 : 새벽 남쪽 별자리에 방성(房星)이 뜨는 봄이 돌아왔다는
의미이다. 《국어(國語)》〈주어 상(周語上)〉에 '농상신정(農祥晨正)'이라는 말이 나오
는데, 이에 대한 위소(韋昭)의 주에 "농상은 방성이다. 신정은 입춘 날 새벽에 방성이
남쪽 하늘 한복판에 나타나는 것을 말한다. 농사를 시작할 시기를 알려주기 때문에
농상이라고 한 것이다.〔農祥房星也. 晨正謂立春之日晨中於午也. 農事之候, 故曰農
祥.〕"라고 하였다. 진유(震維)는 동방을 의미하고 또 《주역》에서 〈진괘(震卦)〉는 봄을
상징한다. 동방은 계절로는 봄에 해당한다.

넷²⁷² 其四

지맥에 봄이 먼저 미치니	地脉春先及
나무 우듬지에 해가 빛나려 하네	樹梢日欲輝
자주자주 날마다 세 번 접견할 제²⁷³	頻繁三畫接
점차 옥루 소리 드물어짐을 느끼리	漸覺漏聲稀

272 기승 양구에서 봄이 왔음을 읊었고, 전결 양구에서 앞으로 해가 점점 길어져
임금의 정무가 많아질 것이라고 읊었다. 평성 '미(微)' 운을 쓴 오언절구이다.

273 날마다……제 : 대신들을 접견하여 정무를 논하느라 바쁜 나날을 보낼 때라는
의미이다. 《주역》〈진패(晉卦)〉의 괘사(卦辭)에 "진은 강후에게 말을 많이 하사하고,
낮에 세 번씩 접견하는 상이로다.[晉, 康侯用錫馬蕃庶, 畫日三接.]"라고 한 것에 전거
를 둔 표현이다.

〔교정고 삭제 표시작〕

대전연상시[274]

大殿延祥詩

하나[275]

찬란한 봉력이 왕춘을 기록하니[276]   煌煌鳳曆紀王春

---

274 【작품해제】 이 시가 지어진 시기는 정확히 확정할 수 없다. 다만 시가 편차된 순서로 보아 명고의 나이 37세 되던 1785년(정조9) 설날에 지어진 것으로 추정된다. 연상시(延祥詩)는 정월 초하루에 홍문관과 승정원의 주관하에 선정된 문신이 축원의 내용을 담아 임금을 비롯하여 각 전(殿)에 올린 시이다. 오언율시와 칠언율시, 오언절 구와 칠언절구 각 한 수씩 지어 올리는데, 이해 명고가 대전의 연상시를 지을 제술관으 로 뽑혀 이 4수를 지은 것이다.

275 수련은 절기가 흘러 왕력(王曆)이 새해가 되었음을 읊었다. 함련은 군신 상하가 서로 소통하며 크고 작은 생물이 양육되는 성세의 기상을 읊었다. 경련은 섣달의 잦은 눈으로 새해의 풍년을 기원하는 마음을 읊었다. 미련의 1구는 신민의 입장에서 임금의 만수무강을 기원하는 마음을 담아 읊었고, 2구는 군신의 입장에서 대전연상시로 인해 백성들이 풍요롭게 되길 기원하는 마음을 담아 읊었다. 평성 '진(眞)' 운을 쓴 평기식 수구용운체 칠언율시이다.

276 찬란한……기록하니 : 봉력(鳳曆)은 봉기(鳳紀)와 같은 말로 황제의 책력을 뜻 한다. 《춘추좌씨전》 소공(昭公) 17년에 "우리 고조 소호 지가 즉위할 적에, 봉새가 마침 왔기 때문에, 새를 가지고 기록하여 모든 관명(官名)에 새의 이름을 집어넣었다. 〔我高祖少皥摯之立也, 鳳鳥適至, 故紀於鳥, 爲鳥師而鳥名.〕"라고 한 것에서 비롯되었 다. 왕춘(王春)은 《춘추(春秋)》 은공(隱公) 원년에 "원년 봄, 왕의 정월〔元年春, 王正 月.〕"이라고 한 구절에 대해 《춘추공양전(春秋公羊傳)》의 해설에 근거하여 '천하를 통 일한 제왕의 봄'이라는 뜻으로 합의되었는데, 후대에 일반적으로 새해의 정월을 맞이하 였다는 의미로도 쓰였다.

절서는 삼원정시의 날이 되었네[277]　　　　　節屆三元正始辰

위와 아래가 서로 교통하니 태평의 운수임을 알겠고[278]

　　　　　　　　　　　　　　　上下相交知泰運

크고 작은 생물들 모두 양육되니 깊은 인으로 감싼 것일세

　　　　　　　　　　　　　　　洪纖竝育囿深仁

신이한 공덕 이미 징험되니 따스한 화기가 퍼지고　神功已驗陽和布

풍년 농사 미리 점쳐지니 섣달의 눈 자주 내렸네[279]　瑞色先占臘雪頻

백엽주와 초화주 올릴 제 송축 노래 드높으니[280]　　柏葉椒花騰善祝

277　절서는……되었네 : 절기가 원단(元旦)이 되었다는 뜻이다. 삼원(三元)은 해와 달과 날의 으뜸이란 의미로 정월 초하루를 뜻한다. 정시(正始)는 왕화(王化)의 시작을 바르게 한다는 의미로 역시 정월 초하루를 뜻한다. 서진(西晉) 예장군(豫章郡) 사람 웅원(熊遠)이 정월 초하루에 "한 해를 시작하는 원일은 시작을 바르게 하는 처음이니, 식견 있는 선비가 이때에 예악을 살펴 이목의 감상거리를 영화롭게 하고 장식과 놀이의 즐거움을 숭상한다.〔履端元日, 正始之初, 有識之士, 於是觀禮樂, 榮耳目之觀, 崇玩弄之好.〕"라고 한 데서 유래한 말이다.《太平御覽》

278　위와……알겠고 : 군신이 서로 마음을 소통하여 통태(通泰)한 시대를 이루었다는 의미이다.《주역》〈태괘(泰卦)〉의 상(象)에 "하늘과 땅의 기운이 서로 통하는 것이 태괘이다. 제왕은 이로써 천지의 도를 지나침 없이 이루고 천지의 일을 모자람 없이 도와서 백성을 보호하고 인도한다.〔天地交泰, 后以財成天地之道, 輔相天地之宜, 以左右民.〕"라고 한 것에 전거를 둔 표현이다.

279　풍년……내렸네 :《농정전서(農政全書)》권11〈점후(占候)〉에 "동지 지난 뒤 세 번째 술일(戌日)이 납일이다. 납일 이전에 세 차례 큰 눈이 오는 것을 '납전삼백(臘前三白)'이라고 하는데, 보리농사에 아주 좋다." 하였다. 또《조야첨재(朝野僉載)》에 "섣달에 눈 오는 것을 보면, 농부가 껄껄 웃는다.〔臘月見三白, 田公笑嚇嚇.〕" 하였다.

280　백엽주와……드높으니 : 백엽주(柏葉酒)는 설날 마시는 술로 측백나무 잎을 넣어 만든 술이다. 또 설날에 웃어른께 초반(椒盤)을 올려 술잔에 산초(山椒)를 띄워 마셨다.《형초세시기(荊楚歲時記)》에 "1월 1일에 어른과 어린이가 모두 모여 의관을

새해 맞아 부르는 한 곡조 노래는 우리 백성들 풍요롭게 하리[281]

迎新一曲阜吾民

둘 其二[282]

파루 소리 듣고 궁궐로 달려가	聽漏趨金闕
안부 여쭈며 옥섬돌에서 절하네	承安拜玉墀
눈 속의 매화는 옛 꽃잎이 농염하고	雪花濃舊萼
바람결의 버들은 새 가지가 고와라	風柳艶新枝
총애는 은번에 융숭하고	寵洽銀幡在

정제하고 앉아 차례로 하례를 드리면서 초주와 백엽주를 올린다.〔於是長幼悉正衣冠,
以次拜賀, 進椒柏酒.〕"라고 하였다. 이런 풍속으로 인해 두보는 〈인일(人日)〉이라는
시에서 "이날을 누구나 기뻐하여, 이야기하고 웃으며 서로 즐기네. 동이의 백엽주 이젠
마시지 않고, 채승(彩勝)의 금화는 교묘히 추위 견디네.〔此日此時人共得, 一談一笑俗
相看. 樽前柏葉休隨酒, 勝裏金花巧耐寒.〕"라고 하였고, 〈두위댁 수세(杜位宅守歲)〉라
는 시에서 "아융의 집에서 그믐날 밤샘을 하며, 초반에 이미 꽃을 송축했네.〔守歲阿戎
家, 椒盤已頌花.〕"라고 하였다.

281 새해……하리 : 새해 새봄을 맞아 짓는 대전연상시가 마치 순임금의 〈남풍가(南
風歌)〉처럼 백성들을 풍요롭게 해줄 것이라는 의미이다. 순임금이 오현금(五絃琴)을
처음으로 만들어 〈남풍가〉를 지어 부르면서 "훈훈한 남쪽 바람이여! 우리 백성의 수심
을 풀어주리라. 제때에 부는 남풍이여! 우리 백성의 재산을 늘려주리라.〔南風之薰兮,
可以解吾民之慍兮. 南風之時兮, 可以阜吾民之財兮.〕"라고 하였다. 《禮記 樂記》

282 수련은 원단의 첫새벽에 궁궐로 달려가 진하(進賀)하는 신하들의 모습을 읊었다.
함련은 봄이 와 지난가을에 맺힌 꽃눈에서 매화가 피고 버들가지에 새로 물이 오른
모습을 읊었다. 경련은 임금으로부터 은번과 술을 하사받은 기쁨과 영광을 노래했다.
미련은 연상시에서 태평시대를 송축하노라고 읊어 마무리하였다. 평성 '지(遲)'운을
쓴 측기식 오언율시이다.

영광은 녹주에 더해지네[283] 榮沾綠酒遲

물어보자 춘사에 무어라고 노래하랴 春詞問何語

하늘이 보우하사 태평시대 송축하네 天保頌明時

셋 其三[284]

사직에서 새벽에 보니 길한 안개 피어나고 太社晨瞻瑞靄生

어가가 아침에 돌아올 제 흐린 먼지 맑아졌네 鑾旂朝返屬塵清

성상의 마음 이미 그득한 송축 누렸으리니 天心已享穰穰祝

백관들이 한목소리로 태평성세 경하하네 鵷鷺聲齊慶泰平

---

283 총애는……더해지네 : 은번(銀幡)은 인일(人日)이나 입춘에 임금이 고관들에게
총애의 뜻으로 하사하는 장식물이다. 왕이 근신(近臣)들에게 손수 은번과 채승 등의
장식물을 하사하면, 하례식이 끝난 후 근신들이 모두 채승과 은번을 머리에 꽂고 집으로
돌아갔다는 고사가 있기에 이렇게 읊은 것이다. 참고로 《홍재전서(弘齋全書)》권178
〈일득록(日得錄) 훈어(訓語)〉에 "명절 때마다 고관들과 근신들에게 하사품을 나누어
주는 일은 예로부터 있었다. 입춘일에는 채승을 내려주고, 인일에는 은번을 내려주고,
한식에는 납촉을 내려주고, 단오에는 궁포와 비단 부채를 내려주고, 복날에는 고기를
내려주고, 중양절에는 감귤과 수유를 내려주고, 가평절에는 양고기를 내려준다.〔每於
佳辰名節, 頒賜貴近, 自昔伊然. 立春有綵勝, 人日有銀幡, 冷節有蠟燭, 端陽有宮袍執
扇, 伏日有肉, 重陽有柑橘茱萸, 嘉平有羊.〕" 하였다. 녹주(綠酒)는 푸른색의 술거품이
이는 술로, 좋은 술을 표현할 때 상투적으로 쓰는 시어이다.
   원문의 '재(在)'와 '지(遲)'는 상태의 지속을 나타내는 말로 보아 번역문에서는 어감
으로만 표현하였다.

284 기승 양구에서 사직에 대제(大祭)를 올리고 돌아오는 새벽 풍경을 읊었다. 전결
양구에서 백관들이 일제히 태평성세를 경하하였으므로 성상께서 이미 그득한 송축을
누렸을 것이라고 말하여 마무리하였다. 평성 '경(庚)' 운을 쓴 칠언절구이다.

넷 其四[285]

명당에선 월정[286]을 반포하고	明堂頒月政
양덕은 무르익은 봄일세	陽德屬春融
우리 왕의 교화를 알고 싶다면	欲識吾王化
해마다 풍년 드는 걸 보면 되지	須看歲屢豐

285 기구에서 새해를 맞아 조정에서 월력을 반사하는 모습을 읊었고, 승구에서 봄이 되어 양기가 퍼지는 것을 읊었다. 전결 양구에서 해마다 풍년이 드는 것을 보면 우리 임금의 정치가 성세의 정치라는 것을 알 수 있다고 하여 마무리하였다. 평성 '동(東)' 운을 쓴 오언절구이다.

286 월정(月政) : 각 달에 행할 정사인데, 여기서는 열두 달에 행할 정사를 기록한 월력(月曆)을 가리킨다.

〔교정고 삭제 표시작〕

일벽정(一碧亭)에서 탄소 유금의 시에 차운하다[287]
一碧亭次柳琴彈素韻

빈둥빈둥 세월 잊고 열흘 남짓 보냈더니[288] 　　　流行坎止任經旬

287 【작품해제】이 시가 지어진 시기는 정확히 확정할 수 없다. 다만 시가 편차된 순서로 보아 1785년(정조9) 늦봄에서 초여름 사이 어느 시점에 지은 것으로 보인다. 《경수당전고(警修堂全藁)》 책7 〈서강절구(西江絶句)〉의 원주에 "일벽정(一碧亭)은 서노수(徐潞修, 1766~1802)의 옛 별장이다."라고 하였다. 서노수는 서명민(徐命敏)의 아들로 서명선(徐命善, 1728~1791)의 양자가 되었다. 자는 경박(景博), 호는 홀원(笏園)이다. 1790년 진사시에 합격하고 형조 정랑, 사헌부 감찰, 용강 현령(龍岡縣令) 등을 역임했다. 서노수의 독서당 이름이 세심헌(洗心軒)인데, 거기에 명고가 기문을 써주었다. 일벽정은 서강 가에 있었던 것으로 추정할 뿐 정확한 자리는 미상이다. 참고로 《보만재집(保晚齋集)》 권2에 서명응이 손자 서유본(徐有本)에게 써서 준 시편이 실려 있는 것으로 보아 달성 서문의 인사 및 그 주변 인물들이 이곳에서 종종 회동했음을 짐작할 수 있다.
　　수련에서는 한가로이 지내다가 봄이 다 저물었음을 읊었다. 함련에서는 일벽정에서 보이는 서강 일대의 풍경을 읊었다. 경련에서는 세상의 재목이 되려 애썼던 지금까지의 자신의 모습과 향리에 은거하고자 하는 만년의 계획을 읊었다. 미련에서는 장단의 향리로 돌아가면 고향의 부로들이 자신을 반겨줄 것을 상상하여 읊어 마무리하였다. 평성 '진(眞)' 운을 쓴 평기식 수구용운체 칠언율시이다.
　　【校】柳琴 : 교정고 가필사항이다.

288 빈둥빈둥……보냈더니 : 유행감지(流行坎止)는 흐를 만한 형세를 만나면 흐르고 패인 곳을 만나면 멈추는 물의 모습을 빌려 출처와 진퇴를 상황에 맞게 행하는 군자의 모습을 흔히 비유하는 말인데, 여기서는 특별히 작위적으로 노력하는 일 없이 그냥 되는 대로 살아가는 모습을 읊기 위해 사용하였다. 문맥에 따라 의역하였다. 《한서(漢書)》 권48 〈가의전(賈誼傳)〉의 "흐름을 타게 되면 함께 흘러 내려가고, 웅덩이를 만나

버들 짙고 꽃 흐드러져 어느덧 봄 저물었네 柳暗花明忽暮春

바람 잔잔한 저녁 모래톱엔 백로가 앉았고 風恬夕洲留白鷺

물결 이는 아침 비에 은빛 물고기 뛰노네 波生朝雨躍銀鱗

뜬 명성은 오랫동안 장자의 산목 싫어했고[289] 浮名久厭莊山木

　장자(莊子)가 산속을 가다가 가지와 잎이 무성한 큰 나무를 보았다. 벌목하
　는 자가 그 나무를 베지 않고 말하기를 "이 나무는 재목감이 안 되기 때문에
　천수(天壽)를 누릴 수 있었다."라고 하였다.[290]

만년의 계책은 오히려 초구의 실진을 보존하리[291] 晚計猶存楚室榛

　초실진(楚室榛)이라는 시어는 전거가 《모시(毛詩)》에 나온다.[292]

알겠노라 장단(長湍)으로 돌아가는 날에 料識湍坡歸去日

촌옹들 웃으며 맞이해 나를 미워하지 않을 줄 村翁迎笑莫猜人

면 잠깐 정지할 뿐이다.〔乘流則逝, 得坎則止.〕"라는 말에서 유래하였다.

289 뜬……싫어했고 : 아무 재능도 없는 사람으로서 실질 없는 명성을 얻는 것으로
늘 경계했다는 뜻이다.

290 【校】장자(莊子)가……하였다 : 교정교 가필사항이다. 내용은 《장자》〈산목(山
木)〉에 나온다.

291 만년의……보존하리 : 초구(楚丘)의 실진(室榛)은 산야에 은거하여 독서하고 거
문고를 타며 유유자적하게 지내는 한편 선영에서 조상의 묘를 돌보며 살아가겠다는
뜻이다. 《시경》〈용풍(鄘風) 정지방중(定之方中)〉에 "정성(定星)이 혼중성(昏中星)
이 되자 초궁을 짓노라. 해그림자로 헤아려 초구(楚丘)에 궁실을 짓고, 개암나무와
밤나무를 심고 가래나무와 오동나무와 의나무와 옻나무를 심어, 이것을 베어 거문고와
비파를 만든다.〔定之方中, 作于楚宮. 揆之以日, 作于楚室, 樹之榛栗, 椅桐梓漆, 爰伐琴
瑟.〕"라고 노래하였는데, 그 주(註)에 "문공(文公)이 도읍을 옮겨 초구(楚丘)에 거하면
서 궁실을 지었다."고 하였고, 또 "개암과 밤은 모두 변두(籩豆) 즉 제사 음식으로 올릴
수 있다."라고 하였다. 아래 미련의 1구의 말을 감안할 때 초구의 집과 개암나무는
명고정거(明皋靜居)의 경영을 가리키는 듯하다.

292 【校】초실진(楚室榛)이라는……나온다 : 교정고 가필사항이다.

〔교정고 삭제 표시작〕

한가로이 《청문집》을 보다가 외(隈) 자 운을 차운하여 탄소에게 보이다[293]

漫閱靑門集 仍步隈字 示彈素

강 서쪽 기슭에 교거한 지 며칠이건만 　　　　　僑居幾日水西隈

게을러 한 번도 낚시터에 가지 못했네 　　　　　懶漫不曾上釣臺

아침 해 솟아올라 꽃봉오리 더욱 붉고 　　　　　花意紅添朝旭出

먼 안개 흘러와 풀빛에 푸른색 어리네 　　　　　艸光靑合遠烟來

온갖 부질없는 시름을 그대여 말하지 마오 　　　百端浮慮君休說

몇 상자 낡은 책을 내 펼쳐 읽으려 하오 　　　　數簏殘書我自開

앉는 곳이 집이라 몸이 곧 머무르니 　　　　　　着處爲家身便住

분분하게 영애[294]를 비교해 무엇하랴 　　　　　紛紛何事較榮哀

---

293 【작품해제】 이 시가 지어진 시기는 정확히 확정할 수 없다. 다만 시가 편차된 순서로 보아 1785년(정조9) 여름 어느 날에 일벽정에서 교거하며 지은 것으로 보인다. 《청문집》에 대해서는 미상이다.

　　수련과 함련에서는 서강에서 교거하는 생활과 주변 풍광을 읊었다. 경련에서는 세상의 시름을 잊고 독서하며 자적하고자 하는 마음을 읊었다. 미련에서는 발길 닿는 곳이 모두 집이요 몸이 주인이라 하여 세상사의 덧없음을 노래하고 생사의 존경과 애도를 모두 초탈하고자 하는 마음을 담아 마무리하였다. 평성 '회(灰)' 운을 쓴 평기식 수구용 운체 칠언율시이다.

294 영애(榮哀) : 자공이 공자를 두고 "살아서는 세상이 다 그를 존경하고, 죽어서는 세상이 다 그를 슬퍼하나니, 어떻게 그분에게 미칠 수 있으리오.〔其生也榮, 其死也哀, 如之何其可及也.〕"라고 한 데서 온 말로, 생전(生前)과 사후(死後)에 모두 존경받고 애도받는 것을 말한다. 《論語 子張》

또 《신당서(新唐書)》 권137 〈곽자의열전(郭子儀列傳)〉에 "부귀와 장수를 누렸고, 살아서는 존경을 받고 죽어서는 애도함을 입어서, 신하의 도리에 조금도 결점이 없었다.〔富貴壽考, 哀榮終始, 人臣之道無缺焉.〕"라고 하였다.

《병산집(屛山集)》의 운을 따서[295] 2수

拈屛山集韻 二首

하나[296]

봄 늦은 강기슭에 기쁘게도 날이 개어	春晩江皐喜報晴
모랫둑 감아 도는 작은 강촌 아름답네	沙堤如抱小村明
돛단배 속도에서 바람 방향을 알겠고[297]	帆歸舒疾知風自

"바람이 일어나는 곳을 안다.〔知風之自〕"는 시어는 전거가 《중용》에 나

295 【작품해제】 이 시가 지어진 시기는 정확히 확정할 수 없다. 다만 시가 편차된 순서로 보아 1785년(정조9) 여름 어느 날 일벽정에서 교거하며 지은 것으로 보인다. 《병산집》은 서명응의 장인이요 저자의 외조부인 이정섭(李廷燮, 1688~1744)의 맏아들 이광(李洸)의 시집이다. 이정섭의 본관은 전주, 자는 계화(季和), 호는 저촌(樗村)이다. 세 아들 광(洸), 육(堉), 곤(坤)을 두었는데, 이 중 광은 출계하여 만형 이정엽(李廷燁)의 후사가 되었다. 이광의 시는 사경(寫景)에 뛰어나고, 간결하다는 평을 받았다고 한다. 참고로 병산은 지금의 제천시 청풍면에 소재한 금병산(錦屛山)이다. 이 시는 원래 총 세 수로 이루어져 있으나, 두 번째 수가 교정 과정에서 삭제 표시되어 소제목 원주에는 2수로 표시되어 있다. 세 수 모두 동일한 운자를 사용하였다.

【校】 集 : 교정고 가필사항이다.

【校】 제목 원주의 '二首'는 교정고 가필사항이다.

296 수련은 늦봄의 화창한 강촌 마을 풍경을 읊었다. 함련은 강에 오가는 배와 나무 그림자에서 풍향과 해의 이동을 안다는 것을 읊었다. 경련에서는 덧없는 허명을 좇은 자신의 평생을 반성하였다. 미련에서는 안신책(安身策)을 곰곰이 생각하는 자신의 모습을 그려 마무리하였다. 평성 '경(庚)' 운을 압운한 측기식 수구용운체 칠언율시이다.

297 돛단배……알겠고 : 풍자(風自)는 바람이 앞에서 불어오는지 뒤에서 불어오는지 말하는 것인데, 돛단배가 빨리 가면 순풍을 받으며 가는 것이고, 느리게 가면 역풍을 안고 거꾸로 가는 것임을 알겠다는 뜻이다.

온다.²⁹⁸

나무 그림자 높이에서 해의 운행 알겠네	樹影高低驗日行
서탑에서 가만히 지내며 숙원 이루지 못했고	一榻從容空宿志
평생토록 좇은 것은 허명 향해 치달린 것이네	半生馳逐騖虛聲
처마 밑 배회하며 가만히 안신책 생각하노라니	巡簷默數安身策
강 건너 청산에 달이 이미 걸렸구나	隔岸靑峰月已橫

〔교정고 삭제 표시작〕

둘²⁹⁹ 其二

내 게을러 날씨 모르고 지낸 지 오래	久吾慵不問陰晴
빈방에 밝음이 절로 생겨 온 방 안 밝구나³⁰⁰	虛白自生一室明
나라에서 받은 은택 깊어 성은을 노래하지만	受國恩深歌聖澤
일신 도모하는 계책 졸렬해 명행³⁰¹에 부끄럽네	謀身計拙愧冥行

---

298 바람이……나온다 : 《중용장구》 제33장에 "먼 곳이 가까운 곳에서 시작된다는 것을 알고, 바람이 일어나는 곳을 알며, 은미함이 드러나는 것임을 안다.〔知遠之近, 知風之自, 知微之顯.〕"라고 한 것을 가리킨다.

【校】이 원주는 교정고 가필사항이다.

299 채택의 권점이 찍혀 있다가 다시 교정고 삭제 표시가 된 작품이다. 수련에서는 두문불출하고 방 안에서만 지내는 정황을 읊었다. 함련에서는 임금으로부터 받은 은혜의 깊이에 비해 세상살이에 서툰 자신의 처세를 대비하여 읊었다. 경련에서는 계절이 바뀌는 강정(江亭)의 풍경을 읊었다. 미련에서는 낙담해 있는 처지에서도 날마다 독서하고 비평하는 자신의 일상을 읊었다. 평성 '경(庚)' 운을 압운한 평기식 수구용운체 칠언율시이다.

300 【校】온 방 안 밝구나 : 이 아래 "허실생백은 《장자》에 나온다.〔虛室生白出莊子〕" 라는 일곱 글자 가필사항의 원주가 있었으나, 수정 과정에서 지웠다.

봄 강에 물 풀리자 갈매기 먼저 날아오고　　　　春江水暖鷗先至

달빛 드는 집에 바람 불자 기러기 소리 나네　　　月屋風過雁有聲

경황없는 중에도 역사서 보는 벽을 잊지 못해　　顚沛未忘看史癖

붉고 누런 사평을 날마다 이리저리 쓰네　　　　朱黃勘定日縱橫

둘[302] 其二

염량의 세태가 변덕 심한 날씨 같다지만　　　　時態炎凉雨忽晴

어찌 오사모 차림으로 승명려를 떠나랴[303]　　　肯將烏帽拂承明

어찌 알랴 온 세상에 야유 받은 몸이라고　　　　安知一世揶揄跡

301　명행(冥行) : 밤길을 걷듯 사방을 분간하지 못하는 것을 말하는데, 여기서는 세상
살이에 어두운 자신을 비유한다. 《법언(法言)》〈수신편(修身篇)〉에 "지팡이로 땅을
더듬어서 길을 찾아 어둠 속으로 나아갈 따름이니라.〔摛埴尋途, 冥行而已矣.〕"하였는
데, 이 구절에 대한 주에 "식(埴)은 땅을 말한 것인데, 맹인(盲人)이 지팡이로 땅을
더듬어서 길을 찾는 것이 일반 사람이 밤길 걷는 것과 같다. 밤길은 깜깜하다는 뜻이다."
하였다.

302　이 편은 전체적으로 홍계능의 제자라고 탄핵 당한 뒤 잠시 강정에 물러나 있을
때의 심정을 담아 읊은 것으로 보인다. 수련에서는 세상 인심이 뒤집혀 냉대를 받아도
결코 조정을 떠날 수 없다는 자신의 마음을 읊었다. 함련에서는 지금은 비록 온 세상
사람들의 야유를 받는다 하더라도 반드시 다시 중용되어 재기할 날이 있을 것이라는
자기 위안을 담아 읊었다. 경련에서는 지난날 근신의 자리에 있던 시절을 회고하여
읊었다. 미련에서는 벼슬을 버리고 전리에 돌아가 저술을 일삼은 구양수를 본받아 향리
로 돌아가고 싶은 마음을 은근히 담아 마무리하였다. 평성 '경(庚)' 운을 압운한 측기식
수구용운체 칠언율시이다.

　【校】其二 : 교정고 수정사항으로, 원래는 '其三'이었다.

303　염량의……떠나랴 : 염량세태의 인정에 염증을 느끼지만 아직 시종신의 자리를
버리고 떠나기엔 때가 이르다는 말이다. 승명려(承明廬)는 한(漢)나라 때 시종신이
숙직하던 거소의 이름이다. 142쪽 주149 참조.

평생토록 부러움 받는 사람 되지 않을 줄을[304]　　不作百年艶慕行

어가를 가까이서 모신 일은 덧없는 꿈이요　　黃纛昵陪同幻夢

　소식의 시에 "한낮에 어가 행차가 서쪽 곁채로 내려오네.〔日高黃纛下西淸〕"
　라고 하였다.[305]

궁궐에서 독대한 건 모두 부화한 명성이라　　丹墀獨對摠浮聲

　옛사람의 시에 "예악을 자유로이 끌어다 삼천 자를 내리 쓰고, 궁궐에서
　독대하고 나올 제 해가 아직 기울지 않았네.〔縱橫禮樂三千字 獨對丹墀日未
　斜〕"라고 하였다.[306]

304 어찌……줄을 : 지금은 비록 온 세상의 야유를 받는 처지이지만 뒤에는 남들의
부러움을 받으며 벼슬에 나아갈 수 있으리라는 다짐이다. 나우(羅友)는 환온(桓溫)의
막하였는데 재주가 뛰어나고 성격이 호방하나 인물됨에 방달불기(放達不羈)함이 있었
다. 이 때문에 환온은 나우의 재주나 학문은 인정하면서도 그를 발탁하지 않았다. 뒤에
한 사람이 고을 수령으로 나가게 되어 환온이 환송연을 마련했는데 나우가 늦게 당도하
였다. 환온이 그 까닭을 묻자, 나우가 "제가 급히 달려오던 중 귀신이 나타나 '나는
그대가 남의 고을살이 나가는 환송연에 참여하는 것만 보았는데, 어이하여 남이 그대의
고을살이 나가는 환송연에 참여하는 것은 보지 못하는가?〔我只見汝送人作郡, 何以不見
人送汝作郡?〕'라고 야유하기에 부끄러워 골똘히 생각하느라 길이 늦어지는 줄도 몰랐습
니다."라고 대답하였다. 뒤에 나우가 양양 태수(襄陽太守)가 되었다. 《世說新語 任誕》

305 소식의……하였다 : 소식의 시 〈구월십오일이영강논어종편……(九月十五日邇
英講論語終篇……)〉에 "한낮에 어가 행차가 서쪽 곁채로 내려갈 제, 바람이 괴룡에
불어 푸른 가지 춤을 추네.〔日高黃纛下西淸, 風動槐龍舞交翠.〕"라고 한 것을 가리킨다.
황산(黃纛)은 임금 행차에 사용하는 누런 일산이고, 괴룡(槐龍)은 나뭇가지가 용처럼
구불구불한 회화나무이다.
　【校】이 원주는 교정고 가필사항이다.

306 옛사람의……하였다 : 송나라의 명신 하송(夏竦)이 젊은 시절 정시(庭試)에 응
과하여 대책을 쓰고 막 전문(殿門)을 나올 때, 양휘지(楊徽之)가 그를 대견하게 여겨
"부디 젊은 선비의 시 한 편을 얻어서 장래의 포부를 점쳐보기를 원한다."라고 하자,
하송이 즉시 붓을 들어 "전상의 곤룡포는 일월같이 환히 밝고, 벼루에 비친 깃발 그림자

장형(張衡)이 지은 〈서경부(西京賦)〉의 "청쇄단지(靑鎖丹墀)"라는 구절의
주에서 "단지는 궁궐의 섬돌이다. 붉은색으로 칠하였다." 하였다.[307]

일신 한가로우니 〈속귀전록〉을 지어[308]　　　　　　身閒擬續歸田錄

　　구양공(歐陽公 구양수)이 〈귀전록(歸田錄)〉을 지었다.[309]

평생의 겪은 일을 권축에 그득 적어볼거나　　　　經歷平生卷軸橫

는 용과 뱀이 굼틀대는 듯하네. 예악을 자유로이 끌어다 삼천 자를 내리 쓰고, 궁궐에서
독대하고 나올 제 해가 아직 기울지 않았네.〔殿上裒衣明日月, 硯中旗影動龍蛇. 縱橫禮
樂三千字, 獨對丹墀日未斜.〕라고 하였다. 시를 보고 양휘지가 탄복하여 말하기를 "참
으로 재상의 그릇이다."라고 했다 한다. '삼천 자'는 대책문이나 상소문을 뜻하는 관용적
어휘이다. 《類說》

【校】 이 원주는 교정고 가필사항이다.

307 장형(張衡)이……하였다 : 장형(78~139)은 자가 평자(平子)이고 남양(南陽)
서악(西鄂) 사람으로, 한나라의 문학가요 관료이다. 쇄(鎖)는 판본에 따라 '쇄(瑣)'로
된 곳도 있다. 청쇄는 푸른 옥구슬을 이어 만든 궁궐의 장식물이고, 단지는 붉게 칠한
궁궐의 섬돌이다.

【校】 이 원주는 교정고 가필사항이다.

308 일신……지어 : 구양수(歐陽脩)가 은거했던 것을 따라 자신도 은거하여 저술이
나 일삼고 싶다는 의미이다.

309 【校】 구양공(歐陽公)이……지었다 : 교정고 가필사항이다.

이생 희명이 연경에 가서 척암(惕庵) 서대용(徐大榕)을
만나 나의 문고(文稿) 몇 편을 보여주었다. 척암이
유유주(柳柳州 유종원)에 비기면서 곧 절구 두 수를 지어
책머리에 적어주었다. 마침내 그 시에 차운하여 그의
후의(厚意)에 답한다.[310] 2수

李生喜明之赴燕也 遇徐惕庵大榕 示余文稿數篇 惕庵比之柳柳州 仍作
兩絶 以題卷端 遂次其韻 答其厚意 二首

하나[311]

일맥이 천년토록 구주를 관통하여　　　　　　　　一脉千年貫九州

310　【작품해제】이 시가 지어진 시기는 정확히 알 수 없지만, 명고의 나이 38세 되던
1786년 가을 어느 시기로 추정된다. 이희명(李喜明, 1749~?)은 본관은 양성(陽城),
자는 성흠(聖欽)으로, 이소(李熽)의 아들이고 이희경(李喜經)의 둘째 아우이다. 서울
에 거주하였으며, 44세 되던 1792년 식년시 진사과에 합격하였다. 형 이희경과 함께
박지원의 제자로 이덕무, 이서구, 박제가, 남공철, 성대중 등과 교유하였다. 1782년
이희경이 동지사 일행을 따라 중국을 갈 때 이희명이 함께 갔던 것이다. 서대용(徐大榕,
1747~1803)은 이희경·이희명 형제로부터 명고의 시문을 얻어 읽어보고, 〈서오여헌
주인의 시문에 붙이는 서문〔徐五如軒主人詩文序〕〉과 시 2편을 적어주었다. 명고는 이
에 대해 고마운 마음을 담아 서대용에게 화답시와 편지를 보냈는데, 본서 권5에 실린
〈서원외에게 주다〔與徐員外〕〉가 그것이다. 그런데 이희경이 재차 연경에 간 것이 1786
년 가을이므로 시와 편지가 지어진 것은 그 무렵일 것이다. 서대용에 대해서는 68쪽
【작품해제】 참조.

　【校】제목 원주의 '二首'는 교정고 가필사항이다.

311　기승 양구에서 조선에 문운이 돌아옴을 읊었다. 전결 양구에서 중국에 가지 못하
고 장단에서 독서하고 지내는 자신의 모습을 자탄하였다. 평성 '우(尤)' 운을 쓴 측기식
칠언절구이다.

규수의 문장이 근년에 동국에 빛났어라　　　　　　奎文近日耀東洲

　영조 갑술년(1754, 영조30), 서양인 유송령(劉松齡)이 우리나라 행인(行人
사신)에게 말하기를 "규성이 밝게 빛을 잃은 지가 오래인데, 병신년(1776,
정조 즉위년)에 가서야 크게 밝아질 것이다. 조선이 또한 기미(箕尾)의
분야이니, 관측해보면 알 수 있을 것이다." 하였다.[312]

못난 나는 벼슬에 오를 힘이 없어　　　　　　　　鰍生不有攀援力

동국의 궁벽한 바닷가에서 갈매기와 논다오[313]　　桑海窮濱[314]但狎鷗

312　영조……하였다 : 이 말은 유송령이 우리나라 사신에게 해준 말로 다른 문헌에서
는 찾아볼 수 없고, 본서 권9 〈규장총목 서례(奎章總目敍例)〉에도 짧게 언급되었다.
유송령(劉松齡)은 18세기 독일계 선교사로서 30년이 넘는 기간을 청나라 흠천감 정(欽
天監正)으로 있었던 어거스틴 할레르슈타인(Ferdinand Augustin Hallerstein, 1703~1774)
을 말한다. 1738년 중국에 들어왔으며 1745년에 대진현(戴進賢, Ignaz Kögler, 1680~
1746)과 함께 청 고종(淸高宗 건륭제)의 명을 받아 천문성표(天文星表)인《의상고성
(儀象考成)》을 편수하였다. 《奎章閣韓國本圖書解題 子部 天文算法類 天文》. 우리나
라에는 담헌(湛軒) 홍대용(洪大容)에 의해 포우관(鮑友管, Anton Gogeisl, 1701~1771)
과 함께 그 이름이 알려졌다.
　【校】이 원주는 교정고 가필사항이다.

313　못난……논다오 : 서대용이 명고를 두고 '물욕 없이 한가로이 갈매기와 노시겠
지.'라는 뜻으로 읊자, 명고가 그 말을 받아 '자신은 물욕이 없어서 그런 것이 아니라
벼슬에 오를 능력도 중국으로 사신 갈 능력도 없어서 바닷가에서 지내는 것일 뿐'이라고
너스레를 떤 것이다. 추생(鰍生)은 자잘한 물고기로 보잘것없는 인물이란 말인데, 곧
자신에 대한 겸사이다. 상해(桑海)는 부상(扶桑) 곧 동해(東海)와 같은 말이다.

314　【校】窮濱 : 교정고 수정사항이다. 원글자는 판독할 수 없다.

둘[315] 其二

명문장과 우아한 글씨에 꿈에서 내 깨어났으니　　希音雅畵夢余醒

그대가 새 시문으로 영묘하게 해준 덕에 나의 시 불후하게 되었네

不朽[316]新工賴子靈

척암이 또 나의 시문집의 서문을 짓고 손수 1첩을 써서 보내왔다.[317]

내 평생의 가장 무한한 한은　　　　　　最是平生無限恨

재주 졸렬해 사신 가는 일 바라기 어렵다는 것　才疏難望[318]泛槎星

범사성(泛槎星)은 한(漢)나라 장건(張騫)이 서역으로 사신 간 고사를 인용
한 것이다.[319]

---

315 기구에서 자신에게 써준 서대용의 서문을 '명문장에 명필'이라고 치켜세우며 그것
을 보자 정신이 번쩍 든다고 칭송하였다. 승구에서 서대용의 서문 덕분에 자신이 지은
시문이 불후하게 되었다고 감사의 마음을 담았다. 전결 양구에는 중국으로 사신을 가서
서대용과 만나고 싶은데, 그러한 바람을 이룰 수 없는 현실을 자탄하며 서대용을 그리워
하는 자신의 마음을 은근히 드러내었다. 평성 '청(青)' 운을 쓴 평기식 칠언절구이다.

316 【校】朽 : 교정고 수정사항으로, 원글자는 '杇'이다.

317 【校】척암이……보내왔다 : 교정고 가필사항이다. '서문'은 〈서오여헌주인의 시
문에 붙이는 서문[徐五如軒主人詩文序]〉을 가리킨다.

318 【校】望 : 교정고 수정사항으로, 원글자는 '得'이다. 의미상의 변화는 없다.

319 범사성(泛槎星)은……것이다 : 한 무제(漢武帝) 때 장건이 사명(使命)을 받들고
서역(西域)에 나갔던 길에 뗏목[槎]을 타고 황하(黃河)의 근원을 한없이 거슬러 올라
갔다. 어떤 성시(城市)에 이르렀는데 한 여인은 방 안에서 베를 짜고, 한 남자는 소를
끌고 은하(銀河)의 물을 먹이고 있었다. 그들에게 여기가 어디냐고 묻자, 그 여인이
지기석(支機石) 하나를 장건에게 주면서 "성도(成都)의 엄군평(嚴君平)에게 가서 물어
보라." 하였다. 장건이 돌아와서 엄군평을 찾아가 지기석을 보이자, 엄군평이 말하기를
"이것은 직녀(織女)의 지기석이다. 아무 연월일(年月日)에 객성(客星)이 견우성과 직
녀성을 범했는데, 지금 헤아려보니 그때가 바로 이 사람이 은하에 당도한 때였도다."라
고 했다는 전설을 인용한 표현이다. 《博物志》

원운(原韻)을 첨부함 附 原韻

하나

저작은 틀림없이 유유주의 솜씨이고[320]　　　著作[321]分明柳柳州

그대와 같은 집안 인물로 옛 남주 있었지　　　與君家世舊南洲

　씨족(氏族)에 대해 말하는 자가 "백익(伯益)이 영씨(嬴氏) 성을 하사받았
　고, 진(秦)·조(趙)·서(徐)가 모두 그 후손인데, 남주(南州)의 서유자
　(徐孺子)가 곧 그 후예이다." 하였다.[322]

언제나 함께 삼생의 기약 맺을까　　　何時共訂三生約

종일토록 기심 잊고 갈매기와 노시겠지[323]　　　盡日忘機看海鷗

　【校】이 원주는 교정고 가필사항이다.

320　저작은……솜씨이고 : 명고의 시와 산문이 당송팔대가(唐宋八大家)의 한 사람인
유종원과 닮았다는 뜻이다.

321　【校】著作 : 교정고 수정사항으로, 원글자는 '着作'이다. 의미상의 변화는 없다.

322　씨족(氏族)에……하였다 : 백익(伯益)은 진(秦)나라의 시조(始祖)로 순(舜)임
금 때의 사람이다. 본래는 대비(大費)라고 칭하였으며, 혹 백예(柏翳)라고도 한다.
우(禹)와 함께 치수(治水)의 공을 세웠으며, 순을 도와 새와 짐승을 길들였는데, 순이
그에게 영씨(嬴氏)의 성을 하사하였다고 한다. 일설에는 우임금이 영씨를 하사했다고
도 한다. 영씨에서 진씨와 조씨가 나왔다. 또 우임금이 백익을 서국(徐國)에 봉했으므
로 서씨 역시 백익의 후손이다. 《史記 卷5 秦本紀》
　남주의 서유자는 남주고사(南州高士) 서치(徐穉, 97~168)를 말한다. 후한(東漢)
시대의 현인으로, 집안이 빈궁하여 직접 농사지어 먹고살면서도 공검의양(恭儉義讓)과
담박명지(淡泊明志)를 숭상하여 소명(召命)에 응하지 않아 남주고사라고 칭해졌다.
명고가 서씨이기 때문에 서치를 끌어와 그 집안을 칭송한 것이다.
　【校】이 원주는 교정고 가필사항이다.

323　종일토록……노시겠지 : 세상의 물욕을 잊고 자연에서 한가로이 독서하며 지내
는 명고의 모습을 서대용이 상상하여 읊은 구절이다. 바닷가에서 아무런 기심(機心)도

둘

소광한 성격이라 취한 듯도 깬 듯도 하고   聽說疏狂醉亦醒

문통의 붓이 있어 또한 신통 영묘하다지[324]   文通有筆亦通靈

　육문통(陸文通)이다.[325]

비바람 뚫고 한자리에서 만나고 싶어도[326]   欲求風雨連床會

없이 갈매기와 벗하며 친하게 지내던 사람이 부친의 부탁을 받고 갈매기를 잡으려는
마음을 갖게 되자 갈매기들이 벌써 알아채고 그 사람 가까이 날아오지 않았다는 고사를
원용한 표현이다. 《列子 黃帝》

324　문통의……영묘하다지 : 시와 문에 두루 능통한 명고의 재주를 칭찬한 말로, 중국
남조(南朝) 양(梁)나라 강엄(江淹, 444~505)의 오색필(五色筆) 고사를 인용하여 읊
은 표현이다. 《남사(南史)》 권59 〈강엄전(江淹傳)〉에 "강엄의 자는 문통(文通)으로
제양(濟陽) 고성(考城) 사람이다. 젊어서 시에 능하였다. 만년에 하루는 야정(冶亭)에
서 자는데 꿈속에 한 장부가 자신을 곽박이라 칭하며 강엄더러 '나의 붓이 그대에게
있은 지가 오래되었으니 돌려받으러 왔다.'라고 말하기에 강엄이 품속의 오색필(五色
筆)을 꺼내어 그에게 주었다. 이후로 강엄은 더 이상 시를 짓지 못하였다고 한다."라는
요지의 고사가 기록되어 있다.

325　육문통(陸文通)이다 : 육문통은 호가 문통선생(文通先生)으로 벼슬이 급사(給
事)이기 때문에 흔히 육급사(陸給事)로 불렸다. 이름과 자는 미상이다. 유종원이 지은
〈문통선생육급사묘표(文通先生陸給事墓表)〉에, "그가 지은 글을 집에 저장하면 동우
(棟宇)에 꽉 들어차고 밖으로 내보내면 소와 말을 땀나게 한다.〔其爲書, 處則充棟宇,
出則汗牛馬.〕"라고 하였다. 시 본문에 인용된 고사에 부합하지 않은 원주이다.

　【校】이 원주는 교정고 가필사항이다.

326　비바람……싶어도 : 비바람이 치는 밤에 서로 만나 마주 앉아 담소를 나누고 싶다
는 뜻이다. 당나라 백거이(白居易)가 장사업을 불러 함께 자며 지은 시 〈비가 내릴
때 장사업을 불러 함께 자다〔雨中招張司業宿〕〉에 "이곳에 와서 함께 묵을 수 있겠소?
빗소리를 들으며 나란히 침상에 누워 잡시다.〔能來同宿否, 聽雨對牀眠.〕"라고 하고,
그를 이어 송나라 소식(蘇軾)의 시 〈동부에서 빗속에 자유와 작별하다〔東府雨中別子
由〕〉에 "침상 마주 대하고서 정히 그리웁나니, 밤비만 속절없이 속살거리네.〔對床定悠

은하수 건너 옛 사신의 별 아스라하구나[327]　　　　銀漢迢迢舊使星

悠, 夜雨空蕭瑟.]"라고 읊은 것에 전거를 둔 표현이다.

327　은하수……아스라하구나 : '옛 사신의 별'은 장건의 고사를 인용한 것인데, 명고
가 중국으로 사신 올 일을 기약할 수 없다는 뜻으로 이렇게 읊은 것이다. 장건의 고사는
208쪽 주319 참조.

명고 팔영[328]

明皐八詠

석량의 고기잡이불[329] 石梁漁火

명고의 남쪽 몇 사(숨)가 되는 지점에 동쪽으로 뻗어가던 산자
락이 여기에 이르러 불쑥 융기하여 명고의 수구(水口)가 된다.

---

328 【작품해제】 이 시가 지어진 시기는 정확히 확정할 수 없다. 다만 시가 편차된
순서로 보아 1785~1786년 무렵 명고정거가 제법 모양을 갖추어갈 때 지은 작품으로
추정된다. 명고정사는 명고가 경기도 장단부(長湍府) 광명동(廣明洞)에 경영한 독서당
이자 산장이다. 30대 초반에 중부 서명선에게 이 땅을 받아 1779년에 양부 서명성의
묘를 이곳으로 이장하면서 본격적으로 정사를 경영하여 1782~1783년 무렵 대략 완성
하고 그간의 전말을 담아 〈명고에 대한 기문〔明皐記〕〉을 썼다. 이후 이곳에 잠깐씩
물러나 있을 때마다 조금씩 몇 년의 경영을 더하여, 이 시를 지을 무렵에는 명고정사가
제법 규모와 품을 갖춘 듯하다.

　시는 명고정사 주변의 아름다운 풍경을 그려낸 칠언절구인데, 팔경시(八景詩)의
전통을 따라 8수로 이루어져 있다. '가을밤 석량에서 게를 잡는 고기잡이불', '명고의
남쪽에 자리한 마을 대리의 밥 짓는 연기', '명고정사 앞 방당의 연꽃 향기', '긴 둑에
늘어선 버드나무 그늘', '곡우 뒤의 토란 심는 모습', '가을 무논의 벼 수확과 새참 먹는
모습', '도토리 줍기', '정원 옻나무 숲의 단풍' 등이 8장면의 풍경이다. 한두 수를 제외하
고는 대체로 늦여름에서 늦가을에 이르는 풍경이 주를 이루는 것으로 보아 이 시를
지을 때의 계절이 가을이었던 것으로 추정된다. 회화적 요소가 강한 서정시이다.

329　소서(小序)에서 명고 남쪽의 수구(水口)와 모래내 일대의 지형을 설명하고, 매년
가을마다 게잡이 불빛이 별처럼 흩어진 모습을 설명하였다. 시는 기승 양구에서 땅거미
가 내리고 게잡이가 시작되는 모습을 읊었고, 전결 양구에서 다음 날 아침 광주리 그득
게를 잡아 올리는 어민들의 모습을 상상하여 풍요로운 전원의 가을 풍경을 담았다.
평성 '제(齊)' 운을 쓴 평기식 칠언절구이다.

그 아래에 예닐곱 사람이 앉을 만한 너럭돌이 있고, 돌을 감싸고 못이 형성되어 있으며 이곳에 모래내[沙川]가 흘러 모인다. 마을 사람들이 이곳을 석량(石梁)이라고 한다. 매년 8월이 되어 밤이 쌀쌀해지면 어김없이 이곳에다 게를 잡는 그물을 설치해두어, 점점이 밝힌 고기잡이불이 마치 성근 별처럼 여기저기 흩어져 있다. 이 때문에 '석량의 고기잡이불[石梁漁火]'이라고 한 것이다.

앞산에 어둑어둑 땅거미 막 내리면	前山暝色望初迷
문득 개울 서쪽에 별빛 흩어져 있네	忽看疏星落水西
듣건대 올해는 게가 풍년이라니	聽說今年饒蟹族
내일 아침 너도나도 광주리 가득 잡겠지	明朝歸市滿筐携

대리의 밥 짓는 연기[330] 碓里炊烟

석량에서 남쪽으로 한 기슭을 넘으면 이곳이 대리(碓里)이다. 촌락 수십 가호가 좌우로 모여 있다. 샘물은 달고 흙은 비옥한 데다 아늑하고 깊으며 정갈하고 청정하다. 매양 명고를 올라 남쪽으로 바라보면 한 줄기 푸른 연기가 앞 언덕 위에 피어올라 있어 비록 그 마을은 볼 수 없지만 아침저녁의 끼니때는 알 수 있다. 이 때문에 '대리의 밥 짓는 연기[碓里炊烟]'라고 한 것이다.

---

330 명고정사 앞산 너머에 있는 마을 대리에 아침저녁으로 밥 짓는 연기가 오르는 장면을 읊은 시이다. 기승 양구에서는 노을이 질 무렵 푸른 연기가 올라 흰 구름과 어울리는 모습을 읊었고, 전결 양구에서는 밥 내음을 통해 평화롭고 풍요로운 농가의 모습을 함축적으로 포착하였다. 평성 '양(陽)' 운을 쓴 측기식 칠언절구이다.

울타리 그림자 희미하게 노을을 띠면	籬影依微帶夕陽
푸른 연기 한 줄기 구름 빛과 섞이네	靑烟一抹和雲光
농가엔 풍년의 즐거움 넘치나니	農家剩得豐年樂
건넛마을에서 밥 내음 풍겨오네	隔里猶聞黍麥香

작은 연못의 연꽃 향기[331] 小塘荷香

명고가 감싸 안아 골짝을 만드는데, 골짝은 폭이 2, 300보가량
되며 길이는 그 배가 된다. 골짝의 왼편에는 수십 칸의 정사(精
舍)가 있고, 그 앞으로는 10여 묘의 방당(方塘)이 있다. 여기에
연꽃을 그득히 심어놓았기에 여름이 되어 연꽃이 피면 맑은 향
기가 사람에게 끼쳐온다. 이 때문에 '작은 연못의 연꽃 향기〔小
塘荷香〕'라고 한 것이다.

옹기종기 푸른 연잎들 점점 무성해지더니[332]	田田綠葉漸成堆
곱디고운 붉은 꽃이 반쯤 얼굴 내밀었네	艷艷紅華半露腮
동여루[333] 위에 한참 동안 기대어 있노라니	徙倚同余樓上久

---

331 명고정사 안의 방당에 핀 연꽃의 모습을 읊은 시이다. 명고정사는 낙낙와(樂樂
窩), 오여헌(五如軒), 동여루(同余樓)로 이루어져 있는데, 동여루 앞에 작은 방당을 만들
고 여기에 연꽃을 심었던 것이다. 기승 양구에서는 봄에서 여름 사이 연잎이 무성해지다
가 그 사이로 연꽃이 하나둘 피기 시작하는 모습을 그렸다. 전결 양구에서는 바람에 실려
동여루로 전해오는 연꽃 향기를 읊었다. 평성 '회(灰)' 운을 쓴 평기식 칠언절구이다.
332 옹기종기……무성해지더니 : 〈채련곡(採蓮曲)〉 또는 〈강남곡(江南曲)〉이라 불
리는 한대(漢代)의 악부곡에 "강남은 연을 취할 만하여라, 연잎이 어이 그리 옹기종기
떠 있는고?〔江南可採蓮, 蓮葉何田田.〕"라고 노래한 것에 전거를 둔 표현이다.

미풍에 쉬임 없이 그윽한 향기 실려오네　　　微風不斷暗香來

긴 둑방길의 버드나무 그늘[334] 長堤柳陰

명고의 동쪽에 겹겹의 작은 언덕이 차츰 길게 이어져 '다(多)' 자
형상을 이루고 있다. 가장 안쪽의 언덕 너머에 촌락 3, 40 가호
가 따로 하나의 골을 이루고 있다. 골의 입구에 작은 둑방길이
있어 도랑과 밭두둑 사이에 길게 둘러져 있으며, 둑방길을 따라
양편으로 버드나무를 심어놓아 짙은 그늘이 드리워져 있다. 이
때문에 '긴 둑방길의 버드나무 그늘〔長堤柳陰〕'이라고 한 것이다.

무성히 늘어진 가지가 작은 촌락을 가렸는데　　　羃歷垂絲掩小村
호미 멘 사람[335]이 녹음 우거진 들판에 있네　　　荷鋤人在綠陰原

333　동여루(同余樓) : 명고정사의 남쪽 편에 있던 누정 이름이다. '동여(同余)'라는
이름은 부친 서명응이 지어주었다. 북송의 학자 주돈이(周敦頤, 1017~ 1073)가 연꽃을
군자에 비겨 그의 집 방당에 가득 심어놓고 지은 글 〈애련설(愛蓮說)〉에 "아! 국화를
사랑한 이는 도잠 이후에 그런 사람이 있다는 말을 들어보지 못했거니와 연꽃을 사랑하
는 이는 나와 같을 자가 그 누구일 것인가?〔噫! 菊之愛, 陶後鮮有聞, 蓮之愛, 同余者何
人?〕"라고 하였는데, 명고가 연꽃을 좋아하여 방당에 그득 심어놓았으므로 서명응이
여기에서 의미를 취하여 '동여루'라고 붙여준 것이다. 《保晩齋集 卷8 同余樓記》

334　명고정사 골짝으로 이어진 둑방길 양편에 늘어선 버드나무를 읊은 시이다. 기승
양구에서는 무수히 늘어진 버들가지 아래 선 호미 멘 농부의 모습을 읊어 전원에서
은자의 모습으로 한가로이 지내고 있는 자신의 모습을 은근히 담아냈다. 전결 양구에서
는 비가 내린 뒤 도랑에 날려 떨어진 버들솜을 그려 상쾌하면서도 나른한 늦봄의 시골
풍경을 그렸다. 평성 '원(元)' 운을 쓴 측기식 칠언절구이다.

335　호미 멘 사람 : 도잠의 시에 "남산 아래에 콩 심으니, 풀은 무성하고 콩 싹은 드문

청명 무렵 여우비가 막 지나간 뒤 　　　　　　　　清明暈雨初過後
버들솜이 동쪽 도랑에 더욱 많이 떨어지네 　　　　飛絮東溝落更繁

비 내린 텃밭에 토란 심기[336] 雨圃種芋

　방당 주위로 텃밭을 만들었다. 곡우(穀雨)의 단비가 내리기를
기다려 도롱이를 쓰고 삽을 메고서 서문정공(徐文定公)의 《농정
전서(農政全書)》[337]에 소개된 농법에 따라 토란알 수십 뿌리를
심으니, 또한 한가한 전원 속의 한 운치이다. 이 때문에 '비 내

드문. 새벽에 일어나 잡초를 김매고, 달빛 띠고서 호미를 메고 돌아오네.〔種豆南山下,
草盛豆苗稀. 晨興理荒穢, 帶月荷鋤歸.〕"라고 한 것에 전거를 둔 말로, 여기서는 명고
자신을 은근히 가리킨다. 《陶淵明集 卷2 歸田園居》

336 연꽃을 심은 방당 근처에 토란밭을 일구는 모습을 그린 시이다. 기승 양구에서는
봄비를 맞으며 토란 뿌리를 심는 자신의 모습을 서술하였다. 전결 양구에서는 자신의
의도를 눈치채고 그에 맞추어 토란밭 울타리를 만드는 일꾼의 기지를 칭찬해 읊었다.
평성 '원(元)' 운을 쓴 측기식 칠언절구이다.

337 서문정공(徐文定公)의 《농정전서(農政全書)》: 서문정공은 명나라 학자 서광계
(徐光啓, 1562~1633)이다. 자는 자선(子先), 호는 현호(玄扈), 시호는 문정(文定)이
고, 세례명은 바오로〔保祿〕이다. 1598년 회시에 낙방하여 돌아가던 중 남경에서 마테오
리치를 만났고, 1603년에 세례를 받았다. 1604년 회시에 합격하여 한림원 서길사(翰林
院庶吉士)가 되었다. 마테오 리치 사후, 관직에서 물러나 천진에 살면서 농학 연구에
힘써 《농정전서》 60권을 완성하였다. 이 책은 중국 농학 및 농서의 총결산인 동시에
서양의 수리(水利)와 농법을 도입한 선진 농학서이다. 또한 단순한 농업기술서가 아니
라 농정서(農政書)로서 조선 후기 우리나라 농학과 농업에 큰 영향을 미쳤으며, 특히
서유구의 《임원경제지(林園經濟志)》에 가장 빈번하게 인용된 서목(書目) 중 하나이기
도 하다. 명고는 이 책에 소개된 방법에 따라 토란 재배를 시도했다고 하는데, 이는
달성 서씨 가문의 학문 성격을 이해하는 데도 중요한 단서가 되는 언급이라 할 수 있다.

린 텃밭에 토란 심기[雨圃種芋]'라고 한 것이다.

나막신과 도롱이 차림으로 아침에 문을 나서	木屐蓑衣早出門
준치[338] 몇 뿌리를 손수 텃밭에 심노라	蹲鴟幾本手栽園
텃밭 일꾼이 주인의 마음 알아채고	園丁亦解主人意
버들가지 꺾어와 작은 울타리 만드네	折柳歸來作短樊

무논의 벼 수확[339] 水田獲稻

명고의 서쪽 기슭을 올라 큰 들판을 굽어보면 수십 리에 걸쳐 비옥한 토양이 연접해 있고 농가가 줄줄이 이어져 있다. 그 가운데 큰 내가 있어 혹 흐르기도 하고 혹 모여 고이기도 하여 수리(水利)에 이용되고 있다. 매년 서리가 내린 뒤 벼가 익으면 벼를 베는 농부들과 새참을 내오는 아낙들이 빽빽하고 그득하게 모여 허리에 시퍼런 낫을 차고 구름 같은 황금 들녘에 서 있으니 한 해의 가을 풍경 중 으뜸이 되기에 족하다. 이 때문에 '무논의 벼 수확[水田獲稻]'이라고 한 것이다.

---

338 준치(蹲鴟) : 토란의 별명으로, 잎의 모양이 마치 올빼미가 웅크린 것 같다 하여 붙여진 이름이다. 《史記 貨殖列傳 注》

339 명고정사 서편의 드넓은 평야에 펼쳐진 황금 물결과 벼 수확을 읊었다. 기승 양구에서는 새벽부터 무리 지어 들녘으로 들어서는 농부들의 모습을 그렸고, 전결 양구에서는 볏단과 낟가리를 구름처럼 쌓아놓고 막걸리 사발을 들이켜는 농부들의 모습을 그렸다. 평성 '회(灰)' 운을 사용한 평기식 칠언절구이다.

농부들 하룻밤 새 서리 내렸다 이르며　　　　田夫一夜告霜催

여기저기 무리 지어 낫을 차고 풀길 열어 들어가네　數隊腰鎌草路開

우리 벼도 이웃 벼도 구름같이 쌓이니　　　　我稼如雲人稼亦

함께 모여 사주340를 석 잔씩들 마시네　　　　會將社酒共三盃

상수리나무 동산에서 도토리 줍기341 槲園拾子

　명고의 사방 등성에 소나무, 노송나무, 개암나무, 밤나무를 심
고, 상수리나무를 또 반쯤 섞어 심었다. 가을걷이가 끝나고 나
면 아이를 불러 광주리를 들고 가서 절로 떨어진 도토리를 주워
이듬해에 씨뿌리기 할 때까지 저장한다. 이 때문에 '상수리나무
동산에서 도토리 줍기〔槲園拾子〕'라고 한 것이다.

쓸쓸하게 잎이 져 산장이 담연할 제　　　　蕭蕭落葉澹山庄

느긋하게 앞산에서 누런 도토리 줍네　　　　漫拾前林槲子黃

종일토록 바람 급한 곳 따라다니다 보니　　　盡日行隨風急處

몹시 한가한 일이 도리어 바쁜 일 되었네　　　十分閒事却成忙

옻나무 두둑에서 단풍 감상하기[342] 漆陌賞葉

명고정사 앞에 터를 쳐서 뜨락을 만들었다. 뜨락 두둑에는 옻나무 수십 그루를 빽빽이 심었다. 매년 가을이 깊어 잎이 익으면 색깔이 마치 술을 마시고 취한 듯 물들어 붉은빛이 헌함을 비추어 풍광이 사람들에게 감상시켜 줄만 하였다. 이 때문에 '옻나무 두둑에서 단풍 감상하기[漆陌賞葉]'라고 한 것이다.

물러나 살기에 그만인 몇 칸 오두막	數間蝸舍足幽棲
울타리 서편 옻나무 줄지어 서 있네	虎落西邊漆樹齊
첫서리 내린 뒤 노을처럼 짙붉을 제	一幅丹霞霜早日
청려장 짚고 나서면 꽃동산 걷는 듯	杖藜疑是步花谿

---

342 명고정사 앞에 만든 옻나무숲의 단풍을 읊었다. 기승 양구에서는 명고정사 뜰에 조성된 옻나무숲의 모습을 읊고, 전결 양구에서는 짙게 단풍 든 옻나무숲을 걷는 정취를 읊었다. 평성 '제(齊)' 운을 쓴 평기식 칠언절구이다.

문효세자 만장343 5수

文孝世子輓章 五首

하나344

자손 번성케 하려고 복 기르고 매사 올렸더니345   毓慶禖郊衍本支

343 【작품해제】이 시는 1786년(정조10) 5~7월 무렵 지어졌다. 문효세자(文孝世子)
는 정조(正祖)의 맏아들로 정조 6년(1782) 9월 7일에 창덕궁(昌德宮) 연화당(讌華堂)
에서 태어났다. 정조 10년(1786) 5월 3일 홍역을 앓았으나 곧 나았기 때문에 7일에
약원의 숙직을 철수하고, 경사라 하여 진하할 채비를 하던 중 10일에 다시 별증(別症)이
발생하여 5월 11일 창경궁(昌慶宮) 별당에서 홍서(薨逝)하였다.《日省錄 正祖 6年 12
月 22日》《朝鮮王朝實錄 正祖 10年 5月 3~11日》. 명고는 문효세자의 세자시강원에서
근무하였고, 또 문효세자가 홍서하였을 때 묘소도감의 도청 낭청 직을 수행하였다.
    문효세자의 탄생과 자질, 1784년 1월 원자 보양관 상견례 때의 일, 1784년 8월 세자
책봉례 때의 일, 문효세자가 세상을 떠난 뒤 신민들의 모습, 문효세자를 모신 자신의
추억과 감회 등을 순서대로 5수의 칠언율시로 읊었다.
    【校】제목 원주의 '五首'는 교정고 가필사항이다.

344 수련에서는 왕자의 탄신을 간절히 빌어 태어난 세자가 성군(聖君)이 될 자질을
지닌 인물임을 읊었다. 함련에서는 세자의 덕을 성인에 비유하여 읊었다. 경련에서는
혼자 있을 때 독서에 전념하고 자전께는 효도를 다했던 세자의 모습을 읊었다. 미련에서
는 시호의 뜻과 같이 될 것임을 기원하며 시를 마무리하였다. 평성 '지(支)' 운을 사용한
수구용운체 측기식 칠언율시이다.

345 자손……올렸더니 : 육경(毓慶)은 '복을 기른다'는 말로 가문에 경사를 가져올
자손을 태어나게 하기 위해 덕을 쌓는 것을 뜻한다.
    매교(禖郊)는, 매(禖)는 아들을 얻기 위해 매신(禖神)에게 지내는 제사인데 매사(禖
祠)가 교외에 있기 때문에 매교라고 한다. 교매 또는 고매(高禖)라고도 한다. 염제(炎
帝)의 후손인 강원(姜嫄)이 매(禖) 제사를 지내러 교외로 나갔다가 대인(大人)의 엄지
발가락 자국을 밟고서 태기가 있어 주(周)나라의 시조 후직(后稷)을 낳았다는 전설이

"간적(簡狄)이 교매에 기도하러 갔을 때 제비가 알을 떨어뜨렸다. 간적이 그것을 삼키고 설(契)을 낳았다.〔簡狄禱于郊禖 鳦遺卵 簡狄吞之而生契〕" 하였다. 이 때문에 후사를 기원하는 제사를 '교매(郊禖)'라고 한다.346

세자가 탄생하시어 중명을 밝히셨네347   篤生聖嗣曜重离

있다. 《시경》〈대아(大雅) 생민(生民)〉에 "맨 처음 주(周)나라 사람을 낳은 분은 바로 강원이시니, 사람을 낳기를 어떻게 낳았는가? 정결히 제사하고 교매(郊禖)에 제사하여 자식이 없음을 제액(除厄)하시고, 상제(上帝)의 발자국에 엄지발가락을 밟으사, 크게 여기고 멈춘 바에 흠동(歆動)하여 임신하고 몸조심하여 낳고 키우시니, 이가 후직이시다.〔厥初生民, 時維姜嫄. 生民如何? 克禋克祀. 以弗無子, 履帝武敏, 歆攸介攸止, 載震載夙, 載生載育, 時維后稷.〕"라고 하였는데, 그 주(註)에 "강원이 나가 교매에 제사하다가 대인(大人)의 발자국을 보고는 그 엄지발가락을 밟으니, 마침내 기뻐서 인도(人道)의 느낌이 있는 듯하였다. 이에 그 크게 여기고 그친 바의 곳에 나아가 진동(震動)하여 임신함이 있었으니, 이것이 바로 주나라 사람이 말미암아 태어나게 된 시초였다."라는 말이 나온다. 《시경》〈상송(商頌) 현조(玄鳥)〉에 "하늘이 제비를 명하여 내려와 은나라를 탄생시켜〔天命玄鳥, 降而生商〕"라고 하였는데, 그 주에 "고신씨(高辛氏)의 비(妃)이고 유융씨(有娀氏)의 딸인 간적이 교외에서 매(禖) 제사를 지낼 때 제비가 알을 떨어뜨려주거늘 간적이 그것을 삼키고 설을 낳았는데, 그 후세에 유상씨(有商氏)가 되어 마침내 천하를 소유하였다.〔高辛氏之妃, 有娀氏女簡狄, 祈于郊禖, 鳦遺卵, 簡狄吞之而生契, 其後世, 遂爲有商氏, 以有天下.〕"라고 하였다.

346 간적(簡狄)이……한다 : 간적은 유융씨(有娀氏)의 딸로 제곡(帝嚳)의 차비(次妃)가 된 여인이다. 일찍이 목욕을 갔다가 제비가 알을 떨어뜨리는 것을 보고 그것을 삼켜〔鳦墮其卵, 簡狄取吞之.〕 은나라의 시조인 설(契)을 낳았다고 한다. 《史記 卷3 殷本紀》. 그런데 《사기》에는 '교매(郊禖)'에 관한 기록이 없고, '簡狄'부터 '生契'까지는 《시경》〈상송 현조〉편 1장에 실린 집주의 문장을 그대로 옮겨놓은 것이다. 〈현조〉의 내용은 220쪽 주345 참조.

【校】이 원주는 교정고 가필사항이다.

347 세자가……밝히셨네 : 중리(重离)는 《주역》〈이괘(離卦) 상사(象辭)〉에 "밝은 것 둘이 이를 만드니, 대인이 그것을 인하여 밝음을 이어서 사방에 비추나니라.〔明兩作離, 大人以, 繼明, 照于四方.〕"라고 한 데서 온 말로, 성명(聖明)한 임금이 서로 이어지

천성은 인효에 근본하였으니 원래 하늘이 내신 분이요[348]

性根仁孝元天縱

자품은 온윤 문아함이 빼어났으니 어찌 배워서 아는 분이랴[349]

姿挺溫文豈學知

병상에서도 잠심하여 오직 책을 마주하였고　　　　床褥潛心惟對卷

자전께는 슬하에서 함이(含飴)를 제공했네[350]　　　宮幃繞膝供含飴

찬란한 죽책에 아름다운 덕 게양되어 있으니　　　煌煌竹冊揚休德

두 자의 휘칭[351]이 백세토록 전해지리라　　　　二字徽稱百世垂

는 것을 의미한다. 여기서는 세자의 덕이 정조와 버금갈 만큼 찬연했다는 뜻이다.

348　하늘이 내신 분이요 : 문효세자가 성인의 덕을 지녔다는 칭찬이다. 자공(子貢)이 공자를 두고 "선생님은 진실로 하늘이 풀어놓으신 성인이실 것이요, 또 능한 것이 많으시다.〔固天縱之將聖, 又多能也.〕"라고 한 말을 인용한 표현이다. 《論語 子罕》

349　어찌 배워서 아는 분이랴 : 문효세자가 성인의 자질을 지녔다는 칭찬이다. 현인은 배워서 아는 '학이지지(學而知之)'의 수준이고 성인은 태어나면서 아는 '생이지지(生而知之)'의 재주인데, 문효세자는 학이지지가 아니라 생이지지였다는 뜻이다. 공자가 "태어나면서 아는 자는 상등이요, 배워서 아는 자는 다음이요, 어려움을 겪고 배우는 자가 또 그다음이다.〔生而知之者上也, 學而知之者次也, 困而學之又其次也.〕"라고 한 말에서 유래한 관용 표현이다.

350　함이(含飴)를 제공했네 : 문효세자가 자전께 재롱을 떨어 기쁨을 드렸다는 뜻이다. 함이는 엿을 머금고 손자를 어른다는 뜻을 지닌 '함이농손(含飴弄孫)'의 줄임말이다. 명덕왕후 마시가 "내가 엿을 머금고 손자를 데리고 놀 뿐이니, 다시 정사에 관여하지 않으리라.〔吾但當含飴弄孫, 不能復關政矣.〕"라고 하였다. 《後漢書 卷10 明德馬皇后紀》

351　두 자의 휘칭 : '문효(文孝)'라는 시호를 가리킨다. 영의정 정존겸(鄭存謙), 판중추부사 서명선, 영돈령부사 홍낙성(洪樂性), 판중추부사 이복원·김익 등이 의시(議諡)하여 1786년 5월 14일에 온효(溫孝), 양의(良懿), 돈선(敦宣) 셋을 의망하여 '온효'로 비하(批下)하였다. 그러다가 22일에 다시 논의하여 '문효'로 바꾸었다. "강유(剛柔)가 서로 고른 것을 '문(文)'이라 하고, 자혜(慈惠)로 부모를 사랑하는 것을 '효(孝)'라

둘[352] 其二

여창[353]이 처음 퍼질 때 상서로운 구름 짙고   臚唱初宣瑞靄濃

연화당 안에서는 두 빈이 따랐지[354]   讌華堂裡兩賓從

    갑진년(1784)에 보양관 상견례를 연화당(讌華堂)에서 하였다.[355]

풍성한 일표[356]는 뭇 시선을 모았고   豊盈日表群瞻聳

장중한 의장은 예모가 공손하셨지   端穆衣章禮貌恭

가르침을 일찍 하였으니 응당 삼대의 성세 재현하리라 여겼고

                       早諭應追三代盛

이름 바로잡았으니 진실로 팔방의 옹망에 부응하리라 여겼네

                       正名亶副八方顒

영광스레 반열에 참여하여 기쁘게 목을 빼고 송축하였으니

한다."는 뜻이다.

352 둘째 수는 1784년(정조8) 1월 15일에 행해졌던 문효세자의 원자 보양관 상견례를 회상하며 지은 것이다. 수련에서는 상견례에서의 상서롭고 성대한 광경을 읊었다. 함련에서는 의젓하고 장중한 세자의 위의를 읊었다. 경련에서는 정조를 이어 치세의 정치를 이루리라 기대했던 신민의 마음을 읊었다. 미련에서는 당시 가주서로 입시하여 받았던 융숭한 은혜를 읊어 감격의 마음을 담았다. 평성 '동(冬)' 운을 사용한 측기식 수구용운체 칠언율시이다.

353 여창(臚唱) : 국가의 각종 의식 때 그 순서와 절차를 고저장단에 맞게 부르면서 창도(唱導)하던 일을 말한다. 여기서는 원자의 보양관 상견례에서의 여창을 가리킨다.

354 연화당……따랐지 : 상견례에 참여한 보양관은 좌의정 이복원과 우의정 김익이다. 한편 연화당(讌華堂)은 문효세자가 태어난 곳이기도 하다.

355 【校】갑진년에……하였다 : 교정고 가필사항이다. 원자 보양관 상견례는 174쪽 【작품해제】, 175쪽 주221 참조.

356 일표(日表) : 해의 모습이라는 말로 임금의 얼굴을 뜻한다. 여기서는 세자의 얼굴과 위의를 가리킨다.

幸叨邇列欣延頸

융숭한 은혜가 천신에게 미친 것이 지금까지도 기억나네

尙憶殊恩及賤蹤

　당시에 천신(賤臣)이 기주관(記注官)으로 입시하였다가 성은을 입어 승륙
(陞六)하였다.[357]

셋[358] 其三

세차는 진사에 부합하지만 날이 청명하니 　　　年符辰巳日晴明

도도한 큰 복은 하늘에서 내린 것이었지[359] 　　滾滾洪休自太淸

357 【校】 당시에……승륙(陞六)하였다 : 교정고 가필사항이다. 이날 명고는 박능원
(朴能源)과 함께 가주서로 입시하였는데, 상견례를 마치고 난 뒤 예방승지(禮房承旨)
윤숙(尹塾)을 가자(加資)하라고 명하였으며, 상주서(上注書)와 상한림(上翰林)도 모
두 승륙(陞六)하라고 명하였다. 한편 명고의 숙부인 서명선이 판중추부사로, 부친인
서명응이 원임 제학으로, 맏형인 서호수가 검교 직제학으로 상견례에 입시하였다.
　【校】 이 원주는 교정고 가필사항이다.

358 셋째 수는 1784년 8월 2일에 행해졌던 문효세자의 책봉례를 회상하며 읊은 것이
다. 당시 정조는 친히 칠언배율(七言排律) 두 구절을 지어 기쁨을 기념하는 뜻을 보이고
대신과 각신, 빈객과 춘방 등에게 명하여 연구를 지어 올리게 하였다. 수련에서는 이해
의 세차가 갑진년(甲辰年)임에도 재앙이 없고 태평함을 읊어 국가의 대운을 칭송하였
다. 함련에서는 책봉례 전후의 세자의 모습과 성세가 계속되리라는 기대를 읊었다.
경련에서는 팔도 백성들의 축하하는 마음과 정조의 기대를 담아 책봉례를 축하하는
기쁨을 담았다. 미련에서는 이제까지의 기쁨을 급작스레 애도의 슬픔으로 전환함으로
써 문효세자의 죽음을 슬퍼하는 자신의 심정을 담았다. 평성 '경(庚)' 운을 사용한 측기
식 수구용운체 칠언율시이다.

359 세차는……것이었지 : 진사(辰巳)의 해는 성인에게 액운이 찾아오는 해인데, 갑
진년을 맞아 문효세자가 죽지 않고 책봉례를 잘 치른 것은 하늘이 복을 내렸기 때문이라
는 의미로 읊은 것이다. 진사(辰巳)는 진(辰)과 사(巳)의 해에 현인(賢人)이 죽는다는

서연에서 《효경》 강의하였으니 심법이 남아 있고[360]

書講曾經心法在

《증경(曾經)》은 《효경(孝經)》이다.[361]

운수는 요순시절 되돌아와 성대한 의식이 이루어졌네

運回堯曆縟儀成

갑진년(1784) 가을에 세자의 책봉례(冊封禮)를 행하였다.[362]

노래는 중윤을 찬양하였으니 팔도에 송축이 균등했고

歌騰重潤均輿頌

최표(崔豹)의 《고금주(古今注)》에 "한(漢)나라 명제(明帝)가 태자가 되었
을 때 악인들이 〈사중가(四重歌)〉를 만들어 덕을 찬송하였다. 〈사중가〉의
첫 곡은 〈일중륜(日重輪)〉, 둘째 곡은 〈해중윤(海重潤)〉이다." 하였다.[363]

말이다. 후한 때 정현(鄭玄)이 어느 날 밤에 잠을 자는데, 공자가 꿈에 나타나 "일어나거
라. 금년은 태세가 진(辰)에 있고, 내년은 태세가 사(巳)에 있다.〔起起. 今年歲在辰,
來年歲在巳.〕"라고 하므로, 꿈에서 깨어나 참서(讖書)로 맞추어보고는 자기가 죽을
줄을 알았다. 과연 정현은 그해에 죽었다고 한다. 《後漢書 卷35 鄭玄列傳》

360 서연에서……있고 : 문효세자가 서연(書筵)에서 《효경》을 강독하니 공자가 증자
에게 전수해준 심법(心法)이 남았다는 뜻이다. 참고로 진사(陳師)는 〈효경회통후서(孝
經會通後序)〉에서 "효경이란 책은 실로 오경의 근원이요, 공자와 증자가 주고받은 심법
이다.〔夫孝經一書, 實五經之源, 孔曾授受心法也.〕"라고 말한 바 있다.

361 【校】 증경(曾經)은 효경(孝經)이다 : 교정고 가필사항이다. 《효경》을 증자(曾
子)가 지었으므로 《증경》이라 하는 것이다.

362 【校】 갑진년……행하였다 : 교정고 가필사항이다.

363 【校】 최표(崔豹)의……하였다 : 교정고 가필사항이다. 《고금주》에는 "첫 곡은
〈일중광〉, 둘째 곡은 〈월중륜〉, 셋째 곡은 〈성중휘〉, 넷째 곡은 〈해중윤〉이다.〔其一
曰日重光, 其二曰月重輪, 其三曰星重輝, 其四曰海重潤.〕"라고 되어 있다. 175쪽 주221
참조.

경사(慶事)는 무우(無憂)에 부합하여 성상의 마음을 우러렀네[364]

慶叶無憂仰聖情

어이 알았으랴 기쁨과 슬픔 금세 뒤바뀌어　　　誰料笑咷俄頃換

곡반에서 돌아오는 길에 눈물 쏟을 줄을　　　哭班歸路淚如傾

넷[365] 其四

신선 되어 하늘로 올라가시기를 서둘러 하시니　賓陟仙期隙駟忙

줄줄이 이어진 상여 행렬이 긴 산등성이로 향하네　逶迤鳳綍向脩岡

길을 메운 백성들은 다투어 울부짖고 가슴 치며[366]　塡街普慟爭號擗

자식 잃은[367] 성상의 마음은 갑절이나 슬프시리　觸境宸心倍畫傷

옛날 숙직하던 춘방[368]엔 휘장이 처량하고　持被舊廬凄素幌

---

364 경사(慶事)는……우러렀네 : 문효세자의 덕이 정조의 덕을 잘 계승하여 국정을
잘 이끌 조짐이 보이므로 정조의 마음이 매우 흡족하였다는 뜻이다. 《중용》 제18장에
공자가 "근심이 없는 분은 문왕일 것이다. 부친이 시작한 일을 아들이 이어받았으니.〔無
憂者其惟文王. 父作之, 子述之.〕"라고 한 것에 전거를 둔 표현이다.

365 문효세자 장례 당일의 모습을 읊은 것이다. 수련에서는 길게 이어진 상여 행렬을,
함련에서는 그를 바라보며 통곡하는 백성들과 정조의 마음을 읊었다. 경련에서는 자신
이 옛날 문효세자를 모시던 시절과 장서각을 회상하며 주인 잃은 장서각이 싸늘할 것이
라 말하여 문효세자의 부재를 부각하였다. 미련에서는 비석에 새겨질 애책문(哀冊文)
의 문장이 문효세자를 위로할 것이라 자위하며 마무리하였다. 평성 '양(陽) 운을 사용한
측기식 수구용운체 칠언율시이다.

366 울부짖고 가슴 치며 : 원문의 호벽(號擗)은 부모나 군주의 상을 당하여 울부짖고
가슴을 치는 것을 말한다. 반호벽용(攀號擗踊)이라고도 한다.

367 자식 잃은 : 원문의 촉경(觸境)은 어떠한 상황에 닥치거나 그러한 지경을 당했다
는 뜻인데, 여기서는 그것이 문효세자의 죽음이므로 문맥에 맞추어 의역하였다.

368 숙직하던 춘방 : 지피(持被)는 숙직의 뜻인데, 한유의 글 〈송은원외서(送殷員外

책봉례를 행한 초기에 천신이 문학(文學)으로서 춘방(春坊 세자시강원)에 숙직하였다.[369]

새로 세워진 장서각엔 운향이 싸늘하네	藏書新閣冷芸香
구원에서 어버이 그리는 마음 위로되리니	九原庶慰思親念
비석의 문장이 은하수처럼 환히 빛나네[370]	雲漢昭回琬琰章

다섯[371] 其五

일찍이 승지[372]로서 대궐에서 모실 때	記曾簪筆侍彤墀

序)〉에 "지금 세상 사람들은 수백 리만 가려 해도 문을 나서면 망연자실하여 이별의 가련한 기색이 있고, 이불을 가지고 삼성에 숙직만 들어가려 해도 여종을 돌아보고 시시콜콜 여러 가지 당부를 하여 마지않는다.〔今人適數百里 出門惘惘, 有離別可憐之色, 持被入直三省, 丁寧顧婢子, 語刺刺不能休.〕"라고 한 데서 온 말이다.

369 【校】 책봉례를……숙직하였다 : 교정고 가필사항이다.

370 비석의……빛나네 : 완염(琬琰)은 옛날 주(周)나라 묘당(廟堂)의 서쪽 행랑에 비치했던 보옥(寶玉)을 말하는데, 여기서는 문효세자신도비의 비문을 뜻한다. 운한(雲漢)은 《시경》〈대아 운한(雲漢)〉에 "밝은 저 은하수여, 하늘에서 환히 빛나며 돌고 있네.〔倬彼雲漢, 昭回于天.〕"라고 한 것에서 온 말로, 임금이 지은 문장을 이르는 말이다. '부친인 정조가 지은 비명(碑銘)이 비석에 새겨져 세워질 터인데, 그것을 보고 문효세자의 어버이를 그리는 마음이 위로될 것이다.'라는 의미로 읊은 구절이다. 지금 효창원에 세워진 〈문효세자효창묘신도비명(文孝世子孝昌墓神道碑銘)〉은 1786년에 정조가 직접 지은 것이다. 탁본이 규장각(奎10079)에 소장되어 있다.

371 수련과 함련은 승지로서 정조를 모시고 춘궁에서 세자를 모실 때의 일을 회상했다. 경련은 춘궁에서 물러나 외직에 있다가 효창원의 도청 낭청이 된 사연과 감회를 읊었다. 미련은 생전의 문효세자의 모습을 추억하며 누를 수 없는 슬픔을 읊었다. 평성 '지(支)' 운을 사용한 수구용운체 평기식 칠언율시이다.

372 승지(承旨) : 원문의 잠필(簪筆)은 관원이 관(冠)이나 홀(笏)에 붓을 꽂아서 서사(書寫)에 대비하는 것을 이르는 말로, 예문관 검열이나 승정원 주서 등 사관을 잠필지

앞에 나아가 자주 영특한 모습 뵈었네 　　　　　　前席頻瞻岐嶷儀

세자의 웃음 새로울 때 영광 이미 지극했고 　　　　睿笑爲新榮已極

성상의 얼굴 기뻐할 때 물러남 늘 더디었네 　　　　天顔有喜退常遲

궁반에서 뵈시지 못한 지가 오래되었더니 　　　　　宮班跡阻承安日

원침에서 외람되이 동역관의 책무 맡았네[373] 　　　　園寢官叨董役時

　　정후(庭候)하던 때 천신이 외직으로 강동현(江東縣)에 보임되어 재직하다
　　가 부음을 받잡고 올라와 그대로 묘소도청(墓所都廳)이 되었다.[374]

지척의 청광[375]이 아직까지 눈에 아른거려 　　　　咫尺淸光猶在望

만사를 쓰려 하니 눈물 줄줄 흐르네 　　　　　　　哀歌欲寫涕漣洏

신(簪筆之臣)이라고 한다. 명고 자신이 가주서로서 문효세자의 원자 보양관 상견례에
참석한 바 있기 때문에 이렇게 말한 것이다.

373　궁반(宮班)에서……맡았네 : 명고는 1785년 9월 26일 강동 현감(江東縣監)에 보
임되었다. 1786년 6월 21일에 강동 현감의 직임을 띠고 있는 도중 '외임이 겸대한 전례가
있다'는 정조의 하교에 따라 묘소도감(墓所都監)의 도청 낭청(都廳郎廳)으로 차하되어
효창원(孝昌園)의 역사를 감동하였다. 이때 옹가(甕家)와 관련한 도설(圖說)을 올린
글이 본서 권8에 〈묘상각도에 대한 기문[墓上閣圖記]〉이란 제목으로 실려 있다. 7월
21일에 개차(改差)되어 강동 현감 직책은 벗고 도청 낭청으로만 활동하였다.

374　【校】정후(庭候)하던……되었다 : 교정고 가필사항이다.

375　지척의 청광 : 청광(淸光)은 흔히 임금의 모습을 가리키는 말로 사용되나, 여기서
는 문효세자의 얼굴을 가리키는 뜻으로 사용하였다.

〈그림 8〉 문효세자의 무덤인 효창원(孝昌園)

〔교정고 삭제 표시작〕

의빈(宜嬪) 만장³⁷⁶ 5수 ○ 명을 받들어 지어 올렸다.

宜嬪輓章 五首○承命製進

하나³⁷⁷

엄숙한 규방 범절은 〈소성시〉 그대로요³⁷⁸ 　　　　　　閨儀肅肅小星詩

376 【작품해제】이 시는 1786년 9월 무렵에 지은 것으로 짐작된다. 의빈은 의빈 성씨(宜嬪成氏, 1753~1786)를 말한다. 본관은 창녕(昌寧)으로, 증 찬성(贈贊成) 성윤우(成胤祐)의 따님이다. 1782년(정조6)에 소용(昭容)으로 봉해지고 문효세자를 낳아 1783년에 의빈으로 진봉되었다. 문효세자가 죽을 당시 회임을 한 상태였는데, 1786년 9월 14일 출산을 얼마 남겨두지 않고 갑자기 세상을 떠났다. 의빈 성씨의 곤범(閫範), 문효세자 출산, 새로운 회임, 의빈 성씨가 세상을 떠난 슬픔 등을 5수의 칠언절구로 읊었다.

【校】제목 원주의 '五首'는 교정고 가필사항이다.

377 기승 양구에서 빈첩의 분수를 지키며 투기를 하지 않고 정조를 위해 늘 최선을 다했던 의빈의 모습을 읊었다. 전결 양구는 정비(正妃)에게서 왕세자가 태어나기를 기원하며, 자신에게 성은이 내리기를 바라거나 자신의 아들이 세자가 되기를 바라는 따위의 사사로운 마음이 없었던 의빈의 마음씨를 칭송하였다. 평성 '지(支)' 운을 사용한 칠언절구이다.

378 엄숙한……그대로요 : 의빈의 엄숙한 범절이 《시경》〈소남 소성(小星)〉에 묘사된 빈첩(嬪妾)의 그것처럼 매우 조심스럽고 공손하였다는 뜻이다. 숙숙(肅肅)은 밤길을 걷듯 몸을 조심조심하는 모양이다. 〈소성〉에 "반짝반짝 작은 별, 동쪽 하늘에 오손도손. 공경히 밤길을 걷는 듯이 하여, 새벽부터 밤까지 공관에 있으니 이는 운명이 똑같지 않기 때문.〔嘒彼小星, 三五在東. 肅肅宵征, 夙夜在公, 寔命不同.〕"이라고 하였다. 이 장에 대한 주자의 집전에 "남국의 부인(夫人)이 후비(后妃)의 교화를 받아 능히 투기(妬忌)하지 않고 아랫사람들에게 은혜를 입었다. 그러므로 그 중첩(衆妾)들이 찬미하기를 이와 같이 한 것이다. 중첩들이 군주를 모실 적에 감히 저녁을 당하지 못하여,

시침할 때 달빛 아래 창승 소리 아뢰었네[379]　　　　月色蠅聲侍寢時

매번 곤위[380] 향해 성손을 기도하였으니　　　　　　　每向坤闈祈聖嗣

아름다운 마음씨는 감히 사사로운 성은 바라지 않았네

　　　　　　　　　　　　　　　　　　　芳心不敢幸恩私

둘[381] 其二

궁촉(弓襡)으로 교외에서 매사(禖祠) 올림에 점괘가 길상터니[382]

새벽에 별을 보고 갔다가 밤에 별을 보고 돌아온다." 하였다. 운명이 똑같지 않다는
것은 왕비와 빈첩의 처지와 위상이 같지 않다는 뜻이다.

379 시침할……아뢰었네 : 의빈이 궁궐 처소에서 정조를 시침할 때 늘 삼가고 경계하
여, 정조가 정사(政事)를 그르치지 않도록 최선을 다했다는 뜻이다. 《시경》〈제풍(齊
風) 계명(雞鳴)〉에 "어진 후비가 '닭이 이미 울었으니 조정에 신하가 가득합니다.'라고
하지만, 실제로 닭이 운 것이 아니라 창승의 소리였던 것이다.〔雞旣鳴矣, 朝旣盈矣.
匪雞則鳴, 蒼蠅之聲.〕" 하였다. 이 시는 옛날 어진 왕비가 임금이 행여 조회에 늦을까
염려하여 새벽마다 임금께 일찍 일어나 조회에 나가도록 규계하여 고한 것을 보고,
시인이 그 일을 아름답게 여겨 노래한 것이라 한다.

380 곤위(坤闈) : 중궁전 효의왕후(孝懿王后, 1753~1821)를 말한다. 정조의 정비로
성은 김씨이고 본관은 청풍(淸風)이며, 좌참찬 증 영의정 정익공(靖翼公) 김시묵(金時
默, 1722~1772)의 따님이다. 시호와 존호는 장휘예경자수효의왕후(莊徽睿敬慈粹孝懿
王后)이다. 1899년 효의선황후(孝懿宣皇后)로 추존되었다. 슬하에 소생이 없어 수빈
박씨(綏嬪朴氏)의 아들을 양자로 삼았다. 이가 뒷날의 순조이다.

381 기승 양구에서 문효세자를 출산하여 의빈으로 진봉된 전말을 읊었다. 전결 양구
에서 지위가 고귀해진 뒤로도 빈첩의 분수를 지켜 겸손한 몸가짐으로 일관한 의빈의
덕을 읊었다. 평성 '양(陽)' 운을 사용한 칠언절구이다.

382 궁촉(弓襡)으로……길상터니 : 왕실 사람 모두가 왕자를 낳게 해달라고 간절히
기원하여 의빈이 문효세자를 낳았다는 뜻이다. 매사(禖祠)는 220쪽 주345 참조. 촉(襡)
은 독(韣)과 통용자로 곧 활집이다. 《예기》〈월령(月令)〉 중춘지월(仲春之月) 조에

우리 문효세자를 낳으사 적불이 찬란하였네[383]　　　誕我元良赤芾煌

존귀해진 뒤[384]로 더욱 겸손하시어　　　　　　　一自尊榮愈抑損

비단으로 궁상 장식하는 사치함 일체 없었어라　　了無綾帛侈宮箱

셋[385] 其三

하늘의 마음과 세상의 일은 알기 어려우니　　　天心人事苦難推

오월에 우리 동방은 온 나라가 슬픔에 빠졌네[386]　五月吾東率土悲

그럼에도 다행히 배 속에 경사가 잉태되어[387]　　猶幸腹中方毓慶

"이달에 제비가 이르면, 이르는 날에 태뢰의 예물로 고매신에게 제사한다. 천자가 친히 가면 왕비가 9빈(嬪)과 모시는 여인들을 거느리고 가는데, 이때 천자를 모신 자를 예우하여 활과 활집을 차게 하며, 활과 화살을 주되 고매의 신주 앞에서 준다.〔是月也, 玄鳥至. 至之日, 以太牢祠于高禖. 天子親往, 后妃帥九嬪御, 乃禮天子所御, 帶以弓韣, 授以弓矢, 于高禖之前.〕"라고 하였다.

383　적불이 찬란하였네 : 적불(赤芾)은 대부 이상이 차는 붉은 슬갑이다. 의빈이 일개 궁녀의 신분으로 있다가 문효세자를 낳음으로 인해 신분이 귀해져 빈(嬪)으로 승격되었다는 뜻이다.

384　존귀해진 뒤 : 문효세자가 책봉되고, 그로 인해 의빈에 봉해진 일을 가리켜 말한 것이다.

385　기승 양구에서는 문효세자의 갑작스런 홍서(薨逝)로 인한 슬픔을 읊었고, 전결 양구에서는 의빈의 새로운 회임으로 인한 희망을 읊었다. 평성 '지(支)' 운을 사용한 칠언절구이다.

386　오월에……빠졌네 : 문효세자가 5월 11일에 세상을 떠났기 때문에 이렇게 말한 것이다.

387　그럼에도……잉태되어 : 문효세자가 세상을 떠나던 5월 무렵에는 의빈이 이미 세 번째 회임을 한 상태였기에 이렇게 읊은 것이다. 《정조실록》 10년 9월 14일 기록된 〈의빈 성씨 졸기(宜嬪成氏卒記)〉에 홍낙성이 "문효세자가 홍서한 5월 이후로는 온 나라

억지로 담소하며 여러 궁첩에게 사례하셨네　　強將言笑謝諸姬

넷[388]　其四

액운을 막 지나 창성의 시기에 이르러　　纔經厄運屆昌期
주옥의 자질로 몸소 만세의 기반 짊어지셨네　　玉質躬擔萬世基
조야가 모두 미월(彌月)의 탄신[389] 기원하였거늘　　朝野皆祈彌月誕
아득하다, 신명의 이치여! 갑자기 가시었네　　邈然神理遽如斯

다섯[390]　其五

월궁의 베틀 비우고 모습 거두시니　　虛月宮機斂[391]典刑

의 소망이 오직 여기에 달려 있었는데 또 이런 변을 당하였으니, 진실로 어쩔 줄을
모르겠습니다."라고 한 것에서도 저간의 사정을 짐작할 수 있다. '여기'는 회임이고,
'변'은 의빈의 죽음이다.

388 기승 양구에서는 태평성세의 번영을 구가하는 조선의 미래를 의빈이 지고 있다고
하여, 의빈이 왕자를 회임한 것이라고 은근히 기대하였다. 전결 양구에서는 의빈이
출산을 얼마 남겨두지 않고 갑자기 세상을 떠난 것을 안타까워하였다. 평성 '지(支)'
운을 사용한 칠언절구이다.

389 미월(彌月)의 탄신 : 새로운 아기 왕자가 태어나는 것을 뜻하는 말이다. 《시경》
〈대아(大雅) 생민(生民)〉에 "왕자 낳으실 달이 모두 차자, 첫아기를 양이 순산하듯
쉽게 낳았다.〔誕彌厥月, 先生如達.〕"라고 하였다. 셋째 수 전결구의 언급과 이어지는
내용이다.

390 기승 양구에서는 의빈이 떠난 뒤 쓸쓸한 궁궐의 모습을 읊었고, 전결 양구에서는
묘소를 둘러싼 소나무들이 영령을 달래주리라 읊어 의빈의 죽음을 애도하였다. 평성
'청(青)' 운을 사용한 칠언절구이다. 의빈이 문효세자와 함께 서삼릉 효창원(孝昌園)에
묻혔기 때문에 전구에 '서산의 송백'이라고 표현하였다.

391 【校】斂 : 교정고 수정사항으로, 원글자는 '欽'이다.

백운이 돌아가는 곳에 학참이 머무르네[392]   白雲歸訪鶴驂停

서산의 송백들이 가까이 늘어서서   西岡松栢相隣近

황천의 적막한 영령을 위로해 드리겠지   庶慰泉臺寂寞靈

392 백운이……머무르네 : 백운(白雲)이 돌아가는 곳은 문효세자의 어머니 의빈이
묻힌 산속을 가리킨다. 백운은 어버이에 대한 그리움을 상징하는 시어인데, 당(唐)나라
적인걸(狄仁傑)이 태항산(太行山)을 넘어가던 중에 흰 구름이 외로이 떠가는 남쪽 하
늘을 바라보면서 "저 구름 아래에 어버이가 계신다.〔吾親所居, 在此雲下.〕"라고 한 것에
서 유래하였다. 《舊唐書 卷89 狄仁傑列傳》

　학참(鶴驂)은 태자의 수레로, 곧 학가(鶴駕)이다. 주 영왕(周靈王)의 태자인 진(晉)
이 도술을 닦아 신선이 된 뒤에 백학(白鶴)을 타고 구씨산(緱氏山)에 내려왔다는 전설
에서 유래하였다. 《列仙傳 王喬傳》

[교정고 삭제 표시작]

강동 현감 이화숙(李和叔) 우제(遇濟)과 양덕 현감 오희성(吳希聖) 태현(泰賢)에게 편지를 보내다[393]

寄訊江東倅李和叔遇濟陽德倅吳希聖泰賢

하나[394]

무산은 대색 같고 비류강은 쪽빛 같은데　　　　　巫山如黛水如藍

393 【작품해제】이 시는 명고의 나이 43세 되던 1791년 12월에서 44세 되던 1792년 봄 사이에 지어진 것으로 보인다. 이우제(李遇濟, 1738~?)는 본관이 전주(全州)이고, 화숙(和叔)은 그의 자이다. 서울에 살았으며, 1784년(정조8) 정시 병과에 급제하였다. 사헌부 지평, 은산 현감(殷山縣監)을 거쳐 1790년(정조14) 4월 26일의 정사에서 강동 현감(江東縣監)에 제수되었다. 이후 홍문관 부수찬과 수찬, 홍문관 교리, 사헌부 집의, 사간원 헌납 등을 역임하고 사간(司諫)에 올랐다. 오태현(吳泰賢, 1749~?)은 본관이 해주(海州)이고, 희성(希聖)은 그의 자이다. 서울에 살았으며 오명항(吳命恒)의 손자로 1774년(영조50) 정시 병과에 급제하였다. 승정원 주서, 사헌부 지평, 승문원 정자, 홍문관 수찬 등을 거쳐 1791년(정조15) 12월 23일의 정사에서 양덕 현감(陽德縣監)에 제수되었다. 뒤에 안동 부사(安東府使)를 거쳐 형조 참의(刑曹參議)에 올랐다. 명고는 1791년 6월에 성천 부사(成川府使)가 되었다. 시를 지은 시기는 세 사람이 이웃한 고을에 부임하여 재임한 기간 중 서로 겹치는 기간으로 한정할 수 있다. 평안도 성천도호부는 남쪽으로 삼등현(三登縣), 동쪽으로 강동현(江東縣), 서쪽으로 은산현(殷山縣), 북쪽으로 양덕현(陽德縣)과 경계를 맞대고 있다. 세 수 모두 평성 '담(覃)' 운통의 '람(藍)', '람(嵐)', '남(南)' 자를 사용한 칠언절구이다.

【校】세 수 모두 교정고에 삭제 표시되어 있으며, 총 몇 수인지에 대한 가필은 없다.

394 기승 양구에서 성천도호부(成川都護府) 일대의 산수와 누대의 모습을 읊었고, 전구에서는 당각 자사가 이룬 선정과 그 명성을 자신은 감당할 수 없다고 읊었다. 결구에서는 단지 자신은 신선 고을과 인연이 있어 성천부에 부임한 것을 다른 사람들에게 자랑할 뿐이라고 겸손하게 말하여 안분지족(安分知足)의 뜻을 담았다.

열두 난간 높이 솟아 저녁놀을 안고 있네[395]　　　　十二欄高抱夕嵐

당각의 선정 명성을 내 감당할 수 있으랴　　　　　　鐺脚政聲吾能否

　　당나라 때에 하북(河北)의 세 고을이 서로 이웃해 있었는데, 모두 선정(善
　　政)이 있어 당각 자사(鐺脚刺史)라고 이름났다.[396]

단지 선분을 가지고 청남을 자랑하네[397]　　　　　　祇將仙分詑淸南

　　관서 지방에 청천강(淸川江)이 있어서 그 남쪽의 여러 고을을 청남(淸南)
　　이라고 부른다.

　　위는 나를 두고 읊은 시이다.

395 무산은……있네 : 무산(巫山)은 성천부 서쪽 2리 지점에 있는 흘골산(紇骨山)의
다른 이름이다. 12개의 봉우리가 옹기종기 모여 있어 세상에서 '무산십이봉(巫山十二
峯)'이라 부른다. 원문의 '물〔水〕'은 비류강(沸流江)을 가리키는 듯하다. 양덕현과 맹산
현(孟山縣)에서 발원한 줄기가 성천부 북쪽 30리에서 합류하여 서쪽으로 흘러 대동강
으로 들어간다. 열두 난간은 아름다운 누대를 표현하는 관용적 표현인데, 여기서는
비류강을 굽어보며 선 강선루(降仙樓)를 가리키는 듯하다. 석북(石北) 신광수(申光洙,
1712~1775)는 그의 시 〈강선루〉에서 "강선루 열두 난간에 노래하고 춤추며 사람을
머물게 하니, 비류강 너머 무산을 주렴 걷고 바라보네.〔歌舞留人十二欄, 巫山隔水捲廉
看.〕"라고 읊었다.

396 당나라……이름났다 : 당각(鐺脚)은 '솥을 받치는 세 개의 발'을 뜻하니, 당각 자
사(鐺脚刺史)는 곧 솥발처럼 든든하고 어진 세 사람의 자사(刺史)라는 말이다.《당서
(唐書)》〈설대정열전(薛大鼎列傳)〉에 "당 고조(唐高祖) 시절에 설대정(薛大鼎)이 호
주 자사(湖州刺史)로 부임하고, 정덕본(鄭德本)이 영주 자사(瀛州刺史)로 부임하고,
가돈이(賈敦頤)가 기주 자사(冀州刺史)로 부임하여 모두 선정(善政)으로 이름을 떨치
자 하북(河北) 지방에서 이들을 '당각 자사'라 칭송하였다."라고 하였다.

397 단지……자랑하네 : 자신에게 신선의 연분이 있어 성천 부사가 되었음을 자랑한
다는 말이다.

둘³⁹⁸ 其二

오주엔 버들 짙고 물은 쪽빛이요	吳州柳罨水挼藍
백마문 앞에 푸른 안개 자욱하리³⁹⁹	白馬門前漲碧嵐
옛 현감이 새 현감을 찾아간다면	舊守來詢新守迹

내가 을사년(1785, 정조9)에 누차 패초(牌招)를 어겨, 견책을 받아 강동에
보임되었기에 이렇게 읊은 것이다.⁴⁰⁰

398 기승 양구에서는 자신이 현감 시절 보았던 강동현 관아 일대의 풍경을 회상하며
시를 읊고 있는 당시의 모습을 상상하여 읊었다. 전결구에서는 옛 강동 현감이었던
자신이 이우제를 찾아간다면, 현임 강동 현감인 이우제는 아마 청앵정 남쪽에서 신선
고을의 여유를 만끽하며 유유자적하고 있을 것이라고 읊었다.

399 오주엔……자욱하리 : 강동은 청천강의 동쪽에 있기 때문에 얻은 지명이다. 중국
강동 지방은 옛 오(吳)나라 지역이기 때문에 고래로 '오주(吳州)'라고 불렸는데, 이를
따라 우리나라에서도 강동현을 관습적으로 오주라고 불렀다. 버들은 만류제(萬柳堤)를
가리킨다. 이계(耳溪) 홍양호(洪良浩, 1724~1802)가 1758년(영조34) 35세에 강동 현
감으로 부임하여 해마다 입는 홍수 피해를 막기 위해 제방을 쌓고 버들을 심어 든든하게
하였는데, 1759년 봄에 완공한 이 둑을 만류제라고 이름하였다. 명고가 지은 〈영금정에
대한 기문[映金亭記]〉에 관련 기록이 있다. 백마문(白馬門)은 강동 현아(縣衙)의 정문
이다. 명고가 지은 〈정치당에 대한 기문[正値堂記]〉에 "고을은 오주(吳洲)라 하고,
문은 백마문(白馬門)이라 하고, 관(館)은 추흥관(秋興館)이라 하였으니, 이름을 일체
오중(吳中) 지방으로 기준을 짓지 않은 것이 없다." 하였다. 원문의 '물[水]'은 〈영금정
에 대한 기문〉에 나오는 수정천(水精川)으로 짐작된다. 현의 남쪽 1리 지점에 있으며,
서강(西江)으로 흘러 들어간다.

400 내가……것이다 : 명고는 36, 37세 되던 무렵 홍문관 부교리(弘文館副校理)와
오위(五衛)의 부사과(副司果) 등의 직책에 제수되어 직무를 수행하였다. 또 초계문신
에 뽑히기도 하였다. 하지만 사간 이복휘(李福徽) 등이 '홍계능(洪啓能)을 아비 같이
섬긴 서형수(徐瀅修)'라 지목하여 탄핵하였기에 명고 자신은 '혐의가 있는 몸이므로
정세상 조정에 나갈 수 없다.'는 이유로 누차 패초를 어겼으며, 초계문신 친시도 치르지
않았다. 청소년기에 자신이 홍계능의 문하에서 글을 배웠기 때문이다. 이로 인해 견책

동헌 풍경 소리가 청앵정 남쪽에 이따금 들리겠지 軒鈴稀聞聽鸎南

　청앵(聽鸎)은 정자 이름이다.

　위는 강동 현감에게 보내는 시이다.

셋[401] 其三

십 년 동안 영관에서 낡은 관복을 입다가[402]　　十年瀛舘弊袍藍

산골 고을에 돌아와 짙은 안개 대하시리　　巖邑歸來對積嵐

복사꽃 살구꽃 피어 봄이 얼마나 깊었던가　桃頰杏腮春幾許

부디 한 가지를 남쪽으로 보내주오[403]　　　須分一朶送天南

　위는 양덕 현감에게 보내는 시이다.

을 받다 1785년 9월 26일 강동 현감에 보임되었다.

401　기승구에서는 오랫동안 내직에서 바삐 직무에 종사하다 한가로운 고을로 부임한 오태현의 모습을 상상해 읊었다. 전구에서는 북녘 깊은 산골까지 봄이 온 정황을 말했고, 결구에서는 꽃가지를 꺾어 자신이 재직하고 있는 성천부로 봄소식을 전해달라고 하여 두 사람 사이의 친밀한 정을 담았다.

402　십 년……입다가 : 영관(瀛舘)은 영주의 선인(仙人)들이 노니는 관서 곧 한림원(翰林院)을 가리킨다. 당 태종(唐太宗)이 일찍이 인재들을 망라하여 문학관(文學館)을 설치하고 두여회(杜如晦), 방현령(房玄齡) 등 18인의 문관(文官)을 학사(學士)로 임명하고서, 한가한 때면 이들에게 정사(政事)를 자문하기도 하고 함께 전적(典籍)을 토론하기도 하면서 이들을 십팔학사(十八學士)라 호칭하였으므로, 당시 사람들이 그들을 사모하여 "영주에 올랐다.〔登瀛洲〕"라고 일컬었던 데서 유래하였다. 조선에서는 특히 홍문관(弘文館)을 영관(瀛舘), 한림원 즉 예문관(藝文館)을 영봉(瀛蓬) 등으로 일컬었다. 남포(藍袍)는 8, 9품의 하급 관료들이 입는 관복으로, 남색 도포였다. 남삼(藍衫)이라고도 한다. 오태현이 양덕 현감으로 부임하기 전에 승정원 승지와 홍문관 수찬을 지냈기 때문에 이렇게 표현한 것이다.

403　남쪽으로 보내주오 : 성천도호부가 양덕현의 남쪽에 자리하고 있기 때문에 이렇게 읊은 것이다. 235쪽【작품해제】참조.

봄날 강선루(降仙樓)에 올라[404]

春日登降仙樓

버들 짙고 꽃 화사해 봄은 저물어가는데	柳暗花明屬暮春
난간에 기대 있노라니 아침 햇살 따사롭네	憑欄朝日氣氳氳
무지개 같은 다리는 먼 포구에 이어져 있고	橋如蝀蝀綿遙渡

404 【작품해제】 이 시는 명고가 성천 부사로 있던 1792년, 곧 44세 되던 무렵 지은
작품이다. 강선루는 평안도 성천부 성천객사(成川客舍)에 딸린 누각이다. 성천객사의
본채인 동명관(東明館)의 서쪽에 있으면서 아래로 대동강의 제1지류인 비류강을 굽어
보고, 강 건너에는 무산 열두 봉우리의 절경이 펼쳐져 있어 관서팔경(關西八景)의 하나
로 꼽혔다. 편액은 명나라 한림학사 미만종(米萬鍾)과 문정옹(文正翁)의 글씨이다.
객관은 모두 360여 칸이 되는데 누관(樓觀)의 장대함이나 강산(江山)의 수려함은 팔도
누각의 으뜸이요 중국에도 비교할 만한 것이 드물었다고 전한다. 중국 사신을 접대하기
위한 연회장으로 사용했던 건물로, 고려 충혜왕(忠惠王) 때 성천 부사 오장송(吳長松)
이 건립했다고 전해진다. 1613년(광해군5)에 중건되었으나, 1715년(숙종41) 화재로
객관과 누정이 전소(全燒)되었다. 이후 포암(圃巖) 윤봉조(尹鳳朝, 1680~1761)에 의
해 유선관(留仙觀)이 새로 지어졌고, 1748년(영조24)에 이르러 서명신(徐命臣, 1701~
1771)에 의해 강선루가 복원되었다. 홍양호가 '해동제일누관(海東第一樓觀)'이라는 여
섯 글자의 편액을 걸었다. 《신증동국여지승람》〈평안도 성천도호부〉, 《연려실기술》
권16 〈산천형승〉, 《연행록》〈일기〉 1712년 11월 13일자 기록, 《열하일기》〈구외이문
(口外異聞)〉, 《임하필기》 제13권 '강선루' 등을 참조할 수 있다.

수련은 저물어가는 봄날, 강선루 난간에 기대어 따사로운 아침 햇살을 누리는 즐거움
을 읊었다. 함련은 강선루에서 바라보이는 비류강과 무산 등의 경관을 읊었다. 경련에
서는 강선루에 올라 한가로이 술을 찾다가 다시 동헌으로 가 백성들을 위한 정무에
임하는 부사의 일상을 읊었다. 미련에서는 임금의 은혜로 명승지의 수령이 된 소회를
읊었다. 평성 '진(眞)' 운을 쓴 측기식 수구용운체 칠언율시이다.

【校】降仙 : 교정고 가필사항이다.

나비 눈썹 같은 산은 작은 나루 너머에 있네   山似蛾嵋隔小津

   중국의 성도(成都)에 아미산(峨嵋山)이 있다.[405]

주렴 끝에 바람 불 제 자주 술을 찾다가   簾角風來頻問酒

옥 화로에 향 그치면 다시 백성들 다스리네   玉鑪香歇更[406]臨民

좋은 고을에 보임됨은 임금이 내린 은혜기에   名區恩補知君賜

여러 해 동안 주인 됨을 곧 허락하였네   剛許多年作主人

405 【校】중국의……있다 : 교정고 가필사항이다.

406 【校】更 : 교정고 수정사항으로, 원래 글자는 판독할 수 없다.

비를 기뻐하다[407]

喜雨

청명 무렵 열흘 동안 가랑비 내리니	淸明十日雨如絲
풀밭 길로 소를 부려 지체 없이 가네	草徑呼牛去不遲
태수는 정사 쉬고 일 없이 앉아	太守休衙無事坐
지붕 아래서 한가로이 꾀꼬리 노래 듣네	屋頭閒聽囀黃鸝

---

407 【작품해제】이 시는 명고가 성천 부사로 있던 1792년 무렵 지은 작품이다. 기승양구는 청명 무렵 비가 오자 소를 몰아 서둘러 논을 갈러 가는 농부들의 활기찬 모습을 담았다. 전결 양구는 앞의 두구와 대비하여 느긋하게 태평시대를 즐기는 부사의 한가로운 일상을 읊었다. 비를 기뻐하는 마음과 자신의 정사가 그런대로 훌륭하다는 마음이 함께 담겨 있다. 평성 '지(支)' 운을 사용한 칠언절구이다.

방선문의 문루에 올라 농사 형편을 살펴보고, 돌아와 강선루 반선관에 앉아[408]

登訪仙門樓 看農形 歸坐降仙樓伴仙觀

동헌에 멍하니 앉아 있을 것 무어 있나 　　　　何須鈴閣坐如楂

다니며 나날이 화사해지는 봄 풍광 보아야지 　　行看春光取次奢

물에 잠긴 고운 꽃잎은 저녁노을에 더욱 붉고 　蘸水嬌紅烘夕照

---

408 【작품해제】이 시는 명고가 성천 부사로 있던 1792년 무렵 지은 작품이다. 성천부는 선구(仙區)로 명성이 자자한 고장으로, 고을로 들어서는 고개가 방선령(訪仙嶺)이며, 이를 내려와 쇄혼교(鎖魂橋)를 건너면 방선문(訪仙門)이 있다. 방선문은 층루로 이루어져 있으며 '송객정(送客亭)'이라는 편액이 걸려 있다. 여기에서 방향을 꺾어 구룡교(九龍橋)를 건너 객관의 본채인 동명관으로 들어간다. 반선관(伴仙觀)은 유선관(留仙觀)의 서쪽 별실의 이름이다. 참고로 동명관의 남쪽에 강선루가 있고, 강선루의 동쪽에 집선관(集仙觀)이 있다. 집선관의 남쪽 마루가 생학헌(笙鶴軒)과 도영헌(倒影軒)이고, 북쪽으로 현허각(玄虛閣)이 있다. 동명관의 동쪽 마루가 통선관(通仙觀)이고, 동쪽 별실이 학선관(學仙觀)이다. 학선관의 남쪽에 승진각(昇眞閣)이 있고 서쪽 마루가 유선관(留仙觀)이다. 유선관 서쪽에 영롱각(玲瓏閣)과 봉래각(蓬萊閣)이 있으며, 반선관의 남쪽에 청화각(淸和閣)이, 서쪽에 소요헌(逍遙軒)이 있고, 소요헌의 남쪽에 조운각(朝雲閣)이 있다. 대부분 신선과 관련된 이름으로 이루어져 있다. 홍경모(洪敬謨)의 《관암전서(冠巖全書)》제16책에 실린 〈강선루기(降仙樓記)〉를 참조할 수 있다.
　　수련은 봄이 온 성천부의 풍광을 구경하고 싶은 자신의 마음을 담았다. 함련은 아침저녁의 꽃과 버들 경치를 읊었다. 경련은 방선문에 올라 고을의 농형을 살피고, 이어 반선관에 올라 봄 풍경을 감상하는 부사의 일상을 읊었다. 미련에서는 스스로 시에 능하지 못하다고 겸손해하면서도 남은 취기의 끝에 차를 마신다고 마무리하여 문인의 흥취를 은근히 담았다. 평성 '마(麻)' 운을 사용한 평기식 수구용운체 칠언율시이다.
　　【校】降仙樓伴仙觀 : 강선루(降仙樓)는 교정고 수정사항으로 원래는 '유선관(留仙觀)'이었다. 반선관(伴仙觀)은 교정고 가필사항이다.

방죽 가의 연둣빛 버들은 아침노을에 곱구나　　　　夾隄柔綠映朝霞

문루에 잠깐 올라 백성 농사 살피고　　　　　　　譙樓乍上知民事

반선관에 건너가서 봄 풍경 감상하네　　　　　　僊觀移登感物華

내 시를 모르지만 오히려 한 수 읊으며　　　　　吾不解詩猶一唱

살짝 취한 남은 흥취에 좋은 차를 마시노라　　　小醺餘味點名茶

막료 제군(諸君)에게 써서 보이다[409]

書示幕僚諸君

방울 소리 딱따기 소리 잦아들고 향 연기 식으니	鈴柝蕭閒了篆烟
가마를 급히 불러 유선관으로 찾아가네	催呼肩輿訪留仙

유선관(留仙觀)은 강선루 열두 난간 머리에 있다.[410]

미녀들은 담소하며 난간 모퉁이에 기대어 있고	紅娥笑語憑欄曲
조례들은 물렀거라 소리치며 천변을 따라가네	皁隸呵聲逐水邊
솜씨가 계산에 서툰 것은 오랜 고질이고	手拙奇嬴餘宿弊
서안에 장부책 없음은 풍년이 든 덕일세	案無簿牘賴豊年
머잖아 돌아가 물러나는 날에는	料知早晚歸休日
행장에 백 편의 시를 넉넉히 얻으리라	富得行裝滿百篇

409 【작품해제】 이 시는 명고가 성천 부사로 있던 1792년 무렵, 옛날 조정에서 함께 근무하던 벗들에게 써서 보낸 작품이다. 수련에서는 부사로서의 정무를 마치고 유선관으로 가는 자신의 모습을 읊고, 함련에서는 유선관에 가면서 본 기녀들과 하인들의 모습을 읊었다. 경련의 1구에서는 수령으로서의 역량이 부족한 자신의 자질을 겸손하게 말하였고, 2구에서는 풍년이 들어 밀린 세금을 독촉할 장부책이 관아의 서안에 없다고 말하면서 그 속에 자신이 고을 정사를 열심히 했음을 은근히 드러내고 있다. 미련에서는 성천 부사를 마치고 돌아가는 날엔 선경에 노닐다 가는 사람답게 새로 지은 시를 넉넉히 가져 가리라는 기대를 담았다. 평성 '선(仙)' 운을 사용한 측기식 수구용운체 칠언율시이다.
410 【校】 유선관은……있다 : 교정고 가필사항이다. 유선관과 강선루의 위치에 대해서는 242쪽 【작품해제】 참조.

옛날 정축년(1757) 선대인 문정공(文靖公)이 성천부에
부임하였다. 당시에 내 나이가 겨우 아홉 살인데 따라와
부아(府衙)에 거주하였다. 지금 36년이 흘러 다시금
선대인의 자취를 이어 옛날의 빈객과 아전을 대하노라니
감회가 있어 짓는다[411] 2수

昔在丁丑 先大夫文靖公 來莅成都 時余年纔九歲 隨住府衙于今三十六
年 復繼前武對舊日賓吏 感懷有作 二首

하나[412]

삼십육 년 만에 옛 관아[413] 찾아오니 　　　　　三紀來尋舊憩棠

411 【작품해제】 이 시는 명고가 성천 부사로 있던 1792년에 지은 작품이다. 선대인
문정공(文靖公)은 명고의 부친 서명응을 말한다. 서명응은 42세 되던 1757년(영조33)
여름에 성천 부사로 부임한 적이 있다. 그 당시 명고는 아홉 살의 어린 나이로 부친을
따라 성천에 처음 와 부아(府衙)에서 생활하였으며, 35년이 지난 1791년에 자신이 또
성천 부사가 되어 이 고을에 부임하여 이듬해까지 수령의 직무를 수행하였다. 이 때문에
어릴 때 보았던 빈객과 아전을 재회하여 그 감회를 세 편의 칠언절구에 담았다.
　【校】 제목 원주의 '二首'는 교정고 가필사항이다. 이 시는 총 3수로 이루어져 있는데,
마지막 수는 교정고에서 삭제하라는 표시가 되어 있다.

412 기승 양구는 고향처럼 그리운 고장인 성천에 36년 만에 찾아온 감회를 읊었다.
전구에서는 자신이 이 고장의 풍속을 잘 알고 있으므로 물을 것도 없다고 하여 낯익은
산천과 인심에 대한 편안한 감정을 드러내었다. 결구에서는 반가운 얼굴들을 만나 인사
하기 바쁜 모습을 담아 성천이 참으로 제2의 고향이나 마찬가지인 고장임을 거듭 드러내
었다. 평성 '양(陽)' 운을 사용한 칠언절구이다.

413 옛 관아 : 원문의 게당(憩棠)은 《시경》 〈소남(召南) 감당(甘棠)〉의 "무성한 팥배
나무, 베지 말고 꺾지 말지어다. 소백(召伯)께서 쉬시던 곳이니라.〔蔽芾甘棠, 勿翦勿
敗, 召伯所憩.〕"라고 한 것에 전거를 둔 말이다. 흔히 전임 지방관의 선정을 칭송할

성천은 나에게 곧 병향[414]이라오　　　　　　成都於我卽幷鄕

　병향(幷鄕)은 후한(後漢) 곽급(郭伋)의 고사를 인용한 것이다.[415]

　동향(桐鄕)은 후한 주읍(朱邑)의 고사를 인용한 것이다. 본전(本傳)에 다음과 같은 내용이 있다. 주읍은 본디 동향의 색리였는데, 관직이 대사농(大司農)에 이르렀다. 병이 들어 눈을 감으려 할 적에 그의 아들에게 부탁하기를 "나는 본디 동향의 아전이었단다. 만약 나를 사랑하거든 부디 나를 동향에다 묻어다오." 하였다.[416]

때 관용적으로 쓰는 시어인데, 부친 서명응이 예전에 성천 부사를 지냈기 때문에 부친의 선정을 존모하는 뜻에서 성천부의 부아(府衙)를 이렇게 표현한 것이다.

414　병향(幷鄕) : 오래 살다가 정이 들어 고향과 다를 바 없는 고장, 곧 제2의 고향이라는 말이다. 당(唐)나라 가도(賈島)는 함양 사람으로, 병주(幷州)에서 10년 동안 살면서 늘 고향을 그리워했다. 그러다 어느 날 갑자기 상건수(桑乾水)를 건너 병주를 떠나자, 병주가 고향처럼 그리워져 〈도상건(渡桑乾)〉이라는 시를 지어 "병주의 나그네살이 어언 십 년, 돌아가고픈 맘에 밤낮으로 함양을 그리워했네. 뜻하지 않게 다시 상건수를 건너와, 병주를 바라보니 도리어 고향처럼 느껴지네.〔客舍幷州已十霜, 歸心日夜憶咸陽. 無端更渡桑乾水, 却望幷州是故鄕.〕"라고 한 데서 유래하였다. 송(宋)나라 임경희(林景熙)는 〈유방서가 채근방으로 거처를 옮김을 기뻐하며〔喜劉邦瑞遷居采芹坊〕〉라는 시에서 "병향에서 모였다 흩어지며 총총히 웃었건만, 세월은 무정하여 어느새 둘 다 늙은이가 되었네.〔幷鄕聚散笑忽忽, 歲月無情忽兩翁.〕"라고 하였다.

415　【校】병향(幷鄕)은……것이다 : 교정고 가필사항이다. 이 고사는 《후한서(後漢書)》 권31 〈곽급열전(郭伋列傳)〉에 실려 있다. 곽급(郭伋)이 지방관을 지내면서 선정(善政)을 많이 베풀어 그가 가는 고을마다 사람들이 모두 나와서 환영하곤 하였다. 뒤에 곽급이 병주(幷州)에 재차 부임하여 순시를 하다가 서하(西河)의 미직(美稷)에 도착하자, 병주의 어린아이 수백 명이 저마다 죽마를 타고 길가에서 절을 하면서 맞이하여 환영하였다고 한다. 그런데 원주는 자신이 지방관으로 부임하여 은택을 남긴 고을에 비유하는 고사이므로 시의 본문이 담고 있는 원의를 해설하는 주석으로는 꼭 맞는 것이라고 하기 어렵다.

416　【校】동향(桐鄕)은……하였다 : 교정고 가필사항이다. 이 고사는 《한서(漢書)》 권89 〈순리전(循吏傳) 주읍(朱邑)〉에 실려 있다. 원문에는 '후(後)'만 쓰여 있으나 문

행차 멈추고 풍속을 물을 것 있으랴?　　　　　那須停蓋詢風俗
부로들 환영하며 인사말 장황한 것을　　　　　父老欣迎話更長

둘[417] 其二

아홉 살 때 걷던 길이 전생의 일인 듯하니　　　　九齡前躅若先天
구름과 물빛 아련하여 눈물 왈칵 흐르네　　　　雲水蒼茫淚泫然
아직까지 머리 센 빈객과 아전이 남아　　　　　猶有白頭賓吏在
늙은 나이 혐의 않고 함께 주선하네　　　　　　不嫌鍾漏共周旋

　　옛날에 본 빈객과 아전들의 나이가 모두 일흔이 넘었기에 '종명누진(鍾鳴漏
　　盡)'의 시어를 썼다.[418]

리로 보아 '한(漢)'을 보충해 넣었다. 앞의 원주와 마찬가지로 자신이 지방관으로 부임
하여 은택을 남긴 고을에 비유하는 고사이므로 딱 맞는 주석이라고 하기 어렵다. 이
가필 원주는 앞의 가필 원주와 함께 살펴볼 때 두 가필 원주 모두 전하려는 정보의
성격이 비슷한 데다 정확한 주석이 아니라는 점에서, 첫째 가필자가 한 사람이 아니고
적어도 2인 이상일 가능성이 높음을 시사하는 사례이며, 둘째 명고가 원주를 가필한
것이 결코 될 수 없다는 사실을 분명히 보여주는 사례라고 할 수 있다.

417　기승 양구에서는 36년 만에 다시 보는 산천에 감격하여 눈물을 흘리는 자신의
모습을 읊었다. 전결 양구에서는 36년 전에 보았던 빈객과 아전이 모두 일흔이 넘은
늙은이가 되었는데, 그럼에도 그들을 너무 늙었다고 혐의하지 않고 함께 고을 정사를
주선하는 모습을 읊어 옛사람을 버리지 않는 정을 담았다. 평성 '선(先)' 운을 사용한
칠언절구이다.

418　옛날에……썼다 : 옛날 자신이 본 빈객과 아전이 이제는 늙어 이미 현직에서 물러
날 나이가 되었다는 뜻이다. 《삼국지》 권26 〈위서(魏書) 전예전(田豫傳)〉에 "나이 일
흔이 넘었음에도 여전히 벼슬자리를 차지하고 있는 것은, 비유하자면 인경의 종이 울리
고 물시계가 다했는데도 그치지 않고 밤길을 가는 것과 같으니, 이는 죄인이다.〔年過七
十而以居位, 譬猶鍾鳴漏盡而夜行不休, 是罪人也.〕"라고 한 데서 인용한 말이다.

　　【校】 이 원주는 교정고 가필사항이다.

〔교정고 삭제 표시작〕

셋[419] 其三

사주 마시고 농요 부르며 태평세월 누리면서　　　社酒農謳閱歲華

요역 견감해준 옛 은혜를 지금까지 자랑하네　　　蠲徭舊惠至今誇

　문정공이 관찰사로 계실 때 마흔두 고을의 재정을 통계 내어 집집마다 견요
　전(蠲徭錢) 10문(文)을 지급하였다. 백성들이 지금까지 그 덕을 보고 있
　다.[420]

무능한 몸으로 수령 되었으니 내 어찌 계승할 수 있으랴?

　　　　　　　　　　　　　　　　　　　無能爲役吾何述

남은 음덕에 힘입어 만백성들 배부르길 바랄 뿐　幸藉餘庥飽萬家

419　기승 양구에서는 부친 서명응의 선정에 힘입어 추수를 하며 농주를 마시고 민요를
부르면서 은혜를 잊지 않고 즐겁게 살아가는 백성들의 모습을 읊었다. 전구에서는 자신
에게 선정을 베풀 능력이 없음을 겸손하게 표현하였고, 결구에서는 앞으로도 부친이
남긴 선정에 힘입어 성천 고을이 영원히 풍요로운 고장이 되길 바라는 마음을 담았다.
평성 '마(麻)' 운을 사용한 칠언절구이다.

420　문정공이⋯⋯있다 : 서명응이 1776년(영조52) 2월에 61세의 나이로 평안도 관찰
사로 부임하여 자신의 녹봉에서 자본금 3만 민과 곡식 2만 석을 출연하여 견요전(蠲徭
錢)과 비황곡(備荒穀)를 마련하여 민간에서 자체적으로 운영하게 하였다. 《명고전집》
권8에 실린 〈순천 활동방 평리에 있는 의창에 대한 기문〔順川濶洞坊坪里義倉記〕〉에서
관련 사실을 참조할 수 있다.

선리(仙吏)의 공무를 파하고 '분(分)'자 운을 따서[421]
仙吏軒衙罷 拈分字

고을 아전들 관아 공무 파하니	軍吏參衙罷
뜨락의 그늘 벌써 정오 되었네	庭陰已午分
처마엔 분분히 살구꽃이 눈처럼 날리고	渾簷飛杏雪
궤안엔 그득히 복사꽃이 안개처럼 비치네	殷几映桃熏
누대는 고금에 그대로이고	樓觀自今古
신선은 곧 사또로구나[422]	神仙卽使君
부끄러워라 진세의 속객이	堪羞塵俗客
그저 붉은 치마만 아는 것이	管領但紅裙

한유의 시 〈취하여 장비서에게 지어주다〔醉贈張秘書〕〉에 "장안의 여러 부잣집 아이들, 상 위에 진수성찬 잔뜩 차려놓았네. 문자음은 모르고, 오직

---

421 【작품해제】이 시는 명고가 성천 부사로 있던 1792년에 지은 작품이다. 성천은 산수가 아름다워 신선 고장으로 일컬어지고 그 객관의 이름도 대체로 신선과 관련되어 있으므로, 성천 부사인 자신과 그곳의 아전들을 선리(仙吏)라고 한 것이다. 고을 정사를 마치고 아전들과 함께 시주(詩酒)를 즐기며 '분(分)'자로 운을 따서 읊은 것이다.

수련에서는 오전의 정무를 마치고 관아를 파하자 해가 벌써 한낮이 되었음을 읊었다. 함련에서는 봄이 온 관아에 꽃이 흐드러진 풍경을 읊었다. 경련에서는 변함없이 아름다운 성천의 누관을 칭송하고 그곳에 부임한 사또는 신선이라고 하여 성천 부사의 직임이 대단히 귀한 것임을 강조하였다. 미련에서는 자신은 진세의 속객이라 시의 풍류는 모르고 기생만 좋아하노라고 너스레를 떨어 성천 부사가 된 것을 진심으로 기뻐하는 마음을 담았다. 평성 '문(文)'운을 사용한 측기식 오언율시이다.

422 신선은 곧 사또로구나 : 사또, 곧 성천 부사로 부임한 자신이 신선이라는 뜻인데, 운자 때문에 도치시켜놓은 문장이다.

붉은 치마에 취할 줄만 아는구나.〔長安衆富兒 盤饌羅羶葷 不解文字飮 惟能
醉紅裙〕"라고 하였다.[423]

423 한유의……하였다 : 문자음(文字飮)은 시문을 주고받으며 품격 있게 마시는 술
을 말한다. 붉은 치마는 화려하게 단장한 기생을 가리킨다. 사치스럽기만 할 뿐 저속하
기 이를 데 없는 부귀가의 자제를 비꼰 시이다. 저본의 원문에는 시의 전결 양구만
실려 있으나, 이해를 돕기 위해 시의 제목과 기승 양구를 보충하여 번역하였다.
  【校】이 원주는 교정고 가필사항이다.

이요정(二樂亭)을 방문하고[424] 2수

訪二樂亭 二首

하나[425]

봉우리 돌아서면 길 없으리라 여겼더니	峰轉疑無路
오솔길 돌아서자 홀연 마을이 나타났네	逕迴忽有村

　육방옹(陸放翁 육유(陸游))의 시 〈유서산촌(遊西山村)〉에 "산 첩첩 물 첩첩
이라 길 없으리라 여겼더니, 버들 짙고 꽃 흐드러진 곳에 또 마을 하나.〔山
重水複疑無路 柳暗花明又一村〕"라고 하였다.[426]

새소리는 물에 잠겨 가파르고	鳥聲沈水急
솔 소리는 사립문 너머 소란하네	松韻隔扉喧
근래 기름진 관아 음식에 물리어	近厭官羞腻
자주 소박한 시골 술 마시네[427]	頻斟野酒論

---

424 【작품해제】 이 시는 명고가 성천 부사로 있던 1792년에 이요정(二樂亭)을 방문하
여 지은 작품이다. 이요정은 성천부 관할 내에 있던 정자로 보이나, 자세한 사항은
미상이다. 이 정자의 편액이 명고의 족종형인 서지수(徐志修)의 글씨를 새겨 걸어놓았
기에 그와 관련한 감회를 두 편의 시에 담았다.
　【校】 제목 원주의 '二首'는 교정고 가필사항이다.

425 수련은 이요정으로 찾아가는 길의 정경을 읊은 것으로, 육유의 시구를 인용하여
이요정이 깊은 산골 마을에 있는 정자임을 드러내었다. 함련은 이요정 주변의 정경을
읊었는데, 산새 소리와 솔숲 소리를 통해 이요정 주변의 자연을 함축적으로 담았다.
경련은 잠시 관아를 벗어나 사회적 지위를 잊고 느끼는 야인으로서의 정취를 읊었다.
미련은 유람을 마치고 돌아올 때의 정경을 읊었다. 평성 '원(元)' 운을 사용한 측기식
오언율시이다.

426 【校】 육방옹(陸放翁)의……하였다 : 교정고 가필사항이다.

홍이 시들어 돌아가는 배 띄우니　　　　　　　興闌歸棹放

해자의 나무에 석양이 걸렸네　　　　　　　　壕樹夕陽存

둘[428] 其二

이요정 세 글자는　　　　　　　　　　　　　二樂亭三字

문청공의 친필을 새긴 것　　　　　　　　　　文淸手墨刊

　　종증조형(從曾祖兄) 문청공(文淸公) 서지수(徐志修)가 성도백(成都伯)이
　　되어 부임했을 때 이 정자에 찾아와 이 편액을 썼다. 주인이 지금까지 보배
　　처럼 귀하게 걸어두고 있다.[429]

427　자주……마시네 : '論'은 운자를 맞추기 위해 넣은 것으로 '腆'과 완전한 대가 되지
는 않지만, '담소를 나누며 마시는 소박한 술'이란 의미로 우선 번역해놓는다.

428　수련에서는 '이요정(二樂亭)' 글자를 서지수가 새긴 것임을 말하였다. 함련의 1구
에서는 성천 부로들이 명고에게 '서지수가 이곳의 부사를 지냈다'는 것을 다투어 말하는
것을 읊었고, 2구에서는 이를 바탕으로 자신에게 서지수의 공적을 자자하게 칭찬하는
것은 그들이 명고 역시 족종형인 서지수에 못지않은 정치를 하고 있다고 인정하는 것임
을 우회적으로 표현하는 것이라고 말하였다. 경련에서는 원벽지의 고을은 명문가의
사람들이 관례적으로 부임하는 곳이므로, 자신도 이곳에서 정사에 최선을 다하리라는
다짐을 담아 읊었다. 미련에서는 경련에서 다짐한 것을 이루기 위한 방법으로써 그
고을의 민심과 풍속을 소상히 알기 위해 부로들과 오랫동안 인사를 나누며 이야기를
나누는 모습을 읊었다. 평성 '한(寒)' 운을 사용한 평기식 오언율시이다.

429　종증조형(從曾祖兄)……있다 : 서지수(徐志修, 1714~1768)는 본관은 대구, 자
는 일지(一之), 호는 송옹(松翁) 또는 졸옹(拙翁)이다. 증조부는 서문상(徐文尙,
1630~1677), 조부는 영의정 서종태(徐宗泰, 1652~1719), 부친은 좌의정 서명균(徐命
均, 1680~1745)이고, 아들은 서유신(徐有臣, 1735~1800)이다. 서지수의 증조부 서문
상은 명고의 증조부 서문유(徐文裕, 1651~1707)의 맏형으로, 서지수는 명고에게 팔촌
종형이 된다.

　　【校】이 원주는 교정고 가필사항이다.

공이 옛날 이곳에 온 일을 다투어 자랑하니 爭誇公昔至

혹 내게 난형난제를 허여해주는 것인가[430] 倘許弟爲難

　난형난제(難兄難弟)라는 성어는 《세설신어》에 실린 원방(元方)과 계방
　(季方)의 고사를 인용한 것이다.[431]

암읍에 오히려 교목이 드높으니[432] 巖邑猶喬木

　암읍(巖邑)이라는 시어는 전거가 《좌전》에 나온다.[433]

하수 가에서 박달나무 베리로다[434] 河干可伐檀

---

430 혹……것인가 : 명고 자신이 서지수의 족종제(族從弟)이기 때문에, '나를 훌륭한
형에 뒤지지 않는 아우로 인정해주는 것인가?'라는 의미로 읊은 것이다. 후한(後漢)
때 진심(陳諶)은 자가 계방(季方)이고 그의 형 진기(陳紀)는 자가 원방(元方)인데 두
사람이 모두 서로의 우열을 가릴 수 없을 정도로 총명하고 효성스럽기로 유명하였다.
그래서 그들의 아버지인 진식(陳寔)이 "원방은 형 노릇 하기 어렵고 계방은 아우 노릇
하기 어렵다.〔元方難爲兄, 季方難爲弟.〕"라고 하였다. 《後漢書 卷62 陳寔列傳》

431 【校】 난형난제(難兄難弟)라는……것이다 : : 교정고 가필사항이다.

432 암읍에……드높으니 : 바위산으로 이루어진 외진 고장에 키가 큰 나무가 많다는
말이다. 암읍(巖邑)은 춘추 시대에 정(鄭)나라 장공(莊公)이 그의 아우 태숙단(太叔
段)을 제(制)에 봉하여 주니, 신하가 "제는 바위산으로 이루어진 고장〔巖邑〕인데, 반역
할 염려가 있는 태숙을 거기에 봉하여 주어서는 안 됩니다."라고 한 데서 유래한 말이다.
《春秋左氏傳 隱公元年》. 교목(喬木)은 키가 큰 나무로 '국가와 명운을 함께해온 오래
된 나무'를 뜻하는데, 전하여 여러 대에 걸쳐 고관대작을 배출하여 국가의 정치에 깊이
참여한 집안을 말한다. 《맹자》 〈양혜왕 하(梁惠王下)〉에 "이른바 고국이란 높이 치솟
은 나무가 있다는 말이 아니요, 대대로 신하를 배출한 오래된 집안이 있다는 것을 의미
한다.〔所謂故國者, 非謂有喬木之謂也, 有世臣之謂也.〕"라고 한 데서 유래한 말이다.
험벽한 성천부에 대구 서씨 가문의 여러 인물들이 부사로 왔기 때문에 이렇게 표현한
것이다.

433 【校】 암읍(巖邑)이라는……나온다 : 교정고 가필사항이다. 내용은 앞의 주432
참조.

434 하수……베리로다 : 서지수의 뒤를 이어 그 이름에 부끄럽지 않게 고을 정치에

풍토기를 엮고자 하여   欲編風土記

수레 멈추고 인사 나누며 오래도록 서성였네[435]   傾蓋久盤桓[436]

최선을 다할 것이라는 다짐이다. 《시경》〈위풍(魏風) 벌단(伐檀)〉에 "꽁꽁 박달나무를
베어, 하수(河水)의 물가에 놓아두니, 하수가 맑고도 찰랑이네. 벼를 심지도 않고 거두
지도 아니하면, 어떻게 벼 삼백 단을 얻을 수 있으며, 겨울 사냥도 하지 않고 밤 사냥도
하지 않으면, 어떻게 네 뜰에 매달린 담비를 볼 수 있겠는가. 저 군자여, 공밥을 먹지
않는도다.〔坎坎伐檀兮, 寘之河之干兮, 河水淸且漣猗. 不稼不穡, 胡取禾三百廛兮, 不
狩不獵, 胡瞻爾庭有縣狟兮. 彼君子兮, 不素餐兮.〕" 하였다. 벌단(伐檀)을 인용하여 '공
밥을 먹지 않을 것'이라는 의미를 읊은 것이다.

435 인사……서성였네 : 경개(傾蓋)는 경개여고(傾蓋如故)의 준말이다. 《사기(史
記)》 권83 〈추양열전(鄒陽列傳)〉에 "흰머리가 되도록 오래 사귀었어도 처음 본 사람처
럼 느껴질 때가 있고, 수레 덮개를 기울이고 잠깐 이야기했지만 오랜 벗처럼 느껴지는
경우도 있다.〔白頭如新, 傾蓋如故.〕"라는 말이 나온다.

436 【校】盤桓 : 교정고 수정사항으로, 원래는 "서로 바라보았네〔相看〕"였다.

내선각(來仙閣)에서 읊어 나를 따라와 노닌 두 사람의 객에게 보이다[437] 2수

來仙閣 賦示從遊二客 二首

하나[438]

맹파[439]가 날마다 강천을 뒤흔들어	孟婆日日攪江天

강절(江浙) 지방 사람들은 바람을 맹파(孟婆)라고 한다. 양신(楊愼)의 《단연록(丹鉛錄)》에 나온다.[440]

봄 다 저물도록 뱃놀이 못 나갔네	春晚猶遲一扣舷
물처럼 맑은 동헌엔 낙화 쓸지 않았고[441]	如水公庭花不掃

---

437 【작품해제】이 시는 명고가 성천 부사로 있던 1792년 내선각(來仙閣)에 방문하여 노닐며 지은 작품이다. 내선각은 성천부 관할 내 강가에 있던 누각으로 보이나, 자세한 사항은 미상이다. 두 수 모두 '선(先)' 운의 천(天), 현(舷), 현(弦), 연(年), 천(阡)을 운자로 사용하였다.

【校】제목 원주의 '二首'는 교정고 가필사항이다.

438 평성 '선(先)' 운을 사용한 평기식 수구용운체 칠언율시이다.

439 맹파(孟婆) : 한여름에 장강 지역에 발생하는 강풍 또는 회오리바람의 일종이다. 한편 왕세정(王世貞, 1526~1590)의 《엄주사부고(弇州四部稿)》 권157 〈완위여편2(宛委餘編二)〉에서는 "바람의 신을 맹파라고 한다.〔風神曰孟婆〕" 하였는데, 《산해경(山海經)》에는 요제(堯帝)의 두 딸이 장강 지역에 노닐러 다닐 때 수행한 여신으로 설명되어 있다.

440 【校】양신(楊愼)의……나온다 : 교정고 가필사항이다.

441 물처럼……않았고 : 동헌이 물처럼 맑다는 말은 정사가 공정하고 청렴하여 관아에서 청탁이 행해지지 않았다는 뜻이다. 《승정원일기》 고종29년 윤6월 11일 기사에 "남포현감 민영헌은 아객을 금하고 청탁을 근절하였으니 관아가 물처럼 맑았다.〔藍浦縣監閔泳憲叚, 禁衙客而絶囑, 公庭如水.〕"라고 하고, 최익현(崔益鉉, 1833~1906)의 《면암집

구름 찌른 내선각엔 초승달 막 떴어라　　　　凌雲仙閣月初弦

풍속 비록 예스러우나 부지런히 다스려[442]　　俗雖近古知勞思

농사에 때 놓치지 않았으니 풍년 들리라　　　耕莫違時占有年

환로가 모두 덧없는 것임을 어이하랴　　　　無奈宦遊都幻迹

끝내 광명동 기슭에 돌아가 늙으리　　　　　終須歸老廣明阡

　낡은 집 몇 칸이 장단부(長湍府) 광명동(廣明洞)에 있다.

둘[443] 其二

회린과 길흉을 일체 하늘에 맡겨두고　　　　悔吝吉凶一付天

풍파 두루 겪고서 외로운 배에 기대네　　　　風波閱盡倚孤舷

관직 생활엔 살림살이 언급을 부끄러워할 줄 알아야 하거니와

　　　　　　　　　　　　　　　　　　　居官要識羞言産

천성 바로잡으려고 현을 찰 필요야 있으랴?　揉性何須待佩弦

　서문표(西門豹)는 천성이 조급하여 가죽을 차고서 스스로 느긋하게 처신하
였고, 동안우(董安于)는 천성이 느긋하여 현을 두르고서 스스로 긴장감을
유지하였다.[444]

계책은 구승에 졸렬하여 열객을 멀리하고[445]　計拙狗蠅疏熱客

(勉菴集)》 권29 〈동중추 권공 묘갈명(同中樞權公墓碣銘)〉에 "청탁이 행해지지 않아
관아가 물처럼 맑았다.〔干囑不行, 公庭如水.〕"라고 한 것에서 그 의미를 알 수 있다.

442 풍속……다스려 : 백성들의 풍속이 순박하지만, 수령인 명고 자신 역시 그것만
믿고 있는 것이 아니라 노심초사(勞心焦思) 고을을 잘 다스리려 노력하였다는 뜻이다.

443 평성 '선(先)'운을 사용한 측기식 수구용운체 칠언율시이다.

444 【校】서문표(西門豹)는……유지하였다 : 교정고 가필사항이다. 고사는 《한비자
(韓非子)》 〈관행(觀行)〉에 나온다.

445 계책은……멀리하고 : 처세술에 서툴러 세속의 이곳에 밝은 이와 친하지 않다는

지혜는 농마만을 알아 여생을 보내리[446]　　　　智專農馬送殘年

'농마의 지혜가 오롯하다〔農馬之智專〕'는 성어는 한유의 글에 나온다.[447]

행장은 성명한 우리 군주 계심을 믿으니　　　　行藏恃有吾君聖

국은을 조금이나마 갚으면 고향에 누워 지내리　　粗報國恩臥故阡

말이다. 구승(狗蠅)은 주인에게 아부하는 개와 기름진 음식에 꼬이는 파리로, 한유의 〈송궁문(送窮文)〉에 "잉잉 꼬이는 파리 떼와 꼬리를 흔들며 따라다니는 개가, 쫓아버려도 이내 다시 돌아온다.〔蠅營狗苟, 驅去復還.〕"라고 한 데서 온 말이다. 열객(熱客)은 사리를 분간할 줄 몰라 때와 장소를 가리지 않고 달려가 염치없이 이익을 얻으려는 자를 가리킨다. 삼국 시대 위(魏)나라 정효(程曉)의 〈조열객시(嘲熱客詩)〉에 "지금 삿갓 쓴 이가, 더위를 무릅쓰고 남의 집을 찾아왔네. 주인이 손님 왔다는 소리를 듣고, 이 일을 어쩌나 이맛살을 찡그리네.〔只今褦襶子, 觸熱到人家. 主人聞客來, 嚬蹙奈此何.〕"라고 한 데서 유래한 말이다. 하지만 이 구절은 문맥상으로 볼 때 처세술에 서툴러 권세가에 아부할 줄 모른다는 의미로 보아야 더 자연스러우며, 그렇다면 '열객(熱客)'은 '열관(熱官)'의 오사(誤寫)로 짐작된다. 우선 이렇게 번역해두고 뒷날의 고찰을 기다린다.

446 지혜는……보내리 : 자신이 할 줄 아는 일이라곤 그저 독서하고 텃밭 가꾸는 일 따위이니, 전리에 은거하여 글 읽고 농사나 지으며 만년을 보내겠다는 의미이다. 한유의 〈양양 우상공께 올리는 글〔上襄陽于相公書〕〉에 "옛날에 제나라 임금이 순행할 적에 길을 잃자 관중(管仲)이 늙은 말을 풀어놓고서 그 뒤를 따라가자고 청하였고, 번지가 농사일을 배우고 싶다고 하자 공자가 늙은 농부에게 물어보라고 하였다. 말의 지혜는 관중보다 뛰어나지 못하고, 농부의 능력은 공자보다 훌륭하지 못하다. 그럼에도 불구하고 그렇게 하라고 말한 이유는, 바로 성인과 현인의 능력은 다방면에 걸쳐 있는 반면에 농부와 말이 아는 것은 전일하기 때문이다.〔昔者齊君行而失道, 管子請釋老馬而隨之, 樊遲請學稼, 孔子使問之老農. 夫馬之智不賢於夷吾, 農之能不聖於尼父, 然且云爾者, 聖賢之能多, 農馬之知專故也.〕"라고 한 것에 전거를 둔 말이다.

447 【校】농마의……나온다 : 교정고 가필사항이다. 내용은 앞의 주446 참조.

무산의 열두 봉우리[448] 12수

巫山十二峯 十二首

벽옥봉[449] 碧玉峯

길 끊긴 앞쪽으로 홀연 높은 산을 보니	斷陌前頭望忽穹
구름 닿은 가파른 절벽에 초목이 짙푸르네	凌雲峭壁劇蔥籠
석양 무렵 바람 센 곳 배〔船〕를 대어 매는데	斜陽繫棹風高處
저편서 노인의 웃음소리 기침소리 들리는 듯하누나	隔岸如聞笑欬翁

소동파(蘇東坡)의 〈석종산에 대한 기문〔石鍾山記〕〉에 "노인이 산골짜기에서 기침하고 웃는 것 같다."라고 하였다.[450]

---

448 【작품해제】명고는 43세 때인 1791년 6월 성천 부사에 임명되어 이듬해 가을까지 10개월가량 직임을 수행했는데, 그 당시 봄철의 작품으로 생각된다. 1757년부터 이듬해까지 명고의 생부 서명응이 성천 부사로 재직한 적도 있으나, 당시는 명고가 9~10세의 어린 나이였다.

무산(巫山)의 열두 봉우리는 평안남도 성천부(成川府) 서북 2리(里) 지점에 있는 흘골산(紇骨山; 屹骨山)의 이칭으로, 지금의 중국 사천성 중경(重慶) 무산현(巫山縣)에 있는 무산십이봉(巫山十二峯)과 흡사하다 하여 이렇게 불렸다. 고구려의 시조 동명왕 주몽이 북부여(北扶餘)에서 쫓겨 내려와 정착한 비류강(沸流江)이 동쪽에서 흘러와 앞을 빙 둘러 흐르는데, 비류강 가의 강선루(降仙樓)는 관서팔경(關西八景) 중 하나이기도 하다.《平安道邑誌 成川(金正浩 編)》

【校】제목 원주의 '十二首'는 교정고 가필사항이다.

449 평성 '동(東)' 운의 측기식 수구용운체 칠언절구이다.

450 소동파(蘇東坡)의……하였다 : 역도원(酈道元, 약 470~527)의 《수경주(水經注)》에, 팽려(彭蠡) 입구에 있는 석종산(石鍾山)에 대해 "깊은 물가에 있어 미풍만 불어도 물결이 일어 물과 돌이 서로 부딪치는 소리가 큰 종소리 같다."라고 하였다. 〈석종산에 대한 기문〔石鍾山記〕〉은 소동파(소식(蘇軾))가 이 말을 평소에 믿지 않다가

〈그림 9〉 성천(成川)과 비류강(沸流江) 가의 강선루(降仙樓) 위치
《한국민족문화대백과사전 관서팔경(關西八景)》

답사를 통해 사실을 확인하는 과정과 감회를 기록한 글이다.

"노인이……같다."는 소식이 달밤에 배를 타고 석종산 절벽 아래를 구경할 때 들린 소리를 묘사한 말이다. 명고는 소식이 묘사한 석종산의 느낌을 벽옥봉(碧玉峯)으로 끌어당기기 위해 이 말을 인용하였다. 소식이 묘사한 전체 느낌을 알기 위해 전후의 내용을 함께 보이면 다음과 같다. "작은 배를 타고 절벽 아래로 갔다. 곁에 서 있는 천 자[尺]나 되는 큰 돌은 맹수와 귀신들이 빽빽이 서서 사람에게 달려들려는 것 같았다. 산 위에 깃들어 사는 학이 사람 소리를 듣고 날아올라 구름 가에서 퍼덕였다. 또 노인이 산골짜기에서 기침하고 웃는 듯한 소리가 들렸는데, 혹자는 이를 황새 소리라고 하였다."《高海夫 主編, 校注集評唐宋八大家文鈔, 東坡文鈔 下, 중국 西安, 三秦出版社, 1998, 5662~5667쪽》

금로봉[451] 金鑪峯

첫째 굽이 올라오니 경치 더욱 아름답네	沿洄一曲却丰茸
푸른 암벽 붉은 꽃이 모두 곤두 비쳤어라	暈碧栽紅[452]摠倒容
조화옹이 마음 두어 특별히 꾸민 곳에	造化留神粧點特
옥청대란 누대를 사람이 또 지었구나	玉淸臺又聽人攻

　옥청대는 금로봉 위에 있다.

〈그림 10〉 무산(巫山), 흘골산성(屹骨山城), 비류강(沸流江)
《광여도 평안도(규장각 古4790-58)》

451　평성 '동(冬)'운의 평기식 수구용운체 칠언절구이다.

452　暈碧栽紅 : '暈碧'은 이끼가 끼어 푸른 칠을 한 듯이 보이는 암벽이고, '栽紅'은
붉은 꽃이 피어 있는 것이다. 계절적 배경이 봄임을 알 수 있으니, 금나라 원호문(元好
問)의 시 〈봄날[春日]〉에 "붉은 꽃 핀 푸른 암벽이 춘심을 돋우네[裁紅暈碧助春情]"라
고 쓰인 바 있다.

천주봉[453] 天柱峯

동명왕의 옛 행적 분분히 전해지길   東明古迹語紛嗙

고기〔魚〕 자라〔鼈〕 다리 건너 비류강[454]에 왔다 하네

                 魚鼈橋成到[455]沸江

동명왕이 환난을 피해 도망 올 때 추격자가 뒤따랐다. 엄사수(淹㴲水)[456]에 이르렀는데 다리가 없자 왕이 하늘에 빌었다. 이에 물고기와 자라들이 물 위로 떠올라 서로 몸을 잇대어 다리를 만들고, 동명왕이 건너자 다리가 해체되었다. 이 때문에 추격자가 따라잡지 못하였다. 동명왕은 마침내 비류 강 상류에 이르러 그곳에 도읍을 정했다고 한다.

453   평성 '강(江)' 운의 평기식 수구용운체 칠언절구이다.

454   비류강 : 평안남도 맹산군(孟山郡) 영봉(靈峯 : 대모원동(大母院洞))과 양덕군 (陽德郡) 오강산(吳江山)에서 발원하여 성천읍(成川邑)을 가로질러 서쪽으로 대동강에 흘러드는 강으로, 옛 이름은 졸본천(卒本川) 또는 유거의진(遊車衣津)이다. 흘골산 밑 을 지날 때 네 개의 굴속에서 비등(沸騰)하여 흐르기 때문에 '비류강(沸流江)'이라 불린 다고 한다. 성천읍을 지나는 동쪽 강변에 강선루(降仙樓)가 있고 서쪽에 무산십이봉(巫 山十二峯)이 있어 경관이 뛰어나다. 《新增東國輿地勝覽 卷54 平安道 成川都護府》

455   【校】 到 : 교정고 수정사항으로, 원글자는 '抵'이다. '到'는 거성이고 '抵'는 상성으 로, 의미와 평측의 차이가 없다.

456   엄사수(淹㴲水) : 《삼국사기》 해당 부분의 자주(自注)에 "개사수(蓋斯水)라고 도 한다. 지금의 압록강 동북에 있다."라고 하였는데, 한국의 사학자 이병도(李丙燾)는 지금의 송화강(松花江) 상류에 있는 휘발하(輝發河)로 추정하고, '엄내〔大水 : 큰물〕'· '엄리(奄利)'와 유사한 '엄니(掩泥)'가 전사 과정에서 잘못된 것으로 보았다. 광개토대 왕비문(廣開土大王碑文)에 나타나는 엄리대수(奄利大水)가 곧 이것이라는 것이다. 《李丙燾, 韓國古代史研究, 博英社, 1992, 217쪽》

    【校】 '사(㴲)'가 저본에는 '표(淲)'로 되어 있으나, 《삼국사기》 권13 〈고구려본기〉와 권37 〈잡지(雜志)〉 및 《후한서(後漢書)》 권85 〈동이전(東夷傳)〉에 모두 '사(㴲)'로 되어 있어 '사(㴲)'를 정설로 보고 있으므로 '사(㴲)'로 바로잡았다. 근대 중국의 황휘(黃 暉)가 《논형교석(論衡校釋)》 〈길험편(吉驗篇)〉에서 논증한 것이 자세하다.

흘골산성 옛터가 천주봉에 있는데　　　　　　紇骨舊墟天柱在

흘골산성(紇骨山城)은 동명왕의 옛 도읍[457]으로, 천주봉 남측에 있다.

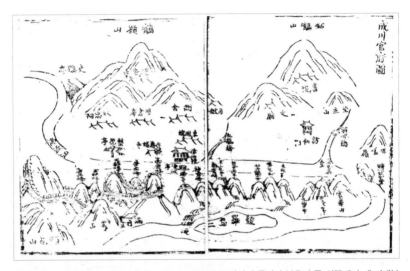

〈그림 11〉《성천지(成川誌)》의 성천관부도(成川官府圖). 산성이 둘러진 봉우리 중 왼쪽에서 세 번째부터 차례로 '벽옥봉(碧玉峯)'·'금로봉(金爐峯)'·'천주봉(天柱峯)'·'몽선봉(夢仙峯)'·'고당봉(高唐峯)'으로 표기되어 있고, 천주봉 아랫부분 산성 밑에 '흘골성(紇骨城)'이란 표기가 있다. 또 고당봉 오른쪽부터 차례로 '양대봉(陽臺峯)'·'신녀봉(神女峯)'·'조운봉(朝雲峯)'·'모우봉(暮雨峯)'·'생학봉(笙鶴峯)'·'자지봉(紫芝峯)'·'화주봉(火柱峯)'으로 표기되어 있다.《국립중앙도서관 한古朝62-24》

457　흘골산성(紇骨山城)은……도읍 : 《삼국사기》〈고구려본기〉에 동명왕 주몽이 졸본천에 이르러 도읍하려 했으나 궁전을 지을 겨를이 없어 비류수 가에 집을 지어 살며 국호를 고구려라고 했다고 하고, 자주(自註)에 "《위서(魏書)》에는 흘승골성(紇升骨城)에 이르렀다고 하였다." "또는 주몽이 졸본부여에 이르렀는데, 왕에게 아들이 없었으므로 왕이 주몽에게 딸을 아내로 주었고, 왕이 별세하자 주몽이 왕위를 이었다고 한다."라고 하였다. 《신증동국여지승람》〈성천도호부(成川都護府)〉에 이 산성에 대해 "세상에 전하기를 송양(松讓)이 쌓은 것이라고 한다."라고 하였는데, 송양은 곧 주몽에게 딸을 주었다는 비류국 왕의 이름이다.

지금도 복된 기운 비할 데가 없구나   至今佳氣儘無雙

몽선봉[458] 夢仙峯

한 번 꿈에 도낏자루가 썩다니 꿈이 정말 길기도 했지

                一夢爛柯夢太遲

  한 번 꿈에 도낏자루가 썩었다는 것은 소설가가 기록한 왕질(王質)의 일을
원용한 말이다.[459]

신선에 대한 말들 황당하기 이와 같다네   神仙之說妄如斯

몽선봉의 신선 지금 무슨 꿈을 꾸고 있나   夢仙仙子今何夢

나무 늙고 구름 깊어 아득할사 알 수 없네   樹老雲深杳不知

고당봉[460] 高唐峯

정향나무[461] 만 그루에 맑은 햇살 비추는   丁香萬樹映晴暉

  고당봉에 다른 나무는 없고 오직 정향나무 한 종류가 산의 높은 곳과 낮은

---

458 평성 '지(支)' 운의 측기식 수구용운체 칠언절구이다.

459 한 번……말이다 : '소설가가……일'은 남조(南朝) 양(梁)나라 임방(任昉)의 《술
이기(述異記)》 상권에 '중국 진(晉)나라 때 왕질(王質)이라는 나무꾼이 석실산(石室
山)에서 바둑 두는 아이들을 만나 대추씨 모양의 물건을 받아먹고 바둑 구경을 하다가
정신을 차려보니 천 년의 세월이 흘러 도낏자루가 썩고 마을에 동시대인이 남아 있지
않았다'고 한 것을 말한다.

  【校】 이 원주는 교정고 가필사항이다.

460 평성 '미(微)' 운의 평기식 수구용운체 칠언절구이다.

461 정향나무 : 물푸레나뭇과의 낙엽 관목으로 키는 1.5미터 정도이다. 5월에 꽃부리
끝이 네 갈래로 갈라진 '정(丁)' 자 모양의 연보라색 꽃이 피고 향기가 있기 때문에 '정향
(丁香)'이란 이름이 붙었다. 우리나라 전라도와 경상도 이북 및 만주 지역에 서식한다.

곳을 두루 메우고 있다.[462]

고당봉에 이른 산세 날듯이 솟구쳤네	峯到高唐竦欲飛
성황당을 향해 가는 오솔길이 여기 있어	此去城隍微逕在
새벽안개 바윗길을 사녀들이 밟고 가네	平朝士女蹋巖霏

양대봉[463] 陽臺峯

산수와 누대들이 곱게 펼쳐진[464] 가운데	山水樓臺好鋪舒
양대봉의 산세가 현허각을 마주했네	陽峯面勢閣玄虛
현허각과 양대봉이 서로 마주하고 있다.	
기생의 노래 파해 붉은 주렴 걷는데	紅娥歌罷朱簾捲
한 줄기 향 연기 푸른빛이 옷에 가득	一抹香煙翠滿裾

신녀봉[465] 神女峯

열두 칸 화려한 난간[466]이 푸른 물에 비치니	十二彫欄鏡碧湖

---

462 【校】 고당봉에……있다 : 교정고 가필사항이다.

463 평성 '어(魚)' 운의 측기식 수구용운체 칠언절구이다.

464 산수와……펼쳐진 :《성천지》(국립중앙도서관 한古朝62-24)에 "벽옥봉은 옥청대(玉淸臺) 위에 있고 금로봉은 옥청대 아래에 있으며, 천주봉은 흘골성 머리에 있고 몽선봉은 흘골성 아래에 있으며, 고당봉은 성황당(城隍堂) 고개에 있고, 양대봉은 대양대(大陽臺) 위에 있고 신녀봉은 소양대(小陽臺) 아래에 있으며, 조운봉은 평관대(平寬臺) 위에 있고 모우봉은 평관대 가운데 있고 생학봉은 평관대 아래에 있으며, 자지봉은 백(白)고개 위에 있고 화주봉은 백고개 아래에 있다."라고 하였다.

465 평성 '우(虞)' 운의 측기식 수구용운체 칠언절구이다.

466 열두……난간 : 강선루를 말한다. 224쪽 〈그림 11〉에서 양대봉과 신녀봉 뒤 비류강 건너편 강가에 그려져 있다. 홍경모(洪敬謨 1774~1851)의 《관암전서(冠巖全書)》

열두 칸의 난간이 신녀봉 맞은편 물가 언덕에 있다.

마치도 신녀가 봉래산에 내려온 듯	依然神女下蓬壺[467]
봉우리 끝에 달이 숨고 사람 소리 고요하면	峯頭月隱人聲寂
신선 세계 퉁소 소리 들려오지 않을까	閬苑[468]仙簫聽也無

조운봉[469] 朝雲峯

조운봉 그 이름은 기주의 산과 같고[470]	朝雲峯號夔州齊
아리따운 풍광 역시 서로 우열 다투네	裊娜風光較仰低
중국 사신 옛 평어 거짓일 리 없으니	天使昔評應不誣[471]

제16책 〈조부를 모시고서 강선루를 유람하고 쓴 기문[仙樓陪遊記]〉에서도 강선루를 묘사하며 "열두 난간 머리에 써 붙인 큰 글자[十二欄頭題大字]"라고 한 바 있다.

467 蓬壺 : 삼신산(三神山)의 하나인 봉래산(蓬萊山)의 이칭인데, 여기서는 무산십 이봉의 선경(仙境)을 봉래산에 빗대어 말한 것이다. 삼신산이 모두 병처럼 생겼다고 하여 방호(方壺 방장산), 영호(瀛壺 영주산)와 함께 삼호(三壺)라고도 부른다.

468 閬苑 : 신선이 산다는 '낭풍(閬風)의 동산[苑]'을 줄인 말로, 여기서는 신선 세계를 대칭(代稱)하는 말로 쓰였다. '낭풍'은 전설 속의 신녀 서왕모(西王母)가 산다는 곤륜산(崑崙山) 위의 산 이름이다.

469 평성 '제(齊)' 운의 평기식 수구용운체 칠언절구이다.

470 조운봉……같고 : 기주(夔州)는 중국 사천성 중경(重慶)의 지역명으로 '기주의 산'은 그곳 무산(巫山)의 조운봉을 말한다. 남송(南宋)의 지리지 《방여승람(方輿勝 覽)》 권57 〈기주〉에, 무산의 12개 봉우리인 망하봉(望霞峯)·취병봉(翠屏峯)·조운 봉(朝雲峯)·송만봉(松巒峯)·집선봉(集仙峯)·취학봉(聚鶴峯)·정단봉(淨壇 峯)·상승봉(上昇峯)·기운봉(起雲峯)·비봉봉(飛鳳峯)·등룡봉(登龍峯)·성천봉 (聖泉峯)이 강 남북에 6개씩 벌여 있다고 하였다. 망하봉이 지금은 신녀봉(神女峯)으로 불린다. 《성천지》(국립중앙도서관 한古朝62-24)의 봉우리 이름들은 대체로 이와 같되, 다만 '취학봉'과 '취선봉(聚仙峯)', 그리고 '비봉봉'과 '서학봉(栖鶴峯)'이 다를 뿐이다.

471 【校】應不誣 : 교정고 수정사항으로, 원글자는 '▨不▨'이다.

지난 정유년(1597, 선조30)에 명나라 사신이 접반사 구사맹(具思孟)과 함께 무산에 올랐는데, 그때 명나라 사신이 구사맹에게 "기주의 무산과 꼭 닮았다."라고 하였다. 이 말이 읍지(邑誌)에 실려 있다.[472]

이전의 지리지에 그리 쓰여 있다네　　　　　　　山經水志已先題

모우봉[473]　暮雨峯

부슬부슬 봄비 오는 저무는 강가에서　　　　霏霏春雨暮江涯

아홉째 굽이 깊숙하고 멀리 푸른빛이 곱네　九曲谽谺遠翠佳

걸음 옮겨 능파정에 올라서 바라보니　　　移步凌波亭上望

　관선(官船)의 편액이 '능파정'이다.

산허리에 이따금 보이누나 짚신 신고 달리는 사람들

　　　　　　　　　　　　　　　　　山腰時見走芒鞋

생학봉[474]　笙鶴峯

어느 해일까 신선 학이 하늘에서 내려온 것　何年笙鶴[475]自天來

---

472 지난……있다：《성천지》(국립중앙도서관 한古朝62-24)에 이 일이 기록되어 있다. 구사맹(具思孟, 1531~1604)은 조선 중기에 의정부 좌찬성(左贊成)을 지낸 문신으로, 1576년 명나라에 동지사행(冬至使行)을 다녀오고, 1597년 정유재란 때 왕자와 후궁을 모시고 성천에 피난하여 3년 동안 머무른 일이 있다. 이때 접반사로서 명나라 사신과 함께 무산에 올랐던 것이다.
　【校】'이 말이……있다'는 교정고 가필사항이다.

473 평성 '가(佳)' 운의 평기식 수구용운체 칠언절구이다.

474 평성 '회(灰)' 운의 평기식 수구용운체 칠언절구이다.

475 笙鶴：신선이 타고 다니는 학을 말한다. 생황[笙]으로 봉황 울음소리를 내며 이락(伊洛)에서 노닐던 왕자교(王子喬)가 도사 부구공(浮丘公)을 따라 숭고산(崇高

옛일은 아득하고 푸른 이끼 길어났네　　　　往事蒼茫長綠苔

산 너머 산이 있고 구름도 만 겹이니　　　　山外有山雲萬疊

지금도 맑은 밤에 배회하곤 하겠지　　　　秪今淸夜想徘徊

자지봉[476] 紫芝峯

운모 월정 심은 지 몇 해나 지났는고　　　　雲母月精種幾春[477]

　운모(雲母)와 월정(月精)은 모두 영지(靈芝)의 별명이다.[478]

이름에 걸맞도록 진짜 영지 찾고 싶네　　　　循名責實欲[479]尋眞

관기(官妓)들이 일제히 은둔 노래 부르니　　　　官[480]娥齊唱商山曲[481]

나풀대는 깃 일산 아래 신선이 있는 듯　　　　羽蓋翩翩若有人[482]

山)에 올라가 30여 년 동안 신선술을 닦고는 구지산(緱氏山)에서 학을 타고 승천했다는
고사를 원용한 표현이다. 《列仙傳 王子喬》

476 평성 '진(眞)' 운의 측기식 수구용운체 칠언절구이다.

477 【校】雲母月精種幾春 : 교정고 수정사항으로, 원래는 "峯豈産芝祇效嚬〔이 봉우리
에서 어찌 자지(紫芝)가 나겠는가 그저 이름을 땄을 뿐〕"이었다.

478 【校】운모(雲母)와……별명이다 : 교정고 가필사항이다.

479 【校】欲 : 교정고 수정사항이다. 원글자는 '且'로, 이에 따르면 이 구는 "이름에
걸맞도록 진짜 영지 찾으리라〔循名責實且尋眞〕"가 된다.

480 【校】官 : 교정고 수정사항이다. 원글자는 '宮'으로, 이에 따르면 이 구는 "궁녀(宮
女)들이 일제히 은둔 노래 부르니〔宮娥齊唱商山曲〕"가 된다.

481 商山曲 : 진말(秦末)의 혼란을 피하여 섬서성 상산(商山)에 은둔한 상산사호(商
山四皓 : 동원공, 기리계, 하황공, 녹리선생)가 버섯을 캐 먹으며 불렀다는 〈자지곡(紫
芝曲)〉을 달리 일컫는 말로, 여기서는 은자(隱者)의 노래를 범칭한다.

482 羽蓋翩翩若有人 : 함께 유람 와서 깃 일산 아래 있는 사람들이 마치 신선처럼
보인다는 뜻이다. 정구(鄭逑 1543~1620)가 강선루(降仙樓)에 대해 "이 누각에 강선이
라는 이름을 붙여 '깃 일산 나풀대기를 기대한 일〔期羽蓋之翩翩者〕'은 실로 그만한 근거

화주봉[483] 火柱峯

열두 번째 봉우리는 이름하여 화주봉	第十二峯火柱云
무산의 끝 굽이가 엷은 구름에 잠겼어라	巫山終曲鎖輕雲
봄바람에 복사꽃 물결이 끝없으니	春風不盡桃花浪
걱정일레 고깃배가 속된 무리 끌어올까	恐逐漁舟引俗群

도화원(桃花源) 고사를 차용한 것이다.[484]

가 있는 것이다."라고 한 말이 참고된다. 《寒岡集 卷10 降仙樓記》. '人'은 선인(仙人)을 줄인 말이다.

483 평성 '문(文)'운의 측기식 수구용운체 칠언절구이다.

484 도화원(桃花源)……것이다 : 도화원 고사는 도잠(陶潛)의 〈도화원기(桃花源記)〉에 나오는 무릉도원의 고사를 말한다. 진(晉)나라 때 무릉(武陵)의 한 어부가 복숭아꽃이 떠내려오는 물줄기를 따라 수원지(水源地)로 올라가보니 포악한 진(秦)나라 때 난리를 피해 들어온 사람들이 바깥세상과 단절된 채 선경(仙境) 속에 살고 있었다고 한다.

【校】 이 원주는 교정고 가필사항이다.

명고에서 즉흥으로[485]

明皐卽事

콩 꽃과 토란잎이 앞밭에 무성터니	荳花芋葉錯前畦
늙은 농부 가을 맞아 지팡이를 일으키네	老圃逢秋起杖藜
감싸 안은 산세는 끊길 듯이 가녀리고	彎抱山光纖欲斷[486]
띠처럼 두른 물길 멀리 점차 흐릿하네	帶紆水勢望漸迷
염량세태 죄다 겪은 이내 마음 어떠하랴	炎涼閱盡心何似
고향에 돌아올 제 비방마저 딸려왔네	鄉里歸來謗亦携

---

485 【작품해제】명고가 1791년(43세)부터 성천 부사의 직임을 수행하다가 이듬해 (1792, 44세)에 파직되어 경기 장단(長湍) 광명리(廣明里)의 선영(先塋) 아래 명고정 거(明皐靜居)에 칩거한 이후 1795년(47세) 6월 이전까지 중 어느 가을의 작품이다. 명고와 형 서호수(徐浩修)가 1792년(정조16) 6월 체아직(遞兒職)에 임명된 뒤로 1795 년(정조19) 10월 서호수가 이조 판서 후보에 오르기 전까지 두 사람 모두 관가에서 활동한 기록이 보이지 않는데(《承政院日記 正祖 16年 6月 8日‧30日, 19年 10月 8日》), 명고는 이 기간 동안 명고정거에 칩거하였다.

'명고(明皐)'는 명고가 양부 서명성(徐命誠, 1731~1750)의 무덤을 이장한 장단 진 북면(津北面) 광명리의 이칭으로, 1779년(31세)에 이장하고 나서 그곳에 명고정거를 짓고 동명(洞名)을 광명동에서 명고로 바꾸었다.《本書 卷8 明皐記》. 명고의 생부 서명응(徐命膺, 1716~1787)이 묻힌 장단 금릉리(金陵里)는 그 남쪽 5리에 있다.

이 시는 염량세태를 두루 맛보고 고향에 돌아와서도 비방이 끊이지 않는 현실에 상심하며 여생의 은둔을 다짐하는 내용이다. 평성 '제(齊)'운의 평기식 수구용운체 칠언율시이다.

486 山光纖欲斷: 홍양호(洪良浩, 1724~1802)가 비류강(沸流江)에서 바라본 주변 산세를 묘사하여 "산세가 서로 이어진 것이 가녀려서 끊길 듯하네.[峯勢相聯纖欲斷]"라 고 한 시구가 참고된다.《耳溪集 卷7 關西錄 泛舟沸流江漵洄十二峯下》

평민으로 부질없이 나라 걱정 않으리니   藿食杞憂無此事

 '곽식(藿食)'과 '기우(杞憂)'는 모두《춘추좌씨전(春秋左氏傳)》에 나오는 자구이다.[487]

이제부턴 세월을 밭 가는 데 부치리라   從今日月付耕犁

487 곽식(藿食)과⋯⋯자구이다 : 이 원주의 내용은 잘못되었다. '곽식'은《설원(說苑)》〈선설(善說)〉에 나온 말이고, '기우'는《열자(列子)》〈천서(天瑞)〉에 나온 말이다.

 곽식(藿食)은 '고기 먹는 벼슬아치〔肉食者〕'에 대비되는 말로, '콩잎 먹는 일반 백성'을 뜻한다. 진 헌공(晉獻公) 때 동곽(東郭)의 평민이 글을 올려 국가의 계책을 묻자, 헌공이 "고기 먹는 사람이 이미 염려하고 있는데, 콩잎 먹는 자가 무슨 참견을 하려느냐?"라고 했다고 한다. 기우(杞憂)는 '기(杞)나라 사람의 근심'이라는 말로, 부질없는 걱정을 뜻한다. 옛날 기나라에 하늘이 무너질까 근심하여 잠도 못 자고 음식도 못 먹는 사람이 있었다고 한다.

 【校】이 원주는 교정고 가필사항이다.

〔교정고 삭제 표시작〕

《관자》를 읽고[488]

讀管子

누각에서 《관자》를 한 자 한 자 읽어보니   樓上字過管子書

488 【작품해제】 장단 광명리 선영 아래의 명고정거에 칩거 중이던 1792년(44세) 6월 이후 1795년(47세) 6월 이전까지 중 어느 시기의 작품이다. 칩거 중에 《관자(管子)》를 찬찬히 읽으면서 통설에 가려진 이 책의 가치를 발견한 감회를 읊었다. 평성 '어(魚)' 운의 측기식 수구용운체 칠언율시이다.

《관자》는 춘추 시대 제 환공(齊桓公)을 보필하여 패업(霸業)을 이룬 관중(管仲)이 지은 것으로 가탁했으나, 실은 대부분이 전국 시대 제(齊)나라 직하(稷下)의 학자들이 관중의 언행을 채록하고 부연한 내용으로, 한(漢)나라 사람이 덧붙인 부분도 있다. 유향(劉向)이 본디 86편으로 정리했으나 지금 전해지는 것은 〈경언(經言)〉 9편, 〈외언(外言)〉 8편, 〈내언(內言)〉 7편, 〈단어(短語)〉 17편, 〈구언(區言)〉 5편, 〈잡편(雜篇)〉 10편, 〈관자해(管子解)〉 4편, 〈관자경중(管子輕重)〉 16편 등 76편뿐이다. 법가 (法家)·도가(道家)·명가(名家) 등의 사상 및 천문·역수(曆數)·지리·농업·경 제 등의 지식이 포함되어 있으며, 《한서(漢書)》〈예문지(藝文志)〉에 '도가류(道家類)' 로 분류되었다.

〈목민(牧民)〉·〈형세(形勢)〉·〈권수(權修)〉·〈승마(乘馬)〉 등에는 관중의 언설 이, 〈대광(大匡)〉·〈중광(中匡)〉·〈소광(小匡)〉 등에는 관중의 행적이 기록되어 있 고, 〈심술(心術)〉·〈백심(白心)〉·〈내업(內業)〉 등은 '기(氣)'의 학설을, 〈수지(水 地)〉는 물〔水〕이 만물의 근원이라는 사상을 제시하였으며, 〈탁지(度地)〉는 수해(水 害)와 수리(水利)에 대해, 〈지원(地員)〉은 토양에 대해 집중적으로 논하였고, 〈경중 (輕重)〉 등은 생산·분배·교환·소비·물가 등 경제 문제에 대해 논하였다. 대표적 주석서로 윤지장(尹知章, ?~718)의 《관자주(管子注)》, 대망(戴望, 1837~1873)의 《관자교정(管子校正)》, 곽말약(郭沫若, 1892~1978)의 《관자집교(管子集校)》 등이 있다. 《中國歷史大辭典 '管子'條》

〈추언〉⁴⁸⁹과 〈주합〉⁴⁹⁰이 어찌 빈 수레⁴⁹¹이랴 　　　樞言宙合豈虛車

　〈추언(樞言)〉과 〈주합(宙合)〉은 《관자》의 편명이다.

춘추 시대 어떤 때에 이 말 할 수 있었을까 　　　春秋何世能言此

하물며 진한 이후에 이 같은 말 있었으랴⁴⁹² 　　秦漢以來剩有如

오묘한 깨달음들 인적 없을 때 얻나니 　　　　　妙悟多從人籟寂

낭송 더욱 경쾌하고 빗소리 드문드문 　　　　　朗吟更快雨聲疏

489　추언 : '추언(樞言)'은 문을 여닫을 때 중심축 역할을 하는 지도리〔樞〕처럼, 핵심적인 이치를 담아 응용의 범위가 넓은 말이다. 《관자》〈추언〉은 나라와 천하의 경영을 중심에 놓고서, 천도(天道)·군도(君道)·신도(臣道) 및 국가의 정치·재용·외교 등에 대해 광범하게 논하되, 백성과 농업을 중시하고 인애(仁愛)와 성신(誠信)을 주장하고 교만을 경계하고 성왕(聖王)을 추숭하는 내용이다. 《謝浩范·朱迎平 譯註, 管子全譯, 貴州人民出版社, 中國, 1996, 164쪽》

490　주합 : '주합(宙合)'은 상하사방과 고금(古今)의 모든 시공간을 포괄하는 도(道)로, 《관자》〈주합〉에 "천지는 만물을 담은 주머니인데, 주합은 그 천지를 포괄한다."라고 하고, 또 "주합은 위로 천상에 통하고 아래로 지하에 이르며 밖으로 사해 밖에 이르러, 천지를 포괄하여 하나로 감쌈을 뜻한다."라고 하였다. 〈주합〉은 군신(君臣)의 도리, 객관적 시기와 주관적 품덕(品德)의 결합, 시세(時勢)에 맞는 처신, 자만하지 않는 자세, 분노의 자제, 자아 성찰, 아첨과 참소에 대한 경계, 교조(敎條)가 아닌 현실적합성 추구 등 성공(成功)을 위한 요인들을 간명한 명제로 제시하고 해설한 것이다.

491　빈 수레 : 본디 '화물을 싣지 않은 수레'로, 《관자》〈문(問)〉에 "관문에서 세금을 낸 사람에게는 시장에서 세금을 거두지 않고, 시장에서 세금을 낸 사람에게는 관문에서 세금을 거두지 않으며, '화물을 싣지 않고 통과하는 수레〔虛車〕'에는 세금을 물리지 않고, 봇짐에도 세금을 물리지 않는다."라는 용례가 있다. 여기서는 '알맹이가 없는 글'을 빗댄 말이다.

492　춘추……있었으랴 : 하·은·주 삼대(三代)보다 세도(世道)가 쇠퇴한 춘추 시대에 《관자》의 〈추언〉 편과 〈주합〉 편처럼 뛰어난 말이 나온 것만도 매우 이례적인 일이므로, 그 저술 연대를 진한 이후로 보는 것은 상상할 수 없다는 뜻이다.

진면모 모르는 자들은 상앙(商鞅)과 악의(樂毅)에 견주어

比倫商樂非知者

옛사람들이 간혹 관중을 상앙, 악의와 병칭하여 '관상(管商)', '관악(管樂)'
으로 칭했기 때문에 한 말이다.[493]

부질없는 비방과 칭찬이 분분하게 전해지네 葉語[494]紛紛謗毁譽

---

493 【校】옛사람들이……말이다 : 교정고 가필사항이다.

494 葉語 : 끊이지 않고 대대로 전해지는 말이다. '葉'은 '世'의 뜻이다.

전우산의 시 〈참새 그물〔雀羅〕〉과 〈나비 꿈〔蝶夢〕〉에 차운하여[495]

偶讀錢虞山詩 有與王述文侍御罷官里居之作 用雀羅蝶夢二題 相與贈答 遂次其韻

우연히 전우산의 시를 읽다 보니, 파직되어 향리에 거처하는 왕술문 시어(侍御)에게 지어준 작품이 있었는데, 〈참새 그물〔雀羅〕〉과 〈나

---

495 【작품해제】 장단 광명리 선영 아래의 명고정거에 칩거 중이던 1792년(44세) 6월 이후 1795년(47세) 6월 이전까지 중 어느 시기의 작품이다. 명고의 이 당시 처지는 이 시에서 차운한 전우산(錢虞山) 시의 창작 배경과 유사하였다.

전우산은 명말청초(明末淸初)의 관료·문인·장서가 전겸익(錢謙益, 1582~1664)으로, 우산은 그의 호이다. 목재(牧齋)·상호(尙湖)·몽수(蒙叟)·동간유로(東澗遺老)로도 불린다. 명나라에서 예부 상서까지 올랐으며, 청나라 군대가 명나라를 함락할 때 성을 나가 맞이하여 청나라에서도 예부 시랑에 올랐다. 만년에는 두 차례나 옥사에 연루되어 투옥되는 등 불우하였다. 저서로 《초학집(初學集)》·《유학집(有學集)》·《국초군웅사략(國初群雄事略)》이 있고 《열조시집(列朝詩集)》을 편차하였다. 청 고종(淸高宗 건륭제)이 그를 《이신전(貳臣傳 : 두 마음을 품은 신하들의 전기)》에 넣고 그의 저서를 금서로 정했지만 그의 저서는 계속하여 전해졌다. 조선의 문인들도 많은 영향을 받았다.

〈참새 그물〔雀羅〕〉과 〈나비 꿈〔蝶夢〕〉은 《초학집》 권4 〈귀전시집 하(歸田詩集下)〉에 〈택주의 왕술문 시어가 파직되어 향리에서 지내면서 나에게 편지하기를 "일이 없어 문을 닫고 밭에 물이나 대고 자식이나 가르치고 있으니, 공께서 나에게 시를 지어주시어 '참새 그물'과 '나비 꿈'의 뜻을 일깨워주십시오."라고 하고는 그림 잘 그리는 사람에게 부탁하여 그림 두 점을 그려 부치면서 각 축(軸) 끝에 10운의 오언시를 써넣었다〔澤州王述文侍御罷官里居 詒余書曰 杜門無事 灌畦敎子 公爲我賦詩 以發雀羅蝶夢之意 遂屬善畫者爲二圖 以寄 各系五言十韻 書于卷尾〕〉라는 제목 아래 실린 시 두 수의 소소제목들이다.

비 꿈〔蝶夢〕〉두 글제를 사용하여 서로 지어주고 화답한 것이었다.
그 두 시에 차운하였다.

〈참새 그물〔雀羅〕〉에 차운하여[496]

사람이 누군들 글을 아니 읽으랴만	人誰不讀書
글을 읽고 오히려 초심을 저버리네	讀書心負初
육경(六經)[497]의 뜻 익히려 정교히 공부하고	精工窺六藝

---

496 평성 '어(魚)' 운 10운과 평성 '가(歌)' 운 1운(羅)으로 이루어진, 총 11운의 오언 고시이다. 이 시의 원운시(原韻詩)가 평성 '어(魚)' 운 10운으로 이루어진 일운도저(一韻到底)의 오언고시임을 생각할 때, 평성 '가(歌)' 운을 사용한 제8연 "적막할사 대문을 닫고 지내니, 마당에 참새 그물 펼쳐놓을 만.〔寂寂重門掩, 庭階雀可羅.〕"은 잘못 들어 간 부분으로 판단된다. '가(歌)' 운은 '어(魚)' 운과 통운되지 않으므로 더욱 그러하다. 전겸익의 원운시는 다음과 같다. "실의하여 벼슬을 그만둔 날부터, 쓸쓸히 지내며 마당도 쓸지 않네. 높은 분들 수레 떠난 자취는 많고, 사마(駟馬) 메워 찾아오는 수레 드무네. 수레 덮개 그늘이 흩어져가니, 용문의 비탈이 결국 비었네. 육유(陸游)와 반악 (潘岳)의 집처럼 회화나무와 버드나무만 무성하고, 조비연(趙飛燕)과 이부인(李夫人) 같은 귀척(貴戚)의 고운 신발 자국 드무네. 손님을 수고로이 사절할 일 있으랴, 쑥대를 호미질할 필요도 없네. 이끌어주는 사람 없어 골목길 황무하니, 참새가 섬돌과 마당에 내려앉네. 먹이 쪼는 소리에 아이들 좋아하며, 단짝이나 되는 듯 함께 노누나. 그물을 펼치자 도로 적막해지더니, 그물 피해 다시 느긋이 내려앉누나. 쏘아서 잡자면 탄알이 아까우니, 날다 울다 하더라도 남은 곡식 있기만을. 세상인심 그대는 저절로 보게 될 테니, 대문 앞에 글 써 붙인 적공(翟公)일랑 본받지 마소.〔落薄休官日, 蕭條却掃初. 高軒多去跡, 連騎少來車. 鶴蓋陰方散, 龍門阪遂虛. 陸潘槐柳在, 趙李履綦疏. 賓客何勞 謝, 蓬蒿不用鋤. 無媒荒徑路, 有雀下階除. 剝啄兒童喜, 嬉遊伴侶如. 張羅還寂寂, 避網 亦徐徐. 彈射珠堪惜, 飛鳴粒願餘. 物情君自見, 莫學署門書.〕"

497 육경(六經): 《시(詩)》·《서(書)》·《역(易)》·《예(禮)》·《악(樂)》·《춘추 (春秋)》이다.

오거서(五車書)라 할 만큼 폭넓게 독서하니　　　　　博涉指五車

높은 포부 표방하며 재능을 뽐내는 날　　　　　　標高揭己日

　'높은 포부 표방하며 재능을 뽐낸다〔標高揭己〕'는 말은 한유의 문장에 나온
다.[498]

기대가 참으로 헛되지 않았어라　　　　　　　　　期待信非虛

지려가 막 깨달음에 들게 될 즈음　　　　　　　知慮方悟界

정성을 쏟는 노력 슬그머니 해이해져　　　　　　誠力忽自疏

과부가 씨줄을 아니 돌보듯　　　　　　　　　　嫠不恤其緯

농부가 김매기 않듯 하고서　　　　　　　　　　農不服乃鋤

정신없이 돌아가는 세상으로 옮겨가　　　　　　移向運均上

　원문의 '균(均)'은 질그릇을 만들 때 사용하는 돌림판이다. 돌아가는 돌림판
위에 있으면 안정될 수 없다. 해설이 《관자》에 보인다.[499]

몇 해던가 단맛 쓴맛 실컷 맛본 것　　　　　　　幾年飽乘除

내몰림 당한 뒤에 돌아와보니　　　　　　　　　迫去然後歸

외로운 신세가 행각승 같아　　　　　　　　　　身世頭陀如

498　높은……나온다 : 한유(韓愈)의 〈하남령(河南令) 장 원외에게 올린 제문〔祭河南
張員外文〕〉에 "그대는 품성이 웅혼 강건하고, '높은 포부 표방하며 재능을 뽐내어〔標高
揭己〕' 자기보다 못한 사람 있으면, 진흙이나 찌꺼기처럼 멸시하였네."라고 한 말을
가리킨다.

　【校】 이 원주는 교정고 가필사항이다.

499　해설이 관자에 보인다 : 《관자》 〈칠법(七法)〉에 "규율에 밝지 못하면서 호령하려
드는 것은, '빙글빙글 도는 돌림판〔運均〕' 위에 온종일 서서 장대를 들고 그 끝이 흔들리
지 않기를 바라는 것과 같다."라고 한 말을 가리킨다.

적막할사 대문을 닫고 지내니 　　　　　　　　　　　　寂寂重門掩

마당에 참새 그물 펼쳐놓을 만 　　　　　　　　　　　庭階雀可羅500

　《한서(漢書)》에, 적공(翟公)이 파직되자 적막하여 문밖에 참새 그물을 펼쳐놓을 만했다고 한다.501

허나 산속 귀신들아 놀리지 마라502 　　　　　　　　山鬼休揶揄

500 寂寂重門掩 庭階雀可羅 : 잘못 들어간 연으로 판단된다. 본디 앞 구 "외로운 신세가 행각승 같아〔身世頭陀如〕"를 해설하기 위해 쌍행소자의 원주로 쓰였던 것이 중심 소재 '참새〔雀〕'와 '그물〔羅〕'의 등장 및 5언 2구의 형식 때문에 전사(轉寫) 과정에서 본문으로 오인되어 대자(大字)로 잘못 옮겨졌을 가능성이 높다. 275쪽 주496 참조.

　이 연을 빼면 앞뒤의 연은 다음과 같이 연결된다. "내몰림 당한 뒤에 돌아와보니, 외로운 신세가 행각승 같지만, 산속 귀신들아 놀리지 마라, 서책을 펼쳐보기 좋은 정취니."

501 한서(漢書)에……한다 :《한서》권50〈정당시열전(鄭當時列傳)〉말미에, 정당시가 파직된 뒤로 빈객이 찾아오지 않았고 그의 사후에는 집안에 남은 가산이 없었다는 기록이 있는데, 적공(翟公)의 일은《한서》의 저자 반고(班固)가 이에 덧붙여 염량세태가 적나라하게 드러난 이전의 사례를 예시한 것이다.

　그러나 이 고사가 처음 보이는 곳은《사기(史記)》권127〈급암정장열전(汲黯鄭莊列傳)〉말미의 사평(史評)이다. 급암과 정장이 겪은 염량세태를 논하면서 적공의 일을 덧붙여 예시한 것으로, 다음과 같다. "처음에 적공이 정위(廷尉)였을 때는 대문이 미어지도록 손님이 찾아오다가, 파직되고 나자 적막하여 대문 밖에 참새 그물을 칠 만하였다. 적공이 다시 정위가 되자 손님들이 다시 찾아가려고 했으나 적공은 대문 앞에 다음과 같이 크게 써 붙였다. '생사가 갈릴 때 비로소 사귀는 정(情)을 알게 되고, 빈부가 갈릴 때 비로소 사귀는 태도를 알게 되고, 귀천이 갈릴 때 비로소 사귀는 정을 보게 된다.'"

　전겸익의 원운시에 "대문 앞에 글 써 붙인 적공일랑 본받지 마소.〔莫學署門書〕"라고 한 것 역시 이 고사를 두고 한 말이다.

　【校】이 원주는 교정고 가필사항이다.

502 산속……마라 : 외척이자 권신으로서 위세가 대단했던 진(晉)나라 환온(桓溫,

| 서책을 펼쳐보기 좋은 정취니 | 芸編趣卷舒 |

고금이 어이 이리 똑같은 건지	古今何相似
그래도 세월 아직 남아 있으니	歲月尙有餘
천하 사람들 시기하지 않을 일로는	天下人不猜
무엇보다 내게 있는 책 읽기이지	莫如看吾書

〈나비 꿈[蝶夢]〉에 차운하여[503]

경악스런 꿈을 꾸다 이 밤에 깨어 보니	咢夢今宵覺
앞산 위로 한 자 남짓 달이 솟았네	前峯月丈餘
권세 따라 변하는 세상의 인심 보며	世情看炎冷
차고 기우는 만물의 이치 점치네	物理占盈虛

| 십 년을 겪어온 성쇠의 자취 속에 | 十年涅濡[504]迹 |

312~373)의 부하 나우(羅友)가 동료의 부임(赴任) 전별연에 참석하기 위해 가던 도중 귀신을 만나 다음과 같은 비아냥을 들었다는 고사를 원용한 표현이다. "나는 지금껏 네가 남의 부임 행차를 전송하는 것만 보았다. 어찌하여 남들이 너의 부임 행차를 전송하는 꼴은 보지 못하는 게냐?" 204쪽 주304 참조.

503 평성 '어(魚)'운 10운으로 이루어진 일운도저(一韻到底)의 오언고시이다. 전겸 익의 원운시도 '경악스런 꿈[愕夢]'으로 시작한다.

504 涅濡 : '涅儒' · '盈緊' · '盈縮' · '詘伸'과 같은 말이다. 《관자》〈주합(宙合)〉에 "이 는 성인이 움직이고 멈춤, 열고 닫음, 굽히고 폄, '채우고 비움[涅儒]', 취하고 줌을 반드시 때에 맞추어 해야 함을 말한 것이다."라고 하였는데, 왕염손(王念孫)이 "'涅'은 '盈'이 되어야 하고, '儒'는 '緊'이 되어야 한다. 모두 글자가 잘못된 것이다. '盈'은 '盈'과 같고, '緊'은 '緊'과 같다. '盈緊'은 '盈縮'과 같다."라고 하였다. 《管子校正 宙合》

하루인들 어찌 마음 편했으리오   何曾一日舒

나비 아닌데 나비 시 운(韻)을 얻으니   非蝶得⁵⁰⁵蝶韻

황홀함도 놀라움도 모두 없구나   無栩亦無蘧

　《장자(莊子)》에, 옛날 장주(莊周)가 나비가 되는 꿈을 꾸었는데, '황홀하게〔栩
　栩〕' 나비가 되었다가 이윽고 깨어보니 '놀랍게도〔蘧蘧〕' 장주였다고 한다.⁵⁰⁶

내 살던 고향으로 돌아온 뒤에   歸來吾田園

내 몸이 비로소 초연해졌네   吾身始超⁵⁰⁷如

나무엔 반딧불이 흐름 빠르고   樹螢流疾速

못물엔 유유자적 백로 그림자   澤鷺影于徐

구름 끼고 물 흐름 멈추지 않아   雲在水不住

　두보 시에 "물이 흐르건만 내 마음은 다투지 않고, 구름이 끼니 내 뜻도
　함께 머무네.〔水流心不競, 雲在意俱遲.〕"라고 하였다.⁵⁰⁸

빽빽하다 성글다가 자꾸 변하니   密密復疏疏

눈길 닿는 곳마다 자연의 조화   觸處皆鳶魚⁵⁰⁹

---

505 【校】得 : 교정고 수정사항이다. 원글자는 '猶'로, 이에 따르면 반전(反轉)의 어감
이 분명해진다.

506 장자(莊子)에……한다 : 《장자》〈제물론(齊物論)〉에서 발췌한 것이다.
　【校】이 원주는 교정고 가필사항이다.

507 【校】超 : 교정고 수정사항으로, 원글자는 '迢'이다.

508 두보……하였다 : 시 제목은 〈강가의 정자〔江亭〕〉이다.
　【校】이 원주는 교정고 가필사항이다.

509 鳶魚 : 모든 생명체가 자연 그대로 즐겁게 살아간다는 말로, 《시경》〈한록(旱
麓)〉에 "솔개는 하늘에서 날고 물고기는 못에서 뛰네.〔鳶飛戾天, 魚躍於淵.〕"라고 한

명징하게 깨닫네 태초의 모습 朗然悟邃初

부대끼던 세상사 돌이켜보면 回思偪側場

무덤 속의 추령과 도거 같아라 芻靈與塗車

도거(塗車)와 추령(芻靈)은 순장용 물건이다. 《예기》〈단궁(檀弓)〉에 나온다.[510]

성은(聖恩)으로 벼슬살이 벗어났으니 帝監許懸解

《장자(莊子)》에 "거꾸로 매달려 있던 것을 하늘이 풀어준다.〔帝之懸解〕"라는 말이 있다.[511]

밭 갈고 고기 잡으며 여생을 마치리라 終老任耕漁

데서 온 말이다.

510 【校】도거(塗車)와……나온다 : 교정고 가필사항이다.

511 장자(莊子)에……있다 : 《장자》〈양생주(養生主)〉의 "마침 세상에 온 것은 그가 올 때였기 때문이고, 마침 세상을 떠난 것은 그가 갈 순서이기 때문이다. 와야 할 때 편안히 왔다가 가야 할 순서에 순순히 갔으니, 슬픔도 즐거움도 개입될 여지가 없다. 옛날에 이를 일러 '거꾸로 매달려 있던 것을 하늘이 풀어준다.〔帝之縣解〕'고 하였다."라는 말을 가리킨다.

【校】이 원주는 교정고 가필사항이다.

이승에서[512]

此世

이승에서 나는 오직 임금만을 알 뿐이니	此世但知君父外
이 밖에는 뉘게도 은혜 받은 적이 없네	不曾別受一人恩

　　이 두 구는 정사초(鄭思肖)의 시구이다.[513]

말하건대 천년토록 감사하는 뜻 깊으니	名言千載偏多感
결초보은 작은 보답 보실 날 있으리라	寸報須看結艸原

　　노인이 결초보은한 일이 《춘추좌씨전(春秋左氏傳)》에 보인다.[514]

---

512 【작품해제】 앞 시와 유사한 시기의 작품이다. 임금의 은혜에 대한 결초보은의 뜻을 다짐하는 내용이다. 평성 '원(元)' 운의 측기식 수구불용운체 칠언절구이다.

513 이 두……시구이다 : 정사초(鄭思肖, 1241~1318)의 시는 〈정자봉이 우거하는 집에 쓴 시〔題鄭子封寓舍〕〉로, 송나라의 녹을 먹다가 원나라를 섬기는 신하들을 꼬집은 내용이다. 정사초의 시에는 첫 구 '此世但知君父外'의 '知'가 수록된 자료에 따라 '除'로 되어 있는 곳도 있다. 《宋稗類鈔 卷12 忠義21》. '除'일 때 첫 연의 의미는 '이승에서 오직 임금을 제외하면, 다른 뉘게도 은혜 받지 않았네.'가 된다.

　　정사초는 송말원초의 복주(福州) 연강(連江) 사람으로, 자는 소남(所南), 호는 억옹(憶翁)·삼외야인(三外野人)이다. 송나라가 망한 뒤에 오(吳) 지방에 은거하였는데, 성 남쪽의 보국사(報國寺)에서 기식하며 앉거나 누울 때 북쪽을 향하지 않고 북쪽 지방 말이 들리면 귀를 막고 교유하지 않는 등 송나라 유민(遺民)으로서의 행적이 두드러졌다. 저서로 시집 《심사(心史)》와 《정소남선생문집(鄭所南先生文集)》·《소남옹일백이십도시집(所南翁一百二十圖詩集)》 등이 있다.

514 노인이……보인다 : 《춘추좌씨전》 선공(宣公) 15년에 보이는, 진(晉)나라 위주(魏犨 위무자(魏武子))의 첩에 대한 고사를 말한다. 위주가 평소에 아들 과(顆)에게 자기가 죽으면 첩을 반드시 개가(改嫁)시키라고 하다가, 병이 깊어지자 순장시키라고 분부하였다. 그러나 위과는 '병이 깊어지면 판단력이 흐려진다'라며 처음의 분부를 따랐

다. 나중에 위과가 진(秦)나라의 침략을 받아 보씨(輔氏)에서 전투할 때 어떤 노인이 풀을 묶어 적장 두회(杜回)의 발을 걸어 넘어뜨린 덕에 그를 사로잡을 수 있었는데, 꿈에 노인이 나타나 자신은 위주의 첩의 아비로 딸을 살려준 은혜에 보답한 것이라고 하였다.

【校】이 원주는 교정고 가필사항이다.

〔교정고 삭제 표시작〕

속학[515] 10운 배율
俗學 十韻排律

강성 이후 다시는 강성 같은 학자 없어[516]	康成以後無康成
미사여구 품팔이로 한평생을 마치니	酊飽賃傭了此生
온통 다 낡은 벽 속 귀뚜라미 울음이라	渾是寒蛩吟老壁
분분할사 가을 지렁이[517]만 빈 구덩이 울리네	紛如秋蚓響空坑

515 【작품해제】 앞 시와 유사한 시기의 작품이다. 한대(漢代) 훈고학의 맥을 이은 청대(淸代) 고증학을 긍정하면서도, 무분별한 품평과 교감을 일삼고 진부한 주석에 안주하는 속학(俗學)의 폐단을 꼬집는 내용이다. 이 시의 말미에 전겸익(錢謙益)의 《유학집(有學集)》 권17 〈송옥숙의 안아당집 서문〔宋玉叔安雅堂集序〕〉에서 속학을 비판한 표현을 원용한 점 및 제목의 '속학(俗學)'은 전겸익의 이 글에서 중요하게 사용된 단어라는 점으로 미루어, 이 작품은 전겸익의 이 글을 읽고 영감을 받아 지은 것으로 생각된다. 전겸익의 논지는 286쪽 주524 참조.
　평성 '경(庚)' 운 10운으로 이루어진 측기식 수구용운체 칠언배율이다.

516 강성(康成)……없어 : 후한(後漢) 정현(鄭玄, 127~200)의 훈고학(訓詁學)이 후대에는 단절되었다는 말이다. 강성은 정현의 자(字)이다. 그는 금문경과 고문경의 설을 집대성하여 일가를 이루었는데, 이를 '정학(鄭學)'이라 부른다. 저서 중 《모시전전(毛詩傳箋)》·《의례주(儀禮注)》·《예기주(禮記注)》·《주례주(周禮注)》는 《십삼경주소(十三經注疏)》에 채록되어 전해지고, 《주역주(周易注)》·《논어주(論語注)》·《육예론(六藝論)》·《효경주(孝經注)》·《박허신오경이의(駁許愼五經異議)》 등은 단편적인 기록들이 마국한(馬國翰)의 《옥함산방집일서(玉函山房輯佚書)》와 원균(袁鈞)의 《정씨유서(鄭氏遺書)》에 집록되어 있다. 《中國歷史大辭典》

517 가을 지렁이 : 가을철의 지렁이는 본디 봄철의 뱀과 함께 기상(氣像)이 없는 졸렬한 서법(書法)을 비유하는 소재이다. 송렴(宋濂, 1310~1381)의 〈서사회요 서문〔書史

성인(聖人)의 학문은 이미 정자(程子)와 주자(朱子)의 가르침 있고[518]

聖功已有程朱訓

제왕의 제도 역시 마씨(馬氏)와 정씨(鄭氏)로 인해 밝혀졌으며[519]

王制亦因馬鄭明

會要序])에 "근세 이래로는 근본을 잊고 말단을 좇아, 글씨가 봄철의 뱀이나 가을철의 지렁이가 잇달아 기는 듯하다."라고 한 예가 보인다.《宋學士文集 卷30》. 여기서는 졸렬한 문장을 빗대는 말로 쓰였다.

518 성인(聖人)의……있고 : 송나라의 정호(程顥, 1032~1085)·정이(程頤, 1033~1107) 등이 창립하고 주희(朱熹, 1130~1200)가 집대성한 성리학(性理學)이 유학의 사상체계를 정교하고 심오하게 발전시켰다는 말이다.

519 제왕의……밝혀졌으며 : 마단림(馬端臨, 1254?~1323)의《문헌통고(文獻通考)》와 정초(鄭樵, 1104~1162)의《통지(通志)》가 역대의 전장제도(典章制度)를 잘 정리했음을 말한다. 이 두 책은 당나라 두우(杜佑, 735~812)의《통전(通典)》과 함께 '삼통(三通)'으로 불린다.

마단림은 송말원초의 관료·학자로, 주희(朱熹)의 후학에게서 수학하였다. 자는 귀여(貴與), 호는 죽주(竹洲)이다. 송나라가 멸망한 뒤로는 은거하며 후학 양성에 힘썼다. 그가 20여 년에 걸쳐 348권으로 저술한《문헌통고》(1307)는 두우의《통전》이 당나라 천보(天寶, 742~756) 연간까지 기록에 그친 것을 이어 송 영종(宋寧宗) 말년(1224)까지의 역대 전장제도를 유별로 분류하여 그 변화 발전해온 역사적 흐름을 보였다. 특히 송나라의 제도가 상세하여《송사(宋史)》의 각 지(志)에 보이지 않는 기록이 많다.

정초는 남송(南宋)의 관료·학자로, 독서와 실지 답사 및 저술에 몰두하여 저서가 80여 종에 이른다. 그의 관직 진출과 재기(再起)는 모두 자신의 저서를 국가에 바침으로 인해 이루어졌다. 자는 어중(漁仲), 호는 협제선생(夾漈先生)이다. 역사 서술에 있어 "천하의 이치는 서로 통하지 않으면 안 된다."라는 '회통(會通)'의 정신을 강조하여, 역사 서술의 의의를 '고금의 변화 발전을 알 수 있게 하는 것'에 두었다. 그가 천하 서적의 집대성을 표방하며 상고 시대부터 수당(隋唐)·오대(五代)까지의 문헌을 정리하여 200권으로 편찬한《통지》는 기전체(紀傳體) 통사(通史)인데, 특히 연보(年譜 연표(年表))와 략(略 지(志))이 학술적으로 중시된다.《中國歷史大辭典》

마씨는 마귀여(馬貴與)이고 정씨는 정어중(鄭漁仲)이다.

공자님 옛집의 고문(古文) 경서(經書)가 전 시대에 나왔고[520]

孔宅古文先我出

급군(汲郡) 무덤의 과두문자(蝌蚪文字) 서적이 전부터 퍼졌네[521]

汲墳科斗自前行

유독 명물 훈고만은 쇠퇴하여 아득터니　　　迷茫墜緒惟名物

요행히 새 학자들 강학으로 이름났네　　　僥倖新譽起舌耕

허나 품평 교감(校勘)을 어찌 그리 쉽게 하나　甲乙丹鉛[522]何太易

종횡으로 옛 서적들 함부로 비평하네　　　縱橫黃嬭妄加評

　옛사람들은 서적을 '황내(黃嬭)'라고 부르면서 "늙은이가 서적을 좋아하는
　것은 어린아이가 어미젖을 기다리는 것과 같다."라고 하였다.[523]

520　공자님……나왔고 : 고문(古文) 경서(經書)는 진(秦) 이전의 고문으로 기록된
선진(先秦) 유가(儒家) 경서로, 공자의 옛집을 허물다가 벽 속에서 발견되거나 황실의
장서에서 나오거나 민간에서 바쳤다고 전해진다.《비씨역(費氏易)》·《고문상서(古文
尙書)》·《모시(毛詩)》·《일례(逸禮)》·《주관(周官)》·《좌씨춘추(左氏春秋)》 등이
이에 해당한다. 전한(前漢)의 학관(學官)을 담당한 경학가들에게 대체로 배척당하다가
후한(後漢)의 마융(馬融)·정현(鄭玄) 이후로 점차 광범하게 전파되고 금문(今文) 경
서와 통합되는 경향을 보였다.《中國歷史大辭典》

521　급군(汲郡)……퍼졌네 : 진(晉) 태강(太康) 2년(281)에 급군(汲郡 : 지금의 위
요시(衛耀市) 서남부) 사람 부준(不準)이 위 양왕(魏襄王)의 무덤(안리왕(安釐王)의
무덤이라고도 함)을 도굴함으로 인해 수레 수십 대 분량에 달하는 총 75편의 죽간 서적
이 발견됐는데, 모두 선진 시대의 과두문자로 기록된 것이었다.

522　甲乙丹鉛 : '丹鉛甲乙'·'丹黃甲乙'로도 표기한다. '甲乙'은 서적을 품평하여 등급
을 정하는 것이고, '丹鉛' 또는 '丹黃'은 단사(丹砂)와 연분(鉛粉) 등의 안료(顏料)를
사용하여 서적에 구두점을 찍고 오류를 교감하는 것이다.

학식 하나 없으면서 옛글을 낮춰 보고   一無中有尙低視

절반도 못 미치며 큰소리 감히 떵떵   半不及他敢大聲

경전 해석 비판은 모두 다 거칠고   經解訾謷皆粗迹

끌어대는 주석들은 언제나 진부하니   疏家援引每陳羹

우박을 진주라 떠든 아이들 말처럼 우습고   群兒咮雹言堪笑

가난뱅이가 누더기 빌려 입고 옷 자랑하듯 낯 뜨거울 일이네

窮子誇衣面發騂

'아이들이 우박을 진주라 떠들었다'는 말과 '가난뱅이가 누더기 빌려 입고 옷 자랑한다'는 것은 모두 전우산(錢虞山)의 글에 나온 말이다.[524]

---

523 옛사람들은……하였다 : 황내(黃嬭, 黃奶)가 서적의 이칭으로 쓰이는 데 대해 남조(南朝) 양 원제(梁元帝)의 《금루자(金樓子)》〈잡기 상(雜記上)〉에 "독서하려고 책을 손에 잡기만 하면 조는 사람이 있었는데, 양나라의 어떤 명사(名士)가 이를 보고 서적을 '황내(黃嬭)'라고 불렀다. 서적이 정신을 아름답게 하고 성정을 길러주는 것이 마치 유모[가 먹이는 젖]와 같기 때문이다."라고 하였다. '黃'은 책 표지가 누런 빛이기 때문에 붙은 말이다.

524 아이들이……말이다 : '아이들이 우박을 진주라 떠들었다'는 말은 전겸익의 〈송 옥숙의 안아당집 서문〉에 보이는 다음과 같은 내용을 원용한 것이다.

"지금 끼리끼리 당파를 만들며 무리 지어 서로 떠드는 자들은 왕세정(王世貞, 1526~1590)이 처음 배웠던 것을 계승하고 그가 내뱉은 말들을 주워 모으며 서로 칭찬한다. '해파리는 새우를 눈으로 삼는다'는 속담이 있는데, 근 200년 동안의 속학(俗學)은 자신의 안목이 없는 나머지 엄우경(嚴羽卿, 송말(宋末))과 고정례(高廷禮, 1350~1413 : 고병(高棅))의 무식한 말을 준봉하여 판단의 기준으로 삼았다. 지금 사람들은 또 속학을 판단의 기준으로 삼으려 하니, 달인(達人)이 볼 때 가엾다고 할 만하다. 아이들이 우박에 대해 했던 다음과 같은 말들을 살펴보면 그 까닭을 알 수 있다.

진주를 알지 못하는 아이들이 우박이 떨어지는 것을 보고는 진주라고 하면서 두 손으로 움켜 모아 간직하려 했는데 잠시 뒤에 사라져버렸다. 아이들은 나중에 어른이

이런 습속 근래에는 고질이 되었으니   習俗邇來成痼弊
응당 밝은 조서(詔書)로 옳은 기준 보이시리   會須明詔視權衡

지닌 많은 진주를 보고 '이건 우박이지 진주가 아니다'라고 떠들며 이리저리 내팽개쳤다. 그 중에 영악한 아이는 '이게 정말 진주라면, 우리가 봤던 우박이 어르신의 진주가 아니라고 어떻게 장담하겠습니까.'라고 비아냥거리기까지 했다. 어른은 생각이 분명하여 그것이 진주임을 확신했으니, 아이들이 우박을 진주라고 했다가 진주를 우박이라고 하며 시끄럽게 떠든 것은 모두 한 번의 웃음거리에 불과했다." 이는 본디 왕세정으로 대표되는 명대(明代)의 문학유파인 후칠자(後七子)의 말류가 진한문(秦漢文)·성당시(盛唐詩)에 대한 맹목적 의고주의(擬古主義)로 흘러 진부해진 데 대해 비판한 말이다.

　'가난뱅이가……자랑한다'는 말의 출처는 상세하지 않다.

　【校】 이 원주는 교정고 가필사항이다.

생각나는 대로 읊어⁵²⁵

漫吟

떠나지 않으면 저잣거리에서 처형될 줄 알면서　　不去已知市我鉗

《국어(國語)》에 신공(申公)이 "지금 내가 떠나지 않는다면, 초(楚)나라
사람이 나를 저잣거리에서 처형할 것이다."라고 했다는 고사가 있다.⁵²⁶

명사수의 사거리 안에서 활동한 것 몇 해런가　　身遊羿⁵²⁷彀幾寒炎

이 산이 작기는 하나 숨어 살 만은 하고　　此山雖小猶堪隱

---

525 【작품해제】앞 시와 유사한 시기 가을의 작품이다. 권세가의 뜻을 거스르면서
벼슬하던 지난날을 섬뜩하게 회상하고, 은거하는 현재의 생활에 자족하면서 이를 허락
해준 임금의 은혜에 감사하는 내용이다.

평성 '염(鹽)' 운의 측기식 수구용운체 칠언율시이다.

526 국어(國語)에……있다 : 원주의 내용과 달리 이 고사는 실은 《국어》가 아닌 《한
서(漢書)》 권36 〈초원왕유교열전(楚元王劉交列傳)〉에 보이며, "지금……것이다."라
는 말의 화자(話者)도 실은 신공(申公 : 신배공(申培公))이 아닌 목생(穆生)이다. 해
당 고사는 다음과 같다. 초 원왕(楚元王)이 처음 초나라에 왔을 때 목생(穆生)·백생
(白生)·신공을 중대부(中大夫)로 삼고 극진히 예우하여, 목생은 술을 즐기지 않는데
도 늘 술을 차려놓았다. 뒤에 즉위한 왕무(王戊)도 처음에는 술을 차려놓다가 나중에는
잊어버렸다. 왕의 예우가 시들었다고 판단한 목생이 위와 같은 말을 하며 병을 핑계로
칩거하자, 백생과 신공이 선왕의 은혜를 생각하여 작은 실수는 용인해주라며 다시 나오
기를 권하였다. 그러나 목생은 조짐을 보고 움직이는 것이 군자의 처신법이라며 끝내
나오지 않았다.

【校】이 원주는 교정고 가필사항이다.

527 【校】羿 : 저본에는 '昇'로 되어 있으나 《장자》 〈덕충부(德充符)〉의 "예(羿 : 옛
전설 속 명사수의 이름)의 사거리 안에서 활동하다.〔遊於羿之彀中〕"라는 말에서 비롯
된 '예구(羿彀)'가 '사회의 형벌 망(網)'을 빗대는 말로 쓰이므로 '羿'로 바로잡았다.

옛 관작 무엇이었든 이젠 이미 찌를 잃었네[528]　　　　昔秩何官已失籤

시끄럽던 파리 모기도 서늘해지니 잠잠하고　　　　　蚟耳蚊蠅涼後歇

울 너머 가마우지와 해오라기는 물속에 잠기누나　　脫樊鸕鷺水中潛

밝은 시대의 진퇴는 모두 임금님 은혜이니　　　　　明時進退皆恩造

남은 생에 염치 보전 허락해주셨네　　　　　　　　　爲許餘生保恥廉

528　찌를 잃었네 : 관직에서 해임되었다는 뜻이다. '찌'는 성명을 기입하여 관안(官案)에 붙이는 첨지(籤紙)로 생각된다. 관안은 각 관청의 소관 사무 및 소속 관원의 품계와 정원 등을 기록한 일종의 관직표로, 아래 그림의 예에서 볼 수 있듯이 관원의 성명을 첨지에 기록하여 해당 관직의 자리에 붙임으로써 관원 명부 기능도 하였다.

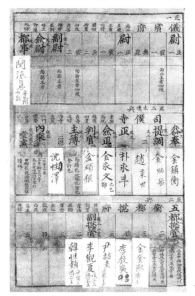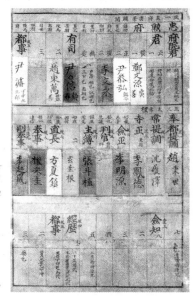

〈그림 12〉 관안(官案). 미국 하버드대학 옌칭도서관 소장 1887년 필사본 관안(TK4787.18-4233.2)

문장 귀신을 맞이하며[529] 3수

迎文章鬼 三首

첫째 수[530]

고관들은 시인들이 관원을 준엄히 평하는 걸 싫어하고 부자들은 시인
들이 축재 과정을 날카롭게 따지는 걸 싫어하니　貴惡厲官富惡[531]緝

"부자들은 시인들이 축재(蓄財) 과정을 날카롭게 따지는 것을 싫어하여
원수처럼 적대하고, 고관들은 시인들이 관원을 준엄히 평하는 것을 싫어하
여 원수처럼 피한다."라는 말인데, 이는 문장을 논한 전우산[532]의 말이다.

529　【작품해제】장단 광명리 선영 아래의 명고정거에 칩거 중이던 1792년(44세) 6월
이후 1795년(47세) 6월 이전까지 중 어느 시기의 작품이다. '문장 귀신'은 훌륭한 문장을
지을 수 있도록 도와주는 귀신이다. 흔히 문장이 좋고 나쁜 까닭을 문장 귀신의 도움
유무에 돌리거나, 문장 귀신도 놀랐다는 말로 문장의 훌륭함을 표현하곤 하는데, 이
3수는 곤궁함이 수반되는 문장가로서의 삶을 긍정적으로 받아들이고(제1수), 비용이
들지 않는 독서 활동의 장점을 드러내고(제2수), 좋은 문장으로 이름을 남기겠다는
다짐을 표현하는(제3수) 매개로 문장 귀신을 사용하였다.
　　【校】제목 원주의 '三首'는 교정고 가필사항이다.

530　평성 '진(眞)' 운의 칠언고시이다.

531　【校】厲 : 교정고 수정사항으로, 원글자는 '惡〔싫어하다〕'이다. 수정된 쪽이 '富者
惡其厲緝'의 의미를 더 잘 드러낸다.

532　전우산 : 원주의 이 말과 달리 위에 인용된 말은 실은 원굉도(袁宏道)의 말이다.
이해를 돕기 위해 해당 부분 전후의 내용을 함께 보이면 다음과 같다. "옛날에 '시(詩)가
사람을 곤궁하게 만들 수 있다.'라고도 하고, '시가 사람을 곤궁하게 만드는 것이 아니라
곤궁한 뒤에야 좋은 시가 나오는 것이다.'라고도 하였다. 곤궁한 뒤에야 좋은 시가 나오
는 것이라면, 조씨 부자(曹氏父子 : 조조(曹操)·조비(曹丕)·조식(曹植))는 가난뱅
이가 되어 손님을 사절했을 것이니 〈부용지에서〔芙蓉池作〕〉 같은 시가 나올 수 없었을

문장의 업보가 늘 사람을 곤궁하게 만드네　　　　文章緣業每窮人

내 이미 곤궁하니 어찌 꺼리랴 곤궁 부르는 문장 귀신이 다가옴을

　　　　　　　　　　　　　　　　　　　吾窮何憚窮緣偪

아이들에게 분부하네 부디 성내지 말라고　　　　分付兒童愼莫嗔

둘째 수[533] 其二

정번은 기암괴석 운반에, 영자도는 비석 구입에 1만 상자의 곡식 값을

탕진하여　　　　　　　　　　　　　　　　鄭石榮碑直萬箱

사방 500자의 무논과 9품의 말단 관직조차 살 돈이 남지 않았었지

　　　　　　　　　　　　　　　　　　　百弓九品儘相妨

　당나라 정번(鄭璠)은 60만 전을 들여 상강(象江)의 기암괴석을 수레에 실어 돌아왔고, 송나라 영자도(榮咨道)는 300만 전을 들여 우세남(虞世南)이 처음 새긴 공자 사당의 비석을 샀다. 혹자가 이 두 가지 일을 말하자 어떤 사람이 즉시 다음과 같이 대꾸하였다. "이 두 바보는 몽둥이로 때려죽여도

것이다.……시가 사람을 곤궁하게 만들 수 있다는 말은 매우 그럴듯하다. 시인들은 붓대만 가까이하고 계산 도구는 멀리하니, 이것이 세상과 맞지 않는 첫 번째 이유이다. 시인들은 기상이 높고 뜻대로 말하여 사람들이 스스로 멀어지게 하니, 이것이 세상과 맞지 않는 두 번째 이유이다. (위 원주의 내용 생략) 이것이 세상과 맞지 않는 세 번째 이유이다."《袁中郞全集 卷3 謝于楚歷山草引》

　원주의 인용문 중 "고관들은 시인들이 관원을 준엄히 평하는 것을 싫어하여 원수처럼 피한다.〔貴者惡其厲官, 避之若讐.〕"가 《원중랑전집》과 《명문해(明文海)》 등에는 모두 "고관들은 시인들이 관원을 준엄히 평하는 것을 꺼려서 악귀처럼 피한다.〔貴者忌其厲官, 避之若祟.〕"로 되어 있다.

　【校】교정고 수정사항으로, 원래는 '옛사람〔古人〕'으로 되어 있었다. 인용문의 출처가 분명치 않아 범범하게 처리되었던 것을 교정고에서 구체화하려다 잘못된 것이다.

533　평성 '양(陽)' 운의 칠언고시이다.

싸다. 어째서 그 돈으로 사방 500자의 상등 논과 9품의 말단 관직을 사지 않았는가."[534]

내가 가진 책을 내가 읽는데 내 어찌 값을 치르랴　吾書吾讀吾何費
한 자 한 치도 모두 너무나 좋은 글이건만　　　寸尺無非分外[535]長

셋째 수[536] 其三
곡식 잎 갉아먹는 풀무치처럼 양식만 축내는[537] 인생은 부끄러우니
空蝗粱稻愧人生

---

534 당나라……않았는가 : 양신(楊愼, 1488~1559)의 《단연총록(丹鉛總錄)》 권9 〈인사류(人事類)〉 '두 바보[兩癡人]'의 내용으로, 정번(鄭璠)과 영자도(榮咨道)가 기호품 수집에 열을 내느라 정작 실질적인 것은 돌보지 못했음을 비난한 말이다. 정번은 거금을 들여 6개의 기암괴석을 가지고 장안(長安)으로 돌아온 뒤에 자식들을 남의 집에 더부살이시켜야 할 만큼 가난해졌다.《全唐文 李商隱 象江太守》

　우세남(虞世南, 558~638)은 당나라의 관료·문인으로, 왕희지의 서법을 배워 구양순(歐陽詢)·저수량(褚遂良)·설직(薛稷)과 함께 당초(唐初)의 사대서법가(四大書法家)로 불리는 명필가이다. 영자도는 천하의 좋은 글씨를 널리 수집했지만 정작 자신의 글씨는 중품(中品)에도 들지 못하였다.《珮文韻府 寢韻 中品》

535 分外 : '分外'에는 '본분을 벗어난'·'특별한'·'별도의'·'과분한' 등의 뜻이 있는데, 여기서는 특별하다는 뜻이다. 당나라 고섬(高蟾)의 시 〈저물녘 생각[晩思]〉에 "겨울철엔 하루해가 본디 너무 짧고, 봄철엔 버들잎이 특별히 길어나네.[虞泉冬恨由來短, 楊葉春期分外長.]"라고 한 용례가 있다.

536 평성 '경(庚)' 운의 칠언고시이다.

537 곡식……축내는 : 유협(劉勰, 465?~532?)의《신론(新論)》에, 근면으로 공을 세워 명성이 전해지는 우(禹)임금·공자(孔子)·묵적(墨翟)과 달리 허송세월하는 당시의 인간상을 묘사하는 중에 "풀무치가 기장 잎을 갉아먹듯이 양식이나 축내며[空蝗粱黍]' 세월을 허비하여, 살아서는 이름이 나지 않고 죽어서는 관 속의 흙이 될 뿐이니, 저절로 났다가 저절로 죽는 초목과 무엇이 다르겠는가."라고 한 것을 원용한 표현이다.

장사치도 농부도 아닌 바에야 이름을 꼭 내야 하네　非賈非農必有名

몇 질의 책 저술한 것 그대의 덕이 크니　數帙芸編多賴爾

새 술을 그득 따라 깊은 정에 감사하네　滿斟新酒謝深情

산속 집에서 향불을 피우고 최현(璀絢) 스님과 함께 불경을 강론하며[538]

山齋燒香 與絢上人演佛乘

나는 들었네 유·불·도 삼교가 모두 내 스승으로	我聞三教皆吾師
심성과 정신을 다스림은 같다는 것을	心性精神同所治
말세엔 종종 참뜻을 잃고	往往末流失其眞
제 논리만 고집하며 서로 비웃네	入主出奴紛相嗤

한유(韓愈)의 〈원도(原道)〉에 "선입견에 사로잡혀 자기 논리만 옳다 하고

---

538 【작품해제】 앞 시와 유사한 시기의 작품이다. 최현(璀絢) 스님은 본서에 모두 네 번 등장하는데, 시고(詩稿) 부분에는 모두 '絢上人'으로, 문고(文稿) 부분에는 모두 '璀絢上人'으로 표기되었다. 명고의 조카 서유본(徐有本, 1762~1822)의 《좌소산인집(左蕱山人集)》에도 한 번 등장하는데(권1 〈금경암에서 최현 스님에게 준 시〔金經庵贈璀絢上人〕〉), 그의 호는 삼봉(三峯)이며 북한산 초가에 거처한다고 하였다. 명고는 본서 제2권의 〈최현 스님이 내방하였기에 달 아래서 운을 뽑아〔絢上人來訪 月下拈韻〕〉에서 그가 명고정거와 가까운 암자에 거처한다고 하였다. '상인(上人)'은 승려를 높여 부르는 말이다.

명고는 생모 전주 이씨(全州李氏)의 상을 당한 1786년(정조10, 38세) 이후부터 대사간에 임명된 1790년(42세) 10월 이전까지 어느 시기의 작품으로 추정되는 제5권의 〈최현 스님에게 보낸 편지〔與璀絢上人〕〉에서 "지금은 마침 세속의 인연이 다소 끊겨서 《법화경(法華經)》 한 상자를 들고 여막에 와서 지내며 10여 일 동안 강구해보려고 계획하고 있습니다."라고 하면서 그의 왕림을 요청한 바 있다. 명고가 최현과 함께 불경을 강론한 일이 일회성에 그치지 않았음을 알 수 있다.

이 작품은 불가(佛家)와 유가(儒家)의 공통점을 부각함으로써, 불가를 배척하는 세유(世儒)의 인식을 반성하는 내용이다. 평성 '지(支)' 운 20운으로 이루어진 일운도저격 칠언고시이다.

남의 논리는 무시한다."라고 하였다.[539]

불가는 그나마 유가에 가깝고 도가는 머니	佛猶近儒道則遠
도가는 일신만을 생각하고 불가는 자비를 숭상하기 때문이네	
	道蓋自私佛慈悲
이 때문에 유자들은 불설(佛說) 담론 좋아하여	是以儒者喜談佛
파옹과 목로가 부분 부분 엿보았네	坡翁牧[540]老一斑窺

파옹(坡翁)은 소동파이고, 목로(牧老)는 전목재(錢牧齋)이다.

| 나 역시 어쭙잖게 불가의 설 엿보아 | 我亦粗窺佛家說 |
| 미증유의 일을 듣고 기이함에 자꾸 빠져드네 | 得未曾有頻耽奇 |

| 우담화 피는 곳은 어떠한 세계인가 | 優曇花開何世界 |
| 유리처럼 투명한 곳이 곧 가니라 하네 | 玻瓈影徹卽迦尼 |

'가니(迦尼)'는 천당 중에서도 가장 즐거운 곳이다.[541]

| 한없는 복록과 생사의 윤회라는 | 無量福祿與輪回 |

---

539 한유(韓愈)의……하였다 : 한유의 이 말은 본디 양주(楊朱) 학파와 묵적(墨翟) 학파, 도가(道家)와 불가(佛家)의 대립 양상을 묘사한 것이다.

【校】이 원주는 교정고 가필사항이다. 1차 가필 후에 재수정된 것이다.

540 坡翁牧 : 교정고 수정사항으로, 원글자는 '蘇⊠錢'이다.

541 가니는……곳이다 : '가니(迦尼)'는 불가에서 말하는 색계(色界) 18천(天) 중 맨 꼭대기에 있는 천(天)이다. 형체가 있는 천(天)의 끝으로, 이곳을 지나면 의식만 존재하고 형체는 없는 무색계(無色界)의 천이 된다. 범어 'Akanistha-deva'를 음역한 것으로, 아가니타천(阿迦尼吒天, 阿迦膩咤天) · 아가니사타천(阿迦尼師咤天) · 유정천(有頂天) · 일선천(一善天) · 일구경천(一究竟天) · 색구경천(色究竟天) · 질애구경천(質礙究竟天)이라고도 한다.

우언을 빌려 어리석은 대중을 이끄네   聊借寓言導衆癡

인심의 위태함은 작용할 때 일어나니   人心之危起於用
본체가 반듯하면 마음 어찌 위태하랴   苟端其體心何危
신령한 누대 속엔 티끌도 동치 않고   纖塵不動靈臺[542]裏
향수 바다 물가의 잔잔한 물 절로 맑네   止水自淸香海湄
  불가에서는 이 마음을 가리켜 '향수 바다〔香水海〕'[543]라고 한다.

달을 가리키는 손가락에서 눈을 떼어 달을 알면 묘리가 무한하니
                              離指識月無限妙
빈가의 소리[544] 속에 몇 번을 통쾌해했던가   頻伽聲中幾解頤[545]

---

542 靈臺 : 사람 마음의 본체를 빗댄 말이다. 《장자(莊子)》〈경상초(庚桑楚)〉의 '영
대(靈臺)'를 곽상(郭象)의 주에서 "영대는 마음이다."라고 풀이하고, 〈덕충부(德充
府)〉의 '영부(靈府)'를 성현영(成玄英)의 소(疏)에서 "영부는 정신의 집으로, 이른바
마음이다."라고 풀이하였는데, 현대 중국 왕세순(王世舜)의 《장자주역(莊子注譯)》
〈경상초〉에 '영대'와 '영부'를 구별하여 "'영부'는 뭇 이치를 모으는 마음을 가리키고,
'영대'는 만물의 위에서 만물을 내려다보는 마음을 가리킨다."라고 하였다. 이에 따르면
영대(靈臺)의 '대(臺)'는 멀리 바라볼 수 있도록 높이 세운 구조물로 해석할 수 있으므로
뒷 구의 '향수 바다〔香海〕'와 대를 맞추어 '신령한 누대'로 번역하였다.

543 향수 바다 : 본디 불경에서 세계의 중앙에 있다는 수미산(須彌山)을 둘러싼 바다
또는 불문(佛門)을 뜻하는 말이다.

544 빈가의 소리 : 불경을 강론하는 최현 스님의 음성을 빗댄 말이다.

545 解頤 : 본디 위아래 턱을 벌려 크게 웃는다는 말인데, 여기서는 깊은 묘리를 환히
알고 통쾌해한다는 뜻이다. 후한 광형(匡衡)이 《시경》을 잘 해설하여 당시 사람들이
"《시경》 해설 하지 마라. 광형이 올 것이다. 광형이 와서 해설하면 '사람들로 하여금
통쾌하여 크게 웃게 만들 것이다〔解人頤〕'."라고 했다고 한다. 《漢書 卷81 匡衡傳》

빈가(頻伽)는 묘음조(妙音鳥)[546]이다.

불가의 '불이문'은 유가의 '일이관지(一以貫之)'[547] 요결이요

不二門是一貫訣

불가의 '무엇인지 관찰함'은 유가의 '늘상 주목함'[548]이요

視甚麼爲常目之

'불이문'과 '무엇인지 관찰함'은 모두 불가의 중요한 수행 방법이다.[549]

546 묘음조(妙音鳥) : 불경에 나오는 새 이름으로, 음색이 아름다워 불가에서 부처와 보살의 오묘한 음성을 빗대는 말로 쓰인다. 묘성조(妙聲鳥)·미음조(美音鳥)·호성조(好聲鳥)·빈가(頻伽)·갈라빈가(羯邏頻迦 범어 'kalavinka'의 음역)·가릉빈가(迦陵頻伽)·가라빈가(歌羅頻伽)·가란빈가(迦蘭頻伽)·가릉비가(迦陵毗伽)·가릉빈(迦陵頻)·가루빈(迦婁賓)·가릉(迦陵)·갈비(羯毘, 羯脾)·갈필(鶡鴓)이라고도 한다.

547 일이관지(一以貫之) : 공자(孔子)가 자신의 철학 체계를 일컬어 "나의 도는 하나의 원리가 모든 이치를 관통한다.〔吾道一以貫之〕"라고 한 것을 말한다. 《論語 里仁》

548 늘상 주목함 : 《대학》 전(傳) 1장의 "하늘의 밝은 명을 돌아본다.〔顧諟天之明命〕"에 대해 주희(朱熹)가 "돌아본다〔顧〕는 것은 '늘상 눈길이 거기에 있다〔常目在之〕'는 말이다."라고 한 것을 가리킨다.

549 불이문과……방법이다 : 불이문(不二門)은 평등하여 피차의 차이가 없는 진리로, 불이법문(不二法門)이라고도 한다. 보살이 이러한 진리를 깨닫는 것을 '불이법문에 들어간다'고 한다.

'무엇인지 관찰함〔視甚麼〕'은 말과 행동 및 지각의 주체를 철저히 인식하기 위한 것이다. 《오등회원(五燈會元)》 권7 및 《벽암록(碧巖錄)》 제51칙에 당나라의 선승 설봉의존(雪峯義存, 822~908)이 암자의 문을 짚고 나서면서 자신을 찾아온 두 스님을 향해 "이것이 무엇인고?〔是甚麼〕"라고 물었는데, 두 스님이 질문의 의도를 파악하지 못하고 "'이것'이 무엇입니까?"라고 하자 고개를 떨구고 암자로 돌아갔다는 일화가 있다. 이 일화로 인해 '是甚麼(이 뭣고?)'가 불교의 잘 알려진 화두가 되었지만, 이 시구에서는 유가의 '常目在之〔늘상 눈길이 거기에 있다〕'와 공통점을 드러내기 위해 '是'를 '視'로 살짝 바꾸어 조어(措語)하였다.

불가에서는 하늘에서 만다라화 흩뿌리고 돌이 고개 끄덕였다고 하는데

天雨曼陀石點頭

하늘에서 만다라화가 흩뿌렸다는 말은 불경에 나온다. 진(晉)나라 생공(生公)이 일천제(一闡提)에게도 법성(法性)이 있음을 증명하려고 돌멩이를 모아 설법하자 돌멩이들이 고개를 끄덕였다는 일이 《전등록(傳燈錄)》에 나온다.[550]

천지가 제자리를 잡고 만물이 생장한다는 유가의 신묘한 효과[551]도 오직 이 같은 것이네

位育神功只如斯

550 하늘에서……나온다 : 만다라화는 불가에서 천상계에 핀다고 하는 성스러운 연꽃으로, 천묘화(天妙華)라고도 한다. 범어 'mandaraka'를 음역한 것이다. 《법화경(法華經)》은 현묘하여 사람들이 받아들이기 어렵기 때문에 부처가 설법에 앞서 미리 여섯 가지 상서를 보여 사람들의 마음을 경동시켰다고 하는데, 그 중 한 가지가 만다라화·마가만다라화(摩訶曼陀羅華)·만수사화(曼殊沙華)·마가만수사화(摩訶曼殊沙華) 등 천상의 네 가지 꽃이 흩뿌린 상서이다. 《妙法蓮華經 卷1 序品》

진(晉)나라 생공(生公)은 도생법사(道生法師)이다. 무명씨의 《연사고현전(蓮社高賢傳)》 '도생법사' 조에 도생법사가 호구산(虎丘山)에 들어가 돌멩이를 모아놓고 《열반경(涅槃經)》을 강론하자 돌멩이들이 모두 고개를 끄덕였다는 일화가 나오는데, 《중오기문(中吳紀聞)》 권2 '돌멩이가 고개를 끄덕이다[石點頭]'에서 《십도사번지(十道四番志)》를 통해 이 일을 인용하면서 도생법사를 '생공(生公)'이라고 지칭하였다. 일천제(一闡提)는 해탈의 소인(素因)을 갖지 못하여 부처가 될 수 없는 사람으로, 천제(闡提)·단선근(斷善根)·무성천제(無性闡提)라고도 한다.

이 원주의 설명과 달리 도생법사의 고사는 《전등록(傳燈錄)》에 보이지 않는다. 《속전등록(續傳燈錄)》 권16 '원기선사(圓璣禪師)' 조에 "천상계의 꽃이 흩뿌리고 돌멩이가 고개를 끄덕였다.[天花亂墜, 頑石點頭.]"라는 단편적 언급이 있을 뿐이다.

【校】 이 원주는 교정고 가필사항인데, 이 중 "일천제(一闡提)에게도……나온다."는 1차 가필을 두 번에 걸쳐 수정한 것이다.

551 천지가……효과 : 《중용》 제1장의 "중(中)과 화(和)를 철저히 이루면 천지가 제자리를 잡고 만물이 생장한다."라는 말을 가리킨다.

그 가르침이 사람에게 끼치는 손익을 따지면 그만이니

但問其敎損益人[552]

중국에서 나왔는지 오랑캐한테서 나왔는지 따질 것 무어 있나

何論出華與出夷

서방에 성인이 있단 말이 어찌 그저 나왔으랴　　西方有聖豈漫許

'서방의 성인'은 《문중자(文中子)》에 나온다.[553]

불가의 설도 유가의 수행에 도움 됨을 안 것이지 他山攻玉[554]知有裨

공자는 갈 것이 지나가면 올 것이 이어져 흐름이 멈추지 않는다 했고[555]

往過來續流不息

들어오면 있고 나가면 없어져서 일정한 때가 없다고도 하였네[556]

---

552 【校】損益人 : 교정고 수정사항으로, 원래 글자는 '能損益'이다. 이에 따르면 이 구는 '그 가르침이 손해나 이익을 끼칠 수 있음을 따져볼 따름이니'라는 말이 된다.

553 서방의……나온다 : 《문중자(文中子)》는 수(隋)나라의 관료이자 학자로서 유가를 중심으로 유·불·도의 합일을 주장한 왕통(王通, 584~617)의 언행을 아들 복교(福郊)와 복치(福畤)가 기록하여 정리한 《중설(中說)》의 이칭이다. 문중자는 왕통의 문인들이 올린 그의 시호이다. 이 책 권4 〈주공편(周公篇)〉에 "혹자가 부처에 대해 묻자 선생님이 '성인이시다.'라고 하였다. '그분의 가르침은 어떠합니까?'라고 묻자 '서방의 가르침이다.'라고 하였다."라는 내용이 보인다.

554 他山攻玉 : 《시경》〈학명(鶴鳴)〉의 "다른 산의 돌로, 옥을 갈 수 있네.〔他山之石, 可以攻玉.〕"라는 말을 원용하여, 불가의 설이 그 자체로는 좋지 않지만 잘 활용하면 유가의 수행에 도움이 될 수 있다고 말한 것이다.

555 공자는……했고 : 공자가 냇물을 보며 "흘러가는 것이 이와 같지. 밤낮 멈추지 않지."라고 한 것을 말한다. 주희는 이에 대해 "천지의 조화는 갈 것이 지나가면 올 것이 이어져 한순간도 멈추지 않는다. 이것이 바로 도체(道體)의 본연이다."라고 부연하였다. 《論語集註 子罕》

入存出亡定無時

마음으로 마음을 관찰하는 불가의 방법[557]도 모두 이 같은 기제(機制)
인데 　　　　　　　　　　　　　　　　　　以心觀心渾此機

고루하도다 어찌하여 집 안에 있으면 손을 저어 내쫓는단 말인가
　　　　　　　　　　　　　　　　　　固哉胡然在門麾

　양자(揚子)가 "오랑캐에 있으면 끌어들이고 집 안에 있으면 손을 저어 내쫓
　는다."라고 하였다.[558]

지각 본연의 모습을 온전히 하면 　　　　　能全知覺本然體

더없이 높은 허정한 심령을 지킬 수 있으리니　庶葆[559]虛靈無上姿

찰나의 한 생각마저 수렴되는 곳 　　　　　刹那一念收斂地

　불가에서는[560] 매우 짧은 시간을 찰나라고 한다.

556 들어오면……하였네 : 공자가 "잡으면 있고 놓으면 없어지며, 일정한 때가 없이
드나들어 그 방향을 알지 못한다."라고 한 것을 말한다. 맹자가 이에 대해 사람의 마음을
두고 한 말이라고 하였다.《孟子 告子上》

557 마음으로……방법 : 유가에서 불가의 수행 방법을 규정한 말로,《주자대전(朱子
大全)》권67 〈불가의 마음 관찰법에 대하여〔觀心說〕〉에 주희의 비판이 상세하다.

558 양자(揚子)가……하였다 : 한유(韓愈)가 〈승려인 문창대사를 전송하며〔送浮屠
文暢師序〕〉에서, '명색이 유가(儒家)이면서 행실은 묵가(墨家)인 사람, 또는 반대로
명색이 묵가이지만 행실은 유가인 사람이 있다면, 그런 사람과 교유하는 것이 옳은가?'
하는 질문을 던진 다음, 위와 같은 양자운(揚子雲 양웅(揚雄))의 말을 바람직한 태도로
인용하였다.
　【校】이 원주는 교정고 가필사항이다. 揚子가 저본에는 '楊子'로 되어 있으나, 통용되
는 명칭에 의거하여 '揚子'로 수정하였다.

559 葆 : 본뜻은 '풀이 더부룩하다'이나, 여기서는 '保'의 통용자로 쓰였다.

560 【校】불가에서는 : 교정고 가필사항이다.

제1층에 부지런히 공을 들이세　　　　　第一層上工孜孜

'허정한 심령〔虛靈〕'을 제1층이라 하고, 지각(知覺)을 제2층이라 한다.

병근(病根) 뽑는 칼끝을 예리하게 하여 번뇌를 제거할지니

　　　　　　　　　　　　　　　　　　拔根利器除結鋒[561]

'세 가지 악한 마음'과 '네 가지 악한 말'을 생각해 볼 만하네

　　　　　　　　　　　　　　　　　　心三口四言堪思

　세 가지 악한 마음은 탐욕〔貪〕·성냄〔瞋〕·'인과의 도리를 무시하는 견해
〔癡〕'를 말하고, 네 가지 악한 말은 '사리에 맞지 않은 망령된 말〔妄言〕'·'교
묘하게 꾸며대는 말〔綺語〕'·'이간질하는 말〔兩舌〕'·'남을 욕보이거나 헐
뜯어 분노와 번뇌를 일으키는 말〔惡口〕'이다. 이는 모두 불경에 나온다.[562]

그대여, 유자가 불경을 강론한다고 비웃지 마소　　儒演佛乘君休笑

모든 가르침이 지극한 경지에선 터럭만한 차이도 없거니

　　　　　　　　　　　　　　　　　　萬法到處差不氂

561　除結鋒 : 본서 제5권 〈최현 스님에게 보낸 편지 2〔與璀絢上人〕〉에 "번뇌를 끊어
내는 칼끝이 날로 둔해졌습니다.〔除結之鋒漸鈍〕"라고 한 말이 참고된다. '除結'은 '결념
(번뇌)을 깨뜨려 제거한다〔破除結念〕'는 말로, '파결(破結)'이라고도 한다.

562　【校】 이는……나온다 : 교정고 가필사항이다.

초가을에 달을 보며[563]

新秋見月

성글어진 오동잎이 산속 사립문에서 서걱일 제　　蕭疏梧葉響山扉

달빛이 비쳐드니 밤중에 일어나 옷을 걸치네　　得月中宵起攬衣

땅에 가득한 거울 빛은 물처럼 맑고　　　　滿地鏡[564]光淸[565]似水

　허혼(許渾)의 시에 "달이 점차 전각 밖으로 옮겨가는데, 거울 빛은 그대로
　누대 앞에 걸렸어라.〔輪影漸移金殿外, 鏡光猶掛玉樓前.〕"라고 하였다.[566]

온 하늘 청량한 기운에 바람 소리가 마치 눈 내리는 듯

　　　　　　　　　　　　　　　　　　　渾[567]天涼氣颯如霏

563 【작품해제】 장단 광명리 선영 아래의 명고정거에 칩거 중이던 1792년(44세) 6월
이후 1795년(47세) 6월 이전까지 중 어느 초가을의 작품이다. 산중의 칩거 생활 중에
맞이하는 초가을의 느낌을 읊었다. 불평스러운 심기가 남아 있음이 드러나 있다.

　평성 '미(微)' 운의 측기식 수구용운체 칠언율시이다.

564 【校】 鏡 : 교정고 수정사항으로, 원글자는 '淸'이다.

565 【校】 淸 : 교정고 수정사항으로, 원글자는 '渾'이다. 위 주564에 밝힌 것과 함께
모두 원글자를 따르면 이 구는 "땅에 가득한 맑은 빛은 온통 물과 같고〔滿地淸光渾似
水〕"가 된다.

566 허혼(許渾)의……하였다 : 허혼은 당나라의 관료·시인으로, 특히 칠언율시에
뛰어났다. 저서로 《정묘집(丁卯集)》이 전한다. 여기에 인용된 구절은 그의 시 〈학림사
에서 한가위 밤에 달구경하며〔鶴林寺中秋夜翫月〕〉 중 일부로, 달빛을 '거울 빛〔鏡光〕'
으로 표현한 전거를 밝힌 것이다.

　【校】 이 원주는 교정고 가필사항이다.

567 【校】 渾 : 교정고 수정사항으로, 원글자는 '連'이다. 이에 따르면 이 구는 "하늘까
지 이어진 청량한 기운에 바람 소리가 마치 눈 내리는 듯〔連天涼氣颯如霏〕"이 된다.

도성 안에서도 해마다 못 본 것은 아니지만　　非無城市年年眺

시골 동산에서 보니 휘영청 더욱 밝네　　偏覺鄕園粲粲輝

불평을 씻어낼 한 동이 술 있기에　　澆滌牢騷樽有酒

앉아서 들노라 드문드문 울리는 처마 끝 풍경 소리 坐聞屋角磬聲稀

산행[568]

山行

밥을 먹고 지팡이 짚어 대문 나설 제	飯已携筇出
앞산 위로 달이 막 뜨려 하누나	前岡月欲華
숲이 깊어 도적이 있을 듯하고	樹深疑有盜
해묵은 등 넝쿨에 뱀인가 놀라네	藤古浪驚蛇
늙기 전에 속된 생각 벗어났으니	未老塵襟脫
만년 절조 자랑하기 꾀하지 않네	無營晚節誇
서책 교감(校勘) 취미가 아직 남아서	丹鉛[569]餘癖在
시간 아껴 일찍 집에 돌아가누나	惜漏早還家

---

568 【작품해제】 앞 시와 유사한 시기의 작품이다. 저녁 식사 뒤에 잠깐 산에 올랐다가 돌아오면서 만년의 회포를 읊은 것이다. 세상에 대한 미련을 완전히 끊고 서책 교감에 집중하고 있는 정황이 보인다.

평성 '마(麻)'운의 측기식 수구불용운체 오언율시이다.

569 丹鉛 : 단사(丹砂)와 연분(鉛粉) 등의 안료(顏料)를 사용하여 서적에 구두점을 찍고 오류를 교감하는 것이다. '丹黃'이라고도 한다.

가을밤에 서책을 교감하며[570]

秋夜勘書

누웠다 일어났다 내키는 대로 방 한 칸이 넓기도 하니

臥起隨心一室寬

근년의 생활 중에 요즘이 가장 편안하네　　年來身計最今安

벽 속의 귀뚜라미 소리에 초가을 됨을 알고　　蟲吟屋壁知秋早

창틀 치는 모기에 밤 기온이 참을 아네　　蚊撲窓楞識夜寒

책상 위 촛불 아래 붉고 누른 먹물 놓고　　燭引朱黃排几案

술과 매운 채소 안주로 술상을 차렸어라　　酒兼蔬䔩錯杯盤

문 지키는 아이는 앉아 졸고 이웃집 다듬이 소리 멎어

門僮坐睡隣砧歇

고개 돌려 바라보니 서산에 달이 벌써 이울었네　　回首西峯月已殘

---

570 【작품해제】앞 시와 유사한 시기의 작품이다. 다른 일에는 신경 쓰지 않고 오직
서책 교감으로 소일하는 가을밤의 평온함을 읊었다.

　　평성 '한(寒)' 운의 측기식 수구용운체 칠언율시이다.

〔교정고 삭제 표시작〕

외딴 마을[571]
僻村

외딴 마을 찾아오는 사람이 없어	僻村人不到
지은 시가 날마다 수두룩하네	詩課日盈囊[572]
저녁이면 섬돌 가에 벌레 소리 어지럽고	夕砌蟲聲亂
아침이면 처마 아래 참새 오래 지저귀네	朝簷雀語長
흐르는 세월에 벌써 오늘 백로이니	流光今白露
새로 거둔 곡식으로 조밥 짓누나	新味已黃粱
요행히도 세상에서 득죄함을 면했으니	僥倖吾知免
무슨 근심 있으랴 늙어 더욱 광망(狂妄)한들	何憂老更狂

571 【작품해제】 앞 시와 유사한 시기 초가을 백로(白露, 양력 9월 8일경) 무렵의 시이다. 세상과 동떨어져 한적하게 지내는 자연의 삶을 읊으면서, 환로(宦路)의 위험에서 벗어난 안도감과 자유로움을 표현하였다.

　평성 '양(陽)' 운의 평기식 수구불용운체 오언율시이다.

572 盈囊 : 시(詩)를 담는 주머니가 가득 찼다는 말이다. 당나라 시인 이하(李賀)가 매일 외출할 때 아이종에게 비단 주머니를 가지고 따르게 하면서 지은 시를 주머니에 담아 돌아왔다는 고사를 원용하여, 지은 시가 많음을 표현한 것이다. 《樊南文集 卷8 李賀小傳》

아침 일찍 일어나[573]

早起

초가을 서늘함에 일찍 일어나보니	新涼起我早
처마 끝을 아침 첫 햇살이 비추네	簷角映初暾
산 빛에 가을 모습 담박히 들고	山色秋容淡
물소리가 들판에 울려 퍼지네	水聲野籟喧
낡은 책을 손에 잡아 즐길 수 있고	殘書堪把玩
농부 친구 이야기 나누기 좋네	農友好談論
시나브로 깨닫는 시골 삶 정취	漸覺鄕園趣
이생에 맹세코 잊지 않으리	此生矢不諼

573 【작품해제】 앞 시와 유사한 시기 초가을의 작품이다. 시골 삶의 정취를 깨달으며
느끼는 만족감을 읊었다.
　　평성 '원(元)' 운의 평기식 수구불용운체 오언율시이다.

만년의 깨달음[574] 4수

晚悟 四首

첫째 수[575]

공명심이 인생 망침 안 것도 오래지만	名心久識誤人生
늙고 쇠한 정력으로 무슨 일을 이루랴	窮老疲精底事成
만년 되어 깨닫네 이젠 어쩔 수 없음을	晚覺如今無賴爾
자식이나 가르치며 농사에나 힘써야지	會須敎子業農耕

둘째 수[576] 其二

한대(漢代)의 유학자들은 한 가지 경서 연구에 평생을 바쳐

一經專治盡平生

《예(禮)》학으로 《시(詩)》학으로 각자 일가 이루었네

名禮名詩各自成

　경서(經書) 중 한 가지를 전문으로 연구하여 명망이 높았던 한(漢)나라 유학자들을 두고 한 말이다.[577]

당송 이후엔 이러한 학문 풍토가 사라졌으니　　唐宋以來無此學

---

574 【작품해제】앞 시와 유사한 시기 가을의 작품이다. 다섯 수 모두 평성 '경(庚)' 운의 평기식 수구용운체 칠언절구이다.

　【校】제목 원주의 '四首'는 교정고 가필사항이다. 이 시는 본디 5수로 지어졌으나 교정고에서 원래의 넷째 수를 삭제하도록 함에 따라 이와 같이 변경한 것이다.

575 성취 없는 인생을 돌아보며 자식 교육과 농사짓기로 만년을 계획하는 내용이다.

576 한 가지 경서(經書)를 전문으로 연구하여 일가를 이루었던 한대(漢代)의 학문 풍토가 당송 이후에 사라진 데 대한 안타까움을 토로하였다.

577 【校】경서(經書)……말이다 : 교정고 가필사항이다.

번듯한 유자(儒者)의 복색이 외려 주경야독에 부끄럽네

儒冠却愧帶鋤耕[578]

송나라 공연지(孔延之)가 어려서 부모를 여의고 가난하여 낮에는 책을 끼고 다니며 농사짓고 밤에는 관솔불 아래 책을 읽었다. 그는 평소에 오직 주돈이(周敦頤)·증공(曾鞏)과만 사이가 좋았다.[579]

셋째 수[580] 其三

사서(史書) 경서(經書) 섭렵한 지 반평생이 되건마는

578 帶鋤耕 : '호미를 끼고 다니며 농사일을 한다'는 말이지만, 여기서는 특히 경서(經書)를 연구하는 학자가 가난하여 농사일을 병행함을 일컫는다. 그 사례로 《한서》〈예관열전(兒寬列傳)〉의 예관(兒寬)을 들 수 있다. 그는 천승(千乘) 사람으로, 《상서(尙書)》를 연구하며 구양생(歐陽生)을 섬기고 또 공안국(孔安國)에게 학업을 전수받았다. 가난하여 품팔이로 농사일을 했는데, 경서를 끼고 다니며 호미질을 하다가 잠시 쉴 때면 소리내어 읽곤 했다고 한다.

579 송나라……좋았다 : 공연지(孔延之)는 송나라의 관료·학자로, 이 같은 내용이 《명일통지(明一統志)》 권55 〈임강부(臨江府)〉와 《만성통보(萬姓統譜)》 권68 〈공(孔)〉에 보인다.

【校】 이 원주는 교정고 가필사항인데, 실은 시의 내용에 맞지 않는다. 당송 이후의 학문 풍토를 비판하는 이 시의 주제로 볼 때, 이 구는 당송대 이전에 한 가지 경서를 전문으로 연구한 학자 중에 미천한 신분으로 농사일을 병행해야 했던 사례를 들어, 번듯하게 유자의 관을 쓰고 행세하면서도 전문 연구를 하지 않는 사람들과 대비시킨 것으로 생각된다. 한(漢)나라의 예관(兒寬)을 그 예로 들 수 있다.

'주돈이(周敦頤)'는 교정고에 '周惇頤'로 표기되었으나 내용상 송대 이학(理學)의 창시자로 일컬어지는 인물을 가리키므로 《명일통지》 권55 〈임강부〉에 근거하여 바로잡아 번역하였다.

580 명고 자신이 많은 노력에도 불구하고 성취가 더딘 까닭은 보잘것없는 재주 때문임을 《시고변(詩故辨)》의 사례를 들어 말하고, 자신의 학문은 강학으로 생계나 겨우 꾸릴 정도에 불과하다고 자조하는 내용이다.

《시고변(詩故辨)》한 편을 완성하기 어려웠네　　一篇詩故苦難成

　내가 모장(毛萇)·정현(鄭玄)·주희(朱熹) 등 여러 학자가 풀이한 《시경》 '각 편의 요지〔篇旨〕'를 취합하여 《시고변》이라고 이름하였다.[581]

작업도 하다 말다 하긴 했지만 재주가 낮아서인데　工雖作輟才緣下

이런 사람이 그래도 설경에 종사하누나　　　　　　似此人猶事舌耕

　가규(賈逵)가 경서의 문장을 입으로 외어 사람들을 가르치자 배우는 이들

581　내가……이름하였다 : 《시고변》은 명고가 ①《시경》 모서(毛序)의 대서(大序)를 강령으로 삼고 ② 소서(小序)와 주희의 설명을 각 편에 분속시키고 ③ 여러 학자들의 설을 각 편에 부기하고 ④ 시비(是非)가 모호한 점에 대해서는 자신의 해설을 덧붙이는 등의 체제를 갖추어 3권 3책으로 편찬한 《시경》 해설서로, 1783년(정조7, 35세)의 저서이다. 《本書 卷5 與鄭水部, 卷9 詩故辨敍例》. 1783년 청나라 조설범(趙雪颿)이 쓴 서문이 붙은 6권 3책 본(本)이 일본 오사카(大阪) 부립(府立) 나카노시마도서관(中之島圖書館)에 소장(韓4-50)되어 있고, 고려대 해외한국학자료센터에서 그 이미지를 제공하고 있다. 이 자료는 서유구(徐有榘)가 《명고전집》을 편찬할 때 포함시킨 바 있다. 《楓石全集 卷8 仲父明皐先生自誌追記》. 본 번역서의 저본(한국문집총간 수록본)에는 본디 포함되지 않았으나, 본 번역서는 서유구의 본디 편찬 의도에 준하여 단행본 성격의 저술들인 본서 권17·권18의 〈강의(講義)〉, 권19의 〈학도관(學道關)〉, 권20의 〈홍범직지(洪範直指)〉에 이어 《시고변》을 보충 번역하였다.

　'모장(毛萇)'은 원문의 '모(毛)'를 명고의 의도에 따라 옮긴 것이다. '자하(子夏)-순황(荀況)-모씨(毛氏: 모형(毛亨)-모장(毛萇)'로 이어진 《모시(毛詩)》 고문(古文) 《시(詩)》로, 금본(今本) 《시경(詩經)》의 전수 계보 중 모씨(毛氏)는 정현(鄭玄)의 《시보(詩譜)》에서 비로소 대모공 모형과 소모공 모장으로 구분되었고, 《한서(漢書)》〈유림전(儒林傳)〉에는 '조(趙)나라 사람'으로, 《후한서(後漢書)》에는 '모장'으로, 모두 한 사람만 언급되어 있다. 《모시주소(毛詩註疏)》에는 전(傳)의 저자가 대모공(大毛公) 모형(毛亨)으로 기재되어 있는데, 명고는 《시고변》에서 청나라 왕홍서(王鴻緖)의 《시경전설휘찬(詩經傳說彙纂)》의 기록을 따라 《모시주소》의 모씨 전(傳)을 모두 소모공 모장의 말로 인용하였다.

이 바친 곡식이 쌓여 창고에 가득하였다. 사람들이 이를 두고 가규가 근력으로 농사지어 얻은 것이 아니라 하고 마침내 '설경(舌耕)'이라고 하였다.[582]

〔교정고 삭제 표시작〕

넷째 수[583]　其四

재주라곤 터진 버선 솔기의 실밥처럼 하찮은 것뿐이니 부끄럽구나 내

인생이여　　　　　　　　　　　　　　　　能如襪綫愧吾生

　옛말에 "한팔좌(韓八座)의 기예는 터진 버선 솔기의 실밥과 같아서 한 가닥
　도 긴 것(한 가지도 장점)이 없다."라고 하였는데, 이는 그의 기예가 모두
　대충 섭렵한 것이지 충실하게 터득한 것은 없다는 말이다.[584]

성취가 있다지만 없느니만 못하네　　　　　　不愈無成號有成

장독이나 덮다가 울 가에 던져질 몇 권의 책들은　覆瓿擲籬多少卷

유가 글귀 모은 품이 삯품팔이 밭일을 한 것 같구나

　　　　　　　　　　　　　　　　儒家裨販[585]卽傭耕

582　가규(賈逵)가……하였다 : 가규(30~101)는 후한의 관료·학자로, 부친에게 수
학하여 약관의 나이에 《춘추좌씨전》과 오경(五經) 본문을 욀 수 있었다고 한다. 원주의
내용은 《습유기(拾遺記)》를 인용한 《사문유취(事文類聚)》 후집 권9 '설경(舌耕)' 조의
서술과 유사하다. 설경은 강연 등 언설(言舌)로 생계를 꾸린다는 말이다.

583　자신의 재주와 성취를 돌아보며 부끄러움을 토로하는 내용이다.

584　옛말에……말이다 : 인용문은 오대(五代) 송나라 손광헌(孫光憲, ?~968)의
《북몽쇄언(北夢瑣言)》 권5에 나오는 이태하(李台瑕)의 말이다. 한팔좌(韓八座)는 오
대 때 문장과 거문고·바둑·글씨·산수·활쏘기 등의 기예로 전촉(前蜀)의 후주(後
主)인 왕연(王衍, 899~926)의 총애를 받았던 한소(韓昭, ?~925)로, 그가 당시에 예
부 상서(禮部尙書)였기 때문에 이렇게 칭하였다.

　【校】이 원주는 교정고 가필사항이다.

585　裨販 : 본디 물건을 싸게 사서 비싸게 팔아 '이익을 취하는〔裨益〕' 소규모 장사치

넷째 수[586] 其四

우환 겪고 돌아오니 늙어버린 내 인생	憂患歸來老此生
남은 인생 생계는 어떻게 꾸려갈꼬	殘年活計問何成
논엔 벼가 풍족하고 산엔 고사리 풍성하니	水田足稻山饒蕨[587]
내 오두막에 편히 살며 소작이나 부치리	吾臥吾廬課佃[588]耕

를 뜻하는데, 여기서는 유가(儒家)의 여러 가지 전적(典籍)을 섭렵하여 글귀를 따다
모은 저작을 비유한다. 이 같은 의미를 유추할 수 있는 용례로《홍재전서(弘齋全書)》
권50 〈책문(策問) 3 속학(俗學)〉의 '장사치처럼 표절하는 풍조〔裨販剽賊之風〕'라는 말
과《청장관전서(靑莊館全書)》권10 〈아정유고2(雅亭遺稿二) '붓을 갈겨 원소수의 문
집 속 시에 차운하여〔馳筆 次袁小修集中韻〕'〉의 "장사치 따라 여러 문(門)에 드나들기
부끄럽네.〔恥從裨販入多門〕"라는 말을 들 수 있다.

586 우환을 겪고 늘그막에 귀향하여 농사를 생업으로 계획한다는 내용이다.
　【校】이 소소제목은 교정고 수정사항이다. 본래는 '다섯째 수〔其五〕'였는데, 교정고
에서 앞의 한 수를 삭제하도록 함에 따라 이와 같이 변경한 것이다.

587 【校】山饒蕨 : 교정고 수정사항으로, 원글자는 '魚游沼'이다. 이에 따르면 이 구는
"논에는 벼가 풍족하고 못에는 물고기가 헤엄치니〔水田足稻魚游沼〕"가 된다.

588 【校】佃 : 교정고 수정사항으로, 원글자는 '釣'이다. 이에 따르면 이 구는 "내 오두
막에 편히 살며 낚시와 농사를 일삼으리〔吾臥吾廬課釣耕〕"가 된다.

문생(門生) 이계와 함께 오산폭포를 찾아가서[589]
偕李生棨 訪五山瀑布

작은 외나무다리 지나 골짝 어귀 나서니	略彴經過出谷頭
광활한 들녘 빛이 벌써 깊은 가을이네	蒼茫野色已深秋
먼 다리에 사람처럼 서 있는 건 재두루미요	遠橋人立知玄鶴

'사람처럼 서 있다〔人立〕'는 말은 《춘추좌씨전(春秋左氏傳)》의 "돼지가 '사람처럼 서서〔人立〕' 울었다."라고 한 데서 나왔다.[590]

---

589 【작품해제】앞 시와 유사한 시기 가을의 작품이다. 이계(李棨)는 이 시와 뒤의 〈악락요에 밤에 앉아 문생 이계와 함께 운을 뽑아 함께 읊은 시〔樂樂寮夜坐 與李生棨 拈韻共賦〕〉·〈유염대의 문객 임전을 전송한 목재의 시를 읽고 감회가 있어 문생 이계에게 써준 시〔讀牧齋送劉念臺客林銓之詩 有感于懷 書贈李生〕〉·〈문생 이계와 함께 유하촌을 찾아가서〔與李生訪柳下村〕〉·〈문생 이계가 가난과 질병을 근심하기에 시로 위로하며〔李生以貧病爲憂 詩以寬之〕〉 등 모두 다섯 작품에 등장하는데, 이 시들은 모두 명고가 성천(成川)에서 돌아온 뒤 명고정거에 칩거 중일 때의 작품들이다. 이계는 당시에 명고를 종유(從遊)하던 경기 장단 지역의 유생으로 생각된다. 특히 〈유염대의…… 시〔讀牧齋……贈李生〕〉로 볼 때, 그는 대체로 출신 성분으로 인해 어려움을 겪는 인물로 판단된다. 오산(五山)의 위치는 상세하지 않으나, '앞산'이라고 한 것으로 보아 장단 광명리 명고정거에서 그리 멀지 않은 곳에 있는 산으로 생각된다.

이 시는 오산폭포 구경을 나서며 눈앞에 펼쳐진 경치를 묘사하고 전원생활의 자족감을 표현한 것이다. 평성 '우(尤)' 운의 측기식 수구용운체 칠언율시이다.

590 사람처럼……나왔다 : 돼지가 사람처럼 서서 울었다는 것은 《춘추좌씨전》 장공(莊公) 8년에 제 양공(齊襄公)이 사냥 중에 쏘아 죽인 돼지의 마지막 모습을 묘사한 것이다. 이보다 앞서 양공은 공자 팽생(公子彭生)을 시켜 노 환공(魯桓公)을 죽이고는 되려 그를 죽여 노나라에 사과한 일이 있는데, 사냥 중에 큰 돼지를 보고 종자(從者)가 팽생이라고 하자 겁을 내어 쏘아 죽였다. 이 일은 결국 제 양공이 시해당하는 사건의 시발이 된다.

가까운 물 위를 떼 지어 나는 건 모두 갈매기로세　近水群飛渾白鷗

돼지똥 말똥을 가지고 소인배와 다투랴　　　　肯把苓通爭少輩

　돼지똥은 '영(苓)'이고, 말똥은 '통(通)'이다.

농사짓는 일 가지고 새 벗 사귀기 좋은 걸　　好將農圃結新儔

새벽 술 낮잠 즐길 여가도 많지만　　　　　　澆書攤飯多餘暇

　옛사람은 새벽에 마시는 술을 '요서(澆書)'라고 하고, 낮잠을 '탄반(攤飯)'
　이라고 하였다.[591]

앞산의 바위 폭포에 흥취 더욱 진진하네　　　石瀑前山興更悠

　【校】이 원주는 교정고 가필사항이다.

591　옛사람은……하였다 : '요서(澆書)'는 소식(蘇軾)이, '탄반(攤飯)'은 이백(李白)
이 사용한 표현이다. 《劍南詩稾 卷24 春晚村居雜賦絶句〔第4又〕》

　【校】이 원주는 교정고 가필사항이다.

운(韻)을 뽑아 '용(傭)' 자를 얻고[592]

拈韻得傭字

소자는 채소밭을 가꾸고 하로는 머슴으로 늙었는데 蘇子灌園夏老傭

　송나라 소운경(蘇雲卿)은 동호(東湖)에서 채소밭을 가꾸었고, 후한의 하
　복(夏馥)은 이름을 숨기고 대장간의 머슴이 되었다.[593]

나는 지금 무엇을 생업으로 삼느뇨 농사를 일삼노라

　　　　　　　　　　　　　　　　　　吾今何執執耕農

정전 10묘 소출로 한 해를 마칠 수 있고　　　丁田十畝堪終歲

　목재(牧齋)의 시에 "정전을 스스로 갈아먹네[丁田自耕鑿]"[594]라고 하였다.

592 【작품해제】앞 시와 유사한 시기 가을의 작품이다. 여막(廬幕)에서 농사와 저술
을 겸하는 은거 생활을 읊었다. 사필귀정(事必歸正)의 신념으로 오욕을 감내하는 정황
이 드러나 있다. 평성 '동(冬)' 운의 측기식 수구용운체 칠언율시이다.

593 송나라……되었다 : 소운경(蘇雲卿)은 송나라의 은자로, 고종(高宗) 때 예장(豫
章) 동호(東湖 : 지금의 사천성 소재)에 은거하였는데 '소옹(蘇翁)'으로 불리며 존경
받았다. 어릴 적 친구 장준(張浚)이 정승이 되어 좋은 예물과 정중한 예를 갖추어 출사
를 권했으나 돌아보지 않고 조용히 떠나버렸다. 《宋史 卷459 隱逸下 蘇雲卿》

　하복(夏馥)은 후한 때 당고(黨錮)의 화(禍)에 휘말린 인물이다. 환제(桓帝) 때 직언
(直言)으로 천거되어도 출사하지 않았다. 선비들에게 '팔고(八顧 : 덕행으로 사람들을
이끌 수 있는 명사 8인)' 중 한 사람으로 존경받자, 권력을 잡은 환관들에 의해 당인(黨
人)의 괴수로 지목되어 체포령이 내려졌다. 그는 변장하고 이름을 숨겨 임려산(林慮
山 : 지금의 하남성 소재)의 산속으로 도망가 대장간의 머슴으로 지내다 죽었다. 《後漢
書 卷97 黨錮傳 夏馥》

594 정전을 스스로 갈아먹네 : 목재(牧齋 전겸익)의 이 시구는 본디 "여막에서 그런대
로 편안히 쉬고[丙舍聊晏息]"에 대한 바깥짝이다. 《牧齋初學集 卷17 移居詩集 得盧德

'정전(丁田)'은 장정 한 사람이 지급받는 밭을 말한다.

세 칸의 여막에서 겨울을 날 수 있네　　丙舍三椽足掩冬

왕희지(王羲之)의 작품 중에 〈묘지의 여막에서 쓴 법첩〔墓田丙舍帖〕〉이 있다.[595]

명성도 전해지고 실질도 보존되는 건 이룩하기 어렵고

名傳實存難獵取

억울함이 끝까지 갈 리도 없으니 남들이 헐뜯는 대로 두네

理無終屈任哤訩

벼슬을 관둔 것은 쓸데없는 짓이었다고 그 누가 탄식하나

休官誰歎般薑鼠

속담의 '생강을 옮기는 쥐〔般薑鼠〕'라는 말은 쓸데없는 짓이라는 뜻이다.[596]

몇 종(種)의 새 책으로 예리한 논설 자랑하거니　　幾種新書詑舌鋒

水宿遷書却奇六十四韻》. 명고가 원용한 목재 시의 배경이 명고의 처지와 유사함을 알 수 있다.

595 왕희지(王羲之)의……있다 : '병사(丙舍)'가 무덤가 여막의 뜻으로 쓰인 용례를 보인 원주이다. 같은 제목의 법첩을 약 150년 앞선 삼국시대 위(魏)나라의 종요(鍾繇, 151~230)도 쓴 바 있다. 《六藝之一錄 卷107 '王羲之墓田丙舍帖', 卷164 '魏鍾繇墓田丙舍帖'》. 명고는 종요의 작품을 몰랐거나, 아니면 대중적으로 더 잘 알려진 것을 내세운 것으로 생각된다.

596 속담의……뜻이다 : 《목재초학집》 권17 〈'거처를 옮긴 시기의 시집〔移居詩集〕' 이사〔移居〕〉 둘째 수에 "처음 저술 시작할 땐 생강을 옮기는 쥐 같아서 스스로 우습더니, 저술이 쌓이자 보이는 족족 등에 짊어지는 벌레 같다고 사람들이 비웃네.〔襬褷自笑般薑鼠, 堆積人嗤蝜蝂蟲.〕"라고 하였는데, 전증(錢曾, 1629~1701)이 "속담의 '생강을 옮기는 쥐'라는 말은 쓸데없는 짓이라는 뜻이다.〔諺語鼠般薑, 言其無用也.〕"라는 전주(箋注)를 달았다. 명고의 이 원주는 원문이 "諺語般薑鼠, 言無用也."로, 전증의 이 전주와 거의 같은 표현임이 주목된다.

세상 한탄[597]

嘆世

우씨와 위씨가 세 가지를 약조한 일 우스운데 　　虞魏三章事可呵

　　위장제(魏長齊)가 재주가 없는데, 처음 벼슬길에 올라 출사하게 되었다. 이에 우존(虞存)이 비웃으며 "경(卿)과 세 장의 규약을 약조한다. 담론하는 자는 죽을 것, 글을 짓는 자는 형벌을 받을 것, 인물을 품평하는 자는 처벌받을 것."이라고 하였다.[598]

조정에 요즘은 이 같은 자들 많네 　　　　　　　朝廷近日此曹多

생계와 관계없는 일은 모두 비웃으며 배척하고 　　無關喫着都排笑

조금만 혐의가 있어도 그 즉시 비방하누나 　　　有些嫌疑[599]卽詆訶

소인배는 길러주기 어렵다던 공자님 말씀이 거짓 아님 알겠거늘

　　　　　　　　　　　　　　　　　　　　難養聖言知不誣

　　《논어》에 "여자와 소인배는 길러주기 어렵다."라고 하였다.[600]

---

597 【작품해제】 앞 시와 유사한 시기 가을의 작품이다. 이익 추구에만 골몰하며 자신과 다른 입장은 조금도 포용하지 않는 관료들의 졸렬한 행태, 그리고 이것이 일반적인 풍조가 된 현실을 한탄하는 내용이다. 평성 '가(歌)' 운의 측기식 수구용운체 칠언율시이다.

598 위장제(魏長齊)가……하였다 : 《세설신어(世說新語)》〈조소와 희롱[排調]〉에 나오는 일화이다. 위장제는 진(晉)나라의 위의(魏顗)로, 장제는 그의 자이다. 우존(虞存)은 그의 벗이다. 이 일화는 본디 위장제가 이 같은 비웃음을 받고도 불쾌해하지 않았다고 하여 아량 있는 성품을 드러낸 것인데, 여기서는 명고 당시 관료들의 보신주의(保身主義)를 지적하는 말로 쓰였다.

599 【校】 嫌疑 : 교정고 수정사항으로, 원글자는 '睚肝(못마땅하여 눈을 부릅떠 쳐다보다)'이다. 이에 따르면 이 구는 "못마땅한 일 있다 하면 어김없이 비방하누나[有些睚肝卽詆訶]"가 된다.

나쁜 종자 서로 전해601 이미 소굴 되었네   相傳繆種已成窩
저들 중에 낫고 못함 논할 것 있으랴   何須長短論渠輩
책을 잡고 온종일 홀로 읽어 나갈 뿐   手卷終朝獨字過

악락요에 밤에 앉아 문생 이계와 함께 운을 뽑아 함께 읊은 시[602]

樂樂寮夜坐 與李生棨 拈韻共賦

가을 등불 마주한 오경의 밤에 서리가 내려	秋燈相對五更霜
우수수 낙엽 지고 잠자리 서늘하네	落木蕭蕭枕簟涼
내가 근래 당한 일을 새옹지마 같다 마소	近事休言同失馬

《회남자(淮南子)》에 다음과 같은 일화가 있다. 변방의 늙은이가 말을 잃자 사람들이 위로했는데, 늙은이는 "이것이 복된 일이 되지 않는다고 어찌 장담하겠소."라고 답하였다. 몇 개월 뒤에 말이 준수한 호마(胡馬 중국 북방 또는 동북방에서 나던 말)를 데리고 오자 사람들이 축하했는데, 늙은이는 "이것이 재앙이 되지 않는다고 어찌 장담하겠소."라고 하였다. 늙은이의 아들이 말을 타다 떨어져 다리가 부러지자 사람들이 또 위로했는데, 늙은이는

---

602 【작품해제】 앞 시와 유사한 시기 늦가을의 작품이다. 명고가 1779년(31세)에 양부 서명성(徐命誠, 1731~1750)의 무덤을 장단(長湍) 진북면(津北面) 광명리(廣明里)로 이장하고 나서 선영 아래에 명고정거를 지었는데, 악락요(樂樂寮)는 오여헌(五如軒)·동여루(同余樓)와 함께 명고정거의 일부이다. 서유구(徐有榘)에 의하면 '악락(樂樂)'은 《예기》〈단궁 상(檀弓上)〉에서 태공망(太公望)의 후손이 태공망의 무덤을 그의 봉지(封地)였던 제(齊)나라에서 주(周)나라로 이장한 일을 두고 군자(君子)가 "음악은 마음에서 저절로 우러나는 즐거움을 표현하는 것이고, 예는 근본을 잊지 않는 것이다.〔樂, 樂其所自生; 禮, 不忘其本.〕"라고 한 데서 따온 말이다.《楓石鼓篋集 卷2 樂樂寮記》. 문생 이계(李棨)에 대해서는 313쪽【작품해제】참조.
　추수가 마무리되는 늦가을 깊은 밤의 담소를 통해, 세상사에 대한 체념과 은거 생활의 자족감을 표현하였다. 명고가 환로에서 멀어진 것은 불미스러운 일 때문이었음이 드러나 있다. 평성 '양(陽)' 운의 평기식 수구용운체 칠언율시이다.
　【校】 소제목 원문의 '계(棨)'는 교정고 가필사항이다.

"이것이 복된 일이 되지 않는다고 어찌 장담하겠소."라고 하였다. 뒤에 호병(胡兵 중국 북방 이민족의 군대)이 대대적으로 쳐들어와서 장정들이 열에 아홉은 전사했는데, 늙은이의 아들은 절름발이였기 때문에 부자(父子)가 모두 목숨을 부지할 수 있었다.[603]

옛 영화 잃었음을 내 이미 자조했네   舊榮吾已笑亡羊

장(臧)과 곡(穀)이 양을 잃어버린 일화가 《장자(莊子)》에 나온다.[604]

농사 얘기 서로 어어가니 은거 정취 넉넉하고   農談鉤起幽情足

박주를 따라 오니 시골 음식 맛이 일품   薄酒斟來野味長

여종은 콜록대며 창밖에서 두런거리고   赤脚忽咳窓外語

한유의 시에 "맨발의 여종 하나 늙어서 이가 없네〔一婢赤脚老無齒〕"라고 하였다.[605]

머슴은 아침 해에 남은 곡식 타작하네   傭人朝日打餘場

---

603 【校】회남자(淮南子)에⋯⋯있었다 : 교정고 가필사항이다. 3차에 걸쳐 가필과 수정이 이루어졌다.

604 장(臧)과⋯⋯나온다 : '이유야 어찌됐든 지난날의 영화가 사라졌음'을 빗대기 위해 《장자》〈발가락 붙음증〔騈拇〕〉의 일화를 인용한 것이다. 장·곡(穀) 두 사람이 양을 치던 도중, 장은 책을 읽다가 양을 잃어버리고 곡은 쌍륙(雙六) 놀이를 하다가 양을 잃어버렸다고 한다.

【校】이 원주는 교정고 가필사항이다.

605 한유의⋯⋯하였다 : 〈노동에게 부친 시〔寄盧仝〕〉에서 인용한 것이다.

【校】이 원주는 교정고 가필사항이다.

회계 지방 여인이 신가역 벽에 쓴 시에 차운하여[606] 3수
次會稽女子題新嘉驛壁詩韻 三首

신가역(新嘉驛) 벽에 회계(會稽) 지방 여인이 쓴 시가 있는데, 그 자서(自序)가 다음과 같다.

"나는 회계에서 나고 자랐는데, 어려서부터 옛 서적을 공부하였다. 성년이 되어 연(燕) 지방 사람에게 첩으로 시집와서는 적막한 처지를 한탄하며 끼니조차 잇대지 못하는 남편을 섬겼다. 게다가 본부인이 매일 수차례 호통을 치곤 하는데, 오늘 아침에는 잠깐 가서 고충을 하소연했다가 노여움을 사 무수한 채찍질을 당하였으니, 그 치욕이 노비와 다를 바 없었다. 나는 분한 마음으로 가슴이 미어져 거의 일어나지도 못할 지경이었다. 아, 나는 우리 속에 갇힌 사람이니 죽은들 무엇이 애석하랴. 다만 이 몸이 초야에 버려져 흔적도 없이 사라질까 두려울 뿐이다. 이 때문에 죽고 싶은 마음을 잠시 참고 사람들이 깊이 잠들기를 기다린 뒤에 남몰래 집 뒤의 역정(驛亭)에

---

606 【작품해제】 앞 시와 유사한 시기 가을의 작품이다. 신가역(新嘉驛) 벽에 쓰인 회계(會稽) 지방 여인의 자서(自序)와 시는 전겸익의 《목재초학집(牧齋初學集)》 상권 〈신가역 벽에. 원소수(袁小修 원중도(袁中道))가 회계 여인의 시에 쓴 시에 화운하여 [新嘉驛壁. 和袁三小修題會稽女子詩]〉에 대한 전증(錢曾)의 전주(箋注) 내용을 그대로 옮긴 것이다. 신가역은 지금의 산동성 연주시(兗州市) 서북 32리 지점에 있는 신역진(新驛鎭)으로, 빈양성(賓陽城)이라고도 불렸다. 회계 여자에 대해 전증은 성씨를 알 수 없다고 했으나, 상해고적출판사의 《중국역대인명대사전(中國歷代人名大辭典)》은 《역대부녀저작고(歷代婦女著作考)》 권6을 근거로 명나라 절강성 회계 출신의 이수(李秀)라고 하였다.

와서 눈물로 먹을 갈아 벽에다 시 세 수를 쓰고, 그 내력을 서술한다. 내 마음을 알아주는 사람이 읽고서 내 삶이 좋은 때를 만나지 못했음을 슬퍼해준다면 나는 죽어도 영원할 것이다."

시는 다음과 같다.

제1수

"연분홍 적삼이 절반은 먼지에 덮였는데　　　銀紅衫子半蒙塵
외로운 등잔 하나 이 몸과 짝하누나　　　一盞孤燈伴此身
마치도 비 지난 뒤 배꽃 같으니　　　恰似梨花經雨後
가련할사 시들었네 청춘의 옛 자태"　　　可憐零落舊時春

제2수

"진종일 범이며 표범과 지내는 것만 같아　　　終日如同虎豹遊
정607을 품고 묵묵히 앉았자니 깊은 한이 사무치네

　　　含情默坐恨悠悠
하늘이 나를 내신 뜻이 없지 않으리니　　　老天生妾非無意
이렇게 시를 남겨 애깃거리 삼게 하려네"　　　留與風流作話頭

제3수

"만 가지 근심을 누구에게 호소하랴　　　萬種憂愁訴與誰
남 앞에선 억지웃음 돌아서선 슬픔만　　　對人强笑背人悲
이 시를 예사로이 보아 넘기지 마시기를　　　此詩莫把尋常看

607　정 : 남편을 향한 정을 말한다.

구절마다 천 가닥 눈물이 흘렸거니"　　　　　一句詩成淚千垂

호사가들이 당대에 이 시를 다투어 전파하여, 연민과 감상을 기술한
글들이 여러 문인의 문집 속에 여기저기 보인다.[608]

첫째 수[609]

봄바람에 버들솜이 진창에 떨어지니	東風柳絮落泥塵
여관에서 삼경 밤에 온몸이 눈물범벅	旅館三更淚掩身
예로부터 미인은 박복한 이 많았으니	從古紅顏多薄命
가련할사 광풍 화염에 청춘을 마치었네	可憐狂劫[610]了青春

둘째 수[611]　其二

비단 소매 비단 치마 먼 타향서 해졌는데	羅袖紗裙弊遠遊
쇠한 용모 외면하니 이내 수심 깊어라	晚妝[612]慵對我愁悠
세상에 그 얼마나 많고 많은 무염녀들	人間何限無鹽女

608　호사가들이……보인다 : 전겸익의 문집 외에도 명나라 이위직(李爲稷)의 《평거
집(萍居集)》, 서석기(徐石麒)의 《가경당집(可經堂集)》 등 몇몇 문집에 보인다.

609　평성 '진(眞)' 운의 평기식 수구용운체 칠언절구이다. 회계 여인의 마지막 모습과
박복한 인생을 묘사하였다.

610　狂劫 : '狂飇劫炎〔맹렬한 폭풍과 세찬 불꽃〕'을 줄인 말이다. 《梅山集 卷32 贈戶曹
參判鼇湖白公神道碑銘》

611　평성 '우(尤)' 운의 측기식 수구용운체 칠언절구이다. 외모가 추하면서도 다복한
수많은 여인들과 대비하여 회계 여인의 슬픔을 표현하였다.

612　【校】妝 : 저본에는 '粃(중배끼 여)'로 되어 있는데, '妝(꾸밀 장)'과 자형이 비슷하
여 잘못 전사된 것으로 판단된다.

'무염녀'는《열녀전(烈女傳)》에 나오는 무염(無鹽)으로, 제(齊)나라 여자이고 외모가 매우 못났다.613

고기반찬 좋은 침대 늙도록 누렸던고　　　　　　芻豢匡床到白頭

'고기반찬'과 '좋은 침대'는《장자》에 나온다.614

셋째 수615 其三

하늘 과연 이 여인을 무얼 위해 내었을꼬　　　天生女子果爲誰

전해지는 애정사에 모두들 슬퍼하네　　　　　情史流傳競說悲

알괘라 역정(驛亭)에서 먹을 간 눈물이　　　　也識郵亭和墨淚

아리땁던 여인 행적 지금까지 전했음을　　　　終敎芳躅至今垂

613 무염녀는……못났다 : 제 선왕(齊宣王)의 정비(正妃)인 종리춘(鍾離春)이 무염(無鹽) 지방 출신이기 때문에 이와 같이 불렸다고 한다.《烈女傳 齊鍾離春》. 그는 덕이 있으나 외모가 매우 못나서, 후에 추녀의 대칭(代稱)이 되었다.

【校】이 원주는 교정고 가필사항이다.

614 고기반찬과……나온다 :《장자》〈제물론〉에 국경 관문 문지기의 딸인 여희(麗姬)가 진(晉)나라에 처음 잡혀왔을 때는 슬피 울었지만, 진 헌공(晉獻公)의 간택을 받아 '고기반찬〔芻豢〕'을 먹고 '좋은 침대〔筐床〕'를 왕과 함께 쓰게 되자 전에 울었던 일을 뉘우쳤다는 일화가 나온다.

【校】이 원주는 교정고 가필사항이다. 1차 가필 후에 재수정이 가해졌다.

615 평성 '지(支)' 운의 평기식 수구용운체 칠언절구이다. 역정(驛亭)에 쓴 시가 사람들의 심금을 울려 회계 여인의 행적이 오래 전해지고 있다는 내용이다.

유염대의 문객 임전을 전송한 목재의 시를 읽고 감회가 있어 문생 이계에게 써준 시[616]

讀牧齋送劉念臺客林銓之詩 有感于懷 書贈李生

616 【작품해제】 앞 시와 유사한 시기 겨울의 작품이다. 목재 전겸익이 유염대(劉念臺)의 문객(門客) 임전(林銓)을 전송한 시는 《목재초학집(牧齋初學集)》 권17 〈거처를 옮긴 시기의 시집〔移居詩集〕〉의 〈오문으로 가는 임전을 전송하는 짧은 노래〔短歌送林銓之吳門〕〉로, 다음과 같다.

"그대는 못 보았나 산음(山陰 : 절강성 소흥시(紹興市))의 유염대가, 독서에 깊이 빠져 문을 아니 여는 것을. 흰 도포의 생도들이 문밖에 이르건만, 점심때도 솥과 시루 텅 비어 먼지만 날리었네. 그대는 또 못 보았나 민(閩) 지방의 임육장(林六長)이, 유염대의 서찰을 손에 들고 찾아왔지만, 한 해가 다 가도록 우산(虞山) 기슭에 몸져누워, 열흘에 세 끼도 끊기자 돌아가는 것을. 임군(林君)이 굶주린 건 참으로 안타깝지만, 훌륭하게도 임군은 산음(유염대)의 객으로서 부끄럽지 않아라. 단출하게 행장 꾸려 어디로 가려는가? 더구나 하늘 높고 바람 세찬 이때에. 어젯밤 역참에서 전해온 편지에, 청장수(淸漳水)의 외로운 신하(유염대)가 다행히 죽지 않았다 하네. 그대가 이 말 듣고 손 흔들며 작별할 제, 미소 한 번 짓는 미간에 기쁜 기색 일어나네.〔君不見山陰劉念臺, 橫經籍書門不開? 白袍生徒戶屨接, 釜甑亭午生塵埃. 又不見閩客林六長, 手持劉札來相訪, 經年臥病虞山頭, 三旬九食斷還往? 林君窮餓良可惜, 多君不愧山陰客. 蕭條襆被何所之? 況値天高風急時. 昨夜郵中傳片紙, 淸漳孤臣幸不死. 君聞此言揮手別, 一笑眉間黃色起.〕"

명고의 시는 전겸익의 위 시에서 '유염대가 문객을 일체 사절하였지만 가난을 의연히 지킨 임전(林銓)만은 예우했음'을 짚고, 명고가 문생 이계(李棨)와 교유하는 정황을 이 두 사람의 관계에 빗댄 것이다. 출신의 불우함과 생업의 미천함이 오히려 인재의 성장을 촉진할 수 있음을 강조한 데서 이계의 신분을 어느 정도 짐작할 수 있다.

평성 '진(眞)' 운 10운의 장단구(長短句)이다.

옛사람은 빈객으로 주인 위상 높였는데[617]　　古人以客重主人

명나라의 근래 풍속도 선진 시대 같다네　　皇朝近俗猶先秦

문밖에 가득한 신발을 장자(莊子)가 어찌 비난하랴　履滿戶外莊何譏

주머니 속 송곳 같은 신하가 조나라에 있었던 걸[618]　錐處囊中趙有臣

도굴꾼 도박꾼과 칼갈이 같은 이들　　椎埋陸博與洗削

세상에선 천시하나 나는 싫어하지 않노라　世所卑夷吾不嚬

황량한 성 밖에 눈이 많이 쌓이고　　駛雪多積荒城外

물가의 모래밭에 세찬 바람 늘상 이네　急風每起沙河濱

참다운 인재가 어찌 귀족 집안에 있으랴　眞才豈在軒冕種

진주조개 병든 혹이 진주로 맺힌다네　蚌珠梗瘤結之因

정숙한 여인처럼 참하고 옥처럼 깨끗하니　密若靜女潔如玉

우리 집 막료로 들이기에 손색이 없네　無愧吾門入幕賓

유염대(劉念臺)가 예우한 손님은 결국 누구였던가　劉家高客竟誰是

---

617 옛사람은……높였는데 : 손님이 많이 찾아오는 것을 영광으로 여겼다는 말이다.

618 문밖에……걸 : 문객이 많아야 꼭 필요한 인재를 빠뜨리지 않을 수 있으므로 문객이 많은 것을 허영이라고 비난할 수만은 없다는 말이다. 《장자》〈열어구(列禦寇)〉에, 열어구의 문밖에 신발이 가득한 것을 보고 백혼무인(伯昏瞀人)이 '사람들의 추종을 막지 못한 것은 기이함을 내보여 남의 마음을 끌었기 때문이다. 남의 환심을 사려다 보면 자신의 본성을 잃게 된다. 추종자들은 아무도 직언으로 충고해주지 않았으므로 모두 무익한 자들이다.'라는 뜻으로 비판하였다.

'주머니 속 송곳 같은 신하'는 전국 시대 조(趙)나라 평원군(平原君)의 문객 모수(毛遂)를 가리킨다. 그는 평원군의 문하에서 3년 동안 두각을 드러내지 못하다가 조나라가 진(秦)나라의 침공을 받았을 때 초(楚)나라 방문단에 자청하여 들어가서 초나라로부터 지원군 파병의 결단을 이끌어내었다. '주머니 속 송곳'은 모수가 자천(自薦)할 때 평원군이 거절하기 위해 사용한 비유인데, 모수는 오히려 이 비유를 역으로 받아쳐서 자천을 이루고 실제로 두각을 드러낸 것이다. 《史記 卷76 平原君列傳》

빈궁한 오두막 지킨 같은 부류 사람이었지　　　窮廬相守同一倫

근거 없는 비방과 칭찬을 따질 것 무어 있나　　飛蓬毁譽曷足較

'근거 없는 간언〔飛蓬之間〕'은 《관자(管子)》에 나온다.[619] '비봉(飛蓬)'은
쑥대가 바람 때문에 가만히 있지 못하고 자꾸 흔들림을 말한다.

불우한 때 흉금 열고 함께 친히 지내는 걸　　　歲寒襟期聊共親

둘이 서로 마주하여 배고픔과 목마름을 잊었으니　兩對已忘飢與渴

솥과 시루에 먼지 날림을 괘념이나 할까 보냐　肯數甑釜生埃塵

그대는 못 보았나 오늘날 명색이 유자란 자들 중에

　　　　　　　　　　　　　　　君不見今世儒名者

진나라의 '4대장' 같은 자들 얼마나 많은지　　晉家四伯何詵詵

진(晉)나라의 '4대장〔四伯〕'은 '먹보 대장〔穀伯〕'·'뚱뚱 대장〔笨伯〕'·'교
활 대장〔猾伯〕'·'탐욕 대장〔瑣伯〕'이다.[620]

619　근거……나온다 : 《관자》〈형세(形勢)〉에 "근거 없는 간언은 따르지 않는다.〔飛
蓬之間, 不在所賓.〕"라고 하였다.

620　진(晉)나라의……탐욕 대장이다 : 《진서(晉書)》 권49 〈양담전(羊聃傳)〉에 "대
홍로(大鴻臚)인 진류(陳留)의 강천(江泉)은 많이 먹어서 '먹보 대장〔穀伯〕'이고, 예장
태수(豫章太守) 사주(史疇)는 뚱뚱해서 '뚱뚱 대장〔笨伯〕'이고, 산기랑(散騎郎)인 고
평(高平)의 장억(張嶷)은 교활해서 '교활 대장〔猾伯〕'이고, 양담은 탐욕스러워서 '탐욕
대장〔瑣伯〕'이다. 사람들이 이들을 '4대장〔四伯〕'으로 칭하여 상고 시대의 사흉(四凶 :
공공(共工)·환도(驩兜)·삼묘(三苗)·곤(鯀))에 비겼다."라고 하였다.

밤에 앉아[621]

夜坐

---

[621] 【작품해제】 제1권 목록에는 '夜坐'라는 제목이 마지막 작품으로 기록되어 있으나 본문에는 이 제목과 내용이 모두 없다.

명고전집

제2권

詩시

만족할 줄 알기¹ 30운
知足 三十韻

사람들은 참으로 만족할 줄 모르네	人誠不知足
만족할 줄 안다면 무엇을 원망하랴	知足何怨尤
내게는 하늘이 준 행운이 많으니	吾生多天幸

---

1 【작품해제】 제26연 이후의 내용으로 보아 명고가 승지(承旨)를 역임한 뒤, 그리고 파직당한 직후의 작품이다. 명고가 처음 승지를 지낸 것은 1786년(정조10)이고, 1791년 (정조15, 43세) 6월에 성천 부사(成川府使)에 임명되었다가 개인적인 관계 때문에 좌 의정 채제공(蔡濟恭)에게 하직 인사를 하지 않아 파직된 일이 있으므로, 그 직후일 가능성이 높다.

명고는 '만족을 알면 원망이 없다.'라는 명제를 전제로 자신의 타고난 행운들을 짚어 보았다. 그리고 수기치인(修己治人)의 참다운 학문을 닦는 삶의 가치를, 기존의 학설만 답습하며 명예와 이익에 매달려 시기 질투를 일삼는 세태와 대비하여 드러내었으며, 정계(政界)에서 밀려나 학문에 매진할 수 있게 된 것을 만족스럽게 받아들이고 있다. 이 작품에는 명고의 학문관과 문장관이 드러나 있으니, 경학은 성리학적 해석에 국한된 송대(宋代)의 주석을 넘어《십삼경주소(十三經注疏)》의 고주(古註)와 청대(淸代)의 새로운 학설까지 아울러야 하고, 문장은 당송팔대가(唐宋八大家)에 국한되지 말아야 한다는 것이다. 평성 '尤' 운 30운으로 구성된 일운도저격(一韻到底格)의 수구불용운체 (首句不用韻體) 오언고시이다.

하늘이 준 행운 지금 헤일 수 있네　　　　　　　天幸今可籌

다행히 소나 말로 태어나지 않았어라　　　　　　幸不爲牛馬
코뚜레를 하거나 재갈 물리는　　　　　　　　　穿鼻與絡頭
다행히 여자로 태어나지 않았어라　　　　　　　幸不爲女子
양잠과 길쌈에다 부엌일까지 하는　　　　　　　蠶織又²爨廚
　'주(廚)'는 협운자(協韻字)이다.

다행히 노비에 끼지 않았고　　　　　　　　　幸不編傭僕
다행히 군역을 지지 않으며　　　　　　　　　幸不枕戈矛
풍채 좋은 일곱 자 건장한 몸에　　　　　　　軒軒七尺軀
다행히 종기 따위 나지 않았네　　　　　　　竝幸無瘡疣

어려서 글공부 익힐 수 있어　　　　　　　　幼能攻書史
장성하여 무식을 면하였으니　　　　　　　　長且辨魯魚³
　'어(魚)'는 협운자이다.

재주는 짧으나 포부가 커서　　　　　　　　才短心欲長
옛사람과 짝하리라 큰소리쳤네⁴　　　　　　嘐嘐古人儔

---

2 【校】蠶織又 : 교정고 수정사항으로, 원글자는 '▨▨與'이다.
3 魯魚 : 본디 형태가 유사한 '노(魯)' 자와 '어(魚)' 자를 혼동한다는 말로, 흔히 전사
(轉寫) 또는 간각(刊刻) 과정에서 글자가 잘못된다는 뜻으로 쓰인다. 여기서는 '변(辨)'
과 함께 쓰여, 글자를 구분할 만큼은 무식을 면했음을 뜻한다.
4 옛사람과 짝하리라 큰소리쳤네 : 맹자가 '뜻이 커서 걸핏하면 「옛사람, 옛사람」'이라
고 말하지만 그 행실을 살펴보면 말과 일치하지 않는 사람〔其志嘐嘐然, 曰古之人, 古之
人, 夷考其行而不掩焉者〕'이라고 묘사한 광자(狂者)에 자신을 견준 것이다. 《孟子 盡

경학으로 근본을 배양하고	經學培其本
문장으로 형식을 가다듬으니	文章潤厥修
예악과 군정(軍政) 형정(刑政) 등등의 일이	禮樂兵刑事
모두 내 본분 안에 걱정할 일들	皆吾分內憂
등용되면 나라의 치세(治世) 이루고	用之爲東周[5]
버려져도 천추에 이름을 전하리라며	舍爾傳千秋
세월이 다 가도록 올올히 매진했네[6]	兀兀窮年華
늙음이 닥칠 줄을 모르는 듯이	若忘老將投

우리네 동방에는 참다운 유자가 드물어	東方少眞儒
근거 없는 설들만 시끌시끌 어지럽네	蓬問紛啁啾

　　원문의 '봉문(蓬問)'은 《관자(管子)》의 "근거 없는 간언(諫言)은 따르지 않는다.〔飛蓬之問, 不在所賓.〕"라는 말에서 나왔다.[7]

경전의 주석서론 《십삼경주소(十三經注疏)》를 아는 이 없고

　　　　　　　　　　　　　　　　　　　　疏無知十三

心下》. 이때 옛사람이란 요(堯)·순(舜)과 같은 옛 성인들을 말한다.

5　爲東周 : 본디 '동방에 주(周)나라의 치도(治道)를 부흥시킨다.'라는 말로, 공자가 공산불요(公山弗擾)의 부름에 응하려 하면서 "어찌 나를 별 뜻 없이 불렀겠는가. 만약 나를 등용하는 자가 있다면 나는 동방에 주나라의 치도를 부흥시키겠다.〔夫召我者而豈 徒哉? 如有用我者, 吾其爲東周乎.〕"라고 한 말을 원용한 표현이다. 《論語 陽貨》

6　【校】세월이……매진하네 : 이 구 뒤에 본디 1차 가필된 원주 "▨▨▨兀兀以窮年"이 있었는데 삭제되었다. 시의 '兀兀窮年'이 한유의 〈진학해(進學解)〉의 "올올히 매진하며 해를 마친다〔兀兀以窮年〕"에서 나왔음을 밝혔던 것으로 생각된다.

7　【校】원문의……나왔다 : 교정고 가필사항이다. 인용문은 《관자》〈형세(形勢)〉의 문구이다.

원문의 '십삼(十三)'은 《십삼경주소》를 말한다.[8]

시문집은 오로지 한유와 구양수 등 팔가(八家)의 것만 보네

集但披韓歐

통상적인 범위 밖의 말 한번 냈다 하면   一涉度外言

깜짝 놀라 쳐다보고 원수처럼 적대하네   萬目驚相讎

그래도 성인의 학문을 하는 무리인데   然猶聖人徒

그 어찌 시정의 잡배들에 견주리오   豈比市井曹

'조(曹)'는 협운자이다.

허나 요즘 유행하는 어떤 습속은   近日一種俗

옛 협객 주가가 수치로 여길 만하네[9]   都是朱家羞

원문의 '주가수(朱家羞)' 3자는 《사기(史記)》〈자객전(刺客傳)〉에서 나왔
다.[10]

명분과 의리가 무슨 상관이리오   名義干甚事

아첨 능한 관리가 곧 영걸인 것을   巧宦卽英流

---

8 【校】원문의……말한다 : 교정고 가필사항이다.

9 옛……만하네 : 한(漢)나라 초기의 협객 주가(朱家)는 검소한 생활, 대가를 바라지
않는 순수한 도움, 남을 돕는 헌신성, 가난하고 미천한 사람을 우선한 도움의 손길
등으로 인해 당대에 존경을 받았다. 사마천은 《사기(史記)》〈유협열전(遊俠列傳)〉에
서 주가처럼 존경받은 협객들의 행적을 기록하고, 말미에 장안 북쪽 지방의 요씨(姚氏)
등을 민간의 도척과 같은 무리로 평하면서 "이들은 옛날 협객 주가가 수치스럽게 여길
만한 자들이었다."라고 하였다. 명고는 명분과 의리를 팽개치고 명예와 이익만 좇는
조선의 양반들도 이와 같다고 한 것이다.

10 【校】원문의……나왔다 : 교정고 가필사항이다. 출전을 《사기》로 밝히는 데 그친
1차 가필에 〈자객전(刺客傳)〉을 보충한 2차 가필이 더해졌다.

남의 결점 찾아내면 가려운 곳 긁어낸 듯　　　索瘢癢得搔

남의 장점 보게 되면 가슴에 화살 다발 꽂힌 듯　　　見善胸攢鍭

몰래 서로 엿보고 부릅떠 노려보며　　　竊竊相睒眲

사소한 원한까지 기어코 갚으려 하네　　　睚眦要必酬

여종이 놀랄 만큼 이익 계산 철저하고　　　撲縑令婢仆

　유복야(柳僕射)의 여종이 개거원(蓋巨源)에게 팔려갔다. 거원이 비단 묶
　음 속에서 끝부분을 찾아 두께를 품평하는 것을 보고 그 여종이 낯빛이
　변하며 거꾸러졌다.[11]

돈을 쥐면 행여 남이 훔쳐갈까 걱정하니　　　據錢恐人偸

꿈속의 말인들 어찌 일찍이　　　何曾夢裡語

명성과 이익에서 벗어나 보았으랴　　　或脫聲利區

이런 자들과 함께 활동해야 하는　　　此輩與周旋

이내 삶이 참으로 걱정스러웠지만　　　我生良亦愁

임금님의 은혜가 두터웠기에　　　秖緣主恩厚

11　유복야(柳僕射)의……거꾸러졌다 : 《북몽쇄언(北夢瑣言)》 권4에 보인다.
　【校】교정고 수정사항이다. 원래는 "유복야(柳僕射)의 여종이 개거원(蓋巨源)에게
팔려갔다. 거원이 비단 묶음 속에서 끝부분을 찾아 '두루마리를 풀어 길이를 재고〔舒卷
撲之〕' 두께를 품평하며 '가부를 흥정하는〔酬酢可否〕' 것을 보고 그 여종이 낯빛이 변하
며 거꾸러졌다."였는데, 교정고의 교정자가 '舒卷撲之'와 '酬酢可否' 8자에 점을 찍어
삭제하도록 하였다. 그러나 이 원주는 원문의 '撲縑令婢仆'에 대한 출전을 밝히기 위한
것이므로, 원문 '설(撲)' 자의 유래를 드러낼 수 있는 '舒卷撲之'를 삭제하는 것은 적절치
않다. 또 이익을 철저히 따지는 장사꾼 같은 면모가 단적으로 드러난 '酬酢可否'를 삭제
하는 것 역시 타당성이 적다고 판단된다.

함부로 관직을 떠나지 못했더니	未遽簪籍抽
오만과 태만이 비방을 불러	敖惰仍招謗
거듭 배척받고 곤경에 빠졌네	擠排積困呝

이제는 이루었네 평소에 바라던 일	而今成宿願
남과 내가 각기 원하던 걸 얻었어라	物我同得求
조그만 오두막도 생활하기 충분하고	蝸廬足容膝[12]

원문의 '용슬(容膝)'은 〈귀거래사(歸去來辭)〉의 "오두막 생활이 편안함을
잘 아네.〔審容膝之易安.〕"에서 나왔다.[13]

좀먹은 서책도 초학(初學)에는 충분할사   蠹書足箕裘

원문의 '기구(箕裘)'는 《예기》 〈학기(學記)〉의 "훌륭한 대장장이의 자식은
반드시 먼저 갖옷 만들기를 배우고, 훌륭한 활 장인의 자식은 반드시 먼저
키 만들기를 배운다.〔良冶之子, 必學爲裘, 良弓之子, 必學爲箕.〕"에서 나왔
다.[14]

당상관 통정대부로 임금님을 곁에서 모셨으니	通政官近密
이름 앞에 붙일 관함(官銜) 충분하고 넘치누나	頭啣足且浮

하늘이 내린 행운 이제부터 잘 지켜	從此天幸葆
새로운 학설들을 부지런히 모으리니	俛焉新說裒

---

12 【校】容膝 : 교정고 수정사항이다. 원글자는 판독할 수 없다.

13 【校】원문의……나왔다 : 교정고 가필사항이다. 이 원주는 1차 가필 후에 2차에
걸친 수정이 가해졌다. 1차 가필은 출전이 〈귀거래사(歸去來辭)〉임을 밝히는 데 그쳤
는데, 여기에 '오두막 생활이 편안함〔容膝之易安〕'이 보충되고, 다시 '잘 아네〔審〕'가
보충되었다.

14 【校】원문의……나왔다 : 교정고 가필사항이다.

그런 뒤에 만족이 비로소 충분해져　　　　　　　　　然後足方足

지난날의 기약을 저버리지 않게 되리　　　　　　　　不負宿昔期

　'기(期)'는 협운자이다.

가난 한탄[15]

歎貧

| 성천(成川)에서 10개월을 부질없이 배회하다 | 成都十月浪徘徊 |
| 돌아와서도 여전히 피채대에 올랐네 | 歸去仍登避債臺 |

《한서(漢書)》주(注)에 인용된 복건(服虔)의 설에 "주 난왕(周赧王)이 빚을 져 갚을 방법이 없었는데, 채주(債主)의 빚 독촉이 심해지자 이 대(臺)로 도피하였다. 후세 사람들이 이로 인해 이 대를 피채대(避債臺)라고 불렀다."라고 하였다.[16]

산 밖에선 세금 독촉 풍문 전해오는데	山外風傳公賦促
문 앞에는 이슬 쌓인 별천지가 펼쳐졌네	門前露積別人開
청백리로 이름남은 나의 본령(本領) 아니니	名流廉吏非能事

15 【작품해제】 장단 광명리 선영 아래의 명고정거에 칩거 중이던 1794년(46세) 겨울의 작품으로 생각된다. 성천 부사로 10개월 동안 재직하다가 돌아와 선영 아래에 칩거할 때의 심경을 읊었다. 청렴한 관직 생활, 궁핍에 대한 자괴감, 많은 서책과 함께하는 생활이 드러나 있다. 평성 '회(灰)' 운의 평기식 수구용운체 칠언율시이다.

16 한서(漢書)……하였다:《한서(漢書)》권14 〈제후왕표2(諸侯王表二)〉의 "도채대(逃責臺)가 있어 왕권을 절취(竊取)당했다는 말을 들었다.〔有逃責之臺, 被竊鈇之言.〕"에 대한 주석이다. 도채대(逃責臺)는 '도채대(逃債臺)'・'피채대(避債臺)'라고도 하는데, 본디 주 경왕(周景王, ?~기원전 520)이 낙양 남궁(南宮)에 지은 이대(簃臺, 謻臺)의 별칭이다. 주 난왕(周赧王, ?~기원전 256)은 전국 시대 말엽 진(秦)나라에 멸망당함으로써 형식적 권위마저 잃게 된 마지막 천자이다. '난왕(赧王 : 부끄러운 왕)'이라는 호칭은 도채대의 고사로 인해 붙은 것이라고 한다. 복건(服虔)은 후한(後漢)의 관료・학자로 특히 《춘추좌씨전》에 조예가 깊어, 두예(杜預, 222~284)의 주를 부연한 공영달(孔穎達, 574~648)의 《춘추좌전정의(春秋左傳正義)》가 유행하기 전에는 그의 주석이 가규(賈逵, 30~101)의 주석과 함께 널리 사용되었다.

유림에서 성취를 바라며 못난 재주 자부하네　　　　願在儒林恃薄才

책상 위에 만 권의 책 늘어놓고 홀로 자랑하는데　　排案獨誇書萬卷

농부가 내심 손가락질하며 바보라고 하누나　　　　園丁竊指曰癡哉

최현 스님이 내방하였기에 달 아래서 운을 뽑아[17] 3수

絢上人來訪 月下拈韻 三首

첫째 수[18]

도깨비와 밝기를 다투는 건 나도 수치스러워　　　魑魅爭光我亦羞

> 혜중산(嵇中散)이 밤에 거문고를 타며 앉아 있었는데, 검은 옷에 가죽띠를 한 자 남짓 드리운 귀신이 나타났다. 혜중산이 귀신을 자세히 보고는 등불을 불어 끄고 "도깨비와 밝기를 다투기는 수치스럽지."라고 하였다.[19]

등불 끄고 달을 맞이하니 달빛이 물과 같네　　　吹[20]燈迎月月如流[21]

---

17 【작품해제】 앞 시와 유사한 시기 겨울의 작품이다. 최현(璀絢) 스님에 대해서는 294쪽【작품해제】참조. 세 수 모두 평성 '우(尤)' 운의 측기식 수구용운체 칠언절구이다.
　　【校】 제목 원주의 '三首'는 교정고 가필사항이다. 1차 가필로 '四首'라고 했다가 2차 가필로 이렇게 수정하였다.

18 혜강(嵇康)의 고사와 월광동자(月光童子)의 고사를 자연스럽게 엮어, 맑은 물 같은 달빛의 청량감을 효과적으로 묘사한 작품이다.

19 혜중산(嵇中散)이……하였다 :《태평어람(太平御覽)》권577〈악부(樂部)15〉등에 송나라 왕당(王讜)의《당어림(唐語林)》을 출전으로 하여 이 고사가 채록되어 있다. 귀신을 "얼굴이 매우 작았는데 조금 뒤에 커져서 길이가 한 자 남짓 되었으며, 홑옷에 가죽띠를 매었다."라고 묘사한 곳도 있다. 혜중산은 죽림칠현(竹林七賢) 중 한 사람인 혜강(嵇康, 223~262?)으로, 중산대부(中散大夫)를 지냈기 때문에 이와 같이 칭하였다.

20 【校】 吹 : 교정고 수정사항으로, 원글자는 '挑(심지를 돋우다)'이다.

21 月如流 : 여기서 '流'는 '흐른다'는 움직임이 아니라 '(흐르는 속성을 지닌) 물'의 의미로 쓰였다. 앞의〈초가을에 달을 보며[新秋見月]〉에서 맑은 달빛을 묘사하여 "땅에 가득한 거울 빛은 물처럼 맑고[滿地鏡光淸似水]"라고 한 것과 상통하는 시상이다. 이로 인해 다음 구의 월광동자 고사와 자연스럽게 연결된다.

월광동자의 제자들은 지금 어디 있는가　　　　　月光弟[22]子今何在

부디 창문으로 엿보고 기와 조각 던지는 장난일랑 치지 말기를

　　　　　　　　　　　　　　　　　　　　　愼莫[23]窺牕戲瓦投

월광동자(月光童子)가 입정(入定)했을 때 맑은 물이 방에 차 있는 것만
보였다. 제자들이 창문으로 엿보다가 장난으로 기와 조각을 던지자 물결이
솟구쳐 소리가 났다. 월광동자는 선정(禪定)에서 나오면서 갑자기 가슴에
통증을 느꼈다. 제자들이 앞서의 일을 말하자 월광동자가 제자들에게 이르
기를 "너희들이 다시 물을 보게 되거든 즉시 문을 열어 물속으로 들어가서
기와 조각을 치우거라."라고 하였다. 제자들이 이 말대로 한 뒤에 월광동자
가 선정에서 나오자 몸 상태가 처음과 같았다.[24]

둘째 수[25] 其二

깨달음 얻고 나면 삼라만상이 뜬구름　　　　　圑地一聲[26]萬象浮

22 【校】弟 : 교정고 수정사항으로, 원글자는 '童(아이)'이다. 이에 따르면 이 구는
"월광동자는 지금 어디 있는가?〔月光童子今何在〕"가 된다.

23 【校】愼莫 : 교정고 수정사항으로, 원글자는 '莫怕(두려워 말라)'이다. 이에 따르면
이 구는 "창문으로 엿보고 기와 조각 던지는 장난을 두려워 마시라.〔莫怕窺牕戲瓦投〕"
라는 말이 된다. 위 주22와 함께 보면, 수정되기 전의 이 두 구는 주변에 깔린 것이
맑은 물처럼 보이지만 실제로는 달빛이지 물이 아니므로 제자들의 장난을 두려워할
필요가 없다고 월광동자에게 말한 것이 된다.

24 월광동자(月光童子)가……같았다 :《능엄경(楞嚴經)》권5의 내용을 축약한 것이
다. 월광동자는 부처를 죽이려는 아버지를 저지하려 한 사람으로, 부처가 죽은 1,000년
뒤에 중국의 성군이 되어 불법을 흥륭시킬 것이라는 예언을 받았다고 한다. 월광아(月
光兒)라고도 한다.《보우경(寶雨經)》권1에는 동방(東方)의 월광천자(月光天子)로 등
장하는데, 부처가 그에게 "너의 밝은 빛은 매우 드문 것이다……너는 과거에 가없는
선근(善根)을 심은 인연으로 지금 이와 같이 밝게 비출 수 있는 것이다……"라고 하였다.

25 깨달음을 통해 번뇌 없는 고요한 경지에 다가가고 있다는 내용이다.

까마귀 검고 고니 흰 까닭을 알게 되네 烏玄鵠白了元由

　부처가 "까마귀는 검고 고니는 희며 가시나무는 구불거리고 소나무는 곧은
데에는 모두 원인이 있다."라고 하였다.[27]

연화장세계(蓮華藏世界) 깃든 연꽃 바다 응당 멀지 않으리니

華藏蓮海應無遠

　연화장 바다에 거대한 연꽃이 있는데, 이것이 여러 부처가 사는 세계로
통하는 길이다.[28]

요즘 들어 고요할사 번뇌 아니 머무누나 陽焰[29]邇來寂不留

26　団地一聲 : '화(団)라는 외마디 소리'라는 말로, 참선을 하다가 깨달음을 얻는 모습
을 뜻한다.

27　부처가……하였다 : 《능엄경》 권5의 내용인데, 본디는 "소나무는 곧고 가시나무는
구불거리며 고니는 희고 까마귀는 검은 까닭을 안다[了]."라고 하여 말의 순서와 표현이
이 원주와 다르다. 시에는 《능엄경》의 글자대로 '안다[了]'라는 표현을 썼다.

　【校】 이 원주는 교정고 가필사항이다. 1차 가필은 "烏玄鵠白 ▨▨▨▨"인데, 2차
가필에서 이렇게 재수정되었다.

28　연화장……길이다 : 불가에서는 세계가 공륜(空輪) - 풍륜(風輪) - 수륜(水輪) -
금륜(金輪) 순서의 사륜(四輪)으로 이루어졌다고 한다. 《화엄경(華嚴經)》에서는 풍륜
위에 '향수 바다[香水海]'가 있고, 그 위에 천 겹의 꽃잎으로 이루어진 거대한 연꽃이
떠 있는데, 그 속에 천 명의 부처가 있는 천 개의 연화장(蓮華藏)세계가 있다고 한다.
연화장세계는 여러 부처가 보신(報身 : 선행을 쌓아 부처의 공덕이 갖추어진 몸)으로
화현(化現)한 정토(淨土)이다. '연화장 바다'는 '연화장세계가 있는 연꽃이 뜬 바다'라
는 말로, 향수 바다를 가리킨다.

29　陽焰 : 본디 아지랑이를 뜻하는데, 불가에서 번뇌가 아지랑이처럼 실체가 없다고
하여 번뇌를 빗대는 말로 쓰인다.

셋째 수[30] 其三

늘그막에 전원으로 돌아오니 온갖 근심 잊히고   末老歸田忘百憂

근처 암자 스님이 깨달음 벗 돼주시네   近庵僧有悟心儔

세상일 어느 제나 끝날지[31] 묻지 말고   休言世事何時了

마소유가 한 말에 평소 생활 견줘보자   較看平生馬少游

　　마원(馬援)의 아우 마소유(馬少遊)가 늘 형이 강개한 태도로 큰 뜻을 품고
있음을 비웃으며 "선비가 한세상을 살아가면서 의식(衣食)이 그런대로 넉
넉하고 웬만한 수레를 타고 느린 말이라도 몰면서 군현의 하급 관리가 되어
선영(先塋)을 돌볼 수 있고 향리에서 좋은 사람으로 일컬어지면 충분하다.
이보다 더한 것을 이루려는 건 스스로 괴롭히는 짓일 뿐이다."라고 하였
다.[32]

30　세상사에서 벗어나 가까운 암자의 최현 스님과 교유하며 깨달음을 추구하는 전원
생활을 읊었다.

31　끝날지 : 자신의 욕구가 다 채워짐을 말한다.

32　마원(馬援)의……하였다 :《후한서(後漢書)》 권54 〈마원열전(馬援列傳)〉의 내
용이다. 마원(기원전 14~49)은 광무제(光武帝) 때 농서 태수(隴西太守)가 되어 강족
(羌族)을 안정시키고 복파장군(伏波將軍)이 되어 교지(交趾)의 봉기를 진압하는 등
변방에서 많은 공적을 세운 인물이다. 마소유는 마원의 사촌 아우이다.

가을걷이[33] 5수

秋穫 五首

첫째 수[34]

단 몇 포대 곡식이 사방 500자의 소출이라는데	數包云是百弓收
곡식을 가지고 나가보니 값은 오르지 않았네	握粟出門值不浮
머슴에게 물어보니 참새와 쥐가 축냈다는데	憑詰農奴歸雀鼠
장공도 크게 웃고 말았으니 내 어찌 질책하랴	張公大笑我何尤

　장솔(張率)이 아이종을 시켜 쌀 2,000석을 수송했는데 도착했을 때 절반이 축나 있었다. 장솔이 까닭을 묻자 아이종이 "참새와 쥐들이 축냈지요."라고 하였다. 장솔은 크게 웃으며 "장쾌하게도 먹어댔구나, 참새와 쥐들이여!"라고 하고, 끝내 더는 따지지 않았다.[35]

---

33 【작품해제】 앞 시와 유사한 시기 초겨울의 작품이다.

　5수 모두 앞 수의 끝구가 다음 수의 첫 구와 같다. 이는 송(宋)나라 소옹(邵雍, 1011~1077)으로부터 시작된 수미음(首尾吟 : 첫 구와 끝구를 일치시킨 시. 410쪽 【작품해제】 참조)의 형식을 연작시에 적용하여 각 수가 서로 고리처럼 맞물려 순환하는 형식을 취한 것이다. 그런데 이 같은 경우에 보통 마지막 수의 끝구와 첫 수의 첫 구가 동일한 데 비해 이 작품은 그렇지 않다. 명고가 수미음의 형식을 온전히 따르지 않았거나, 첫 수의 첫 구를 끝구로 사용한 마지막 1수가 유실된 것일 수도 있다.

　다섯 수 모두 평성 '우(尤)' 운의 평기식 수구용운체 칠언절구이다.

　【校】 제목 원주의 '五首'는 교정고 가필사항이다. 1차 가필은 이 시의 다섯째 수를 삭제토록 함에 따라 '四首'였는데, 2차 가필로 다섯째 수를 되살림에 따라 이 원주도 '五首'로 수정한 것이다.

34 흉년도 아닌데 턱없이 적은 수확량을 보면서 머슴을 질책하지도 못하는 허탈한 정황을 읊었다.

35 장솔(張率)이……않았다 : 《양서(梁書)》 권33 〈장솔열전(張率列傳)〉의 내용으

둘째 수[36] 其二

장공도 크게 웃고 말았으니 내 어찌 머슴을 질책하랴만

張公大笑我何尤

어찌할까 이내 생계 누구와 도모하나 　　　　奈此生涯誰適謀

내 한 몸 건사함도 쉽지 않음을 알겠으니 　　康濟一身知不易

나 죽거든 무덤가에 '중명의 짝'이라고 써주기를 　死題神道仲明儔

　명나라 유자 이덕원(李德遠)이 아들에게 당부하기를 "내가 죽거든 무덤에 '가난한 선비 이중명(李仲明)의 무덤'이라고만 쓰거라."라고 하였다.[37]

셋째 수[38] 其三

나 죽거든 무덤가에 '중명의 짝'이라고 써주기를 　死題神道仲明儔

가난한 선비가 요즘 세상에 짝할 사람 또 있으랴 　貧士當今更有儔

가난은 선비의 일상인데 가난한 선비가 드무니 　貧固士常貧士少

　《열자(列子)》에 영계기(榮啓期)가 "가난은 선비의 일상이요, 죽음은 인생의 종착점이다."라고 말한 일[39]이 보인다.

로, 장솔의 관대함을 드러낸 일화이다. 장솔은 남조(南朝) 양나라의 관료·문인으로, 문명(文名)을 날린 인물이다.

36　턱없이 적은 수확량으로 인해 생계 걱정이 깊음을 읊었다.

37　명나라……하였다 : 《목재초학집》 권66 〈이덕원의 묘표[李德遠墓表]〉에 보인다. 이 글은 전겸익이 문인 이춘봉(李春逢)의 아버지를 위해 써준 것으로, '중명(仲明)'이 이름이고 '덕원(德遠)'은 자이다. 전겸익은 이중명의 이와 같은 당부에 대해 "가난하면서도 원망이 없다.[貧而無怨]"는 공자의 말에는 어긋나지만, 높은 재능과 큰 뜻을 품고도 때를 만나지 못한 데 대한 원망이므로 후세에 전할 가치가 있다고 평하였다.

38　가난은 이익을 추구하지 않는 참된 선비에게 당연한 것임을 말하였다.

39　열자(列子)에……일 : 《열자(列子)》 〈천서(天瑞)〉의 내용이다.

진정으로 가난한 참된 선비 그가 곧 명류이네　　眞貧眞士卽名流

넷째 수[40] 其四

진정으로 가난한 참 선비 그가 곧 명류이니　　眞貧眞士卽名流
내 능히 그렇다곤 못해도 지향하는 바이네　　非曰能之志欲求
고기 먹는 고관들 부끄러운 기색 많으니　　芻豢金貂多愧色
저 옛날 왕우군(王右軍)[41]은 무덤 앞에 맹세했네　　右軍誓墓有前修
　　왕희지(王羲之)가 병을 구실로 직임을 버리고[42] 고을을 떠난 뒤에 부모의
　　무덤 앞에서 스스로 맹세하기를 "앞으로 영화를 탐하여 구차히 벼슬에 나간
　　다면 저는 부모를 무시하는 놈으로 자식도 아닐 것입니다……진심으로 맹
　　세하는 저의 참뜻은 밝은 해와 같습니다."라고 하였다.

40　선비가 가난한 것은 구차한 벼슬을 멀리하기 때문이라는 내용이다.
41　왕우군(王右軍) : 왕희지(王羲之)가 우군장군(右軍將軍)을 지냈기 때문에 그를
이렇게 칭한다.
42　왕희지(王羲之)가……버리고 : 동진(東晉)의 왕희지(303~361 또는 321~379)
가 평소 자신과 사이가 좋지 않던 왕술(王述, 303~368)의 후임으로 회계군(會稽郡)
내사(內史 : 태수)가 되었을 때의 일이다. 그는 이미 양주 자사(楊州刺史)가 된 왕술
휘하에 있게 된 것을 수치로 여겨 회계군을 양주에서 분리하여 월주(越州)로 만들어달
라고 조정에 청했으나 수포로 돌아가 비웃음만 샀다. 게다가 왕술이 회계군의 형벌과
행정을 검찰하면서 각박하게 따지고 들자 이를 또 수치로 여겨 병을 핑계로 사직하였다.
《晉書 卷80 王羲之列傳》

다섯째 수⁴³ 其五

저 옛날 왕우군은 무덤 앞에 맹세했거니와   右軍誓墓有前修

하물며 떠나고 머무는 걸 제 뜻에 맡겨두는 세상임에랴

                       何況時情⁴⁴任去留

한가로운 몸이 되어 바깥일이 없고 보니   贏得閑身無外事

남는 날에 서책을 뽑아보기 좋아라   好將餘日簡編抽

---

43 구차한 벼슬을 멀리함으로 인해 독서할 수 있는 한가로움을 얻었다는 내용이다.
　【校】교정고에 이 수 전체를 삭제하도록 표시한 1차 가필과, 1차 가필을 삭제하도록
표시한 2차 가필이 있는데, 이는 이 시 소제목의 원주 '五首'에 2차에 걸친 가필이 이루어
진 것과 관련된다. 344쪽【작품해제】참조.

44 【校】時情 : 교정고 수정사항으로, 원글자는 '費恩〔은혜를 허비하다〕'이다. 이에
따르면 이 구는 "하물며 떠나고 머물기를 뜻대로 하도록 성은을 베푸셨음에랴〔何況費恩
任去留〕"가 된다.

겨울밤에 즉흥으로[45] 2수

冬夜卽事 二首

첫째 수[46]

섬돌 주변 낙엽에 빗소리 후두두둑	擁階敗葉雨聲多
대문 닫히고 등불 차니 밤이 얼마나 깊었을까	門掩燈寒夜幾何
사람들 저마다 타작마당에서 흉년이라 하는데	人自農場渾說歉
아전들 벌써 마을 돌며 세금 독촉하누나	吏過村里已催科
가요로를 끌어다가 침향을 사르고	哥窯罏取沈香爇

가요로(哥窯罏)는 도자기의 일종이다.[47]

풍자연을 열어서 오래된 먹을 가네	風字研開古墨磨

풍자연(風字研)은 단계(端溪)와 흡혈(歙穴)에서 근래에 고안한 새로운 모양의 벼루이다.[48]

앉은 자리 차분하니 정신 맑고 잠이 안 와	一榻從容淸不寐

---

45 【작품해제】 앞 시와 유사한 시기 초겨울의 작품이다.
　【校】 제목 원주의 '二首'는 교정고 가필사항이다.

46 평성 '가(歌)' 운의 평기식 수구용운체 칠언율시이다. 비 내리는 초겨울 밤중에 맑은 정신으로 깨어, 마을의 딱한 사정과 세월의 빠름을 생각하는 내용이다.

47 【校】 가요로(哥窯罏)는 도자기의 일종이다 : 교정고 가필사항이다.

48 풍자연(風字研)은……벼루이다 : 단계(端溪 : 지금의 광동성 덕경현(德慶縣))와 흡혈(歙穴)은 예로부터 좋은 벼룻돌 산지로 이름난 곳이다. 풍자연은 모양이 '風' 자처럼 생긴 벼루이다. 송나라의 서화가 미불(米芾, 1051~1107)의 《연보(硯譜)》에 "왕희지의 후예라는 회계(會稽) 지방의 노인이 풍자연 하나를 가지고 있는데, 길이가 6자 남짓이고 빨간색이며, 쓰임새가 단계의 벼룻돌 못지않다."라고 하였다.

일어나 하늘 보니 달이 마치 북[梭] 같구나[49]　　起看天際月如梭

둘째 수[50] 其二

막걸리에 간장 안주 시골 음식 일품인데　　蟻酒鼈漿野味多

그대는 귀신 얘기 나는 무슨 말을 할꼬　　子姑言鬼我言何

　　소동파가 객(客)에게 말을 시키기를 "할 말이 없거든 귀신 이야기라도 하시
　　지요."라고 하였다.[51]

집안 식구 초삼일에 보낸 편지 좋이 읽고　　家書喜見初三信

불경의 제1과를 느긋하게 들춰 보네　　貝葉閑披第一科

　　서역(西域)에 패다수(貝多樹)가 있어 그 나라 사람들이 그 잎에 불경을
　　필사했다. 이 때문에 불경을 통상 패엽경(貝葉經)이라고 부른다.[52]

생전 업연(業緣) 고달픔을 두려워 말자꾸나　　休怕生前緣業苦

사후에 이름마저 잊힘보단 낫나니　　也勝死了姓名磨

남들이야 빈틈없이 요행마저 다투건 말건　　任他竊竊蕉隍訟

　　《열자(列子)》에 다음과 같은 일화가 있다. 정(鄭)나라의 어떤 사람이 들에

49　달이……같구나 : 동쪽 하늘에서 서쪽 하늘로 흘러가는 달이 마치 베틀에서 좌우로
옮겨가는 북[梭]처럼 보인다는 말이다. 흔히 시간이 빨리 흐름을 묘사하는 말로 쓰이는
데, 다음 수 마지막 구에서 이와 같은 의미가 드러난다.

50　평성 '가(歌)' 운의 측기식 수구용운체 칠언율시이다. 한가한 시골 생활에서 불경을
읽으며 지난날의 괴로움을 삭이는 가운데 세월의 빠름을 생각하는 내용이다.

51　【校】소동파가……하였다 : 교정고 가필사항으로, 출전은 미상이다.

52　서역(西域)에……부른다 : '패다(貝多)'는 범어 'pattra'를 음역한 것으로 본디 '나뭇
잎'이라는 뜻이다. 옛날 인도에서는 다라수(多羅樹) 잎에 불경을 썼다고 하므로 여기서
'패다수'는 '다라수'를 말한다. '패엽수(貝葉樹)'라고도 한다.
　　【校】이 원주는 교정고 가필사항이다.

서 나무하다가 사슴을 때려잡아 구덩이[隍]에 숨기고 파초[蕉] 잎으로 덮어두었다. 얼마 뒤에 그 숨겨둔 곳을 찾지 못하자 결국 꿈으로 치부하고 길을 가면서 그 일을 노래로 불렀다. 이 노래를 들은 사람이 노랫말대로 추적하여 사슴을 찾아냈다. 나무꾼은 집에 돌아온 날 밤에 진짜 꿈을 꾸었는데, 숨겨둔 곳이 꿈에 나타났다. 꿈에 또 사슴을 가져간 사람이 나왔으므로 그대로 찾아가서 그 사람을 찾아내었다. 결국 송사[訟]를 벌여 다투자 옥관(獄官)이 절반씩 나누어 가지게 하였다.[53]

꿈속인 듯 세월이 북[梭]처럼 지나가네   夢裏年華去若梭

---

53 열자(列子)에……하였다 : 《열자(列子)》〈주 목왕(周穆王)〉의 내용이다.

　【校】이 원주는 교정고 수정사항이다. 원래는 "원문의 '초황송(蕉隍訟)'은 《열자(列子)》에서 나온 말이다."라고 하여 간단히 출처만 밝혔다.

〔교정고 삭제 표시작〕

문생 이계와 함께 유하촌을 찾아가서[54]
與李生訪柳下村

나뭇가지 울짱 치고 널빤지문 내어단 이곳 유하촌　柴柵板扉柳下村
이웃 노인이 지팡이 짚고 저물녘에 문을 밀치네　鄰翁支杖晚推門
뉘엿뉘엿 해 지는 밭두렁에선 소가 낮잠 즐기고　閑閑夕陌牛眠足
굽이굽이 구름 낀 샛길엔 개 짖는 소리 시끄럽네　曲曲雲蹊犬吠喧
떨어지는 꽃잎 같은 인생에 어찌 부귀를 바라리오　花落何須祈富貴

《남사(南史)》〈범진열전(范縝列傳)〉에 다음과 같은 일화가 있다. 자량(子良)이 불교를 독실히 믿었는데 범진이 극구 불교를 부정하는 말을 하였다. 자량이 묻기를 "만약 인과응보를 믿지 않는다면 부귀와 빈천은 어떻게 얻어지는 것인가?" 하자, 범진이 "사람이 태어나는 것은 나무에 꽃이 함께 피었다가 바람에 떨어지는 것과 같다. 어떤 것은 주렴이나 휘장에 스쳐 방석 위에 떨어지는가 하면 어떤 것은 울타리나 담장에 걸려 측간 속으로 떨어진다. 귀천의 길이 비록 다르나 인과응보가 대체 어디에 있단 말인가."라고 하였다.[55]

---

54 【작품해제】 앞 시와 같이 장단 광명리 선영 아래의 명고정거에 칩거 중이던 1792년 (44세) 6월 이후 1795년(47세) 6월 이전까지 중 어느 초겨울의 작품이다. 유하촌(柳下村)은 명고정거 맞은편에 있는 마을로, 그 위쪽 산기슭에 고려 시대의 광명사(廣明寺) 절터가 있었다. 이는 광명리라는 이름의 유래이기도 하다. 《本書 本卷 洞中古迹》. 문생 이계(李棨)에 대해서는 313쪽【작품해제】참조.
　유하촌의 고즈넉한 정경을, 부귀와 빈천을 초월하여 세속의 속박을 벗어난 자유인의 감흥으로 묘사하였다. 평성 '원(元)' 운의 측기식 수구용운체 칠언율시이다.
55 남사(南史)……하였다 : 범진(范縝, 450?~515?)은 남조 양(梁)나라의 경학가로, 이 일화는 그가 경릉왕(竟陵王) 자량(子良)의 빈객으로 있을 때의 일이다. 범진은

인생의 통쾌함은 굴레 벗는 게 제일이네   人生莫快脫籠樊
맑은 풍경 한 소리에 고개 돌려 바라보니   一聲淸磬回頭望
저편 언덕 내 오두막을 작은 담장이 둘렀어라   對岸吾廬繞小垣

《신멸론(神滅論)》을 지어 '몸이 죽으면 정신도 소멸됨'을 주장하고 불교의 윤회설을
부정하였는데, 자량이 뭇 승도를 모아 논쟁시켰지만 끝내 뜻을 굽히지 않았다.

초겨울[56] 2수

蚤冬 二首

첫째 수[57]

'예(豫)' 한 글자가 〈빈풍(豳風) 칠월(七月)〉의 의미를 대표하니

豫字豳詩薮

"〈칠월〉 한 편의 의미를 한 글자로 추리면 '예(豫)'이다."라는 말이 《시경》 소(疏)에 나온다.[58]

생계를 꾸려가는 농촌의 일 고되구나[59]

生涯陸事勞

"구의산(九疑山) 남쪽에는 '뭍일[陸事]'은 적고 '물일[水事]'은 많다."라는 말이 《회남자(淮南子)》에 나온다.[60]

---

56 【작품해제】 앞 시와 유사한 시기 초겨울의 작품이다.

　【校】 제목 원주의 '二首'는 교정고 가필사항이다.

57 평성 '호(豪)' 운의 측기식 수구불용운체 오언율시이다. 전원에서 생계를 꾸리며 세상의 고뇌를 벗고 일상에 젖어든 모습을 읊었다. 이전에 지은 시문들을 수정하고 다듬는 정황이 드러나 있다.

58 칠월……나온다 : 여기에 인용된 말은 《시전대전(詩傳大全)》 소주(小註)에 인용된 화곡 엄씨(華谷嚴氏 엄찬(嚴粲, 송나라))의 말이다. 《시경》 소(疏 : 주석에 대한 주석)에 나온다고 한 것은 《시전대전》〈칠월(七月)〉 말미에 이 편의 대의를 요약한 왕씨(王氏 왕안석(王安石, 1021~1086))의 대자(大字) 주석이 있고 그 뒤에 이 내용이 소자(小字)로 기록되었기 때문이다.

59 예(豫)……고되구나 : 〈빈풍(豳風) 칠월(七月)〉은 농작물 경작과 수확, 나물 캐기, 누에치기와 길쌈, 사냥, 집수리 등 농촌에서 생계를 꾸리기 위해 이루어지는 작업을 두루 읊었는데, 이 모두가 겨울을 나기 위한 대비로 해석될 수 있다. 초겨울을 맞이한 명고 주변 농촌의 정경을 빗댄 것이다.

60 구의산(九疑山)……나온다 : 《회남자(淮南子)》〈원도훈(原道訓)〉에 보인다. 구

눈 덮인 땅을 파서 동치미 묻고 菁葅藏雪窖

서리 내린 언덕에서 떡갈잎 줍네 槲葉拾霜皐

온갖 세파 겪을 적엔 생각 많더니 閱劫饒心計

전원에 돌아와선 늙은 대식가 歸田作老饕

　　안지추(顔之推)가 말하기를 "눈썹 긴 것은 귀털 긴 것만 못하고, 귀털 긴
것은 코 옆 팔자선이 목까지 이어진 것만 못하고, 코 옆 팔자선이 목까지
이어진 것은 늙어서도 많이 먹는 것만 못하다."라고 하였다. 노인의 장수할
상(相)은 음식을 잘 먹는 것이 최고라는 말이다.[61]

아침 되자 바람이 급하게 불어 朝來風信急

문 닫고 솔바람 소리 듣누나 關戶聞[62]松濤

둘째 수[63] 其二

늦은 밥이 고기처럼 맛난 줄은 알지만 晚飯知當肉[64]

늦잠이 정신을 손상함을 어쩌리오 慵眠奈損神

의산은 순(舜)임금이 묻힌 곳으로, 지금의 호남성에 있다. 시 원문의 '육사(陸事 : 뭍에
서 하는 일)'가 '수사(水事 : 물에서 하는 일)'와 대비되는 말임을 보인 것이다.
　【校】'회남자'는 교정고 수정사항이다. 원글자는 2자인데 판독할 수 없다.
61　안지추(顔之推)가……말이다 : 남송 오증(吳曾)의 《능개재만록(能改齋漫錄)》
권7 '도철(饕餮 : 식탐)' 조에 보인다.
62　聞 : 聞의 뜻으로 쓰였다. '聞'이 '듣다'의 뜻일 때는 평성 '文' 운으로 평측이 맞지
않기 때문에 거성 '問' 운의 '聞'을 쓴 것이다.
63　평성 '진(眞)' 운의 측기식 수구불용운체 오언율시이다. 일상에 젖어들면서도 문인
으로서 책임감과 근심을 놓지 못한다는 내용이다.
64　晚飯知當肉 : 때가 늦어 배고픈 뒤에 음식을 먹으면 맛이 좋아 고기를 먹는 것
같다는 말이다. 《전국책(戰國策)》〈제책(齊策)〉의 "때늦게 먹는 음식은 고기에 비견되
고, 안정된 걸음은 수레에 비견된다."라는 말을 원용한 표현이다.

지금껏 해온 일은 선배들께 두렵고 　　　　　事皆前輩畏

지은 시는 후배들이 성낼까 두렵구나 　　　　詩怕後生嗔

　구양공(歐陽公)이 스스로 자신의 문장을 수정하자, 부인이 "어째서 스스로
이리 고되게 하시오? 선배들이 성낼까 두려워서가 아니겠소."라고 하였다.
공은 이에 "선배들이 성낼까 두려운 게 아니라 후배들이 성낼까 두렵소."라
고 하였다.[65]

잔눈발 날리는 추위 속에 절구 소리 들리고 　　　小雪寒春韻

북풍 불어 낙엽 진 나뭇가지 앙상하네 　　　　　北風落木身

화로를 끼고 앉아 앞날 근심 많지만 　　　　　　擁爐多遠慮

세도(世道)를 걱정할 뿐 가난 걱정 아니네 　　　憂道不憂貧

65　구양공(歐陽公)이……하였다 : 구양수(歐陽脩)가 만년에 평생 지은 문장을 스
스로 수정하느라 늘 고심할 때의 일화이다. 남송 심작철(沈作喆)의 《우간(寓簡)》
권8 등에는 "후배들이 성낼까[嗔] 두렵소."가 "후배들이 비웃을까[笑] 두렵소."로 되
어 있다.
　【校】 이 원주는 교정고 가필사항이다.

스스로 한탄스러워[66]

自歎

오래전에 알았네 허명(虛名)이 사람을 망친다는 걸	久識浮名誤
그래도 생각하네 후세에 이름을 전하리라고	猶思後世傳
지은 문장 고치느라 붓무덤[筆塚]이 생겼지만	鉛丹成筆塚

　당나라 장사(長沙)의 승려 회소(懷素)가 글씨 쓰기를 좋아하여 모지라진 붓을 버린 것이 쌓이자 산 밑에 묻고 붓무덤이라고 불렀다.[67]

| 교묘한 논설은 다 방편에 불과하네 | 堅白摠漁筌[68] |
| 부질없구나 36년[69]을 애써온 것이 | 謾爾勞三紀 |

---

66 【작품해제】 장단 광명리 선영 아래의 명고정거에 칩거 중이던 1792년(44세) 6월 이후 1795년(47세) 6월 이전까지 중 어느 초겨울의 작품이다. 평생의 저술을 교정하고 다듬는 심경과 주변의 반응을 읊었다.

　평성 '선(先)' 운의 측기식 수구불용운체 오언율시이다

67 당나라……불렀다 : 당나라 이조(李肇)의 《당국사보(唐國史補)》 중권(中卷)의 내용이다. 회소(懷素, 725~785)는 광초(狂草 : 심하게 흘려 쓴 초서)에 능하다고 이름 난 인물로, 술이 거나해지면 일필휘지로 글씨를 써 내려가 변화무쌍한 필법을 구사하는 가운데 법도가 온전히 구비되었다고 한다. 만년에는 평담한 필법을 지향하였다.

　【校】 이 원주는 교정고 가필사항이다.

68 堅白摠漁筌 : 견백(堅白 : 교묘한 논설)은 모두 어전(漁筌 : 목적을 이루고 나면 버리는 방편)이라는 말이다. 견백(堅白)은 전국 시대 공손룡(公孫龍)이 '단단하다[堅] 는 성질과 희다[白]는 색깔이 돌과 분리되어 객관적으로 존재하는 실체'라고 한 것을 축약한 말로, 여기서는 명가(名家)로 대표되는 교묘한 논설을 통칭한다. 어전(漁筌)은 《장자(莊子)》〈외물(外物)〉에 "물고기[漁]를 잡고 나면 통발[筌]은 잊어버리고, 토끼를 잡고 나면 올가미는 잊어버린다."라고 한 것을 축약한 말로, 목적을 달성하기 위한 방편을 뜻한다.

한 푼의 값어치도 없는 것이네   不曾直一錢
식구들 저마다 나를 나무라니   室人交讁我
문장과 맺은 인연 고약하구나   文字惡因緣

---

69 36년 : 명고의 나이 10세 이후부터 센 것이다.

[교정고 삭제 표시작]

빈랑70

檳榔

70 【작품해제】이 시 앞뒤의 시들은 모두 장단 광명리 선영 아래의 명고정거에 칩거 중이던 1792년(44세) 6월 이후 1795년(47세) 6월 이전까지 중 어느 초겨울의 작품인 데 비해, 이 시는 계절적 배경이 초여름이고, 중국 사행(使行)이 언급된 점, 그리고 중국에 가는 사람에게 약재를 부탁하는 정황이 칩거 생활과 거리가 있다는 점 등으로 볼 때, 창작 시기가 전후의 시들과 거리가 있다.

1790년(정조14) 설날에 청나라 황제가 정조(正祖)에게 친필로 '복(福)' 자를 내려 수빈 박씨(綏嬪朴氏)의 임신을 축하하였다. 정조는 이에 사례하기 위해 5월 말에 사은 사(謝恩使)를 파견하면서 "만약 장마에 막히지 않는다면 반드시 일찍 도착하도록 하라." 라고 당부하였다. 이때 명고의 형 서호수(徐浩修)가 부사(副使)로 사행에 참가하였다. 이 시는 그때 명고가 서호수에게 지어준 것인데 여기에 잘못 끼어든 것으로 생각된다.

빈랑은 빈랑나무의 열매로, 촌충 등의 기생충약, 이뇨제, 변비약, 소화제, 부종 또는 각기병 치료제, 피부약 등으로 쓰이는데, 기호품으로 쓰기도 한다. 이의현(李宜顯, 1669~ 1745)의 《경자연행잡지 하(庚子燕行雜識下)》에 "빈랑은 남 방에서 나는데 단단해서 먹을 수 없고, 맛이 시고 떫다. 연중 (燕中) 사람들은 주머니에 넣고 다니며 늘 씹는다."라고 하였 고, 홍대용(洪大容, 1731~1783)은 《담헌서(湛軒書)》에서 "배가 아프거나 체했을 때 빈랑 한 조각을 씹으면 잠시 뒤에 편안해진다. 북쪽 사람들은 고기를 많이 먹었을 때 늘 작은 빈랑을 씹는다……네 쪽을 내서 주머니에 넣고 다니는데, 한 조각이면 한나절을 씹을 수 있다."라고 하였다. 빈랑나무는 25미터 정도 자라는, 종려나뭇과의 상록 교목이다.

〈그림 13〉 빈랑나무 《한의학대사전편찬위원 회, 한의학대사전, 정담, 2001》

이 시에는 명고에게 변비 등의 지병이 있었다는 점이 드러 나 있다. 평성 '동(東)' 운의 측기식 수구용운체 칠언절구이다.

약봉지를 지니고 다니며 줄곧 씹었지만 　　　　藥裹隨身嚼不窮

빈랑의 효과가 내겐 통하지 않았네 　　　　　檳榔功效莫吾通

사신(使臣)이여 북쪽 가거든 부디 사다 주시게 　行人北去須沽取

마침 연경(燕京)에 박탁풍이 불 때이니 　　　正值燕都舶趠[71]風

　오(吳) 지방에서는 초여름 장마가 지난 뒤에 열흘 정도 청명풍(淸明風 동남
　풍)이 부는데, 오 지방 사람들이 이를 박탁풍(舶趠風)이라 일컫는다.[72]

---

71 【校】 趠(탁) : 교정고 수정사항이다. 원글자는 '趕(달릴 간)'으로, 자형이 비슷하여
잘못되었던 것이다.

72 　오(吳)……일컫는다 : 소식(蘇軾)의 시 〈박탁풍(舶趠風)〉 서문에 나오는 내용이
다. 《蘇東坡詩全集 卷17》. 동남풍이 불면 열대 과일인 오 지방의 빈랑이 연경(燕京)으
로 수송되어 판매될 수 있다. 시 본문의 "마침……때이니"는 사은사 일행이 연경에 도착
할 때쯤이면 장마가 끝나 박탁풍이 불고 있을 것이라는 말이다.

　【校】 '박탁풍(舶趠風)' 원문의 '탁(趠)'은 위 주71과 같다.

〔교정고 삭제 표시작〕

성천(成川)의 어린 기생에게 장난삼아 보낸 답시[73]
戲答成都小妓

부평초처럼 물 따라 옮겨 다니지 말라고 　　　　　　莫作浮萍逐水移

정 많은 몽수[74]가 〈버들솜[柳絮詞]〉에서 읊조렸지 多情蒙叟柳絮[75]詞

　첫 구는 전목재(錢牧齋)의 사(詞) 〈버들솜[柳絮詞]〉[76]에 있는 말이다.

부러 채찍 떨구고 그림에 침 꽂는 이들 바닷물처럼 많으리니

　　　　　　　　　　　　　　　　　　　遺鞭釘畫人如海

　　장안(長安)의 가기(歌妓) 이왜(李娃)가 한 시녀에게 기대어 서 있었는데,
　　그 요염한 자태가 절세미인이었다. 영양공(滎陽公)의 아들이 지나가다가
　　일부러 땅바닥에 채찍을 떨어뜨리고 수레를 세워 여러 번 곁눈질하였는데,
　　결국 이로 인해 눈이 맞게 되었다.[77] 고장강(顧長康)은 어떤 여인을 좋아하

---

73 【작품해제】 장단 광명리 선영 아래의 명고정거에 칩거 중이던 1792년(44세) 6월
이후 1795년(47세) 6월 이전까지 중 어느 초겨울의 작품으로 생각된다. 여인과의 인연
에 대한 재미난 고사를 이용하여, 상대방을 걱정해주며 자신의 처지를 전달한 내용이다.
평성 '지(支)' 운의 측기식 수구용운체 칠언절구이다.

74 몽수(蒙叟) : 전겸익(錢謙益)의 호이다.

75 【校】絮 : 저본에는 '枝'로 되어 있으나, 이 시의 첫 구는 《목재초학집》 권4 〈버들솜.
서우를 위해 6수를 지음[柳絮詞. 爲徐于作六首]〉의 넷째 수에서 인용한 것이므로 바로
잡았다.

76 【校】 버들솜[柳絮詞] : 저본에는 '柳枝詞'로 되어 있으나, 위 주75와 같은 근거로
바로잡아 번역하였다.

77 장안(長安)의……되었다 : 본디 당나라 백행간(白行簡, 776~826)이 지은 단편소
설의 내용으로, 북송 이방(李昉) 등의 《태평광기(太平廣記)》 권484 〈이왜전(李娃傳)〉

여 꾀었으나 따르지 않자 벽에다 여인의 모습을 그리고 그 심장에 가시 침을 꽂았는데, 여인이 결국 따랐다.[78]

느지막이 봄 경치 찾아갈 나를 기다리려 하겠는가 肯待尋春去較遲

두목지(杜牧之)가 호주(湖州)에 갔을 때 어떤 여인과 10년 후를 약조하였다. 다시 갔을 때는 이미 14년이 흐른 뒤였고 여인은 이미 다른 사람에게 시집가버렸다. 두목지가 슬퍼하며 시를 읊기를 "내가 봄 경치를 찾아간 것이 늦었으니, 꽃 시절 원망하며 슬퍼할 것 없네.〔自是尋春去較遲, 不須惆悵怨芳時.〕"라고 하였다.[79]

등에 보인다. '영양공(滎陽公)'은 문헌에 따라 '형양공(滎陽公)'·'상주 자사(常州刺史)' 등으로 기록되었다. 이왜는 뒤에 건국부인(沂國夫人)에 봉해졌다는 여인으로, 과거를 보러 가던 영양공의 아들이 자신에게 빠져 부랑자가 되었다가 부친의 채찍질에 숨진 것을 불쌍히 여겨, 그가 걸인으로 환생했을 때 내조를 잘하여 과거에 급제시켰다고 한다.

78 고장강(顧長康)은……따랐다 : 장강(長康)은 진(晉)나라의 관료·화가인 고개지 (顧愷之, 345?~406)의 자이다. 이 일화는 본디 그의 그림 솜씨를 부각시킨 것으로, 가시 침을 꽂자 여인이 심장통을 앓다가 가시 침을 뽑자 통증이 사라졌다고 한다. 《晉書 卷92 顧愷之列傳》

79 두목지(杜牧之)가……하였다 : 목지(牧之)는 당나라 관료·문인인 두목(杜牧, 803~852)의 자이다. 그가 호주 자사(湖州刺史)로 있던 친구를 찾아갔을 때 할미를 따라 물놀이 구경을 나온 여자아이의 미색을 보고 '10년 뒤에 호주 자사로 와서 맞이하겠다.'라며 약혼했는데, 14년 만에 호주 자사로 부임해보니 여인은 이미 3년 전에 다른 데로 시집가버렸다고 한다. 《事文類聚 後集 卷17 詩話 約妓愆期》

이런저런 흥취[80] 5수

雜興 五首

첫째 수[81]

너른 벌에 황금물결 거두어지고	曠野黃雲收
논바닥에 하얀 해오라기 서 있네	水田白鷺立
나무꾼의 노랫소리 어디에서 들려오나	樵歌何處聞
먼 산에 바람 소리 거세건마는	山遠風聲急

둘째 수[82] 其二

시골 아낙 급하게 베틀 북 울리고	村女鳴梭趣
농부는 서둘러 채소를 저장하네	園丁蓄旨[83]忙
선생 홀로 안석에 기대 있다가	先生自隱几

---

80 【작품해제】 앞 시와 유사한 시기 초겨울의 작품으로 생각된다. 추수 뒤 농촌의 정경이 드러나 있다.

　　【校】 제목 원주의 '五首'는 교정고 가필사항이다.

81 입성 '집(緝)' 운의 측기식 수구불용운체 오언절구이다. 가을걷이 뒤 황량하고 바람 거센 들판의 정경을 시청각적 이미지로 묘사하였다.

82 평성 '양(陽)' 운의 측기식 수구불용운체 오언절구이다. 가을걷이 뒤 농촌 아낙과 장정의 바쁜 일손 및 객과 담소하는 명고 자신의 정황을 읊었다.

83 蓄旨 : 채소가 나지 않는 겨울철을 대비하여 말린 채소 따위를 저장하는 것이다. 《시경》〈곡풍(谷風)〉에 "내가 맛난 채소를 저장하는 것은, 겨울을 대비하기 위해서니라.〔我有旨蓄, 亦以御冬.〕"라고 하였는데, 주희가 '旨蓄'을 좋은 채소를 저장하는 것으로 풀이하였다.

객이 오자 오래도록 담소 나누네　　　　　　　客至偶談長

셋째 수[84] 其三

별천지런가 어찌 이리 그윽한고　　　　　　　洞天何窈窕

구름이며 물이며 맑디맑아라　　　　　　　　　雲水不勝淸

종일토록 번잡한 일 하나도 없고　　　　　　　終日無喧事

누런 닭만 지붕에서 울어대누나　　　　　　　黃鷄上屋鳴

넷째 수[85] 其四

산허리 감도는 비탈진 돌길　　　　　　　　　山腰紆石磴

홀연히 소 모는 소리 나더니　　　　　　　　　忽聽叱牛頻

대문 앞에 부려진 열 섬의 곡식　　　　　　　十斛門前粟

형님께서 나의 가난 염려하셨네　　　　　　　吾兄念吾[86]貧

84　평성 '경(庚)' 운의 평기식 수구불용운체 오언절구이다. 맑고 고요한 산골 마을의 정경을 읊었다.

85　평성 '진(眞)' 운의 평기식 수구불용운체 오언절구이다. 명고의 궁핍함을 걱정한 형이 소달구지에 곡식을 넉넉히 실어 보냈다는 내용이다. 여기서 형은 친형 서호수(徐浩修, 1736~1799)일 것으로 생각된다.

　서호수 역시 1792년(정조16) 단오 이후에 정계에서 물러나 1793년부터 1795년(정조19) 가을까지 관직이 없었지만, 서명익(徐命翼, 1709~1789)의 양자로 들어간 그는 서명성(徐命誠, 1731~1750)의 양자로 들어간 명고보다 살림이 넉넉했던 것으로 보인다.

86　【校】吾 : 교정고 수정사항으로, 원글자는 '我'이다.

다섯째 수[87] 其五

한밤중에 정신 맑아 잠 못 드는데	午夜淸無寐
서쪽 봉우리로 달이 이울려 하네	西峯月欲傾
바람 따라 휘청이는 수많은 나무들 속에	隨風千萬樹
고목 하나 의연히 우뚝 서 있네	古木獨崢嶸

87 평성 '경(庚)' 운의 측기식 수구불용운체 오언절구이다. 상현달이 서산에 지는 한밤
중에 거센 바람에도 의연히 선 고목을 담담히 읊었다. 명고 자신의 지향이 이입된 것으
로 읽힌다.

소청문의 시 〈전원생활[田居]〉에 화운하여[88] 8수

88 【작품해제】 장단 광명리 선영 아래의 명고정거에 칩거 중이던 1792년(44세) 겨울의 작품이다. 명고와 형 서호수가 모두 1792년(정조16) 6월 체아직(遞兒職)에 임명된 뒤로 1795년(정조19) 10월 서호수가 이조 판서 후보에 오르기 전까지 두 사람 모두 정계에서 활동한 기록이 보이지 않는데(《承政院日記 正祖 16年 6月 8日·30日, 19年 10月 8日》), 명고는 1792년 6월 이후로 명고정거에 칩거하였다. 이 작품의 첫째 수에서 '지금까지 반년 동안 전원에 살며'라고 한 것과 둘째 수에서 이해를 윤년(閏年)이라고 한 것이 모두 창작 시기를 위와 같이 비정한 데에 부합한다.

소청문(邵靑門)은 청나라의 문인 소장형(邵長蘅, 1637~1704)으로, 청문은 그의 호 청문산인(靑門山人)을 줄인 말이다. 자는 자상(子湘)이다. 그의 시문집 《청문집(靑門集)》이 이규경(李圭景, 1788~?)의 《오주연문장전산고(五洲衍文長箋散稿)》, 이덕무(李德懋, 1741~1793)의 《청장관전서(靑莊館全書)》, 한치윤(韓致奫, 1765~1814)의 《해동역사(海東繹史)》, 성해응(成海應, 1760~1839)의 《연경재전집(硏經齋全集)》 등에 인용되는 등 조선 후기 문인들 사이에 호평을 받으며 즐겨 읽었다. 그러나 정조(正祖)는 《청문집》이 당송팔대가에 비견된다는 평이 있지만 직접 읽어보니 평범할 뿐이라고 평하였다. 《弘齋全書 卷161 日得錄1 文學1》. 《청문집》의 완칭은 《청문록고(靑門籭棄)》이다.

명고가 《청문집》을 읽은 정황은 본서 제1권에 분명히 보인다. 《本書 卷1 漫閱靑門集仍步限字示彈素》. 이 작품에서 차운한 원시 〈전원생활[田居]〉은 《청문록고》 권2의 〈전원생활을 읊은 시 8수[田居詩八首]〉이다.

그런데 소장형의 원시와 명고의 이 시에서 사용한 운(韻)을 비교해보면, 첫 수부터 여섯째 수까지는 통운(通韻)과 협운(協韻)의 범위 내에서 용인될 수 있는 차이를 보이다가, 일곱째 수와 여덟째 수는 상당한 불일치를 보인다.

명고의 일곱째 수는 평성 '침(侵)' 운 7운으로 구성된 일운도저격의 오언고시인 데 반해 소장형의 일곱째 수는 '침(侵)' 운 4운과 평성 '문(文)' 운 2운(제5연의 '훈(曛)', 제6연의 '운(雲)')으로 구성되어 중간에 운이 바뀌었을 뿐만 아니라 전체 운의 수가 명고의 시보다 하나 적다.

또 명고의 여덟째 수는 입성 '옥(屋)' 운 7운으로 구성된 데 반해 소장형의 여덟째 수는 '옥(屋)' 운 4운과 입성 '촉(燭)' 운 1운(제2연의 '속(賣)') 및 입성 '옥(沃)' 운

和邵靑門田居 八首

첫째 수[89]

쉰 살까지 남은 해 얼마나 되나	五十餘幾歲
평생의 운명 이미 정해졌어라	平生判頭顱
천하의 일 가만히 헤아려보면	默數天下事
무엇 하나 남보다 나은 것 없네	件件勝人無
농사 힘써 효도하고 우애하기는	力耕能孝悌
상등(上等)의 농부보다 못하고	不如上農夫[90]
재물을 비축하여 이윤 내기는	居貨句奇贏
수완 좋은 장사꾼들만 못하고	不如善賈[91]流

1운(제5연의 '녹(綠)')으로 구성되어, 이 역시 명고의 시보다 운의 수가 하나 적다.
그렇다면 명고가 본 소장형의 〈전원생활〔田居〕〉은 현재 통행본과 다른 것일 수
있다.

89 평성 '우(虞)' 운 7운 및 이와 협운시킨 평성 '우(尤)' 운 1운(제4연의 '유(流)')으로
구성된 일운도저격의 오언고시이다. 반년 동안 전원생활을 하며 느낀 자신의 무능함을
고백하는 내용이다.

90 上農夫 : 수확량이 많은 농부이다. 《맹자》〈만장 상(萬章上)〉에 "상등 농부는 아홉
식구를 부양한다.〔上農夫食九人〕"라고 했는데, 조기(趙岐, 108?~201)의 주에 "부부
한 쌍이 100묘(畝)의 밭을 경작하는데, 100묘의 밭에 거름을 잘 주면 상등 농부가 된다.
수확한 곡식으로 아홉 식구를 부양할 수 있기 때문이다."라고 하였다.

91 善賈 : 장사를 잘하는 상인이다. 《한비자(韓非子)》〈오두(五蠹)〉에 "속담에 '소매
가 길면 춤을 잘 추고, 돈이 많으면 「장사를 잘한다〔善賈〕」'라고 하였으니, 밑천이 많으
면 일하기 쉽다는 말이다."라고 하였다.

'유(流)'는 협운자이다.[92]

고삐 끌어 소와 양 먹이는 일과	拖繩牧牛羊
부엌에 쓸 땔나무 져오는 일을	擔柴供庖廚
지금까지 반년 동안 전원에 살며	田居今半載
한결같이 내맡겼네 두세 종에게	一任二三奴

오두막에 멀뚱멀뚱 말없이 앉아	蝸廬坐雛夷

원문의 '수이(雛夷)'는 지그시 보기만 하고 말하지 않는 모양이다.[93]

크고 작은 모든 일에 흐리멍덩하고	大小都糊塗

"작은 일에는 흐리멍덩하지만 큰일에는 흐리멍덩하지 않다."[94]라는 말이
《송사(宋史)》에 나온다.

오로지 천명을 믿을 줄만 아니	但知信天命
이 몸은 사람 중의 신천옹일세	人中亦鷘鷗

원문의 '자로(鷘鷗)'는 신천옹(信天翁)이라고도 부른다.[95]

---

92 유(流)는 협운자이다 : 이 작품의 기본 운은 평성 '우(虞)' 운인데, '유(流)'는 평성
'우(尤)' 운이다. 이 두 운은 본디 통운(通韻)되지 않으므로 엄격히 운을 지킬 때는
섞어 쓸 수 없다. '협운자이다[叶]'는 유사하지만 통운되지 않는 운을 부득이하게 사용
한 경우, 임시로 같은 운으로 읽도록 표시한 것이다. 이러한 협운은 《시경》의 시를
운율에 맞게 읽는 데서 시작되어 송대(宋代)에 크게 성행하였다.

93 【校】 원문의……모양이다 : 교정고 가필사항이다.

94 작은……않다 : 《송사(宋史)》 권281 〈여단열전(呂端列傳)〉의 내용이다. 태종(太
宗)이 여단을 정승으로 삼으려 할 때 어떤 사람이 "여단은 사람됨이 흐리멍덩하다."라고
하자 태종이 이같이 말하고는 결국 정승으로 삼았다.

　【校】 이 원주는 교정고 가필사항이다.

95 원문의……부른다 : 신천옹(信天翁)은 슴샛과의 바닷새로, 앨버트로스(albatross)·

둘째 수[96] 其二

윤년이라 추위가 일찍 찾아왔는데[97]　　　　　　閏歲知寒早

궁한 선비는 외출복을 저당 잡힌 처지이네[98]　　　　貧士對襟衣

　원문의 '대금의(對襟衣)'는 곧 우리나라 사람들이 배자(背子)라고 일컫는
것으로, 양신(楊愼)의 《단연록(丹鉛錄)》에 보인다.[99]

신천공(信天公)・신천연(信天緣)이라고도 부른다. 몸길이 91센티미터, 편 날개 길이
2미터의 큰 체구에 부리도 크다. 비행력이 좋고 헤엄도 잘 치는데, 옛사람들은 이 새가
물가에 가만히 서 있는 것을 보고 "지나가는 물고기가 있으면 잡고, 종일토록 지나가는
물고기가 없어도 자리를 바꾸지 않고 가만히 있는다."(《容齋五筆 瀛莫間二禽》)라고
생각하여, 한자리를 가만히 지키고 있으면서 활동을 거의 하지 않음을 비유하는 소재로
사용하였다.

　【校】 이 원주는 교정고 가필사항이다.

96　평성 '미(微)' 운 4운 및 이와 협운시킨 평성 '회(灰)' 운 1운(제2연의 '개(開)')으로
구성된 일운도격의 오언고시이다. 외출복이 없어 집 안에 틀어박혀 독서와 저술에
몰두하는 정황을 읊었다.

97　윤년이라……찾아왔는데 : 1792년(정조16) 4월에 윤달이 들었다. 윤달 직전에는
날짜에 비해 절기가 가장 늦고 윤달 직후는 가장 빠른데, 이해 겨울은 윤달 후이기
때문에 한 말이다.

98　궁한……처지이네 : 추위가 일찍 찾아왔는데 가난한 선비는 외출복을 저당 잡혀
집 밖에 나갈 수 없다는 말이다. 이 뒤에 이어지는 내용은 집 안에 틀어박히게 됨으로
인해 독서와 저술에 더욱 열중하게 된 정황을 말한 것이다. 원문의 '대(對)'는 '저당
잡히다[抵押]'의 뜻이고, '금의(襟衣)'는 옷깃을 제대로 갖춘 외출복을 뜻한다.

99　원문의……보인다 : 이 원주의 내용과 달리 '대금의(對襟衣)'가 양신(楊愼)의 《단
연록(丹鉛錄)》에는 보이지 않고, 고염무(顧炎武)의 《일지록(日知錄)》 권28 '대금의'
조에 "홍무(洪武) 26년(1393) 3월, 관리와 일반 백성 및 보졸(步卒) 등에게는 금지되고
오직 기마병만 입을 수 있도록 허용되었으니, 말타기에 편리하기 때문이다. 입을 수
없는 사람이 입으면 처벌하였다."라는 기록이 있다. 대금의는 '옷깃을 맞댄 옷'이라는
말로, 좌우의 옷깃을 서로 깊숙이 겹치지 않고 가슴 정중앙에서 단추로 여미게 만든

덕분에 많은 책을 들춰보면서 　　　　　　　等身書堆披

송나라 가황중(賈黃中)이 어려서부터 총명하여, 부친이 매일 그의 키와
같은 길이의 두루마리에 적힌 글을 주어 읽게 하였다.[100]

잠깐씩 태양 향해 창문 열어젖히네 　　　　　　向陽牖暫開

'개(開)'는 협운자이다. ○ 주자(朱子)의 시에 "오늘 아침엔 대나무 창문을
태양 향해 열었네.〔今朝竹牖向陽開〕"라고 하였다.[101]

옷이다.
　이 원주에 따르자면 원 시구 '貧士對襟衣'는 동사(動詞)가 없는 구가 되며, 생략된
동사를 보충한다면 '가난한 선비는 배자(背子)를 입네' 정도의 뜻이 된다. 그러나 고염
무의 기록에서 보듯이 대금의는 좋은 방한구이므로 추운 날씨에 대금의를 입는 것은
매우 자연스러운 행동일 뿐만 아니라 시대에 따라서는 특정 계층의 특권이기도 하였다.
따라서 추위가 일찍 닥친 윤년에 가난한 선비의 특별한 사정을 표현하는 말로는 적절치
않다.
　【校】이 원주는 교정고 가필사항인데, 시의 의미와 맞지 않는다.

100　송나라……하였다 : 《송사(宋史)》권265 〈가황중열전(賈黃中列傳)〉의 내용이
다. 가황중(941~996)은 송나라의 관료·문인으로, 5세부터 매일 아침 부친 가비(賈
玭)가 그를 똑바로 세우고 두루마리 책을 펼쳐 그날 읽을 양을 정해주며 '자기 키와
같은 길이의 글〔等身書〕'이라고 했다고 한다. 이 말이 후대에는 '쌓아놓은 책의 높이가
키와 같다'는 뜻으로 바뀌어 다독(多讀) 또는 다작(多作)을 뜻하는 말로 쓰였는데,
여기서는 다독의 의미이다.
　【校】이 원주는 교정고 가필사항이다.

101　주자(朱子)의……하였다 : 인용된 시구의 안짝은 "어제는 흙 담장에 얼굴 맞대고
서 있다가〔昨日土牆當面立〕"이다. 이는 본디 "마음에 막힌 것이 제거되고 나면 밝은
것이 저절로 옴.〔塞者旣去, 明者自來.〕"을 비유한 말이다. 《性理群書句解 卷4 七言短句
詠開窓》. 이 원주는 시 본문의 "잠깐씩 태양 향해 창문 열어젖히네.〔向陽牖暫開〕"를
'집 안에 틀어박혀 많은 책을 들춰보는 덕분에, 꽉 막혔던 마음이 툭 트여 밝아졌음'을
비유하는 말로 이해하도록 안내한 것인데, 일종의 견강부회로 생각된다. 시 본문의
본디 의미는 '외출할 수 없는 처지라 집 안에서 많은 책을 들춰보면서 환기와 채광을
위해 창문을 잠깐 여는 행위' 자체를 말한 것이기 때문이다.

말[馬]이나 농부 같은 지혜는 있어[102]	獨有農馬知
미묘하고 깊은 이치 탐구하지만	鉤深與硏幾
문장으로 묘리를 말하려 하면	欲說文章妙
응축된 골자 없어 빛나지 않네	無結不成輝
이와 같은 이유로 옛날 유여언	所以兪汝言
손뼉 치며 명망가 글 비웃었었지	鼓掌笑人非

명나라 유자(儒者) 유여언(兪汝言)이 어떤 유명 인사의 문장을 읽고는 손뼉 치고 비웃으며 "이 문장에는 응축된 골자(骨子)가 없다. 후세에 전해지는 문장에는 반드시 응축된 골자가 있어서, 마치 소에게 우황이 있는 것과 같다."라고 하였다.[103]

【校】이 원주는 교정고 가필사항이다.

102 말이나……있어 : 한유(韓愈)의 표현을 빌려 명고 자신의 지혜는 말이나 농부처럼 특정 분야에 국한된 것일 뿐이라고 말한 것이다. 한유는 옛날 제(齊)나라 임금이 길을 잃었을 때 관중(管仲)이 늙은 말을 풀어놓고 따라가면 된다고 한 일과, 번지(樊遲)가 공자(孔子)에게 농사법을 물었을 때 공자가 늙은 농부에게 물어보도록 한 일을 가지고, 관중과 공자의 지혜가 말과 농부보다 못해서가 아니라 성현의 지혜는 폭넓은 데 비해 말과 농부의 지혜는 특정 분야에 전일하기 때문이라고 하였다. 《韓昌黎文集 卷15 上襄陽于相公書》

【校】이 구 뒤에 "'농부와 말[馬]의 지혜는 특정 분야에 전일하다.'라는 말이 한유의 문장에 나온다."라는 1차 가필이 있었다가 2차 가필로 삭제 표시되었다.

103 명나라……하였다 : 출전은 미상이다. 유여언(兪汝言, 1614~1679)은 명말청초의 학자로, 《춘추평의(春秋平義)》·《점천집(漸川集)》·《경방역도(京房易圖)》·《선유어요(先儒語要)》 등 수십 종의 저서를 남긴 인물이다.

셋째 수[104] 其三

시골 살며 민생 실태 알게 되는데	田居諳物情
어찌하여 민생 모두 피폐해졌나	物情一何凋
토지 면적 헤아려 전세(田稅)를 내고	量畝出租稅
장정 수에 따라서 부역과 공물을 바치는데	計夫輸傭調
환곡 반납 호령이 서리보다 매섭고	糴令嚴於霜
아전들의 세금 독촉 폭풍처럼 급하니	追呼急如飆
한 해 내내 부지런히 노동하건만	終歲服勤力
작은 곡식 항아리도 채울 수 없네	竟也甔石枵

양웅(揚雄)의 집안은 '2섬들이 작은 곡식 항아리〔甔石〕'도 채우지 못했지만 마음의 평정을 지켰다.[105]

옛날 어떤 길손이 차〔茶〕를 샀다가	古有買茶客
공부(工部)와 호부(戶部)에 낼 세금이 차값의 5분의 3을 넘자	
	三五兩部消

---

104 평성 '소(蕭)' 운 6운 및 이와 통운되는 평성 '호(豪)' 운 1운(제6연의 '오(嗷)')으로 구성된 일운도저격의 오언고시이다. 전원생활 중에 목도한 농민과 상인의 답답한 현실을 가슴 아파하는 내용이다. 무거운 전세·부역·공물에다 환곡의 부담까지 더해져 부지런히 노동해도 궁핍을 벗어날 수 없지만 그렇다고 생업을 포기할 수도 없는 민초들의 고충을 피력하였다.

105 양웅(揚雄)의……지켰다 : 《한서(漢書)》 권87 상 〈양웅열전〉의 내용이다. '甔石'의 '甔'에 대해서는, '2섬들이 작은 항아리'(《漢書 顏師古注 應劭曰》), '1섬들이 작은 항아리'(《廣韻》·《集韻》), '1명이 짊어질 수 있는 양'(《漢書 顏師古注 或曰》) 등으로 해석이 다양하나 모두 적은 분량이라는 공통점이 있다. '石'은 부피 단위의 '섬(=10말)'이다.

【校】이 원주는 교정고 가필사항이다.

화가 나서 내던진 일 실로 과격하지 않았거니 　　　　怒投諒非激

지금의 농부와 상인들도 그와 같이 울부짖네 　　　　農商同此嗷[106]

　어떤 길손이 반 수(銖)의 돈으로 거친 차[茶] 한 바구니를 샀는데, 대그릇
　에 대한 세금을 공부에 내고 차에 대한 세금을 호부에 내야 했다. 공적으로
　사적으로 들어갈 비용이 물건 값의 5분의 3을 웃돌자 길손이 화가 나서
　모두 강에 던져버렸다.[107]

결국은 생업으로 삼을 만한 일 없지만 　　　　　　終然無可業

생업이 없으면 또 살아가기 어렵지 　　　　　　　無業亦難聊

넷째 수[108] 其四

세상 모두 스스로를 최고로 여기는데 　　　　　　世皆我自我

지혜로운 선비도 이런 잘못 마찬가지 　　　　　　智士猶此尤

남이 나를 깔보길 그 누가 바라랴만 　　　　　　　誰欲物相物

곤충들도 모두가 부질없이 그러하네[109] 　　　　　昆蟲渾一漚[110]

---

106 【校】嗷 : 첫째 수와 둘째 수의 예에 준하자면 이 뒤에 '협운자이다[叶]'라는 원주
가 있어야 한다.

107 어떤……던져버렸다 : 명말청초에 강서성 영도현(寧都縣) 취미봉(翠微峯)에 은
거한 문장가 역당구자(易堂九子) 9인 중 하나인 위희(魏禧, 1624~1680)의 문집에 보
인다. 《魏叔子文集 外篇 文集卷十序 贈宋員外權關贛州叙》

108 평성 '우(尤)' 운 4운 및 이와 협운시킨 평성 '우(虞)' 운 1운(제5연의 '투(漚)')으
로 구성된 일운도저격의 오언고시이다. 자신에겐 엄격하고 남에겐 관대하기 위한 수양
의 필요성과 결과에 대해 읊었다.

109 세상……그러하네 : 진(晉)나라 육기(陸機, 260~303)의 〈호사부(豪士賦)〉 서
문에 있는 다음과 같은 말을 원용한 표현이다. "스스로를 최고로 여기는 잘못은 지혜로
운 사람에게도 있고, 상대방을 깔보는 마음은 곤충들에게도 모두 있다.[夫我之自我,
智士猶嬰其累. 物之相物, 昆蟲皆有此情.]"《文選 卷46》

나는 이와 달라서 　　　　　　　　　　　　　　　　我則異於是

남에겐 관대하고 스스로는 갈고닦노라 　　　　　　　薄責躬自修

　《논어》에 "스스로는 높은 수준을 지향하고 남에게는 웬만큼 해서 만족하면
원망 사는 일을 면하게 된다."라고 하였다.[111]

군자와 소인이 나뉘는 기준 　　　　　　　　　　　　君子與小人

자연과 세상에서 어찌 다르랴 　　　　　　　　　　　天人豈二儔

전원에 돌아오자 깨달음이 많으니 　　　　　　　　　歸田多妙悟

장자(莊子)의 말 어찌 그리 잘못됐는지 　　　　　　莊生語何渝[112]

　《장자(莊子)》에 "자연 세계의 소인은 인간 세계의 군자이고, 인간 세계의
군자는 자연 세계의 소인이다."라고 하였다.[113]

다섯째 수[114] 其五

도소주(屠蘇酒)가 월초에 이웃에서 올라오니 　　　　屠蘇月初上

읽던 책에 '을(乙)' 표하고 촛불 밀쳤네 　　　　　　排燭乙箋疏

110　一漚 : 불가에서 무상(無常)한 생멸(生滅)을 빗대는 말인데, 여기서는 상대방을
깔보는 행위를 '물거품처럼 부질없는 짓'이라고 평가한 말이다.

111　논어에⋯⋯하였다 :《논어》〈위령공(衛靈公)〉의 내용이다.
　【校】이 원주는 교정고 가필사항이다.

112　【校】渝 : 첫째 수와 둘째 수의 예에 준하자면 이 뒤에 '협운자이다[마]'라는 원주
가 있어야 한다.

113　장자(莊子)에⋯⋯하였다 :《장자》〈대종사(大宗師)〉의 내용이다. 자공(子貢)
이 기인(畸人 : 세속의 기준에 미치지 못하는 사람)에 대해 물었을 때 공자가 "기인은
인간 세상에는 미치지 못하지만 자연과 닮았다."라고 하면서 위의 말을 덧붙였다.

114　평성 '어(魚)' 운 4운 및 이와 협운시킨 상성 '어(語)' 운 1운(제4연의 '어(語))'으로
구성된 일운도저격의 오언고시이다. 섣달이라 이웃 사람이 술을 가지고 오자 진진하게
담소했다는 내용이다.

옛사람들은 책을 읽을 때, 한 권을 다 읽기 전에 잠시 쉬게 되면 그 부분에 '을(乙)' 자 표시를 하여 나중에 이어서 공부하기 편하게 하였다.[115]

이웃 사람 도타운 뜻이 고마워	隣人多厚意
밤을 정해 술추렴 한 자리 냈네	卜夜成一醵
마을에서 산도깨비 만났다 하고	墟里木客逢
시장의 금주령이 풀렸다 하니	場市酒禁除
손뼉 치고 다투어 의심도 하며	抵掌爭然疑
진진한 한담을 넉넉 나눴네	津津饒閑語[116]
손님 가고 창가로 옮겨와 서니	客去徙牕立
은하수가 온갖 근심 씻어주누나	星河淨百慮

여섯째 수[117] 其六

늘그막에 선(禪)에 대한 담론을 즐겨	晚喜談禪悅
이승이 윤회의 한 장(場)임을 깨달았네	此生悟風輪[118]

불가의 설에, 대지는 수륜(水輪)에 의지하고, 수륜은 풍륜(風輪)에 의지하고, 풍륜은 공륜(空輪)에 의지한다고 한다.[119]

---

115 【校】 옛사람들은……하였다 : 교정고 가필사항이다.

116 【校】 語 : 첫째 수와 둘째 수의 예에 준하자면 이 뒤에 '협운자이다〔叶〕'라는 원주가 있어야 한다.

117 거성 '산(霰)' 운 6운 및 이와 협운시킨 평성 '진(眞)' 운 1운(제1연의 '윤(輪)')으로 구성된 일운도저격의 오언고시이다. 노년에 불경을 강론하는 정황을 읊었다.

118 風輪 : 불가에서 말하는 사륜(四輪)의 세계 전체를 풍륜(風輪)으로 대칭한 것이다. 곧 수레바퀴처럼 끊임없이 돌고 도는 세계를 말한다.

【校】 輪 : 첫째 수와 둘째 수의 예에 준하자면 이 뒤에 '협운자이다〔叶〕'라는 원주가 있어야 한다.

육근(六根)¹²⁰이 육진(六塵)¹²¹을 덮어쓴 것 몇 해런가 　根塵蒙幾年

물에 비친 저 달은 명주처럼 깨끗한 걸 　水月如匹練

육경(六境)이 고요하면 마음 더욱 고요하니 　境寂心愈寂

망상이 일어날까 두려울 것 없으리 　不怕空華現

처마 끝 풍경이 한 번 울리니 　簷角一聲磬

마치도 이곳이 지수원인 듯 　依然祇樹院

《반야경》의 불법(佛法)은 물론이고 　般若佛毋論

《법화경》도 실로 서로 강론한다네 　法華實相衍

　원문의 지수원(祇樹院)은 부처가 거처하던 곳이고, '반야'와 '법화'는 모두 불경이다.¹²²

마침내 마음의 빗장을 뽑아 　終須抽鍵扄

육근을 따르고 또 불성(佛性)을 보리 　循元又旋見

　불가의 설에, 보는 것을 돌이켜 불성을 보는 것을 '선견(旋見)'이라고 하고, 육진을 따르지 않고 육근을 따르는 것을 '순원(循元)'이라고 한다.¹²³

119　불가의……한다 : 불가에서 말하는 세계의 구조이다. 342쪽 주28 참조.

120　육근(六根) : 육식(六識)을 낳는 눈·귀·코·혀·몸·뜻의 여섯 감관(感官)이다.

121　육진(六塵) : 색(色)·성(聲)·향(香)·미(味)·촉(觸)·법(法)의 여섯 감각으로, 중생의 참된 마음을 더럽히는 요소들이라는 뜻이다. 육경(六境)이라고도 한다.

122　원문의……불경이다 : '지수원(祇樹院)'은 옛날 부처가 설법할 수 있도록 수달장자(須達長者)가 세웠다는 절로, 지원정사(祇園精舍 : 범어 Jetavana)라고도 한다.

　《반야경(般若經)》은 대승 경전 중에서 가장 먼저 생긴 경전 군(群)으로, 공(空)을 강조하였다. 《법화경(法華經)》은 대승 경전의 대표 경전으로, 부처의 세계를 강조하였으며 《반야경》과 《화엄경(華嚴經)》을 집대성하려 한 것으로 일컬어진다.

　【校】 이 원주는 교정고 가필사항이다.

123　불가의……한다 : 선견(旋見)은 곧 밖으로 향하던 인식 작용을 안으로 돌려 자기 마음의 본래 성품인 불성(佛性)을 보는 것이고, 순원(循元)은 감각과 인식의 대상에

하늘이 나의 곤궁을 불쌍히 여겨 　　　　　　天心憐我窮
깨달음의 한 길을 열어주누나[124] 　　　　許開路一線

일곱째 수[125] 其七
명고에 은거하고부터 　　　　　　　　　自爲明皐隱
모든 일이 마음에 흡족하네 　　　　　　事事愜幽襟
밭도랑과 밭두둑은 '정(井)' 자를 그은 듯하고 　溝塍如畫井
뽕과 삼이 우거져 서로 그늘 드리우네 　　桑麻藹交陰

감도는 산골마다 어김없이 마을 있어 　　彎回必有村
굽이굽이 인가의 연기에 잠기는데 　　　曲曲人煙沈
일 수레가 다행히 일찍 쉬게 되었으니 　　役車幸早休
　《시경》에 "일 수레가 쉬고 있네.〔役車其休〕"라고 하였다.[126]

이끌리지 않고 감각과 지각의 주체를 자각하는 것이다.
124 깨달음의……열어주누나 : 멀리서 구할 것 없이 《반야경》과 《법화경》 강론을 통해 열반에 들 수 있다는 말이다. 옛날 어떤 중이 건봉화상(乾峯和尙)에게 《능엄경》 권5의 "시방의 세존(世尊)이 한 길로 열반문에 들었다.〔十方薄伽梵, 一路涅槃門.〕"라는 말을 가지고 그 한 길이 어디에 있는지를 묻자, 건봉화상이 지팡이로 땅바닥에 선 하나를 그리고는 "이 안에 있다."라고 하였다. 곧 멀리서 구할 것 없이 모든 사물이 다 부처의 작용이요 열반에 드는 한 가지 길임을 말해준 것이다. 《佛敎大辭典》
125 평성 '침(侵)' 운 7운으로 구성된 일운도저격의 오언고시이다. 농한기인 섣달에 농부들이 서로 마실을 다니며 이듬해 농사의 풍흉을 점치는 정황을 읊었다.
126 시경에……하였다 : 《시경》 〈당풍(唐風) 실솔(蟋蟀)〉에서 "귀뚜라미가 당(堂)에 있으니〔蟋蟀在堂〕" 뒤에 이어진 구이다. 부지런히 농사짓고 나서 늦가을에 비로소 한가해졌음을 말한 것이다.

밭두렁 길을 따라 서로 마실 다니네 阡陌相參尋

농사 풍흉 점치는 방법 많으니 農占云多術
필성(畢星) 삼성(參星) 쳐다볼 필요도 없네 不須看畢參
　원문의 '필삼(畢參)'은 두 별의 이름으로, 농요(農謠)에서 이를 가지고 농사
의 풍흉을 점친다.[127]

눈 오는 것으로 섣달 상서 징험하고 臘瑞徵雪候
서리 내린 숲에서 단풍 빛 살펴보네[128] 楓色問霜林
분분히 많은 말 하지 말지니 紛紛休告語
내년 농사 지금 당장 알 수 있다네 明年可知今

여덟째 수[129] 其八
세월이 어찌나 쏜살같은지 年光何奔駛
날짜 흘러 어느덧 12월이네 日行已北陸
타작마당 쓸어내니 들이 너르고 野闊因滌場
낙엽이 져 가파른 산세 알겠네 山峭知落木

【校】 이 원주는 교정고 가필사항이다.
127 【校】 원문의……점친다 : 교정고 가필사항이다.
128 눈 오는……살펴보네 : 납일(臘日 : 동지 이후 셋째 술일(戌日). 조선에서는 셋
째 미일(未日)) 이전에 세 차례 눈이 내리면 채소와 보리 풍년이 들고(《本草綱目 水一
臘雪》), 단풍이 잘 들면 풍년이 든다고 한다(《日省錄 正祖 6年 9月 29日》).
129 입성 '옥(屋)' 운 7운으로 구성된 일운도저격의 오언고시이다. 천지와 우주의 미
미한 존재인 인간 세상에서 생업의 종류는 큰 의미가 없고, 오직 안정된 생활을 영위할
수 있음에 대해 임금님께 감사드린다는 내용이다.

고요히 대문 닫고 들어앉아서 寂寂重門掩

재앙과 복 맞물리는 이치를 찾네 至理推倚伏[130]

만과 촉이 달팽이 뿔 차지하려 다투고 蠻觸鬪蝸角

초명이 떼 지어 모기 속눈썹에 깃들듯 焦螟[131]棲蚊目

　만(蠻)·촉(觸)과 초명(焦螟)은 모두 《열자(列子)》에 보인다.[132]

좁디좁은 것이 인간 세상이건만 窄窄人間世

내 생에 몇 번이나 눈썹을 찌푸렸나 吾生眉幾蹙

130　倚伏 : "禍兮福所倚, 福兮禍所伏.〔재앙 속에 복이 깃들어 있고, 복 안에 재앙이 숨어 있다.〕"을 줄인 말로, 화와 복은 서로 맞물려 있다는 뜻이다. 《史記 卷84 賈誼列傳》

131　【校】螟 : 저본에는 '明'으로 되어 있으나 《열자(列子)》〈탕문(湯問)〉에 의거하여 바로잡았다. '焦螟'을 '蟭螟·鷦螟'으로 표기하기도 하나 '焦明'으로 표기하지는 않는다.

　참고로 '초명(焦明)'은 전혀 다른 동물이니, 《사기(史記)》 권117 〈사마상여열전(司馬相如列傳)〉 배인(裴駰, 남조 송(宋))의 집해(集解)에 '생김새가 봉황 같다'고 하였으며, 장수절(張守節, 당(唐))의 정의(正義)에 '인적이 드물고 한가로운 곳이 아니면 내려앉지 않고 보배로운 음식물이 아니면 먹지 않는다'고 하였다.

132　만(蠻)……보인다 : 이 원주는 잘못되었다. 만(蠻)과 촉(觸)은 《장자(莊子)》〈칙양(則陽)〉에 달팽이의 좌우 뿔에 있다고 소개된 두 작은 나라의 이름이다. 이 두 나라가 서로 땅을 다투느라 많은 백성이 죽는다는 우화는 인간 세상에서 일어나는 싸움들을 아주 큰 차원의 눈으로 관조하도록 만든 것이다.

　'초명(焦螟)'은 《열자(列子)》〈탕문(湯問)〉에 나오는 벌레로, 너무나 작아서 떼 지어 날고 떼 지어 모기 속눈썹에 내려앉아도 서로 닿지 않고 모기가 전혀 의식하지 못한다고 하였다. 이 역시 인간의 존재와 활동을 아주 큰 차원의 눈으로 관조하도록 한 것이다.

　【校】이 원주는 교정고 가필사항이다. '초명(焦螟)'의 '螟'이 교정고에는 '明'으로 되어 있으나, 이 역시 위 주131과 같은 근거로 바로잡아 옮겼다.

만약에 배고픔과 목마름만 없다면   苟然無飢渴
농사와 벼슬을 비교해 무엇 하랴   焉用較耕祿
지금 이 생활은 누구의 은혜던가   得此伊誰恩
결초보은 다짐으로 나라님을 송축하네   隕結華封祝[133]

---

133 隕結華封祝 : 본디 "살아서는 목숨을 바치고 죽어서는 결초보은하리라 다짐하면
서 옛날 화(華) 땅의 국경지기[封]가 요(堯)임금에게 장수·부유·다남(多男)을 축원
했던 것처럼 나도 임금님께 송축드리네."라는 말이다. 화 땅의 국경지기가 요임금에게
축원했다는 고사는 《장자》〈천지(天地)〉에 보인다.

금릉으로 가는 길에[134]
金陵道中

가마꾼은 농부들 힘을 빌렸고[135]　　　　　籃輿肩出帶鋤群

돌 비탈길 구불구불 고분[136] 끼고 감도는데　石磴紆回夾古墳

임자년 겨울의 첫눈 내리고　　　　　　　　　壬子冬令初下雪

금릉 산빛 절반이 구름에 잠겼어라　　　　　金陵山色半沈雲

134　【작품해제】 장단 광명리 선영 아래의 명고정거에 칩거 중이던 1792년(44세) 10월 보름께 이후 11월 초의 작품이다. 금릉(金陵)은 명고의 생부 서명응(徐命膺, 1716~1787)이 묻힌 장단 금릉리로, 광명리에서 남쪽 5리 지점에 있었다. 이 시의 내용으로 보아 이때 명고의 형 서호수는 금릉에 칩거 중이었다.

　　이 시에 채제공(蔡濟恭, 1720~1799)이 장단으로 유배되어 온다는 소문이 언급되었는데, 이는 그가 1791년 역적 신기현(申驥顯)의 아들을 조흘강(照訖講 : 신분 조회를 마친 대소과 응시자에게, 본 시험에 앞서 보이던 기본 과목의 암송 시험)에 합격시킨 윤영희(尹永僖, 1761~?)를 두둔한 일로 판중추부사 박종악(朴宗岳, 1735~1795)의 탄핵을 받고 10월 11일 해서(海西)의 풍천(豐川)에 유배되었다가 이해 10월 14일 장단으로 이배된 일을 가리킨다. 그는 이해 11월 9일에 풀려났으므로(《승정원일기 해당 날짜》) 이 작품의 창작 시기를 위와 같이 좁혀 잡을 수 있다.

　　와병 중인 형 서호수를 만나기 위해 가마를 타고 급히 금릉으로 가는 정경을 읊었다. 평성 '문(文)'운의 평기식 수구용운체 칠언율시이다.

135　가마꾼은……빌렸고 : 명고는 이때 생활이 궁핍하여 가마를 메고 갈 하인들이 없었기 때문에 농부들의 힘을 빌린 것이다.

136　고분(古墳) : 장단은 임진강과 접하여 선사 시대부터 문화가 발달하였으며, 삼국과 고려 시대의 왕릉을 비롯한 고적들이 다수 분포되어 있다. 왕릉으로는 고려 문종의 능인 경릉(景陵), 고려 숙종의 능인 영릉(英陵), 고려 명종의 능인 지릉(智陵)이 있고, 고려 이후 명문가의 묘소가 많았다.

길가의 사람들 조정의 일 말하기를   路人尙說朝廷事

정승이 이번에 유배 처분 받았다네   丞相新縻謫籍云

  이때 채제공(蔡濟恭)이 장단에 유배되어 온다는 풍문을 들었다.[137]

몸져누운 형님께서 학수고대하실 터   病枕吾兄應久佇

힘들다 탄식 말고 빨리들 달려주소   疾驅愼莫歎勞勤

---

137 【校】이때……들었다 : 교정고 가필사항이다.

문생 이계가 가난과 질병을 근심하기에 시로 위로하며[138]
李生以貧病爲憂 詩以寬之

천지(天地)와 원기(元氣)를 열매와 변비 기운에 빗댄 말로

果蓏[139]癰痔說

유자후(柳子厚)는 불평스런 마음을 토로했지[140]　　　子厚不平鳴

138 【작품해제】 앞 시와 같은 시기 겨울의 작품으로 추정된다. 문생 이계(李棨)에 대해서는 313쪽 【작품해제】 참조.

　'자연물에 불과한 천지는 복선화음(福善禍淫)의 주재자일 수 없다'는 유종원(柳宗元)의 주장을 끌어다가, 생활고를 겪는 문생 이계가 혹시 품고 있을지 모를 하늘에 대한 원망을 풀어주고, 명예마저 부질없는 윤회의 긴 시간, 자연적으로 이루어지는 것들의 존재, 부단히 변화하는 운수를 상기시킴으로써 조급함이 없는 편안한 마음으로 현실을 받아들일 수 있도록 위로하였다. 평성 '경(庚)' 운의 측기식 수구불용운체 오언율시이다.

139 【校】 蓏 : 저본에는 '瓜'로 되어 있으나 유종원(柳宗元)의 〈하늘에 대하여〔天說〕〉에 따라 바로잡았다. '果瓜'는 참외를 뜻하는 반면, '果蓏'는 과일〔果〕과 열매채소〔蓏〕를 통칭한다.

140 천지(天地)와……토로했지 : 유종원의 〈하늘에 대하여〔天說〕〉를 가리킨다. 한유(韓愈)가 천지 사이에서 살아가는 인간의 존재를 썩어가는 열매나 음식 속에 꼬이는 벌레에 빗대어, '벌레의 증식이 열매를 파괴하는 결과를 초래하므로 열매의 입장에서는 재앙인 것처럼, 인구의 증가 역시 천지의 입장에서는 재앙이다. 천지는 인간을 감손시키는 자에게 상을 내리고 인간을 증식시키는 자에게 벌을 내린다.'라고 한 데 대해, 유종원은 '천지는 의식(意識)이 없는 자연물에 불과하므로 상벌을 내릴 수 없고 오직 인간 스스로 도덕적 가치를 믿으며 그 범주 안에서 활동할 뿐'이라고 주장하였다.

　천지(天地)와 원기(元氣)를 열매와 변비 기운에 빗댔다는 것은 유종원이 한유의

충분히 잠을 자며 노년의 여생을 마칠 만하니 　　　　　 睡國堪終老

　잠나라[睡國]는《열자(列子)》에 나온다.[141]

끝없는 윤회 속에 명예를 좇는 것은 부질없다네 　　　　 多生浪好名

아침 햇살에 눈 덮인 산봉우리 드러나고 　　　　　　　 雪峯朝睍露

밤 추위에 얼음 젓가락 맺혔어라 　　　　　　　　　　 氷筯夜寒成

　《개원천보유사(開元天寶遺事)》에 다음과 같은 고사가 나온다. 동짓날 큰
눈이 내려 추위에 언 처마의 낙숫물이 모두 고드름이 되었다. 후비(后妃)가
고드름을 따서 보며 즐기다가 황제가 무어냐고 묻자 후비가 웃으며 '얼음
젓가락[氷筯]'이라고 대답하였다.[142]

비유를 계승하여 '천지는 의식 없는 자연물에 불과함'을 말하기 위해 천지를 거대한
열매[果蓏]에, 천지 사이에 꽉 찬 원기를 거대한 변비 기운[癰痔]에, 음양(陰陽)을
거대한 초목(草木)에 빗댄 것을 말한다. 그가 불평스런 마음을 토로했다는 것은 그의
논지를 불합리한 현실에 대한 비판 의식의 표출로 해석한 것이다. 자후(子厚)는 유종원
의 자이다.
　한유의 위와 같은 주장은 본디 사람들이 극심한 질병·오욕·기아·빈곤의 고통을
겪을 때 흔히 하늘을 향해 "백성을 해치는 사람은 번창하고, 백성을 돕는 사람은 재앙을
당하다니요!" "어째서 이런 말도 안 되는 일이 있는 것입니까!"라고 부르짖는 데 대한
이의 제기로 시작되었다. 명고가 생활고를 겪는 문생 이계에게 이 말을 한 것은 이계의
처지가 그와 같이 곤궁했기 때문이다. 한유는 하늘이 복선화음의 주재자인 것은 맞지만,
인간의 입장에서 선악과 천지자연의 입장에서 선악은 정반대이므로 사람들의 이 같은
원망은 실상을 직시하지 못한 어리석음의 소치라고 주장하였고, 유종원은 한 발짝 더
나아가 천지자연은 아예 복선화음의 주재자일 수 없다고 하였다.《柳河東集 卷16》
141 잠나라는 열자(列子)에 나온다 :《열자》〈주 목왕(周穆王)〉에 "서쪽 끝의 남쪽
모퉁이에 어떤 나라가 있는데……그 나라 백성들은 먹지고 않고 입지도 않고 잠이 많아
서 50일에 한 번 깬다. 꿈속의 일을 실제로 여기고 깨었을 때 본 것을 허상으로 여긴다."
라고 하였다. 여기에서 유래하여 '잠나라[睡國]'는 수면을 뜻하는 말로 쓰이는데, 여기
서는 충분한 잠을 뜻한다.
142 개원천보유사(開元天寶遺事)에……대답하였다 :《개원천보유사》는 오대(五

그대여 가난과 질병을 원망 마시게   貧病君休怨

길이 막히면 돌아가면 되나니   途窮却轉程

代)의 왕인유(王仁裕)가 당 현종(唐玄宗) 때 궁중의 일화(逸話)와 기이한 물품 등 소소한 내용을 잡다하게 기록한 책이다. 원서는 분실되어 전하지 않지만 1985년 상해고적출판사의 정여명(丁如明)이 다른 자료에 인용된 것들을 수합·교감하여 《개원천보유사십종(開元天寶遺事十種)》을 출판하였다.

여기에 인용된 고사는 《산당사고(山堂肆考)》·《연감유함(淵鑑類函)》·《월령집요(月令輯要)》·《설부(說郛)》·《산서통지(山西通志)》 등에 보이는데, '얼음 젓가락〔氷筯〕'이 앞의 두 자료에는 '옥 젓가락〔玉筯〕'으로 되어 있고, 뒤의 세 자료에는 '얼음 젓가락〔氷筯〕'으로 되어 있다. 정여명의 집일교감본(輯佚校勘本)은 후자를 따랐다.

산속 집에서 이것저것 읊은 시[143] 8수

山齋雜詩 八首

첫째 수[144]

유가로 몸을 수양하고 불가로 마음 다스렸으니   儒飾其身佛治心

향산거사의 철학은 근원이 깊었네   香山居士道根深

  백향산(白香山 백거이)이 스스로 말하기를 "유가 철학으로 몸을 수양하고
  불가 철학으로 마음을 다스린다.〔以儒道飾其身, 以佛道治其心.〕"라고 하였
  다.[145]

소동파가 배우고 싶어한 것[146] 나도 배우고 싶은데 坡翁願學吾同願

143 【작품해제】장단 광명리 선영 아래의 명고정거에 칩거 중이던 1792년(44세) 세밑
의 작품이다.

  【校】제목 원주의 '八首'는 교정고 가필사항이다.

144 평성 '침(侵)' 운의 측기식 수구용운체 오언절구이다. 유가와 불가를 병용하여
철학의 깊이를 더하고 만년에 한가로이 은거한 백거이(白居易, 772~846)를 본받고
싶다는 내용이다.

145 백향산(白香山)이……하였다 : 송나라 왕십붕(王十朋, 1112~1171)의《동파시
집주(東坡詩集注)》권2〈이영각에 입시한 소회〔軾以去歲春夏侍立邇英 而秋冬之交 子
由相繼入侍 次韻絶句四首 各述所懷〕〉의 주석에 백거이가 만년에 스스로 향산거사(香
山居士)라고 칭하면서 "유가의 가르침으로 몸을 수양하고, 불가의 가르침으로 마음을
다스리고, 도가의 가르침으로 생명력을 기른다.〔以儒敎飾其身, 佛敎治其心, 道敎養其
壽.〕"라고 했다고 하였다. 이는 본디 백거이가 유·불·도 3가를 병용했다는 것인데,
명고의 시와 이 원주는 유·불 2가만 취하여 인용하였다.

  【校】이 원주는 교정고 가필사항이다.

146 소동파가……것 : 만년의 한적한 은거 생활을 말한다. 소식(蘇軾)의 시〈이영각
에 입시한 소회〔軾以去歲春夏侍立邇英……各述所懷〕〉중 넷째 수에 "미천한 이 몸 우

20년을 술에 취해 시 읊을 수 있을는지　　　　倘許廿年作醉吟

백향산은 중앙 정계에서 물러난 뒤 20년 동안 스스로 취음선생(醉吟先生)
이라 불렀다.[147]

둘째 수[148] 其二

문장과 부귀는 서로 맞서 한쪽으로 치우치나니　　文章富貴互畸勝
조물주가 공평하게 나누어 둘 다 능할 수는 없네　造化平分不兩能
부귀 누릴 백 년은 짧고 문장 전할 천 년은 기니　百歲無多千載久
하늘이 나를 아껴 사람들이 미워하게 하누나　　天心愛我使人憎

연히 풍파를 벗어나, 만년에도 여전히 굳은 마음 보존했으니, 흡사 옛날 향산의 연로한
거사처럼, 세상 인연은 끝내 얕고 철학 근원은 깊어지길.〔微生偶脫風波地, 晩歲猶存鐵
石心, 定似香山老居士, 世緣終淺道根深.〕"이라고 하고, 자주(自註)에 지방관에서 시작
하여 시종신(侍從臣)에 오른 자신의 관력(官歷)이 백거이의 그것과 유사하므로 만년에
도 백거이처럼 한적하게 은거하는 즐거움을 누릴 수 있게 되기를 바란다고 하였다.
147　백향산은……불렀다 : 백거이는 한림학사(翰林學士)·강주 사마(江州司馬)·
충주 자사(忠州刺史) 등을 거쳐 중서사인(中書舍人)까지 올랐다가 자신의 의견이 받아
들여지지 않자 822~823년에 외직을 청하여 중앙 정계에서 물러났다. 이때부터 죽을
때(846)까지가 대략 20년이다.《舊唐書 卷170 白居易列傳》. 참고로 그가 벼슬을 완전
히 그만둔 것은 죽기 4년 전인 842년(71세)에 형부 상서(刑部尙書)로서 은퇴한 것이다.
148　평성 '증(蒸)' 운의 평기식 수구용운체 오언절구이다. 문장과 부귀가 양립할 수
없는 상황에서, 문장을 중시하는 삶의 가치와 그에 수반되는 불우함을 읊었다.

셋째 수¹⁴⁹ 其三

대문 두드리는 손님 없어 화로 연기만 끼고 있는데 門無剝啄擁鑪煙

　　한문공(韓文公)의 글 중에 〈문 두드리는 소리 똑똑똑[剝啄行]〉이 있다.¹⁵⁰

둥지로 돌아가는 까마귀 소리 까악까악 먼 하늘서 들리네

　　　　　　　　　　　　　　啞啞歸烏聞遠天

주위가 고요하여 문장 조리 엄밀하고 생각이 섬세해질 제

　　　　　　　　　　　　　　密理細心因境寂

창호지 뚫으려던 파리 읊은 백운선사의 게송을 새로 접했네

　　　　　　　　　　　　　　透牕新偈白雲禪

　　백운선사(白雲禪師)의 게송(偈頌) 〈창호지를 뚫으려는 파리[蠅子透牕
偈]〉에 "빛이 좋아 찾아가려 창호지를 뚫으려고, 뚫을 수도 없건만 그 얼마
나 부딪쳤나. 그러다 문득 왔던 길을 마주하곤, 비로소 깨닫네 평생 눈에
속았음을.[爲愛尋光紙上鑽, 不能透處幾多難? 忽然撞着來時路, 始覺平生
被眼瞞.]"이라고 하였다.¹⁵¹

149　평성 '선(先)' 운의 평기식 수구용운체 오언절구이다. 사람들과 응대하는 일 없이
고요히 지내며 문장과 사유에 몰입하던 중에 접하게 된 게송(偈頌)으로 위안을 받았다
는 내용이다. 이때 게송은 눈앞의 화려한 영달을 목표로 숱한 좌절을 겪는 인간상을
파리에 빗댄 것이었다.

150　한문공(韓文公)의……있다 : 문공(文公)의 '문(文)'은 당나라 한유(韓愈)의 시
호이다. 그는 〈문 두드리는 소리 똑똑똑[剝啄行]〉에서 "똑똑! 똑똑똑! 문밖에 손님이
왔네.[剝剝啄啄, 有客至門.]"라고 하였다.

　【校】이 원주는 교정고 가필사항이다.

151　백운선사(白雲禪師)의……하였다 : 전겸익(錢謙益)의 《목재초학집》 권4 〈장 이
부에게 부친 40운[寄澤州張吏部四十韻 方聞屯留暴給諫之訃 詩末悼之 兼懷張巍姑甘
州]〉의 "어리석도다 창호지 뚫으려는 파리여, 무던하구나 서책 갉는 좀벌레여.[癡癡鑽
紙蠅, 兀兀蛀書蠹.]"에 대한 전증(錢曾)의 주석에 인용된 홍각범(洪覺範)의 《임간록
(林間錄)》의 내용이다. 전증의 주석에는 '백운선사'가 '백운단선사(白雲端禪師)'로 되

넷째 수[152] 其四

대나무 장대와 포대에서 일찌감치 몸을 빼어   竹竿布袋早抽躬

> 매성유(梅聖兪)가 만년에 당(唐)나라 역사서 편수에 참여했는데, 처음 조칙을 받고서 아내에게 말하기를 "내가 역사서를 편수하는 것은 마치 원숭이가 포대 속에 들어가는 것과 같네."라고 하였다. 이에 아내가 응대하기를 "그대가 벼슬하는 것은 메기가 대나무 장대에 올라가는 것과 무엇이 다르겠소?"라고 하였다.[153]

한자리에서 책을 읽다 한 해가 저물어가네   一榻圖書歲欲窮
시골마을 아이들도 연날리기를 즐겨   鄕里小兒猶洛戲[154]

어 있다.

152 평성 '동(東)' 운의 평기식 수구용운체 오언절구이다. 위태롭고 속박당하는 관직 생활을 그만두고 은거하여 독서로 소일하는 중에 세밑을 맞이하는 정경을 읊었다.

153 매성유(梅聖兪)가……하였다 : 송나라 구양수(歐陽修)의 《귀전록(歸田錄)》 권2의 내용을 발췌 인용한 것이다. 성유(聖兪)는 송나라의 관료·문인 매요신(梅堯臣, 1002~1060)의 자이다. 그는 처음에는 음직으로 동성 주부(桐城主簿)·진안군 절도판관(鎭安軍節度判官)을 지내고 1051년(50세)에 진사(進士)가 되어 국자감 직강(國子監直講)·도관 원외랑(都官員外郞) 등을 지냈다.

위에 인용된 일화는 그가 시(詩)로 이름났으나 30년 동안 벼슬에 오르지 못하다가 만년에 《신당서(新唐書)》 편수의 조칙을 받든 때의 일로, '원숭이가 자루 속에 들어가는 것과 같다'는 것은 자유를 구속당하게 될 것이라는 말이고, '메기가 대나무 장대에 올라가는 것과 같다'는 것은 몹시 위태롭다는 말이다.

【校】 '당(唐)나라 역사서'의 원문은 '당사(唐史)'이고, '역사서를 편수하는 것'의 원문은 '수사(修史)'이다. 《귀전록》에는 본디 '당서(唐書)'와 '수서(修書)'로 되어 있다. 매요신이 편수에 참여한 것은 《신당서》인데, 《구당서(舊唐書)》와 대칭(對稱)하지 않을 때는 《당서(唐書)》로만 지칭하기도 한다.

154 洛戲 : 원주에 따르면 이는 '한양(漢陽)의 놀이'가 되며, 다음 구와 조응되려면 '연날리기'를 뜻하는 말이 된다. 다만 '한양의 놀이'가 어떤 이유로 '연날리기'의 뜻을 지니게 된 것인지는 상세하지 않다.

낙양(洛陽)은 주(周)나라의 서울이었다. 이 때문에 우리나라 사람들도 우리나라의 서울을 낙양이라고 부른다.[155]

| 종이 연이 아침 햇살 속에 서릿바람 타고 나네 | 紙鳶朝日倚霜風 |

다섯째 수[156] 其五

사람들은 백발을 싫어하나 나는 그렇지 않네	人嫌白髮我無嫌
백발이 늘수록 지혜가 더해질 테니	白髮仍將智思添
죽과 차를 한 번씩 끓여 마시고	煮粥烹茶[157]須一辦
아침이면 거울 보며 새 흰 수염 축하하리[158]	朝來對鏡賀新髯

여섯째 수[159] 其六

| 동산의 나그네는 허리에 도끼 차고 나무하러 가고 | 園客腰柯伐木去 |
| 마을의 할미는 머리에 동이 이고 물을 길어 돌아오네 | 村婆頂甕汲泉歸 |

---

155 【校】낙양(洛陽)은……부른다 : 교정고 가필사항이다. '우리나라의 서울〔國都〕'은 1차 가필 '國▨都'에서 가운데 1자가 삭제된 것이다.

156 평성 '염(鹽)' 운의 평기식 수구용운체 오언절구이다. 새해를 앞두고 늙어가는 자신의 모습을 긍정적으로 받아들이는 내용이다.

157 【校】茶 : 교정고 수정사항으로 원글자는 '茗'이다. 의미상 차이는 없으나, 평측의 차이가 있다.

158 죽과……축하하리 : 섣달 그믐밤을 지새우며 새해 첫 아침을 기다리는 상황에서 한 말이다.

159 평성 '미(微)' 운의 측기식 수구불용운체 오언절구이다. 시골 마을에서 나무하고 물 길으며 자력으로 생활하는 평범한 사람들의 시선으로 방 안에 틀어박혀 밤새 글 읽는 명고 자신을 돌아보는 내용이다.

저들은 아마도 방 안의 늙은이를 가리키며   也應指點房中叟

밤새도록 글 읽으며 무슨 일을 바라는지 궁금해하리

終夕呻唔底事希

[교정고 삭제 표시작]

일곱째 수[160] 其七

《급취장(急就章)》을 암송하여 기준 밝게 세웠건만   急就諷來揭已高

  《급취장》은 어린아이가 처음 글자를 배우는 책이다.

잘못이 끝이 없네 목단이 대체 무슨 달이란 말인가

牡丹何月竟滔滔

  산동(山東) 사람이 《금석록(金石錄)》을 판각하면서 8월의 이칭이 장월(壯
月)임을 모르고 '현익세 장월삭(玄黓歲壯月朔)'을 '현익세 목단삭(玄黓歲牡
丹朔)'으로 고쳤다.[161]

쇠똥구리의 똥 뭉치와 아이들의 우박은 진주가 아님이 결국 드러나나
니[162]   糞丸兒雹終歸幻

학자들에게 당부하노라 부질없는 수고 마시길   寄語諸家莫謾勞

---

160 평성 '호(豪)' 운의 측기식 수구용운체 오언절구이다. 《급취장(急就章)》을 암송
하고도 자의(字意)에 어두워 글자를 잘못 교감하는 사례가 많은데, 잘못된 글자는 결국
드러나게 되므로 부질없이 교감에 힘쓸 것 없다는 내용이다.

161 【校】산동(山東)……고쳤다 : 교정고 수정사항이다. 원래는 이 뒤에 "명나라 말
기의 박학가들은 대체로 모두 이와 같은 부류이다.〔明末博洽, 大抵皆此類.〕"라는 말이
더 있었는데 교정고에서 삭제하였다.

162 쇠똥구리의……드러나나니 : 쇠똥구리의 똥 뭉치와 수(隋)나라의 명월주(明月
珠)는 대번에 구별된다는 말이 당나라 한유(韓愈)의 〈통해(通解)〉에 보인다. 아이들의
우박에 대한 고사는 286쪽 주524 참조.

일곱째 수[163] 其七

바람에 흔들리는 등불 눈 덮인 지붕 담박한 산촌 풍경

風燈雪屋澹山村

반 묘의 네모난 못에는 달그림자 하나 半畝方塘月一痕

아이에게 분부하노니 대문 닫지 말거라 分付兒童門莫掩

이웃 손님 밤중에 찾아온다 하셨으니 近隣客有夜來言

〔교정고 삭제 표시작〕

아홉째 수[164] 其九

청안(青眼)도 백안(白眼)도 보이지 않고 아무것도 못 본 듯이 했지만

青白不形眼底空

진(晉)나라 완적(阮籍)이 청안과 백안을 지을 수 있었는데, 혜희(嵇喜)를 볼 때 백안을 짓자 혜희가 불쾌해하며 떠났다. 혜희의 아우 혜강(嵇康)이 이 일을 듣고는 술과 거문고를 들고 찾아가자, 완적이 아주 기뻐하며 마침내 청안을 보였다.[165]

---

163 평성 '원(元)' 운의 평기식 수구용운체 오언절구이다. 눈 내린 시골에서 밤중에 이웃 손님을 기다리는 정경을 읊었다.

　【校】 이 소소제목은 교정고 수정사항으로, 원래는 '여덟째 수〔其八〕'였다. 교정고 작성자가 원래 일곱째 수였던 앞 시를 삭제토록 함에 따라 일곱째 수가 된 것이다.

164 평성 '동(東)' 운 2운 및 이와 통운되는 평성 '동(冬)' 운 1운(제2연의 '농(農)')으로 구성된 측기식 수구용운체 오언절구이다. 환로(宦路)에서의 번민을 회상하며 은거를 지속하겠다고 다짐하는 내용이다.

165 진(晉)나라……보였다 : 《세설신어(世說新語)》〈오만하여 풍속에 매이지 않음〔簡傲〕〉의 '혜강과 여안선〔嵇康與呂安善〕'에 대한 유효표(劉孝標)의 주에 인용된 《진백관명(晉百官名)》의 내용이다. 위의 일화는 완적(阮籍)이 상(喪)을 당했을 때의 일이다. 완적은 범속한 사람을 백안(白眼)으로 대하였다. 혜희(嵇喜)가 떠난 까닭은 본디

당파 사이 알력 속에 오랫동안 번민했네　　　恩牛怨李[166]久營營

이제 다행히 풍파 이는 환해(宦海)를 벗어났으니　而今幸脫風波地

진정으로 맹세하네 늙은 농부 되자고　　　　信誓朝朝[167]作老農

여덟째 수[168] 其八

비문(碑文) 지어 가난 벗으라던 계책은 너무도 엉성하니

　　　　　　　　　　　　　碑誌救貧計太疏

마씨와 왕씨의 재치 있는 농담조차 내겐 한탄스럽네

　　　　　　　　　　　　　馬王善謔亦嗟余

　당나라 왕중서(王仲舒)가 마봉(馬逢)과 사이가 좋았는데, 늘 마봉을 질책
하기를 "가난을 감내할 수 없다면 어째서 사람들에게 묘비문이라도 지어주

완적이 곡(哭)을 하지 않았기 때문이기도 하다. 혜강이 술과 거문고를 가지고 찾아간
것 역시 완적이 상중에 있었으므로 세속적 규범에 얽매이지 않는 풍모를 보인 것이다.

　【校】이 원주는 교정고 가필사항이다. 1차 가필 '▨白眼出▨▨▨▨'를 재수정한 것이다.

166　恩牛怨李 : 당파로 나뉘어 알력이 심함을 뜻한다. 당 목종(唐穆宗)부터 선종(宣
宗) 때까지(821~859) 조정의 신하들이 우승유(牛僧孺, 779~847)를 추종하는 무리와
이덕유(李德裕, 787~850)를 추종하는 무리로 나뉘어 당쟁이 심했던 데서 온 말이다.

167　信誓朝朝 : '信誓旦旦'으로도 쓴다. '朝朝'와 '旦旦'은 진정으로 간절한 모양을 나타
내는 말이다. 《시경》〈위풍(衛風) 맹(氓)〉의 "약속하고 맹세하기를 진정으로 간절히
하였기에, 맹세를 뒤집을 줄은 생각지 못했노라.[信誓旦旦, 不思其反.]"라는 말을 원용
한 표현이다.

168　평성 '어(魚)' 운의 측기식 수구용운체 오언절구이다. 글 값을 받아 가난을 면하라
던 옛사람의 농담을 생각하며, 재물이 오직 높은 벼슬아치에게 집중되어 미천한 문인으
로서는 글을 팔려고 한들 값을 제대로 받을 수 없는 조선의 현실을 씁쓸하게 읊었다.

　【校】이 소소제목은 교정고 수정사항으로, 원래는 '열째 수[其十]'였다. 교정고 작성
자가 원래의 일곱째 수와 아홉째 수를 삭제토록 함에 따라 여덟째 수가 된 것이다.

어 가난을 벗어나지 않는가?"라고 하였다. 이에 마봉이 웃으면서 "마침 어떤 집에서 말을 달려 의원을 부르러 가는 걸 보았네. 곧 기회가 올 걸세."라고 하였다.[169]

우리나라 풍속은 문장 값이 형편없어　　　　　　東方風俗文章賤

재물이란 재물은 다 재상집에 모이거니　　　　　束帛都歸宰相居

169 당나라……하였다 : 당나라 이조(李肇)의 《당국사보(唐國史補)》 중권(中卷)의 내용이다.

흘골산성에서 출토된 옥패에 새겨진 시에 차운하여[170]
次紇骨城玉佩詩韻

170 【작품해제】성천 부사로 재임 중(1791년 6월~1792년 6월)에 지은 작품으로 생각된다. 서문에 성대중(成大中, 1732~1809)과 유득공(柳得恭, 1748~1807)이 '와서〔來〕' 보았다고 했으므로 이 시를 지을 때 명고의 위치를 성천으로 추론할 수 있고, 또 이 일화를 기록한 다른 자료들에서는 옥패(玉佩)의 소유자가 몇 차례 바뀌는 일련의 과정이 기술된 데 반해 여기는 발견 당시의 정황을 서술하는 데 그쳤으므로 발견 초기의 기록으로 추정된다. 명고가 이 일화에 등장하는 성천의 시기(詩妓) 일지홍(一枝紅)과 인연이 있었던 점도 주목된다. 《本書 卷1 贈成川詩妓一枝紅》

이 일화에 대해 신위(申緯, 1769~1845)와 이유원(李裕元, 1814~1888)은 유득공의 《영재서종(泠齋書種)》을 인용하여 "……반투명한 우윳빛을 띠고 있었고 두 개의 이수(螭首)가 조각되어 있었는데, 한 면에는 산수(山水)·평교(平橋)·어주(漁舟)·원탑(遠塔)이 새겨져 있었다……이 옥을 부사에게 바쳤는데, 부사의 아들이 시기(詩妓) 일지홍(一枝紅)을 사랑하여 그 옥을 주어 차게 하였다. 뒤에 그 옥은 성천부의 어떤 사람에게 귀속되었는데, 부사 아무개가 비싼 값을 주고 취하였다."라고 하고, 또 자신의 의견을 보태어 "정 부사(鄭府使)가 이 옥을 취하여 총애하는 여자의 장식으로 삼았는데, 그 여자는 연자루(燕子樓)에 거처하고 있었다. 10년 후에 그 여자는 이 옥을 팔아서…… 또 귀한 집 여자에게 돌아갔다……한 골동품 애호가가 그 여자에게서 구매한 뒤로는 끝내 그 손에서 닳도록 나오지 않았다고 한다."라고 하였다. 이유원은 또 명나라 서위(徐渭, 1521~1593)의 시 〈수선화(水仙花)〉 중 "소주의 육자강을 시름에 빠지게 만드네.〔愁殺蘇州陸子剛〕"라는 구의 자주(自註)에 "육자강은 소주(蘇州) 사람으로 옥을 연마하는 묘수(妙手)이다."라고 한 것을 근거로, 옥패에 새겨진 '자강(子剛)'에 대해 성은 육씨(陸氏)이며 서위와 동시대 사람이라고 추정하고, 따라서 이 옥패는 명나라 가정·융경 연간의 물건이라고 하였다. 《林下筆記 卷33 華東玉糝編 嘉隆玉佩》《警修堂全藁 冊4 蕉齋續筆 玉佩》

여기에 인용된 옥패의 시에 등장하는 행춘교(行春橋)는 중국 절강성(浙江省) 항주(杭州)에 있는 서호(西湖) 북부의 다리이다. 당나라 때부터 9리나 되는 소나무길이 유명하였다. 명고의 차운시는 고구려 시조 동명왕의 첫 도읍지에서 출토된 옥패에 대해 유물로서 가치를 부여하는 내용이다. 평성 '우(尤)' 운의 평기식 수구용운체 오언절구이다.

성도(成都 성천(成川))의 백성이 흘골산성(紇骨山城) 옛터에서 밭을 갈다가 사방 1치쯤 되는 작은 옥패(玉佩)를 발견하였다. 앞면에는 구름과 탑과 다리가 새겨졌는데 매우 정교하였다. 뒷면에는 다음과 같은 시가 새겨져 있고,

"푸른 잔디 흰 바위가 강섬에 가득하고 　　　　綠莎白石滿河洲
끝없이 펼쳐진 모래밭이 얕은 강물 둘렀어라 　　渺渺平沙帶淺流
붉은 꽃 핀 푸른 산에 들어갈 길 없으니 　　　　紅樹靑山無路入
행춘교 다리 가에서 고깃배를 찾노라" 　　　　　行春橋畔覓漁舟

그 아래에 '자강(子剛)'이라는 작은 인장(印章)이 새겨져 있었다. 시대의 원근은 알 수 없으나 아마도 옛 물건인 듯하다. 성사집(成士執 성대중(成大中))[171]과 유혜풍(柳惠風 유득공(柳得恭))이 모두 와서 보고는 원(元)나라 사람의 시와 그림이라고 했지만 믿을 만한지는 모르겠다. 마침내 그 시에 차운하여 시화(詩話)의 자료를 갖추어둔다.

천년 된 옛 도읍이 서쪽 물가에 있는데 　　　　千年故國在西洲
성곽 주추 어렴풋 남아 있고 비류강이 둘러쌌네 　雉礎依俙繞沸流
생동하는 그림과 좋은 시가 망국(亡國)의 옛터에서 나왔으니

　　　　　　　　　　　　　　　　　　活畫名詩灰劫出

급군(汲郡) 사람이 무덤에서 발견한 죽간과 진(晉)나라[172] 사람이 배다

---

171 【校】성사집(成士執) : '執'은 교정고 수정사항으로, 원글자는 '集'이다. 사집(士執)은 성대중(成大中, 1732~1809)의 자이다.

리에서 얻은 책 같구나　　　　　　　　　　汲人冢簡晉人舟

　　급군 사람이 무덤을 도굴함으로 인해 과두문자(蝌蚪文字)로 기록된 죽간
(竹簡)을 발견하였고, 진(晉)나라 사람이 대항(大航) 앞에서 《상서》의 누
락된 편을 발견하였다.[173]

172　【校】진(晉)나라 : '남조 제(齊)나라'가 되어야 한다. 아래 주173 참조.

173　급군……발견하였다 : 급군(汲郡) 무덤에서 발견된 죽간(竹簡)에 대해서는 285쪽
주521 참조. 대항(大航) 앞에서 《상서》의 누락된 편을 발견한 일은 《수서(隋書)》 권32
〈경적지(經籍志)〉에 보인다.

　　【校】'대항(大航) 앞에서 《상서》의 누락된 편을 발견한' 것은 '진(晉)나라 사람'이
아닌 '남조 제(齊)나라 사람'이라고 해야 한다. 대항은 동진(東晉)과 남조(南朝) 때
도성인 건강성(建康城 : 강소성 남경시(南京市)) 남쪽에 있던 배다리[浮橋]로, 대항
(大桁)·주작항(朱雀航)이라고도 한다. 동진 때 매색(梅賾)이 구해 바친 《공전고문상
서(孔傳古文尙書)》에는 〈순전(舜典)〉이 따로 없었는데, 남조 제(齊)나라 건무(建武)
연간에 오(吳) 지방의 요방흥(姚方興)이 대항에서 "曰若稽古帝舜" 이하 28자를 얻어
〈요전(堯典)〉의 "愼徽五典" 앞에 배치하고 〈순전〉으로 분리해내었다고 한다. 《駁四書
改錯 卷14 堯典》

겨울밤¹⁷⁴

冬夜

겨울밤에 달이 높이 뜨도록 잠들지 못하는데	冬夜無眠到月高
기러기 떼 울며 지나가고 나뭇잎 소리 서걱대네	雁群叫過葉聲颾
용연향 사르니 푸른 연기 서리고	龍涎燒罷團靑縷

《향보(香譜)》에 용연향(龍涎香)은 사라센 제국〔大食國, Saracen〕에서 나온
다고 하였다. 그 용은 대체로 못 안의 큰 바위에 서려 있는데, 누워서 침을
흘린다고 한다. 그러나 용의 침은 향이 없고 뭇 향료의 향을 발산시킬 수
있기 때문에 향료의 용매로 사용한다고 하였다.¹⁷⁵

기포 연신 올라오니 백호차 달여지네	魚眼沸來老白毫

---

174 【작품해제】 전원에 돌아온 지 반년이 되었다고 했으므로, 장단 광명리 선영 아래
의 명고정거에 칩거 중이던 1792년(44세) 세밑의 작품이다. 깊은 겨울밤 잠들지 못하고
만물의 본성에 대해, 그리고 본성대로 살아가는 삶에 대해 사색하는 내용이다.

　평성 '호(豪)' 운의 측기식 수구용운체 칠언율시이다.　　　　.

175 향보(香譜)에⋯⋯하였다 : 송나라 왕십붕(王十朋)의 《동파시집주》 권14 〈양공
제의 매화시 절구 10수에 다시 화운하여〔再和楊公濟梅花十絶〕〉 제7수 주석에 방형(邦
衡)의 《향보(香譜)》에서 인용했다고 밝힌 내용을 재인용한 것이다. 방형은 송나라 홍
추(洪芻)의 자이다. 송나라 진경(陳敬)이 심립(沈立)·홍추 이하 11가의 설을 모아
저술한 《진씨향보(陳氏香譜)》 권1 〈향품(香品)〉 '용연향' 조 및 《산당사고(山堂肆考)》
등에는 섭정규(葉庭珪)의 설로 인용되었다.

　용연향(龍涎香)은 향유(香油)고래, 일명 말향(抹香)고래에서 채취하는 송진 비슷
한 향료로, 사향(麝香)과 같은 향기가 있다. 사라센 제국〔大食國, Saracen〕은 7～15세기
에 무함마드(Muhammad, 570?～632)와 그 후계자들이 아라비아의 메디나(Medina)를
중심으로 세운 중세 이슬람 국가로, 중국과도 교역이 활발하였다.

　【校】 이 원주는 교정고 수정사항으로, 원래는 "용연(龍涎)은 향 이름이다."였다.

《다경(茶經)》에 차를 끓일 때는 끓는 단계가 3단계 있다고 하였다. 물고기 눈알만한 기포가 올라오며 작은 소리를 낼 때가 1단계이고, 사방에서 구슬 만한 기포가 연달아 용솟음칠 때가 2단계이고, 물결이 일어나 뒤집힐 때가 3단계이다. 3단계가 되면 너무 달여지게 된다고 했다. 백호(白毫)는 차 이름이다.[176]

만물 본성 볼지니 보리는 익어 고개 들고 벼는 고개 숙이네

麥仰稻垂看物性

소동파의 시에 "벼는 고개를 숙이고 보리는 고개를 들어 음기와 양기가 모두 충분하네.〔稻垂麥仰陰陽足〕"라고 하였다.[177]

본성대로 둘지니 가시나무는 구불거리고 소나무는 곧게 자라네

棘鉤松直任他操[178]

전원으로 돌아온 반년 동안 새로 터득한 것 많기에　　歸田半載多新得

깨진 동이에 글귀 모은 도구성을 본받네　　　　　　破甕貯書謾學陶

도구성(陶九成)이 《철경록(輟耕錄)》을 지을 적에 나뭇잎을 따서 종이로

<hr>

176 다경(茶經)에……이름이다 : 《동파시집주》 권11 〈시원에서 차를 끓이며〔試院煎茶〕〉의 주에서 재인용한 것이다. 본디 육우(陸羽, 733~804)의 《다경》〈다섯째, 끓이기〔五之煮〕〉의 내용이다. "3단계가 되면 너무 달여지게 된다.〔則湯老矣〕"가 《다경》에는 "3단계가 지나면 너무 달여져서 마실 수 없게 된다."라고 되어 있다.

177 소동파의……하였다 : 소식의 시 〈진일주(眞一酒)〉에 보인다. '벼는 고개를 숙이고 보리는 고개를 들었다'는 것은 벼와 보리가 각기 잘 여물었다는 말이다. 항아리에 술을 담글 때는 보리로 만든 누룩을 먼저 넣고 그 위에 기장이나 쌀을 넣음으로써 양기가 음기를 얻어 괴어서 술이 되도록 한다고 한다. 《蘇詩補註 卷39 眞一酒》

178 【校】棘鉤松直任他操 : 이 구 뒤에 본디 "불가의 말에 '가시나무는 구불거리고 소나무는 곧으며 까마귀는 검고 학은 흰 데에는 모두 까닭이 있다'라고 하였다."라는 원주가 있었는데, 가필로 삭제 표시되었다. 이와 유사한 내용이 본서 본권 〈최현 스님이 내방하였기에 달 아래서 운을 뽑아〔絢上人來訪 月下拈韻〕〉의 둘째 수 원주에 보인다. 342쪽 주27 참조.

삼고 깨진 항아리에 담아서 나무 아래에 묻어두었다가 10년 뒤에 꺼내었다.[179]

---

179 도구성(陶九成)이……꺼내었다 : 도구성은 원말명초의 은사·문인 도종의(陶宗儀, 1316~?)로, 구성은 그의 자이다. 《철경록(輟耕錄)》은 그가 은거할 때 몸소 농사를 지으면서 잠시 쉴 때마다 나뭇잎을 따서 그 위에 글을 쓰고 항아리에 담아둔 것이 10년에 이르러 책이 된 것이라고 한다. 박잡한 내용 중에 특히 원나라의 전장제도·문물·지리 등이 참고자료로 중시되고 있다.

몸져누워[180] 2수

病臥 二首

첫째 수[181]

세상 속에 있는 것과 세상을 벗어나는 것은	世間出世間
양쪽 인연 동시에 얻을 수 없음[182]을 아노라	知不併因緣
세상 밖의 나 지금 병들었으니	出世吾今病
단약 제조 방법을 낙천에게 물어봐야겠네	鼎鑪問樂天

백낙천(白樂天)이 여산초당(廬山艸堂)을 지은 것은 단약을 만들기 위함이 었다. 단약이 완성되려는 순간 부뚜막과 솥이 깨지더니, 이튿날 충주 자사 (忠州刺史)에 제수한다는 임명장이 도착하였다. 소동파가 이 일을 논하여 "세상에 있는 것과 세상을 벗어나는 것은 양립할 수 없다."라고 하였다.[183]

---

180 【작품해제】장단 광명리 선영 아래의 명고정거에 칩거 중이던 1792년(44세) 6월 이후 1795년(47세) 6월 이전까지 중 어느 시기의 작품이다.

【校】제목 원주의 '二首'는 교정고 가필사항이다.

181 평성 '선(先)' 운의 평기식 수구불용운체 오언절구이다. 은거 중의 병고를 읊었다.

182 세상……없음 : 소식의 시 〈조양의 오자야가 출가했다는 소식을 듣고[聞潮陽吳 子野出家]〉에서 "세상 속에 있는 것과 세상을 벗어나는 것, 양쪽 길을 동시에 얻을 수는 없지.[世間出世間, 此道無兩得.]"라고 한 말을 원용한 표현이다. 《蘇東坡全詩集 卷36》

183 백낙천(白樂天)이……하였다 : 소식(蘇軾)의 《동파지림(東坡志林)》 권12에 보 인다. 낙천은 당나라 백거이(白居易)의 자이다. 백거이의 이와 같은 행적이 정사(正史) 열전(列傳)에는 보이지 않는다. 이 때문에 왕입명(汪立名, 청대(淸代))은 《백향산시집 (白香山詩集)》의 주석에서 소식의 이 기록은 고증이 필요하다고 하였다.

둘째 수[184] 其二

수신(水神)이 점지해준 짠지와 녹봉	甕虀[185]與料錢
넉넉할사 모두가 300이었네	富有均三百
내게는 두 가지 모두 없거니	二者吾皆貧
수신에게 붙잡힐까 두려워지네	怕爲神所獲

장원 급제한 왕씨(王氏)가 급제하기 전에 술에 취해 변하(汴河)에 떨어졌다가 수신(水神)의 도움으로 살아 나왔다. 이때 수신이 말하기를 "그대가 여기서 죽는다면 300꿰미의 녹봉을 어디에 쓰겠는가."라고 하였다. 당시에 오래도록 과거에 급제하지 못하던 어떤 사람이 이 일을 듣고 취한 척하며 변하에 떨어졌는데, 수신이 그 사람도 살아 나오도록 도와주었다. 그 사람이 몹시 기뻐하며 "제가 받을 녹봉은 얼마나 됩니까?"라고 하자, 수신이 말하기를 "그건 모르겠고, 다만 300동이의 짠지를 쓸 곳이 없게 되겠지."라고 하였다.[186]

---

184 입성 '맥(陌)' 운의 평기식 수구불용운체 오언절구이다. 짠지조차 부족할 만큼 극도로 궁핍한 생활고를 토로하였다.

185 虀 : '양념할 제', '버무릴 제'이다. '齏'와 '같은 글자[同字]'이다.

186 장원……하였다 : 본디 소식(蘇軾)의 《골계첩(滑稽帖)》의 내용인데, 《고금사문유취(古今事文類聚)》 별집(別集) 권20 '수신에게 모욕을 당함[河神所侮]' 조에서 재인용한 것이다. 이 일화가 《연감유함(淵鑑類函)》·《산당사고(山堂肆考)》 등에도 인용되어 있는데, 이들 자료에는 '변하(汴河 : 하남성 형양시(滎陽市) 서남부에 있는 하천)'가 '강물[河]'로 되어 있다. 왕씨는 이 일이 있고 나서 이듬해에 과거에 급제했다고 한다. 1꿰미[千, 貫]가 1,000전이므로 300꿰미는 30만 전이다. 300동이의 짠지는 궁핍한 생활을 표상한 말이다. 왕씨가 누구인지는 상세하지 않다.

병상에서 아이를 불러 샘물을 길어다 차를 끓이게 하며[187]
病枕呼兒 汲泉煎茶

샘물 떠다 차 끓이기 차례로 하여   雪乳松風[188]取次成

병중에 차 마시니 몸이 상쾌하누나   病中茗飲覺肌清

노공은 어찌하여 일곱 잔이나 말했던고   盧公七椀言何侈

 노동(盧仝)이 차〔茶〕를 논하여 "첫째 잔은 입술과 목을 적셔주고, 둘째 잔은 고독하고 울적한 마음 풀어주네. 셋째 잔은 메마른 창자를 훑는데, 창자 속에 있는 것이라곤 5천 권의 문장뿐이네. 넷째 잔은 가벼운 땀을 발산시키는데, 평소 불평스럽던 일이 모두 땀구멍을 통해 흩어지네. 다섯째 잔에 살과 뼈가 맑아지고, 여섯째 잔에 신선과 통하네. 일곱째 잔은 마실 것도 없이, 오직 양 겨드랑이에 가벼운 바람이 솔솔 일어 날아갈 것 같네.〔一椀喉吻潤, 二椀破孤悶. 三椀搜枯腸, 惟有文字五千卷. 四椀發輕汗, 平生不平事, 向毛孔散. 五椀肌骨清, 六椀通仙靈. 七椀喫不得, 也惟覺兩腋習習輕風生.〕"라고 하였다.[189]

소동파는 한 잔이면 족하겠다 바랐거늘   坡老一甌願足盈

 소동파의 시 〈시원(試院)에서 차를 끓이며〔試院煎茶〕〉에 "그저 해가 높이 뜨도록 충분히 자고 일어났을 때 한 잔의 차를 늘 마실 수 있기를 바랄 뿐이네.〔但願一甌常及睡足日高時〕"라고 하였다.[190]

---

187 【작품해제】앞 시와 유사한 시기의 작품이다. 병고를 겪으며 은거하는 중에 아이를 시켜 차를 끓이는 정경과 차의 효과를 읊었다.

 평성 '경(庚)' 운의 측기식 수구용운체 칠언율시이다.

188 雪乳松風 : '雪乳(눈 젖)'는 샘물을, '松風(소나무 바람)'은 차를 뜻한다.

189 노동(盧仝)이……하였다 : 당나라 노동(盧仝, 796?~835)이 간의대부(諫議大夫) 맹간(孟諫)이 차를 보내준 것에 사례하는 뜻으로 지은 〈차 노래〔茶歌〕〉의 일부이다. 《古文眞寶前集 卷8》

화롯불 조절 방법 찾아볼 것 없으니　　　　　　　　爐記火籤無待候[191]

　원문의 '후(候)'는 불의 세기와 가열 시간을 말한다.[192]

차 끓이는 아이 솜씨 법도에 넉넉 맞네　　　　　　兒工水劑有餘衡

산중 생활에 고기 잊음은 없어서가 아니니　　　　山居忘肉非緣乏

근년에 차를 끓여 마셔보니 효과가 같다네　　　　烹點年來收效竝

　원문의 '팽(烹)'은 '차를 끓인다〔烹茶〕'는 말이고, '점(點)'은 '차를 우린다
〔點茶〕'는 말이다.

190　소동파의……하였다 :《소동파시전집》권8에 보인다. 이 구의 안짝은 "배 속을
가득 채울 5천 권의 문장 필요 없으니〔不用撐腸拄腹文字五千卷〕"이다.

191　【校】候 : 교정고 수정사항으로, 원글자는 '戒'이다. '候'일 때 이 구는 '爐記火籤〔화
롯불 조절 방법이 적힌 글〕'에서 '불의 세기와 가열 시간'을 찾아볼 필요가 없다는 말이
되고, '戒'일 때는 '주의점'을 찾아볼 필요가 없다는 말이 된다. 두 글자 모두 측성이다.

192　【校】원문의……말한다 : 교정고 가필사항이다.

산속의 유익한 것 네 가지[193] 4수

山中四益 四首

소나무[194] 松

선영 둘레 십 년 동안 소나무를 길렀더니[195]　　　環丘十載養頿[196]龍

　원문의 '염용(頿龍 구레나룻 덥수룩한 용)'은 소나무의 이칭이다. 소동파의
　시에 "봄비가 구레나룻 덥수룩한 용을 길러주네.〔春雨養頿龍.〕"라는 말이
　있다.[197]

연말에도 변함없이 검푸르게 감싸주네　　　　　歲晏長期黛色封

나무 둘레 두 뼘 된 지 이리 오래되었건만　　　拱把以來如許久

복령[198] 소식 아득하여 접하기 어렵구나　　　　茯苓消息杳難逢

---

193 【작품해제】 장단 광명리 선영 아래의 명고정거에 칩거 중이던 1792년(44세) 6월
이후 1795년(47세) 6월 이전까지 중 어느 시기의 작품이다.

　【校】 소제목 원주의 '四首'는 교정고 가필사항이다.

194 평성 '동(冬)' 운의 평기식 수구용운체 칠언절구이다. 소나무는 선영을 보호해주
므로 유익하다는 내용이다. 소나무의 또 다른 유익함으로 복령(茯苓)을 들 수 있지만
아직은 기대하기 어렵다고 하였다.

195 선영……길렀더니 : 명고는 1779년(31세)에 양부 서명성(徐命誠, 1731~1750)
의 무덤을 장단 진북면 광명리로 이장하였으니, 이 시를 지을 때는 그로부터 13년 이상
지난 때이다. 10년은 대략적인 수를 말한 것이다.

196 頿 : '髭(구레나룻 염)'과 '같은 글자〔同字〕'이다.

197 소동파의……있다 : 소식의 시는 〈수재 두여가 소나무 키우는 방법을 배우려 하
기에〔予少年頗知種松 手植數萬株 皆中梁柱矣 都梁山中 見杜輿秀才求學其法 戲贈 二
首〕〉를 말한다. 《蘇軾全詩集 卷19》

198 복령 : 소나무 따위의 뿌리에 기생하는 버섯으로, 이뇨 효과가 있어 한방에서
수종(水腫)·임질·설사 등에 약재로 쓰인다.

《포박자(抱朴子)》에 송진이 땅속으로 들어가 천년을 묵으면 복령이 된다고 하였다.[199]

편백나무[200] 檜

우뚝우뚝 높이 솟아 수풀 속에서	亭亭竦出衆叢間
온갖 초목 시들어도 홀로 옛 모습	萬卉凋零自舊顔
어렵사리 지켜낸 서너덧 그루	護得辛勤三五樹
뿌리 뻗고 열매 맺어 우리 선산(先山) 메웠네	蟠根結子滿吾山

떡갈나무[201] 槲

봄엔 새싹 가을엔 낙엽 자연의 시간 따르고	春姸秋老任天時
눈밭 위의 나뭇가지 달빛 아래 긴 그림자	月下喬陰雪上枝
이로 인해 선산 경광 아름답게 단장되니	從此山光粧點好
유서 깊은 집안 무덤 백 년 됐음 알게 하네	故家幽宅百年知

---

199 포박자(抱朴子)에……하였다 : 《포박자》 내편 권11 〈선약(仙藥)〉에 보인다. 본디는 복령의 근원 물질로 잣나무의 진액도 함께 언급되었는데, 여기서는 시제(詩題)에 맞추어 소나무만 거론한 것이다.

200 평성 '산(刪)' 운의 평기식 수구용운체 칠언절구이다. 편백나무는 측백나뭇과의 상록수로, 노송(老松)·회목(檜木)이라고도 한다. 편백나무의 유익한 점으로 많은 열매를 들었다. 편백나무의 열매는 약재로 쓰인다.

201 평성 '지(支)' 운의 평기식 수구용운체 칠언절구이다. 떡갈나무는 참나뭇과의 낙엽수로, 도토리나무·곡목(槲木) 등으로도 불린다. 떡갈나무의 유익한 점으로 철따라 선산을 아름답게 단장하고 유서 깊은 집안의 오래된 무덤임을 알게 해준다는 것을 들었다.

밤나무[202] 栗

늙고 불우한 선비가 빈궁하지 않음을 자랑하니	秋士生涯詫不貧
동산에서 주운 밤이 곳집에 그득할사	栗園拾子已盈囷
어떠한가 논밭에서 한 해 내내 애를 써도	何如南畝終年力
겨울 한철 열 식구 배곯는 농부에 비해	未飽三餘十口身

　원문의 '삼여(三餘)'는 동우(董遇)의 고사에서 나왔다. 겨울은 한 해의 나머지이므로, 여기서 삼여는 겨울 석 달을 말한다.[203]

202 평성 '진(眞)' 운의 측기식 수구용운체 칠언절구이다. 밤나무의 유익한 점으로 밤〔栗〕의 구황(救荒) 기능을 들었다.

203 원문의……말한다 : '삼여(三餘)'는 공부할 수 있는 세 가지 여가(餘暇)를 이르는 말로, 본디는 겨울(한 해 중에 남는 때)·밤(하루 중에 남는 때)·장마철(농사철 중에 남는 때)을 말하는데, 여기서는 '겨울 석 달'로 의미가 바뀌어 쓰였다.

　동우(董遇)는 후한(後漢) 말기, 삼국시대 위(魏)나라의 관료·학자로, "글을 백 번 읽으면 뜻이 절로 드러난다.〔讀書百遍而義自見..〕"라는 말로 유명할 만큼 질박하고 어눌한 성품에 학문을 좋아하였다. '세 가지 여가' 역시 그의 말로, 공부할 시간이 부족하므로 짬짬이 틈을 내어 공부해야 한다는 뜻이다. 《三國志 卷63 魏志 王肅傳 裴松之注》

　【校】 이 원주는 교정고 가필사항이다.

산속의 무서운 것 네 가지[204] 4수

山中四畏 四首

호랑이[205] 虎

큰 못과 깊은 숲으로 호랑이들 돌아가   大澤深林虎豹歸

고요한 이 산에는 사립 아니 닫는데   此山窈窕不扃扉

눈 쌓인 뒤 오고 간 발자국이 많으니   雪封以後多交迹

요즘은 어부와 나무꾼들 해 지기 전 돌아오네 近日漁樵趁夕暉

뱀[206] 蛇

물풀 우거진 둑 가에서 몇 번이나 놀랐던가 水艸堤邊幾度驚

꽃과 버들 구경하는 봄놀이도 편치 않네 訪花隨柳亦難平

 정자(程子)의 시에 "꽃 찾고 버들 따라 앞 시내에 나왔네.〔訪花隨柳過前
川〕"라고 하였다.[207]

뱀이 동면에 듦은 은자에게 이로운 일 龍蛇存蟄幽人利

 《주역》에 "뱀이 겨울잠 자는 것은 몸을 보존하기 위함이다.〔龍蛇之蟄, 以存

---

204 【작품해제】 앞 시와 유사한 시기의 작품이다. 호랑이와 뱀, 도적은 특별할 것
없으나, 네 번째 두려운 존재로 거지를 든 것이 인상적이다.

 【校】 제목 원주의 '四首'는 교정고 가필사항이다.

205 평성 '미(微)' 운의 측기식 수구용운체 칠언절구이다.

206 평성 '경(庚)' 운의 측기식 수구용운체 칠언절구이다.

207 정자(程子)의……하였다 : 정호(程顥, 1032~1085)의 〈봄날 우연히 지은 시〔春
日偶成〕〉에서 인용한 것이다. 《千家詩 卷3》

 【校】 이 원주는 교정고 가필사항이다.

身也.〕"라고 하였다.[208]

서리 내린 뒤엔 산길을 지팡이 없이 다니거니　　　　霜後山蹊放杖行

도적[209] 盜

동쪽 마을은 저번 밤에 솥과 사발 빼앗기고　　　　東里前宵脫鼎甌
남쪽 마을은 어젯밤에 농삿소를 잃었다네　　　　南村昨夜失農牛
흉년 들어 굶주리는 백성들이 불쌍하니　　　　民飢歲儉情堪惻
큰 도적을 원망 않고 도리어 널 원망하네　　　　大盜不尤反汝尤

'큰 도적[大盜]'은 《장자》에 나온다.[210]

208　주역에……하였다 : 《주역》〈계사전 하(繫辭傳下)〉에서 인용한 것으로, 본디는 "자벌레가 몸을 굽히는 것은 펴기 위함이다.〔尺蠖之屈, 以求信也.〕"와 함께 쓰여 "이치를 정밀히 연구하여 신묘한 경지에 들어가는 것은 실제에 응용하기 위함이다.〔精義入神, 以致用也.〕"라는 뜻을 비유한 말이지만, 여기서는 표면적인 의미만 취하였다.
　　【校】이 원주는 교정고 가필사항이다.

209　평성 '우(尤)' 운의 측기식 수구용운체 칠언절구이다.

210　큰……나온다 : 《장자》〈거협(胠篋)〉에서, 궤짝을 뜯고 주머니를 뒤지는 보통의 도적에 대해, 궤짝을 등에 지고 주머니를 둘러메어 통째로 훔쳐가는 도적을 '큰 도적[巨盜 : 大盜]'이라고 하고, '혁대 고리를 훔친 자는 죽임을 당하지만 나라를 훔친 자는 제후가 된다.'라고 하였다.《안병주 · 전호근 공역, 역주 장자2, 전통문화연구회, 2009, 56 · 60쪽》. 큰 도적은 곧 나라를 찬탈하는 도적을 말한다.
　　【校】이 원주는 교정고 가필사항이다.

거지[211] 丐

구걸하는 듯 위협하는 저들 몹시 두려우니	劫行丐名最怕他
"적선합쇼!" 외치고선 이어 바라 울리누나	初呼積善再鳴鑼
무뢰하게 고을마다 곡식을 가로채며	無端漁取村村粟
농사도 장사도 않고 세상 잘만 살아가네	不事農商好自過

211 평성 '가(歌)' 운의 측기식 수구용운체 칠언절구이다. 윤기(尹愭, 1741∼1826)도 가을철 농촌에서 볼 수 있는 여덟 가지 부류의 사람들을 전형적으로 묘사하면서 걸객(乞客)을 여섯 번째로 다룬 바 있다. 명고의 이 시와 대의가 통하며 상호 표리가 되므로 보이면 다음과 같다. "백성들 중 많은 수가 본업이 없어, 가을 되면 미치광이처럼 되네. 시골 늙은이는 때때로 구걸 나서고, 산승은 곳곳에서 바삐 시주 청하네……무엇보다 무서운 건 깊은 밤중에, 몰래 엿보아 아이를 훔쳐가는 것.〔民多無本業, 秋後乃如狂. 村老時時乞, 山僧處處忙……最怕深宵裏, 儵兒暗伺傍.〕"

소요부의 〈수미음〉에 화운하여[212] 7수

和邵堯夫首尾吟 七首

첫째 수[213]

명고는 시 읊기를 좋아하는 사람이 아니니　　　明皐非是愛吟詩

이 시는 마침 명고가 세상을 벗어난 때라 짓는 것이네

詩是明皐出世時[214]

사람들은 얼굴에 홍조를 띠며 빠른 승진 다투지만　火色方騰人競速

　　당나라 잠문본(岑文本)이 마주(馬周)에 대해 "두 어깨가 솔개처럼 위로
　　솟고 '안색이 붉으니(火色)' '틀림없이 빨리 승진하지만(騰上必速)' 오래가
　　지는 못할 것이다."라고 하였다.[215]

---

212 【작품해제】 앞 시와 유사한 시기 어느 겨울의 작품이다. 수미음(首尾吟)은 첫
구와 끝구를 동일하게 짓는 시체(詩體) 이름으로, 송(宋)나라 소옹(邵雍, 1011~1077)
의 시 〈수미음〉에서 비롯되어 조선 시대 문인들이 심심찮게 창작하였다. 요부(堯夫)는
소옹의 자이다. 소옹이 지은 〈수미음〉은 총 135수로, 모두 "堯夫非是愛吟詩(요부는
시 읊기를 좋아하는 사람이 아니니)"로 시작하고 끝맺었는데, 명고의 화운시는 여기에
서 '堯夫'만 '明皐'로 바꾸었다. 《擊壤集 卷20》

　7수 모두 평성 '지(支)' 운의 평기식 수구용운체 칠언율시이다.

213 출세를 다투는 세상 사람들과 달리 자신은 세상사에 대한 관심이 식어 고요히
은거함을 읊었다.

214 【校】 詩是明皐出世時 : 원래는 이 구 뒤에 "세상을 벗어났다는 것은 불법(佛法)을
가리킨다.(出世間, 卽指佛法.)"라는 원주가 있었는데, 가필로 삭제 표시되었다. 이 구
는 이 시 넷째 수의 "정신이 불자(佛子)의 경지에 노닐면 자비를 깨달으리(神遊蒲塞悟
慈悲)"라는 말을 생각할 때 삭제 전의 원주대로 이해할 수도 있으나, 그보다는 이 첫째
수 마지막 연의 "손님 없어 대문 닫고 달리 할 일 없어서일 뿐(客散門局無事事)"이라는
말에 맞추어 번역하였다.

나는야 세상사에 대한 관심이 재[灰]처럼 식어 평온하기만

灰心已冷我還怡

추위를 재촉하는 듯 눈이 내려 뭇 산이 하얗고　　雪催寒候群山白

높은 가지에 까마귀 떼 내려앉아 나무 한 그루가 온통 검네

鴉集高梢一木黧

손님 없어 대문 닫고 달리 할 일 없어서일 뿐　　客散門扃無事事

명고는 시 읊기를 좋아하는 사람 아니네　　　　明皐非是愛吟詩

둘째 수216 其二

명고는 시 읊기를 좋아하는 사람이 아니니　　明皐非是愛吟詩

이 시는 마침 명고가 밤에 앉았을 때라 짓는 것이네

詩是明皐夜坐時

사방 마을에 다듬잇돌 소리만 들리고 개와 닭도 조용한데

215　당나라……하였다 :《신당서(新唐書)》권98〈마주열전(馬周列傳)〉의 내용이
다. 잠문본(岑文本, 595~645)은 당 태종(唐太宗)의 신임을 받아 국가의 기밀을 전담하
고 주요 공문서 작성의 주축이 된 인물이다. 그는 영호덕분(令狐德棻)과 함께《주서(周
書)》를 편찬하기도 하였다.

　　마주(馬周, 601~648)는 어려서 부모를 여의고 가난했지만 학문을 좋아하여, 당
태종 때 중랑장(中郞將) 상하(常何) 대신 작성한 상소문이 인정받아 관직에 진출한
인물이다. 그에 대한 잠문본의 위와 같은 평은 "마군(馬君)은 일을 논하는 것이 이치에
부합하고 문장이 좋아 한 마디도 빼거나 보탤 것이 없다."면서 소진(蘇秦, ?~기원전
284)·장의(張儀, ?~기원전 310)·종군(終軍, ?~기원전 112)·가의(賈誼, 기원전
200~기원전 168) 등 옛 책략가와 문필가에 비긴 뒤에 한 말이다.

216　숙명인 죽음을 피하기 위해 꼼수를 부리는 것은 부질없을 뿐만 아니라 마음의
평온을 잃게 만든다는 내용이다.

삼경의 하늘빛이 달과 별로 참 밝구나　　　　三更天色月星奇

벌집 속에 넋 숨기기는 좋은 계책 아니니　　蜂窠託魄非長策

　　옛날에 삶과 죽음을 피하는 방법을 배운 어떤 사람이 벌집 속에 자신의
　　혼백을 숨겼으나 귀신이 결국 찾아내는 바람에 실패하였다.[217]

험한 산길 달릴 제는 꼽추만 만나도 두렵다네　鳥道騁身惕戚施

한 해 내내 좋은 시구 찾았건만 졸렬한 것뿐이니　覓句終年猶近拙

명고는 시 읊기를 좋아하는 사람 아니네　　明皐非是愛吟詩

셋째 수[218] 其三

명고는 시 읊기를 좋아하는 사람이 아니니　　明皐非是愛吟詩

이 시는 마침 명고가 출타할 때라 짓는 것이네　詩是明皐杖策時

먼 숲에 연기 피어 일이 있음을 알겠거늘　　遠樹煙生知有事

가까운 마을에서 나온 사람 어디로 가려는고　近村人出問何之

울 밑에서 짚신 삼는 것은 오래된 농촌 풍습이요　當籬捆屨農風古

달빛 아래 새끼 꼬는 것은 옛날 빈(豳)나라의 풍속에서 유래했네

　　　　　　　　　　　　　　　　　帶月索綯豳俗移

　　'짚신을 삼는다〔捆屨〕'는 말은 《맹자》에 나오고, '새끼를 꼰다〔索綯〕'는 말
　　은 《시경》에 나온다.[219]

217　옛날에……실패하였다 : 송나라 왕십붕(王十朋)의 《동파시집주》 권15 〈갈위에
　　게 지어준 시〔贈葛葦〕〉 주석에 보인다.
218　늘그막에 농촌으로 돌아온 처지에 생업으로 삼을 일을 생각해보는 내용이다.
219　짚신을……나온다 : '짚신을 삼는다〔捆屨〕'는 말은 《맹자》 〈등문공 상(滕文公
　　上)〉에서 모든 생필품을 스스로 생산하여 자급자족하는 허행(許行) 무리의 모습을 언

전원으로 돌아온 늙은이는 무엇을 일삼을꼬?　　　　翁老歸田何所業

명고는 시 읊기를 좋아하는 사람 아니거늘　　　　　明皇非是愛吟詩

넷째 수[220] 其四

명고는 시 읊기를 좋아하는 사람이 아니니　　　　　明皇非是愛吟詩

이 시는 마침 명고가 잠을 푹 잔 때라 짓는 것이네　詩是明皇睡足時

옛 길손이 한단에서 꾼 꿈은 모두 허망했으니　　　夢過邯鄲都幻妄

《태평광기(太平廣記)》에 다음과 같은 고사가 있다. 어떤 길손이 한단(邯
鄲)의 여관에서 여선옹(呂仙翁)을 만나 자신은 오랫동안 불우하다고 스스
로 말하였다. 여선옹이 베개 하나를 주자 길손이 베고 누웠는데, 곧 수십
년 동안 매우 흡족하게 벼슬하는 꿈을 꾸었다. 그러다가 잠에서 깨어보니
주인이 안쳐놓은 기장밥이 아직 채 익기 전이었다.[221]

정신이 불자(佛子)의 경지에 노닐며 자비를 깨달으리

　　　　　　　　　　　　　　　　　　　　神遊蒲塞悟慈悲

이포새(伊蒲塞)는 곧 우바새(優婆塞)로, 부처의 경지이다.[222]

급한 말 중에 나온다. '새끼를 꼰다〔索綯〕'는 말은 《시경》〈빈풍(豳風) 칠월(七月)〉에
서 추수가 끝난 뒤에 해야 할 일로 지붕 수리를 언급하는 중에 나온다.

【校】이 원주는 교정고 가필사항이다.

220 꿈에 불자(佛子)의 경지에서 노닐다가 잠에서 깨어 자연의 조화를 음미하는 내용
이다.

221 태평광기(太平廣記)에……전이었다 : 북송의 이방(李昉, 925~996) 등이 편집
한 《태평광기》권82 〈이인 2(異人二)〉 '여옹(呂翁)' 조에 상세한 내용이 보이며, 그
원 출처는 당(唐)나라 심기제(沈旣濟)의 《침중기(枕中記)》이다. 단, 명고의 이 원주는
왕십붕의 《동파시집주》권16 〈제안으로 오는 자유를 맞이하며〔今年正月十四日與子由
別於陳州 五月子由復至齊安 未至以詩迎之〕〉주석의 문구를 그대로 옮겨온 것이다.

222 이포새(伊蒲塞)는……경지이다 : 시 원문의 '포새(蒲塞)'를 '이포새(伊蒲塞)'의

날아오는 새 흘러가는 구름에 자연의 이치 넉넉하고 鳥來雲去天機足

고요한 물 인적 없는 산에 해 그림자 더디 가네　　水寂山空日影遲

역사서를 보다가 지겨워져 운서(韻書)를 뒤적이며 앉은 것일 뿐

　　　　　　　　　　　　　　　　看厭史書披韻坐

명고는 시 읊기를 좋아하는 사람 아니네　　明皐非是愛吟詩

다섯째 수[223] 其五

명고는 시 읊기를 좋아하는 사람이 아니니　　明皐非是愛吟詩

이 시는 마침 명고가 식사를 마친 때라 짓는 것이네 詩是明皐食已時

석양이 깔리니 산사로 돌아가는 중이 걸음을 재촉하고

　　　　　　　　　　　　　　　　夕照僧歸催擧趾

나뭇가지에 바람 부니 까치들이 자리를 옮기느라 부질없이 애쓰누나

　　　　　　　　　　　　　　　　風枝鵲徙謾勞噫

산속에서 세상일 담론하면 큰 잔으로 벌주를 마셔야 하니

　　　　　　　　　　　　　　　　山中談世須浮白

　　위 문후(魏文侯)의 '술 마시기 규칙[觴政]'에, 규칙대로 하지 않는 사람에게
　는 '큰 잔에 술을 따라주도록[浮以大白]' 하였다.[224]

줄임말로 전제하고서 주석을 낸 것이다. 이포새와 우바새(優婆塞, Upāsaka)는 모두
집에 있으면서 5계(戒)를 받은 남성 불교도를 칭하는 말이지만, 여기서는 특히 그들의
경지를 뜻한다.

　【校】'우바새(優婆塞)'는 원글자가 1차 가필로 삭제되었다가 도로 환원된 것이다

223　식사를 마치고 우연히 술을 마시며 세상일에 대한 담론을 스스로 금하는 내용이다.

224　위 문후(魏文侯)의……하였다 :《설원(說苑)》권11〈선설(善說)〉에 보인다. '큰
잔에 술을 따른다'는 것은 규칙을 어긴 데 대한 벌주를 큰 잔으로 마시게 한 것이다.

　【校】'술 마시기 규칙[觴政]'은 원문에 '촉정(觸政)'으로 잘못된 것을 위 자료에 근거

버려지고서 영화(榮華) 생각하는 것은 검은 물 드는 것과 같네

廢後思榮若染緇

우연히 술을 끌어 마시느라 잔뜩 웅크린 것[225]뿐이니

偶引麴生肩自聳

《집이기(集異記)》에 다음과 같은 일화가 있다. 조정에서 벼슬하는 몇몇 인사가 섭법선(葉法善)을 찾아갔다. 좌중이 술 생각을 하고 있었는데 갑자기 어떤 사람이 문을 두드리며 자칭 국수재(麴秀才)라고 하더니 거침없이 담론을 벌였다. 섭법선이 그를 요괴라고 의심하여 칼로 치자 술병으로 변했다. 좌중이 그 술을 마시고 술병을 어루만지며 "국생(麴生)의 풍미는 잊지 못할 것이오."라고 하였다.[226]

명고는 시 읊기를 좋아하는 사람 아니네 　　　明皐非是愛吟詩

여섯째 수[227] 其六

명고는 시 읊기를 좋아하는 사람이 아니니 　　明皐非是愛吟詩

이 시는 마침 명고가 울울한 때라 짓는 것이네 　　詩是明皐壹鬱時

하여 바로잡아 번역한 것이다.

225　잔뜩 웅크린 것 : 시상을 떠올리는 모습이다. 당(唐)나라 맹호연(孟浩然)이 경사(京師)에 가던 도중 눈을 만나 시를 지을 때 몸을 잔뜩 웅크렸는데, 이를 두고 송(宋)나라 소식(蘇軾)이 "또 못 보았는가, 눈 속에서 당나귀 탄 맹호연의 모습을. 시 읊느라 찌푸린 눈썹 잔뜩 웅크린 그의 몸을.〔又不見雪中騎驢孟浩然, 皺眉吟詩肩聳山.〕"이라고 읊었다. 《蘇東坡詩集 卷12 贈寫眞何充秀才》

226　집이기(集異記)에……하였다 : 시 원문의 '국생(麴生)'이 술을 뜻함을 보인 원주이다. 이 원주는 왕십붕의 《동파시집주》 권20 〈사주에서 섣달 그믐밤에, 눈 속에서 황식이 술을 보내주었기에〔泗州除夜 雪中黃寔送酥酒 二首〕〕 둘째 수 주석의 문구를 그대로 옮겨온 것이다.

227　곤궁한 처지이지만 그 덕분에 인간관계로 인한 탈도 없음을 자족하는 내용이다.

남이야 평상 위에 홀(笏)이 가득한들 무슨 상관이랴

甚事干渠牀滿笏

당나라 최림(崔琳)이 매해 세시(歲時)에 집에서 잔치를 베풀었는데, 이때 낮고 긴 평상 하나를 준비해놓고 참석자들에게 그 위에 홀을 올려두게 하였다.[228]

하늘이 네 혀를 감시하고 있는 걸[229]　　　　上天監女舌如箕

통발과 물고기를 모두 잊은들[230] 내게 무어 해로우랴

筌魚兩忘吾何損

병이 없어 약 쓸 일도 없으니 장수할 줄을 알겠네 病藥雙無壽可知

《전등록(傳燈錄)》에 "약도 없고 병도 없으면 이것이 바로 진여(眞如)의 영각성(靈覺性)이다."라고 하였다.[231]

---

228 당나라……하였다 : 번영(繁榮)한 집안의 모습을 보여주는 일화이다. 최림(崔琳, ?~743)은 당 현종(唐玄宗) 때 중서사인(中書舍人)을 지낸 관료로, 시사(時事)에 매우 밝았다고 한다. 그가 매해 세시(歲時)에 베푼 잔치는 일가 친족을 위한 것이었는데, 당시 평상 위에 홀이 겹겹이 쌓였다고 한다. 《新唐書 卷109 崔琳列傳》. 이 원주는 소식(蘇軾)의 시에 대한 왕십붕의 집주에서 문구를 그대로 옮겨온 것이다. 《東坡詩集註 卷16 過於海舶 得邁寄書酒 作詩遠和之 皆粲然可觀 子由有書相慶也 因用其韻 賦一篇 幷寄諸子姪》

229 하늘이……걸 : 남을 비방하는 등의 나쁜 말을 하는지 하늘이 감시한다는 뜻이다. '혀'의 원문 '설여기(舌如箕)'는 혀를 키〔箕〕에 빗댄 말이다. 곡식을 까부를 때 쓰는 키의 밑바닥 모양이 혀와 유사하기 때문에 통상적으로 사용되던 비유이다.

230 통발과……잊은들 : 《장자(莊子)》〈외물(外物)〉의 "고기를 잡고 나면 고기 잡던 통발을 잊어버린다.〔得魚而忘筌.〕"라는 말은 "성공하고 나면 소용되던 것을 잊고 만다."라는 뜻을 비유한 말이다. 명고는 이를 원용하여 그가 사회 활동을 통해 실현하고자 추구했던 목표마저 내려놓았음을 말하였다.

231 전등록(傳燈錄)에……하였다 : '약도 없고 병도 없다'는 것은, "부처는 중생에게 약이다. 중생의 병이 나으면 약도 쓸모가 없다.〔佛是衆生藥, 衆生病除, 藥亦無用.〕"

곤궁한 생활 넉넉 빌려 시구 엮을 따름이니　　剩借窮居成不朽[232]

명고는 시 읊기를 좋아하는 사람 아니네　　明皐非是愛吟詩

일곱째 수[233] 其七

명고는 시 읊기를 좋아하는 사람이 아니니　　明皐非是愛吟詩

이 시는 마침 명고가 고요히 침묵하는 때라 짓는 것이네

　　　　　　　　　　　　　　　　　　詩是明皐靜默時

훈고학이 성행하나 어느 누가 경지에 이르렀나　　名物棼棼誰到底

주석들이 많고 많지만 훌륭한 것은 드무네　　箋疏穰穰少抽奇

칠엽청점산(漆葉靑粘散) 옛 처방은 알지 못하고　　靑粘漆葉前方暗

번아(樊阿)가 화타(華佗)에게 늙지 않게 하는 처방을 청하자, 화타가 칠엽청점산을 주었다.[234]

((《指月錄 卷31 六祖下第16世 酬答法要》)라는 비유를 원용한 말로, '중생에게 번뇌가 없어 부처에게 의지할 필요가 없다'는 뜻이다.

진여(眞如)는 사물의 있는 그대로의 모습이고, 영각성(靈覺性)은 중생이 갖추고 있는, 신령스럽게 깨닫는 성품이다. 따라서 '진여의 영각성'은 중생이 본래부터 지니고 있는 신령스럽게 깨닫는 성품을 말한다.

232　成不朽 : '영원할 것[不朽]'을 '이룬다[成]'는 말로, 시를 지음을 뜻하다. '영원할 것'이란 덕(德)・말[言]・공(功)을 세우는 것을 말하는데, 여기서는 특히 말[言]을 가리킨다.

233　세상에서 성행하는 훈고학의 한계를 지적하는 내용이다.

234　번아(樊阿)가……주었다 : 《삼국지》 권29 〈위지(魏志) 화타열전(華佗列傳)〉의 내용이다. 칠엽청점산(漆葉靑粘散)은 칠엽(漆葉) 가루와 청점(靑粘) 가루를 섞은 가루약으로, 화타는 이를 장복하면 삼충(三蟲 : 세 가지 기생충. 회충・적충・요충)을 제거하고 오장을 순조롭게 하고 몸을 가볍게 하여 늙지 않게 된다고 하였다. 번아가 이 약을 장복하여 100살 남짓 살았다고 한다.

막걸리와 누런 닭 시골 음식 맛만 아니[235]   白酒黃鷄野味知

벙어리 양[236]이 이따금 탄식하는 것 부끄럽구나   猶恥啞羊時發歎

명고는 시 읊기를 좋아하는 사람 아니네   明皐非是愛吟詩

【校】'번아(樊阿)'의 원문은 '번하(樊河)'로 잘못되어 있는데, 위 자료에 근거하여
바로잡아 번역하였다.

235 칠엽청점산(漆葉靑粘散)……아니 : 수준 높은 훈고학을 불로장생의 옛 처방에
빗대고, 소박한 지식을 시골 음식에 빗대어, 명고 자신의 학문을 말한 것이다.

236 벙어리 양 : 지극히 어리석어 깨달을 줄 모르는 사람은 입으로 불법(佛法)을 말하
지 않음을 비유하는 말이다. 여기서는 명고 자신을 빗댄 것이다. 《五洲衍文長箋散稿
第18輯 經史篇3 釋典類2 釋典雜說 海東佛法辨證說》

한가히 지내며[237] 4수

閑居 四首

첫째 수[238]

반곡 마을 앞이런가 토지가 비옥하고 　　　　　　盤谷村前土沃

반곡(盤谷)은 한창려(韓昌黎)의 〈반곡으로 돌아가는 이원을 전송하며〔送
李愿歸盤谷序〕〉에 보인다.[239]

조계 골짝 어귀런가 샘물이 향그럽네 　　　　　　曹溪洞口泉香

승려 지락(智樂)이 남쪽으로 여행할 때 조계(曹溪) 어귀에 이르러서 손으
로 물을 움켜 향기를 맡고는 "이곳은 틀림없이 명당자리다. 도량을 세울
만하다."라고 하였다. 이리하여 남화사(南華寺)가 있게 되었다.[240]

---

237 【작품해제】 앞 시와 유사한 시기 어느 겨울의 작품이다.
　　【校】 제목 원주의 '四首'는 교정고 가필사항이다.

238 평성 '양(陽)' 운 2운의 육언시이다. 마을의 살기 좋은 자연적 특징을 묘사하였다.

239 반곡(盤谷)은……보인다 : 반곡은 하남성 제원현(濟源縣) 북쪽에 있는 지명으
로, 당나라 이원(李愿)이 이곳에 은거하였다. 창려(昌黎)는 한유(韓愈, 768~824)의
군망(郡望 : 집안이 명망을 얻게 된 지역)이다. 한유의 〈반곡으로 돌아가는 이원을 전
송하며〔送李愿歸盤谷序〕〉에 "태항산(太行山) 남쪽에 반곡이 있는데, 반곡 안은 샘물이
달고 토지가 비옥하다."라고 하였다.
　　【校】 이 원주는 교정고 가필사항이다. 1차 가필은 "반곡은 〈이원서〉에 보인다."였는
데, 2차 가필로 '한창려의'와 '전송하며'가 추가 가필되었다.

240 승려……되었다 : 저자 미상의 송(宋)나라 때 유서(類書) 《금수만화곡(錦繡萬花
谷)》 권6 '총지리(總地理)'에 보이는데, 출전을 《운재광기(雲齋廣記)》라고 하였다. 승려
지락(智樂)의 일화는 남조 양 무제(梁武帝) 천감(天監, 502~519) 연간의 일이다. 뒤에
육조(六祖) 혜능(慧能, 638~713)이 남화사를 세웠다고 한다. 이 원주는 소식의 시에
대한 왕십붕의 집주에서 문구를 그대로 옮겨온 것이다. 《東坡詩集註 卷6 不已故先奇此詩》

마을이 고요하니 날이 유독 긴 것 같고 　　　　村靜偏知日永

골짜기가 깊으니 거센 바람 두렵지 않네 　　　　洞深不怕風狂

둘째 수[241] 其二

소와 양이 내려오면 저녁임을 알고 　　　　　　牛羊下括知夕

《시경》에 "소와 양이 내려왔네.〔牛羊下括〕"라고 하였다.[242]

작은 새들 지저귀면 아침인가 살피네 　　　　　鳥雀來喧問朝

찾아오는 손님 없어 세수 빗질 늘상 잊고 　　　無客常忘巾櫛

뒤져볼 책이 있어 시작(詩作) 소재 궁치 않네 　　有書不窘詩料

셋째 수[243] 其三

소나무에 쌓인 눈이 바람 없어도 저절로 떨어지고 　松雪無風自墜

산새들 무슨 일인지 떼 지어 날아가네 　　　　　山禽底事群去

나는야 교묘한 마음 오래전에 잊었건만 　　　　機心[244]久已吾忘

241　평성 '소(蕭)' 운 2운의 육언시이다. 사람들과 왕래가 끊긴 채 자연의 리듬에 맞추
어 지내며 시를 짓는 생활을 읊었다.

242　시경에……하였다 : 《시경》〈왕풍(王風) 우역(于役)〉에 저물녘의 풍경을 묘사
하여 "닭이 홰에 깃들고, 해가 저무는지라, 소와 양이 내려왔네.〔雞棲于桀, 日之夕矣,
牛羊下括.〕"라고 한 것을 말한다.

　　【校】이 원주는 교정고 가필사항이다. 1차 가필은 "'소와 양이 내려왔네.'라는 말이
《시경》에 나온다."였는데, 2차 가필로 이렇게 수정하였다.

243　상성 '어(語)' 운 2운의 육언시이다. 명리를 꾀하는 마음이 사라져서 사람들이
자신을 멀리하고 떠나가도 마음 쓰이지 않는다는 내용이다.

244　機心 : 무언가를 교묘하게 꾀하는 마음이다. 여기서 표면적으로는 다음 구와 어울
려 '미물(새)을 잡으려는 마음'을 뜻하나, '세상에서 명리를 꾀하려는 마음'이라는 의미

미물들은 본성대로 경계하며 날아오르네 物性任他色擧

《논어》〈향당(鄕黨)〉에 "새들은 사람의 표정이 좋지 않으면 날아올라, 하늘에서 빙빙 돌며 상황을 살핀 후에 내려앉는다."라고 하였다.[245]

넷째 수[246] 其四

나무하는 노인이며 농부들과 모임을 맺고 樵老田夫結社

고기 잡고 게 잡는 어부 집과 이웃 되었네 漁[247]欄蟹舍爲隣

울며 날아가는 기러기는 무슨 뜻일꼬 叫過鴻雁何意

어둠 속에 섰는 신천옹(信天翁)[248]을 가까이할 만하네 暝立鷗鷺可親

를 내포하고 있다. 《장자》〈천지(天地)〉에 "기계를 가진 사람은 반드시 교묘한 일을 하게 되고, 교묘한 일을 하는 사람은 반드시 교묘한 마음을 지니게 된다.〔有機械者必有機事, 有機事者必有機心.〕"라고 한 데서 온 말이다.

245 【校】논어……하였다 : 교정고 가필사항이다.

246 평성 '진(眞)' 운 2운의 육언시이다. 은거지에서 나무꾼·농부·어부들과 어울려 지내며 자족하는 정황을 읊었다.

247 【校】漁 : 교정고 수정사항으로, 원글자는 '魚'이다. 어부의 집을 뜻하는 말로 '漁莊蟹舍'와 '魚莊蟹舍'가 모두 사용되므로 두 글자 모두 쓸 수 있다.

248 신천옹(信天翁) : 한자리에 가만히 서 있곤 한다는 새 이름이다. 367쪽 주95 참조.

골짜기 안의 고적²⁴⁹ 3수

洞中古迹 三首

광명사²⁵⁰ 廣明寺

유하촌(柳下村) 위쪽 산기슭에 두두룩한 곳이 있는데, 전하는 말에 고려 시대 광명사(廣明寺) 터라고 한다. 골짜기 이름이 광명동(廣明洞)이 된 것은 이 때문이라고 한다.

---

249 【작품해제】 앞 시와 유사한 시기 어느 겨울의 작품이다.

【校】 제목 원주의 '三首'는 교정고 가필사항이다.

250 평성 '마(麻)' 운의 측기식 수구용운체 칠언절구이다. 광명사(廣明寺) 옛터에서 느끼는 세상사의 무상함과 자연의 유구함을 읊었다.

광명사는 고려 태조 왕건(王建, 877~943)이 선대로부터 전해 내려오던 사저(私邸)를 희사하여 만든 절로, 개성 송악산(松岳山) 남쪽에 있었다.《世宗實錄 地理志 舊都開城留後司》. 국가 규모의 담선대회(談禪大會)를 여는 3대 사찰 중 하나였고(《東國李相國集 卷25 西普通寺行同前榜》), 공민왕(恭愍王, 1330~1374) 때 이곳에서 공부선(功夫選 : 승려들의 공부를 평가하던 시험)을 설행하는(《高麗史 卷42 恭愍王世家》) 등 고려 시대의 주요 사찰이었다.

조선 초에도 태조가 이곳에서 불사(佛事)를 열고(《春亭續集 卷1 朝鮮國王師妙嚴尊者塔銘》) 국기일(國忌日)이나 임금의 탄신일 등에 수백~1천 수백 명의 중들을 공양하는(《太祖實錄 2年 7月 23日·10月 11日》《定宗實錄 1年 8月 12日·10月 11日》) 등 중요하게 이용되었다. 세종 때 불교의 여러 종파를 선종과 교종으로 통합하고 전국에 36개소의 절만 남겨둘 때 이곳은 교종 소속으로, 속전(屬田) 200결(結), 거주 승려 100명의 큰 사찰이었다.(《世宗實錄 6年 7月 5日》) 그러나 1551년(명종6) 2월 4일 개성부 유생들이 고려를 망친 원흉의 자취로 지적하면서 "터는 황폐해졌지만 옛 자취는 완연하다."라고 한 것을 마지막으로 이에 대한 기록이 더 이상 관찬 사료에 보이지 않는다.

〈그림 14〉 규장각 소장 《여지도(輿地圖)》의 송도(松都). 맨 오른쪽 흐린 선이 임진강이고, 중하단 가운데 부분의 둥근 성(城)이 송도의 도성으로, 그 중심의 집이 연경궁(延慶宮) 만월대(滿月臺)이다. 그 왼쪽으로 바다에 있는 섬 두 개가 위에서부터 차례로 교동(喬同)과 강화(江華)이다.

동쪽 기슭 구름 피는 곳 화류(花柳) 골목 같은데[251]　　　東麓雲根似狹斜

고려의 승려가 여기에 절집을 지었었지　　　勝朝釋氏此爲家

불경 소리 범패 소리 지금 어데 갔느뇨　　　經聲梵唄今何去

그때의 들국화[252]는 여전히 피건마는　　　尙有當年薝蔔花

《유마경(維摩經)》에 "마치 사람이 담복화 숲에 들어가면 오직 담복화 향기만 맡아지고 다른 향기는 맡지 못하는 것과 같다."[253]라고 하였다. 원문의 '담복(薝蔔)'은 곧 들국화[山菊花]이다.[254]

251　화류(花柳) 골목 같은데 : 광명사 터에 들국화가 만발하여 경관이 아름답고 또 향기가 짙은 것을 기녀들이 곱게 단장하여 향내를 풍기는 것에 비긴 말이다.

252　들국화 : 원문의 '담복화(薝蔔花)'를 원주에 따라 번역한 것이다. 담복화는 흔히 치자꽃으로 번역되지만, 신흠(申欽)의 〈불가경의설(佛家經義說)〉에 "담복화는 노란 꽃이고, 우발라화(優鉢羅花)는 황백색의 꽃이다."라고 한 데(《象村稿 卷33》)서 알 수 있듯이, 치자꽃과 동일한 것이 아니다. 치자꽃은 흰색이기 때문이다.

　　담복화는 범어 '참파카(Campaka)'를 음역한 것으로, 첨복가(瞻蔔迦)・전파가(旃波迦)・첨파(瞻波)라고도 하고 울금화(鬱金花)로 의역하기도 한다. 본디 인도 북부에서 자라는 교목의 꽃으로 향기가 짙고 노란색 꽃이 핀다. 《시공 불교사전 '담복' 조》. 이를 흔히 치자꽃으로 번역하는 것은 '교목의 꽃으로 향기가 짙다'는 점 때문인데, 신흠은 위와 같이 노란색 꽃임을 명시하였고, 이 시의 원주에는 '향기가 짙고 노란색 꽃이 핀다'는 점에 주목하여 "담복은 곧 들국화이다."라고 하였다.

253　마치……같다 : 《유마경(維摩經)》의 이 말은 본디 유마힐(維摩詰)의 방에 들어오면 부처의 공덕의 향기만 맡아지고, 성문(聲聞 : 설법을 듣고 영원히 변치 않는 진리의 이치를 깨달아 성자(聖者)가 되고자 하는 불제자)이나 벽지불(辟支佛 : 부처의 가르침에 기대지 않고 스스로 도를 깨달은 성자)의 공덕의 향기는 맡지 못함을 비유한 말이다. 《維摩詰所說經 卷中 觀衆生品 第7》

254　담복(薝蔔)은 곧 들국화이다 : 시 원문의 '담복(薝蔔)'이 치자꽃이 아님을 명시한 것이다. 위 주252 참조.

충효문[255] 忠孝門

광명사 옛터 왼쪽에 본조(本朝 조선) 김씨(金氏)의 충효를 기리는 정문(旌門)이 있다.

누군들 사람의 자식 아니며 신하 아닐까마는	孰非人子盡人臣
임금과 부모를 보위하여 우뚝이 입신했네	衛聖衛親卓立身
우리 마을 지나면서 그 누가 예를 아니 갖추랴	行過吾村誰不式
찬란한 정문이 황천(黃泉)의 영령을 빛내누나	煌煌棹楔耀窮塵

〈그림 15〉규장각 소장 《여지도(輿地圖)》송도(松都) 중에서 도성 부분. 앞의 〈그림 14〉에서 도성 부분을 확대한 그림이다. 우측 상단에 장단계(長湍界), 중앙 상단에 송악산(松岳山), 중앙에 연경궁(延慶宮)과 만월대(滿月臺), 그에 인접한 왼쪽에 광명동(廣明洞)이 보인다. 《세종실록》〈지리지 구도개성유후사(舊都開城留後司)〉에 광명사의 위치를 송악산 남쪽, 연경궁 서쪽이라고 한 것과 부합한다.

255 평성 '진(眞)' 운의 평기식 수구용운체 칠언절구이다. 정문(旌門)이 내려진 연유와 그 의미를 읊었다. 정문의 주인 김씨(金氏)에 대해서는 상세하지 않다.

돌미륵[256] 石彌勒

동산 뒤쪽 골짜기에서 밭 갈던 사람이 돌미륵 1좌(坐)를 발견하여 산기슭의 금잔디 위에
모시고 이엉을 덮어 비바람을 피할 수 있게 하였다.

몇 해런가 불상이 땅속에 묻혔던 것	幾載法相埋地輪[257]
농부가 안목 있어 밭에서 발굴했네	田夫具眼發畦畛

《전등록(傳燈錄)》에 다음과 같은 일화가 있다. 단하선사(丹霞禪師)가 산
밑에서 중 하나를 우연히 만나 물었다. "스님께선 어디에서 주무셨소?" "산
밑에서 잤습니다." "어디에서 잡수셨소?" "산 밑에서 먹었습니다." 선사가 이
에 "스님께 밥을 주어 먹게 한 사람은 대체 눈이 있는 게요?"라고 하였다.[258]

---

256 평성 '진(眞)' 운의 측기식 수구용운체 칠언절구이다. 늘그막의 여생에 돌미륵을
잘 모시는 일로나마 전생의 업을 닦고 싶다는 내용이다.

257 地輪 : 불가에서 말하는 사륜(四輪) 중 금륜(金輪)이 땅에 해당하는데, 이 어감
을 살리면서 '땅'의 의미를 드러낸 표현이다. 사륜에 대해서는 342쪽 주28 참조.

258 전등록(傳燈錄)에……하였다 :《전등록》권14에 보인다. 이 문답은 중이 단하산
(丹霞山) 아래서 단하선사(丹霞禪師)에게 단하산 가는 길을 묻자 선사가 산을 가리켜
일러준 다음 이어진 일화이다. 한편《벽암록(碧巖錄)》제76조에는 이 일화가 다음과
같이 조금 다르게 기록되어 있다. "단하선사가 중에게 묻기를 '어디서 왔소?' 하자,
중이 '산 밑에서 왔습니다.' 하였다. 선사가 '밥은 잡수셨소?' 하고 묻자, 중이 '먹었습니
다.'라고 하였다. 선사가 '밥을 그대에게 주어 먹게 한 사람은 대체 눈이 있는 게요?'라고
묻자, 중이 아무 말도 못하였다."

이 일화는 선종(禪宗)에서 '단하선사가 밥 먹었냐고 물으니〔丹霞喫飯也未〕'·'단하
선사가 어디서 왔냐고 물으니〔丹霞問甚處來〕'·'단하선사가 중에게 묻기를〔丹霞問僧〕'
이라는 공안(公案)으로 사용된다. 단하선사가 "어디서 왔소?"라고 물은 것은 부모가
태어나기 전에 본인이 존재했던 장소를 물은 것이고, "밥을 그대에게 주어 먹게 한
사람은 대체 눈이 있는 게요?"라고 물은 것은 보시의 주체와 객체 및 보시한 물건 등
삼륜(三輪)이 모두 '실체가 없음〔空〕'을 보인 것이다. 단하선사는 당나라 때 등주(鄧州)
단하산에서 불법을 닦던 천연(天然, 739~824)의 법호이다.

윤회생사 숙업(宿業)[259] 진 채 나 이제 늙었으니   多生宿業吾今老
불상 받드는 일에 끝내 힘쓸 수 있기를   願力終須奉佛茵

이 원주는 시 본문 원문의 '구안(具眼)'을 '안목을 갖추다'는 뜻으로 읽도록 안내한
것이다.

【校】 '스님께 밥을 주어 먹게 한 사람'의 원문이 저본에는 '將飯與闇黎喫底人'으로
되어 있는데, 이 중 '암(闇)'은 '도(闍)'의 잘못이므로 바로잡아 번역하였다. '도려(闍
黎)'는 범어 Ācārya를 음역하여 고승의 경칭으로 쓰는 '여아도(黎阿闍)'의 줄임말로,
'도리(闍梨)'·'아도리(阿闍梨)'로도 표기한다.

또 '대체 눈이 있는 게요?'의 원문이 저본에는 '還具眼者也'로 되어 있어 '안목 있는
사람이구려.'로 해독할 여지가 없지 않으나, 《전등록》 권14에 '還具眼也無'로 되어 있고,
《벽암록》 제76조에 '還具眼麼'로 되어 있어 의문문이 분명하므로 이를 참조하여 번역했
음을 밝혀둔다.

259 숙업(宿業) : 지난 세상에서 지은 여러 가지 선악의 업을 말한다.

선영 아래 은거하던 중에 홀연 세찬과 세화를 하사받고[260]
松楸屏伏之中 忽蒙歲饌歲畫恩賜

진귀한 하사품 열 포장이 궁궐에서 내려오니　　　珍包十襲自天宮
초야에 숨은 미천한 신하를 기억해 주셨음이네　　屏野微臣記聖聰
좋은 과일이며 생선들 산해진미 갖추었고　　　　名果美魚山海錯
상서로운 기린과 봉황을 화폭에 그렸어라　　　　祥麟瑞鳳畫圖中
　　네 폭의 세화(歲畫)에 신령한 동물 네 마리를 하나씩 그렸다.

---

260 【작품해제】 앞 시와 유사한 시기 어느 연초의 작품이다.

　　세찬(歲饌)은 설에 차리는 음식인데, 여기서는 임금이 신하를 예우하기 위해 하사한 설음식이다. 《육전조례(六典條例)》 권3 〈호전(戶典) 호조(戶曹)〉 '제급(題給)' 조에 이에 대한 상세한 규정이 보인다.

　　세화(歲畫)는 새해맞이를 송축하고 재앙을 막는 의미로 그리던 그림인데, 여기서는 임금이 신하를 예우하기 위해 하사한 설맞이 그림이다. 《동국세시기(東國歲時記)》 〈정월(正月) 원일(元日)〉에, 도화서(圖畫署)에서 세화를 그려 관아에 바치거나 서로 선물한다고 하였다. 도화서에서 진상한 세화는 궁중에 붙여지거나 신하들에게 하사되었다. 《목은시고(牧隱詩藁)》 권12 〈세화 십장생〔歲畫十長生〕〉에는 사가(私家)에 세화가 10월까지 그대로 붙어 있던 정황이 보이고, 《백호전서(白湖全書)》 권20 〈현종 대왕 행장〔顯宗純文肅武敬仁彰孝大王行狀〕〉에는 1669년(현종10) 2월에 세화 진상을 혁파한 일이 보인다. 이에 앞서 1월에 송시열(宋時烈) 등이 세화 진상은 백성의 고혈을 빨아 재용을 허비하는 것일 뿐이라고 지적한 데(《宋子大全 卷13 還納春幡陳戒箚》) 따른 것이었다. 그러나 세화의 진상은 다시 부활하여, 《육전조례》 권6 〈예전(禮典) 도화서〉 '진상(進上)' 조에는 세화 진상의 주체와 수량 및 날짜가 규정되어 있고, 권3 〈호전 호조〉에는 이에 필요한 비용이 규정되어 있다.

　　이 시는 세찬과 세화를 하사받을 때의 정황 및 임금의 은총에 감사하는 마음을 읊은 것이다. 평성 '동(東)' 운의 평기식 수구용운체 칠언율시이다.

내 평생에 티끌만치라도 보답할 수 있으랴　　　平生曷有涓埃報

한 자 한 치도 모두 임금님 공으로 돌릴 뿐　　　尺寸都歸造化功

문발〔箔〕에 쌍쌍이 그림 걸고 자리를 바로잡을 제　門薄雙懸仍正席

《논어》에, 임금이 음식을 하사하면 신하는 자리를 바르게 하고 먼저 맛을
　　본다고 하였다.[261]

시골 사람들 기쁘게 바라보네 나라의 설 풍속[262]을　村人欣睹歲時風

261　논어에……하였다 :《논어》〈향당(鄕黨)〉에 보인다.

　【校】'먼저'는 교정고 가필사항이다. 누락되었던 글자를 보충한 것이다.

262　나라의 설 풍속 : 세찬과 세화를 하사함을 말한다.

〔교정고 삭제 표시작〕

계축년(1793, 정조17) 봄 경치를 바라보며[263]
癸丑春望

첫째 수[264]

앞 둑 버들 바라봄에 빛깔 막 새로우니	前堤柳色望初新
온갖 초목 겨울인데 이미 봄 차지했네	百卉猶冬已占春
장서 풍류 지금은 볼 수 없나니	張緒風流今不見

　남제(南齊)의 무제(武帝)가 전각 앞에 버들을 심고 항상 소중히 여기면서 "이 버들의 풍류가 사랑스러워할 만한 것이 장서의 소싯적과 닮았다."라고 하였다.[265]

| 우뚝한 수레 덮개 견줄 이가 적도다[266] | 亭亭車蓋少方人 |

263 【작품해제】명고는 43세 되던 1791년(정조15) 6월에 성천 부사(成川府使)에 제수되었다가 사적인 혐의 때문에 좌의정 채제공(蔡濟恭)에게 부임 인사를 하지 않은 이유로 파직되었다. 이 시는 파직된 이후 장단(長湍)에서 가거하면서 지은 것이다. 세 수의 시 모두 봄 경치 속에서 유유자적하는 명고의 모습이 잘 나타나 있다.

264 평성 '진(眞)' 운의 칠언절구이다.

265 남제(南齊)의……하였다 : 《남사(南史)》 권31 〈장서열전〉에 나온다.

266 장서(張緒)……적도다 : 장서(?~?)는 시호가 간(簡)으로 남제(南齊) 때 오군(吳郡) 오현(吳縣) 사람이다. 논변이 정연하고 사람됨이 맑고 간결하며 욕심이 없어 조야(朝野)의 존경을 받았다. 산기상시(散騎常侍), 중서령(中書令), 국자좨주(國子祭酒) 등을 역임하였다.

　'우뚝한 수레 덮개'라는 것은 버들을 비유한 것으로, 버드나무가 우뚝하여 가지를 둥글게 드리우고 있는 모습을 덮개 같다고 표현한 것이다. 《수서(隋書)》 권41 〈고경열전(高熲列傳)〉에 "고경의 집에 버드나무가 있어 높이가 100여 척이나 되어 우뚝하니

둘째 수²⁶⁷ 其二

촌 아낙들 나물 뜯던 물가에서 무리 지어 돌아오고²⁶⁸　村女群歸挑菜渚

　　소동파(蘇東坡)의 시에 "나물 뜯는 물가에 물 불어나네.〔水生挑菜渚〕"²⁶⁹라
　　고 하였다.

상서로운 새들 둥지 틀 가지 나누어 차지했네　　靈禽分占結巢枝

각자들 분분히 생계 꾸려가는데　　　　　　　　紛紛各有謀生事

일 없는 한가한 늙은이는 해 긴 줄을 알겠어라²⁷⁰　無事閑翁覺日遲

셋째 수²⁷¹ 其三

기러기 가고 제비 날아드는 때를 마침 만나니　　鴻去燕來正値辰

낮 길고 밤 짧아 잠이 항상 모자라다　　　　　　晷添更短睡常貧

올해 봄 경치로 눈 호강 많이도 하리니　　　　　今年春事應饒眼

사방 두렁 새로 심은 만 그루 나무 무성하리　　四陌新栽萬樹榛

덮개 같았는데〔亭亭如蓋〕 마을 노인들이 고경의 집에서 귀인이 나올 것이라고 하였다."
라는 전거가 보인다. '견줄 이가 적다'는 것은 우뚝한 버들처럼 고아한 인물을 지금은
찾아볼 수 없다는 말이다.

267　평성 '지(支)' 운의 칠언절구이다.

268　촌……돌아오고 : 나물을 뜯는 풍광은 봄의 경치를 말한 것이다. 《시경》〈빈풍
(豳風) 칠월(七月)〉에 "봄에 햇살이 비로소 따뜻해져 꾀꼬리 울거든 아가씨는 아름다운
광주리 잡고 저 오솔길 따라 이에 부드러운 뽕잎을 구하며 봄에 해가 길고 길거든 흰
쑥을 캐기도 많이 하네.〔春日載陽, 有鳴倉庚, 女執懿筐, 遵彼微行, 爰求柔桑, 春日遲
遲, 采蘩祁祁.〕"라고 하였고, 옛 풍속에 음력 2월 2일 아낙들이 들에 나가 나물을 캐면
사민(士民)들이 그 사이에서 노닐었는데 이를 도채절(挑菜節)이라 하였다.

269　나물……불어나네 : 소식(蘇軾)의 시 〈신년(新年)〉에 나오는 구절이다.

270　해……알겠어라 : 해가 긴 것 역시 봄의 경치를 말한 것이다. 위의 주268 참조.

271　평성 '진(眞)' 운의 칠언절구이다.

〔교정고 삭제 표시작〕

농가의 정취[272]

田家卽事

| 비바람 때맞춰 내린들 내 곤궁을 어이하랴 | 風風雨雨奈吾窮 |

관자(管子)가 말하기를 "나는 봄바람처럼 남을 따뜻하게 해주지도 못했고 여름비처럼 남에게 은택을 적셔주지도 못했으니 반드시 곤궁에 처할 것이다.〔吾不能以春風風人, 夏雨雨人, 吾窮必矣〕"라고 하였다.[273]

봄이 농가에 찾아드니 들일 많구나	春入田家野事豐
약초밭에서 지난 섣달 내린 눈을 치우고	藥圃新疏前臘雪
목화밭에서 작년 떨기 이제 막 치운다네	綿畦初除去年叢
철경편 계속하여 뉘 의지해 읽을까[274]	輟耕篇續憑誰讀

도구성(陶九成)이 《철경록(輟耕錄)》을 지었다.[275]

---

272 【작품해제】이 작품 역시 명고가 파직 후 장단(長湍)에서 가거할 때 지은 것으로 보인다. 평성 '동(東)' 운의 평기식 수구용운체 칠언율시이다. 장단에서 은거하며 한적하고 담박하게 지내는 명고의 모습이 잘 나타나 있다.

273 관자(管子)가……하였다 : 유향(劉向)의 《설원(說苑)》권5에 나오는 말이다. 춘추 시대 양(梁)나라의 재상 맹간자(孟簡子)가 제(齊)나라에 망명했을 때 그가 은덕을 베풀어준 일이 있는 식객 세 사람이 맹간자를 따라 함께 망명해왔는데, 이를 본 관중(管仲)이 스스로를 탄식하면서 한 말이다.

274 철경편(輟耕篇)……읽을까 : 벼슬살이하며 서울에 있을 때는 주변 사우(師友)들에게 물어가며 《철경록》을 읽었는데, 이제 파직되어 장단에 외롭게 있으면서는 주변에 의문을 물을 만한 사람이 없다는 뜻이다. 명고가 혼자 지내면서 고증할 자료가 없었던 어려움은 본권의 〈벽감주가(碧紺珠歌)〉시의 서문에도 보인다.

275 도구성(陶九成)이 철경록(輟耕錄)을 지었다 : 도구성은 원말명초(元末明初) 때

종수서[276] 펼쳐 노복에게 물어 깨친다   種樹書披問僕通

백방으로 생각해도 결국엔 겪어봐야 알 일이니   百慮終然經歷驗

이내 마음 어지럽다 구태여 말하지 말라   倦爲休道我心蓬

의 도종의(陶宗儀, 1316~?)로 구성은 그의 자이며, 호는 남촌(南村)이다. 《철경록》은 원나라 때의 법령제도 및 병란, 서화, 문예 등의 다기한 내용들이 실려 있는 책으로 총 30권이다.

【校】 이 원주는 전체가 교정고 가필사항이다.

276 종수서(種樹書) : 곡식이나 채소 가꾸는 일과 같이 농사와 관련된 내용을 적어둔 서책을 말한다. 한유(韓愈)의 〈송석처사부하양막(送石處士赴河陽幕)〉 시에 "길이 종수 서를 가지니 남들이 세상 피한 선비라 말하네.〔長把種樹書, 人云避世士.〕"라고 하였다.

악락요에서 홀로 읊다[277] 2수

樂樂寮獨吟 二首

첫째 수[278]

벽촌이 온종일 고요하여 소란함 없으니	僻村永日寂無喧
닭은 빈 마당서 모이 쪼고 개는 문에 누웠네	鷄啄空[279]庭犬臥門
고운 눈 막 녹자 거울 같은 수면 펼쳐지고	艶雪初消開水鑑

위응물(韋應物)의 시에 "맑은 시는 고운 눈이 춤추는 듯, 외로운 회포는 두꺼운 얼음 빛나는 듯.〔淸詩舞艶雪 孤抱瑩玄氷〕"이라고 하였고, 주자(朱子)의 시에 "반 이랑 네모진 연못에 한 거울이 열렸다.〔半畝方塘一鑑開〕"라고 하였다.[280]

봄바람 사뿐 불자 꽃들의 넋이 깨어나네	條風徐拂起花魂
천수 누릴지 깊이 근심함은 내가 명을 알아서요[281]	幽憂終老吾知命

---

277 【작품해제】이 작품 역시 앞 시와 마찬가지가 파직된 이후 장단(長湍)에서 가거하면서 지은 것으로 보인다. 악락요는 명고의 명고정거(明皐靜居)에 있던 건물 이름으로 악락와(樂樂窩)라고도 불렀다. 명고정거와 악락요에 대해서는 권8의 〈명고(明皐)에 대한 기문〔明皐記〕〉과 서유구(徐有榘)의 《풍석전집(楓石全集)》 풍석고협집(楓石鼓篋集) 권2 〈악락요기(樂樂寮記)〉에 자세히 보인다.

　【校】제목 원주의 '2수'는 교정고 가필사항이다.

278 평성 '원(元)' 운의 평기식 수구용운체 칠언율시이다. 봄이 찾아오는 고요한 정경을 서술하고 자신이 처한 상황에 담담하게 대처하려는 명고의 자세를 드러내었다.

279 【校】啄空 : 교정고 수정사항으로, 원글자는 '自啄'이다.

280 위응물(韋應物)의……하였다 : 위응물의 시는 《위소재집(韋蘇齋集)》 권5에 있는 〈답서수재(答徐秀才)〉의 구절이고, 주희(朱熹)의 시는 《회암집(晦庵集)》 권2에 있는 〈관서유감 2수(觀書有感二首)〉의 구절이다.

전원 돌아가려 만년에 계획함은 또한 말을 꺼려서라네[282]

晚計歸田亦畏言

벌레 팔뚝 되든 쥐 간 되든 그대로 놓아두고 　　蟲臂鼠肝聊任爾

　'충비서간(蟲臂鼠肝)'은 《장자(莊子)》에 나온다.[283]

장차[284] 밭 갈고 우물 파며 임금 은혜 보답하리 　　逝將耕鑿報君恩

281 천수……알아서요 : 이 구절은 시 전체의 의미나 명고의 당시 상황을 음미해보면, 조정에 적을 많이 만들었던 명고가 자신의 운명을 헤아려볼 때 노년에 여생을 잘 마무리할 수 있을지 깊이 근심된다는 뜻으로 한 말인 듯하다.

282 전원……꺼려서라네 : 벼슬을 버리고 은거하려는 것은, 조정에서 말로 인해 화를 입을까 두렵기 때문이라는 뜻이다.

283 충비서간(蟲臂鼠肝)은 장자(莊子)에 나온다 : 《장자》〈대종사(大宗師)〉에 "위대하다. 조화여! 그대를 장차 무엇으로 만들려 하며 그대를 어디로 데려가려고 하는가? 그대를 쥐의 간으로 만들 것인가, 그대를 벌레의 팔뚝으로 만들 것인가?〔偉哉造化. 又將奚以汝爲? 將奚以汝適? 以汝爲鼠肝乎? 以汝爲蟲臂乎?〕"라고 하였다. 쥐의 간이 되든 벌레의 팔뚝이 되든 아랑곳하지 않는다는 것은 닥쳐오는 변화에 순응하겠다는 뜻이다.

　【校】 이 원주는 전체가 교정고 가필사항이다.

284 장차 : 원문의 '逝將'은 《시경》〈위풍(魏風) 석서(碩鼠)〉에 나오는 표현이다. 그런데 여기서 '逝'는 정현(鄭玄) 등과 같이 '誓'의 의미로 보거나 주희(朱熹) 등과 같이 '去'의 의미로 보는 두 가지 견해가 있다. 다만 《명고전집》 권13 〈제백씨판서공문(祭伯氏判書公文)〉과 〈광주성황단기우제문(光州城隍壇祈雨祭文)〉에도 '逝將'의 표현이 사용되었는데, 이때에는 '將'의 의미와 거의 동일한 의미로 사용되고 있음을 고려하여 여기에서도 '장차'로 번역하였다.

둘째 수[285] 其二

임금 은혜 헤어보려니 눈물 먼저 흘러내려 　　　君恩欲數淚先垂

품어주고 이끌어주심 부모 자애 같도다 　　　　保抱携持父母慈

나라에 삼붕[286] 있어 다투어 때를 엿보나 　　　國有三朋爭伺釁

이 몸은 오래토록 끝내 위험 없겠네 　　　　　身經百劫竟無危

인물 논평하실 때 항상 흉금 넓다 인정해주시고 　論人每許襟懷闊

양식 궁핍했을 때 자주 약봉지를 내려주셨네 　艱食頻沾藥裹貽

작은 풀도 오히려 은덕 갚으려는 마음 있거늘 　小艸存心猶報德

　　'소초존심(小艸存心)'은 《춘추좌씨전(春秋左氏傳)》에 나온다.[287]

285　평성 '지(支)' 운의 평기식 수구용운체 칠언율시이다. 파직된 후 장단에 있으면서 임금의 은혜에 감읍하고 그리워하는 심정이 잘 나타나 있다.

286　삼붕(三朋) : 삼붕은 삼공(三公)을 가리킨 듯하다. 《시경》〈노송(魯頌) 비궁(閟宮)〉에 "삼수로 벗을 삼아 뫼처럼 능처럼 견고히 하소서.〔三壽作朋, 如岡如陵.〕"라고 하였는데, 《시집전(詩集傳)》에서는 '삼수'에 대해 미상이라고 하였으나, 모서(毛序)에서는 '삼고(三考)' 즉 '삼로(三老)'의 의미로 보았고 정현(鄭玄)도 '삼경(三卿)'이라고 하였다. 명고가 이 시를 지은 연도가 파직된 1791년 이후 어느 시점인지는 명확하지 않으나, 이 시의 전전 시에 '계축년(1793, 정조17)'이라는 연도가 나오고 이 시 역시 이 무렵 지어진 것이라 가정한다면, 이해에 삼정승은 남인인 채제공(蔡濟恭)이 영의정, 노론인 김종수(金鍾秀)와 김희(金憙)가 각각 좌의정과 우의정이어서 소론인 명고를 비호할 사람이 없었다. 또한 명고가 파직된 원인 역시 성천 부사(成川府使)가 되었을 때 채제공에게 부임 인사를 하지 않은 것이었다. 따라서 명고가 '삼붕'이라는 불명확한 표현을 사용하여 현재 자신의 어려운 상황을 에둘러 표현한 것이 아닌가 추측된다.

287　소초존심(小艸存心)은 춘추좌씨전(春秋左氏傳)에 나온다 :《춘추좌씨전》에 '소초' 등의 글자가 나오는 부분은 없다. 유사한 것을 찾자면, 선공(宣公) 15년 기사에 나오는 결초보은(結草報恩)의 고사가 있는데 다음과 같다. 전국시대 때 진(晉)나라의 위무자(魏武子)가 아들 위과(魏顆)에게 자기 첩을 순사(殉死)시키라고 유언하였는데, 위과는 인정에 이끌려 서모(庶母)를 차마 순사시키지 못하고 개가시켰다. 그 뒤에 위과

이 생애 어느 때나 알아준 은혜 조금이라도 갚을까

此生何日少酬知

가 진(秦)나라 두회(杜回)와의 싸움에서 위태로움에 처했을 적에, 서모 아버지의 망령 (亡靈)이 풀을 묶어 두회가 그 풀에 걸려 넘어지도록 하여 그 싸움에서 이길 수 있었다. 그러나 이상의 고사가 시구절과 완벽하게 부합되는지는 의문이다.

　【校】이 원주는 전체가 교정고 가필사항이다.

이웃이 내가 양식이 끊긴 것을 걱정하기에 시를 지어 스스로 위로하다²⁸⁸ 2수
隣人憂余絶糧 詩以自寬 二首

첫째 수²⁸⁹

산골 살림 넉넉해지기 기다려	欲待山資足

《남사(南史)》에 왕수지(王秀之)가 "내 산골 살림 넉넉해졌으니 어찌 오래 벼슬자리 차지하고서 현자들의 길을 막을 수 있겠는가."라고 하였다.²⁹⁰

산으로 돌아온 이 몇이나 되는가	歸山定幾人
이 밭 수확으로 반년 버티고	畎收支半歲
저 밭 수확으로 석 달 봄 지내네	畦摘了三春
꽃과 새들은 저처럼 그득하고	花鳥紛如許
구름 안개는 자욱하기 그지없네	雲煙詫不貧
올해 풍년 들 징조 있으니	今年農候吉
곳간에 보리 그득 참을 보게 되겠네	會見麥盈囷

둘째 수²⁹¹ 其二

---

288 【작품해제】 이 작품 역시 앞의 시들과 마찬가지로 파직된 이후 장단(長湍)에서 가거하면서 지은 것으로 보인다. 두 수 모두 풍족하지 않은 살림 가운데에서도 낙담하지 않고 평온한 마음으로 대처하는 명고의 모습이 잘 나타나 있다.
　【校】 제목 원주의 '2수'는 교정고 가필사항이다.

289 평성 '진(眞)' 운의 측기식 수구불용운체 오언율시이다.

290 남사(南史)에……하였다 : 《남사》 권24 〈왕유지열전(王裕之列傳)〉에 나온다.

유군이 오는 것 어찌 두려워하랴 　　　　　　　　　肯怕劉君至

나에게는 무덤에 아첨한 금 없도다 　　　　　　　　吾無諛墓金

《당서(唐書)》에 유차(劉叉)가 한유(韓愈)의 금 몇 근을 가지고 떠나면서 "이 금은 무덤 속 사람에게 아첨하고서 얻은 것이니, 나에게 주어 장수를 누리게 하는 것만 못하다."라고 하였다.[292]

샘물 길어다 차 한 잔 마시고 　　　　　　　　　　汲泉茶一啜

나물 안주 해서 술 석 잔 마신다네 　　　　　　　　肴菜酒三斟

온 동네 사람들 경쇠 매달림[293] 걱정하는데 　　　　渾里愁懸磬

　　'현경(懸磬)'은 《국어(國語)》에 나온다.[294]

궁벽한 집에서 나 홀로 거문고 안고 있다네 　　　　窮廬獨抱琴

생계가 보잘것없다 탄식치 말라 　　　　　　　　　休嗟生計拙

털비에 천심을 알 수 있나니 　　　　　　　　　　毛雨識天心

　　촉(蜀) 사람들은 가랑비를 털비라고 한다. 봄에 가랑비가 많이 내리면 곡식이 풍성하게 맺힌다.

291　평성 '침(侵)' 운의 측기식 수구불용운체 오언율시이다.

292　당서(唐書)에……하였다 : 《신당서(新唐書)》 권176 〈유차열전(劉叉列傳)〉에 나온다. 유차는 당나라 때 절사(節士)로 불우하게 살다가 한유의 집에 기숙하였는데, 그의 시는 노동(盧소)이나 맹교(孟郊)보다 낫다는 한유의 인정을 받았다. 또한 유차는 면전에서 남의 장단점을 말할 정도로 굽히지 않는 성격을 지니고 있었는데, 하루는 한유의 손님들과 말다툼을 벌이다가 한유가 남의 묘도문(墓道文)을 써주고 받은 금을 가지고 가면서 본문과 같은 말을 하였다.

293　경쇠 매달림 : 경쇠가 매달렸다는 것은 집안이 몹시 가난하여 아무것도 없이 경쇠만 덩그러니 달려 있는 것과 같다는 뜻으로, 명고의 가난함을 비유한 말이다. 《국어》 〈노어 상(魯語上)〉에 "집안은 경쇠 매단 것 같고 들에는 푸른 풀이 없으니, 무엇을 믿고서 두려워하지 않으랴.〔室如懸磬, 野無靑草, 何恃而不恐?〕"라고 하였다.

294　【校】현경(懸磬)은 국어(國語)에 나온다 : 이 원주는 전체가 교정고 가필사항이다.

누각에 올라[295]

登樓

한 해의 춘색도 반이나 지나간 뒤	一年春事半
오늘에야 층루에 올라왔노라	今日上層樓
그물 같은 버들은 푸른 양산 덮은 듯	柳罨籠靑蓋
불길 같은 꽃들은 붉은 휘장 펼친 듯	花熏鋪絳幬
갈림길 어귀엔 도란대는 사람 말소리	叉頭人語細
계곡물 굽이엔 깊이 잠든 해오라기	溪曲鷺眠幽
물에 바늘 돋을 날 멀지 않으리니	鍼水應無遠

벼가 갓 났을 적에 비가 내려 논물이 지면 "벼가 물에 바늘처럼 돋았다."라고
한다. 동파(東坡)의 시에 "물에 바늘 돋으니 좋은 소식 들리네.〔鍼水聞好
語〕"[296]라고 하였다.

어부는 낚시를 손질하누나	漁夫理釣鉤

---

295 【작품해제】이 작품 역시 앞의 시들과 마찬가지로 파직된 이후 장단(長湍)에서
가거하면서 지은 것으로 보인다. 평온하게 지내며 봄 경치를 감상하는 명고의 유유자적
한 모습이 잘 나타나 있다. 평성 '우(尤)' 운의 평기식 수구불용운체 오언율시이다.

296 물에……들리네 : 소식(蘇軾)의 《동파전집(東坡全集)》 권12의 〈동파팔수(東坡
八首)〉의 구절이다.

인간 세상²⁹⁷

人間世

인간 세상 다 살지도 않았는데	不盡人間世
이내 생에 어려움 두루 겪었네	吾生閱歷艱
잠깐 사이 사십여 세 되어버렸고	刹那餘四十
그 중 반은 비방받으며 늙었네	强半老譏訕
마음 거둠에 허공 꽃 보이고	攝念空花見
법문 펼침에 모인 돌들 어리석다²⁹⁸	演乘聚石頑

---

297 【작품해제】 이 작품 역시 앞의 시들과 마찬가지로 파직된 이후 장단(長湍)에서
가거하면서 지은 것으로 보인다. 벼슬살이 동안의 험난했던 상황과 그 상황을 벗어나
은거하면서 마음을 비운 채 유유자적하려는 명고의 자세가 잘 드러나 있다. 평성 '산
(刪)' 운의 측기식 수구불용운체 오언율시이다.

298 마음……어리석다 : 두 구절은 불교적 표현을 차용하여 명고의 상황을 비유한
것이다. '마음을 거둠〔攝念〕'은 외부로 달아난 마음을 안으로 거두어 스스로를 살핀다는
뜻으로 참선의 개념에 가까운 용어이다. '허공 꽃'이란 《원각경(圓覺經)》 등 다양한
불교 문헌에 자주 사용되는 용어로, 원래는 없는 꽃인데 망상에 의해 나타난 것으로
실제로는 없는 것을 실재하는 것이라고 망념을 일으키는 것을 말한다. 즉 마음을 다잡아
보려 해도 이런저런 상념으로 마음이 어지러운 명고의 상황을 묘사한 것이다.

　　'모인 돌이 어리석다'는 것은 '완석점두(頑石點頭)'에서 가져온 것으로, 동진(東晉)
때의 고승인 축도생(竺道生)이 호구산(虎丘山)에서 인적 없는 곳에 돌들을 모아놓고
《열반경(涅槃經)》의 구절을 강론하자 돌들이 모두 고개를 끄덕였다는 고사가 있다.
《佛祖統記 卷26》. 여기에서는 조정을 떠나 주변에는 수석(水石)뿐인 인적 드문 곳에
가거(家居)하고 있는 명고의 상황을 빗댄 것으로 보인다.

　　【校】 이 구절에 대해 교정고에 "진나라 생공이 지각이 없는 돌을 모아놓고 설법하자
돌들이 머리를 끄덕였다.〔晉生公聚頑石而說法, 石▨點頭.〕"라는 1차 가필이 있었으나

이제부터 다툼 없는 이곳엔　　　　　　　　從今無競地

물고기 새들만 한가로이 오가겠네　　　　　魚鳥去來閑

2차 가필에서 삭제되었다.

벽감주가[299]
碧紺珠歌

나는 기억력이 더디고 둔하여 열 번 이상 책을 읽지 않으면 외울 수가 없고,
외운 것도 오래 기억하고 있을 수 없다. 그러므로 한 번 옛일을 고찰하여
오늘을 비추어볼 일이 생기면 황내(黃嬭)[300]를 의지하고서야 스스로 깨우
쳤다. 그러나 사람이 세상에 태어나면 사방지(四方志)를 두어야 하니, 어찌
사슴이나 돼지처럼 항상 무리 지어 살 수 있겠는가.[301] 그리하여 곧장 객
(客)의 몸이 되어 오가며 궁벽한 시골에 홀로 거처하였는데, 곁에는 책상자
도 없어 까마득히 고증할 곳이 없다 보니, '성(聖)'을 가지고 '성(性)'이라
하고—왕수계(王守溪 왕오(王鏊))가 '성(性)'에 대한 설을 지으면서 공자의 말을 인용
하여 "마음이 신명(神明)한 것을 '성(性)'이라 한다."라고 하였는데, 원문의 글자는
'성(性)'이 아니라 바로 '성(聖)'이다.—[302] '장월(牡月)'을 잘못 보고서 '목단(牡
丹)'이라고 하는 것은—산동(山東) 사람이 《금석록(金石錄)》을 판각하면서 '8월'이

---

299 【작품해제】이 작품의 창작 배경은 자서(自序)에 상세히 나와 있다. 이에 의거하
면 명고는 마흔 이후부터 잡기(雜記)한 내용들을 편차하여 《벽감주(碧紺珠)》라는 책자
를 엮었다고 하였고, 〈벽감주가〉의 말미에서는 "밝은 창가에서 6년 쌓인 책상자 정리하
니[晴牕摭搰六年篋]"라고 하였으니, 이 작품의 창작 시기는 46세(1794, 정조18) 즈음
으로 추정된다. 따라서 이 작품 역시 앞의 시들과 마찬가지로 파직된 이후 장단(長湍)에
서 가거하면서 지은 것이다. 평성 '제(齊)' 운의 15운 칠언고시로 제20구(諧)는 평성
'佳' 운으로 협운(叶韻)하였다.

300 황내(黃嬭) : 서책의 이칭이다. 남조(南朝) 양(梁)나라 원제(元帝)의 《금루자
(金樓子)》〈잡기(雜記)〉에 "어떤 사람이 책을 읽는데 책을 잡으면 곧바로 잠이 든다.
그래서 양나라에 한 명사(名士)가 서책을 황내라 불렀으니, 정신을 아름답게 하고 성정
을 길러주는 것이 마치 유모[가 먹이는 젖]와 같기 때문이다."라고 하였다.

301 사람이……있겠는가 : 《공총자(孔叢子)》에 나오는 표현을 그대로 쓴 것이다. 사
방지는 사방을 경영할 큰 뜻이라는 말로, 《춘추좌씨전(春秋左氏傳)》 희공(僖公) 23년
기사에 진(晉)나라 공자 중이(重耳)의 아내가 중이에게 한 말이다.

'장월'이라는 것을 모르고서 '현익세 장월삭(玄黓歲壯月朔)'을 '현익세 목단삭(牧丹
朔)'으로 고쳤다.-303 또한 피할 수 없는 형국이다. 장횡거(張橫渠 장재(張
載))가 묘하게 계합되는 일이 있을 때마다 서둘러 적은 것304과 도구성(陶九
成 도종의(陶宗儀))이 나뭇잎을 따서 항아리에 담아둔 것305은 모두 손으로
쓴 기록으로 기억력을 대신한 것이다. 앞사람들도 오히려 그러하였거늘
하물며 나같이 기억력이 더디고 둔하며 잘 잊어버리는 사람이겠는가. 이에

302 왕수계(王守溪)가……성(聖)이다 : 왕수계는 명(明)나라 때의 인물인 왕오(王
鏊, 1450~1524)로, 수계는 그의 자이다. 해당 문구는 왕오의 《진택집(震澤集)》 권34
〈성선대(性善對)〉에 나오는 말이다. 그런데 왕오가 인용한 말은 《공총자(孔叢子)》에
서 자사(子思)와 공자 사이의 문답 중에 공자가 한 말로, 《공총자》의 원문에는 "마음이
정하고 신령한 것을 '성'이라 한다.〔心之精神, 是謂聖.〕"라고 되어 있다.

303 산동(山東)……고쳤다 : '장월'은 8월의 이칭으로, 《이아(爾雅)》〈석천(釋天)〉
에 보인다. 《금석록》은 송(宋)나라 때 조명성(趙明誠)이 편찬한 책으로 금석학에 관한
내용이 실려 있다. 이 《금석록》에 이이안(李易安)이 쓴 후서 말미 간지가 '현익세 장월
삭'으로, 즉 '임자년(1132) 8월'이라는 뜻이다. 그런데 이것을 청(淸)나라 때 산동의
출판업자들이 간행해내면서 '壯月'의 뜻을 몰라 이를 '牡丹'의 오기로 보고 고쳐버렸다는
것이다. 이 일화는 《홍재전서(弘齋全書)》 권107 〈경사강의(經史講義)44 총경(總經)2
이아(爾雅)〉에도 나온다.

【校】 이 원주는 전체가 교정고 가필사항이다.

304 장횡거(張橫渠)가……것 : 밤에 자리에 누웠다가도 의리에 대해 새로 깨달은 것
이 있으면 곧바로 일어나 서둘러 기록해두었다는 뜻으로, 원문의 '묘계질서(妙契疾書)'
는 주희(朱熹)가 지은 〈횡거선생찬(橫渠先生贊)〉에 나오는 구절이다. 《晦庵集 卷85
六先生畫像贊》

305 도구성(陶九成)이……것 : 도종의가 병란(兵亂)을 피해 오(吳) 땅 지역에 은거
하여 농사를 짓다가 중요한 사안을 만나면 나뭇잎을 따서 적고 깨진 항아리에 나뭇잎을
넣어두고는 나무뿌리 옆에다가 항아리를 묻었다. 그와 같이 하기를 10년에 마침내 항아
리가 여러 개가 되었는데 도종의가 그것을 파내어 나뭇잎에 적어둔 내용을 기반으로
엮은 책이 바로 《철경록(輟耕錄)》이다. 이상의 내용은 손작(孫作)이 지은 서문에 나와
있다.

마흔 이후부터 글을 보게 되면, 고찰하여 거울로 삼을 만한 것들을 반드시 잡기(雜記)하였다. 수년이 지나서 약간의 편차를 하여 내용별로 분류하고 《벽감주(碧紺珠)》라 명명하니, 장열(張說)의 기사주(記事珠)[306]의 뜻을 취한 것이다.

구슬일세 구슬일세 구슬 아닌 구슬이로세　　　有珠有珠非珠珠

바다에서 난 것 아니요 섬계에서 난 것일세　　　不産滄海産剡溪

섬계(剡溪)에는 등나무가 많아 껍질을 벗겨 종이를 만든다. 옛사람의 시에 "섬계 등나무 익히고 찧으니 참으로 정결하여라.〔溪藤熟搗淨涓涓〕"라고 하였다.

먼 옛적엔 노끈 묶었고 대쪽 엮기 수고롭더니[307]　　　結繩邈矣編簡勞

종이 발명한 채륜(蔡倫)[308]이 한나라 역사에 적혀 있네

　　　　　　　　　　　　　　　　　創紙侯倫漢史題

한나라의 채륜[309]이 처음으로 종이를 만드니, 당시 사람들이 채후지(蔡侯紙)라 불렀다.[310]

---

306 장열(張說)의 기사주(記事珠) : '기사주'는 일을 기억하게 해주는 구슬이라는 뜻이다. 장열은 당(唐)나라 때의 재상으로 어떤 사람이 감색(紺色) 빛이 도는 구슬을 선물하였는데 혹 잊은 일이 있을 때 손에 들고 만지작거리면 정신이 맑아지면서 잊어버린 기억이 떠올랐다고 한다. 《開元天寶遺事 卷1》

307 먼……수고롭더니 : 상고 시대에 문자가 없을 때 노끈을 묶어서 그 매듭으로 의사를 표시했던 일과 이후 문자가 생겨나고 종이가 발명되기 전 죽간(竹簡)을 엮어서 책을 만들던 일을 말한 것이다.

308 채륜(蔡倫) : ?~121. 후한(後漢) 호남(湖南) 계양(桂陽) 사람으로, 자는 경중(敬仲)이다. 명제(明帝) 후반에 입궁하여 환관이 된 후 전한(前漢) 이래 사용하던 제지 기술을 개선하여 종이를 발명했다. 안제(安帝) 때 용정후(龍亭侯)로 책봉되었고 모함에 걸려 투옥되었다가 음독자살하였다.

309 【校】륜(倫) : 교정고 수정사항으로, 원글자는 '侖'이다.

어망과 삼실은 변천해온 과정이 있고　　　　　漁網布絲沿革在

귀문과 곡랑은 정교한 생각이 가지런하네[311]　　　龜文穀浪巧思齊

　채륜이 처음으로 오래된 어망을 찢어서[312] 종이를 만드니 '망지(網紙)'라고
불렀다. 후대 사람들이 생베로 종이를 만드니 그 가닥이 묵은 삼베와 같으
므로[313] '마지(麻紙)'라고 불렀다. 그 뒤에 또 나무껍질로 종이를 만드니
'곡지(穀紙)'라고 불렀다.[314]

누가 한 치 되는 물건을 보배라 자랑하나[315]　　　誰把徑[316]寸誇爲寶

310 【校】채후지(蔡侯紙)라 불렀다 : 교정고 수정사항으로, '侯'의 원글자는 '氏'이고
'불렀다[謂]'의 원글자는 '稱'이다.

311 귀문(龜文)과……가지런하네 : 귀문은 보통 갑골문을 가리키는 것으로 고문자
(古文字)를 뜻하기도 한다. 곡랑은 자주(自註)를 참조할 때 곡지(穀紙)를 가리키는
것으로 보이는데 이를 '곡랑'이라 표현한 이유는 미상이다. 혹 곡지에 쓰인 글자를 가리
킨 듯도 하다. 또한 정교한 생각이 가지런하다는 것도, 곡지 혹은 곡지에 쓰인 글의
정교함이 귀문의 교묘함과 대등하다는 정도로 추측해볼 수는 있겠으나 역시 그 정확한
의미는 미상이다.

312 【校】채륜이……찢어서 : 교정고 수정사항으로, 원글자 '蔡始以'가 '倫始擣故'로
수정되었다.

313 【校】그……같으므로 : 교정고 수정사항으로, 원글자 '紙縷如故'가 '絲縷如故麻'
로 수정되었다.

314 채륜이……불렀다 : 이에 대해서는 채륜과 종이를 언급한 서적별로 차이가 있다.
본문처럼 구분을 두기도 하였고, 생베와 나무껍질과 어망 모두 채륜이 시험한 것으로
나오기도 한다.

315 누가……자랑하나 : 구슬이 보물이 아니라 서책이 보물이라는 뜻으로, 양 혜왕
(梁惠王)과 제 위왕(齊威王)의 고사를 빌린 표현이다. 전국 시대 양 혜왕이 제 위왕과
평륙(平陸)에서 회합했을 때 "우리나라가 작지만 그래도 직경이 한 치로 12채의 수레를
앞뒤로 비출 수 있는 구슬이 10개나 된다."라고 자랑하자, 제 위왕이 "내가 보배로 삼는
것은 왕과 다르다."라고 하면서 단자(檀子)와 반자(盼子)와 검부(黔夫)와 종수(種首)
등 4명의 신하를 차례로 거론하며 "장차 이들로 천 리를 비출 것이니, 어찌 다만 12채의

장차 수레 비치게 하고 옛일 고찰할 수 있도다	且使照乘能古稽
장공이 얻은 것은 구슬 중에서도 참구슬이니³¹⁷	張公所得珠中眞
야청빛 색채는 영서³¹⁸와 통하여라	碧紺其色通靈犀
내 구슬도 하나의 장공의 구슬이니	我珠亦一張公珠
천만 가지 서적을 맘껏 꺼내본다네	千箱萬軸恣取携
매끄러운 글숫돌은 거울에 물건 비춘 듯	平滑文砥鑑映物

종이〔紙〕는 숫돌〔砥〕이니, 매끈하기가 마치 숫돌과 같음을 이른다.³¹⁹

한 폭 명주 가을물은 빛이 청려장(靑藜杖) 밝힌 듯³²⁰

수레에 그치겠는가."라고 하였다. 이에 양 혜왕이 기가 죽어서 떠나갔다.《史記 卷46 田敬仲完世家》

316 【校】徑 : 교정고 수정사항으로, 원글자는 '經'이다.

317 장공이……참구슬이니 : 445쪽 주306 참조.

318 영서(靈犀) : 신령스러운 무소의 뿔로, 이것을 태우면 밝은 빛을 낸다고 한다. 진(晉)나라 온교(溫嶠)가 여행을 하다가 무창(武昌)의 우저기(牛渚磯)에 당도하였는데, 사람들이 물속에 괴물이 산다고 하였다. 이에 온교가 무소의 뿔에 불을 붙여서 물속을 비추자 물속에 있던 기이한 모습의 괴물들이 모두 모습을 드러냈다고 한다. 《晉書 卷67 溫嶠列傳》

319 종이는……이른다 : 《석명(釋名)》〈석서계(釋書契)〉에 나오는 말이다.《석명》은 후한(後漢)의 유희(劉熙)가 지은 것으로, 같은 음을 가진 다른 단어로 어원을 설명한 것이다.

320 한……듯 : '한 폭 명주〔匹練〕'는 맑게 펼쳐진 수면을 비유할 때 자주 쓰이는 말로 '가을물'과 호응한다. 전후 문맥상 '한 폭 명주 가을물'은 서책을 가리킨 것이다. '빛이 청려장을 밝힌다'는 것은 유향(劉向)의 다음 고사에서 온 것이다. 유향이 천록각(天祿閣)에서 교서(校書)를 하며 깊이 몰두하고 있었는데, 밤에 어떤 노인이 나타나 청려장(靑藜杖)을 꽂아두고는 문을 두드리고 들어왔다. 그러더니 유향이 어둠 속에서 혼자 앉아 글 외는 것을 보고는 청려장 끝을 입으로 불어 환한 빛을 발하여 유향을 비추어주었다. 유향이 노인의 성명을 묻자 "나는 태일(太一)의 정기이다."라고 하였다.《拾遺記》

	匹練秋水光燭藜
총명함이 마흔 넘기고 더욱 좋아졌으니	聰明愈進四十後
정숙321은 당시에 어떤 구슬 가졌던고	正叔當年何珠齎

　　이천(伊川) 정이(程頤))은 마흔을 넘기고 기억력이 더욱 좋아졌다.322

옛말 인용할 것 생각함에 응당 수고롭지 않고	思引建言應不倦
지난 일 근거하기를 구함에 찾을 길이 없네	求據前事尋有蹊
경전과 제자(諸子)와 사책에서 주옥같은 글 음미하고	
	經傳子史啜英遍
백가와 잡기류(雜記類)에까지 나아가 미치네	施及百家與齊諧

　　협운(叶韻)323이다.

| 많이 듣고 기억함을 부처는 나무라지 말라 | 多聞記持佛莫譏 |
| 문예와 마음 닦음에 공부가 절로 트이나니 | 治藝治心工自睽 |

　　부처가 말하기를 "많이 듣고 기억하여 여러 겁을 지내며 고생스럽게 수행하는 자는 끝내 보리(菩提)를 증득(證得)하지 못한다."324라고 하였다.

| 전륜성왕(轉輪聖王)의 상투 보배는 몇 알이나 되는고 | |
| | 輪王髻寶問幾顆 |

　　부처가 말하기를 "전륜성왕에게는 상투 속의 구슬이 있다."라고 하였다.

| 인어 방 안에 보관해봐야 진흙과 같을 뿐이라네325 | 蛟人室藏還如泥 |

---

321 정숙(正叔) : 정이(程頤)의 자이다.

322 이천(伊川)은……좋아졌다 :《이정외서(二程外書)》권12에 나오는 말이다.

323 협운(叶韻) : 압운한 운과 같은 운에 속하지 않는 운자이지만 동일한 운으로 사용하는 것을 가리킨다.

324 많이……못한다 :《능엄경(楞嚴經)》권4에서 부처가 다문제일(多聞第一)인 아난(阿難)에게 설법한 내용을 간추린 것이다.

양전과 익우가 어찌 좋은 비유이랴 　　　　　　良田益友豈善喩

　옛사람들은 양전과 익우로 서적의 공용(功用)을 비유했다.[326]

공용을 말하자면 구슬 또한 낮도다[327] 　　　　言乃功用珠亦低

《단연총록(丹鉛總錄)》[328] 옛 항목에 잡다함이 없을손가

　　　　　　　　　　　　　　　　丹鉛舊目得無韱

　양신(楊愼)의 《단연총록》이 있다.

《일지록(日知錄)》[329] 새 체례(體例)도 오히려 분명치 못하도다

　　　　　　　　　　　　　　日知新例猶未犁

325　전륜성왕(轉輪聖王)의……뿐이라네 : 아무리 좋은 지식이라도 기억만 하고 실제로 쓰지 않으면 아무 소용이 없다는 뜻으로 쓰였다. 전륜성왕의 구슬은 《법화경(法華經)》〈안락행품(安樂行品)〉에 나오는 것으로, 전륜성왕이 전공을 세운 장수에게 많은 보배를 내리지만 자신의 상투 속에 감추어둔 가장 훌륭한 구슬만은 아무에게나 내주지 않는 것을 가지고 최상의 지혜인 《법화경》을 비유하였다. 인어와 관련해서는 《술이기(述異記)》에 "남해 바닷속에 인어가 사는데, 고기처럼 물속에서 살며 끊임없이 베를 짜고, 눈에서 눈물을 흘리면 눈물이 곧 구슬이 된다."라고 하였다.

326　옛사람들은……비유했다 : 《연감유함(淵鑑類函)》 권194 〈장서(藏書)3〉에 나온다. 그런데 '익우'의 경우는 원(元)나라 때 두본(杜本)의 〈회우헌기(懷友軒記)〉에서 서책을 '익우'에 견준 전거를 들었으나, '양전'의 경우에는 "〈장서1〉에 보인다."라는 주석만 있고 정작 〈장서1〉에는 해당 내용이 없다. 이는 누락된 것으로 보인다.

327　공용(功用)을……낮도다 : 명고가 완성한 《벽감주(碧紺珠)》의 공용을 말하자면, 양전과 익우는 말할 것도 없고 구슬이라는 비유도 그 공용을 표현하기에는 오히려 부족하다는 뜻이다.

328　단연총록(丹鉛總錄) : 명(明)나라 때의 학자인 양신(楊愼, 1488~1559)이 지은 책이다. 총 27권으로 천문(天文)·지리(地理)·인사(人事)·사적(史籍) 등 다양한 분야로 분류하고 고증이 정밀하여 후대 학자들이 많이 참고하였다.

329　일지록(日知錄) : 명말청초(明末淸初)의 학자인 고염무(顧炎武, 1613~1682)가 지은 것으로, 총 32권 1,021개 항목에 걸쳐 자신의 견해와 고증을 밝힌 책이다.

고염무(顧炎武)의 《일지록》이 있다.

밝은 창가에서 6년 쌓인 책상자 정리하니　　　晴牕摒擋六年篋

내용 따라 분류함에 원만한 하나의 문장[330] 되었네　州次部居圓一奎

330　문장 : 원문의 '奎'는 다양한 의미로 풀이될 여지가 있다. 규성(奎星)이 문운(文運)을 관장하는 관계로 '奎'는 보통 제왕의 글씨, 서적, 서고, 문장 등 다양하게 사용된다. 이 시에서는 '奎'와 함께 쓰인 단어가 없어 확정할 수 없으므로 우선 '문장'으로 번역해둠을 밝힌다. 문맥을 따져보면 《벽감주》가 학문을 돕는 훌륭한 서책이 되었다는 뜻이다.

봄을 보내며[331]
遣春書事

봄빛은 절기에 맞고 달은 하늘 떠가니   春光入律月行天

부처의 여여한 경지[332] 내가 실로 그러하도다   佛氏如如我實然

　불가의 말에 "봄이 절기에 맞는 듯하고 달이 허공에 떠가는 듯하다."[333]라고
　하였다.

복사나무 접붙인 살구나무 등걸엔 붉은빛 흰빛 찬란하고

                               桃嫁杏楂紅白粲

냉이 돋아난 씀바귀 밭엔 푸른빛 쪽빛 이어졌네   薺生茶圃碧藍連

우사는 부유하여 자주 단비 적셔주고   雨師富有頻膏瀉

　동파(東坡)의 시에 "천공은 참으로 부유하여 단비를 황토에 적셔주네.〔天
　公眞富有, 乳膏瀉黃壤.〕"[334]라고 하였다.

---

331 【작품해제】이 작품 역시 앞의 시들과 마찬가지로 파직된 이후 장단(長湍)에서
가거하면서 지은 것으로 보인다. 봄 경치 속에서 유유자적하는 명고의 모습과 회한이
잘 드러나 있다. 평성 '선(先)' 운의 평기식 수구용운체 칠언율시이다.

332 여여한 경지 : '여여하다'는 표현은 불가에서 사용하는 단어로, 진리의 본체가 항
상 변함없이 그대로라는 뜻이다.

333 봄이……듯하다 :《능엄경(楞嚴經)》의 해설서인《능엄경관섭(楞嚴經貫攝)》 등
에서 〈정종분(正宗分)〉의 관세음보살의 천수천안(千手千眼)의 신통을 설명한 부분에
대한 주석에 "다만 중생은 온몸이 손과 눈이라는 것을 미혹되어 알지 못하고서 모두
업용을 이룬다. 나로부터 증득하기를 마치 봄이 절기에 맞는 듯하고 달이 허공에 떠가는
듯하면 손이 가는 대로 잡히는 것이 모두 묘용을 이룰 것이다.〔但衆生渾身手眼, 迷而不
知, 俱成業用. 自我得之, 如春入律, 如月行空, 信手拈來, 俱成妙用.〕"라고 하였다. 즉
얽매임 없이 실상 그대로의 여여한 상태를 형용한 것이다.

농부는 부지런해 절기 어기지 않는구나[335]   農耦力勤不節愆

두어라 이 몸도 이제 늙어졌나니   已矣吾生今老大

유불(儒佛) 배우려던 초심과 날로 멀어지누나   初心日負學儒禪

---

334 천공은……적셔주네 : 소식(蘇軾)의 《동파전집(東坡全集)》 권23 〈우후행채(雨後行菜)〉의 구절이다. .

335 농부는……않는구나 : 농부가 농사일에 부지런히 임하여 각 절기별로 해야 할 농사일을 게을리하지 않는다는 뜻이다. 원문의 '農耦'는 《예기(禮記)》〈월령(月令)〉에 "사농에게 명하여 두 사람이 나란히 서서 밭 가는 일을 계획하고 쟁기와 보습을 손보고 농기구를 갖추게 한다.〔命司農計耦耕事, 修耒耜, 具田器.〕"라고 한 데서 온 말로 농사나 농부를 가리킨다.

소동파의 〈구양숙필과 도연명의 사적을 외우다〉 시를 읽고 가슴속에 감회가 일어 마침내 차운하다[336]
讀東坡與歐陽叔弼誦淵明事詩 有感于懷 遂步其韻

336 【작품해제】이 작품 역시 앞의 시들과 마찬가지로 파직된 이후 장단(長湍)에서 가거하면서 지은 것으로 보인다.

차운한 소식(蘇軾)의 시는 《동파전집(東坡全集)》권19에 실려 있으며, 원제는 〈구양숙필이 방문하여 도연명의 사적을 외웠는데 그 절륜한 견식에 감탄하였다. 구양숙필이 돌아가고 나서도 감개한 마음이 가시지 않아 이 시를 짓는다[歐陽叔弼見訪, 誦陶淵明事, 歎其絶識. 叔弼旣去, 感慨不已, 而賦此詩]〉로 내용은 다음과 같다. "도연명이 현령 자리 구한 것, 본래 양식 부족해서였네. 관대 차고 독우 향해, 잠시 몸 굽힘 욕되지 않건만, 초연히 〈귀거래사〉 읊으니, 어찌 곤궁과 외로움 생각지 않았으랴. 어려운 것은 오두미 때문에, 허리 굽혀 생계 도모하는 것이었네. 어이하여 원상국은, 만종 봉록으로도 만족하지 못했나? 조그마한 후추 많기도 했으니, 팔백 섬을 어디다 쓰리오. 그것 때문에 자신 해쳤으니, 어찌 까치에게 던진 옥일 뿐이랴. 지나간 일 후회해도 소용없나니, 나는 돌이켜보아 스스로를 밝히리라.〔淵明求縣令, 本緣食不足. 束帶向督郵, 小屈未爲辱. 翻然賦歸去, 豈不念窮獨? 重以五斗米, 折腰營口腹. 云何元相國, 萬鍾不滿欲? 胡椒銖兩多, 安用八百斛? 以此殺其身, 何啻抵鵲玉? 往者不可悔, 吾其反自燭.〕" 원상국은 당(唐)나라 때 재상인 원재(元載)로 탐욕스럽고 권력을 마음대로 휘두르다가 황제의 명으로 자진(自盡)한 인물이며, 그가 죽은 후 재산을 몰수해보니 후추가 800섬이나 나왔다. 《新唐書 卷145 元載列傳》. '까치에게 던진 옥'이라는 것은 《염철론(鹽鐵論)》에 나오는 말로, 곤륜산에서는 옥이 너무 흔해서 까치에게 던지기도 하는데, 여기서는 그렇게 아무짝에도 쓸모없는 재물 때문에 자신의 몸을 망쳤다는 뜻이다. 구양숙필은 구양수(歐陽脩)의 아들인 구양비(歐陽棐)로, 숙필(叔弼)은 그의 자이다.

명고의 이 작품 역시 소식의 시와 마찬가지로 도연명이 추구한 초연한 삶의 자세를 칭송하면서 자신도 그와 같이 살아가겠다는 다짐을 보이고 있다.

서로 통운이 되는 측성 '옥(沃)' 운과 측성 '옥(屋)' 운의 8운 오언고시로, 제2구(足)·제4구(辱)·제10구(欲)·제14구(玉)·제16구(燭)는 측성 '옥(沃)' 운, 제6구(獨)·제8구(腹)·제12구(斛)는 측성 '옥(屋)' 운으로 운을 맞추었다.

도연명이 팽택령 된 것은	陶令之彭澤
풍류 즐기려 함이지 풍족 구하려던 것 아니라네	玩世非求足
처음 현가(絃歌) 말을 꺼냈을 때	始發絃歌說
어찌 마침내 욕될 것 헤아리지 않았으랴	寧未揣終辱

도연명이 벗에게 "그저 현가를 타면서 전원생활의 밑천으로 삼고자 하는데 되겠는가?"라고 하니, 정사를 담당하고 있는 자가 그 사실을 듣고서 위에 아뢰어 팽택령을 제수하였다. 연명이 탄식하면서 "내가 다섯 말의 쌀 때문에 풋내기에게 허리를 굽힐 수는 없다."라고 하였다.[337]

광달한 기상은 큰 은자여야 하고	曠達要大隱
경위는 조용히 홀로 지냄에 있네[338]	涇渭在幽獨
당시에 몇 사람이나	當時幾輩人
연명의 텅 빈 배 속에 담겼을꼬	容他空洞腹

왕도(王導)가 주의(周顗)의 배를 가리키면서 "이 속에는 무엇이 들었는가?"라고 하자, 주의가 "이 안은 텅 비어 아무것도 없으나, 경과 같은 사람 수백 명은 담기에 충분하다오."라고 하였다.[339]

---

337 도연명이……하였다 : 《진서(晉書)》 권94 〈도잠열전(陶潛列傳)〉에 나온다. 본문에 인용한 것에서는 도잠이 팽택령이 되어 정무보다는 풍류에 더 탐닉했다는 것과 감독관인 독우(督郵)가 시찰 오게 되어 현리(縣吏)가 관복을 입고 나가서 맞이할 것을 청한 사실이 생략되었다. '현가'는 고을 수령의 뜻으로 공자의 제자 자유(子游)가 무성(武城)의 읍재(邑宰)로 있으면서 현가로 백성을 교화하였다는 《논어(論語)》〈양화(陽貨)〉의 고사에서 온 것이다.

338 광달한……있네 : 도잠(陶潛)같이 큰 은자로 고요히 홀로 거처하는 사람만이 광달한 기상과 맑은 지조를 가질 수 있다는 말이다. 경위(涇渭)는 중국 섬서성(陝西省)에 있는 두 강 이름인데, 경수(涇水)는 물이 탁하고 위수(渭水)는 맑아서 두 강의 구분이 명확하므로 이것을 가지고 청탁(淸濁), 선악(善惡), 시비(是非)의 구분에 비유한다. 여기서는 '渭'에 그 뜻이 치중되어 있다.

339 왕도(王導)가……하였다 : 《세설신어(世說新語)》〈배조(排調)〉에 나온다.

똥거름 흙과 냄새나고 썩은 물건　　　　　　　　糞土與臭腐

　어떤 사람이 은호(殷浩)에게 묻기를, "관직에 오를 일이 있으면 관(棺) 꿈
을 꾸고 재물 얻을 일이 있으면 똥 꿈을 꾸는 것은 어째서인가?"라고 하자,
은호가 대답하기를, "관직은 본디 냄새나고 썩은 것이고 재물은 본디 똥거
름 흙과 같은 것이다."라고 하였다.[340]

침이나 뱉으면 그뿐 어찌 가지고 싶으랴　　　　　堪唾豈堪欲

〈귀거래사(歸去來辭)〉 한 편이　　　　　　　　　歸去辭一関

백 섬의 금보다 나은 듯하여라　　　　　　　　　勝似金百斛

기린 모형을 돌아보고 웃노니　　　　　　　　　回笑麒麟楦

　양형(楊炯)이 조정의 선비들을 기린 모형이라고 부르자 어떤 사람이 그
이유를 물었다. 그러자 양형이 말하기를 "기린 놀음을 하는 자가 기린 형체
를 만들어서 나귀 위에 덮어씌워 완연히 다른 물건으로 만들어놓는데, 그
껍데기를 벗겨내면 도로 나귀인 것이다."라고 하였다.[341]

옥을 티끌처럼 보는 것일 뿐만이 아니어라　　　　不啻塵視玉

　주자(周子 주돈이(周敦頤))의 《통서(通書)》에 "높은 벼슬을 하찮게 보고 금
과 옥을 티끌처럼 본다."라고 하였다.

나 역시 도연명을 사모하는 자이니　　　　　　　吾亦慕陶者

뒤따르며 돌이켜 밝힐 것을 생각하네[342]　　　　追來思反燭[343]

340　어떤……하였다 : 《세설신어》 〈문학(文學)〉에 나온다.

341　양형(楊炯)이……하였다 : 《태평광기(太平廣記)》 권265 등에 나온다.

342　뒤따르며……생각하네 : 도연명을 뒤따르면서 그가 남긴 자취를 자신에게 돌이
켜보고 스스로를 밝히겠다는 뜻이다.

343　【校】燭 : 교정고에는 '躅'으로 수정되었으나 원글자 '燭'이 옳다. 교정자는 '反燭'
이 부자연스럽다고 보고 '反躅'으로 고쳐 "발걸음을 돌이키다."의 의미로 교정을 가한
것이라 생각된다. 그러나 차운한 소식(蘇軾)의 시의 마지막 구절의 구법과 의미를 명고
의 이 구절에 대입시켜보면 원운에도 맞을 뿐 아니라 내용 역시 원시와 맞아떨어진다.
이에 의거하여 저본의 원래 글자를 그대로 따랐다. 소식의 시는 본시 【작품해제】 참조.

경박이 유본, 유구와 함께 고문회를 만들어 반드시
닷새마다 한 편씩을 짓는다는 말을 듣고 기뻐서 잠 못
이루다[344]

聞景博與有本有榘作古文會 每五日必得一篇 喜而不寐

육경에 문법 없고	六經無文法
삼대 때 문인 없었으니	三代無文人
문인과 문법은	文人與文法
모두 후대에 생긴 말임을 알겠어라	知皆後世言

　협운(叶韻)[345]이다.

344 【작품해제】이 작품 역시 본문 안에 "궁벽한 거처에서 집에서 온 편지 펼쳐보니"라
는 말이 있는 것으로 볼 때, 앞의 시들과 마찬가지로 파직된 이후 장단(長湍)에서 가거
하며 지은 것으로 보인다. '경박'은 서명민(徐命敏)의 아들로서 서명선(徐命善)에게
출계(出系)한 서노수(徐潞修)로, 명고에게는 종제(從弟)가 된다. 서유본과 서유구는
명고의 친형으로 서명익(徐命翼)에게 출계한 서호수(徐浩修)의 아들들이다.

　이 작품은 문장의 역사에 대해 개괄적으로 서술하고 있고 고문을 추구하는 자가
가져야 할 자세와 올바른 문장에 대한 명고의 인식 등이 담겨 있어 명고의 문장관의
일면을 파악하는 데 한 자료가 된다. 특히 자주(自註)의 주석에서 원굉도(袁宏道),
위희(魏禧) 등 명말청초(明末淸初) 문인들의 문장론을 인용하고 있고 마지막 부분에서
는 작위를 배제한 천성(天性) 그대로의 문장 짓기를 언급하고 있다는 점에서 조선 후기
문학의 주요 의제인 성령론(性靈論), 천기론(天機論) 등과 연관 지어 살펴볼 만하다.

　평성 '진(眞)' 운의 40운 일운도저격 오언고시로 제4구(言)·제10구(門)·제22구
(存)·제52구(樊)는 평성 '원(元)' 운, 제38구(然)·제70구(前)·제74구(天)는 평성
'선(先)' 운, 제58구(聞)·제60구(分)는 평성 '문(文)' 운, 제66구(肯)는 측성 '형(逈)'
운으로 협운(叶韻)하였다.

345 협운(叶韻) : 448쪽 주323 참조.

서경에 문장이 크게 흥성하여　　　　　　　　　西京斯爲盛

빈 수레 요란스레 장식하니[346]　　　　　　　　虛車紛飾輪

　　주자(周子 주돈이(周敦頤))의 《통서(通書)》에 "수레를 장식하기만 하고
　　수레를 사용하지 않는 것은 괜한 장식인 것인데 하물며 빈 수레에 있어서이
　　겠는가."라고 하였다.[347]

이 때문에 양자운은　　　　　　　　　　　　　所以揚子雲

허리띠와 수건에 수놓는 이들 비웃었네　　　　笑他繡鞶巾

　　양자(揚子 양웅(揚雄))가 말하기를 "오늘날의 학자들은 화려하게 꾸미기만
　　할 뿐 아니라 허리띠와 수건에까지도 수를 놓는다."[348]라고 하였다.

비록 그러하나 옛 법도는　　　　　　　　　　雖然古之道

이로부터 전문이 생기니[349]　　　　　　　　自此有專門

　　협운이다.

변려문은 육조시대 내려와　　　　　　　　　　駢儷降六朝

346　서경에……장식하니 : 서경(西京)은 서한(西漢 전한) 시대의 수도인 장안(長安)
으로, 문장이 크게 흥성하였다는 것은 장안을 중심으로 문학이 번성한 것을 가리킨다.
대표적인 문인으로는 가의(賈誼), 사마상여(司馬相如), 동방삭(東方朔) 등이 있다.
장식이 요란했다는 것은 이 당시의 문학이 문이재도(文以載道)의 문학이 아니라 화려
한 문사와 기교가 발달한 문학이었다는 말이다.

347　주자(周子)의……하였다 : 해당 구절은 문이재도론(文以載道論)의 시초가 된 문
장으로, 인용된 부분 앞에 "문은 도를 싣는 것이다.〔文, 所以載道也.〕"라는 말이 더
있다. "수레를 사용하지 않는 것〔車不用〕"은 《통서》에는 "사람이 사용하지 않는 것〔人不
用〕"으로 되어 있다.

　　【校】 이 원주는 전체가 교정고 가필사항이다.

348　오늘날의……놓는다 : 양웅(揚雄)의 《법언(法言)》에 나온다.

349　비록……생기니 : 문장가들의 출현을 통해 본격적으로 전문적인 문학 담당 계층
과 법도가 생겨났다는 말이다.

관양이 한 무리 형성했네[350]　　　　　　　官樣生一倫

　　옛날에는 관각체(館閣體)를 관양이라 불렀다.[351]

여기에서 고금이 나누어지니　　　　　　　於焉分古今

학자들이 나룻배[352]를 달리 탔네　　　　　學者岐筏津

간기[353] 타고난 자 참으로 호걸 되니　　　　間氣諒爲傑

문장의 진맥 끝내 막히지 않았어라　　　　　眞脈不終湮

팔대의 쇠락함 창도하여 일으키니　　　　　倡起八代衰

한자가 바로 선민이었네[354]　　　　　　　韓子是先民

장심은 어쩌면 유독 고달팠던가[355]　　　　匠心何獨苦

체재는 진부함 없애는 데 힘썼네　　　　　　體裁務去陳

350　변려문은……형성했네 : 한(漢)나라 때의 부(賦)에서부터 시작된 변려체는 위진남북조(魏晉南北朝)를 거쳐 육조에 와서 가장 완성된 형태를 갖추고 전성기를 누렸으며, 관각문학은 이 변려문을 중심으로 하였다.

351　【校】옛날에는……불렀다 : 교정고 가필사항이다.

352　나룻배 : 원문의 '筏津'은 보통 '津筏'로 많이 쓰이는데 여기서는 운자를 맞추기 위해 순서를 바꾼 것이다. 이는 강을 건너는 뗏목이라는 뜻으로 어떤 목적에 도달하기 위해 사용하는 도구를 가리킨다. 여기서는 학자들이 문장을 완성하기 위해 도구로 선택하는 문체 등이 제각기 달랐음을 말한 것이다.

353　간기(間氣) : 영웅호걸이 세상에 태어날 때 받는다는 천지간의 신명하고 특수한 기운을 말한다. '間'은 '세대를 걸러서〔間世〕 나온다는 뜻이다.

354　팔대의……선민이었네 : 팔대는 후한(後漢), 위(魏), 육조(六朝)의 변려문 시대를 말한다. 화려한 변려문을 극복하고 고문(古文) 운동을 창도한 한유(韓愈)를 칭탄한 것이다. 소식(蘇軾)의 〈조주한문공묘비(潮州韓文公廟碑)〉에 "문풍은 팔대의 쇠함을 일으켰다.〔文起八代之衰.〕"라고 하였다. 선민은 선대의 현인(賢人)이라는 뜻이다.

355　장심은……고달팠던가 : 장심은 문학 활동을 하면서 창작을 위해 고심하며 구상하는 것을 말한다. 한유가 새로 고문 운동을 창도하면서 고심하여 글을 지었다는 말이다.

한자(韓子 한유(韓愈))가 말하기를 "문장은 다른 방법이 있는 것이 아니라 오직 진부한 말을 없애는 데 힘써야 한다."[356]라고 하였다.

| 구소[357]가 그 발자취 이어나가니 | 歐蘇仍躅繼 |
| 편구에 모두 법식 보존하였네 | 篇句俱法存 |

협운이다.

엄정한 승묵 가지런하고	斬斬繩墨整
또렷한 혜경 참신하여라[358]	歷歷蹊徑新
신출귀몰 변화가 그 사이에서 나와	神變出其間
평지에서 높은 산이 돌출하는 듯했네	平地忽嶒岣
증점의 비파는 바야흐로 느려져가고	曾點瑟方希
신선이 빚은 술은 익어가니[359]	化人酒欲醇
이런 경지 얻기란 몹시 힘든 법	茲境至難得
얻고서 읊조리지 않을 수 있으랴	得之非呫呻
회풍(鄶風) 아래로 나는 논평하지 않으리니	下鄶吾無譏

---

356 문장은……한다 : 한유(韓愈)의 〈답이익서(答李翊書)〉의 논지이다.

357 구소(歐蘇) : 당송팔대가(唐宋八大家)에 속하며 송(宋)나라 때의 문인인 구양수 (歐陽脩)와 소식(蘇軾)을 가리킨다.

358 엄정한……참신하여라 : '승묵'은 토목공사를 할 때 사용하는 먹줄통과 먹줄로 지켜야 할 법도나 준칙을 가리키고, '혜경'은 큰 길에서 벗어나 새로 난 작은 사잇길로 새로운 길을 개척하는 것을 가리키는 말이다. 문장의 법도를 지키면서도 새로운 경지를 개척해낸 것을 비유한 것이다.

359 증점(曾點)의……익어가니 : 증점의 고아한 음악과 신선이 빚은 훌륭한 술처럼 문장에서도 수준 높은 경지에 이르렀다는 뜻이다. 증점과 관련해서는 《논어》〈선진(先進)〉에, 공자가 제자들에게 각자의 포부를 묻자 증점의 비파 소리가 느려져가더니[鼓瑟希] 이윽고 쟁그랑하는 소리와 함께 타고 있던 비파를 놓았다는 내용이 있다.

'하회무기(下鄶無譏)'는 《춘추좌씨전(春秋左氏傳)》에 보인다. [360]

문단은 나날이 불어났네[361]	壇墠日詵詵
가짜 솥을 상나라 제기라 떠벌리고	贗鼎誇商彝
쇠똥 알을 수나라 보물에 견주니[362]	糞丸擬隋珍
질솥과 다리 부러진 노구솥들[363]	瓦釜脚折鐺

360 하회무기(下鄶無譏)는 춘추좌씨전(春秋左氏傳)에 보인다 : 해당 구절은 《춘추좌씨전》양공(襄公) 29년에 보인다. 계찰(季札)이 주(周)나라의 악무(樂舞)를 보여줄 것을 청하자 양공이 〈주남(周南)〉부터 시작하여 각국의 풍(風)을 들려주니, 계찰이 각각 논평하였으나 회풍 이하의 노래에 대해서는 논평하지 않았다. 이는 그 나라들이 작았기 때문이다.

【校】이 원주는 전체가 교정고 가필사항이다.

361 회풍(鄶風)……불어났네 : 회풍 아래로 논평하지 않겠다는 것은, 앞서 문단의 큰 흐름에 대해 논했으므로 그 이하의 자잘한 작가와 흐름에 대해서는 논하지 않겠다는 뜻이다. 또한 이 구절에서 불어났다는 것은 좋은 의미라기보다 '회풍'이나 이 이하 구절의 문맥으로 볼 때 문단과 문인들이 수적으로만 많아졌다는 뜻으로 쓴 것으로 보인다.

362 가짜……견주니 : 보잘것없는 실력을 가지고 허풍을 떠는 문인들이 나타났다는 말이다. 가짜 솥과 쇠똥 알은 모두 가식적이고 보잘것없는 것을 뜻하며, 상나라 제기와 수나라 보물은 참되고 값진 것을 비유한 것이다. 《한비자(韓非子)》〈설림 하(說林下)〉에, 제(齊)나라가 노(魯)나라를 공격하면서 노나라의 보물인 참정(讒鼎)을 요구하자 노나라에서 모조품(贗作)을 보내주었다는 말이 있으며, 한유(韓愈)는 〈통해(通解)〉에서 '통달(通達)'이라는 단어의 뜻이 옛날에는 자신의 몸에 도의(道義)를 갖추는 것을 의미했다면 지금은 그저 영합하기를 구하고 왜곡된 것을 뜻한다고 하면서 "이 둘을 같은 뜻으로 보려고 하는 것이 어찌 쇠똥 알을 자랑하면서 수주에 비기는 것과 같지 않겠는가.〔將欲齊之者, 其不猶矜糞丸而擬質隋珠者乎?〕"라고 하였다. 수주는 《회남자(淮南子)》〈남명훈(覽冥訓)〉에 보이는데, 수후(隋侯)가 상처를 입은 큰 뱀을 치료해주고 받은 직경 1치 되는 보주(寶珠)를 가리킨다.

363 질솥과……노구솥들 : 모두 보잘것없는 문인들을 비유한 것이다. 《초사(楚辭)》에 나오는 굴원(屈原)의 〈복거(卜居)〉에 "웅장한 소리를 내는 황종은 버림을 받고,

열 손가락으로 또한 세고 세네	十指亦屈伸
한 사람이라도 본 적 있던가	何曾見一人
담대하게 뜻이 고상한 이를[364]	尙志嘐嘐然
협운이다.	
기굴한 자는 도리어 입이 꺼끌꺼끌	奇者還棘喉
재주 있는 자는 입만 번지르르[365]	才者但膏脣
사나운 노복이 주인 저버리고서	豪僕反主翁
멍하니 얼빠진 채 의지할 바를 모르네	悵望靡所因

　고문(古文)을 배우는 사람은 비록 고인(古人)과 대등한 경지는 되지 못하더라도 그 자손쯤은 되어야지 노복처럼 되어서는 안 될 일이다. 비유하자면

질솥 두드리는 소리만이 요란하게 울려 퍼진다.〔黃鍾毁棄, 瓦釜雷鳴.〕"라고 하여 군자와 소인을 구분하였다. 원문의 '脚折鐺'은 보통 '折脚鐺'으로 많이 표기한다.

364　담대하게……이를 : 《논어》〈자로(子路)〉에 공자가 "중도(中道)의 선비를 얻어서 함께할 수 없다면 반드시 광자나 견자와 함께할 것이다. 광자는 진취적이고 견자는 하지 않는 바가 없다.〔不得中行而與之, 必也狂狷乎. 狂者進取, 狷者有所不爲也.〕"라고 하였는데, 이때의 '광자'에 대해서 맹자는 《맹자》〈진심 하(盡心下)〉에서 "그 뜻이 담대하여 '옛사람이여, 옛사람이여!'라고 하되, 평소에 그의 행실을 살펴보면 행실이 말을 가리지 못하는 자이다.〔其志嘐嘐然曰古之人, 古之人, 夷考其行, 而不掩焉者也.〕"라고 풀이하였다. 여기서는 세상에 볼품없는 문인들만 가득 차서 한유(韓愈), 구양수(歐陽脩), 소식(蘇軾) 같은 훌륭한 문인은 고사하고 그다음 가는 진취적이고 뜻이 담대한 문인조차도 찾아볼 수 없게 되었다는 뜻으로 쓰였다.

365　기굴한……번지르르 : 기굴한 문장을 구사하는 자의 작품은 도리어 난삽하기만 하고 재주 있는 자의 작품은 말솜씨만 요란할 뿐이라는 뜻이다. 원문의 '棘喉'는 '입에 가시가 돋는다.'라는 말과 통하는 단어로 음식물을 목구멍으로 넘기기 힘들거나 말을 입 밖으로 내뱉기 어려운 상태를 뜻한다. '膏脣'은 《후한서(後漢書)》 권108 〈환자전(宦者傳)〉에 나오는, 입술에 기름칠을 하고 혀를 훔친다는 뜻으로 입방아를 찧는다는 의미를 내포한 '고순식설(膏脣拭舌)'이라는 성어로 많이 쓰인다.

사나운 노복이 주인을 잃으면 멍하니 얼빠진 채 갈 곳을 모르지만, 자손은 비록 오랜 세대가 지나도 반드시 그 조상을 닮은 부분이 있는 것과 같다. 이상의 말은 명유(明儒)의 기록[366]에서 나온 것이다.

더군다나 이 구석진 땅 습속은	矧伊偏壤俗
자잘하여 제한되는 것 많다네	纖纖多畦畛
자리 위는 모두 썩은 선비요	席上皆腐儒
주하에서는 먼지나 같이 뒤집어쓰려 하누나	柱下求同塵

《사기(史記)》에 "유자는 자리 위의 보배가 있다."라고 하였다. 주하는 한 (漢)나라 때 사관(史館)의 명칭이다.[367]

늙어빠진 첩괄 무리들[368]이야	窮老帖括輩

---

366 【校】명유(明儒)의 기록 : 교정고에는 '錢虞山語'로 수정되었으나 원글자 '明儒記'가 옳다. 전겸익(錢謙益)의 《초학집(初學集)》, 《유학집(有學集)》, 《투필집(投筆集)》등 어디에도 해당 구절은 없으며, 해당 구절은 명말청초(明末淸初) 때 위희(魏禧)의 《위숙자문집(魏叔子文集)》외편(外篇) 권9에 나온다. 따라서 원래 서술이 더 타당하다고 보고 이에 의거하여 번역하였다.

367 사기(史記)에……명칭이다 : 《사기(史記)》는 《예기(禮記)》의 잘못이다. 본문의 해당 구절은 《사기》에는 보이지 않으며, 《예기》〈유행(儒行)〉에 나오는 말이다. 유자는 학식과 덕망을 갈고닦으면서 임금이 불러주기를 기다린다는 의미이며, 이에 연유하여 '석상(席上)'은 유학 또는 유자들 자체를 가리키기도 한다. '주하'는 문적을 보관하는 장소를 가리키는 말로도 쓰이는데 노자(老子)가 주(周)나라의 주하사(柱下史)라는 관직을 지냈던 것에서 유래하였다.

【校】이 원주는 전체가 교정고 가필사항이다.

368 첩괄 무리들 : 첩괄은 각종 문헌에서 어려운 고사성어 등을 뽑아 기록한 책자로, 과거 시험을 대비하는 사람들이 주로 읽던 참고서의 일종이다. 과거 시험 때 경서의 전면을 덮고 일부의 글자만 보여주며 암송하게 하였는데, 수험생들이 난해하면서도 출제 가능성이 특히 높은 구절들을 수합하여 책으로 묶은 다음, 외우기 쉽게 노래 형식으로 만들어 부르던 것을 말한다. 《陔餘叢考 帖括第括》. 여기서는 참된 문장을 추구하

비루하니 나무랄 것까지 없어라 　　　　　　陋矣不須嗔

예원(藝苑)에서 내 일찍부터 노닐었더니 　　　　藝圃吾遊早

귀밑 터럭 하얗게 세려 하누나 　　　　　　　鬢髮將成銀

어이하면 말 알아보는 감식안 터득해 　　　　寧解相馬法

　　옛말에 이르기를, "구방고(九方皐)의 말을 알아보는 감식안을 안 뒤에야
　　다른 사람의 문장을 살필 수 있다."[369]라고 하였다.

작가의 울타리 대강이라도 엿볼까 　　　　　粗窺作家樊

　　협운이다.

이 글이 진실로 고문에 가까우니 　　　　　　斯文誠近古

호월이 친척 같아졌어라[370] 　　　　　　　　胡越如戚親

눈 비비고 우리 종족 돌아보니 　　　　　　　拭眸顧邦族

어쩌면 주백인을 볼 수 있겠네 　　　　　　　庶見周伯仁

　　분숭(賁嵩)이 주의(周顗)를 보고 말하기를 "여영(汝穎) 지방에는 참으로
　　기사(奇士)가 많았는데 근래에는 전아한 풍도가 쇠퇴했다. 그런데 지금
　　주백인(周伯仁)을 다시 보니 앞으로 옛 풍도를 진작시켜 우리 종족을 맑게
　　하겠구나."라고 하였다.[371]

궁벽한 거처에서 집에서 온 편지 펼쳐보니 　　窮廬披家信

지 않고 출세를 위한 과문(科文)이나 일삼는 무리들을 가리킨 것이다.

369　구방고(九方皐)의……있다 : 구방고는 춘추 시대 때 말을 잘 알아보기로 유명했
던 사람으로 백락(伯樂)의 친구이다. 해당 구절은 《설부(說郛)》 등의 문헌에 보인다.

370　이……같아졌어라 : '이 글'은 명고 집안의 자제들이 고문회(古文會)를 만들고서
지은 작품들을 가리킨다. '호월이 친척 같아졌다'는 것은, 고문에 비교할 때 북쪽의
호족(胡族)과 남쪽의 월(越)나라의 거리처럼 현격하게 차이 나던 작품 수준이 작문
연습을 통해 친척 관계처럼 가까워졌다는 뜻이다.

371　분숭(賁嵩)이……하였다 : 《진서(晉書)》 권69 〈주의열전(周顗列傳)〉에 나온다.

어느 일이 가장 기쁜 소식인고	何事最喜聞
협운이다.	
일문의 세 자제	一門三子弟
부지런히 공부 과정 나눈 것일세	吃吃程課分
협운이다.	
문인이 어찌 신선이랴	文人豈天人
문장을 하는 것은 자기 몸에 달려 있다네[372]	爲之在我身
문장 맛 알면 고기 맛도 잊을 수 있거늘	味來能忘肉
돈에 난폭하게 구는 것 싫어하는 이 누구인가[373]	誰哉惡廦縞
너희들 재주 기대할 만함을 아노니	知汝才足企
글 보며 고개 연신 끄덕이노라	把書首頻肯
협운이다.	
인간 만사 즐거움도	人間萬事樂
무엇이 문장의 참맛만 하랴	孰如文章眞
천 년이 한참 지난 뒤에도	千秋猶在後

---

372 문인이……있다네 : 훌륭한 문인은 하늘에서 갑자기 뚝 떨어지는 것이 아니라 자기 스스로 부지런히 문장을 갈고닦음으로 해서 된다는 말이다.

373 문장……누구인가 : 문장의 참맛을 알면 부귀영화도 중요하게 생각하지 않을 수 있는데 부귀한 자는 그것을 모른다는 뜻이다. '돈에 난폭하게 군다'는 것은 명(明)나라 때 원굉도(袁宏道)의 《원중랑집(袁中郎集)》 권35 〈사우초역괴초인(謝于楚歷訨草引)〉에 "부자는 문인이 돈에 난폭하게 구는 것을 싫어하기를 마치 적을 해칠 듯이 하며 고귀한 자는 문인이 관직에 난폭하게 구는 것을 꺼리기를 재앙을 피하는 듯한다.〔富者惡其廦縞, 仇之若敵, 貴者忌其廦官, 避之若祟.〕"라고 한 데서 인용한 것이다. 돈과 관직에 난폭하다는 것은 문인이 돈과 관직을 하찮게 여기는 내용과 부정한 축재나 관작을 글로 심판하는 등의 내용을 글로 짓는 것을 말한다.

한 번 읽으면 곧장 그 자리에 펼쳐진다네　　　　　一讀卽現前

협운이다. ○ "그 자리에서 변천해가고 찰나의 시간에도 멈추지 않는다.〔現
前變遷 刹那不停〕"[374]라는 것은 바로 불가(佛家)의 말이다.

한 번 읽고 다시 한 번 읽는 것이　　　　　　　一讀復一讀

칠균을 듣는 것보다 나은 듯해라　　　　　　　勝似聆七均

칠균은 궁(宮)·상(商)·각(角)·치(徵)·우(羽)·변궁(變宮)·변치
(變徵)이다. 《당서(唐書)》〈악지(樂志)〉에 "옛날에는 '운(韻)' 자가 없었
으니, '균(均)'이 바로 '운'이다."라고 하였다. 오제(五帝)의 학교를 '성균(成
均)'이라 하였으니, '균'은 또한 '음운(音韻)'이다. 주(周)나라에서 태학(太
學)을 세우면서 오제삼왕(五帝三王) 때의 학교의 명칭을 겸용하였는데 남
학(南學)을 '성균'이라 하였고, 언어를 배워야 할 자들을 그곳에 거하게
하였다. 반안인(潘安仁 반악(潘岳))의 〈생부(笙賦)〉에 "음운의 변화는 일정
하지 않고 곡조는 정해진 법도가 없다.〔音均不恒 曲無定制〕"라고 하였는데,
그 주석에 "'균'은 옛날의 '운' 자이다. 《갈관자(鶡冠子)》에 '오음(五音)의
고름〔均〕이 같지 않으나 그 즐거워할 만한 점은 동일하다.'라고 하였다."라
고 되어 있다. 그리고 《당서(唐書)》〈이강열전(李綱列傳)〉에서 주(周)나
라의 예를 인용하여 "균공(均工)과 악서(樂胥)는 사대부의 반열에 오를
수 없습니다."라고 하였다.[375]

---

374 그……않는다 : '그 자리에서 변천한다'는 것은 《능엄경(楞嚴經)》에 "나의 이 무
상하여 변하여 무너지는 몸이 비록 멸한 적이 없지만, 내가 살펴보건대 지금 이 자리에
서 순간순간 변천하고 있으며 새록새록 머물지 않는 것이 마치 불이 재가 되어 점점
사그라지는 것과 같다.〔我此無常變壞之身, 雖未曾減, 我觀現前念念遷謝, 新新不住, 如
火成灰, 漸漸消殞.〕"라고 한 데서 보인다. '찰나의 시간에도 멈추지 않는다'는 것은 《능
엄경》의 각종 주석서에서 앞 문장과 같은 취지의 설명을 할 때 자주 보인다.

375 당서(唐書)……하였다 : 이상의 내용은 양신(楊愼)의 《단연총록(丹鉛總錄)》
〈균즉운(均卽韻)〉의 내용을 거의 그대로 옮긴 것이다. 이는 가필자가 다음 《단연총록》
의 두 가지 오류를 그대로 답습한 데서 확인할 수 있다. 첫 번째로 《당서》〈악지〉에
나온다고 인용한 부분은 〈악지〉가 아니라 《신당서(新唐書)》 권175 〈양수열전(楊收列

그러나 문장에는 도가 있나니	文章然有道
혼연히 천기(天機)대로 엮음이 귀하다네	開闔貴渾天
협운이다.	
삼가 여기저기서 뽑아오려고도 말고	愼毋煩攬採
삼가 이리저리 다듬으려고도 말아야 하네	愼毋巧縫紉
구름이 자욱하면 반드시 비가 오고	雲瀚要必雨
양기가 뚫고 나오면 절로 봄 되는 법	陽透自成春
작위적인 마음 버리고 글 지어야	無意於爲文
그 글이 찬란하게 빛나는 것이라네	其文乃彬彬

傳)〉에 나오는 말이다. 두 번째로 반악의 작품이라고 인용한 부분은 실제로는 반악이
아니라 성공수(成公綏, 231~273)의 〈소부(嘯賦)〉의 구절이고 그 주석 역시 《문선주
(文選註)》의 해당 작품 주석 내용과 동일하다. 그런데도 《단연총록》에서는 이 두 사안
을 〈악지〉와 반악의 작품이라고 잘못 인용하였는데, 교정자가 이를 그대로 전사(轉寫)
하고 있는 것이다.

  "'균'은 또한 '음운'이다."라는 것은, '성균'에서 '균'의 뜻이 음악의 가락을 고르게 맞춘
다는 뜻이라는 말이다. 《주례(周禮)》〈춘관(春官) 대사악(大司樂)〉에 "대사악이 성균
의 법을 관장하여 나라의 학정을 다스리고 공경대부의 자제들을 모은다.〔大司樂掌成均
之法, 以治建國之學政, 而合國之子弟焉.〕"라고 하였다.

  〈이강열전〉의 인용 부분은 《신당서(新唐書)》의 내용으로 당 고조(唐高祖)가 무공
(舞工)인 안질노(安叱奴)를 산기상시(散騎常侍)로 삼으려 하자 이강이 간언한 말이다.
【校】 이 원주는 전체가 교정고 가필사항이다.

명고잡영[376] 18수

明皐雜詠 十八首

첫째 수[377]

아침 내내 가랑비 소리 없이 보슬보슬	終朝毛雨細無聲
숲 너머 연신 들리나니 뻐꾸기 울음이라	隔樹頻聽布穀鳴

---

376 【작품해제】창작한 장소와 전반적인 내용들을 종합할 때 이 작품 역시 앞의 시들과 마찬가지로 파직된 이후 장단(長湍)에서 가거하며 지은 것으로 보인다.

【校】제목 원주의 '18수'는 교정고 가필사항이다. 이 작품은 본래 총 20수로 되어 있으나, 교정고에서 본래의 제11수와 제19수를 산삭하면서 총 18수로 변경하였다. 전체적인 내용은 장단의 명고에서 한가롭게 지내는 정경과 조정에서 물러나 은거하면서의 심정을 서술하고 있다.

그런데 교정자가 제11수와 제19수를 산삭한 이유는 불분명하다. 이 두 수가 특별히 오류가 있거나 따로 논다거나 작품의 질이 떨어지거나 하는 면은 보이지 않는다. 다만 이 두 수에 공통적인 부분이 있는데, 그것은 바로 시 구절이나 자주(自註)의 내용만 봐서는 시의 내용을 이해할 수 없다는 점이다. 제11수의 경우, 다른 시들에서는 명고가 어려운 구절의 전거를 자주에서 밝혔음에도 불구하고 이 수에서는 밝혀놓지 않아 전거에 대한 명확한 이해 없이는 시 구절을 이해할 수 없게 되어 있다. 그런데 그 전거는 일반적으로 자주 사용하던 것이 아니라 《천록각외사(天祿閣外史)》에 수록된 작품을 전거로 하고 있다. 《천록각외사》는 당시 널리 통행되던 서적이 아니었다. 그리고 제19수의 경우, 명고가 전거를 밝혀놓기는 했지만 전거의 구절을 완전히 이해할 수 없게 일부 생략이 있으며, 설혹 전거의 원문을 찾아 모두 읽는다 해도 불교적인 지식이 없으면 완전히 이해할 수 없는 부분이다. 형식적인 측면에서 '誇' 자가 두 번 사용되어 시에서 기피하는 동일자의 사용에 해당되기는 하지만, 시의 내용을 보면 서로 호응하면서 의미가 있는 부분이라 예외적으로 용인될 수 있다. 이러한 점들을 보면 혹 교정자가 해당 수의 시 구절을 완전히 파악하지 못하여 산삭한 것은 아닌가 하는 의문이 들기도 한다.

377 평성 '경(庚)' 운의 칠언절구이다.

향긋한 술 익어가고 연못엔 연꽃 솟으니 　　　　香麯醱醅荷出沼

벽통을 구태여 삼경[378]까지 기다릴 것 있으랴 　　碧筩何必待三庚

위(魏)나라 정시(正始 240~249) 연간에 정각(鄭愨) 공이 삼복 무렵 사군림(使君林)에서 피서(避暑)하며 큰 연잎에다가 술을 담고 비녀로 잎을 찔러 연잎자루의 구멍과 통하게 한 다음 줄기의 윗부분을 구부려서 마치 코끼리 코처럼 굴곡지게 하여 돌려가며 술을 마셨다. 이것을 '벽통'이라 이름하였는데, 역하(歷下) 사람들이 모두 따라 하였다.[379]

둘째 수[380]　其二

봄날 도랑물 굽이굽이 세 갈래로 트이니 　　　　春渠曲折導三丫

여기저기 두렁 웅덩이에 물 가득 차누나 　　　　西陌東阡水滿窪

이 몸은 촌가에서 무슨 일 하는고 　　　　　　儂在田家何所事

부질없이 시구 읊으며 별 재미없이 사노라 　　漫吟詩句淡生涯

배도(裴度)가 동도(東都) 낙양(洛陽)의 유수(留守)가 되어 밤에 연회를 열면서 술이 거나해지자 연구(聯句) 짓기를 제안하였는데, 원진(元稹)과 백거이(白居易)는 득의한 기색이었다. 배도가 파제(破題)[381]를 하고, 다음으로 양여사(楊汝士)가 지을 차례가 되자 "지난날 난정에는 고운 이 없더니

378　삼경(三庚) : 1년 중 가장 더운 한여름의 세 번의 경일(庚日)로 삼복(三伏)과 같은 말이다. 하지(夏至) 후 세 번째 경일을 초복(初伏), 네 번째 경일을 중복(中伏), 입추(立秋) 후 첫 번째 경일을 말복(末伏)이라 한다.

379　위(魏)나라……하였다 : 당(唐)나라 때 단성식(段成式)이 편찬한 《유양잡조(酉陽雜俎)》 권7 〈주식(酒食)〉에 나온다.

380　평성 '마(麻)' 운의 칠언절구이다.

381　파제(破題) : 시문을 지을 때 첫머리에서 그 글제의 뜻을 밝히는 것을 말한다. 여기서는 배도가 시문의 첫 구를 시작하였다는 뜻으로, 보통 시문을 지을 때 첫 구절에서 제목의 파제를 하는 경우가 많다.

오늘날 금곡에는 고아한 이 있구나.〔昔日蘭亭無艶質 此時金谷有高人〕"라
고 하였다. 백거이가 덧붙일 수 없음을 알고 대뜸 종이를 찢으면서 말하기
를 "풍악으로 떠들썩한 자리에서 별 재미없는 일은 하지 맙시다.〔笙歌鼎沸
莫作冷澹生涯〕"라고 하였다.[382]

셋째 수[383] 其三

푸른 물결 붉은 꽃잎 얼마나 가랴	綠浪紅芬問幾時
높은 나무 날로 가지 뻗는 것 몹시 사랑스럽네	偏憐喬木日繁枝
가지마다 잎마다 끝없이 펼쳐지는 일을	枝枝葉葉無窮事
명고의 늙은 전나무 보고서 아노라	看取明皐老檜知

넷째 수[384] 其四

명고의 풍광이 그지없이 맑은데	明皐雲水不勝淸
정락[385]은 적막하여 사립문 닫히었네	井落蕭踈掩柴荊
'정'은 구정(邱井)이고, '낙'은 울타리이다.[386]	
버들 늘어진 둑 곁으로 나 있는 농로에	楊柳堤邊農路在
석양 속에 들밥 인 아낙 봄갈이 농부 먹이네	夕陽饁婦餉春耕

---

382 배도(裵度)가……하였다 : 오대(五代) 때 왕정보(王定保)가 편찬한 《당척언(唐
撫言)》 권13에 보이며 《전당시(全唐詩)》에도 수록되어 있다.

383 평성 '지(支)' 운의 칠언절구이다.

384 평성 '경(庚)' 운의 칠언절구이다.

385 정락(井落) : 촌락을 가리키는 말이다. 자주(自註)에서 말한 '구정'이란 정전제
(井田制)의 단위로 '구'는 16정(井)이고 '정'은 900묘(畝)이다.

386 【校】정은……울타리이다 : 이 원주는 전체가 교정고 가필사항이다.

다섯째 수[387] 其五

생계 꾸리느라 태수 벼슬한 완령을 비웃고 　　　　爲郡營私笑阮令

《진서(晉書)》에 "완유(阮裕)가 말하기를 '나는 소싯적부터 벼슬살이할 마음이 없었던 데다 세상살이도 어설퍼 제 힘으로 농사지어 스스로 살아나갈 수 없고 보니, 먹고살 밑천이 필요했다. 그러므로 몸을 굽혀 두 군(郡)에서 태수 생활을 했던 것이니, 어찌 잘난 척한 것이겠는가. 생계 때문이었던 것이다.' 하였다."라고 하였다.[388]

돈 없이 술 탐한 노생을 탄식하노라 　　　　無錢耽酒歎盧生

노동(盧仝)의 시에 "천하의 천박한 이도 몹시 술을 즐기고 옥천선생 역시도 술을 즐긴다네. 천박한 이는 돈 있어 마음껏 술 즐기지만 선생은 돈 없어 고요히 마음 수양이나 한다네.〔天下薄夫苦耽酒 玉川先生也耽酒 薄夫有錢恣張樂 先生無錢養恬漠〕"[389]라고 하였다.

지금 늦게야 상문의 비결[390] 깨달으니 　　　　如今晩悟桑門訣
향색근진이 땅을 쓸 듯 맑아지네[391] 　　　　香色根塵掃地清

---

387 평성 '경(庚)' 운의 칠언절구이다.

388 진서(晉書)에……하였다 : 《진서》 권49 〈완유열전〉에 나온다. 완유가 조정에서 계속 높은 벼슬로 초빙하여도 거절하자, 어떤 사람이 예전에 두 군의 태수 벼슬은 했으면서 왜 초빙을 사양하느냐고 물은 데 대한 대답이다. 두 군은 임해(臨海)와 동양(東陽)이다.

389 천하의……한다네 : 노동의 《옥천자시집(玉川子詩集)》의 〈탄작일 3수(歎昨日三首)〉의 두 번째 수이다. '옥천'은 노동의 호이다.

390 상문(桑門)의 비결 : 상문은 승려를 뜻하는 범어(梵語) 'śramaṇa'의 음역(音譯)으로 '사문(沙門)'으로도 표기한다. '상문의 비결'이란 불교의 가르침을 뜻한다.

391 향색근진(香色根塵)이……맑아지네 : 담박한 생활 중에 마음이 맑아진 경계를 불교적 표현으로 묘사한 구절이다. 향색근진은 불교에서 말하는 육근(六根)과 육진(六塵)을 가리킨다. 사람은 대상을 감각하고 의식하는 여섯 기관, 즉 안・이・비・설・신・의(眼耳鼻舌身意)의 육근을 지니고 있고, 이 육근을 통해 육근의 대상이 되어 마음

여섯째 수[392] 其六

아들 장가보냈고 딸은 시집갈 테니　　　　　男昏已畢女將歸

나 또한 파옹처럼 속루 적어라　　　　　　我亦坡翁俗累微

　동파(東坡)의 시에 "아들 장가보냈고 딸은 곧 시집갈 테니 속루 다 떨치고
　몸 가벼워 탈속의 뜻 어길 수 없어라.〔男昏已畢女將歸 累盡身輕志莫違〕"[393]
　라고 하였다.

다만 문장 짓는 벽 남아 있으니　　　　　獨有文章餘癖在

골똘하는 요즘엔 겨 축내며 살찌네　　　　劌心近日損糠肥

　《한서(漢書)》에 "진평(陳平)은 체구가 장대하고 미남이었다. 어떤 사람이
　'무엇을 먹기에 저렇게 살이 찌오?'라고 묻자 그 형수가 '겨 무거리를 먹지
　요.'라고 하였다."라고 되어 있다.[394]

을 더럽히는 색·성·향·미·촉·법(色聲香味觸法)의 육진이 생겨난다. '향색'은 육
진 가운데에서 뽑아서 '근진'을 수식하는 말로 둔 것이다. 그런데 명고는 불가의 이치를
깨닫고 마음을 비워서 이 육진을 모두 덜어내어 마음을 깨끗하게 한 것이다.

392　평성 '미(微)' 운의 칠언절구이다.

393　아들……없어라 : 소식(蘇軾)의 《동파전집(東坡全集)》 권6 〈차운심장관 3수(次
韻沈長官三首)〉의 두 번째 수이다. 《동파시집주(東坡詩集註)》의 주석에 따르면 아들
과 딸을 혼인시키는 구절은 후한(後漢) 때 향장(向長)의 고사에서 가져온 것이다. 《후
한서(後漢書)》 권83 〈향장전〉에 따르면, 향장은 《노자(老子)》와 《주역(周易)》에 정
통하였는데 젊어서부터 벼슬하지 않고 은거하면서 말하기를 "아들과 딸의 결혼을 마치
고 나면 집안일은 끊어버리고 다시 상관하지 않겠다.〔男女嫁娶旣畢, 敕斷家事勿相
關.〕"라고 하더니, 과연 광무제(光武帝) 연간에 자식들을 출가시키고는 친구들과 함께
오악(五嶽) 등의 명산을 두루 유람하고 끝내 신선이 되었다고 한다.

394　한서(漢書)에……있다 : 《한서》 권40 〈진평열전〉에 나온다. 원전에는 형수가 진
평이 집안 살림에 보탬이 되는 것 없이 학문만 하는 것을 미워하여 자주(自註)에서처럼
대답하고서 차라리 없느니만 못하다고 한 내용이 더 있다.

일곱째 수[395] 其七

파르라니 등잔불 켜고 삼경에 이르니 　　　　青熒燈火到三更
허망한 번뇌 씻어내도[396] 마음 평온치 않네 　　抖數前塵意未平
소싯적부터 쓸데없는 말 떠들며[397] 이제 반생 지내니

　　　　　　　　　　　　　　　　　　自少多言今半世
재주 없는 몸은 어인 일로 허명을 얻었는고 　不才何故冒虛名

여덟째 수[398] 其八

풍파 그치고자 할진댄 조정에서 물러나야 하니 　欲息風波須奉身
산으로 돌아온 뒤에는 다시 비방 없구나 　　歸山以後更無嗔
벽촌에서 누가 날 따를까 걱정 말지니 　　休言僻里誰從我
열 집 사는 동네에도 호사가[399]가 많다네 　十室猶多好事人

　《한서(漢書)》〈양웅전(揚雄傳)〉의 찬(贊)에 "때때로 호사가가 술과 안주
를 가지고 양웅에게 와서 배웠다."라고 하였다.

395 평성 '경(庚)' 운의 칠언절구이다.

396 허망한 번뇌 씻어내도 : 원문의 '抖數前塵'은 모두 불교에서 사용하는 말이다. '抖
數'는 범어(梵語) 'dhūta'의 음역(音譯)으로 보통 '頭陀'로 더 많이 표기하며 마음의 미망
(迷妄)과 번뇌를 제거한다는 뜻이다. '前塵'은 내 앞에 나타난 색·성·향·미·촉·법
(色聲香味觸法)의 육진(六塵)이 만들어낸 허망한 경계를 가리키는 말이다.

397 쓸데없는 말 떠들며 : 단순히 말만 했다는 뜻이 아니라, 문맥을 따져볼 때 자신이
지은 부질없는 문장 등을 모두 포괄하여 말한 것으로 보인다.

398 평성 '진(眞)' 운의 칠언절구이다.

399 호사가 : 여기서는 단순히 일을 벌이기 좋아하는 사람을 지칭한 것이 아니라 남의
일에 흥미를 느끼고 참여하는 사람을 말하는 것으로, 출전과 본문의 문맥상 공부에
관심이 있는 사람을 뜻하는 것으로 보인다.

아홉째 수⁴⁰⁰ 其九

과수 접목하고 푸성귀 북돋우니 일마다 그윽해 　接果培蔬事事幽

> 동파(東坡)의 시에 "과수 접목하고 화초 이식하며 울타리 고치는 것 보네.〔接果移花看補籬〕"⁴⁰¹라고 하였다.

산림 생활살이가 근심 밀쳐낼 만하네 　　　　山林經濟足排愁
잎 피고 열매 맺혀 이익 한량 없나니 　　　　葉開子結無量利
홍진세상 십 년 유랑보다 나은 듯해라 　　　　勝似紅塵十載遊

열째 수⁴⁰² 其十

산이며 강물은 오리 머리처럼 푸르고⁴⁰³ 　　　山容水色鴨頭青
전날 밤 내린 비에 온갖 사물 소생하네 　　　一雨前宵物物醒
석거영래⁴⁰⁴ 하는 중에 사람 곧 늙어지니 　　惜去迎來人便老
남은 나이 득실일랑 따지지 말아야지 　　　　休將得失較餘齡

400　평성 '우(尤)' 운의 칠언절구이다.

401　과수……보네 : 소식(蘇軾)의 《동파전집(東坡全集)》 권10 〈차운왕정노퇴거견기 2수(次韻王廷老退居見寄二首)〉의 두 번째 수 첫 구절이다.

402　평성 '청(青)' 운의 칠언절구이다.

403　오리 머리처럼 푸르고 : 이백(李白)의 〈양양가(襄陽歌)〉에 "멀리 한수 바라보니 오리 머리처럼 푸르러 흡사 막 발효된 포도주 같아라.〔遙看漢水鴨頭綠, 恰似葡萄初醱醅.〕"라고 하였다.

404　석거영래(惜去迎來) : 가는 세월을 보내고 오는 세월을 맞이한다는 뜻의 '송거영래(送去迎來)'와 유사한 말이다.

〔교정고 삭제 표시작〕[405]

도화수 가에 쏘가리 살 오르니[406] 　　　　　　　桃花水上鱖魚肥

《구주기(九洲記)》[407]에 "정월은 해빙수(解凍水), 2월은 백빈수(白蘋水),
3월은 도화수라 한다."라고 하였다.

앞개울에 낚시 펼쳐놓고 유유자적 돌아오네[408] 　　　擺釣前川取適歸

삼서와 오계에서 목숨 맡은 자 　　　　　　　　　三澨五溪司命者

마음도 자취도 없으니 어떠한 기심(機心)인고[409] 　　無心無迹問何機

405 평성 '미(微)' 운의 칠언절구이다.

406 도화수(桃花水)……오르니 : 당(唐)나라 때 장지화(張志和)의 〈어가자(漁歌
子)〉에 "복사꽃 흐르는 물에 쏘가리 살졌도다.〔桃花流水鱖魚肥〕"라는 표현이 보인다.
《新唐書 卷196》

407 구주기(九洲記) : 대부분의 문헌에서는 '구주지(九州志)'로 표기하고 있으며,
《패문운부(佩文韻府)》에 의거하면 북위(北魏) 때 인물인 감인(闞駰)의 저작이다. 현
재는 전하지 않는다.

408 유유자적 돌아오네 : 원문의 '取適'에는 무언가에 매여 있지 않고 자신의 뜻에
맞게 자유분방하게 살아가고 있다는 뜻이 함축되어 있다. 당(唐)나라 때 잠삼(岑參)의
〈어부(漁父)〉에 "장대 끝 낚싯줄 길이는 한 장 남짓, 노 저으며 물결 타고 정처 없어라.
세상 사람들 어찌 그 깊은 뜻 알랴. 이 노인은 유유자적할 뿐 물고기 낚는 것 아님을.〔竿
頭釣絲長丈餘, 鼓枻乘流無定居. 世人那得識深意? 此翁取適非取魚.〕"이라고 하였다.

409 삼서(三澨)와……기심(機心)인고 : '삼서'와 '오계'는 모두 강 이름이다. 삼서는
강하(江夏)와 경릉(竟陵)의 경계에 있으며, 오계는 호남(湖南) 서쪽과 귀주(貴州) 동
쪽 경계에 있다. 3구와 4구는 명(明)나라 때 왕봉년(王逢年)이 한(漢)나라 때 인물인
황헌(黃憲)에 가탁하여 편찬했다고 알려져 있는 《천록각외사(天祿閣外史)》 권8 〈어론
(漁論)〉에 나오는 내용을 토대로 하고 있다. 〈어론〉에, 제후들로부터 초빙을 받지 못하
고 있는 징군(徵君)에게 어떤 객이 가만히 앉아서 제후들의 초빙을 받아 사업을 드러낼
수 있는 방법을 설명하면서 그것을 낚시에 비유한 장면이 있는데, 그 구절에 "동정의
물가에 살면서 칠택의 못가에 낚시터를 잡고 구름과 노을 속에서 호탕하게 태허와 함께
동류가 된다. 물고기를 탐하면서도 낚싯바늘에 마음이 없고 낚시터에 기대앉아 있으면

열한째 수[410] 其十一

부엌간에 달린 목숨 산림 내달리다가 　　　　　庖廚性命走山林

"사슴이 산림을 내달리지만 목숨은 부엌간에 달려 있다."라는 말을 사용한
것이다.[411]

외려 낡은 책 들고서 날마다 공부하네 　　　　　猶把殘篇日繹尋

일 년 동안 때늦은 공부 이처럼 풍부하니 　　　　市歲晚工如許富

육조의 옛일이 마음에 또렷해졌네 　　　　　　六朝古事已瞭心

　이때 나는 육조(六朝)의 사서(史書) 독서를 마쳤다.

서도 사물에 자취가 없다.……비록 오계와 삼서의 물고기라도 모두 미끼를 탐하여 낚싯
바늘에 몸을 던지니, 그러므로 물고기들의 목숨을 맡은 자가 될 수 있는 것이다.〔棲於洞
庭之渚, 磯於七澤之畔, 呑雲吸霞, 浩浩乎與太虛同流. 羨魚而無心於鉤, 倚磯而無跡於
物.……雖五溪三澨之魚, 皆慕餌而投其鉤, 故能爲魚之司命.〕"라고 하였다. 구절 중에
"사물에 자취가 없다."라는 것은 다른 사물들에 관심이 없는 척한다는 말이다. 즉 아무런
관심 없이 초연히 살아가는 척하면서 사실은 그러한 모습을 미끼로 천하의 제후들을
낚는다는 뜻이다.

　본문에서 명고는 이렇게 초연한 척하는 이들은 무슨 교묘한 심사를 가지고 있느냐고
반문하면서 명고 자신의 진짜 유유자적과 세속의 가짜 유유자적을 대비하고 있다.

410　평성 '침(侵)' 운의 칠언절구이다.

　【校】 교정고 수정사항이다. 본래는 열두째 수인데 교정고에서 앞의 한 수를 산삭하고
'열한째 수'로 수정한 것이다.

411　사슴이……것이다 : 해당 구절은 《신당서(新唐書)》 권113 〈서유공열전(徐有功
列傳)〉에 서유공이 좌숙정대시어사(左肅正臺侍御史)의 벼슬을 사양하면서 한 말로,
백척간두에 선 것처럼 위태로운 조정 생활을 빗댄 말이다.

　【校】 이 원주는 전체가 교정고 가필사항이다.

열두째 수[412] 其十二

거친 현미 누추한 집 입과 몸에 편안하니 口安粗糲體安窠
개미 달팽이 편안하듯 나도 편해라   蟻適蝸休我亦他

　　유자후(柳子厚 유종원(柳宗元))의 〈기교를 내려주기를 비는 글[乞巧文]〉에
　　"개미는 개밋둑에서 유유자적하고 달팽이는 등껍질 속에서 쉰다.〔蟻適于垤
　　蝸休于殼〕"라고 하였다.[413]

잘못 생각해 남들 따라 세상 나아갔으니 誤計隨人曾出世
근래 센머리 반절은 풍파 때문이라네   年來華髮半風波

열셋째 수[414] 其十三

저물녘 봄 적삼 입으니 감기 들까 겁나고 晩着春衫病怯寒
문 나서니 보리 벌써 장대만 하다   出門已見麥如竿
금년엔 비바람이 때 어기지 않으니   今年風雨無愆節

---

412 평성 '가(歌)' 운의 칠언절구이다.
　　【校】교정고 수정사항이다. 본래는 열셋째 수인데 교정고에서 '열두째 수'로 수정한
것이다.

413　유자후(柳子厚)의……하였다 : 해당 글은 《유하동집(柳河東集)》 권18에 실려
있다. 이 글은 7월 칠석에 유종원이 직녀(織女)에게 자기에게도 기교를 내려달라고
비는 글의 일부로, 그 속뜻은 술수와 기교를 우선시하는 세태를 비판한 것이다. 즉
개미와 달팽이도 모두 자기에게 맞는 장소에서 편히 쉬는데 자신은 세상에 나아가거나
물러나거나 모두 모욕만 당한다고 자조하면서 한 말이다.
　　【校】이 원주에서 '유자후의 〈기교를 내려주기를 비는 글〉'은 교정고 가필사항이며,
원주 마지막에 '出子書'라고 되어 있는 것도 교정고에서 삭제하였다.

414 평성 '한(寒)' 운의 칠언절구이다.
　　【校】교정고 수정사항이다. 본래는 열넷째 수인데 교정고에서 '열셋째 수'로 수정한
것이다.

하루 두 끼 못 먹을 걱정 할 것 있으랴　　　　　一日何憂得兩餐

열넷째 수[415] 其十四

녹음 진 정자에 온갖 꽃 만발하고　　　　　百花開盡綠陰亭
골짝 하나 깊숙이 둘러[416] 바깥일에 어둡네　　一壑粧深外事冥
사력은 쓸모없어 끝내 목숨 보존하니　　　　社櫟非才終保性

　사력이 쓸모없다는 것은 《장자(莊子)》에 보인다.[417]

지어가 당한 뜻밖의 변고는 만날 걱정 없어라　　池魚無妄不憂丁

　《풍속통의(風俗通義)》에 "지중어(池仲魚)라고 하는 사람이 있었는데 성문의 실화(失火)로 타 죽었다."라고 하였고, 옛 속담에는 "성문의 실화로 재앙이 연못의 물고기에게까지 미친다."라고 하였다.[418]

415　평성 '청(靑)' 운의 칠언절구이다.

　【校】교정고 수정사항이다. 본래는 열다섯째 수인데 교정고에서 '열넷째 수'로 수정한 것이다.

416　깊숙이 둘러 : 원문의 '粧'이 의문스럽다. 대체적으로는 명고의 거처가 깊은 골짝에 위치하여 바깥세상과 단절되었다는 의미일 것인데, '粧'의 쓰임이 딱 들어맞는 느낌이 들지 않는다. 혹 '藏'이나 '庄'의 오자는 아닌가 하는 의심이 있으나 우선은 그대로 두고 문맥에 의거하여 번역해두었다.

417　사력(社櫟)이……보인다 : 사력은 토지신을 모신 사당의 상수리나무이다. 이 나무가 달리 쓸모가 없이 사당에 의지하여 있었기 때문에 목수들이 신경 쓰지 않아 벌목을 피할 수 있었다. 그리하여 크기가 수천 마리의 소를 가릴 정도이고, 굵기가 백 아름이나 되고, 높이가 산보다 높을 정도가 되도록 명을 보존하였다. 이상의 내용은 《장자》〈인간세(人間世)〉에 나온다.

　【校】이 원주는 전체가 교정고 가필사항이다.

418　풍속통의(風俗通義)에……하였다 : 《풍속통의》의 내용은 현전하는 10권본 《풍속통의》에는 없는 것으로 당(唐)나라 이전의 30권본에 실려 있던 내용으로 보인다. 보다 자세하게 말하면 지중어의 집이 성문 근처였으므로 성문의 불이 집으로 옮겨붙어

열다섯째 수[419] 其十五

십 년을 별 까닭 없이 농사 팽개쳤더니   十載無端棄耦耕

돌아옴에 마을 벗들이 웃으며 맞이하네   歸來社友笑相迎

그 사이 영욕이야 말해 뭣하랴   中間榮辱何須說

내게 원지의 이름 돌려줌이 무방하도다   還我不妨遠志名

"산 밖에 나오면 소초(小草)이고 산속에 있으면 원지이다."라는 말은 바로 진(晉)나라의 학 참군(郝參軍)이 사 태부(謝太傅)를 조롱한 말이다.[420]

타 죽은 것이며, 성문의 불을 끄느라 연못의 물을 모두 퍼내어서 물고기가 죽은 것이다. 주석에서 밝힌 것과 같이 '지어'는 사람 이름이라는 설과 연못의 물고기라는 설이 있는데, 이러한 내용은《고금사문유취(古今事文類聚)》,《일지록(日知錄)》등의 많은 서적에 보인다. 모두 뜻하지 않게 불행한 변고를 만난 것을 가리킨다.

【校】이 원주는 전체가 교정고 가필사항이다.

419 평성 '경(庚)' 운의 칠언절구이다.

【校】교정고 수정사항이다. 본래는 열여섯째 수인데 교정고에서 '열다섯째 수'로 수정한 것이다.

420 산……말이다 :《세설신어(世說新語)》〈배조(排調)〉에 나오는 고사이다. '학 참군'은 참군 벼슬을 지낸 학륭(郝隆)을, 사 태부는 태부 벼슬을 지낸 사안(謝安)을 가리킨다. 사안이 오랫동안 동산(東山)에 은거하다가 계속되는 조정의 부름을 받고 출사하여 당시 권력자인 환온(桓溫)의 관속이 되었는데, 마침 어떤 사람이 환온에게 원지(遠志)라는 이름의 약초를 바쳤다. 환온이 사안에게 "이 약은 소초라고 부르기도 하는데 왜 하나의 약에 두 가지 이름이 있는 것이오?"라고 물으니, 사안이 미처 대답하지 못하였다. 그러자 곁에 있던 학륭이 "산속에 있으면 원지라 하고 산 밖에 나오면 소초라고 부릅니다."라고 하자, 사안이 매우 부끄러워하였다. 여기서 '원지'는 중의적인 의미로, 약초의 이름이면서 은거하여 원대한 뜻을 가진 선비를 가리킨다. 이는 학륭이 은거를 접고 출사한 사안을 비꼰 것이다.

【校】이 원주는 전체가 교정고 가필사항이다.

열여섯째 수[421] 其十六

일천 가지 버들개지 싸락눈처럼 흩날리고	飛絮千條作小霏
일백 자 아지랑이 맑은 햇빛에 하늘하늘	遊絲百尺映晴暉
잠깐 새 비 오려고 동풍이 급히 부니	須臾欲雨東風急
사정을 아는 조물주가 조화를 부리누나	會事天翁弄化機

주자(朱子)의 〈진동보에게 보낸 편지〔與陳同甫書〕〉에 "광풍이 불어 정자를 넘어뜨린 것은 조물주가 사정을 알고 일으킨 것입니다."라고 하였다.[422]

열일곱째 수[423] 其十七

재주도 남만 못하고 그림도 뛰어나지 않으니	才不及人畫不工
그저 치절인 한 사람의 산중 늙은이라네	徒然癡絶一山翁

진(晉)나라의 고개지(顧愷之)를 당시 사람들이 재절(才絶), 화절(畫絶),

---

421 평성 '미(微)' 운의 칠언절구이다.

【校】교정고 수정사항이다. 본래는 열일곱째 수인데 교정고에서 '열여섯째 수'로 수정한 것이다.

422 주자(朱子)의……하였다 : 해당 편지는 《회암집(晦庵集)》 권36에 실려 있다. 이 편지 구절에는 전후 맥락이 있다. 진량(陳亮)은 정일(精一)한 내면 공부가 부족하여 항상 외물에 마음이 이끌렸는데, 주희(朱熹)에게 서경(西京)에 갔을 때 그곳 사대부들의 매우 화려한 정관(亭館)이 부럽다고 말한 적이 있었다. 그리고 이 편지를 주고받을 당시 진량의 집에 있던 정자가 큰 바람에 넘어지는 일이 발생하자, 주희는 이것은 다 진량의 공부가 부족한 것을 알고 조물주가 일을 벌여 진량을 경계하였다고 한 것이다. 《朱子書節要記疑》. 이상의 맥락에 근거하면 아름다운 풍광에 마음을 뺏긴 명고를 경계하려고 조물주가 비바람을 몰고 왔다는 뜻이 된다.

423 평성 '동(東)' 운의 칠언절구이다.

【校】교정고 수정사항이다. 본래는 열여덟째 수인데 교정고에서 '열일곱째 수'로 수정한 것이다.

치절의 삼절(三絶)로 불렸다.[424]

산중 늙은이 치절인 것이 무에 해로우랴만	山翁癡絶庸何害
문밖 나서 요공 만날까 그것이 두려워라	秖恐出門遇溺公

환현(桓玄)이 버들잎 하나를 고개지에게 주면서 "이것은 매미가 숨었던 잎인데 이 잎으로 자신을 가리면 남들이 보지 못한다고 하오."라고 하였다. 고개지가 기뻐하면서 잎으로 자신을 가리니 환현이 고개지에게 오줌을 누었다. 고개지는 남들이 보지 못한다는 말을 믿고서 매우 보배로 여긴 것이다.[425]

〔교정고 삭제 표시작〕[426]

토란죽 끓이는 것 배움이 어찌 자랑할 만하랴	學煮糠羹豈足誇

육방옹(陸放翁 육유(陸游))의 시에 "돌아가서 처자에게 자랑하려고 절집 토란죽 끓이는 법 배우네.〔歸來更欲誇妻子, 學煮雲堂芋糠羹.〕"라고 하였다.[427]

차라리 절밥 짓겠다는 말도 탄식스럽구나[428]	寧煨僧飯亦堪嗟

---

424 진(晉)나라의……불렸다 : 《진서(晉書)》 권92 〈문원전(文苑傳) 고개지전(顧愷之傳)〉에 나오는 내용이다. '치절'은 그지없이 어리석다는 뜻이다.

425 환현(桓玄)이……것이다 : 《진서(晉書)》 권92 〈문원전(文苑傳) 고개지전(顧愷之傳)〉에 나오는 내용으로 고개지의 어리석음과 관련된 일화이다.

426 평성 '마(麻)' 운의 칠언절구이다.

427 육방옹(陸放翁)의……하였다 : 육유의 《검남시고(劍南詩藁)》 권7 〈반보복(飯保福)〉의 구절이다. 보복(保福)은 공양밥이다.

428 토란죽……탄식스럽구나 : 자주(自註)의 인용 근거에서 보듯 이 두 구절에서 사용한 단어들은 모두 승가(僧家)의 정취가 느껴지는 단어들이다. 따라서 이 구절은 세속이 싫다고 하여 모든 것을 버리고 산중으로 들어가는 것은 최상의 방법은 못 된다는 뜻으로 볼 수 있다. 명고의 시에서는 불교 지향적인 취미가 자주 보이는데, 그럼에도 불구하고 명고의 근본은 어디까지나 세간에 발을 두고 유가적인 수양의 입장에 서 있음을 여기에서 확인할 수 있다. 이 구절을 포함하여 명고의 시에서 보이는 불교적 취미의

전목재(錢牧齋 전겸익(錢謙益))가 말하기를 "다생(多生) 간의 습기(習氣)가 한결같이 거칠고 경박하니, 금생 이후로는 세세생생토록 길이 우둔하여 차라리 다리 부러진 노구솥 옆에서 땔나무를 져다가 밥을 지으면서 아양승(啞羊僧)이 되겠다."[429]라고 하였다.

| 사람이 궁해지면 〈서명〉의 의리 알아야 하니 | 人窮要識西銘義 |
| 근심 걱정이 옥처럼 완성한[430] 만년 절조 자랑하리 | 憂戚玉成晩節誇 |

열여덟째 수[431] 其十八

흉금 매우 여유로움을 괴이해하지 마소	莫怪胸懷抵死寬
생사윤회 지내오며 편안함이 습성 되었다네	多生閱歷習成安
지금의 처지도 견디기 어렵지 않나니	而今所得非難耐
세간의 이전투구 그보다는 낫고말고	何似泥塗巧刺鑽

내용들은 명고의 심(心)・적(迹)과 유(儒)・불(佛)의 층위를 관찰해야 할 필요성을 제공하고 있다.

429 다생(多生)……되겠다 : 전겸익의 《유학집(有學集)》 권38 〈복방밀지관장(複方密之館丈)〉의 일부이다. '방밀지'는 방이지(方以智)로 반청(反淸) 운동에 실패한 후 출가하여 대지(大智)라는 법명의 승려가 된 인물이다. 해당 편지의 내용은 모두 불교에 관한 내용으로, 본문에서 인용한 구절 전후로 생략이 있다. 그 내용은 자신은 스스로의 어리석음을 잘 알고 있으니 소 치는 촌사람이나 어리석은 승려는 될지언정 허세를 부리면서 승단(僧團)을 해치고 좀먹는 사람은 되지 않겠다는 것이다. '아양승'은 벙어리 양 같은 중이라는 뜻으로, 너무나도 어리석어 사리분별을 못해서 자신이 계율을 어겼는지조차 분간하지 못하는 승려를 가리킨다.

430 근심 걱정이 옥처럼 완성한 : 장재(張載)의 〈서명〉에 "빈천과 걱정은 너를 옥처럼 갈고 연마시켜 완성시키는 것이다.[貧賤憂戚, 庸玉汝於成也.]"라고 하였다.

431 평성 '한(寒)' 운의 칠언절구이다.

【校】교정고 수정사항이다. 본래는 스무째 수인데 교정고에서 '열여덟째 수'로 수정한 것이다.

승선교(昇仙橋)에서 방옹의 시에 차운하여[432]

432 【작품해제】제목 원문에 나오는 불굴(佛窟)과 승선교는 모두 평안도 성천(成川)에 있는 장소이다. 아래 그림에 승선교와 굴의 위치가 보인다. 굴 밑에 그려진 건물은 통선암(通仙菴)이다. 파애(巴涯)는 지도에서 그 위치를 찾을 수는 없으나 굴에서 승선교로 가기 위해 지나는 강의 어디쯤일 것으로 생각된다.

명고는 1791년(정조15) 6월에 성천 부사에 제수되었으나 사적인 혐의로 좌의정 채제공(蔡濟恭)에게 부임 인사를 올리지 않고 떠났다가 파직되었다. 《승정원일기》정조15년 6월 30일 기사에 서형수를 파직하라는 전교가 보이며, 동년 10월 27일 기사에 서형수가 도성에 당도하여 관서 지방의 실태를 아뢰는 내용이 보인다. 10월 27일 기사에서 서형수는 도성에 들어온 지 겨우 4~5일 정도 되었다고 답변하고 있다. 이러한 사실들과 시제에서 '작년 이달'이라고 언급한 점을 미루어볼 때, 이 시의 창작 시기는 1792년(정조16) 6월~10월 사이일 것이다.

육방옹(陸放翁)은 남송(南宋) 때 시인인 육유(陸游)로 해당 시는 《검남시고(劍南詩藁)》 권7에 보인다. 다만 육유의 시에는 경련(頸聯)의 운자가 '摧'로 되어 있다.

명고의 이 작품은 평성 '회(灰)' 운의 측기식 수구용운체 칠언율시이다.

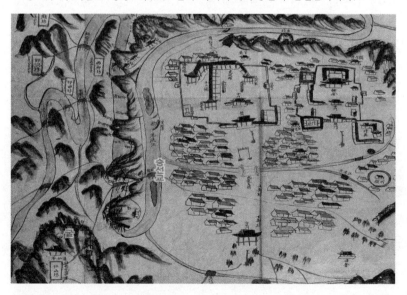

〈그림 16〉 1872년 지방지도 성천부 지도

讀陸放翁集 有成都昇仙橋 遇風雨大至 憩小店詩一首 因憶昨年是月 舟
訪佛窟 由巴涯歸 到昇仙橋下 遇風雨大至 憩小店 一如放翁事 遂次其
韻以識之

육방옹의 시집에 있는 〈성도의 승선교에서 크게 몰아치는 비바람을
만나 작은 객점에서 쉬다〉 1수를 읽고서 작년 이달 배를 타고 불굴을
방문했다가 파애를 거쳐 돌아오면서 승선교 아래에 이르러 크게 몰
아치는 비바람을 만나 작은 객점에서 쉬었던 일을 떠올렸다. 그때 상
황이 방옹의 일과 똑같기에 마침내 방옹의 시운을 차운하여 적는다

지난 일 지난 자취 모두가 겁회[433]거니	往事前塵摠劫灰
작년 이달에는 흥취 유유하였지	昨年是月興悠哉
이끼 가득한 불굴에 지팡이 짚고 갔었고	苔深佛窟携筇至
여울 급한 파애에 노 저어 돌아왔어라	灘急巴涯放棹來
노래 그치고 술 거나하자 바람 문득 거세고	歌罷酒闌風忽怒
꽃잎 날고 버들개지 떨어지자 비 뒤쳐 급했네	花飛絮落雨翻催
승선교 옆에다가 수레 멈추니	昇仙橋畔仍停蓋
나보다 먼저 육공이 한바탕 꿈 열었도다	先我陸公一夢開

433 겁회(劫灰) : 불교 용어로, 세계가 파괴될 때 일어난다는 큰불의 재를 말한다.
여기서는 사라져버린 지난 일의 자취를 가리키는 말로 쓰였다.

초여름에 홀로 읊다[434] 2수
初夏獨吟 二首

첫째 수[435]

짚신에 도롱이 입은 농부 사방 들판에 가득하니	艸屩簑衣滿四坪
남촌 북촌 사람들 다 쏟아져 나온 듯해라	村南村北室如傾
버들 그늘서 우는 꾀꼬리는 봄빛을 간직했고	鸎啼柳樾留春色
소나무 처서 재잘대는 까치는 늦개임을 알리네	鵲語松簷報晚晴
하늘이 곤궁 감내케 하니 시름 가시지 않거니와	天與耐窮愁不解
사람은 세상 잊을 줄 아니 비방 점차 잦아드네	人知忘世謗漸平
《능엄경》 읽기 마침에 향연 사그라드니	楞嚴卷盡香烟了
수마는 두려움에 달아나 실명할 뻔하였네[436]	怕走睡魔幾失明

아나율타(阿那律陀)는 잠자는 것을 매우 좋아하였는데, 여래가 꾸짖기를 "쯧쯧. 어찌하여 잠을 자느냐? 소라나 조개는 한번 잠들면 천 년을 자기 때문에 부처의 이름을 듣지 못하느니라."라고 하였다. 아나율타가 이에 밤을 새가면서 잠을 자지 않고 수행하여 양쪽 눈을 실명하였다.[437]

---

434 【작품해제】이 작품 역시 앞의 시들과 마찬가지로 파직된 이후 장단(長湍)에서 가거하며 지은 것으로 보인다.
　【校】제목 원주의 '2수'는 교정고 가필사항이다.

435 장단에서 은거하며 세상을 잊고 지내는 명고의 모습이 잘 나타나 있다. 《능엄경》을 읽었다는 부분에서 명고의 불교 취향이 엿보인다. 평성 '경(庚)' 운의 측기식 수구용운체 칠언율시이다.

436 수마(睡魔)는……뻔하였네 : 실명할 정도로 졸음도 없이 열중하여 《능엄경》 읽기에 몰입하였다는 말이다.

둘째 수⁴³⁸ 其二

보리 이삭 벼 이삭 온통 푸르고 　　　　　　　麥穗稻針一色靑

푸른 휘장인 양 두른 산은 아래로 들판에 이어졌네 綿山碧幬下連坰

　'하련(下連)'은 《서경》〈주서(周書) 홍범(洪範)〉의 "몽매함과 끊어짐과 이
　김〔曰蒙曰驛曰克〕"의 주(注)에서 온 것이다.⁴³⁹

낮닭 울음소리 그치니 마을 이내 한적하고 　　　午鷄鳴罷村仍寂

늦은 들밥 내간 아낙 귀가 늦어 문 걸지 않았어라 晚餉歸遲戶不扃

나무 울타리에 힘 쏟느라 반생 허비했거니와 　　虛了半生勞柴栅

　장생(莊生 장주(莊周))은 큰 띠와 홀을 나무 울타리로 여겼다.⁴⁴⁰

437　아나율타(阿那律陀)는……실명하였다 : 아나율타는 석가여래의 제자들 가운데
에서도 마음의 눈으로 모든 것을 다 꿰뚫어보는 천안통(天眼通)으로 불린다. 《능엄경》
에는 자주(自註)의 내용처럼 자세하게 나와 있지 않고 꾸지람을 들은 정도로만 나와
있으며, 자주의 내용은 《능엄경집주(楞嚴經集注)》 등의 해설서에 보인다.

438　평성 '청(靑)' 운의 측기식 수구용운체 칠언율시이다.

439　하련(下連)……것이다 : 이 부분은 〈홍범〉의 주석에 대한 명고의 의견이 반영된
것이다. 원래 이 부분의 주석은 《상서정의(尙書正義)》의 공안국(孔安國)의 전(傳)에
"낙역하여 연속되지 않는 것이다.〔落驛不連屬〕"라고 되어 있고, 채침(蔡沈)도 《서경집
전(書經集傳)》에서 "낙역하여 이어지지 않는 것이다.〔絡驛不屬〕"라고 하여 공안국의
설을 그대로 이었다. 그러나 명고는 '不連'은 '下連'의 잘못이라고 하면서 그 근거로
《사기색은(史記索隱)》에서 해당 부분을 인용하면서 '下連'이라고 한 사실을 들었다.
이상의 내용은 권20 〈홍범직지(洪範直旨)〉에 자세히 나와 있다.
　【校】이 원주는 전체가 교정고 가필사항이다.

440　장생(莊生)은……여겼다 : 벼슬을 영예롭게 생각하지 않고 자유로운 삶을 구속
하는 것으로 여겼다는 말이다. 《장자(莊子)》〈천지(天地)〉에 "취사선택과 성색으로
내면을 가로막고, 피변과 홀관을 쓰고 홀을 꽂고 큰 띠를 두르고 긴 치마를 입고서
외면을 속박하여, 안으로는 빙 둘러친 나무 울타리에 꽉 막힌 듯하고, 밖으로는 새끼줄
과 끈으로 겹겹이 묶여 있는 듯하다.〔且夫趣舍聲色, 以柴其內, 皮弁鷸冠 搢笏紳脩,

구름 낀 물가에 누울 한가한 날 그래도 많도다　　尙多閑⁴⁴¹日臥雲汀

가슴속 무슨 일이 밀쳐내기 어려운고　　　　　　胸中底事排難遣

좋은 향기 나는 아름다운 작품 문단에 전하는 것이라네

　　　　　　　　　　　　　　　　　　文苑佳傳發聞馨

　명성을 발하는 것이니, "오직 향기롭다.〔惟馨〕"라는 문자가 《서경》에 나온
다.⁴⁴²

以約其外, 內支盈於柴柵, 外重繩緻.〕"라고 하였다.

441　【校】閑 : 교정고 수정사항이다. 원글자는 판독할 수 없다.

442　【校】명성을……나온다 : 이 원주는 교정고 수정사항으로, 원래는 "유인의 시에,
'예악은 마음에 비록 절절하나 연하는 뼈에 새겨져 있도다.'라고 하였다.〔劉因詩, 禮樂
心雖切, 煙霞骨有銘.〕"로 되어 있다. 그런데 여기서 교정사항과 원래 주석 간에 시각
차이가 있다. 원래 주석은 밀쳐내기 어려운 것을 은거를 지향하는 마음으로 본 것이고,
교정사항은 세상에 나가 명성을 떨치는 것으로 본 것이다. 즉 원래 주석에서는 원(元)나
라 때 사람인 유인(劉因)의 《정수선생문집(靜修先生文集)》 권2 〈송학중상유북악(送郝
仲常游北嶽)〉의 시구절을 제시하여 그 시구절을 '문단에 전할 아름다운 작품〔文苑佳
傳〕'의 대상으로 지목한 것으로, 명고 자신도 유인의 시구절에서 전하는 말처럼 은거를
지향한다는 뜻이 되는 것이다. 그런데 원래 주석에서는 별도의 설명 없이 유인의 시구절
만 제시하고 있어 마지막 구절과 원래 주석에서 제시한 시구절과의 관계를 얼른 파악하
기가 어렵게 되어 있다. 이러한 연유로 교정자가 그 의미를 완벽히 파악하지 못하고
자신이 보는 관점에서 새로 주석을 단 것이라 추측된다. 교정자가 굳이 《서경》 〈주서
(周書) 군진(君陳)〉을 출전으로 제시하면서 단 주석은 별 의미가 없이 억지스러운 측면
이 있다고 생각된다. 다만 완전하게 오류라고 단정 지어 판단할 수 없으므로 우선 교정
고 수정사항을 그대로 두고서 번역하였다.

술에 취해 즉석에서 읊다[443]

醉後口呼

어질건 어리석건 죄다 푸른 이끼 됨을 볼지니[444]	須看賢愚一綠苔
중년의 세월은 날 더욱 재촉하누나	中年歲月倍相催
평소에 계고하여 무슨 덕을 보았나	平生稽古蒙何力

환담(桓譚)이 말하기를 "오늘날 이런 은총을 입게 된 것은 모두 계고의 힘이다."라고 하였다.[445]

세상살이 맞추느라 부대껴봐야 참으로 어울릴 수 없도다

人世修今苦不諧

진(晉)나라 기가(祁嘉)는 자(字)가 공빈(孔賓)인데, 소싯적부터 청빈하고 학문을 좋아하였다. 20여 세 무렵에 홀연 밤에 창에서 누군가가 그를 부르

---

443 【작품해제】시의 편차나 내용으로 볼 때 이 작품 역시 앞의 시들과 마찬가지로 파직된 이후 장단(長湍)에서 가거하며 지은 것으로 보인다. 이 시 역시 은거 중에 초연하게 지내려는 명고의 심정이 잘 드러나 있는데, 취중에 지은 시답게 호방한 기상이 더욱 도드라진다. 평성 '회(灰)' 운의 평기식 수구용운체 칠언율시이다.

444 어질건……볼지니 : 어진 사람도 어리석은 사람도 결국엔 모두 덧없이 죽어 백골이 되었다는 뜻이다. 두보(杜甫)의 시 〈소단과 설복이 마련한 연회에서 설화의 취가를 적다〔蘇端薛復筵簡薛華醉歌〕〉에 "홀연 떠오르노라 비 올 적 무너진 무덤, 옛사람 백골엔 푸른 이끼 자랐거니, 어찌 술 마시지 않고 처량하게 있으리.〔忽憶雨時秋井塌, 古人白骨生靑苔, 如何不飮令心哀?〕"라고 한 구절을 염두에 둔 것이다.

445 환담(桓譚)이……하였다 : '환담'은 '환영(桓榮)'의 오류이다. 해당 내용은 후한 (後漢) 때 환영이 광무제(光武帝)에게 태자소부(太子少傅)의 직책을 받고서 제자들에게 한 말로 《후한서(後漢書)》 권37 〈환영열전(桓榮列傳)〉에 나온다. '계고'는 옛일과 문헌을 상고하여 학문에 힘쓰는 것을 말한다.

【校】이 원주는 전체가 교정고 가필사항이다.

면서 "기공빈아! 기공빈아! 은거할지어다! 은거할지어다! 지금 세상에 맞추어 부대껴봐야 참으로 어울릴 수 없나니, 얻는 것은 털끝만도 못하고 잃는 것은 산과 같을 것이다."라고 하였다.[446]

볏모가 뾰족이 수면에 솟으니 가을이 미리 그려지고	稻秧刺水秋先覘
연잎이 동전마냥 떠 있으니 이슬방울 구슬 같아라	蓮葉浮錢露作瓊
앞마을서 술 사다 살짝 취하니	沽酒前村成小醉
남이야 시기하든 말든 여생 마치기 충분하도다[447]	餘光足了任他猜

---

446 진(晉)나라……하였다 : 《진서(晉書)》 권94 〈은일전(隱逸傳)〉에 나온다.

447 여생 마치기 충분하도다 : 술이나 즐기며 여생을 마치겠다는 말이다. 이 표현은 진(晉)나라 때 필탁(畢卓)의 말이 참고된다. 술을 몹시 좋아했던 필탁이 사람들에게 "술을 수백 곡의 배에 가득 싣고, 사철의 맛 좋은 음식들을 배 양쪽 머리에 쌓아두고, 오른손으로는 술잔을 들고, 왼손으로는 게의 집게 다리를 들고서 술 실은 배에 둥둥 떠서 노닌다면 일생을 마치기에 충분할 것이다.〔得酒滿數百斛船, 四時甘味置兩頭, 右手持酒杯, 左手持蟹螯, 拍浮酒船中, 便足了一生矣.〕"라고 한 적이 있다. 《晉書 卷49 畢卓傳》

방옹이 도산의 도중에서 지은 시에 차운하다[448] 병서

次放翁陶山道中韻 并序

육방옹(陸放翁 육유(陸游))이 운문(雲門)에서 도산(陶山)으로 가다가 가마꾼이 길을 잃어 험난한 산속을 방황하게 되었다. 그러던 중 매우 그윽하고 깊숙한 곳에 띳집과 작은 연못을 발견하고서 주인을 찾아보았으나 찾을 수 없었다. 그리하여 주인이 은자(隱者)일 것이라 생각하고 아쉬운 마음을 품은 채 돌아와 시를 지어 그 일을 기록하였다. 내가 거처하는 명고(明皐)의 산장도 띳집과 작은 연못이 있고 녹음이 사방 산기슭에 둘러 있으니, 또한 매우 그윽하고 깊숙한 정취이다. 만일 방옹이 이곳에 온다면 나를 은자라고 여겨 찾아보리라. 내가 듣건대 대은(大隱)의 은거는 은거하면서도 세상과 단절되지 않는다고 하니, 내가 방옹을 대우하는 방식은 남쪽 밭두렁이든 북쪽 밭두렁이든 마음 내키는 대로 와서 우거하되 짚신을 신고 대지팡이를 짚고서 날마다 함께 고금의 일들을 담론하면서도 싫증 내지 않을 것이다.

---

448 【작품해제】 이 작품 역시 앞의 시들과 마찬가지로 파직된 이후 장단(長湍)에서 가거하며 지은 것으로 보인다. 차운한 육유(陸游)의 시는 《검남시고(劍南詩稿)》 권10에 실려 있으며, 명고가 병서(并序)에서 서술한 "운문(雲門)에서……생각하고"의 구절은 《검남시고》의 원제목을 거의 그대로 옮긴 것이다.

이 작품에서도 파직된 이후 조정에서 벗어나 향리에 머물며 은거인의 자세로 살아가고 있는 명고의 심리가 잘 나타나 있다. 평성 '양(陽)' 운의 평기식 수구용운체 칠언율시이다.

이른 아침 밥 먹고 일어나 집 돌아보노라니　　　　平朝飯罷起巡堂

채소밭이며 연못으로 길 황폐하지 않았네　　　　蔬圃荷塘路不荒

산기슭 가득 여린 사초 세 치쯤 돋아 푸르고　　　滿麓輕莎三寸碧

방죽 낀 여린 버들 온통 누르다　　　　　　　　夾堤弱柳十分黃

사람들 보리밭 김매러 가 시끄러울 일 없고　　　人鋤麥壟無喧事

새는 꽃밭에 내려앉아 기이한 향 맡누나　　　　鳥落花房聞異香

은거한 몸이지만 오는 객을 어찌 사절하랴　　　身隱豈須揮客至

우리 당으로 돌아와[449] 이웃해 살기를 원하노라　歸歟吾黨願連墻

---

449 우리 당으로 돌아와 : 《논어》〈공야장(公冶長)〉에, 공자가 진(陳)에 있으면서
"돌아가련다, 돌아가련다. 우리 당의 소자들이 뜻만 크고 일에는 소략하여 찬란하게
문채만 이루었을 뿐이요 스스로 재단할 줄을 모르도다.〔歸歟歸歟. 吾黨之小子狂簡,
斐然成章, 不知所以裁之.〕"라고 한 표현을 차용한 것으로, 명고가 사는 곳으로 육유(陸
游)가 와서 은거해 사는 상황을 가정해 말한 것이다.

누대에서 사책을 읽으며[450]
樓上閱史

푸른 산 깊은 구름이 작은 산장을 둘렀고	山翠雲深繞小莊
주인은 일 없어 사책 열람하노라	主人無事閱芸箱
보릿가을[451] 날씨는 아침 낮으로 다르고	麥秋天氣分朝晝
양잠달[452] 아낙은 들밥도 지고 뽕도 치네	蠶月女工倂饁桑
방두는 세속에 영합하기 어려운 것 아니니	已識方頭難媚俗

육노망(陸魯望 육구몽(陸龜蒙))의 시에 "머리 네모져 조정 일은 알지 못하네.〔頭方不解王門事〕"[453]라고 하였다. 대개 두상이 뾰족하면 재빨리 일을 잘 처리하고 네모진 두상은 그렇지 못하므로 당(唐)나라 사람들의 말에 원활하게 변화하지 못하는 자를 '방두'라고 하였다.

오골[454]은 미친 사람이라 불리기에 그만인 것 달게 여기네	
	自甘傲骨合稱狂
남은 생에 진실로 닭과 기장밥[455] 넉넉하니	餘年誠得饒鷄黍

---

450 【작품해제】이 작품 역시 은거를 지향하는 서술 내용으로 미루어볼 때, 앞의 시들과 마찬가지로 파직된 이후 장단(長湍)에서 가거하며 지은 것으로 보인다. 평성 '양(陽)' 운의 측기식 수구용운체 칠언율시이다.

451 보릿가을 : 보리가 익어 거두어들이는 철을 가리키는 말로 음력 4월 무렵이다.

452 양잠달 : 누에를 치는 달로 음력 3월 무렵이다.

453 머리⋯⋯못하네 :《전당시(全唐詩)》권630에 보인다.

454 오골(傲骨) : 남에게 굽히지 못하는 자존심 강한 성격을 가리키는 말이다. 송(宋)나라 때 대식(戴埴)의《서박(鼠璞)》권상에 "당나라 사람들이 말하기를 이백(李白)은 자신을 굽히지 못하였으니 허리 사이에 오골이 있었기 때문이다."라고 하였다.

455 닭과 기장밥 : 이 구절 전후로 특별한 언급이 없으므로 단순히 일신(一身)이 먹고

늙어 죽도록 이곳을 벗어나지 않으리라　　　　老死不求出此疆

살기 충분한 양식을 뜻하는 것일 수도 있으나, 닭과 기장밥이라는 용어는 대체로 손님을
접대하는 음식을 떠올리게 한다. 《논어》〈미자(微子)〉에, 공자에게서 뒤처져 있던 자
로(子路)가 은자를 만났는데 그 은자가 자로를 머물러 자게 하면서 "닭을 잡고 기장밥을
지어 먹인〔殺鷄爲黍而食之〕" 일이 있으며, 《후한서(後漢書)》권81 〈범식열전(范式列
傳)〉에, 범식과 장소(張劭)가 2년 뒤에 장소의 집에서 만나기로 약속을 정하고 헤어진
후, 장소가 2년 뒤 약속한 날짜에 닭을 잡고 기장밥을 지어놓고 기다리자 범식이 과연
약속대로 도착하였다는 고사가 있다. 즉 이 용어에서 명고가 은거해 살면서 자신을
찾아오는 벗을 잘 대접할 양식이 충분하다는 의미까지 떠올릴 수도 있다.

병중에 자정에 홀로 일어나[456] 4수

病中午夜獨起 四首

첫째 수[457]

푸른 산 하얀 물 은빛 머금은 달	山靑水白月如銀
자정 미풍에 일어나 병으로 신음하네	午夜微風起病呻
몇 송이 연꽃 향기로운 내음 두루 퍼지니	數朵荷花嗅香遍
샘물 길어 차 끓임에 정신 또렷해지네	汲泉烹茗自惺神

둘째 수[458] 其二

시끄러운 코골이에 병중에 홀로 깨니	鼾息交喧病獨醒
우거진 잎에서 놀란 새 날아 이슬 도르르	鳥驚密葉露斯零
가슴속 쌓인 만 섬 티끌 오늘 밤 다 사라지니	塵襟萬斛今宵盡
마흔 넘겨 이내 성령 깨우치노라	四十年來悟性靈

---

456 【작품해제】이 작품 역시 편차 순서나 서술 내용으로 미루어볼 때, 앞의 시들과 마찬가지로 파직된 이후 장단(長湍)에서 가거하며 지은 것으로 보인다. 전체적으로 와병 중에 밤에 일어나 자신의 내면을 고요하게 관조하는 정서가 드러나 있다.

　【校】제목 원주의 '4수'는 교정고 가필 및 수정사항이다. '四'는 1차 가필된 '三'을 재수정한 것이다.

457 평성 '진(眞)' 운의 칠언절구이다.

458 평성 '청(靑)' 운의 칠언절구이다.

셋째 수[459] 其三

연강은 어느 겁이며 개황은 또 언제인고   延康何劫又開皇

　도가(道家)에서 말하는 겁수(劫數)에 연강, 용한(龍漢), 적명(赤明), 개황
　등이 있다.[460]

구부 삼원은 너무도 황당한 말이로다   九府三元語太荒

　도가에 삼원구부(三元九府) 백이십관(百二十官)이 있어 일체의 신들을 모
　두 관할한다.[461]

문득 똑같이 호생오사(好生惡死)의 인심 부여받아 却被人心同惡死
소인과 대인에서 군왕까지도 그러하여라   小嘗大試至君王

넷째 수[462] 其四

만사가 돌아감은 절로 그러할 뿐이니   萬事還他只自然

　부처가 말하기를 "밝음은 해로 돌아가고, 어두움은 그믐으로 돌아가고, 통
　함은 문과 창으로 돌아가고, 막힘은 담과 지붕으로 돌아가고, 인연은 분별
　로 돌아가고, 어리석고 헛된 것은 공(空)으로 돌아가고, 꽉 막힌 것은 티끌
　로 돌아가고, 청명한 것은 갬〔霽〕으로 돌아간다."라고 하였다.[463]

459　평성 '양(陽)' 운의 칠언절구이다.

460　도가(道家)에서……있다 : 이상의 내용은 《수서(隋書)》 권35 〈경적지(經籍志)
4〉에 보인다.

461　도가에……관할한다 : 이상의 내용은 《위서(魏書)》 권114 〈석노지(釋老志)〉에
보인다.

462　평성 '선(先)' 운의 칠언절구이다. 이 수에서는 명고의 불교 지향적인 성향이 전면
에 드러나 있어 그의 불교적 취향과 관련하여 주목된다.

463　부처가……하였다 :《능엄경(楞嚴經)》 〈정종분(正宗分)〉에 보인다. 이는 세간
의 모든 변화하는 상(相)들이 모두 그것이 인연한 본처(本處)로 되돌아감을 설명한
것이다.

경율을 방편 삼고 은밀히 현묘한 마음 살피네 　　　筌蹄經律密觀玄

불도(佛道)가 처음 중국에 들어왔을 때 경(經)·율(律)·논(論)을 삼장(三藏)으로 삼았는데, 그 뒤 달마(達磨)가 서쪽으로 와서 삼장을 방편〔筌蹄〕으로 삼고 곧바로 인심(人心)을 가리켜 본성을 깨치게 하였다.

이 육신과 외물이 어찌 항상 존재하랴 　　　形骸外物何常有

나의 신령한 구슬[464] 높여 대천세계[465] 비추리라 　尊我靈珠照大千

대천세계 또한 불가의 말이다.[466]

---

464 신령한 구슬 : 원문의 '靈珠'는 보통 불가에서 염주를 가리키기도 하는데, 여기서는 자기 안에 간직하고 있는 참된 본성을 말한 것이다.

465 대천세계 : 광대무변한 우주를 형용한 말이다. 《구사론(俱舍論)》에 따르면, 수미산(須彌山)을 중심으로 주위에 구산팔해(九山八海)가 있고 그 둘레로 사대주(四大洲)와 하나의 해와 하나의 달이 있는 세계가 존재하는데 이런 세계가 천 개 합쳐진 것을 소천세계(小千世界), 소천세계가 천 개 합쳐진 것을 중천세계(中千世界), 중천세계가 천 개 합쳐진 것을 대천세계(大千世界)라고 한다.

466 【校】 대천세계……말이다 : 이 원주는 전체가 교정고 가필사항이다.

백씨의 정거 시운에 차운하다[467] 2수

次伯氏靜居韻 二首

첫째 수

추 말하면 초 잊은 것 몇십 년이런고　　　　　言帚忘茗幾十年

　　옛날 한 비구(比丘)가 근기(根機)가 우둔하고 기억력이 없었다. 부처가
　그 비구에게 '초추(茗帚)' 두 글자를 외우게 하였는데, 비구가 밤낮으로
　외워보았지만 '초'를 말하다 보면 '추'를 잊어버리고 '추'를 말하다 보면 '초'를
　잊어버렸다. 그러나 비구는 매양 자책하면서 쉬지 않고 끊임없이 노력하였
　다. 그러다 갑자기 어느 날 '초추'를 말할 수 있게 되었는데, 이에 크게 깨우
　쳐 걸림 없이 말을 잘하는 재주를 얻었다.[468]

우둔한 근기 예로부터 목인 같았네　　　　　鈍根從古木人然[469]

　　불가(佛家)의 말에 "우둔한 근기에게 설법하는 것은 마치 목인을 마주하고

467　【작품해제】 이 작품은 전반적인 내용을 미루어볼 때 앞의 시들과 마찬가지로
파직된 이후 장단(長湍)에서 가거하며 지은 것으로 보인다. 백씨는 명고의 친형인 서호
수(徐浩修)를 가리킨다. '정거 시운'은 어떤 시인지 알 수 없으나 명고가 장단에 지은
별장을 '명고정거(明皐靜居)'라고 지칭한 것으로 볼 때, 서호수가 명고정거 자체 또는
명고정거에서 지내고 있는 명고와 관련된 내용으로 지은 시일 것으로 추측된다. 두
수 모두 불교적인 표현과 전거가 많이 사용되고 있어 이 시에서도 명고의 불교적인
취향을 확인할 수 있다. 첫째 수에서는 자신의 자질이 우둔함을 서술하였고, 둘째 수에
서는 불경을 보면서 담박하게 지내는 한편으로 다시 시끄러운 속세의 상황을 맞이하게
될까 걱정하는 명고의 심정을 서술하였다. 두 수 모두 평성 '선(先)' 운의 칠언절구이다.

468　옛날……얻었다 : 이상의 내용은 《선림유취(禪林類聚)》와 《임간록(林間錄)》 등
의 선서(禪書)에 보이는데, 자구를 살펴볼 때 《임간록》 권상(卷上)의 내용과 거의 동일
하다. '초추'는 풀이나 볏짚 등으로 만든 빗자루를 말한다.

469　【校】 木人然 : 교정고 수정사항이다. 원글자는 판독할 수 없다.

서 목인이 말하기를 바라는 것과 같고, 석녀가 아이 낳기를 기대하는 것과
같다."라고 하였다.[470]

진옹은 문 닫아걸고 마침내 흐트러진 마음 수습하고　　陳翁閉戶終收放

진열(陳烈) 선생은 기억력이 매우 나빴다. 하루는 《맹자》의 "그 흐트러진
마음을 구한다.〔求其放心〕"라는 구절을 읽고서 홀연 깨우쳐 말하기를, "마
음을 수습한 적이 없는데 어떻게 기억할 수 있으랴."라고 하였다. 그리고는
마침내 문을 닫아걸고 정좌(靜坐)하고서 100여 일 동안 책을 읽지 않고
흐트러진 마음을 수습하였는데, 이로부터 한 번 보면 잊지 않았다.[471]

첨로는 계단 내려와 오묘한 경계 꿰뚫었네　　　　　　詹老下梯却透玄

첨부민(詹阜民)은 누대 계단을 내려와 홀연 깨달았다.[472]

둘째 수 其二

향불과 불경으로 여생 보내니　　　　　　　　　香燈貝葉送殘[473]年

세 가지 허망한 마음 점차 트이네　　　　　　　三種幻心漸豁然

470　불가(佛家)의……하였다 : 해당 구절은 《종경록(宗鏡錄)》 권41에 보인다.
　　【校】이 원주는 전체가 교정고 가필사항이다.

471　진열(陳烈)……않았다 : 이상의 내용은 《주자어류(朱子語類)》 권11에 보이며, 《고
금사문유취(古今事文類聚)》 별집(別集) 권1에도 재인용되어 있다. 진열(1012~1087)은
송(宋)나라 때 학자로 자는 계자(季慈)이고 학자들에게 계보선생(季甫先生)으로 불렸
다. 유이(劉彝)·진양(陳襄)·정목(鄭穆)·주희맹(周希孟)과 함께 해빈오선생(海濱
五先生)으로 불렸다.

472　첨부민(詹阜民)은……깨달았다 : 첨부민은 송(宋)나라 때 사람으로 자는 자남
(子南), 호는 묵신(默信)이며 육구연(陸九淵)에게 학문을 배웠다. 그가 정좌하여 조존
(操存) 공부에 힘쓴 지 반 개월에 어느 날 누대를 내려오다가 홀연 마음을 깨우쳤다는
내용이 나정암(羅整庵)의 《곤지기(困知記)》 권하(卷下)에 보인다.

473　【校】殘 : 교정고 수정사항으로, 원글자는 '窮'이다.

진공사(眞空寺)의 노승(老僧)이 광자원(鄺子元)에게 말하기를, "불가에는
이른바 허망한 마음이라는 것이 세 가지가 있습니다. 혹 수십 년 전의 영욕
(榮辱)과 은원(恩怨)과 희비(喜悲)와 이합(離合)을 뒤미쳐 떠올리니 이것
은 과거의 허망한 마음이요, 혹 어떤 일이 눈앞에 닥치면 일의 처음과 끝을
두려워하여 수차례 망설이니 이것은 현재의 허망한 마음이요, 혹 훗날의
부귀를 바라거나 공명을 이루고 치사(致仕)하고서 전원으로 돌아가기를
바라거나 자손들이 등용되어 독서인(讀書人)의 가문을 이어가기를 바라니
이는 미래의 허망한 마음입니다."라고 하였다.[474]

무엇보다 닭 울고 비바람 치는 밤[475]　　　　　最是鷄鳴風雨夜
남의 강압에 내 오묘한 경계 뺏길까 두려워라[476]　　怕他強力劫吾玄

---

474 진공사(眞空寺)의……하였다 : 이상의 내용은 명(明)나라 때 하량준(何良俊)이
편찬한 필기집 《사우재총설(四友齋叢說)》 권32 〈존생(尊生)〉에 보인다.

475 닭……밤 : 난세(亂世)를 가리킨다. 이는 《시경》〈정풍(鄭風) 풍우(風雨)〉에
'풍우'와 '계명(鷄鳴)'이 반복해서 나오는 것을 차용한 것이다. 주희(朱熹)는 이 시를
남녀가 음분(淫奔)하는 시로 보았으나 모서(毛序)에서는 난세에 군자를 그리워하는
시라고 하였다. 모서의 입장에서 구체적으로 말하면 '풍우'는 어지러운 세태를 가리키고
'계명'은 절조를 변치 않는 군자를 가리킨다. 명고는 모서의 입장에서 이 시를 본 것인데,
이는 권12 〈명교문(名敎問)〉에서 "송백은 날씨가 추워진 뒤에 늦게 시들고 비바람 몰아
치는 때에 닭 울음 그치지 않으니, 주나라 말엽의 혼란함에 비해 십백 배나 더할 뿐만이
아니었다.〔松栢後凋於歲寒, 鷄鳴不已於風雨, 其視周末之委靡, 不啻什佰過之.〕"라고
한데서도 알 수 있다.

476 남의……두려워라 : 홀로 고요하게 도를 궁구하며 지내는 생활을 외부적 상황
때문에 계속할 수 없을까 두렵다는 내용인데, 이 구절의 유래는 명고 시 전체에 걸쳐
빈번하게 보이는 불교 취향을 고려할 때 불가의 것을 차용한 것이 아닌가 생각된다.
불가에는 다섯 종류의 '예전에 지은 생각이 만들어내는 업[故事業]'이 있는데, 그 가운
데 하나로 비록 자신이 직접 생각을 일으키지 않아도 '다른 사람의 강제로 말미암아
예전에 지은 생각을 일으켜 불선(不善)한 업을 짓게 되는 경우〔他強力之所敎勅, 發起故
思, 行不善業〕'가 있다.《大乘阿毘達磨雜集論 卷7》. 물론 그 유래가 불가의 것이라고
해도 구절의 큰 뜻은 달라지지 않는다.

자궁의 회갑을 경하드리며[477]

慈宮周甲誕辰 書下御製 命參班諸臣賡進

자궁의 회갑 탄신일에 성상께서 어제시를 적어 내리시면서 하례에 참여한 신하들에게 화답시를 지어 올리라 명하셨다.

477 【작품해제】 이 작품은 제목의 '자궁의 회갑'을 근거로 할 때, 1795년(정조19) 윤2월에 지은 것이다. '자궁'은 정조의 모친인 혜경궁 홍씨(惠慶宮洪氏)로, 이해 윤2월에 신축한 화성(華城) 행궁에서 혜경궁 홍씨의 회갑연이 열렸다. 명고는 1791년(정조15) 성천 부사(成川府使)로 제수되었을 때 좌의정 채제공(蔡濟恭)에게 부임 인사를 하지 않아 파직된 이후 이때까지도 주로 장단(長湍)의 명고정거(明皐靜居)에서 지내고 있었으나, 제목의 내용을 보면 명고가 이때 회갑 하례에 참여했던 것이다. 국립중앙도서관 소장《내사갱재축(內賜賡載軸, 古3643-3-1-2)》의 〈주갑탄신(周甲誕辰) 제신갱운(諸臣賡韻)〉 목록을 보면 명고는 실직이 없는 체아직(遞兒職)인 부사직(副司直)의 직함으로 등재되어 있다.《승정원일기》에 따르면 명고는 1792년(정조16) 6월 30일에 부사직에 보임되었다. 한편 앞서 명고는 1794년(정조18)에 영조(英祖)의 계비(繼妃) 정순왕후(貞純王后)의 만 50세 생일과 혜경궁 홍씨의 60세 생일을 기념하여 신민(臣民)들에게 은전을 내리면서 간행한《어정인서록(御定人瑞錄)》의 범례를 짓기도 하였다.(권9 〈인서록 편찬 범례 총서(人瑞錄編例總敍)〉 참조)

정조가 지은 어제시는《내사갱재축》과《홍재전서(弘齋全書)》권6에 〈자궁의 회갑 탄신일에 축수하는 잔을 올리고 삼가 기쁨을 기록하는 정성을 서술하여 하례연에 참예한 빈객들에게 보이다〔慈宮周甲誕辰, 奉觴上壽, 恭述志喜之誠, 視與筵諸賓〕〉라는 제목으로 실려 있다. 내용은 다음과 같다. "우리 동방에 처음 경사 있으니, 회갑일에 만수무강 축수 술잔 올리네. 이날에 자궁께서 탄강하시니, 구름 같은 빈객들 하례 올리네. 장락전에서 손주들 돌보시고 노래자 노래엔 피리 가락 얹네. 화 땅 구경할 제 축원 넘치니, 깊은 은혜 팔방에 미치는도다.〔吾東初有慶, 花甲萬年觴. 是日虹流屆, 如雲燕賀張. 含飴長樂殿, 被管老萊章. 觀華仍餘祝, 覃恩曁八方.〕" 어제시의 '화(華) 땅'은 요(堯)임금에게 축원을 올린 화 땅의 봉인(封人)을 전거로 하여 화성(華城)에서 열리는 회갑연이라는 중의적 의미를 담은 것이다.

정조의 어제시와 명고의 이 작품 모두 평성 '양(陽)' 운의 평기식 오언율시인데, 어제시는 수구용운체이고 명고의 작품은 수구불용운체이다.

육순의 상서로운 갑자 돌아오니 六旬回瑞甲

성상께서 옥술잔 받들어 올리네 千乘奉瑤觴

자애로운 은혜 두루 펴는 윤음 내리시고[478] 垂紳慈恩遍

장중한 연회 크게 열려 빈객들 즐거워라 娛賓法讌張

경사가 거듭되어 보력을 이으시고[479] 荐休綿寶曆

〈그림 17〉 국립중앙박물관 소장 화성원행의궤도(華城園幸儀軌圖, 新收-000201-000) 봉수당진
찬도(奉壽堂進饌圖) 부분

478 자애로운……내리시고 : 자애로운 은혜는 '자궁의 은혜'를 가리키지만 그 은전(恩
典)을 펼치는 실질적인 주체는 정조이다. 또한 여기서 윤음은 어제시를 가리키는 것으
로 볼 수도 있겠으나, 어제시에 대해서는 경련(頸聯)에 언급되었으므로, 여기서는 회갑
연을 기념하여 신민(臣民)들에게 내린 은전을 가리키는 것이라 볼 수 있다.

479 경사가……이으시고 : 혜경궁 홍씨의 회갑인 1795년이 정조가 보위에 오른 지
20주년이므로 한 말이다. 현대식 연표에서는 1795년을 정조 19년으로 추산하지만, 영조
가 죽고 정조가 보위를 이은 1776년(영조52)부터 계산하면 1795년이 20주년이 된다.
이는 권9 〈인서록 편찬 범례 총서(人瑞錄編例總敍)〉에 기록된 정조의 말 중에 "을묘년

기쁨을 기록하여 어제시 외우시네   志喜頌宸章

해옥[480]만큼 만수무강하시라 축원 올리니   海屋無疆祝

성대한 기쁨이 사방에 넘쳐나네   洋洋溢四方

(1795)은 곧 내가 보위에 오른 지 20년이 되는 해이다. 대전(大殿)에 임해 축하를 받는
것이 또한 선왕조 계해년(1743, 영조19)의 고사를 계승하는 것이고, 오늘 자전의 하교
의 뜻을 따르는 것이다."라고 한 데서도 확인할 수 있다.

480 해옥(海屋) : 소식(蘇軾)의 《동파지림(東坡志林)》 권7에 "세 노인이 있었는데
서로 만나서 나이를 물으니, 한 사람이 '바다가 뽕나무 밭이 될 때마다 나는 산가지를
하나씩 놓았는데 지금까지 10칸 집에 그 산가지가 가득 찼다.〔海水變桑田時, 吾輒下一
籌, 爾來吾籌已滿十間屋.〕'라고 하였다."라는 기록이 보인다.

중화척 어제시에 화답하여[481]

481 【작품해제】 정조의 《홍재전서(弘齋全書)》 권182 〈군서표기(群書標記) 갱재축 (賡載軸)〉의 '반척갱재축(頒尺賡載軸)' 조항에 "병진년(1796, 정조20) 중춘 초하룻날 공경과 근신에게 자를 내려주었다."라고 되어 있다. 그리고 순조(純祖) 때 한양의 풍속 을 기록한 김매순(金邁淳)의 《열양세시기(洌陽歲時記)》에서는 이 일의 시작을 1796년 (정조20) 2월 초하루로 기록하고 있다. 또한 정약용(丁若鏞)의 《다산시문집(茶山詩文 集)》 권2 〈임금께서 중화척을 내려주시면서 보내주신 어제시에 화답하다(賡和內賜中 和尺兼簡御詩韻)〉에 정조의 어제시가 실려 있고 정약용의 시에는 병진년(1796, 정조 20) 2월 6일이라고 기재되어 있다. 따라서 명고의 이 작품 역시 1796년 2월 초순에 지은 것이라 볼 수 있다. 이 당시 명고는 1791년(정조15) 파직된 이후 아직 실직이 없는 체아직(遞兒職)인 부사직(副司直) 신분이었고, 이해 7월에 광주 목사(光州牧使) 가 된다.

중화척은 본래 중국 조정에서 중화절(中和節)인 음력 2월 초하루에 천자가 신하들에 게 하사했던 것이다. 중화절은 본래 음력 1월 그믐이었는데 당(唐)나라 덕종(德宗) 때 재상 이필(李泌)의 건의에 따라 음력 2월 초하루로 바뀌었다. 《舊唐書 卷130 李泌 傳》. 우리나라에서는 정조가 처음으로 이 고사를 본받아 중화척을 하사하였다.

정조의 시는 《홍재전서》 권7에 〈중춘 초하룻날 공경과 근신들에게 자를 하사하여 중화절의 고사를 다시 행하고, 시를 붙여 은총을 내리다(春仲朔日, 頒公卿近臣尺, 修中 和節故事, 帶詩以寵之)〉라는 제목으로 실려 있으며, 내용은 다음과 같다. "중화절이라 자를 내리니, 궁궐에서 임금이 주노라. 뭇별은 북극성을 향해 있고, 포개진 기장은 황종 악률에 맞누나. 한제가 삼척검 들던 날이요, 진군이 백척루에 누운 모습이로다. 그대들이 오색실 마름질하여, 내 곤룡포 깁는 것을 허락하노라.〔頒尺中和節, 紅泥下九 重. 拱星依紫極, 絫黍叶黃鍾. 漢帝提三日, 陳君臥百容. 裁來五色線, 許爾補山龍.〕" 뭇 별이 북극성을 향해 있다는 것은 작은 눈금들이 큰 눈금들을 기준으로 잘 놓여 있다는 뜻이고, 기장이 악률에 맞다는 것 역시 눈금이 법도대로 잘 배치되어 있다는 말이다. 경련(頸聯)에서는 한(漢)나라 고조(高祖)가 삼척검(三尺劍)을 들고 천하를 평정한 일 과 삼국(三國) 시대 때 진등(陳登)이 백척루(百尺樓)에 누웠던 일을 말하고 있는데, 그 내용보다는 '척(尺)' 자가 들어간 일을 뽑은 것이다. 곤룡포를 깁는다는 것은 임금을 잘 보좌한다는 뜻이다.

春仲朔日 蒙賜御製詩及中和尺 承命賡韻

중춘(仲春) 초하룻날 어제시와 중화척을 하사받고 명을 받들어 차운시를 지었다.

은혜로운 하사품 명절 맞춰 내려오니　　　　　　　　恩賚酬令節

천향[482]이 몇 겹이나 둘러 있구나　　　　　　　　　天香繞數重

별이 매달린 것은 긴 벽옥을 본떴고[483]　　　　　　星麗儀美璧

　《주례(周禮)》에 "긴 벽옥으로 표준 길이를 삼았다.〔美璧以爲度〕"[484]라고

　정조의 어제시와 명고의 작품 모두 평성 '동(冬)' 운의 측기식 수구불용운체 오언율시이다.

〈그림 18〉 국립중앙박물관 소장 정조 중화척(鐵製銀象嵌尺, 德壽-003833-000)

482 천향(天香) : 궁중에서 사용하는 어향(御香)을 가리키는 말로, 임금의 은혜를 비유한 것이다.

483 별이……본떴고 : 정조가 신하들에게 하사한 중화척이 주(周)나라 때의 자를 본떴다는 뜻이다. '별이 매달렸다'는 것은 중화척에 눈금이 표시된 것을 가리킨 말이다. 저울 등의 눈금을 성(星)이라고 표기한다.

하였다.

구름 문양은 큰 종소리를 내네[485]	雲藻發洪鍾
악률의 조화는 이기가 있어야 하고	和樂須彝器
문덕의 펼침은 예용에서 징험되네[486]	敷文驗禮容
알겠어라 도량형 통일하던 날	知應同度日

　《서경》〈우서(虞書) 순전(舜典)〉에 "악률과 도·량·형을 통일하셨다.〔同律度量衡〕"라고 하였다.[487]

| 보배로운 하사품 기와 용[488]에게 내렸음을 | 珍賜及夔龍 |

484　긴……삼았다 : 《주례(周禮)》〈고공기(考工記) 옥인(玉人)〉에 나오는 말로, 《주례》의 원문은 "옥의 길이는 1척이고 옥의 구멍은 3촌인 것을 표준 길이로 삼았다.〔璧羨度尺, 好三寸, 以爲度.〕"이다. '선(羨)'은 '장(長)'과 '경(徑)'의 뜻이며, '호(好)'는 '공(孔)'의 뜻이다.

485　구름……내네 : 중화척에 새겨진 정조의 어제시에 큰 울림이 있다는 뜻이다. 【작품해제】의 사진에서 보듯이 중화척 상단에는 정조의 어제시가 은입사(銀入絲)로 새겨져 있었는데, 이것을 구름 문양이라고 일컬은 것이다.

486　악률의……징험되네 : 음악을 조화하고 문덕을 펼치는 것은 모두 정사의 중요한 항목인데 이를 위해서는 법도에 맞는 기물과 예의(禮儀)가 있어야 한다는 말로, 정조가 중화척을 내려 기준을 세워 법도에 맞게 하는 뜻을 부여한 것이다. 《서경》〈우서(虞書) 순전(舜典)〉에 "악률은 읊는 소리를 조화하는 것이니, 8음의 악기가 잘 어울려 서로 차례를 빼앗음이 없어야 신과 사람이 화합할 것이다.〔律和聲, 八音克諧, 無相奪倫, 神人以和.〕"라고 하였고, 〈대우모(大禹謨)〉에 "순임금이 마침내 문덕을 크게 펴시어 방패와 깃일산으로 두 뜰에서 춤을 추셨는데, 70일 만에 묘족이 와서 항복하였다.〔帝乃誕敷文德, 舞干羽于兩階, 七旬有苗格.〕"라고 하였다.

487　【校】서경……하였다 : 이 원주는 전체가 교정고 가필사항이다.

488　기(夔)와 용(龍) : 순임금의 두 신하로 기는 악관(樂官), 용은 간관(諫官)이었다. 《書經 舜典》

황단 친향날 어제시에 화답하여[489]

'황단'은 곧 대보단으로, 임진왜란 때 원군을 보내 구원해준 명(明)나라 신종(神宗)에게 보답하기 위해 1704년(숙종30) 창덕궁 금원(禁苑) 옆에 설치하였다. 처음에는 사당을 건립할 예정이었으나 그해 9월 신하들 사이에서 논의를 거쳐 제단의 형식으로 지어졌다.

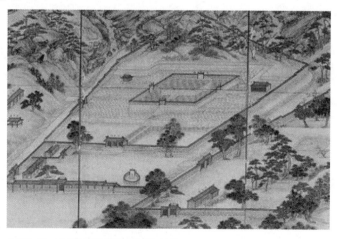

〈그림 19〉 동궐도(東闕圖)의 대보단 부분

정조의 시는 《홍재전서》 권7에 〈황단 친향날 삼가 양조의 어제운에 차운하다〔皇壇親享日敬次兩朝御製韻〕〉라는 제목으로 실려 있으며, 내용은 다음과 같다. "황제 동순하시는 모습 어렴풋이 보이는 듯, 휘늘어진 제단 나무는 대명(大明) 봄빛 머금었네. 온천지 산하에 중화가 침몰하니, 우리 동방에서 제수 차려 제향 올리네. 수십 권 《춘추》 의리 함몰된 지 오래이나, 삼천리 조선만은 의관 보전했어라. 엄숙히 재계 의복 입고

皇壇親享日 書下御製 命陪祭諸臣及抄啓諸臣賡進

황단에서 성상께서 친히 제사를 지내는 날에 어제시를 적어 내리시고 배행하여 제사
지내는 신하들과 초계문신들에게 화답시를 지어 올리라 명하셨다.

아홉 층계 높은 제단 성상 친히 제향하니 　　　　　九級壇高享祀親

동산의 꽃은 외려 대명의 봄빛 머금었네 　　　　　苑花猶帶大明春

　대보단(大報壇)에 '대명홍(大明紅)'[490]이라는 이름의 꽃이 있다.

어디에서 《춘추》 읽을까 걱정하지 말지니 　　　　　休言何地春秋讀

도산에서 옥백 펼치는 모습 어렴풋이 보이노라[491] 　恍睹塗山玉帛陳

　'도산옥백(塗山玉帛)'은 대우(大禹)가 제후들에게 조회 받던 일을 든 것이
다.[492]

정화수 살피나니, 선왕들의 만절필동(萬折必東) 정성을 따르려네.〔玉輅東巡怳見親,
依依壇木寄王春. 山河極北淪諸夏, 牲醴吾東享肆陳. 數十麟經淹日月, 三千鰈域葆冠巾.
齋衣肅穆監明水, 萬折餘誠志事遵.〕"

　　정조와 명고의 작품 모두 평성 '진(眞)' 운의 측기식 수구용운체 칠언율시이다.

490　대명홍(大明紅) : 임진왜란 때 조선에 병사를 보내 구원해준 명(明)나라 신종(神
宗)의 은혜에 보답하기 위해 쌓은 대보단에 있던 꽃이다. 허목(許穆)의 《기언(記言)》
권14 중편(中篇) 〈전원거(田園居) 대명홍설(大明紅說)〉에 따르면, 중국에서 온 품종
으로 꽃은 붉고 꽃술은 자줏빛이며 줄기는 검고 잎은 작고 다섯 잎이 가지런하게 나는데
키가 수척으로 7월에 개화(開花)하여 향기가 청량하다고 하였다.

491　어디에서……보이노라 : 명(明)나라가 망하고 오랑캐인 청(淸)나라가 중원을 차
지하여 춘추대의(春秋大義)가 사라진 것처럼 보이지만, 지금 조선에서는 명나라 황제
들을 제사지내는 모습에 춘추대의가 아직 살아있다는 말이다.

492　도산옥백(塗山玉帛)은……것이다 : 도산은 임호부(臨濠府) 종리현(鍾離縣) 서
쪽의 지명으로 우임금이 천자가 된 후 구정(九鼎)을 주조하고서 도산에서 제후들과
회합하니, 옥백을 잡고 모인 제후가 1만이었다고 한다. 《春秋左氏傳 哀公 7年》

사해가 같이 첨정모 쓰는 것 슬퍼하지만　　　　四海同悲尖頂帽

　첨정모는 사책(史冊)의 〈외이전(外夷傳)〉에 보인다.[493]

한 나라만은 예전대로 절풍건 쓰고 있네[494]　　　一邦依舊折風巾

붉은 현악 노래 그쳐도 정성 그대로이니　　　　朱絃唱罷餘誠在

　《예기(禮記)》에 "청묘(淸廟)의 비파는 붉은 현에 너른 구멍을 바닥에 뚫는
　다."라고 하였다.[495]

은하수 밝게 감돎은 옛일 따른 것이로다[496]　　　雲漢昭回故事遵

【校】 이 원주는 전체가 교정고 가필사항이다.

493　첨정모는……보인다 : 어떤 사책의 〈외이전〉을 가리키는지 미상이다. 여러 사서
에 '첨정모'라고 특정하여 기재된 곳이 없으므로 사서에서는 이러한 모양의 복색을 다른
용어로 설명해놓은 듯하나 자세하지 않다. 다만 내용으로 미루어보아 오랑캐의 복색을
가리키는 듯하다.

494　한……있네 : 천하가 모두 청(淸)나라의 오랑캐 복색을 하게 되었으나 조선만은
옛 복색을 그대로 지키고 있다는 말이다. 절풍건은 고구려 때 쓰던 삼각형 모양 고깔
형태의 모자로 《후한서(後漢書)》·《남제서(南齊書)》 등 중국의 사서들에서 동이(東
夷)의 복색을 설명할 때 공통적으로 등장하던 말이다. 조선 시대까지 이 절풍건을 쓴
것은 아니지만 청나라의 오랑캐 복색을 따르지 않고 예전의 복색을 그대로 지키고 있다
는 의미로 사용한 것이다.

495　예기(禮記)에……하였다 : 해당 내용은 《예기》 〈악기(樂記)〉에 보인다.

　【校】 이 원주는 전체가 교정고 가필사항이다.

496　은하수……것이로다 : 정조가 선왕(先王)들이 지은 시에 차운하여 어제시를 지
어 명나라를 향한 의리를 나타낸 것을 가리킨 것이다. 《시경》 〈대아(大雅) 운한(雲漢)〉
에 "저 높은 은하여, 밝은 빛으로 하늘에 감도누나.〔倬彼雲漢, 昭回于天.〕"라고 하였는
데, 《시경》의 이 말에서 유래하여 운한(雲漢)은 임금의 친필을 가리키는 용어로 자주
쓰인다.

《어정대학유의》의 교열을 마치고서[497]

承命校閱御定大學類義訖 與參校諸君子分韻識榮

성상의 명을 받아 《어정대학유의》를 교열하였는데, 교열을 마치고서 교열에 참여한
군자들과 함께 운자를 나누어 성상으로부터 받은 광영을 표시하였다.

경륜과 의리 둘 다 완전하기 어렵거늘 經綸義理兩難全

천년토록 진씨와 구씨 나란히 미덕 전하네 千載眞丘匹美傳

　진덕수(眞德秀)와 구준(丘濬)이다.

사도가 사람에게 있나니 어찌 땅에 떨어지랴 斯道在人寧墜地

　《논어》에 "문왕(文王)과 무왕(武王)이 도가 땅에 떨어지지 않아 사람들에
　게 남아 있다."라고 하였다.[498]

497 【작품해제】 이 작품은 《어정대학유의》의 교열을 마쳤다는 설명에 근거할 때,
명고가 광주 목사(廣州牧使)로 재직 중이던 1798년(정조22) 무렵에 지어진 것으로 보
인다. 《대학유의》의 완성은 1799년(정조23)에 이루어졌으나, 권10의 〈영변 부임길에
증별해주신 어찰의 뒤에 공경히 쓴 발문〔敬跋御札贈別寧邊赴任之行後〕〉과 《정조실록》
22년 6월 18일 기사에 의거하면, 《대학유의》의 교열과 함께 정조가 친히 어제(御題)를
내려 호남의 유생들에게 시험을 보인 후 급제한 자들에게 벼슬을 준 것으로 되어 있으므
로 명고와 광주 유생들의 교열 작업이 끝난 것은 1798년이 된다.

　《대학유의》는 정조(正祖)가 주희(朱熹)의 《대학장구(大學章句)》가 나온 이후의 수
많은 주석서들 가운데 송(宋)나라 때의 진덕수(眞德秀)가 지은 《대학연의(大學衍義)》와
명(明)나라 때의 구준(丘濬)이 지은 《대학연의보(大學衍義補)》의 내용을 발췌 편집하여
만든 책이다. 각 부분마다 주희의 《대학장구》의 주석이 모두 실려 있으며, 《대학연의》와
《대학연의보》의 내용은 긴요한 부분만을 뽑아서 편차하였다.

　평성 '선(先)' 운의 평기식 수구용운체 칠언율시이다.

498 논어에……하였다 : 해당 구절은 《논어》 〈자장〉에 나오는 말이다.

　【校】 이 원주는 전체가 교정고 가필사항이다.

성상께서 광세(曠世)의 감회로 홀로 찬수하셨네[499]

宸心曠感獨[500]咕鉛

금 녹이고 옥 쪼듯 밤낮 고생하시고 金鎔玉琢勞宵旰
내용 따라 분류하길 오랜 세월 하셨네 州次部居積歲年
오늘 입은 은혜는 계고한 덕분이니[501] 今日所蒙稽古力

---

499 성상께서……찬수하셨네 : '광세의 감회'란 동시대에 함께하지 못하고 먼 후대에
태어나 느끼는 아쉬움을 가리키는 말로, 정조(正祖)가 주희(朱熹)의《대학장구(大學章
句)》이후에 나온 여러 주석서 가운데 진덕수(眞德秀)가 저술한《대학연의(大學衍義)》
와 구준(丘濬)이 저술한《대학연의보(大學衍義補)》를 훌륭하게 평가하고 이 둘을 연구
해서 합치고 첨삭하여《대학유의》를 편찬했다는 말이다. 원문의 '咕鉛'은 송독하고 교정
한다는 뜻이다.《홍재전서(弘齋全書)》권56〈제대학유의(題大學類義)〉와 권183〈군
서표기(群書標記) 대학유의 20권(大學類義二十卷)〉을 참고하면, 정조는 세손 시절부
터 이 두 책에 대한 연구를 시작하여 손수 교정하고 비점과 권점을 찍어《대학유의》를
완성하였다.
　【校】이 구절에는 원래 "진동보가 말하기를 '오직 성인이라야 인륜을 다 할 수 있고,
오직 왕자라야 제도를 다 갖출 수 있다.'라고 하였다.〔陳同甫曰, 惟聖盡倫, 惟王盡制.〕"
라는 원주가 달려 있었는데, 교정고에서 삭제하였다. 내용으로 보면 정조와 같은 성명
한 군주만이 이렇듯 앞 성현들의 성과를 집약하여《대학유의》를 완성할 수 있다는 것에
대한 설명이 될 수 있는데, 굳이 삭제한 이유는 미상이다. 다만 교정자가 특별히 불필요
한 주석이라고 여겼거나, 혹 인용 오류라고 생각하여 삭제했을 가능성은 있다. 이 말은
진량(陳亮)의《용천문집(龍川文集)》권20〈여주원회비서(與朱元晦秘書)〉에 실려 있
는 말인데,《용천문집》은 당시에 쉽게 구할 수 있는 서책은 아니었을 것이다. 그리고
이 말은 주희(朱熹)의《회암집(晦菴集)》권36〈답진동보(答陳同甫)〉에도 나오는데,
《용천문집》보다는《회암집》의 구절이 더 잘 알려져 있었을 것이다. 그런데《용천문집》
을 보지 않고《회암집》만 보면 주희가 독자적으로 한 말처럼 인식되게 되어 있다. 따라
서 교정자가 주희의 말을 진량의 말이라고 잘못 인용한 것으로 판단하여 삭제했을 가능
성이 있는 것이다.
500 【校】獨 : 교정고 수정사항으로, 원글자는 '日'이다.

501 오늘……덕분이니 : '계고'는 옛일과 문헌을 상고하여 학문에 힘쓰는 것을 말한
다. 이 구절의 말은 후한(後漢) 때의 환영이 광무제(光武帝)에게 태자소부(太子少傅)
의 직책을 받고서 제자들에게 한 말로《후한서(後漢書)》권37〈환영열전(桓榮列傳)〉
에 나온다. 즉 정조로부터 교열의 광영을 받은 것은 평소 학문에 힘써왔기 때문이라는
뜻이다.《대학유의》의 교열에 참가한 것 자체도 영광이지만,【작품해제】에서 설명된
것과 같이《대학유의》의 교열과 함께 정조가 친히 어제(御題)를 내려 호남의 유생들에
게 시험을 보인 후 급제한 자들에게 벼슬을 준 일 역시 광영에 속했을 것이다.

　【校】이 구절에 대해 교정고에는 두주(頭註)로 "'오늘 입은 은혜는 계고한 덕분이다.'
라는 말은《한서》에 나온다.〔今日所蒙, 稽古之力, 出漢書.〕'라는 1차 가필이 있었으나
2차 가필에서 삭제되었다.

선조들의 응향당 시에 차운하여[502]

昔歲己未 先王考文敏公以副价留灣 次從曾王父恭肅公韻 題詩凝香堂
後己丑 先仲父忠文公以灣尹續次其韻 今歲己未周甲 余又以副价過住
此堂 感舊步揭

지난 기미년(1739, 영조15)에 선왕고 문민공께서 부사(副使)로 의주(義州)에 머무르
면서 종증왕부 공숙공의 시에 차운하여 시를 짓고 응향당에 걸어놓으셨다. 그 후 기축년
(1769, 영조45)에는 선중부 충문공이 의주 부윤으로 계시면서 그 시운에 다시 차운하셨
다. 그리고 금년에 갑자가 한 바퀴 돌아 기미년(1799, 정조23)이 되어 내가 또 부사로
이 당을 방문하여 머무르면서 지난 일에 감회가 일어 차운하여 시를 지어 건다.

한 갑자 돎에 시가 벽에 남았으니	閱甲詩留壁
선조들 추모함에 눈물이 솟구친다	追先淚漬瓶
한 가문 지은 시는 변방에서 빛나고	門闌光絶徼
부절을 받은 몸은 객사에서 감회 이네	旌節感離亭
저물녘 건너는 가을 강은 하얗고	暮渡秋江白
아득한 여로에 변방 비는 푸르다[503]	遙程塞雨靑
전대의 책무[504]에 겨를 없나니	不遑專對責

---

502 【작품해제】시제에서 밝힌 것과 같이 이 작품은 1799년(정조23) 7월에 명고가
진하사겸사은부사(進賀使兼謝恩副使)가 되어 청(淸)나라로 사신 가면서 의주에서 지
은 것이다. 앞서 6월에 명고는 영변 부사(寧邊府使)가 되었다. 응향당은 의주 객사
앞의 연못가에 있는 당이다. 문민공은 서종옥(徐宗玉), 공숙공은 서문중(徐文重), 충
문공은 서명선(徐命善)이다. 이 작품은 평성 '청(靑)' 운의 측기식 수구불용운체 칠언율
시이다.

503 비는 푸르다 : 안개처럼 부옇게 내리는 연우(煙雨)를 청우(靑雨)라고도 한다.

504 전대(專對)의 책무 : 외국에 사신으로 가서 상황에 따라 독자적으로 판단을 내리

상념에 잠겨 취했다 자주 깨노라　　　　　　　　念念醉頻醒

고 응대하는 것을 말한다. 《논어》〈자로(子路)〉에 "《시경》 삼백 편을 외우더라도, 정사를 맡겨줌에 제대로 처리하지 못하며 사방으로 사신 가서 전대하지 못한다면, 비록 시를 많이 외운들 어디에 쓰겠는가?〔誦詩三百, 授之以政, 不達, 使於四方, 不能專對, 雖多亦奚以爲?〕"라고 한 데서 온 말이다.

구련성[505]
九連城

구련성 성터 아주 찾을 수 없으니	九連城址摠迷津
지리서에선 뜬구름 잡는 소리 자주 하였네	水志山經說夢頻
갈전 옛터는 저대로 해당 지역 있으니	曷旬[506]古墟自有地

505 【작품해제】이 작품은 앞의 작품과 마찬가지로 1799년(정조23) 7월에 명고가 진하사겸사은부사(進賀使兼謝恩副使)가 되어 청(淸)나라로 사신 가면서 구련성을 지나는 길에 지은 것이다. 구련성은 오늘날 북한과 중국의 접경 지역인 단둥(丹東)에 속해 있으며 당시 사신들이 반드시 지나가게 되어 있는 여로로, 의주(義州)를 나와 압록강을 건너 책문(柵門)에 도착하기 전에 지나게 되어 있다. 이 구련성에서 시작하여 요동 또는 심양(瀋陽)에 이르기까지 사행로의 일부인 동팔참(東八站)이 있었다.

이 작품은 평성 '진(眞)'운의 평기식 수구용운체 칠언율시이다.

〈그림 20〉 중국 랴오닝성(遼宁省) 단둥(丹東)에 있는 구련성고성지(九連城古城址)

506 【校】旬 : 교정고 수정사항으로, 원글자는 판독할 수 없다.

《대청일통지(大淸一統志)》에서 우리나라의 갈전 9성을 오인하여 구련성
이라고 하였다.[507]

진강 유적이 바로 진짜 구련성이라　　　　　　　　鎭江遺迹此爲眞

　명(明)나라 때의 진강부(鎭江府)[508]가 바로 구련성이다.

활처럼 굽은 산은 평원을 풍족히 품었고　　　　　山如彎抱平原足

띠처럼 두른 내는 돌비탈 붙어 둘렀네　　　　　　川似帶紆石磴因

때로 기인[509] 만나 수레에 기대 말하니　　　　　　時遇旗人憑軾語

운남 도적은 참으로 물리치기 어렵다 하네[510]　　　雲南消息苦難賓

---

507 대청일통지(大淸一統志)에서……하였다 :《대청일통지》권93의 구련성 조항에
"봉황성(鳳凰城) 동쪽에 있으며 조선 경계에 가깝다.《금사(金史)》에 알로(斡魯)가
해란전(海蘭甸) 지역에 9성을 쌓아 고려와 대치하면서 전투하고 수비하였다고 되어
있다. 지금 봉황성 바깥에 구련성의 유허가 있다."라고 하였다. 여기서 '해란전'의 다른
이름이 바로 '갈라전(曷懶甸)'으로 흑수여진(黑水女眞)을 의미한다. 그 위치에 대해서
는 학계에서도 두만강 이남 함경남북도 포괄설, 정평(定平)에서 함관령(咸關嶺)을 잇
는 함흥평야설, 길주(吉州) 이남 함흥 일대설, 길주에서 두만강 유역설 등의 여러 견해
가 있으나 확정된 설은 아직 없다. 그러나 대체적으로 동북면의 두만강 일대를 가리키는
것인데,《대청일통지》에서 동북면 쪽의 갈라전을 말하면서 다시 서북면의 봉황성 바깥
유허와 연결시킨 것은 잘못으로 본 것이다.

508 진강부(鎭江府) : 명나라 때의 진강부는 강소(江蘇) 지역을 가리키는 것이 보통
이지만 여기서는 두만강 이북의 진강성(鎭江城)을 말한 것이다. 진강성은 구련성의
다른 이름이기도 하였으며 오늘날의 단둥 부근이다.

509 기인(旗人) : 청(淸)나라 때 정치 군사 조직인 팔기(八旗)에 속한 사람을 가리킨
다. 여기서는 청나라 군사를 가리킨 것이다.

510 운남……하네 : 운남 지역의 묘족(苗族)의 반란을 가리킨다. 1796년(정조20) 청
나라의 가경제(嘉慶帝)가 즉위한 이후 백련교도들이 반란을 일으켜 호북, 사천, 섬서,
하남 등 광범위한 지역까지 퍼져 나갔는데 이때 묘족들 역시 여기에 호응하여 반란을
일으켰다. 명고가 사신으로 갔던 1799년(정조23)은 이들의 기세가 한창이던 때로, 권10

운남의 토착 도적들이 오랫동안 토벌되지 않고 있었다.

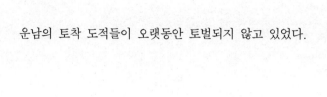

의 〈사은사로 가서 견문한 여러 가지 일에 대한 제주(題奏謝恩使聞見雜事)〉에도 명고
가 지나가던 청나라 군인들에게 반란의 경과를 듣고 보고한 내용이 나온다.

심양[511] 7수

潘陽 七首

첫째 수[512]

요동 벌판 사이에 심양 있으니	遼野中間有潘陽
청주 옛 지역에 읍루의 고장일세[513]	青州古域挹婁鄉
없는 물건 없는 데다 인산인해이니	物無不有人如海
네거리 길목에서 찬찬히 거니네	十字街頭去不忙

둘째 수[514] 其二

511 【작품해제】이 작품도 앞의 작품과 마찬가지로 1799년(정조23) 7월에 명고가 진하사겸사은부사(進賀使兼謝恩副使)가 되어 청(清)나라로 사신 가면서 심양(潘陽)에서 지은 것이다. 총 일곱 수의 연작 속에 심양의 번화함과 조선과 관련된 사적, 청나라의 공고한 기업에 대해 술회하였는데, 자주(自註)와 구절들의 표현에 친형인 서호수(徐浩修)의 《연행기(燕行紀)》에 있는 내용이 다수 보여 명고가 사행 시에 《연행기》를 참고했음을 추측하게 해 준다.

【校】제목 원주의 '7수'는 교정고 가필사항이다.

512 심양의 유래를 앞에서 말하고 물산과 사람이 넘쳐나는 심양의 성대한 광경을 찬찬히 구경하고 있는 모습을 표현하였다. 평성 '양(陽)'운의 칠언절구이다.

513 청주(青州)……고장일세 : 심양이 있는 지역이 옛날에는 청주에 속했고, 읍루가 살던 땅이라는 말이다. 《서경》〈하서(夏書) 우공(禹貢)〉에 "바다와 대산(岱山)에 청주가 있다.〔海岱, 惟青州.〕"라고 하였으며, 《삼국지(三國志)》, 《진서(晉書)》 등의 사서에서 만주 지역에 살던 부족을 읍루라고 하였다.

514 화려하고 소란스러운 심양 저자의 모습을 재미있게 묘사하였다. 평성 '제(齊)'운의 칠언절구이다.

드높은 종고루 아래로 낮게 저자 깔렸으니　　　鍾鼓樓高四市低

온갖 화려한 물건들이 눈 가득 번쩍번쩍　　　　金光繡色爛盈睨

서로 아는 사이마냥 정신없이 호객하니　　　　紛紛揖引如相識

응수하고 돌아옴에 해 벌써 뉘엿뉘엿　　　　　唱喏歸來日已西

셋째 수515 其三

조선관516 아래서 오래도록 서성이다　　　　　朝鮮館下久徘徊

515 옛날 효종(孝宗)이 인질로 잡혀와서 머물던 조선관을 서성이며 느끼는 약소국 사신의 우울하고 복잡한 심경이 잘 드러나 있다. 평성 '회(灰)' 운의 칠언절구이다.

516 조선관 : 심관(瀋館)으로도 불렸던 곳으로 병자호란 이후 볼모로 잡혀갔던 소현 세자(昭顯世子)와 봉림대군(鳳林大君 효종(孝宗))이 머물던 곳이며 현종(顯宗)이 태어난 곳이기도 하다. 1760(영조36) 동지사행 때 영조가 현종의 탄신 120주년을 기념하여 심관의 모습을 그려올 것을 명하였는데, 이것이 현재 명지대학교-LG연암문고에 소장 중인 《심양관도첩(瀋陽館圖帖)》이다. 당시 사행의 정사는 홍계희(洪啓禧), 부사는 조영진(趙榮進), 서장관은 이휘중(李徽中)이었으며 화원화가 이필성(李必成)이 그렸다. 그 당시에 이미 심관은 철거되고 그 자리에 찰원(察院)이 들어서 있었으므로 찰원의 모습을 대신 그려올 수밖에 없었는데, 명고가 심양에 머물렀던 때에도 아마 이 찰원을 보았을 것으로 추정된다.

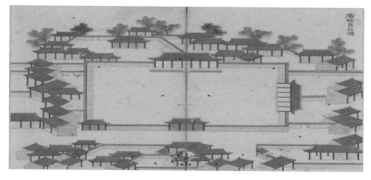

〈그림 21〉 《심양관도첩》의 심관구지도(瀋館舊址圖) 부분

복잡한 마음 떨치려 작은 술잔 기울이네 　　爲滌煩襟倒小盃

성조께서 그 당시 어려움 겪으셨나니 　　聖祖當年經歷險

지금 지사들이 난대를 가리네[517] 　　秪今志士掩蘭臺

　심양의 조선관은 바로 우리 효종(孝宗)께서 인질로 억류되어 계시던 옛
　관저이다.[518]

넷째 수[519]　其四

외양문[520] 나오니 길이 평탄해 　　外攘門出路如衡

우리나라 삼인[521] 있음이 이 땅에서 성취되었네 　　我有三仁此地成

517　난대를 가리네 : 명확한 의미는 미상이다. '난대'는 초 양왕(楚襄王)이 노닐던 궁
궐, 한(漢)나라 때의 장서각(藏書閣) 등의 뜻이 있으나 여기서는 이러한 의미와 정확히
들어맞지 않는 듯하다. 혹 효종이 심양에 있었을 때 난대라는 건물이 있었는지도 모르겠
으나 이 역시 미상이다. 다만 도교의 용어에서 난대는 간장(肝腸)을 가리키는데, 혹
이러한 뜻으로 본다면 애간장을 억누른다는 의미로 볼 수 있을 듯도 하다.

518　【校】심양의……관저이다 : 교정고 가필사항이다.

519　병자호란 때의 척화신(斥和臣)으로 자신에 앞서 나라를 위해 충의를 지키다가
심양에서 순국한 홍익한(洪翼漢)·오달제(吳達濟)·윤집(尹集) 등의 삼학사(三學士)
를 떠올리며 그들의 의리를 찬양하였다. 평성 '경(庚)' 운의 칠언절구이다.

520　외양문(外攘門) : 심양의 서쪽 성문 이름이다. 척화(斥和)를 주장하다가 청(淸)
나라로 잡혀가 피살당한 홍익한·오달제·윤집 등의 삼학사가 처형당한 곳이 외양문
밖으로, 지금의 심양 중산공원(中山公園)으로 추정되고 있다.

521　삼인(三仁) : 나라를 위해 충절을 다한 세 사람을 가리키는 말로, 은(殷)나라가
망할 무렵에 나라를 떠나 종사(宗祀)를 보존한 미자(微子)와 간언을 올리다가 주왕(紂
王)에게 죽임을 당한 비간(比干)과 노예가 된 기자(箕子)를 가리킨다. 《논어》〈미자
(微子)〉에 공자가 이 세 사람을 두고 "은나라에 세 사람의 인자가 있었다.〔殷有三仁
焉.〕"라고 하였다. 여기에서는 척화를 주장하다가 청나라에 잡혀가 죽임을 당한 우리나
라의 삼학사를 가리킨다.

무슨 일로 동방이 예의의 나라로 불리나   底事東方稱禮義

단명 두 글자가 해와 별과 빛 다투네[522]   袒明二字日星爭

《황청개국방략(皇淸開國方略)》에 이르기를, "태종(太宗)이 하유(下諭)하여 맹약을 어그러뜨리는 데 앞장선 두세 명의 신하를 잡아 보내라고 하였는데, 조선에서 대간 홍익한(洪翼漢)과 교리 윤집(尹集)과 수찬 오달제(吳達濟)가 척화(斥和)할 것을 상소한 적이 있다고 하면서 이들을 성경(盛京)으로 압송하였다. 이들을 저자에서 죽여서 창의하여 명나라 편을 든 죄〔倡義袒明之罪〕를 다스리라고 명하였다."라고 하였다.[523]

다섯째 수[524] 其五

문물과 위의는 의관(衣冠)에서 보이나니   文物威儀視冠裳

구태여 군대 강약에 매달릴 것 아니라네   不須彊弱繫戎裝

지금의 다스림에 장구한 계책 넉넉하니   如今駕馭饒長策

영웅 재갈 물린 비석 글씨 찬란해라[525]   鉗得英雄石刻煌

---

522 단명(袒明)……다투네 : '단명'은 명(明)나라에 편든다는 뜻으로 조선의 입장에서는 명나라에 의리를 지켰다는 뜻이 된다. 명고에 앞서 명고의 친형 서호수(徐浩修)도 1790년(정조14) 건륭제(乾隆帝)의 만수절(萬壽節)에 사은부사(謝恩副使)로 사신 다녀온 사실이 있다. 그의 《연행기(燕行紀)》 제3권 9월 3일 기록에도 《황청개국방략(皇淸開國方略)》의 간행 소식을 전하면서 명고가 인용한 삼학사의 기사를 전재하고 삼학사의 사적은 일월과 더불어 빛을 다툴 일이라고 평한 사실이 보인다.

523 황청개국방략(皇淸開國方略)에……하였다 : 이상의 내용은 《황청개국방략》 권24에 보인다.

524 청나라가 군사적인 방법이 아닌 복색을 만주족의 것으로 통일하는 등의 문화적인 방법으로 천하를 통치하는 상황을 서술하였다. 평성 '양(陽)' 운의 칠언절구이다.

525 지금의……찬란해라 : 청나라가 모든 사람에게 오랑캐 복색을 입게 하여 원래의 문화를 잊어버리게 만들고 영웅들도 모두 오랑캐화하여 청나라의 천하를 공고히 했다는 뜻이다. 이 구절은 당(唐)나라 때의 시에 "태종 황제가 진실로 장구한 계책 세웠으니,

청(淸)나라 초기에 유민(遺民)들이 오랑캐 복색을 좋아하지 않으니, 임의대로 한족(漢族)의 복색을 따르는 것을 허락하였다. 그러다가 청나라의 국세가 공고해지자 마침내 성경(盛京)의 문묘(文廟) 앞에 비석을 세워 만주족 고유의 풍속을 굳게 지켜나갈 것[526]을 후손들에게 경계하였다.

여섯째 수[527] 其六

실승사[528] 어드메뇨 돌고 돌아 찾아오니　　　　　　實勝何寺訪逶迤
옥새와 금경의 고적 신기하구나　　　　　　　　　玉璽金經古迹奇

천총(天聰) 9년(1635, 인조13)에 원(元)나라의 후예인 찰합이림단(察哈爾林丹)[529]의 모친이 흰 낙타에 금불(金佛)과 금자경(金字經)과 전국새(傳國璽)를 실었는데 이곳에 이르러 낙타가 누워서 일어나지 않으므로 마침내 누각을 세웠다고 한다.[530]

꾀어 들인 영웅 모두 백발이로다.[太宗皇帝眞長策, 賺得英雄盡白頭.]"라고 한 것을 차용한 것이다. 이는 당나라 때 천하의 인재들이 모두 백발이 되도록 진사시(進士試)에 몰두하여 다른 생각을 품을 수 없게 되었다는 뜻이다. 당 태종은 이 상황을 두고 천하의 영웅들이 모두 자신의 손아귀 안에 있다고 말했다고 한다. 《說郛 卷18上》《古今事文類聚 前集 卷27》

526 【校】만주족……것 : 교정고 수정사항이다. 원글자는 판독할 수 없다.

527 심양의 실승사를 방문하여 명나라의 실책과 관계없이 청나라가 천운을 만나 흥기할 수밖에 없었음을 말하였다. 평성 '지(支)' 운의 칠언절구이다.

528 실승사(實勝寺) : 후금(後金)이 청(淸)으로 국호를 바꾼 1636년에 착공하여 1638년에 완공한 절로 청나라가 동북 지역에 최초로 건립한 라마교 사원이다. 황제의 가묘(家廟)이기도 하였으므로 황사(皇寺)라고도 불렀다. 현재 중국 랴오닝성(遼宁省) 선양시(瀋陽市) 허핑구(和平區)에 있다.

529 찰합이림단(察哈爾林丹) : 1588~1634. 몽골이 청나라에 복속되기 전의 마지막 칸(汗)으로 '찰합이'는 부족 명칭이고 '림단'이 이름이다. '찰합이'는 차하르(Chakhar), '림단'은 링단(Lingdan)의 음역(音譯)이다. 림단이 패망한 후 그의 아내들이 모두 청나라에 귀순하였는데, 그의 모친도 이때 같이 귀순하였던 것으로 보인다.

사보의 계책 잘못된 것 물을 것 있으랴　　　　四堡失謀那足問

　　명(明)나라 말엽에 왕도곤(汪道昆)과 이성량(李成梁)이 헌의(獻議)하여
사보(四堡)를 설치하여 요심(遼瀋)[531] 지역의 바깥 울타리로 삼았다가, 땅
이 외롭게 떨어져 있어 지키기 어렵다는 이유로 버렸다. 웅정필(熊廷弼)이
간쟁하였으나 받아들여지지 않았다.[532]

두 능의 상서로운 기운 바라봄에 어떠한고　　　　二陵佳氣望如台

　　심양 동북쪽 천주산(天柱山)에 태조(太祖)의 복릉(福陵)이 있고, 서북쪽
융업산(隆業山)에 태종(太宗)의 소릉(昭陵)이 있다.

일곱째 수 其七[533]

웅장하게 두른 산하 일단 논할 것 없고　　　　山河襟帶且無論

번화한 성시도 굳이 말할 것 없네　　　　城市佳麗不必言

한 가지도 어렵거늘 백 가지 일 해내랴　　　　百事可能難一着

대도회(大都會) 풍속 아직 혼탁하여라[534]　　　　通都風俗尚渾渾

530　천총(天聰)……한다 : 이상의 내용은 서호수(徐浩修)의 《연행기(燕行紀)》 제1
권 6월 28일 기록에 그대로 보인다.

531　요심(遼瀋) : 요양(遼陽)과 심양(瀋陽)을 중심으로 하는 요동 일대를 말한다.

532　명(明)나라……않았다 : 이상의 내용 역시 서호수(徐浩修)의 《연행기(燕行紀)》
제1권 6월 26일 기록에 자세히 보인다.

533　심양 경관의 웅장함과 도회지의 어지러움을 말하였다. 평성 '원(元)' 운의 칠언절
구이다.

534　한……혼탁하여라 : 심양의 경관이 웅장하고 번화하지만 오랑캐 풍속의 청나라
가 다스리는 세상이라 일을 이루기는 어렵다는 뜻인 듯하다.

여양역 도중에[535]

己未秋夕 自廣寧發 向閭陽驛 是年正月 伯氏判書公已捐館矣 感懷有吟
기미년(1799, 정조23) 추석, 광녕을 출발하여 여양역으로 향하였다. 이해 정월에 백씨
판서공이 세상을 떠나버린지라, 감회가 일어 시를 읊었다.

의려산[536] 푸른 산색 눈 안에 들어오니	醫閭山色望中靑
오른편에 긴 평야 끼고 쉼 없이 가누나	夾右長坪去不停
좋을사 노점 술잔 잡고 속절[537]을 기념하니	好把街樽酬俗節
어찌 방구석에 틀어박혀 허송세월하리오	那堪斗室送殘齡
여기저기 시장 점포엔 온갖 물화 넘쳐나고	看看市鋪爭殷富
도처의 견고한 성들엔 빗장 걸려 있구나	在在城池識鐍扃
어제 지나온 열하 가는 갈림길에서	昨過熱河分路處
경술년 지난 자취에 언덕 할미새 보며 울었소[538]	庚年往迹淚原鴒

---

535 【작품해제】 이 작품도 앞의 작품과 마찬가지로 1799년(정조23) 7월에 명고가
진하사겸사은부사(進賀使兼謝恩副使)가 되어 청(淸)나라로 사신 가면서 광녕에서 여
양역으로 향하는 도중에 지은 것이다. 제목에 '추석'이라고 하였으므로 8월 15일 무렵에
지은 것으로 보인다. '백씨 판서공'은 명고의 친형인 서호수(徐浩修)이다. 서호수는
명고에 앞서 1790년(정조14)에 건륭제(乾隆帝)의 80세 생일을 축하하는 진하사(進賀
使)의 부사(副使)로 열하(熱河)를 방문하였으며, 《연행기(燕行紀)》를 남겼다. 평성
'청(靑)' 운의 평기식 수구용운체 칠언율시이다.
　【校】 제목의 '己未'와 '是年正月……感懷有吟'은 교정고 가필사항이다.

536 의려산(醫閭山) : 의무려산(醫巫閭山)으로 광녕의 북쪽에 있는 산이다.

537 속절(俗節) : 청명(淸明), 한식(寒食), 단오(端午), 중추(中秋), 중양절(重陽
節) 등의 민간 절일(節日)을 가리킨다. 여기서는 추석을 말한 것이다.

538 어제……울었소 : 명고가 이 시를 지었을 때는 광녕을 출발하여 여양역으로 가는

경술년(1790, 정조14)에 선형(先兄) 판서공이 진하부사(進賀副使)로 열하로 사신 갔다.

중이었으므로, 아래 그림의 여로를 보면 열하로 가는 갈림길인 이도정(二道井)은 하루 전에 지나온 것이 된다. 이는 명고의 친형인 서호수(徐浩修)가 1790년(정조14)에 열하로 사행 간 경로와 명고의 경로가 나뉘는 지점이다. '언덕 할미새'는 형제간의 우애를 나타내는 상징물로, 《시경》〈소아(小雅) 상체(常棣)〉에 "할미새가 언덕에 있으니 형제가 어려울 때 도움이라.〔鶺鴒在原, 兄弟急難.〕"라고 한 데서 온 표현이다. 즉 물가에 있어야 할 할미새가 언덕을 쏘다니며 자기 짝을 찾듯 형제간에 우애가 깊어 어려움을 구하기 위해 달려간다는 뜻이다.

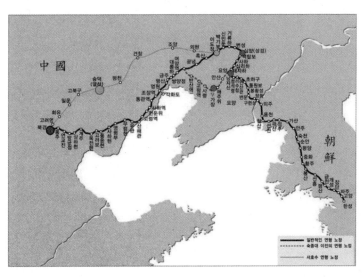

〈그림 22〉 일반적인 연행 경로와 서호수의 연행 경로 ("정은주, 《조선시대 명청사행 관련 회화연구》, 한국학중앙연구원 박사논문, 2008."에서 인용.)

산해관[539]

山海關

산세가 북구에서 내달려와서   山勢奔馳北口來

  산해관의 북산(北山)은 고북구(古北口)[540]에서부터 뻗어온다.

곧장 천 리 뻗은 곳에 산해관 섰네   直窮千里海門開

중국과 오랑캐 경계 나뉘는 곳 진나라 성 멀고[541]   界分夷夏秦城遠

  산해관의 관문 편액에 '화이대계(華夷大界)'라고 하였다.[542]

아득한 태고 유적 귀한 곳 우공(禹貢)의 갈석 우뚝해라

---

539 【작품해제】이 작품도 앞의 작품과 마찬가지로 1799년(정조23) 7월에 명고가
진하사겸사은부사(進賀使兼謝恩副使)가 되어 청(淸)나라로 사신 가면서 산해관을 지
나며 지은 것이다. 산해관은 만리장성의 동쪽 끝 시작 지점으로 북서쪽으로는 연산(燕
山) 산맥, 동쪽으로는 발해만(渤海灣)에 접해 있다. 조선 사행이 북경으로 갈 때 반드시
거치게 되어 있는 관문이다. 요동에서 북경으로 통하는 요충지로 명(明)나라 말에 이자
성(李自成)의 반란군과 청(淸)나라 군대 사이에 끼여 산해관을 지키던 오삼계(吳三桂)
가 관문을 열어 청나라 군대를 들임으로써 명나라가 패망하고 청나라가 중원을 차지하
게 되었다. 작품 속에서 명고가 느낀 회고(懷古)의 감정은 아마도 이러한 역사적 사실을
떠올리면서 느끼는 처연한 감정이었을 것이다. 평성 '회(灰)' 운의 측기식 수구용운체
칠언율시이다.

540 고북구(古北口) : 산해관과 거용관(居庸關)의 중간에 위치한 만리장성 주요 요
새 중 하나이다. 희봉구(喜峰口)와 더불어 북경으로 통하는 중요한 요충지였으며, 북경
과 열하(熱河)를 연결하는 요지이다. 522쪽 주538 참조.

541 진나라 성 멀고 : '진나라 성'은 만리장성을 가리킨다. 만리장성이 까마득히 멀리
뻗어 있음을 가리킨 말이다.

542 【校】산해관의……하였다 : 이 원주는 전체가 교정고 가필사항이다.

蹟貴邃初禹碣嵬

《서경》〈우공〉에 나오는 갈석산(碣石山)이 이곳에 있다.[543]

장정[544] 다 지나지도 않았는데 성벽과 성루 많으니	不盡長亭多壁壘
앞길을 알려고 노복에게 묻네	欲知前路問輿儓
가을바람에 지사는 회고의 감정 깊이 일어	秋風志士偏懷古
굽이굽이 수레 멈출 적마다 술잔을 드네	曲曲停車輒引杯

543 서경……있다 : 《서경》〈하서(夏書) 우공(禹貢)〉에 "오른쪽으로 갈석을 끼고 돌
아서 황하로 들어갔다.〔夾右碣石, 入于河.〕"라고 하였다.
　【校】 이 원주는 전체가 교정고 가필사항이다.
544 장정(長亭) : 도로에 10리마다 세운 역참(驛站)으로, 행인들의 휴게소 같은 곳이다.

영원 지주 유송람께 드리는 시[545] 2수 유송람은 유대관이다.

奉贈寧遠知州劉松嵐 大觀 二首

첫째 수[546]

염체와 진부한 말들 백 년토록 해 끼치니	艶體陳言弊百年

545 【작품해제】이 작품은 앞의 작품과 마찬가지로 1799년(정조23) 7월에 명고가 진하사겸사은부사(進賀使兼謝恩副使)가 되어 청(淸)나라에 사신 갔을 때 지은 것이다. 권14〈유송람전(劉松嵐傳)〉의 내용을 보면, 명고는 영원(寧遠)에서 북경으로 가는 길에 유대관을 잠깐 만났고 이후 북경에서 조선으로 돌아가는 귀로(歸路)에 유대관을 다시 만나 밤새 담론을 나눈 것으로 되어 있다. 그런데 둘째 수의 마지막 구절에 '歸程'이라는 표현이 있으므로 이 작품은 귀국길에 유대관과 재회하였을 때 지은 것이다.

유대관(劉大觀, 1753~1834)은 임청(臨淸) 구현(邱縣) 사람으로 자는 정부(正孚), 호는 송람(松嵐)이다. 영원 지주(寧遠知州), 산서하동도 염운사(山西河東道鹽運使), 산서 포정사(山西布政使) 등을 역임하였다. 저서에《옥경산방시집(玉磬山房詩集)》과《옥경산방문집(玉磬山房文集)》이 있다. 그의 저서에는 명고와 차운한 시나 편지는 보이지 않는다.

【校】제목 원주의 '2수'는 교정고 가필사항이다.

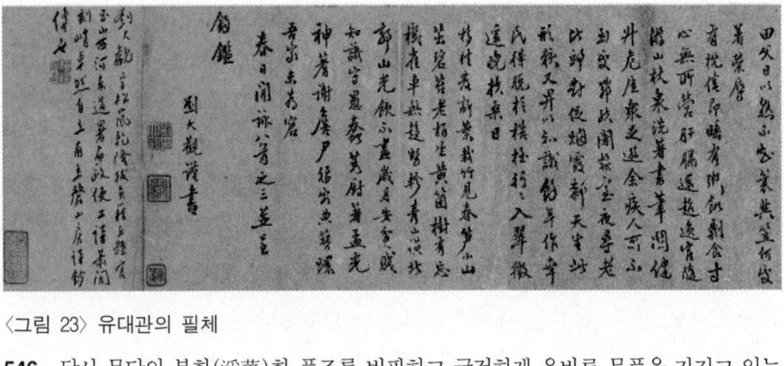

〈그림 23〉 유대관의 필체

546 당시 문단의 부화(浮華)한 풍조를 비판하고 굳건하게 올바른 문풍을 가지고 있는 유대관에 대한 호의를 표시하였다. 평성 '선(先)' 운의 칠언절구이다.

어지러운 문단 모두 통발 잊었네⁵⁴⁷　　　　　　紛紛壇墠摠忘筌

방고의 말 보는 것⁵⁴⁸ 다른 방법 없나니　　　　方臯相馬無他法

송람 홀로 굳건함을 나는 사랑하노라　　　　　　吾愛松嵐獨佶然

　　진인석(陳仁錫)이 말하기를, "유우석(劉禹錫)이 유종원(柳宗元)에게 보낸
편지에 이르기를, '단정하면서 유려하고 애를 쓰면서도 풍부하며 굳건하여
생동감 있고 여위어서 청초하다.'라고 하였는데, 논평하는 사람들이 이 몇
구절이 유종원 문장의 묘처(妙處)를 밝혀냈다고 하였다."라고 하였다.⁵⁴⁹

547　염체(艶體)와……잊었네 : 문단의 문인들이 제대로 된 문체로 글을 짓지 않고
유약하고 쇠락해져버렸다는 말이다. '염체'는 보통 여인의 감성 넘치는 자잘한 일을
소재로 삼아 우아한 표현을 사용하여 짓는 향렴체(香奩體)의 시를 가리키는 말인데,
여기서는 보다 폭넓게 부화(浮華)한 문체 전반을 가리킨 것으로 볼 수 있다.

　　통발을 잊었다는 것은,《장자(莊子)》〈외물(外物)〉에 "통발은 물고기를 잡기 위한
것이니 일단 물고기를 잡고 나면 통발은 잊어버리며, 올무는 토끼를 잡기 위한 것이니
토끼를 잡으면 올무는 잊어버린다. 말이라는 것은 뜻을 나타내기 위한 것이니 뜻을
나타내고 나면 말은 잊어버린다.〔筌者, 所以在魚, 得魚而忘筌. 蹄者, 所以在兎, 得兎而
忘蹄. 言者, 所以在意, 得意而忘言.〕"라고 한 데서 온 것으로, 원래는 본질을 찾으면
본질을 찾기 위해 사용한 도구에 집착하지 않는다는 의미로 쓰인다. 여기서는 문인이
드러내려고 하는 주제를 나타내는 도구로서의 문체를 잘 가다듬는 것을 망각했다는
의미로 조금 다르게 쓰였다. 명고와 유사한 방식으로 사용한 예는 당경(唐庚)의 〈취면
(醉眠)〉에 "꿈속에서 자주 좋은 시구 얻었더니, 붓을 집어 들자 시구 잊어버렸네.〔夢中
頻得句, 拈筆又忘筌.〕"에서 볼 수 있다.

548　방고(方臯)의……것 : 방고는 춘추 시대 때 좋은 말을 잘 알아보았다는 구방고
(九方臯)를 말한다. 구방고는 마찬가지로 준마를 잘 알아보았던 백락(伯樂)의 벗이기
도 하다. 여기서는 유대관과 같은 진정한 작가를 알아볼 줄 아는 명고 자신을 비유한
말로 쓰였다.

549　진인석(陳仁錫)이……하였다 : 유우석이 보낸 편지 구절은《유빈객문집(劉賓客
文集)》권10〈답유자후서(答柳子厚書)〉에 나오며, 진인석의 평은《고문기상(古文奇
賞)》권19에서 해당 구절에 방점을 찍고 두주 형식으로 "유종원 문장의 좋은 부분을
밝혀냈다.〔嚼出柳文佳處〕"라고 한 것을 가리키는 듯하다.

둘째 수[550] 其二

가을바람 속에 고성 모퉁이[551]에서 수레 덮개 기울이니

秋風傾蓋古城隈

추양(鄒陽)이 말하기를, "흰머리가 되도록 오래 사귀었어도 처음 본 사람처럼 느껴질 때가 있고, 수레 덮개를 기울이고 잠깐 이야기했지만 오랜 벗처럼 느껴지는 경우도 있다."라고 하였다.[552]

오랜 친구와 교분 나누듯 웃음꽃 피우네	如舊交情一笑開
중원의 풍부한 문장 실컷 읽고서[553]	飽讀中原文藻富
귀로에 향불 꺼질 때까지 이야기 나누네[554]	歸程話到篆煙灰

유대관의 화운(和韻)

첫째 수

부지런히 힘쓰며 한 해 보내는 이 누구인가[555]　　何人兀兀以窮年

【校】 이 원주는 전체가 교정고 가필사항이다.

550　귀국길에 영원(寧遠)에서 다시 유대관을 만나 함께 담론을 나눈 기쁨을 술회하였다. 평성 '회(灰)' 운의 칠언절구이다.

551　고성 모퉁이 : 권14 〈유송람전(劉松嵐傳)〉에 근거하면, 영원성(寧遠城) 동쪽 1리쯤에 유대관이 신축한 옥경산방(玉磬山房)을 가리키는 것이다.

552　추양(鄒陽)이……하였다 : 잠깐 만난 사이임에도 오랜 벗을 만나듯 의기투합하게 되었다는 뜻으로, 해당 구절은 《사기(史記)》 권83 〈추양열전(鄒陽列傳)〉에 나온다.

【校】 이 원주는 전체가 교정고 가필사항이다.

553　중원의……읽고서 : 권14 〈유송람전(劉松嵐傳)〉의 서술 내용에 근거할 때 명고가 북경에서 기윤(紀昀) 등의 중국 문사를 만나 견문을 넓힌 사실을 가리키는 것으로 보인다.

554　귀로에……나누네 : 권14 〈유송람전(劉松嵐傳)〉에 근거하면, 북경에서 돌아오는 귀로에 명고가 유대관의 옥경산방에서 동이 틀 때까지 이야기를 나눈 것을 가리킨다.

부화함을 쓸어버리니 뜻과 통발 얻었도다[556]　　　　　掃盡浮華得意筌

홀연 서계해 같은 이 만나 손잡으니　　　　　　　　　　把臂忽逢徐季海

　유대관의 자주(自注)에 "서호(徐浩)는 자가 계해(季海)로 진(晉)나라 사
　람들 가운데 걸출한 문장이었다."라고 하였다.[557]

산중의 초목들도 기뻐하누나　　　　　　　　　　　　山中艸木亦欣然

둘째 수

흰 구름 가에서 좋은 술 함께 취하니　　　　　　　　醱醲同醉白雲隈

강 건너 석양은 나뭇가지 끝에 어렸어라　　　　　　隔水斜陽樹杪開

예로부터 문인은 신선 풍골 갖추었나니　　　　　　自古詞人具仙骨

번거로이 화로 속 남은 재에 글씨 쓸 필요 없네[558]　不煩爐裏畫殘灰

555　부지런히……누구인가 : 가리키는 대상을 분명하게 표시하지는 않았지만 화운시
의 성격상 유대관 자신보다는 명고를 칭찬한 말인 듯하다. '부지런히 힘쓴다'는 것은
학문에 근면하게 정진한다는 뜻으로, 한유(韓愈)의 〈진학해(進學解)〉에 "많은 것을
탐하고 얻기를 힘쓰며 크고 작은 것을 하나도 버리지 않아서 기름을 태워 낮을 이어가며
항상 부지런히 힘쓰며 한 해를 보내니, 선생의 학업은 근면하다고 이를 만하다.〔貪多務
得, 細大不捐, 焚膏油以繼晷, 恒兀兀以窮年, 先生之業, 可謂勤矣.〕"라고 하였다.

556　부화함을……얻었도다 : 학문과 문장에서 겉모양만 꾸미는 부화한 풍조를 없애
고 글 속에 담는 본의와 겉으로 표현하는 문체 모두 마땅함을 얻었다는 말이다. 527쪽
주547 《장자(莊子)》〈외물(外物)〉 구절 참조.

557　유대관의……하였다 : 서호(703~782)는 당(唐)나라 때의 저명한 서법가이자 문
장가로 월주(越州) 사람이며 중서사인(中書舍人), 국자좨주(國子祭酒), 이부 시랑(吏
部侍郞) 등을 역임하였고 회계군공(會稽郡公)에 봉해졌다. 저서에 《논서(論書)》가
있다. 따라서 '진나라'는 '당나라'의 오류이다.

　【校】이 원주는 전체가 교정고 가필사항이다.

558　번거로이……없네 : 원주에 전약수(錢若水)를 거론하였는데, 이 구절에 대해서

유대관의 자주에 "저는 왕어양(王漁洋 왕사정(王士禎)) 선생의 인척인데, 왕어양 선생은 송(宋)나라 전선정공(錢宣靖公 전약수(錢若水))의 외손(外孫)입니다. 제가 왕어양 선생의 작은 초상화를 뵌 적이 있는데, 그 신선 같은 풍골이 선정공과 매우 닮았다고 합니다. 그런데 그대께서도 어양 선생을 매우 닮았으므로 이런 말을 한 것입니다."라고 하였다.[559]

는 전약수와 관련된 다음의 일화가 있다. 전약수가 거자(擧子) 신분일 때 화산(華山)에서 진희이(陳希夷 진단(陳摶))를 만났는데, 진희이가 내일 다시 오라고 하여 전약수가 다시 와보니 진희이와 어떤 노승이 화로 곁에 앉아 있었다. 그런데 노승이 전약수를 오랫동안 살펴본 뒤 부젓가락으로 화로의 재에다가 "될 수 없다.(做不得)"라는 세 글자를 쓰고는 "급류(急流) 가운데에서 용퇴(勇退)할 사람이다."라고 하였다. 전약수는 뒤에 벼슬이 추밀부사까지 오르고서 나이 겨우 마흔에 벼슬을 내놓고 물러났다. 당초에 진단이 전약수가 선풍도골(仙風道骨)이라고 생각하였으나 확신할 수가 없어 노승에게 살펴보도록 한 것이었는데, 노승은 신선은 될 수 없고 벼슬을 과감히 버리고 나올 사람이라고 평가한 것이다. 노승은 진단이 스승으로 모셨던 마의도자(麻衣道者)였다.《聞見錄 卷7》. 여기서는 말할 필요도 없이 명고가 신선 같은 풍골을 갖춘 뛰어난 인물이라는 뜻으로 쓰였다. 이 구절에 대해서는 권6〈유송람에게 보낸 편지(與劉松嵐)〉에서 명고가 감히 감당할 수 없다는 뜻을 표한 것이 보인다.

559 유대관의……하였다 : 왕사정(1634~1711)은 제남(濟南) 신성(新城) 사람으로, 자는 이상(貽上) 또는 자진(子眞), 호는 완정(阮亭)·어양산인(漁洋山人), 시호는 문간(文簡)이다. 한림원 시강(翰林院侍講), 형부 상서(刑部尙書) 등을 역임하였다. 신운설(神韻說)을 주창하여 청나라 시풍을 확립한 인물이자 대표적인 시인이다. 저서로《대경당집(帶經堂集)》등이 있다.

전약수(960~1003)는 송나라 하남(河南) 신안(新安) 사람으로, 자는 담성(澹成) 또는 장경(長卿), 시호는 선정(宣靖)이다. 우간의대부(右諫議大夫), 동지추밀원사(同知樞密院事) 등을 역임하였다.

유대관이 명고와 왕사정의 외양을 비교한 것은 권14〈유송람전(劉松嵐傳)〉의 명고와 유대관 사이의 대화에서도 보인다.

【校】이 원주는 전체가 교정고 가필사항이다.

유구에 사신으로 가는 이 한림에게 삼가 드림[560] 이 한림은 이정원이다.

奉贈李翰林 鼎元 琉球奉使之行

바다에 해 붉을 제 사신 배 출항하니	錦纜初開海日紅
유구국 산색 아득히 멀어 끝을 알 수 없어라	琉球山色杳難窮
길 비록 멀어도 황령[561]이 지켜주니	道雖遠矣皇靈仗

---

560 【작품해제】이정원(李鼎元, 1750~1805)은 청(淸)나라 관료로 사천(四川) 금주(錦州) 사람이다. 자는 미당(味堂) 또는 화숙(和叔), 호는 묵장(墨莊)이다. 한림원 검토(翰林院檢討), 병부 주사(兵部主事) 등을 역임하였다. 형제인 이조원(李調元), 이기원(李驥元)과 함께 금주삼이(錦州三李)로 불렸다. 저서에 《사유구기(使琉球記)》 6권과 《재유기(再遊記)》 4권이 있다.

그의 유구(琉球) 사신행과 관련해서는 《청사고(淸史稿)》 권16 〈인종본기(仁宗本紀)〉에, 가경(嘉慶) 4년(1799) 8월에 수찬(修撰) 조문해(趙文楷)와 중서(中書) 이정원에게 유구국왕 상온(尙溫)을 책봉하는 임무를 띠고 사신으로 가도록 한 기사가 있다. 그리고 이정원의 《사유구기》 권1의 기록에, 건륭(乾隆) 59년(1794)에 유구국 중산왕(中山王) 상목(尙穆)이 죽고 세손(世孫) 상온이 가경 3년(1798)에 사신을 보내 습봉(襲封)을 청하였으며, 이정원은 명을 받고 가경 5년(1800) 2월에 행로에 오른 것으로 되어 있다. 따라서 이 작품은 명고가 1799년(정조23) 7월에 진하사겸사은부사(進賀使兼謝恩副使)가 되어 청(淸)나라에 사신 가서 북경 체류 중에 이정원을 만나 지어주었을 것으로 추정된다.

한편 1801년(순조1) 2월에 고부겸청시청승습사(告訃兼請諡請承襲使)의 일원으로 북경을 다녀온 유득공(柳得恭)의 《연대재유록(燕臺再遊錄)》에 유득공이 이정원을 만나 유구국에 사신 다녀온 일에 대해 대화를 나눈 기록이 있다.

이 작품은 평성 '동(東)'운의 칠언절구이다.

561 황령(皇靈) : 황제의 위령(威靈)이라는 뜻으로, 황제가 보호해줌을 뜻한다.

오호문 앞에는 박초풍이 불겠구나   五虎門前舶趠[562]風

오호문은 복건(福建)에 있으니 사행단이 승선(乘船)하는 곳이다. 오중(吳中)에 장마가 끝나고 나서 청풍(淸風)이 열흘 동안 부는데, 오 지역 사람들은 이것을 박초풍이라고 부른다.[563]

562 【校】趠 : 교정고 수정사항으로, 원글자는 '趒'이다.

563 오중(吳中)에……부른다 : '박초풍'은 이 무렵에 바다에 나갔던 배들이 처음으로 돌아오는데 이 바람이 바다에서 배와 함께 불어오기 때문에 붙여진 이름이다.

   【校】이 원주는 전체가 교정고 가필사항이다.

삼가 송람이 보내준 시의 원운에 화답하고서 교정을 청하다[564]

奉和松嵐見貽元韻 仍乞雅正

만 리 떨어져 천 년 세월 같은 교유이니[565]　　論交萬里卽千秋

봄 물결이 물오리 머리 같음이 길이 한스러워라[566]　長恨春波似鴨頭

---

564 【작품해제】이 작품은 함련(頷聯)의 다시 사신 가기 어렵다는 말이나 취담(醉談) 나누던 일을 추억한다는 등의 언급을 볼 때 명고가 1799년(정조23) 7월 진하사겸사은부사(進賀使兼謝恩副使)가 되어 청(淸)나라에 사신으로 갔다가 돌아온 이후에 지은 것이다. 권10 〈사은사로 가서 견문한 여러 가지 일에 대한 제주[題奏謝恩使聞見雜事]〉를 작성한 시점이 1799년 11월이므로 적어도 이 작품은 그 이후에 지어진 것으로 추정되는데, 권3 〈유송람에게 보낸 편지[與劉松嵐]〉에 부록된 유대관(劉大觀)의 답서를 살펴보면 유대관이 명고의 편지를 받은 것은 1799년 12월 5일이며 유대관이 답서를 보낸 것은 1800년(정조24) 1월 28일로 되어 있다. 그런데 이 편지들에서는 이 작품과 관련된 언급이 전혀 없고 이 작품 속의 '봄 물결'이나 '꾀꼬리' 등의 언급을 볼 때 작품의 계절적 배경은 봄 또는 봄을 앞둔 시점으로 생각된다. 그리고 명고는 1806년(순조6) 2월에 김달순(金達淳)의 옥사에 연루되어 유배 갔으므로 이 작품은 대략 1800년~1805년(순조5) 사이 봄에 지었을 것으로 추정된다. 다만 유대관과의 교유 시점 및 시가 반드시 연도별로 편차된 것은 아니나 큰 시기에서는 대략적으로 연도별로 편차된 면이 보이고 이 작품의 다음 작품이 정조(正祖)에 대한 만사(挽詞)라는 점 등을 고려할 때 1800년 봄에 지었을 가능성이 높다.

　명고의 작품과 유대관의 원운 모두 서로에 대한 그리움과 흠모의 감정을 절절하게 담아내고 있다. 명고의 작품은 평성 '우(尤)' 운의 평기식 수구용운체 칠언율시이며, 유대관의 원운은 측기식이다.

565 만……교유이니 : 중국과 조선이라는 먼 거리를 사이에 두고 교유를 나누면서 상대방의 소식을 기다리는 것이 천 년의 세월처럼 느껴진다는 말로, 자주 만나볼 수 없는 안타까움을 표시한 것이다.

요동벌로 다시 사신 가기란 어려운 일이니　　　　遼野征轅難再駐

산방에서 붓 들어 취담(醉談) 나누던 일 추억하네　山房醉筆憶曾抽

　　송람과 옥경산방(玉磬山房)에서 만났었다.

한 해의 소식을 상신에 부치니　　　　　　　　一年寄字憑霜信

　　상신은 기러기의 별칭이다.[567]

두 곳에서 서로 그리며 꾀꼬리 울음 듣겠네　　兩地相思聽栗留

　　《단연총록(丹鉛總錄)》에 "속담에 '황률류(黃栗留)가 우리 보리가 누르게
　　익었는지 오디가 검게 익었는지 살피는가?'라고 하였다."라는 말이 있다.
　　황률류는 꾀꼬리이다.[568]

문 닫고 저술하며 그럭저럭 지낼 따름이니　　閉戶著書聊復爾

예로부터 한 형주(韓荊州) 앎이 제후에 봉해짐보다 낫다네[569]

566　봄……한스러워라 : 강물의 색깔이 녹색 빛을 띠는 것을 두고 보통 '압두(鴨頭)'
로 비유하는 경우가 많은데, 여기에서는 봄 물결이 물오리의 머리처럼 녹색 빛을 띠는
것을 보고 마찬가지로 녹색 물빛 때문에 이름이 붙여진 압록강을 떠올리며 탄식한 것인
듯하다. 즉 사신 가서 유대관(劉大觀)을 만났을 때처럼 압록강을 건너지 못하는 아쉬움
을 말한 것으로 보인다.

567　상신은 기러기의 별칭이다 : 기러기는 보통 소식을 전하는 매개물로 편지를 비유
할 때 많이 사용된다. 그리고 중국 북방에서는 희고 작은 기러기가 가을이 깊어지면
날아드는데, 그 기러기가 오면 서리가 내리기 때문에 황하 이북 사람들이 '서리 소식〔霜
信〕'이라는 별칭을 붙였다고 한다. 《夢溪筆談 卷24》

　【校】 이 원주는 전체가 교정고 가필사항이다.

568　단연총록(丹鉛總錄)에……꾀꼬리이다 : 《단연총록》은 명(明)나라 때의 학자인
양신(楊愼)이 지은 책으로 천문(天文)·지리(地理)·인사(人事)·사적(史籍) 등 다
양한 분야에 걸쳐 고증한 자료가 실려 있다. 원주의 해당 구절은 《단연총록》 권19 〈속담
에 문리가 있다〔諺語有文理〕〉 조항에 나온다.

　【校】 이 원주는 전체가 교정고 가필사항이다.

569　예로부터……낫다네 : 당대의 훌륭한 인물인 영원 지주(寧遠知州) 유대관을 알

이백(李白)의 〈한 형주에게 올리는 편지〉에 "천하의 유세하는 선비들이 모여서 말하기를, '사람이 태어나서 만호후(萬戶侯)가 되기를 바라기보다 단지 한 번 한 형주를 알기를 바랄 뿐이다.'라고 합니다."라고 하였다.[570]

유대관의 원운(原韻)

경사(經史)를 얼마 동안이나 연구하였나	鑄史鎔經問幾秋
만나보니 저술에 기운 쏟아 머리 이미 희었네	相逢已白著書頭
읊조리는 붓은 찬 구름을 걷어가려 하건만	吟毫欲捲寒雲去
이별의 한은 응당 푸른 풀을 뭉개고 돋으리라[571]	別恨應陸碧艸抽
기러기가 편지 가져오니 사람은 멀리 있고	雁寄書來人又遠
종소리가 꿈 흩으니 달빛 잡아두기 어렵네	鍾敲夢散月難留
부질없는 인생사 모두 뜻대로 되지 않으니	浮生盡是違心事
관함(官銜)에 취후라 쓰려 한다오[572]	擬署頭銜作醉侯

게 된 것이 무엇보다 기쁘다는 말이다.

570 【校】이백(李白)의……하였다 : 교정고 가필사항이다.

571 읊조리는……돋으리라 :【작품해제】에서 언급한 것과 같이 유대관과 명고는 12월과 1월 사이에 서신을 주고받았다. 따라서 서로 시를 지은 시점도 연말과 연초에 겨울과 봄이 교체되는 시기라 추측할 수 있다. 이러한 점에 근거해서 보면 이 구절은 유대관이 명고를 생각하며 시를 짓는 그 순간에는 겨울의 차가운 구름이 걷히듯 상쾌한 기분이 들지만, 서로 멀리 떨어져 있는 상황 때문에 이별의 한이 다가오는 봄의 새싹을 뭉개고 돋아날 정도로 슬프다는 뜻으로 볼 수 있다.

572 관함(官銜)에……한다오 : 세상일이 자신의 마음대로 되지 않으므로 술이나 즐기며 보내겠다는 뜻이다. 취후는 술을 즐겨 마시는 사람을 가리키는 말이다. 진(晉)나라 때 죽림칠현(竹林七賢)의 한 사람인 유령(劉伶)이 술을 몹시 즐겼는데, 당(唐)나라 때의 시인 피일휴(皮日休)가 〈하경충담우연작(夏景沖淡偶然作)〉시에 "후일에 상제를

뵙거든 무슨 말을 아뢸거나. 유령에게 취후를 봉해달라고 청해야겠네.〔他年謁帝言何事? 請贈劉伶作醉侯.〕"라고 하였다.

　　【校】이 구절에 대해 교정고에는 "피일휴의 시에 '후일에 상제를 뵙거든 무슨 말을 아뢸거나. 유령에게 취후를 봉해달라고 청해야겠네.〔皮日休詩, 他年謁帝言何事? 請贈劉伶作醉侯.〕'라고 하였다."라는 1차 가필이 있었으나 2차 가필에서 삭제되었다.

정종대왕 만장[573] 10수
正宗大王挽章 十首

첫째 수[574]

개국과 탄신일 모두 같은 해이니   定鼎流虹太歲符

> 본조(本朝)가 개국하고 정묘(正廟)가 탄신하신 것이 모두 임신년의 일이
> 다.[575]

다시 차오른 달빛 상서로운 햇빛 도성에 빛났어라[576]

573 【작품해제】 이 작품은 1800년(정조24) 6월에 승하한 정조에 대한 만사이다. 모두
10수의 연작이며 각 수마다 효심, 통치력, 학문 등과 같은 정조의 특징적 부분을 뽑아
칭송하고 추모하였다. 많은 수에서 명고 자신이나 명고의 집안과 관련한 내용을 서술하
여 정조로부터 받은 은혜를 부각시켰다.

574 정조의 탄생이 비범하고 영조의 돌봄이 지극했으며 정조가 큰 공렬을 남긴 사실을
말하였다. 평성 '우(虞)' 운의 측기식 수구용운체 칠언율시이다.

575 본조(本朝)가……일이다 : 조선이 개국한 임신년은 1392년(태조1)이고, 정조가
탄생한 임신년은 1752년(영조28)이다.

　　【校】 이 원주는 전체가 교정고 가필사항이다.

576 다시……빛났어라 : 정조의 탄생을 나타낸 구절이다. '다시 차오른 달빛'과 '상서
로운 햇빛'은 모두 태자의 덕을 가리키는 말로, 한(漢)나라 광무제(光武帝)가 그의
아들인 명제(明帝)가 태자로 있을 적에 신하들에게 4장(章)의 노래를 지어 올려 찬미하
게 하였는데, 그 노래가 바로 〈일중광(日重光)〉·〈월중륜(月重輪)〉·〈성중휘(星重
暉)〉·〈해중윤(海重潤)〉이라는 악곡이었다. 악곡의 이름에 중(重)을 붙인 것은, 천자
의 덕이 해처럼 빛나고 달처럼 둥글고 별처럼 찬란하고 바다처럼 윤택한데, 태자의
덕도 여기에 비견되기 때문이라고 한다. 《古今注 卷中》

　　【校】 이 구절 다음에 교정고에는 "최표의 《고금주》에, 한나라 명제□□□□□□□
노래□□□□□□〈월중륜〉.〔崔豹古今注, 漢明帝□□□□□□歌□□□□□月

重輪瑞日耀天衢

왕실 핏줄 면면히 이어져 큰 계책 영원하니 　　　璿潢綿曆洪圖永

성군께서 은인으로 마음 전하며 돌봐주셨네 　　　銀印傳心聖眷紆

　영묘(英廟)께서 정묘(正廟)에게 은인을 내리시어 마음을 전하셨다.[577]

왕도는 진실로 크고 넓은 교화[578] 이루고 　　　王道允躋巍蕩化

인문은 장구히 잇고 여는 계책[579]에 힘입었네 　　　人文長賴繼開謨

重輪.〕"이라는 1차 가필이 있었으나 2차 가필에서 삭제되었다.

577　영묘(英廟)께서……전하셨다 : 영조는 자신이 83세 되던 1776년(영조52) 2월 9일에 왕세손으로 있던 정조에게 은인과 유서(諭書)를 내려주고, 왕세손이 거둥할 때는 유서와 은인을 앞세우게 하였다. 《英祖實錄 52年 2月 9日》

　【校】 이 원주는 전체가 교정고 가필사항이다.

〈그림 24〉 "효손(孝孫) 팔십삼서(八十三書)"라는 영조 친필이 새겨진 정조효손은인
(국립고궁박물관 소장 어보39)

578　크고 넓은 교화 : 임금의 덕이 성대함을 표현한 말이다. 《논어》〈태백〉에 공자가 "위대하다. 요임금이시여. 크고 크기로는 오직 저 하늘이 크거늘 요임금만이 그것을 본받으셨으니, 넓고 넓어 백성들이 형용하지 못하는구나.〔大哉, 堯之爲君也. 巍巍乎, 唯天爲大, 唯堯則之, 蕩蕩乎, 民無能名焉.〕"라고 하였다.

579　잇고 여는 계책 : 앞 시대 성인의 가르침을 계승하고 후생들이 나아갈 길을 열어준

찬란히 아름다운 공렬 온 세상에 드날리시니   煌煌徽烈揚窮宙

옥첩 금니[580]에 어찌 다 옮겨 적으랴   玉牒金泥詎盡摹

둘째 수[581] 其二

천승의 임금 낙이 없이 오십 평생 추모하시니   千乘無樂五旬慕

조부 본받고 부친 높임 모두 합당하였네[582]   體祖尊親動合宜

의리에 있어 혐의 분별하신 은혜 내가 입었고   義別嫌微吾有受

도리에 있어 재량 두신 처분 의심할 것 없어라[583] 道存斟酌質無疑

다는 말이다. 주희(朱熹)의 《중용장구(中庸章句)》 서문에 "지난 시대의 성인을 잇고 후대의 학자들을 열어준 것은 그 공이 도리어 요순보다도 뛰어나다.〔繼往聖, 開來學, 其功反有賢於堯舜者.〕"라고 하였다.

580 옥첩(玉牒) 금니(金泥) : '옥첩'은 제왕을 책봉하고 찬양하는 등의 왕사(王事)에 관련된 일을 적는 옥책(玉冊)을 가리키고, '금니'는 금가루를 아교풀에 갠 것으로 옥책 등을 봉인(封印)할 때 사용하였다. 즉 여기서는 임금의 덕을 찬양하는 글을 가리킨다.

581 둘째 수에서는 주로 사도세자와 정조 사이의 의리의 문제를 언급하고 이에 관한 의리를 크게 천명한 정조의 처분을 칭송하였다. 평성 '지(支)' 운의 평기식 수구불용운 체 칠언율시이다.

582 천승(千乘)의……합당하였네 : 정조가 생부(生父)인 사도세자(思悼世子)를 추 모하면서 영조의 유훈을 따르고 사도세자를 높인 행위가 모두 합당함을 말한 것이다.

583 의리에……없어라 : 정조가 사도세자의 죽음과 관련된 일에 있어 모든 혐의들을 낱낱이 잘 분별하고 재량껏 잘 처리하여 억울한 일도 없고 의심할 사안도 없다는 말이다. '은혜를 입었다'는 것은, 명고 자신도 사도세자의 일과 관련하여 은혜를 입은 일이 있다는 말이다. 1792년(정조16) 5월에 박하원(朴夏源) 등이 상소하여 사도세자의 죽음에 원인을 제공했다고 하면서 명고의 생부인 서명응(徐命膺)을 공격한 일이 있는데 이때 정조가 이를 근거 없는 무고로 판별하고 명고 집안이 억울함을 당하지 않도록 한 사실이 있다. 이 일의 자세한 전말은 권6 〈이군정에게 답한 편지〔答李君正〕〉의 내용 및 해당 편지의 작품해제에 상세하다.

음흉한 무리 아주 쓸어버림에 사특함과 편벽함 그치고[584]

群陰永掃邪詖熄

크나큰 훈계 밝게 드날림에 눈물 줄줄 흐르네　　大誥明颺涕淚滋

　병신년(1776, 정조 즉위년) 성복(成服)하신 날에 정묘(正廟)께서 대고(大
誥)를 받으시고, 견지하신 대의리(大義理)를 선포하셨다.[585]

신축년 봄 원보[586]의 차자에 손수 비답 내리시니　　手批辛春元輔箚

응당 돈사[587]에 삼가 기록되리라　　　　　　　　知應惇史謹書之

584　사특함과 편벽됨 그치고 :《맹자》〈등문공 하(滕文公下)〉에 "나 역시 인심을 바
로잡아 사설을 종식시키며, 편벽한 행실을 막으며, 난잡한 말을 추방하여 세 성인을
계승하려고 하는 것이다.〔我亦欲正人心, 息邪說, 距詖行, 放淫辭, 以承三聖者.〕"라고
한 데서 따온 것이다.

585　병신년……선포하셨다 : '대고를 받았다'는 것은 영조의 유훈을 받들어 정조가
왕위를 계승한 것을 가리키며, '대의리를 선포했다'는 것은 사도세자와 관련된 처분을
선포한 것을 가리킨다. 정조는 신하들이 왕위를 이어받기를 청하였으나 계속 울면서
거절하다가 성복하는 날에서야 왕위를 이어받을 것을 결정하고서 숭정문(崇政門)에서
즉위식을 올렸다. 그리고 이날 빈전 문밖에서 대신들을 소견하고 자신을 사도세자의
아들이라고 칭하면서 영조의 명으로 효장세자(孝章世子)의 왕통을 이은 당위성을 말하
고, 사도세자에 대한 향사(饗祀)를 대부(大夫)의 예법대로 하고 추숭(追崇)의 논의를
금하는 명을 내렸다.《正祖實錄 卽位年 3月 10日》

　【校】이 원주는 전체가 교정고 가필사항이다.

586　원보(元輔) : 나라의 중신(重臣)을 뜻한다.

587　돈사(惇史) : 돈후(敦厚)한 덕행이 있는 원로의 언행을 기록하여 후인들의 본보
기로 삼는 것을 말한다.《예기(禮記)》〈내칙(內則)〉에 "노인을 봉양할 적에 오제는
그들의 덕행을 모범으로 삼았고, 삼왕은 그들이 좋은 말을 해주기를 청하였다. 오제는
그들의 덕행을 모범으로 삼되, 그들의 기체를 봉양할 뿐이었고 그들이 좋은 말을 해주기
를 청하지는 않았는데, 선행이 있으면 기록하여 돈사로 삼았다.〔凡養老, 五帝憲, 三王
有乞言. 五帝憲, 養氣體而不乞言, 有善則記之, 爲惇史.〕"라고 하였다. 여기서는 차자
및 비답이 사책에 기록됨을 가리킨 것이다.

신축년(1781, 정조5) 봄에 원보의 수차(袖箚)에서 모년(某年)의 의리를 논하였는데, 정묘(正廟)께서 친히 어필로 비답을 내리셨다.[588]

셋째 수[589] 其三

선왕의 치도(治道) 거울삼아 옛 법을 따르시니[590]   監先政法率由章
정일[591]을 서로 이으심에 성명한 사려 장구하네   精一相承聖思長
날로 달로 뵙고 우러름은 한나라 능침 본받았고[592]   日月覲瞻儀漢寢

---

588 신축년……내리셨다 : '원보의 수차'란 서명선(徐命善)의 차자를 가리키며, '모년의 의리'란 사도세자가 죽은 임오년(1762, 영조38)의 의리를 가리킨다. 명고의 숙부인 서명선은 1781년 2월에 영의정의 신분으로 수차를 올렸는데, 그 대략적인 내용은 사도세자를 무함하고 정조를 음해하려고 했던 역적들이 비록 단죄되었지만 그들의 흉악한 논의가 아직도 세간에 유행되고 있으니 사도세자와 관련된 일의 의리를 크게 밝혀 사론(邪論)을 종식시켜야 한다는 것이었다. 정조는 이에 대해 애통하고 절박한 심정을 토로하면서 차자를 금궤에 보관해두었다가 뒷날에 선포하겠다고 하였다. 《正祖實錄 5年 2月 10日》

【校】이 원주는 전체가 교정고 가필사항이다.

589 정조의 지극한 효심과 수신(修身)의 면모를 찬양하였다. 평성 '양(陽)' 운의 평기식 수구용운체 칠언율시이다.

590 옛 법을 따르시니 : 《시경》〈대아(大雅) 가락(假樂)〉에 "잘못하지 아니하며 잊지 아니하여 옛 전장을 따르도다.〔不愆不忘, 率由舊章.〕"라고 하였다.

591 정일(精一) : 요(堯)ㆍ순(舜)ㆍ우(禹) 세 성왕(聖王)이 왕위를 서로 전할 때 전수한 심법(心法)을 가리킨다. 《서경》〈우서(虞書) 대우모(大禹謨)〉에 "인심은 위태롭고 도심은 미약하니, 오직 정밀하고 오직 한결같아야만 진실로 중도를 잡을 것이다.〔人心惟危, 道心惟微, 惟精惟一, 允執厥中.〕"라고 하였다.

592 한(漢)나라 능침 본받았고 : 한나라 때 한 달에 한 번씩 한 고조(漢高祖)의 능침(陵寢)에 보관된 한 고조의 의관을 꺼내어 바람을 쐬었는데, 선왕의 의관을 매달 한 번씩 거풍하는 것을 월유(月遊)라고 하였다. 《漢書 卷43 叔孫通傳》. 여기서는 이와 마찬가지로 정조 역시 사도세자의 위패를 모신 경모궁(景慕宮)에 자주 거둥하여 어버

일첨(日瞻)과 월근(月覲)은 경모궁(景慕宮)에 참배하러 갈 때 지나시던 문 이름이다.[593]

봄가을로 제향 올림은 요임금 담장 고사 방불하네[594]

春秋祀禴優[595]堯墙

절검을 몸소 밝히심에 속습이 바로잡힘 기약하고　躬昭節儉期回俗

이를 사모하였음을 말한 것이다.

593　일첨(日瞻)과……이름이다 : 세종(世宗)이 종묘의 북쪽 담과 창덕궁의 남쪽 담이 서로 닿은 곳에 북장문(北墻門)을 세우고, 초하루와 보름마다 소여(小輿)를 타고 가서 전배(展拜)한 일이 있는데, 정조가 이를 본받아 사도세자의 사당인 경모궁(景慕宮)의 서쪽에 일첨문을, 창경궁 북쪽 담장에 월근문을 세우고 한 달에 한 번씩 경모궁에 배례(拜禮)하였다. 《正祖實錄 3年 10月 10日》. 현재 경모궁은 사라져서 경모궁에 딸려 있던 일첨문도 볼 수 없으나 월근문은 창경궁에 남아 있다.

【校】이 원주는 전체가 교정고 가필사항이다.

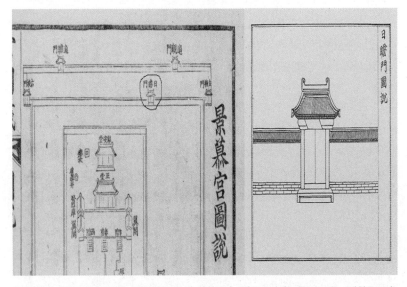

〈그림 25〉《궁원의(宮園儀)》〈경모궁도설〉의 일첨문과 《경모궁의궤(景慕宮儀軌)》〈일첨문도설〉

풍향의 운수[596] 영위함에 안일함 경계하기 자주 했네

運撫豐亨輒戒康

겸양의 덕으로 휘호 올리는 것 끝내 사양하시니[597] 謙德竟辭徽號晉

열성조 높은 풍도 우러름에 더욱 빛나도다   百王高範仰彌光

〈그림 26〉 창경궁의 월근문

594 요임금……방불하네 : 선조를 간절히 추모함을 비유한 말이다. 옛날 요(堯)임금
이 붕어한 뒤에 순(舜)임금이 요임금을 3년 동안 앙모한 나머지, 앉았을 적에는 요임금
이 담장에서 보이고, 밥을 먹을 때는 요임금이 국에서 보였다는 고사가 있다. 《後漢書
卷63 李固列傳》

595 【校】優 : 교정고 수정사항으로, 원글자는 '愛'이다.

596 풍향(豐亨)의 운수 : 국운이 성대해져서 만사가 형통하게 됨을 가리킨다. 《주역》
〈풍괘(豐卦)〉에 "풍은 형통하다.〔豐, 亨.〕"라고 하였다.

597 휘호(徽號)……사양하시니 : 정조가 생전에 휘호 받기를 사양한 것을 말한다.
《정조실록》 7년 4월 2일 기사에 박명원(朴明源) 등이 연명으로 상소하여 정조에게
휘호를 올리고자 청하였으나 정조가 사양한 일이 보이며, 《순조실록》 27년 7월 22일
기사와 《국조보감(國朝寶鑑)》 81권 〈문조대리(文祖代理) 1〉에 정조가 지극한 애통함
이 있어 휘호를 받지 않았다는 언급이 보인다.

넷째 수⁵⁹⁸ 其四

성왕(聖王)이 정미하게 다스림의 법도 운용하니　皇王尺度運精微

거침없는 신묘한 권능 큰 기국이셨도다　　　揮攉神權大範圍

하늘과 땅의 법도대로 의리를 떠받치시고　　地紀天經扶義理

서릿발과 우로(雨露) 같은 위엄과 은택 주관하셨네 霜摰露潤擘恩威

인필⁵⁹⁹의 책 완성하여 경계를 밝게 보이시고　書成麟筆昭監戒

　정묘(正廟)께서 《명의록(明義錄)》을 한 부의 《인경(麟經)》이라고 하셨
　다.⁶⁰⁰

구주의 도 지니시어 회귀를 총괄하셨도다⁶⁰¹　　道在龜疇總會歸

598 정조가 성왕(聖王)의 자질로 치도(治道)를 잘 펴고 특히 의리(義理)를 천명한
점을 칭송하였다. 평성 '미(微)' 운의 평기식 수구용운체 칠언율시이다.

599 인필(麟筆) : 공자가 《춘추(春秋)》를 기술하면서 애공(哀公) 14년 조의 "서쪽으
로 사냥을 나가 기린을 잡았다.〔西狩獲麟〕"라는 대목에서 절필한 사실에 기인하여 《춘
추》를 《인경(麟經)》이라고도 불렀다. 인필은 바로 공자의 춘추필법(春秋筆法)을 가리
키는 말로 대의(大義)를 천명하는 사필(史筆)을 뜻한다.

600 정묘(正廟)께서……하셨다 : 《명의록》은 정조의 대리청정(代理聽政)을 반대한
홍인한(洪麟漢)·정후겸(鄭厚謙) 등을 역적으로 치죄(治罪)하여 사사(賜死)하고, 그
가운데에서 정조를 옹위한 홍국영(洪國榮)·정민시(鄭民始)·서명선(徐命善)의 충절
을 드러내는 한편, 이 사건을 둘러싼 자초지종을 밝히고자 간행된 책이다. 정조가 《명의
록》을 《춘추》에 비유한 말은 《홍재전서(弘齋全書)》 권43 〈사직 서유린이 징토에 관한
일을 책으로 엮자고 청하는 상소에 대한 비답〔司直徐有隣請以懲討事編書疏批〕〉에 보
인다.

【校】이 원주는 전체가 교정고 가필사항이다.

601 구주(龜疇)의……총괄하셨도다 : '구주'는 제왕의 치도(治道)가 담긴 《서경》
〈주서(周書) 홍범(洪範)〉의 구주(九疇)를 가리킨다. 하(夏)나라 우(禹)임금이 홍수를
다스릴 때 신령한 거북이의 등에 천하를 다스리는 법이 새겨져 있었으므로 구주(龜疇)
라고도 부른 것이다. '회귀(會歸)'는 《서경》 〈주서 홍범〉에 "편벽됨이 없고 편당함이

지금도 추억하노니 해마다 동덕 연회에 　　　尙憶年年同德讌

12월 3일의 동덕회(同德會)는 선왕께서 불망재거(不忘在莒)하시는 연례적인 성대한 행사였다.[602]

외람되이 숙부[603] 따라 성상을 알현했었지 　　　猥隨臣叔侍彤闈

없으면 왕의 도가 탕탕하며, 편당함이 없고 편벽됨이 없으면 왕의 도가 평평하며, 상도(常道)에 위배됨이 없고 기울어짐이 없으면 왕의 도가 정직할 것이니, 그 극에 모여 그 극에 돌아올 것이다.〔無偏無黨, 王道蕩蕩, 無黨無偏, 王道平平, 無反無側, 王道正直, 會其有極, 歸其有極.〕"라는 구절에서 가져온 것이다. '극(極)'은 제왕이 천하를 다스릴 때 지켜야 할 법도를 가리킨다.

602 12월……행사였다 : '불망재거'는 과거 곤경에 처해 어려웠던 때를 잊지 않는다는 뜻이다. 춘추 시대에 제(齊)나라 양공(襄公)이 무도하니 여러 동생들이 화를 당할까 두려워하여 공자 규(公子糾)는 노(魯)나라로 달아났는데 관중(管仲)이 도왔고, 뒷날에 환공(桓公)이 되는 소백(小白)은 거(莒) 땅으로 달아났는데 포숙아(鮑叔牙)가 도왔다. 뒤에 양공이 죽음을 당하자 제나라에서 소백을 불러들여 왕으로 삼으니, 노나라에서 관중을 함거(檻車)에 가두어 제나라로 보냈다. 포숙아의 추천으로 관중이 재상에 등용되어 술자리에서 환공에게 "원컨대 공께서는 거 땅에서 고생하던 일을 잊지 마소서.〔毋忘在莒〕 신은 노나라에서 함거에 갇혔던 일을 잊지 않을 것입니다."라고 한 고사가 있다. 《管子 少稱》. 본문에서는 정조가 세손(世孫)의 지위에 있으면서 정후겸(鄭厚謙) 등의 역신(逆臣)들에게 위협을 받던 때를 잊지 않았다는 말이다.

1775년(영조51) 겨울에 영조가 세손에게 대리청정(代理聽政)하도록 명하였을 때 홍인한(洪麟漢)과 정후겸 등을 비롯한 노론(老論)이 이를 저지하려고 하였는데, 12월 3일에 서명선(徐命善)이 상소하여 홍인한의 죄를 논박함으로써 홍인한 등을 축출할 수 있었다. 그리하여 정조가 즉위한 뒤로 매년 12월 3일이 되면, 서명선·정민시(鄭民始)·홍국영(洪國榮)·김종수(金鍾秀) 등을 불러 모임을 갖고 '동덕회'라고 불렀다. 《英祖實錄 51年 12月 3日》《正祖實錄 1年 12月 3日, 15年 9月 13日》

【校】이 원주는 전체가 교정고 가필사항이다.

603 숙부 : 명고의 숙부이자 동덕회의 일원인 서명선(徐命善)을 가리킨다.

다섯째 수[604] 其五

이른 새벽 침소에서 옷 찾으시며[605]	燕寢求衣夜五更
백성 위한 일념으로 노심초사하셨네	憧憧一念繫蒼生
깊은 바다 건너 구휼선을 몇 번이나 보내셨던고	船舶幾遣重溟度
내탕금 기울여 구휼 비용 대시는 것 자주 보았지[606]	鏹貫頻看內帑傾
유명 간에 은택 넘쳐흘러 백골을 매장하고[607]	澤洽幽明埋骼骴
자휼하는 서책 반포하여 어린아이 보육했네	書頒字恤育孩嬰

《자휼전칙(字恤典則)》을 가리킨다.[608]

---

604 주로 정조의 구휼 사업을 중심으로 그의 애민(愛民) 정신을 칭송하였다. 평성 '경(庚)' 운의 측기식 수구용운체 칠언율시이다.

605 이른……찾으시며 : 임금이 부지런히 정사(政事)에 임했다는 말이다. 한(漢)나라 문제(文帝)가 즉위하여 날이 밝기도 전에 일어나 옷을 찾아 걸쳐 입고 정사에 임한 고사에서 유래한 표현이다. 《漢書 卷51 鄒陽傳》

606 깊은……보았지 : 정조가 기근(饑饉)이 들었을 때 노심초사하며 기민의 구휼에 힘쓴 것을 말한 것이다. 특히 깊은 바다를 건넜다는 것은 먼 바다 밖에 있는 제주도 등의 지역까지 구휼하는 곡식을 실은 배를 보내 정조의 손길이 미치지 않음이 없음을 말한 것이다.

607 유명(幽明)……매장하고 : 진휼(賑恤) 정책의 일환으로 매장되지 못한 시신을 거두어 국가에서 장사 지내줌으로써 살아 있는 자와 죽은 자 모두에게 은택이 넘치게 됨을 말한 것이다. 《예기》〈월령(月令)〉에, "맹춘의 달에……사람의 시체와 해골을 거두어 장사 지내준다.〔孟春之月……掩骼埋胔.〕"라고 하였으며, 《홍재전서(弘齋全書)》권20 〈익정공주고재부류서(翼靖公奏藁財賦類叙) 진제인(賑濟引)〉에 "병자에게는 염제가 한 것처럼 약을 지어 먹여주는 은택을 베풀고, 죽은 자에게는 문왕이 한 것처럼 백골을 묻어주는 정책을 펼쳤다.〔病者, 施炎帝濟藥之澤, 死者, 引文王掩骼之政.〕"라고 하였다.

608 자휼전칙(字恤典則)을 가리킨다 : 《자휼전칙》은 걸식 아동의 구제 방법을 규정한 책으로 1783년(정조7)에 간행되었다. 앞부분은 한문에 이두를 섞은 글로 되었고,

해마다 날 개고 비 내림 모두 때에 맞았으니   連年暘雨咸時若

두렵게 여기며 수양하신 성상의 정성 알겠어라   知自中宸惕厲誠

여섯째 수[609] 其六

난각과 평대[610]에서 근신을 접견하니   煖閣平臺接近臣

  평대는 황조(皇朝)에서 근신을 접견하던 장소이다.[611]

성명[612]과 예악이 찬란히 빛났도다   聲明禮樂煥乎彬

주공(周公)의 뜻과 공자의 생각[613]으로 경위[614]를 밝히시고

뒷부분은 앞의 것을 한글로 번역하였다.

　【校】이 원주는 전체가 교정고 가필사항이다.

609 정조의 광대하고 깊은 학문과 그 성과를 칭송하였다. 평성 '진(眞)' 운의 측기식 수구용운체 칠언율시이다.

610 난각과 평대 : 《일하구문고(日下舊聞考)》에 근거하면, '평대'는 지금 이름은 보화전(保和殿)인 자금성(紫禁城) 건극전(建極殿)의 후우문(後右門)의 이칭이고, '난각'은 건극전 동쪽과 서쪽의 부속 건물인 소인전(昭仁殿)과 홍덕전(弘德殿)을 가리킨다. 이상은 모두 신하들과 정사를 논의하며 치도(治道)를 도모하던 장소이다.

611 【校】평대는……장소이다 : 이 원주는 전체가 교정고 가필사항이다.

612 성명(聲明) : '성'은 석(錫)·난(鸞)·화(和)·영(鈴) 등의 방울 소리를 가리키고, '명'은 해·달·별 등을 깃발에 그려 하늘의 밝음을 상징한 것으로 거식(車飾)·의장(儀仗) 등의 제도를 뜻한다. 《春秋左傳 桓公 2年》. 여기에 근거하여 성교(聲敎)와 문명(文明), 즉 전장제도(典章制度)를 비유하는 표현이다.

613 주공(周公)의……생각 : 성현(聖賢)과 같은 높은 기상을 표현한 말로, 당(唐)나라 이한(李漢)의 〈한창려집서(韓昌黎集序)〉에 "태양처럼 빛나고 옥같이 깨끗하며, 주공의 뜻이요 공자의 생각이다.〔日光玉潔, 周情孔思.〕"라고 하였다.

614 경위(經緯) : 천경지위(天經地緯), 즉 하늘이 날줄이 되고 땅이 실줄이 된다는 말의 축약으로 천지간에 변하지 않고 항상된 이치를 가리키는 말이다.

유략과 반서로 인신을 총괄하셨네⁶¹⁵　　　　　劉略班書摠引伸

유흠(劉歆)이 《칠략(七略)》을 저술하였고, 반고(班固)가 《칠서(七書)》를
저술하였다.⁶¹⁶

광대한 저술은 바다며 큰 강 다 품을 듯하고　　　　浩瀚篇章涵海瀆

심후한 학술은 천리(天理)와 인사(人事) 꿰뚫으셨네　淵深學術貫天人

희문 이후로 임금과 스승 통섭(統攝)하시니⁶¹⁷　　　義文以後君師統

615　인신(引伸)을 총괄하셨네 : 천하 사물의 이치를 잘 궁구하고 처리하여 모든 기무
(機務)를 총괄하여 잘 마무리 지었다는 뜻이다. '인신'은 사물의 이치를 밝히는 방법을
말한 것으로, 《주역》〈계사전 상(繫辭傳上)〉에 "이끌어 펴 나가고 부류에 따라 응용하
여 적용하면 천하의 가능한 일을 다 마칠 수 있다.〔引而伸之, 觸類而長之, 天下之能事畢
矣.〕"라고 한 데서 온 말이다.

616　유흠(劉歆)이……저술하였다 : 《칠략》은 전한(前漢) 때 유흠이 천하의 도서를
분류하는 기준에 대해 저술한 것으로, 집략(輯略)·육례략(六藝略)·제자략(諸子
略)·시부략(詩賦略)·병서략(兵書略)·술수략(術數略)·방기략(方技略)의 일곱
가지로 나누었다. 그런데 반고가 《칠서》를 저술했다는 말은 어디에 근거한 것인지 알
수 없다. 반고의 저술로 알려진 것 가운데 《칠서》라는 것은 없으며, 원문의 '班書'라는
표현은 통상적으로 반고의 《한서(漢書)》를 가리키는 표현이다. 《연감유함(淵鑑類函)》
권194 〈장서(藏書) 3〉 조항에도 서책의 방대함을 나타내는 표현으로 '유흠의 《칠략》과
반고의 《한서》〈예문지(藝文志)〉〔劉略班藝〕'라고 표기하고 있으며, 반고의 《한서》
〈예문지〉가 유흠의 《칠략》의 성과를 이어받아 학술의 원류와 체계를 분류한 저작임을
감안할 때 이 원주의 풀이는 오류인 듯하다. 내용상으로 볼 때도 반고의 《한서》〈예문
지〉를 가리켜야 정조가 천하의 모든 저술을 섭렵하여 기무(機務)를 잘 다스렸다는 뜻이
된다.

【校】이 원주는 전체가 교정고 가필사항이다.

617　희문(羲文)……통섭(統攝)하시니 : '희문'은 팔괘(八卦)를 창안한 복희씨(伏羲
氏)와 그 괘에 괘사(卦辭)를 단 주(周)나라 문왕(文王)을 가리킨다. 복희씨와 문왕은
모두 임금이면서 스승의 역할을 겸비하였고 그 이후로는 공자와 같은 성인이 출현했어

그 덕을 신이 직접 뵌 것이 얼마나 다행스러운지　何幸臣身覲德親

일곱째 수⁶¹⁸ 其七

자양부자⁶¹⁹께서 경전의 뜻 밝히신 공로　　　紫陽夫子翼經功
부자 존숭하는 성상 마음에 계합하였네　　　　尊尙宸心契合融
전서 편찬에 오매불망하여 하나로 통합해 모으시고　寤寐全書彙一統
　　주자(朱子)의 저서를 대일통(大一統)하신 일은 선왕 만년에 선현의 말씀을
　　집대성하신 성스러운 공적이었다.⁶²⁰

사도를 현양하여 여러 몽매한 이들 가르치셨네　表章斯道詔群蒙
옥상자 들고 강절 지방 탐색 두루 하였고　　　瓊函江浙搜求遍
옥부절 들고 유연 지방 사신 통하였지⁶²¹　　玉節幽燕信使通
의주(義州)에서 윤음 받든 것 어제 같건만⁶²²　灣上承綸渾似昨

도 스승의 지위였을 뿐 임금이 되지는 못했는데, 정조는 성명(聖明)하고 학문이 깊어
임금이면서 스승의 역할을 겸비하였다는 뜻이다.

618　정조가 주자학(朱子學)을 존숭하고 크게 현양한 사업을 칭송하였다. 평성 '동
(東)' 운의 평기식 수구용운체 칠언율시이다.

619　자양부자(紫陽夫子) : 주희(朱熹)를 가리키는 것으로, 자양은 주희의 호이다.

620　주자(朱子)의……공적이었다 : 정조는 만년에 주희(朱熹)의 모든 저술을 하나로
크게 통합하여 전서(全書)의 형식으로 새로 출간할 계획을 가지고서 각종 자료를 수집
하여 모으고 편차하는 작업을 하였다. 이러한 정황은 권10 〈주자의 저서에 대해 논하신
어찰의 뒤에 공경히 쓴 발문[敬跋御札論朱子書後]〉에 자세히 드러나 있어 참고가 된다.
　【校】 이 원주는 전체가 교정고 가필사항이다.

621　옥상자……통하였지 : 정조가 주희의 저술을 수집하기 위해 사신 편에 주희 저서
를 두루 수소문해 구해올 것을 명한 사실을 가리킨다. 이에 관한 정황도 권10 〈주자의
저서에 대해 논하신 어찰의 뒤에 공경히 쓴 발문[敬跋御札論朱子書後]〉에 자세히 드러나
있어 참고가 된다. '옥상자'는 도서(道書) 또는 도서를 담아올 귀한 책상자를 가리킨다.

이제 다시 어디에다 이내 충심 바칠거나 　　　　　更從何地效丹衷

여덟째 수⁶²³ 其八

국사에 노심초사하시느라 쇠하신 얼굴⁶²⁴ 자주 뵈었더니

　　　　　　　　　　　　　　　　　　憂勤頻仰彩眉凋

병 없으신가 하는 백성들 마음 저자 노래에서 들었어라

　　　　　　　　　　　　　　　　　　無疾群情聽巷謠

《맹자(孟子)》에 "우리 왕께서 질병이 없으신가 보다.〔吾王庶幾無疾病歟〕"
라고 하였다.⁶²⁵

하늘의 흔들리는 붉은 태양에 홀연 놀라고 　　　天象忽驚紅日盪

제향 가는 머언 백운을 고개 돌려 보았네⁶²⁶ 　　帝鄕回望白雲遙

622　의주(義州)에서……같건만 : 1799년(정조23) 7월에 당시 영변 부사로 있던 명고
가 김달순(金達淳)을 대신하여 진하겸사은사(進賀兼謝恩使) 부사로 선발되어 사신 갔
던 일을 가리킨다. 이때 사신의 임무 외에 주희의 저서를 수집해오라는 명도 받은 바
있다.

623　정조의 승하와 어린 순조가 즉위하여 정조의 가르침을 이어받아 종사를 튼튼히
이어나갈 것임을 말하였다. 평성 '소(蕭)' 운의 평기식 수구용운체 칠언율시이다.

624　쇠하신 얼굴 : 원문의 '彩眉'는 '팔채미(八彩眉)'의 준말로 임금의 눈썹을 가리킨
다. 《공총자(孔叢子)》〈거위(居衛)〉에 "옛날 요임금은 키가 10척이었고, 눈썹은 여덟
가지 채색으로 나뉘어 있었다.〔昔堯身脩十尺, 眉分八彩.〕"라고 한 데서 온 말이다.

625　맹자(孟子)에……하였다 : 해당 구절은 《맹자》〈양혜왕 하(梁惠王下)〉의 구절
이다.

【校】 이 원주는 전체가 교정고 가필사항이다.

626　하늘의……보았네 : 두 구절 모두 정조의 승하를 뜻하는 말이다. '붉은 태양'은
임금을 상징하고, '제향'은 백운향(白雲鄕)으로도 부르며 옥황상제와 신선이 사는 하늘나
라를 가리키는 것으로 정조가 구름을 타고 하늘나라로 갔다는 말이다. 《장자(莊子)》

어린 왕께서 곤룡포에 면류관으로 주나라 조정에 임하시고

沖王黼冕臨周宁

문모께서 발을 내리시고 송나라 조정에 나오셨도다[627]

文母簾帷御宋朝

계도하고 도우심에 이익의 공렬 알겠으니[628]　　啓佑方知詒翼烈

종사를 태산반석처럼 공고하게 하셨도다　　泰山磐石鞏宗祧

〈천지(天地)〉에 "저 흰 구름을 타고 제향에 이른다.〔乘彼白雲, 至於帝鄕.〕"라고 하였다.

627　어린……나오셨도다 : 정조가 승하하고 11세의 어린 순조(純祖)가 즉위하여 영조(英祖)의 계비(繼妃) 정순왕후(貞純王后)가 수렴청정(垂簾聽政)하게 된 것을 가리킨다. '어린 왕이 주나라 조정에 임하였다'는 것은, 어린 나이에 왕위에 올라 주공(周公)이 섭정(攝政)을 맡게 되었던 주나라 성왕(成王)을 순조에 비유한 것이다. 《서경》〈주서(周書) 대고(大誥)〉에서 성왕이 자신을 가리켜 '어린 사람〔幼沖人〕'이라고 표현하였다. 문모(文母)는 주나라 문왕(文王)의 비인 태사(太姒)를 가리키는 것으로, 성왕에게 문모가 할머니의 관계이듯이 순조에게 정순왕후도 할머니의 관계이다. 여기에 '송나라 조정'이라는 표현을 쓴 것은 송나라 철종(哲宗)의 할머니로 철종이 어린 나이에 즉위하자 수렴청정한 선인태후(宣仁太后)를 정순왕후에 비유한 것이다. 선인태후 역시 여중요순(女中堯舜)이라고 불리면서 문모와 함께 현명한 후비의 대명사가 되었다.

628　계도하고……알겠으니 : 선왕이 훌륭한 가르침을 남겨 후인들을 잘 이끌어준 사실을 알겠다는 말이다. '계도하고 돕는다'는 것은 선왕이 남긴 훌륭한 덕을 가리키는 것으로, 《서경》〈주서(周書) 군아(君牙)〉에 주(周)나라 목왕(穆王)이 선왕의 덕을 말하면서 "크게 드러났도다. 문왕의 가르침이여. 크게 이었도다. 무왕의 공렬이여. 우리 후인을 계도하고 도우시되 모두 바름으로써 하여 결함이 없도다.〔丕顯哉, 文王謨. 丕承哉, 武王烈. 啓佑我後人, 咸以正罔缺.〕"라고 하였다. '이익(詒翼)'은 후손들에게 가르침을 남기는 것으로, 《시경》〈대아(大雅) 문왕지성(文王之聲)〉에 "후손을 위해 좋은 가르침을 남겨 자손들이 편안하게 도우셨도다.〔詒厥孫謨, 以燕翼子.〕"라고 하였다.

아홉째 수[629] 其九

화성 남쪽 바라보니 산록이 우뚝한데[630]   華城南望鬱崔嵬

봉삽과 용순[631]이 벽제(辟除)하며 길 가네   鳳翣龍輴蹕路開

송백에 새 우로 얼마나 내렸던고   松栢幾霑新雨露

산천은 옛 못과 대를 장구히 보호하겠네[632]   山川長護舊池臺

629 화성에 있는 사도세자의 장지인 현륭원(顯隆園) 옆에 정조의 건릉(健陵)이 조성
되는 과정과 의의를 말하였다. 평성 '회(灰)' 운의 평기식 수구용운체 칠언율시이다.

630 화성(華城)······우뚝한데 : 수원 남쪽 성황산(成皇山) 기슭에 정조의 능인 건릉
(健陵)이 마련된 것을 가리킨다.

631 봉삽과 용순(龍輴) : '봉삽(鳳翣)'은 상여의 양옆에 세우고 가는 제구(祭具)를
말한다. 원래는 깃털로 만들었으나 후대에는 사각 화포(畫布)에 자루를 붙여 만들었다.
아래 그림의 정조 국장에서는 봉삽을 상여 좌우의 말을 탄 인원들이 든 것이 보이며,
구한 말 고종의 운구 행렬에서는 상여 양옆으로 세운 것을 볼 수 있다. '용순'은 왕의
상여를 운반하는 수레를 말한다.

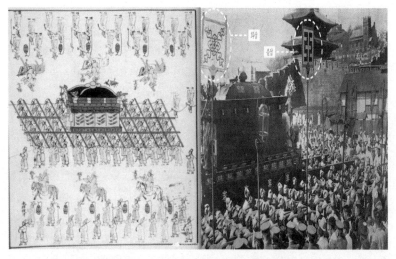

〈그림 27〉《정조국장도감의궤(正祖國葬都監儀軌)》의 능행반차도(陵行班次圖) 일부(왼쪽)와
       고종의 국장 행렬

십 년 세월⁶³³ 경영한 큰 규모 원대하고   十年經始宏規遠

만세토록 순행할 길한 장지 마련했네⁶³⁴   萬歲巡遊吉兆裁

무엇보다 좋은 것은 같은 산언덕 묘도(墓道) 가까워   最是同岡仙隧近

옥난간 높은 곳에 우모가 모시는 것이로다⁶³⁵   玉欄高處羽旄陪

열째 수⁶³⁶ 其十

차분히 성상 모신 지 몇 해이던고   幾載從容侍陛軒

크신 은혜 적으려다 눈물 먼저 삼키네   欲書洪造淚先呑

한 가문 어느 누가 온몸에 은혜 받지 않았으랴   一門頂踵誰非賜

삼대가 함께 높은 벼슬 오른 은총을 입었도다⁶³⁷   三世簪纓共沐恩

---

632 송백(松柏)에……보호하겠네 : '새 우로가 내렸다'는 것은 임금의 새 은택이 내렸다는 것으로, 1789년(정조13) 서울에 있던 사도세자의 묘인 영우원(永祐園)을 수원으로 옮겨 현륭원(顯隆園)을 조성한 것을 시작으로 화성이라는 신도시가 건설되고 이제 정조의 능침까지 들어서게 된 사실을 말한 것이다.

633 십 년 세월 : 1789년(정조13) 사도세자의 현륭원 조성 공사를 시작으로 1796년 화성(華城)이 완공되고 이후 정비되기까지 소요된 10여 년의 세월을 가리킨다.

634 만세토록……마련했네 : 조선 왕조가 계속 이어져 만세토록 후대의 왕들이 순행하여 참배할 길한 장지에 정조의 능이 마련되었다는 말이다.

635 무엇보다……것이로다 : 정조가 승하하고 정조의 능이 현륭원 동쪽 언덕에 조성되어, 생전에 함께하지 못했던 부자(父子)가 사후에 함께함을 말한 것이다. '우모(羽旄)'는 임금이 행차할 때 세우고 가는 깃털 장식의 깃발을 가리키는 것으로 죽은 정조를 상징한다. 즉 정조가 어버이인 사도세자를 죽은 뒤에 곁에서 모시게 된 상황을 표현한 것이다.

636 정조로부터 받은 큰 은총을 추억하며 절절한 그리움을 표현하였다. 평성 '원(元)' 운의 측기식 수구용운체 칠언율시이다.

637 한……입었도다 : 달성 서씨(達城徐氏) 가문이 조정의 크나큰 은혜를 입어, 명고

집안사람처럼 여기시어 자주 서찰 보내시고　　　視似家人頻降札
오래 못 봄 염려하여 그때마다 안부 물으셨네　　念勤契活輒垂存
다음 생 보답 맹세함은 오히려 항시 하는 말이거니와

　　　　　　　　　　　　　　　　　　　　　來生矢報猶恒語
백번 죽어도 그리운 마음 다하기는 어려워라　　戀結難銷百死魂

의 조부인 서종옥(徐宗玉)과 생부인 서명응(徐命膺) 그리고 명고 자신을 포함한 삼대
가 모두 조정에서 벼슬하게 된 것을 말한다.

지은이 서형수(徐瀅修)

1749(영조25)~1824(순조24). 본관은 달성(達城), 자는 유청(幼淸)·여림(汝琳), 호는 명고(明皐)이다. 대제학 서명응(徐命膺)의 둘째아들로 태어나 숙부 서명성(徐命誠)에게 입양되었다. 35세(1783, 정조7)에 증광 문과에 급제하고 이듬해 홍문록에 들어 부수찬(종6품)이 되었으며 그해 12월 초계문신(抄啓文臣)에 선발되었다. 내외 관직을 두루 거쳐 57세(1805, 순조5)에 경기 감사에 올랐으며, 51세에 진하겸사은부사(進賀兼謝恩副使)로 중국에 다녀왔다. 《군서표기(群書標記)》·《규장각지(奎章閣志)》 등 많은 국가 편찬 사업에 참여하였다.

숙부 서명선(徐命善)이 정조의 즉위 과정에 세운 공으로 인해 특별한 지우(知遇)를 받은 한편, 정조의 즉위를 방해하려던 홍계능(洪啓能)의 제자라는 이유로 출사 전후에 몇 차례 탄핵을 받기도 했다. 1805년 김달순(金達淳)의 발언—사도세자(思悼世子) 대리청정 시에 학문 정진과 정사의 근면 등을 간언(諫言)했던 박치원(朴致遠)·윤재겸(尹在謙)을 표창해야 한다고 주장—으로 인해 이듬해 불거진 옥사에 연루되어 1824년(76세) 별세할 때까지 19년 동안을 유배지에서 지냈다.

문장은 청(淸)나라 서대용(徐大榕)으로부터 당송팔대가 중 하나인 유종원(柳宗元)의 솜씨라는 평을 받았다. 학문은 주자학적 사유에 발을 딛고 있으나 그에 갇히지 않았다. 시 창작의 배경과 의미 맥락에 주의하여 《시경》의 시를 온전히 이해하기 위한 노력으로 《시고변(詩故辨)》을 저술하는 등 고증적인 학문 방법과 정신을 수용하였다. 조선 학문의 폭과 체계가 일신되던 시대 그 현장의 중심에서 개방적인 태도로 기윤(紀昀) 등 중국의 석학들과 교유하며 정조(正祖)의 의욕적인 도서 구입에 조력한 인물로, 진취성과 신중함이 아울러 돋보이는 학자·문인이다.

옮긴이

이규필(李奎泌)

1972년 경북 예천에서 태어났다. 계명대학교 한문교육과와 경북대학교 한문학과 석사를 졸업하고, 대구 문우관에서 수학하였다. 성균관대학교 한문학과에서 〈대산(臺山) 김매순(金邁淳)의 학문(學問)과 산문(散文) 연구〉로 박사학위를 받았다. 한국고전번역원 연구원, 성균관대학교 대동문화연구원을 거쳐 현재 경북대학교 한문학과에 재직 중이다. 논문으로 〈조일 경학계의 풍토와 주석 양상 비교〉가 있고, 역서로 《무명자집(無名子集) 3·4·11·12》, 공역서로 《한국의 차 문화 천년》, 《국역 수사록(隨槎錄)》이 있다.

강민정(姜珉廷)

1971년 제주 애월에서 태어났다. 서울대학교 지구과학교육과를 졸업하였다. 민족문화추진회 부설 국역연수원 연수부와 상임연구부에서 한문을 수학하고, 성균관대학교 한문고전번역협동과정에서 《구장술해(九章術解)의 연구와 역주》로 문학박사 학위를 취득하였다. 한국고전번역원과 성균관대학교 대동문화연구원 거점번역연구소의 연구원을 지냈다. 역서로 《국역 농암집(農巖集) 5》, 《무명자집(無名子集) 1·2·9·10》이 있고, 공역서로 《칠정산내편(七政算內篇)》, 《사고전서(四庫全書) 이해의 첫걸음》, 《교감학개론(校勘學槪論)》, 《주석학개론(注釋學槪論)》, 《승정원일기(고종·인조)》, 《국역 농암집 6》, 《설수외사(雪岫外史)》가 있으며, 논문으로 〈한문 고전의 제목 번역과 작품 해제 작성에 대한 시론(試論)〉, 〈산학서(算學書) 번역의 현황과 과제〉 등이 있다.

이승현(李承炫)

1979년 경북 포항에서 태어났다. 성균관대학교 대학원에서 박사과정을 수료하였으며, 한국고전번역원 고전번역교육원 연수과정을 졸업하였다. 한국고전번역원 연구원으로 재직하며 번역 및 편찬에 참여하였고, 현재 성균관대학교 대동문화연구원에서 권역별 거점연구소협동번역사업에 참여하고 있다. 번역서로 《창계집 2》(이상 단독 번역), 《승정원일기 영조 83·93》, 《동천유고》, 《고산유고 4》, 《역주 당송팔대가문초 구양수 3·4》(이상 공역), 교점서로 《교감표점 승정원일기 인조 41》, 편찬서로 《한국문집총간 편람》, 《한국문집총간해제 8·9》, 논문으로 〈초의 의순의 시문학 연구〉, 〈기리총화 연구〉, 〈김시습의 장량찬의 이면〉, 〈서형수의 명고전집 시고를 통해 본 원텍스트 훼손〉 등이 있다.

권역별거점연구소협동번역사업 연구진

연구책임자	이영호(성균관대학교 HK 교수)
공동연구원	이희목(성균관대학교 한문학과 교수)
	진재교(성균관대학교 한문교육과 교수)
	안대회(성균관대학교 한문학과 교수)
책임연구원	김채식
	이상아
	이성민
선임연구원	이승현
	서한석
연구원	임영걸

번역	이규필(53쪽~257쪽)
	강민정(258쪽~429쪽)
	이승현(430쪽~554쪽)
교열	송기채(한국고전번역원 명예교수)
윤문	정용건

명고전집 1

서형수 지음 | 이규필 강민정 이승현 옮김

2018년 12월 31일 초판 1쇄 발행

편집·발행 성균관대학교 출판부 | 등록 1975. 5. 21. 제1975-9호

주소 (03063) 서울시 종로구 성균관로 25-2

전화 760-1253~4 | 팩스 762-7452 | 홈페이지 press.skku.edu

조판 김은하 | 인쇄 및 제본 영신사

ⓒ한국고전번역원·성균관대학교 대동문화연구원, 2018

Institute for the Translation of Korean Classics · Daedong Institute for Korean Studies

값 25,000원

ISBN 979-11-5550-302-7 94810

　　　979-11-5550-265-5 (세트)